D1921702

Kiepenheuer ist ein charaktervoller Name, mit dem Klang nach der norddeutschen Küste. Hat ein Vorfahre im Hafen die Schiffe bestiegen, mit Körben, ganzen Türmen leerer Körbe, die er den ausfahrenden Fischern abtrat? Aus ihren Netzen schütteten sie nachher das Gewimmel der gefangenen Fische in die Kiepen. Ihr Heuer schätzte die Ware und trug sie zum Markt.

Heinrich Mann

Die Bücherkiepe

TUTI-NAMEH

›Das Papageienbuch‹

Mit Holzstichen von
Helga Paditz

1987
Gustav Kiepenheuer Verlag
Leipzig und Weimar

Aus der türkischen Fassung übertragen von Georg Rosen
Die Zusammenstellung der Auskünfte besorgte Heidi Stein

© 1912 Insel-Verlag Anton Kippenberg, Leipzig (Übersetzung und Vorrede)
© 1987 Gustav Kiepenheuer Verlag Leipzig und Weimar (für diese Ausgabe)

ISBN 3-378-00167-4

Erste Auflage
Lizenz Nr. 396/265/64/87 LSV 7378
Gesamtherstellung: Karl-Marx-Werk Pößneck V15/30
Schrift: Baskerville-Antiqua
Reihengestaltung: Angelika Kuhrt
Typographie und Einband: Lore Jacobi
Printed in the German Democratic Republic
Bestell-Nr. 812 178 4
01120

GESCHICHTE DES KAUFMANNS SAÏD UND SEINES SOHNES SÂÏD

In den indischen Büchern wird erzählt, daß in der Gegend von Suf eine große Stadt voll Reichtums und Wohllebens war und rings von vielen Städten und großen und kleinen Ortschaften umgeben. Unter den Vornehmen dieser Stadt befand sich ein Kaufmann namens Saïd, der das Maß seiner Reichtümer selber nicht kannte. Dieser hatte keine Kinder, was ihn im höchsten Grade betrübte und unglücklich machte. Sooft er von jemandem hörte, dessen Gebete Erhörung fanden, und wo immer man ihm von einer gesegneten Andachtsstätte sprach, da ging er hin und betete und flehte, daß Gott ihm ein frommes Kind bescheren wolle. Einst wallfahrtete er nach einem Grabe auf der Beerdigungsstätte gottheiliger Männer und flehte abermals um Nachkommenschaft. Da fand sein Gebet im Himmel Erhörung. Wenige Tage darauf trat in sein Haus ein erleuchteter Greis, welcher bei ihm zu Gaste blieb. Derselbe sprach zu ihm: »O Saïd, wenn du willst, daß dir ein Kind geboren werde, so gib von deinem wohlerworbenen Gute tausend Goldstücke den Armen. Dann wasche dich und erfülle deine Pflichten voll Vertrauen. Gott, der Erhabene, Herrliche, wird dir aus der Fülle seiner Barmherzigkeit einen Sohn verleihen, den sollst du Sâïd heißen.«

Der Kaufmann tat, wie ihm der Alte vorgeschrieben, und nach dem Willen des Höchsten wurde ihm, als kaum neun Monate und zehn Tage verflossen waren, ein Knäblein geboren. Die Gelehrten und Sterndeuter, deren es sehr viele in jener Stadt gab, machten sich sogleich daran, des Kindes Horoskop zu stellen, und fanden es höchst glücklich und gesegnet. Kaum war der kleine Sâïd vier Jahre alt geworden, so übergab man ihn zum Unterricht einem Lehrer; er wurde nun von Tage zu Tage schöner, so daß er, die ihn Sehenden entzückend – und die Herzen mit Liebespein umstrickend – als der reizendste Knabe in seinem Jahrhundert – nah und fern ward bewundert. – Als er in sein sechzehntes Jahr getreten war, erhielt er Anleitung zur Erlernung der Kaufmannschaft, und als er sein zwanzigstes Jahr zurückgelegt hatte, suchte man, um ihn zu behüten vor der Wüste – der bösen Gelüste – und ihn zu bewahren – beim Guten und Ehrbaren – in der ganzen Stadt nach einer guten, anständigen – edeln, verständigen – rosenwangigen, schönheitserkorenen – unter gutem Stern geborenen – reizenden Maid – der lieblichsten ihrer Zeit – um sie mit ihm zu verheiraten. Man fand sie in der Person der Mâhi-Scheker, welche sofort für Sâïd zur Ehe begehrt wurde. Alsdann bereitete man eine Hochzeit, und Sâïd ward zum jungen Ehemanne. Als er die Mâhi-Scheker sah, wurde er so in sie verliebt, daß er tausendmal sein Leben für sie gelassen haben würde und sein innerstes Herz an sie gefesselt war. Ebenso aber fing Mâhi-Scheker, als sie ihres Mannes Wuchs und Gestalt sah und sie seine Leidenschaft bemerkte, ihn bis zum äußersten zu lieben an – kurz, dies treue und zärtliche Paar ging so ganz in gegenseitiger Liebe auf, daß es über Kosen und Tändeln die ganze Welt, ja sogar Essen und Trinken vergaß. Wie es im Liede heißt:

Sie aßen, sie tranken und schliefen nicht mehr ,
Sie liebten einander so sehr, so sehr!

Es kam so weit, daß Sâïd sein Geschäft gänzlich liegenließ und nicht einmal, um seinem Vater und seiner Mutter einen Besuch abzustatten, seine Frau verlassen wollte.

Als nun Chodja Saïd sah, daß sein Sohn von der Liebe völlig umstrickt war, sprach er bei sich selbst: ›O Gott, ich habe von dir einen frommen, aufrichtigen – klugen und tüchtigen – Sohn begehrt, der in meinem Alter das Geschäft übernehmen sollte, so daß ich der Ruhe pflegen könnte. Welch ein unbegreiflicher Ratschluß ist es nun, daß dieser Sohn mein Unglück geworden ist?‹ – Während er so demütig flehte, kam ihm der Gedanke, er wolle seine

Freunde zu einem Gastmahl einladen, dann seinen Sohn herrufen und ihn vor aller Welt vermahnen.

Gesagt, getan; er bereitete ein Gastmahl, und mitten unter seinen Freunden hub er an, seinen Sohn zu vermahnen, indem er sprach: »Du meiner Augen Sonne – und meines Herzens Wonne – du bist das Kapital, von dem ich lebe. Siehe, der Garten meines Daseins geht der Entblätterung entgegen, meine Gestalt ist zum Bogen geworden, und meine Füße haften im Schlamme des Greisenalters. Du aber bekümmerst dich um keinerlei Geschäft und magst deine Frau keinen Augenblick verlassen. Nun will ich dir freilich Erlaubtes nicht verbieten; aber es paßt sich doch nicht, daß du dein ganzes Leben mit deinem Weibe vertändelst. Bei Tage betreibe dein Geschäft; dann gehst du abends zu ihr, bleibst bei ihr, scherzest, kosest und bist lustig mit ihr. In der Jugend fehlt es ja nicht an Trieben zur Lust, und jeder Umgang läßt seinen Eindruck zurück. Ja, es ist bekannt, daß achtzig fromme Männer einen Taugenichts nicht bessern konnten und daß im Gegenteil der eine Taugenichts die achtzig Frommen in die Irre führte.« – Als Sâïd diese Worte hörte, fragte er seinen Vater: »Erzähle mir doch, was ist das für eine Geschichte? Die möchte ich hören.«

Und Chodja Saïd, der Kaufmann, erzählte:

Von dem Taugenichts mit den achtzig Frommen

Die Geschichtschreiber berichten, daß im Lande Hormuz ein gewisser Nachod lebte, der einen Sohn hatte. Als letzterer in sein dreizehntes Jahr getreten war, hatte er sich schon allen möglichen Sünden und Lastern ergeben und fand unter andern Greueln auch an dem Würfelspiel Wohlgefallen. Alle seine Verwandten und Angehörigen schämten sich deshalb seiner; endlich gab einer von ihnen dem Nachod den Rat, achtzig im freien Felde aufgewachsene und mit den Lastern der Städte unbekannte fromme Männer aufzusuchen und sie mit seinem Sohne in ein Haus einzusperren. So, meinte er, würde aller Wahrscheinlichkeit nach ihr Umgang auf ihn einen guten Einruck machen und er von seinem schlechten Wandel ablassen. Nach diesem Rate suchte nun Nachod achtzig fromme Männer auf, die er unter tausend Versprechungen reichlicher Belohnung

auf achtzig Tage mit seinem Sohn in ein Haus einsperrte, wo man ihnen Speise und Trank von draußen hineinreichte. Um es kurz zu machen: nach achtzig Tagen öffnete man die Tür und forschte nach dem Zustande der Gefangenen, ob die Frömmigkeit der achtzig wohl auf den Burschen Eindruck gemacht und er von seiner Lasterhaftigkeit abgelassen habe. Aber siehe da, die Frömmigkeit hatte auf den Burschen keinen Eindruck gemacht, und umgekehrt hatte sein Laster auf die achtzig Frommen eine solche Wirkung gehabt, daß sie samt und sonders zu Sündern und Würfelspielern geworden waren.

Mit diesen Worten schloß der Kaufmann Saïd seine Erzählung und Ermahnung und küßte beide Augen seines Sohnes Sâïd. Dieser nahm den Rat an, küßte seines Vaters Hände und beschäftigte sich von nun an mit seinem Gewerbe. Sein Vater gab ihm ein Grundkapital von tausend Goldstücken, um damit ein Geschäft zu beginnen, dem er seine Tage widmete. Jeden Abend begab er sich dann zu seiner Frau Mâhi-Scheker, um mit ihr lustig zu sein.

Eines Tages brachte man in den Basar der Zeughändler einen Papagei, den ein Mäkler unter lauten Anpreisungen umhertrug. »Dieser Papagei«, rief er aus, »ist der Beredsamkeit beflissen – ein Meister der Wohlredenheit, der süßen – gelehrt in des Korans Geheimnissen und bewährt in jeglichemWissen. Tausend Goldstücke sind sein Preis; wer ihn kauft, dem werden tausendfaches Glück und wunderbare Gnadengaben zuteil werden.«

Als Sâïd dies hörte, dachte er bei sich: ›Ei, was mag das für ein Papagei sein!‹ Er trat näher, und siehe da, es war ein Papagei, der schweigend in einem Käfig saß und den viele Menschen umstanden. Da wunderte sich Sâïd und sprach: »Um des Himmels willen, was für ein Narr muß doch der Mensch sein, der sein Geld so sehr für nichts achtet, daß er es für diesen Vogel hingibt! Denn wenn er auch sprechen kann und den Koran auswendig weiß, was nützt das alles? Vögel verstehen ja den Sinn ihrer eigenen Worte nicht, und wenn dieser da den Koran rezitiert und den Gebetvers hersagt, so legt das den Hörern doch nicht die Verpflichtung zum Beten auf. Für ein solches Tier tausend Goldstücke zu geben ist Narrheit, ja Sünde!«

Als der Papagei dies vernahm, hub er an wie das Meer zu tosen – und wie die Nachtigall zu kosen – und er sprach: »Ich lobe, Sâïd, und preise – deine Klugheit und dein Urteil, das hochweise – deine Rede ist keine nichtige – und deine Worte treffen das Richtige. – Indessen paßt, was du sagst, doch nur auf andere Vögel und Tiere und nicht auf mich. Mit Weisheitsperlen, kostbaren – und mit Edelsteinen der Erkenntnis des Wahren – ist mein Herz erfüllt bis zum Rand – ja selbst das Zukünftige ist mir bekannt, und das Außernatürliche erfaßt mein Verstand. – Wer handelt nach meinem Rat – der wandelt auf gedeihlichem Pfad – es kann ihm nicht mißlingen – durch mich mannigfachen, großen Vorteil zu erringen. – Noch habe ich meine Vortrefflichkeit niemandem kundgetan; da ich aber in deiner Rede etwas Ausgezeichnetes wahrnahm, so habe ich Neigung und Liebe zu dir gefaßt. Ich bitte dich, Sâïd, kaufe mich und laß dir den großen Nutzen nicht entgehen! Auch ich werde aus dem Zusammensein mit dir Vorteil ziehen und Ruhe haben, denn ich fürchte, in die Hände eines Narren zu geraten, der meinen Wert nicht kennt und mich quält.« – Als Sâïd dies gehört hatte, antwortete er: »Auch ich, lieber Papagei, fühle Neigung und Liebe zu dir; aber was soll ich machen? Ich besitze in der Welt nichts als tausend Goldstücke, und die bilden mein Betriebskapital. Womit soll ich denn handeln, wenn ich sie für dich gebe?« – »Diese Rede, Sâïd«, antwortete der Papagei, »ziemt einem Manne von deiner Einsicht und deinem Verstande nicht. Denn das eigentliche Vermögen und Betriebskapital ist auf dieser Welt die Tüchtigkeit und das Geschick. Wenn jemand tüchtig und geschickt ist, so fehlt es ihm auch nicht an Geld. Fehlen jemandem aber jene Eigenschaften und er besäße Karuns Schätze, wozu sollten sie ihm dienen? Auch heißt es in einem Verse:

Der Mensch bleibt Mensch, ist auch sein Beutel leer,
Der Esel Esel, ist sein Sack auch Goldes schwer.

Darum kaufe mich; mein Umgang soll dir sicherlich wunderbar nützen. Traust du aber meinem Worte nicht, so nimm mich eine Woche auf Probe. Ich habe dir einen Vorschlag zu machen, der dir dreifältigen Gewinn bringen soll; geschieht dies nicht, so gib mich zurück.« – Nach diesen Worten nahm Sâïd den Vogel auf Probe, unter der Bedingung, nach einer Woche seinen Preis zu bezahlen, wo nicht, ihn selbst zurückzugeben. Dann sprach er zu ihm:

»Nun sage mir, was du mir vorzuschlagen hast, ich will es tun.« – Der Papagei antwortete: »In einem oder zwei Tagen werden hier eine Menge Kaufleute von Bâbil eintreffen, um Narden einzukaufen. So geh du denn gleich jetzt und kaufe um tausend Goldstücke Narden ein. Du wirst damit mindestens doppelten Vorteil haben.«

Sâïd tat, wie ihm der Papagei gesagt hatte; er kaufte alle Narden auf, welche sich in der Stadt vorfanden, so daß dieser Artikel bei niemandem außer ihm anzutreffen war. Und in der Tat, nach einigen Tagen, siehe, da kamen aus Bâbil die Kaufleute; sie durchforschten die ganze Stadt nach Narden und konnten nirgends davon finden, bis man ihnen von Sâïd sagte, den sie sofort aufsuchten. Um es kurz zu sagen: sie bezahlten dem Sâïd seine Waren mit dem fünffachen Preise und reisten nach ihrer Heimat zurück.

Sâïd hatte also die Zahl seiner Goldstücke auf fünftausend gebracht; er zahlte davon eintausend an den Verkäufer des Papageien und ein zweites Tausend an seinen Vater als Rückerstattung seines Darlehns, so daß ihm noch dreitausend als Betriebskapital verblieben. Er brachte nun den Papagei, den er von da an unendlich liebte, nach seinem Hause und übergab ihn der Mâhi-Scheker, der er dringend anbefahl, ihn in Obacht zu nehmen. Der Vogel blieb immer in seinem Sinne, und wo ihm etwas Schwieriges zustieß, da fragte er ihn um Rat. Handelte er dann nach seinen Worten, da hatte die Sache nach Gottes Ratschluß jedesmal einen guten Ausgang.

Eines Tages sah Sâïd auf dem Basar bei dem Mäkler ein Papageienweibchen und beschloß sogleich, damit seinem klugen Vogel eine Gefährtin zu verschaffen. Er kaufte es demnach für ein Goldstück, brachte es nach Hause und setzte beide zusammen. Das Weibchen hatte keinen Verstand, es war ja auch nur zur Gesellschaft für den weisen Papagei gekauft worden. – Dieser sagte tagtäglich dem

Sâïd, was er tun solle, und letzterer handelte auch dementsprechend.

Eines Tages, als sie sich in gewohnter Weise miteinander unterhielten, pries der Papagei dem Sâïd die Vorteile einer überseeischen Handelsreise an; seine Worte machten auf den jungen Mann einen so lebhaften Eindruck, daß er sich zu einer Seefahrt entschloß und dies seiner Frau Mâhi-Scheker mitteilte. Als diese von der bevorstehenden Trennung hörte, hub sie zu weinen und laut zu klagen an; Sâïd erklärte ihr, um sie zu trösten, daß der Seehandel großen Nutzen schaffe und daß man mit Geld und Gut seine Angelegenheiten in guten Stand setzen könne; aber Mâhi-Scheker erwiderte traurig: »Ich weiß wohl, daß der Wunsch, reich zu werden, bei dir aus edler Absicht entspringt. Aber wem willst du mich übergeben, wenn du gehst? Früher glaubtest du, dich keinen Augenblick von mir entfernen zu dürfen; wie willst du nun jetzt eine so weite Reise machen, und wie soll ich die Trennung von dir ertragen?« – Bei diesen Worten weinte sie so bitterlich, daß dem Sâïd das Herz wie Feuer brannte. »Ich weiß«, sagte er endlich, »meine Mâhi-Scheker, daß deine Liebe zu mir unbegrenzt und deine Treue unaussprechlich groß ist. Indessen heißt es mit Recht:

Hab und Gut bringt Segen
Auf Freundes und Feindes Wegen.

Und bin ich auch äußerlich fern, so bleibe ich doch innerlich, das heißt mit Herz und Sinn, immer bei dir. Aber ich habe dir noch einige Ratschläge zu erteilen und bitte dich, meine Worte zu beachten und wohl zu beherzigen. Erstens nämlich sollst du die beiden Vögel wohl behüten und in acht nehmen und ja nicht versäumen, ihnen, was sie an Speise und Trank bedürfen, zur rechten Zeit zu kommen zu lassen. Zweitens sollst du bis zu meiner Heimkehr dich keinen Schritt vom Wege der Enthaltsamkeit entfernen und, falls ich ein ganzes Jahr lang ausbleiben sollte und dann deine Leidenschaften und Lüste auf dich einstürmen, dir mit elenden, gemeinen Leuten nichts zu schaffen machen, sondern lieber mit einem dir gemäßen, schönen, anständigen Manne von gutem Herkommen in Liebschaft treten. Dem stände nichts im Wege; doch bitte ich dich, auch dann mit dem Papagei zu Rate zu gehen.« – Da er also scherzte, fing Mâhi-Scheker, die ihn nicht verstand, überlaut zu heulen und zu weinen an, so daß er sie wieder in seine Arme schloß, sein Gesicht an das ihrige drückte und sprach: »Du meiner Seele süßes Leid – und meines Herzens Ruh und Freud! – sei doch still, ich habe ja nur gescherzt!« – Mit solchen Worten begütigte er sie; doch gelang es ihm nur mit großer Mühe, Mâhi-Schekers Tränen zu stillen. Kurz, das treue Pärchen trennte sich so schmerzlich, wie sich Seele und Leib trennen, und beide empfahlen einander der Fürsorge Gottes.

Sâïd bestieg dann, mit allerlei Waren versehen, ein Schiff und fuhr ab.

Mâhi-Scheker konnte sich über die Trennung von ihrem geliebten Gatten nicht trösten. Wenn sie morgens von ihrem Lager sich erhob, da redete sie die tändelnden Lüfte an:

»Habt ihr von der zarten Rose
Keine Botschaft mir zu sagen?
Holde Morgenwinde!
Hat mein Herze, hat mein Leben
Euch für mich nichts aufgetragen?
Sagt, o sagt geschwinde!«

Oft trat sie auch zu dem Käfig des Papageien, um mit seinen Klagen die ihrigen zu vereinigen, und oft endlich schüttete sie ihren Kummer gegen den ersten besten Hörer aus. Wie es im Liede heißt:

Wunderklug sind doch Verliebte,
Wie sie ihren Schmerz verhehlen!
Allen Türmen, allen Pforten
Möchten sie davon erzählen.

So verfloß ein ganzes Jahr. Eines Tages begab sich Mâhi-Scheker nach ihrem Kioschk, gedachte dort ihres geliebten Mannes und sandte ihm mit dem Morgenwinde einen Gruß. Es wohnte aber nach Gottes unbegreiflichem Ratschluß in der nächsten Nachbarschaft ein vornehmer schöner Jüngling, der in Beziehung auf äußere Reize nicht seinesgleichen besaß. Zufälligerweise fiel dessen Auge auf Mâhi-Scheker, was die Folge hatte, daß er sich sofort auf das heftigste in sie verliebte. Mâhi-Scheker hatte davon keine Ahnung; bei dem Jüngling aber wuchs die Liebe von Tag zu Tag so, daß er auf das kläglichste seufzte und stöhnte und endlich, da er kein Mittel ausfindig machen konnte, seinen Schmerz zu lindern, dem Verzweifeln nahe war.

Ja flehe nur, Verliebter, klag und flehe,
Einst bringt dein Stern dich in der Teuern Nähe! –

Nun war aber in jener Stadt eine kluge arglistige Alte, die den Himmel zur Erde herabzuziehen verstand und in allen bösen Künsten und Betrügereien Meisterin war. Zu dieser begab sich der Jüngling, erzählte ihr sein Leid und bat sie, ihm zu helfen. »Wenn ich«, so schloß er, »durch dich meinen Wunsch erreiche, so will ich dich steinreich machen.« – Kaum hatte die Alte die Geldversprechung vernommen, als sie –

Gleich dem Weib, das Ferhâd Netze gestellt,
Die ältere Schwester der uralten Welt –

das Geschäft auf sich nahm und sich mit den Worten verabschiedete: »Gar bald sollst du deinen Wunsch erreichen, und ich werde dich zu der Schönen hinbringen.«

– Wie eine Eule ließ sich dann die Alte auf das glückliche Haus der Mâhi-Scheker nieder. Nachdem die rosige Schönheit der jungen Frau vor ihren Blicken aufgegangen war, ließ sie aus innerster Brust und tiefster Seele einen kalten Seufzer hören. Mâhi-Scheker fragte sie teilnehmend: »Was seufzest du? Hast etwa auch du gleich mir

Trennung von deinem Manne zu erdulden? Seufzer stehen mir an, die ich schon ein ganzes Jahr von meinem inniggeliebten Manne in schmerzvoller Trennung lebe. Diese Trennung vernichtet mein Lebensglück!« – Als die alte Betrügerin dies von Mâhi-Scheker vernommen hatte, öffnete sie ihren häßlichen Mund, um in ein argloses Herz arglistige Worte auszusäen. »Mein Schätzchen«, sagte sie, »behüte und bewahre! das wäre doch schade, daß ein so niedliches Herzensdiebchen wie du einsam und betrübt in einem Winkel säße! Und nun ist es gar schon ein volles Jahr, daß das Elend der Gattenlosigkeit auf dir lastet! Aber, um des Himmels willen, fehlen denn einem lieblichen Wesen wie dir jemals Freunde und Verehrer? Gott sei Dank, nein! Tausende in dieser Stadt sind von deinen Rosenwangen bezaubert. Aber so viele Liebhaber du auch haben magst, es verdient doch einer, der ganz nahe in deiner Nachbarschaft wohnt, ein vornehmer, sehr schöner Jüngling, vor allen den Vorzug. Der Ärmste hat sich auf dem Pfade der Liebe so abgehärmt, daß ich während meines ganzen Lebens nicht den hunderttausendsten Teil seines Wehs dir beschreiben könnte. Freilich bist du wohl in deinen Mann verliebt, gleichwie dein Mann in dich; aber du weißt ja, welche Medizin die gelehrten Ärzte gegen die Liebeskrankheit verordnen:

Wie die Liebe sei zu heilen,
Fragt ich gestern einen weisen,
Einen lieberfahrnen Mann.
Und er sprach: Wer nicht ertragen,
Dulden kann, der geh auf Reisen;
Dulde, wer nicht reisen kann! –

Dein Gatte löscht nun die Glut seiner Liebe durch Reisen; er findet Unterhaltung und Vergnügen – stets neue Länder zu durchfliegen – und hier Tulpenauen – aufblühender Jungfrauen – und dort Stirnen anzuschauen – klar und rein – wie der Mondsichel Schein – und dort an rosigen Wangen – zu hangen – mit Blicken voll Verlangen. So lebt er in Freude und Lust, während du wegen seiner Abwesenheit in Melancholie hinbrütest. Verschieben denn vernünftige Leute wohl den Genuß der Gegenwart auf die Zukunft, die unbestimmte? Morgen geschieht wieder etwas; darum belustige und unterhalte dich schon heute mit dem vornehmen Jüngling! Wenn dann morgen dein Gatte eintrifft, so bleibt dir ja seine Gesellschaft auf immer.«

Mit solchen trügerischen Reden betörte die Alte das arme junge Weib, so daß es in der Hoffnung, vielleicht eine Erleichterung für seinen Herzensgram zu finden, noch denselben Abend den jungen Mann zu besuchen versprach.

Von außen der Alten satanische List,
Von innen drängte unlautres Gelüst.

ERSTER ABEND

Kaum war es Abend geworden, als Mâhi-Scheker ihre Juwelen anlegte und sich putzte und schmückte. Endlich kam der Augenblick, wo sie sich losmachen konnte, und nun wollte sie sich eben zu dem Jüngling hinbegeben, als ihr Sâïds Abschiedsworte einfielen, daß sie nämlich, wenn sie ja mit einem andern Manne in Verbindung träte, wenigstens vorher mit dem weisen Papagei zu Rate gehen sollte. Wie sie sich hieran erinnerte, sprach sie zu sich selbst: ›Rede ich mit dem weisen Vogel von diesem Verhältnis, so wird er mich von meinem Geliebten zurückhalten. Ein Mann nimmt ja immer für den andern Partei; der später gekaufte Papagei dagegen, das Weibchen, welches den Namen Muscharik führt, ist doch wenigstens von meinem Geschlecht und mir deshalb mehr zugetan. Es ist vernünftiger, daß ich diesem meine Herzensgeheimnisse mitteile und von ihm die Erlaubnis zu gehen nehme.‹

Mit diesen Worten trat sie unter den Käfig des Vogels Muscharik, trug ihr Herzeleid vor und erzählte alles, was geschehen war. Kaum hatte das törichte Tier Mâhi-Schekers Rede gehört, als ihm die Adern des Feuereifers anschwollen und es zu rückhaltlosen, wenngleich durch reinen Sinn eingegebenen Worten den Mund öffnete. »Aber Mâhi-Scheker«, rief es aus, »was hat denn Sâïd, dein dich so treu liebender Gatte, an Herzlichkeit gegen dich fehlen lassen, oder welches Vergehen gegen die Treue ist dir von ihm bekannt geworden, daß du so schnell einem andern dein Herz geschenkt hast? Gott sei Lob und Preis, Sâïd ist gesund und munter und wird bald heimkommen. O Mâhi-Scheker, so wolle nicht zulassen – daß sich freuen, die dich hassen – und daß sich betrüben – die dich lieben – indem du Schimpf und Schande – auf deinen Gatten bringst vor dem ganzen Lande. – Du selbst wirst den Blick nachher nicht von dem Erdboden erheben können! Fürchtest du denn Gott nicht? Und schämst du dich nicht vor den Menschen, daß du dich auf eine solche Scheußlichkeit einlassen willst?«

Mit tausend Vorstellungen dieser Art suchte Muscharik die Mâhi-Scheker zurechtzuweisen. Diese war aber einmal in der Liebe zu dem schönen Jünglinge befangen und empfand daher die Vermahnung, so gerecht sie war, sehr unangenehm. ›Die Wahrheit ist bitter‹, sagt das Sprichwort. Hastig öffnete sie den Käfig, ergriff zornig die arme Muscharik, schlug sie heftig auf den Boden und

Aufflog ihre Seele, das Vögelein
Vom Neste des Leibes zu besserem Sein.

Mâhi-Scheker war aber so erzürnt, daß ihr die Lust, den schönen Jüngling zu besuchen, vergangen war. Sie ging also in ihr Zimmer und blieb. In dieser Weise verstrich ihr die Nacht, und ungeduldig erwartete sie den folgenden Abend.

Als die Sonne untergegangen war, machte Mâhi-Scheker sich wiederum auf, um den Jüngling zu besuchen; jedoch fiel ihr da Sâïds Rat ein, und sie sprach bei sich selbst: ›Mein Mann hatte mir empfohlen, mit dem weisen Papagei Rats zu pflegen; von der Muscharik war gar nicht die Rede. Aus Dummheit habe ich ein ebenso unverständiges Wesen, als ich selber bin, um Rat gefragt und bin dadurch ins Unglück gekommen. Jetzt will ich aber zu dem weisen Vogel gehen und ihn befragen; denn wenn er etwa auch meinen Beschlüssen widersprechen sollte, so kann ich ihn ja denselben Weg, den die Muscharik bereits gegangen ist, nachsenden.‹

Mit wogenden Gedanken trat sie nach diesen Worten unter den Käfig des Papageien und erzählte ihm genau alles, was ihr begegnet war. Ihre Rede versenkte den Papagei in ein Meer von Besorgnissen, in welchem er hin und her getrieben wurde. ›O Gott‹, sprach er bei sich selbst, ›du kennst meine Lage! Rede ich die Wahrheit, so verliere ich durch die Hand dieser Grausamen das Leben; rede ich aber ihren Lüsten gemäß, so bin ich gleichsam ein Helfershelfer bei ihrer Treulosigkeit, betrüge meinen Wohltäter und zeige mich mit der Sünde einverstanden. Damit verdiene ich mir dann ewige Strafe am großen Tage der Vergeltung.‹ – Nach längerm tiefem Nachdenken wandte er sich darauf zu Mâhi-Scheker und sprach: »Du an der Anmut Firmament leuchtender Mond – die in der Lieblichkeit Gartenau als Königin thront! – möge Gott deine Schönheit täglich mehren – und dem frischen Blumenbeet deiner Vollkommenheit liebliche Früchte bescheren! – deine Schönheit kann nicht gestatten – daß unter der Einsamkeit Schatten – du suchest Rast – und werdest ein Gast – im Winkel der Zurückgezogenheit – du, die Perle der Zeit – das schönste der Weiber weit und breit! –

Schon längst drängte es mich, dir dies zu sagen, doch fürchtete ich, du möchtest es übelnehmen; ich schwieg daher und sage es erst jetzt, wo sich eine Gelegenheit darbietet. Aber, o schöne Gebieterin, weshalb mußtest du solche Geheimnisse einem unverständigen Wesen, wie die Muscharik war, mitteilen und ihre Zustimmung fordern? Die Muscharik hatte keine Ahnung vom Wesen der Liebe, und die Wonne inniger Freundschaft war außerhalb ihrer Begriffe. Es ist ihr ganz recht geschehen, daß sie durch dich ihren Lohn gefunden hat. Sie war zugleich ein Lästermaul und sehr dumm, so daß ich schon längst vermied, mit ihr zu reden. Nun ist ihr verdienter Lohn ihr zuteil geworden! Was aber unsere Angelegenheit anbetrifft, so wäre es doch ein großer Fehler, jetzt gleich ohne Überlegung zur Tat zu schreiten. ›Der unbedachten Rede Ausgang ist Unglück‹, sagt das Sprichwort. Erlaube daher deinem Knechte, diese Nacht gründlich über die Sache nachzudenken, damit ich dir morgen abend über die Pfade der Liebe genügende Belehrung erteilen und meine Dankbarkeit gegen dich, meine Gebieterin, beweisen kann.« – Mit diesen Worten beruhigte er die Mâhi-Scheker, so daß sie von ihm abließ. Dann wandte er die Nacht bis zum Morgen an, Listen auszusinnen.

DRITTER ABEND

Am Abend des folgenden Tags putzte sich Mâhi-Scheker mit mannigfachen Schmucksachen und erschien so anmutig und liebreizend, daß man sie für ein geistiges Wesen in Körpergestalt hätte halten mögen. Mit hundert Tändeleien trat sie, um die Pfade der Liebe zu erlernen, unter den Käfig und sprach: »Mein Papagei, du hochgelehrter – du in der Redekunst einzig bewährter! – sage mir jetzt den Rat, den du mir gestern verheißen. Was du dir ausgedacht –

und durch dein Sinnen zuwege gebracht – leg mir's dar – und mach mir's klar!« – Worauf der Papagei – der Meister der Wohlrednerei – auftat seines Mundes Pforte – und sprach die Worte: »O Mâhi-Scheker, bevor ich deinen Wunsch erfülle, habe ich dir zunächst drei Dinge vorzutragen. Darauf sollst du wohl achthaben; sonst hoffe nicht auf den Liebesunterricht – und auch auf den Besuch bei deinem Geliebten nicht. – Erstens: Da du in Liebe zu deinem Gatten befangen – und nach ihm voll Verlangen – von ihm wurdest verlassen – und deinem Schmerz bliebst überlassen – ohne Gramverscheucher – ohne Zuspruch edler Freunde, liebreicher – und dasaßest in Elend und Jammer – in der Einsamkeit Kammer – nun aber du einen Liebhaber gewonnen, einen liebreizenden – anmutspreizenden – so sollst du dies achten als ein Glück – und nicht des Genusses Augenblick – bis morgen ungenutzt lassen – sondern die Gelegenheit wohl erfassen. – Zweitens: Da, wie jedes Geheimnis mir klar ist – auch deines Gatten Treiben mir offenbar ist – so ist mir kund – wie er allerorten und zu jeder Stund – mit lieblichen Gesichtchen scherzt – und jasminduftige Mägdlein herzt – wie in frohem Genießen – auch seine Tage verfließen. – Zwar liebt er dich, sosehr es nur möglich ist zu lieben – doch sollst du nicht die Lust von heut auf morgen verschieben – und wohl benutzen schon heut – die Gelegenheit – die dir zum Genuß sich beut. – Es wäre doch ewig zu beklagen – wenn du wolltest der Erdenlust dich entschlagen – in frischen Jugendtagen! – Drittens: Wohl hat Sâïd mich gekauft und gezahlt meinen Wert – doch seine Hand hat mich nie genährt – nur du gabst mir Wasser und Speise – und bemühtest dich um mich in vielfacher Weise – du bist's, die mich gehegt – und mit Wohltaten mich gepflegt – drum deinem Dienst zu leben – und tausendfach für dich mein Blut zu geben – ist mein einziges Streben.

Daraus magst du verstehen, daß ich mich mit allen Kräften bemühen werde, deine Geheimnisse verborgen zu halten; und wenn du jetzt noch nicht die Wahrheit meiner Worte glaubst, so wird dich die Folge davon überzeugen. Deine Wohltaten und meine Verpflichtungen zu vergessen ist mir völlig unmöglich; im Gegenteil werde ich, soweit ich vermag, bemüht sein, dir meine Dankbarkeit zu beweisen. Wahre Dankbarkeit ist aber nicht bloß mit der Zunge, sondern mit allen Gliedern zu leisten, und ich bin der Ansicht, daß, wenn man auch einmal von seinem Wohltäter eine Beleidigung erfährt, man darum doch seine alten Verpflichtungen nicht vergessen darf. Sollte mich daher auch meine Herrin einmal übel behandeln, so werde ich doch ihre Huld und Gnade mir nie aus dem Sinne schlagen. Es ergeht mir vielleicht mit meiner Treue wie dem armen Papagei, der in der Geschichte von dem indischen Kaufmann und seiner Frau eine Rolle spielt und dessen Aufrichtigkeit zuletzt offenbar wurde.« – Als Mâhi-Scheker dies hörte, fragte sie: »Was ist das für eine Geschichte?« – Der Papagei antwortete: »Das ist eine sehr anmutige Geschichte, die ich dir wohl erzählen möchte, wenn nicht das letzte Drittel der Nacht schon angebrochen wäre. Nun ist es schon zu spät, um zu dem schönen Jüngling zu gehen; ich bedaure, dir so lange den Schlaf entzogen zu haben. Geh jetzt, leg dich zur Ruhe! So Gott will, erzähle ich dir morgen abend meine Geschichte, und nachher gehst du dann zu deinem Geliebten, dem Ziel deiner Wünsche. In der vorigen Nacht ist nämlich – so ununterbrochen dachte ich über deine Angelegenheiten nach – bis zum Morgen kein Schlaf auf meine Augen gekommen, und jetzt habe ich so lange gesprochen, daß ich bis zum Umfallen matt bin.«

Mâhi-Scheker zog sich darauf zu Schlaf und Ruhe in ihr Gemach zurück und legte sich, so aufgeregt sie auch war, nieder.

VIERTER ABEND

Am folgenden Tage hatte sie sich schon vor Anbruch des Abends geputzt und geschmückt, und kaum war es dunkel geworden, als sie zu dem Käfig des Papageien trat und ihn an die Geschichte von dem indischen Kaufmanne erinnerte. – »Laß hören«, sprach sie, »was ist das für eine Geschichte?« – Der Papagei hub an:

Vom Kaufmann und dem Papagei

Vor alten Zeiten lebte in Indien ein Kaufmann, der einen klugen Papagei, ein Erbstück von seinem Vater, besaß. Er hatte ihn als Wächter in seinem Hause angestellt und ließ sich, nachdem er den ganzen Tag mit seinem Handel beschäftigt gewesen war, jeden Abend, wenn er nach Hause kam, von ihm erzählen, was seine Frau gemacht habe, wer im Hause aus und ein gegangen und dergleichen mehr. – Der Papagei gab darüber stets die genaueste Auskunft. So verflossen Monate und Jahre, bis das Schicksal es so fügte, daß der Kaufmann einmal nach Khorasan reisen mußte. Vor der Abreise trat er zu dem Käfig des Vogels und übergab ihm das ganze Haus, indem er sprach: »Achte wohl auf alles, was sich ereignet, und wenn ich zurückkomme, unterrichte mich davon.« – Dann empfahl er seiner Frau, es dem Papagei an Wasser und Nahrung nicht fehlen zu lassen und ihn immer hochzuhalten, nahm Abschied und trat seine Handelsreise an.

Als nun einige Zeit verflossen war, verliebte sich die Frau in einen Jüngling und ging so weit, denselben eines Abends, da sich im Hause kein unwillkommener Zeuge vorfand, zu sich einzuladen und die Nacht in Freude und Lust und unterhaltenden Gesprächen mit ihm hinzubringen.

Außer dem Papagei war niemand im Hause, der dies alles gesehen hätte.

Nach längerer Zeit kam der Kaufmann zurück, begrüßte zunächst seine Frau, untersuchte dann das Haus, das er in bester Ordnung fand, und trat endlich unter den Käfig des Papageien, den er fragte, ob sich sonst etwas im Hause zugetragen. Dieser erzählte ihm von allem, außer dem sündigen Verhältnis seiner Frau zu dem Jüngling. Der Kaufmann aber hatte aus scherzhaften und witzigen Anspielungen einiger zuverlässiger und treuer Freunde Wind von der Sache bekommen und beschloß, von Eifersucht entbrannt, seine Frau umzubringen. Allerdings suchte er seine Wut unter der Maske äußerer Freundlichkeit zu verbergen. So heiter er aber seiner Frau zulächelte, so schöpfte sie doch aus seinem Benehmen Verdacht, daß ihm ihr Treubruch bekannt sei. ›Außer dem Papageien‹, sprach sie, ›wußte doch niemand im Hause von der Sache, ohne Zweifel hat der Vogel geplaudert!‹ – So faßte sie einen Haß gegen das arme Tier und nahm die erste Gelegenheit wahr, bei Nacht aufzustehen, den Käfig zu öffnen, den Vogel herauszunehmen, ihm Schwanz- und Schwungfedern auszureißen und ihn dann zum Fenster hinauszuwerfen. Als dies geschehen, hub sie zu schreien und zu jammern an: »Die Katze hat den Papagei gefressen.« Sie rief so laut, daß der Kaufmann davon aufwachte und sie fragte, was sie jammere. Sie wiederholte ihm, daß die Katze den Papagei gefressen habe, was den guten Mann in Gedanken an die Dienste, die der Papagei ihm als vieljähriger Wächter seines Hauses und aufrichtiger Freund geleistet, so sehr betrübte, daß er in Tränen ausbrach.

Der Papagei aber, der ohne Verschulden dem Verderben preisgegeben war, hatte kaum bei seinem Falle aus dem Fenster den Boden erreicht, als er schon bei sich überlegte, daß, wenn er einer Katze in die Krallen fiele, sein Ende gewiß sei. Aus Furcht kroch er deshalb nach einem großen

Götzentempel, der sich in der Nähe des Hauses befand, und setzte sich in einen Winkel desselben. Dort nährte er sich von dem, was die Priester von ihren Mahlzeiten übrigließen, und von Brosamen und hielt sich verborgen.

Nachdem darüber einige Tage verstrichen waren, ging dem Kaufmann die Geduld aus, so daß er seine Frau aus dem Hause jagte. Er stand aber in solchem Ansehen, daß aus Furcht vor ihm niemand das Weib bei sich aufzunehmen wagte, und ihr Geliebter, der schöne Jüngling, war so weit davon entfernt, sie zu heiraten, daß er nicht einmal aus seinem Hause zu ihr hinauskommen wollte. Kurz, das Weib geriet in die äußerste Not, und da der vorerwähnte Tempel zugleich für Obdachlose und Fremde eine Stätte war, so begab sie sich dahin und betete Tag und Nacht zu dem Götzen. Der Papagei beobachtete sie immer in diesem Tun. Als sie nun eines Abends nach gewohnter Weise kam, betete, ihr Elend klagte und bitterlich weinte, schlich sich der kluge Papagei, da eben der Tempel von aller Welt verlassen war, in ihre Nähe und sprach mit lauter Stimme: »Edles Weib, ich habe dein Gebet erhört und dich meiner Barmherzigkeit gewürdigt; ich habe in dem Herzen deines Gatten neue Liebe und Zuneigung zu dir erweckt und habe ihm Reue wegen seiner Tat eingeflößt; doch will ich, daß du meinen Befehl erfüllest und mir gehorsam seiest, indem du dir Haar, Brauen und Wimpern abscherst; also sollst du deines Wunsches teilhaftig werden.« – Hierauf schwieg er, das Weib nahm aber sofort ein Schermesser zur Hand und wollte sich eben Haar, Brauen und Wimpern abscheren, als der Papagei hinter dem Götzen hervorkam und sich ihr mit den Worten zeigte: »O du Törichte, mit so geringem Verstande hast du Freund und Feind unterscheiden zu können gemeint? Siehst du, indem du deinen wohlgesinnten Freund zu solchem Elend verdammtest, hast du ein so großes Unglück auf dein eigenes Haupt gebracht! Und doch, bei dem erhabenen Gotte, dem Kenner des Verborgenen! von dem bewußten Geheimnis habe ich nicht das mindeste ausgeplaudert und habe dem Kaufmann lediglich Gutes von dir erzählt. Hättest du es aber nicht für gut

gefunden, mir Schaden zuzufügen, so würde ich dir haben nützen können, denn der Kaufmann würde mich noch einmal um das bewußte Geheimnis befragt und ich würde ihn durch allerlei List beruhigt haben. Dann wäre dir weder seinerseits ein solches Unglück widerfahren, noch hättest du deinen Liebhaber verloren. Aber ich will nicht auf dein vergangenes Tun sehen und auch nicht vergessen, welche Verpflichtungen deine Wohltaten mir auferlegen; es war das eben ein Unglück, das seit der anfangslosen Ewigkeit in mein Schicksalsbuch geschrieben worden ist und somit und somit auf mein Haupt kommen mußte. Du bist also unschuldig. Ich sehe nämlich, daß du über alle Maßen töricht bist, denn wenn du auch nur ein Fünkchen Verstand besäßest, so würdest du doch diesen Götzen nicht angebetet, von ihm Hilfe erwartet und den von mir gesprochenen Worten, in der Meinung, der Götze habe sie gesagt, geglaubt haben. Kann denn Stein oder Holz reden? Ja, als Wunder für die Propheten hat Gott Steine wohl reden lassen, doch das ist etwas anderes. So komm denn, verlaß die nichtige Religion und tritt zum wahren Glauben über, bereue deine böse Tat und bitte Gott um Verzeihung. Dann will ich hingehen und machen, daß dem Kaufmann seine Härte gegen dich leid werde und er dir seine Liebe wiederschenke.«

Die Frau war mit dem Vorschlage zufrieden und wurde sofort der Herrlichkeit des Islam teilhaftig. Der Papagei begab sich darauf in das Haus des Kaufmanns, der ihn nicht sobald erblickte, als er aufsprang, ihn mit dem äußersten Entzücken faßte, küßte und drückte und sich angelegentlich nach seinem Befinden erkundigte. »Ich war gestorben«, antwortete der Papagei, »aber Gott ist so gnädig gewesen, mich zu neuem Leben auferstehen zu lassen.« – »Was?« fragte der Kaufmann, »kann denn ein Verstorbener wieder leben?« – »Hast du«, entgegnete der Papagei, »die Geschichte Abrahams (über den Heil sei) nicht gehört?« – »Nein«, sagte der Kaufmann. Da hub der Papagei an:

Legende von Abraham

Man erzählt, daß es dem Abraham einmal in seinem segenvollen Gemüt einfiel zu fragen: »Wie können denn die Teile des Körpers, nachdem sie sich voneinander getrennt, und die Gliedmaßen, nachdem sie hin und her zerstreut worden, wieder zusammenkommen? O Gott, zeige mir's, damit mein Herz Ruhe habe!« Alsbald erscholl von dem Gebieter der Welten, dem Allherrlichen, lieblicher Zuspruch, indem es hieß: »O Abraham, nimm vier Vögel, schneide ihnen die Köpfe ab, zertrenne sie, wirf ihre Gliedmaßen zusammen und streue sie dann lose umher; nachher mache aus den lose umherliegenden Körperteilen vier Haufen, diese trage auf vier verschiedene Bergspitzen und behalte die Köpfe bei dir, dann sollst du ein Wunder sehen.« Abraham tat, wie ihm geboten worden war, und siehe, vier Vögel ohne Köpfe kamen zu ihm, indem die zerstreuten Glieder sich wieder vereinigt und neues Leben erhalten hatten, wie dies im Koran deutlich erzählt wird.

»Gott nämlich, der Allgewaltige, vermag jedweden Toten ins Leben zurückzurufen; die Auferweckung hängt nur von seinem Willen ab, und aus seiner überschwenglichen Gnadenfülle hat er auch mir neues Leben geschenkt.«

Da sprach der indische Kaufmann: »Was ist das für ein großer Gott, der die Toten auferweckt! Ich möchte wissen, ob er noch größer ist als unsere Götter!« – »Ums Himmels willen, mein Gebieter«, erwiderte der Papagei, »eure Götzen sind ja nur aus Steinen und Holz zusammengefügt, seelenlose Wesen, deren Schöpfer der allmächtige Gott ist!« – »Ich bitte dich, lieber Papagei«, rief darauf der Kaufmann, »zu dem Gott laß mich hingelangen!« – Der Vogel lehrte nun seinen Herrn die Worte des Bekenntnisses, und so ward der Kaufmann ein Muselmann. Alsdann sprach er zu dem Papagei: »Ich habe mich überzeugt, daß der allmächtige und erhabene Gott Tote aufzuerwecken vermag; aber sag mir doch, aus welchem Grunde hat er dich auferweckt!« – »O Herr«, antwortete der Papagei, »nachdem mich das Unglück betroffen und ich den Geist aufgegeben hatte, wurde deine Gattin bei dir verleumdet, und die Feinde überzeugten dich so sehr von der Wahrheit ihrer Aussagen, daß du sie im Zorn mit Schimpf und Schande fortjagtest. Die Unglückliche begab sich nun in den Tempel, um zu beten, und da sie fromm und unschuldig war, so ließ der Allerbarmer sie den richtigen Weg finden – sie ward Mohammedanerin; die herrliche Religion des Islam gab ihr die Heiterkeit zurück und tröstete und stärkte ihr zerfleischtes Herz. Alsdann flehte sie zu dem Herrn: ›O mein Gott! du bist der Kenner des Geheimen und Verborgenen, dir ist auch meine Lage bekannt. Mein Gatte hat mich, auf die Worte von Feinden vertrauend, in dies Elend gebracht, und auch der Papagei ist tot, der für meine Reinheit Zeugnis abgelegt und meinen Mann veranlaßt haben würde, mich wiederzunehmen. O Gott, ich flehe, daß du aus deiner unendlichen Barmherzigkeit dem Papagei das Leben verleihest!‹ So sprach sie; und in der Tat hat Gott um ihrer Treue willen mir neues Leben geschenkt. So bezeuge ich denn die Reinheit jener unschuldig Beleidigten, deren reines Gewand kein Fremder zu Gesicht bekommen hat. Durch den Segen ihres Gebets bin ich von den Toten auferstanden, und du bist mit dem Islam beglückt worden; so halte denn deine Frau für rein, denn du hast hier die vollgültigsten unwidersprechlichsten Beweise für ihre Heiligkeit.« Der Kaufmann glaubte diesen Worten, so daß er geradenwegs in den Tempel ging, die Hände und das Gesicht seiner Frau küßte, sie um ihre heilbringende Fürbitte ersuchte und sie dringend bat, ihm sein Vergehen verzeihen zu wollen. Da lobte und pries die Frau des Papageien Weisheit, Klugheit und Treue und bereute herzlich, vorher eine böse Meinung von ihm gehabt zu haben.

»Diese Geschichte habe ich dir deshalb erzählt, o Mâhi-Scheker, damit du daraus auf meine eigene Aufrichtigkeit schließest und wissest, daß ich dein getreuer, um die Erfüllung deiner Wünsche eifrig bemühter Knecht bin. Sollte zum Beispiel Sâïd nach seiner Rückkehr auch von der Sache hören oder Verdacht schöpfen, so würde ich ihn durch allerlei listige Schwänke täuschen und von seiner Meinung abbringen. So gehe denn jetzt, sei vergnügt und lustig bei deinem Geliebten, und laß die Jugend und Liebeszeit nicht ungenützt verstreichen.«

Der Papagei hatte diese Geschichte mit so vieler Anmut und Lieblichkeit und zugleich so langsam vorgetragen, daß ohne Mâhi-Schekers Vermerken schon der größte Teil der

Nacht verflossen war. Als sie sich nun von ihm verabschiedet hatte und sich aufmachte, um zu ihrem Geliebten zu eilen, sah sie plötzlich, daß der wirkliche Morgen bereits den Vorhang der Nacht zerrissen hatte und daß des Tages leuchtendes Angesicht schon die Welt erhellte. Ihr eigentlicher Wunsch blieb demnach auch diese Nacht unerfüllt, und so ging sie in ihr Gemach. Dort aber sprach sie bei sich selbst: ›Allerdings gibt der Papagei meinem Liebesbegehren nach und ist einverstanden, daß ich meinen Freund besuche; aber sagte er nicht, wenn die Sache bekannt werde, so wolle er Sâïd mit Lügen täuschen? – Darf ich nun glauben, daß jemand, der dann zu Lügen greift, jetzt mir nichts vorlügt?‹ – Diese Gedanken beschäftigten sie bis zum Abend, wo sie alsbald zum Käfig des Papageien trat.

FÜNFTER ABEND

Als der Vogel sie erblickte, rief er aus: »Du Sonne – des Erdballs Wonne! – ist jetzt wohl Zeit zur Zögerung? Was stehst du? geh rasch zu deinem Geliebten, dem alle Geduld, alle Ruhe ausgegangen ist, und sei froh und lustig mit ihm! Und sollte es dir im Sinne liegen, weshalb ich gelogen oder wie ich mich zum Lügen habe entschließen können, während doch ein Lügner überall verachtet ist, so muß ich dich daran erinnern, daß die Theologen (Gott wolle ihnen gnädig sein) bei gewissen Anlässen die Lüge gestattet haben, und zwar erstlich, wo es sich um die andere Welt handelt (jedoch so, daß die Erklärung nicht verweigert werde), und zweitens, wenn man damit unter zwei Rechtgläubigen Frieden zu stiften beabsichtigt. In solchen Fällen ist also die Lüge erlaubt. Nur bitte ich dich noch, meine Wohltäterin, daß du niemanden außer deinem Knecht zum Vertrauten deines Geheimnisses machest und daß du gleich diese Nacht deinen Geliebten beglückest.

Denn wo zwei Liebende in Freude beisammen sind, ein jeder entzückt von der Schönheit des andern, da ist die höchste Seligkeit mit ihnen. Hüte dich aber – und das ist eine Hauptregel –, beim Zusammensein mit deinem Geliebten viel zu sprechen und ihm damit lästig zu werden, sondern rede wenig, und zwar so, wie es deinem Teuern wohlgefällt, nach dem Sprichwort: ›Die beste Rede fürwahr – ist, die kurz ist und klar.‹ – Wer diese Regel befolgt, der wird sicher in den Augen seines Geliebten ebensoviel Wohlgefallen finden, als Merdi-Djânbâz in den Augen des Königs von Khorasan fand.«

Als Mâhi-Scheker diese Worte hörte, fragte sie: »O Papagei, was ist das für eine Geschichte von dem König von Khorasan und Merdi-Djânbâz, und wie erwarb sich Djânbâz das Wohlgefallen des Königs? Laß mich hören!« Und der Papagei hub an:

Geschichte des Merdi-Djânbâz

Wie in alten Chroniken geschrieben steht, saß einst in seinem Palaste der König von Khorasan, und es standen vor seinem Throne – die Stützen des Reichs, die Diener der Krone – vornehm und gemein – groß und klein – und nahmen ihre Stellen ein – je nach des Ranges Stufen – zu dem sie waren berufen. – Wohlredende Hofleute erzählten wunderbare Begebenheiten aus den Geschichtsbüchern der Vergangenheit, und der König machte sich die darin enthaltenen Lehren wohl zunutze. Es heißt in einem bekannten Spruch:

Faß die Geschichte ein in Edelstein,
Nutzanwendung ist ja ihr Zweck allein.

Hiernach richtete sich der König von Khorasan, indem er aus den ihm vorgetragenen Geschichten viele auf die geordnete Verwaltung seines Reichs bezügliche Lehren zog.

Plötzlich sah man, wie dem Palast gegenüber von der Steppe ein dürftiges Männlein auftauchte, mager und hager, saftlos und kraftlos, schmächtig und ohnmächtig, wie es im Liede heißt:

Aus Elend war sein Leib ein Schaumgebilde worden,
Was sag ich Schaumgebild? ein Traumgebilde worden,

so daß ihm in seiner Hilflosigkeit die Kraft zur Bewegung fehlte und er in einer Stunde kaum einen Schritt vorwärts machen konnte. Sachte, sachte kroch er heran, bis er sich vor dem Könige befand, welchem er, nachdem er sein Antlitz auf den Fußboden gelegt, eine Bittschrift darreichte. Man nahm diese und gab sie dem König in die Hand, der darin folgende Worte fand: ›Ich habe meinem Könige und Herrn mündlich etwas mitzuteilen; wenn der König es erlaubt und in das Gemach treten will, so bin ich bereit, es dort zu sagen.‹ Der König gestattete dies. Der dürftige Mann trat also mit ihm ein, küßte die Erde vor seinen Füßen, öffnete einen Mund, der gleichsam Edelsteine ausstreute, und sprach: »Mein Herrscher, ich war in dem Dienste eines deiner Veziere, des Statthalters von Chodjend, der mich schätzte und achtete. Da ich für ihn stets mein Haupt und Leben auf das Spiel setzte, so erhielt ich den Namen Djânbâz. Um seinetwillen war ich stets bereit, mein Dasein aufzuopfern, und oft gelang es mir, indem ich mit scharfem Verstande das Richtige traf, ohne Geld und Truppenmacht Dinge auszuführen, die sonst für tausend Mann zu schwer gewesen sein würden. Mein Dienst, solange er dauerte, brachte dem Statthalter jährlich einen Vorteil von hunderttausend Goldstücken ein, und dafür ließ er mir ein Jahrgehalt von zehntausend Goldstücken auszahlen, die ich auf den Unterhalt meiner Familie verwandte. So lebte ich in den glücklichen Tagen deiner Herrschaft frohen Muts, betete für dich, meinen Herrn – und für den Emir von Chodjend, den hellen Stern – und diente ihm eifrig und gern – so daß er in seiner Würde Gückseligkeit – durch meines Dienstes Segen lange Zeit – heiter war und zufrieden – und in Macht und Herrlichkeit ihm zahllose Schätze wurden beschieden. – Gar manches Jahr saß er in der Fülle der Wünsche und Genüsse auf dem Thron der Erdenwonne, und ich lebte ruhig und sicher im Schatten seiner Großmut. Seit einiger Zeit aber hub er an, sich ganz dem Vergnügen hinzugeben – bei Tag und Nacht der Lust zu leben – und eitlen Genüssen – und täglich ein anderes Liebchen mit Feenantlitz zu küssen. – Darüber vernachlässigte er die Sorge um die Herrschaft und um die Angelegenheiten des Volks, so daß beides in Unordnung und Verwirrung geriet. Allmählich kam er so weit, daß er mir nicht mehr ins Angesicht zu blicken wagte, und mein Gehalt blieb ungezahlt. Des letztern hätte es nun freilich nicht bedurft, denn da ich seine Huld und Gnade in hohem Maße genossen, so blieb ich, selbst hungrig und nackend, gern in seinem Dienst; bald aber geriet das Volk des Landes in das größte Elend, und da er sich nun nicht einmal mehr nach dem Ergehen seiner Diener erkundigte und ganz nach dem Spruche lebte:

Gut ist es, daß ich dich nicht sehe,
Denn seh ich dich, so tut mir's wehe –,

da fühlte ich die Notwendigkeit, mit Weib und Kind das Land zu verlassen. Denn es heißt:

Glaubet nicht, daß uns die Ferne
Ruh nicht bringen mög und Rast;
Was man liebt, man mißt's nicht gerne,
Doch man sieht auch in der Ferne
Nicht die Feinde, die man haßt.

So ist denn jetzt, o König, dein glückseliger Palast meiner Wünsche Ziel geworden; mit meiner Stirn den Staub deiner Schwelle berührend, bin ich zu dir gekommen und harre mit Weib und Kind deiner königlichen Gnade. Einen um Hilfe Flehenden unverrichtetersache abzuweisen paßt sich für einen Herrscher nicht, und besonders für dich nicht, der Herrlichkeit Hort, der du an Freigebigkeit unter allen Regenten ausgezeichnet bist und an Gerechtigkeit unter deinen Vätern und Vorfahren erhöhten Hauptes dastehst. So glaube ich denn, daß du meine Hoffnung nicht zuschanden werden und mir mit einem Amte ein für mein Haus genügendes Gehalt zukommen lassen wirst. Diesem Amt aber dürfte kein anderer vorzustehen fähig sein.«

Über diese mutige Rede des Merdi-Djânbâz verwunderte sich der König, und auf seinen schwächlichen Körper blickend, lachte er übermäßig, indem er sprach: »Du dürres Männlein, mit diesem elenden Leibe denkst du schwierige Dinge auszuführen? Nicht einmal zum Essen scheinst du Kraft zu haben! Deine Worte sind freilich spitz wie Pfeile, aber zum Bogen ist dein Wuchs aus Schwäche geworden, und dein Körper gleicht einer leblosen Gliederpuppe. Welchen Dienst sollen wir dir demnach übertragen, dem zu genügen du imstande wärest? Ein für dich passendes Amt habe ich nicht; indessen soll dir meine königliche Mildtätigkeit nicht fehlen; meine Schatzkammer ist ja der Trost und Unterhalt der Armen und Dürftigen. Darum sei nicht taurig, ich will dir daraus eine Summe zuweisen!« – »O König«, erwiderte Merdi-Djânbâz, »Gott gebe deinem Leben lange Dauer – deinen Neidern und Feinden aber gebe sein Zorn Hohn und Trauer! – Aber sage mir, warum hältst du dich an der äußern Form und bekümmerst dich nicht um das Innere, den echten Edelstein? Wohl scheint mancher Mann äußerlich mächtig und stark, und doch ist er zu keinem Geschäft fähig. O nein, der Perle im Herzen bedarf es. Gottlob ist aber mein Busen eine Fundgrube von Weisheitsdemanten, und mein treues Herz hat an Wissen und Gotterkenntnis nicht seinesgleichen. Nur mein Äußeres ist wüst und verstört; mein Inneres ist durch die reiche Fülle meiner Gelehrsamkeit ein unerschöpflicher Schatz. Darum sieh meiner Brust trauernde Zier nicht mit falschem Auge an; es möchte, wenn nachher das Gegenteil offenbar wird, wovor uns Gott behüte – Beschämung die Folge sein. Es ist eine der ersten Herrscherpflichten, nicht auf bloß äußerliche Kraft und Gewalt, sondern auf die Treue und Aufrichtigkeit der Diener zu sehen. Tapfere und starke Leute sind ja für Geld immer zu bekommen, und da die Kraft zu den äußerlichen Eigenschaften des Menschen gehört, so offenbart sie sich auch gleich durch das Aussehen. Einen treuen und wahrhaften Diener zu finden ist aber sehr schwer, denn dies sind innere Eigenschaften, die mit der äußern Erscheinung gar nichts zu schaffen haben. Wenn auf dieser Welt ein Herrscher sich einen in seinen Reden aufrichtigen Freund zu verschaffen gewußt hat, so wird ihm ohne Widerrede alles Schwierige leicht. Die ihrem Wohltäter in Treue dienen, das sind Leute, welche die innigste Gottesfurcht beseelt. Denn die Treue hat ihre Quelle in der Erkenntnis und Gelehrsamkeit, wie der Allherrliche im Koran gesagt hat: ›Es fürchten Gott unter den Menschen nur die Gelehrten.‹ Nein, o Kaiser – du gewaltiger, hochweiser – Gott sei gepriesen – auf mich wird mit Fingern gewiesen – wegen meiner Treue allerorten – und zum Ruhm meiner Gelehrsamkeit fehlt es der Sprache an Worten. – Doch hältst du, was ich dir sage, für Lug und Trug, so ist ja eine Probe zur Vergewisserung leicht anzustellen; zu diesem Behufe trage mir irgendein Geschäft auf, und wenn ich demselben nicht vollständig gewachsen bin und nicht noch außerdem meine Wahrhaftigkeit sich dabei offenbart, so verbanne mich aus deiner großherrlichen Hofburg. Übrigens wie du befiehlst, o Herr!«

So sprach er und schloß seine Rede mit einem Segenspruch; der König aber sah seine unterdessen hinzugetretenen Veziere an und fragte sie: »Nun, was sagt ihr zu diesem Merdi-Djânbâz? Sind seine Worte wahr oder falsch? – Wenn ich ihm als Jahrgehalt ebensoviel gäbe als der Statthalter von Chodjend, das heißt zehntausend Goldstücke, so würde ich ihm doch nur dasselbe geben, was ihm mein Diener gab, und meine Freigebigkeit würde die des Emirs nicht übertreffen! Mehr zu geben würde den Staatsschatz verschleudern heißen, weniger dagegen wäre eine große Erniedrigung, ja die törichtste Gemeinheit; Gemeinheit aber paßt sich für meinesgleichen nicht, und wer immer an meinen Hof kommt, darf nicht mit getäuschten Hoffnungen wieder fortgehen.« Ein sehr verständiger Vezier, den der König hatte, antwortete ihm: »Laßt uns, o Herr, diesen Merdi-Djânbâz als Wächter deiner kaiserlichen Hofburg anstellen; er soll keine Nacht schlafen und unaufhörlich seinem Dienste obliegen. Dafür aber wirf ihm ein Jahrgehalt von zwanzigtausend Goldstücken aus. Bei seiner Schwäche wird er die Schlaflosigkeit keine drei Nächte lang aushalten; wie sollte er denn ein ganzes Jahr Wache halten und in den Genuß seiner zwanzigtausend Goldstücke gelangen können! Auf diese Weise geschieht deiner königlichen Gnade und Freigebigkeit kein Abbruch, und zugleich wird klar, ob Merdi-Djânbâz gelogen oder ob seine Worte wahr.« Der König fand den Vorschlag des Veziers vortrefflich, und man trug dem Merdi-Djânbâz den besagten Dienst an, den er von ganzem Herzen und ganzer Seele annahm.

Merdi-Djânbâz war also jede Nacht der Befehle des Königs unter dem Kioschk, in welchem dieser schlief, gewärtig. Ein ganzes Jahr verstrich, ohne daß er sich in seinem

Wächterdienst die mindeste Nachlässigkeit hätte zuschulden kommen lassen, so daß man nicht umhinkonnte, ihm die zwanzigtausend Goldstücke auszuzahlen. In gleicher Weise versah er im folgenden Jahre sein Wachamt, und kurz, ihm verstrichen vier Jahre hintereinander im Dienst.

Nun traf es sich, daß im vierten Jahre in einer Nacht, wo die Lampe des Mondes hinter Wolkenvorhängen verborgen und die ganze Welt wie des Unwissenden Hirn dunkel war, der König, auf herrlichem Polster in aller Glückseligkeit des lieblichen Schlafes genießend, plötzlich einen des Gedeihlichen – und Erfreulichen Fülle verkündenden Traum sah, einen hochbeglückenden – durch den Wein der Wonne das Herz erquickenden – und gleich einem Schlüssel zur Seligkeit durch die Eröffnung von zahllosen Pforten entzückenden. – Dieser Traum regte ihn so freudig auf, daß er erwachte, aufstand und sich in seinem Schlafgewande niedersetzte. Das Herz voll von fröhlichen Hoffnungen aller Art und zufrieden, als wäre ihm ein neues Leben geschenkt, sah er sich nun im Vollgenusse seines Glückes nach einem Manne um, dem er den Traum erzählen und der ihn ihm deuten könne. Da fiel ihm ein, daß Merdi-Djânbâz sich großer Weisheit und Gelehrsamkeit gerühmt hatte und daß er eben unter den Fenstern des Kioschkes Wache halte.

»In seinem Wächterdienst«, sagte der König bei sich, »hat er gezeigt, daß er seiner Obliegenheit nachzukommen weiß; jetzt wollen wir aber auch einmal seinen Scharfsinn in der Traumdeutung auf die Probe stellen.« – Er blickte dann vom Kioschk hinunter und rief: »Djânbâz!« – Als Merdi-Djânbâz des Königs Stimme vernahm, antwortete er sogleich: »Was befiehlt mein König? Möge Gott der Herr dich behüten vor Irren und Fehlen, und möge er meine Tage deinen Herrschertagen beizählen! O dürfte ich für dich mein Blut verspritzen – auf daß du in Lust und Wonne auf deinem Königsthron mögest sitzen! – Schon ist's das vierte Jahr – daß ich solch gnädigen Rufes gewärtig war – aber, gottlob! gebracht – hat mir ihn diese Nacht. – Nun sage deinen Willen – ich will in treulich erfüllen.« – Auf diese Worte hub der König an, seinen Traum dem Merdi-Djânbâz zu erzählen, welcher mit den Ohren des Verstandes zuhörte und dann sich sogleich an die Auslegung machte. Seine Deutung aber war so bezaubernd und hinreißend, daß der König an ihr noch mehr Wohlgefallen hatte als an dem Traum selbst.

Während er nun aufmerksam horchte, ließ sich von der Steppe her plötzlich ein schwacher Laut vernehmen. Sie hörten hin; es schien ihnen die Stimme einer Frau zu sein, welche rief: »Nun bin ich fort! Wer möchte nun Kopf und Leben opfern, um mich zurückzuverlangen? Wer vermöchte mich heimzubringen?« – Diese Worte wiederholten sich viele Male. Der König brannte vor Neugier, was das für eine seltsame Stimme wäre, und dachte hin und her, während der Laut sich immer mehr entfernte. Endlich fragte der König den Merdi-Djânbâz, ob er nicht wisse, was das für ein Ton sei. »In diesem Augenblick«, sagte Merdi-Djânbâz, »weiß ich es nicht zu sagen; aber wenn du befiehlst, so werde ich mich sogleich hinbegeben und, was ich erfahre, dir der Wahrheit gemäß mitteilen.«

Der König erklärte sich damit einverstanden, und Merdi-Djânbâz öffnete wie ein hochfliegender Raubvogel seine Schwingen und eilte nach der Gegend, aus der der Laut erklungen war. Da nun der König sich allein sah, sprach er bei sich selbst: »Es ist doch eine heilige Herrscherpflicht, sich lieber als um fremde Angelegenheiten um das Ergehen der eignen Diener zu bekümmern. Aus ihren Reden und Taten, aus ihrer Bewegung und ihrer Ruhe läßt sich ja erkennen, ob man mit wahrhaften Leuten oder mit Lügnern zu tun hat, und demgemäß muß man sich benehmen. Als Merdi-Djânbâz zu uns kam, behauptete er, drei gute Eigenschaften zu haben: erstlich Diensteifer, zweitens

Gelehrsamkeit und drittens Wahrhaftigkeit und Zuverlässigkeit. Seinen Diensteifer hat er in seinem Wächteramt bewiesen, auch ist seine Gelehrsamkeit durch die Art und Weise, wie er den Traum auslegte, klar geworden; jetzt muß in dem zu leistenden Dienste nur auch noch seine Wahrhaftigkeit und Zuverlässigkeit sich zeigen.« Mit diesen Gedanken ging er allein seinem Diener nach.

Merdi-Djânbâz, der keine Ahnung davon hatte, daß der König ihm folge, war indessen eine Strecke weit in der Steppe vorwärtsgegangen, als er ein unvergleichliches – an Schönheit unerreichliches – Weib vor sich erblickte – das durch sein holdes Antlitz wie der Mond entzückte – von schlanker Gestalt – bezaubernd jedes Auge alsbald – durch seiner Reize Gewalt – mit Locken glänzenden, fliegenden – jedes Beschauers Herz besiegenden – ein Weib, das strahlte ganz – von Schönheitsglanz – deren Brauen ein gespannter Bogen – von dem tödliche Pfeile flogen. – Dies reizende Geschöpf also erblickend, rief er aus: »Du holdes Idol, du Wonne spendendes – Herzen entwendendes – du, die du lieblich bist wie des Baumes Tuba Schatten – ja, der nichts gleichkommt auf des Paradieses Matten – was tut denn ein Wesen – so auserlesen – wie du, bei Nacht in dieser Öde? – steh Rede – sag an, woher du kommst und wohin du gehst – und weshalb du um Hilfe flehst – sag deiner Trauer Grund – und dein Geheimnis – ohn Säumnis – tu mir's kund!« – Da wandte sich das zierliche Weiblein zu ihm und sprach: »O Merdi-Djânbâz, wisse, daß ich des Königs von Khorasan Leben bin, das schnell verfliegende – rasch versiegende. – Die Frist seines Daseins ist jetzt verflossen – die Liste seiner Tage geschlossen – und das Maß seines Geschickes vollgegossen – so muß ich denn wandern – und nach einem andern – mich umschauen – um ihm seine Herrschaft anzuvertrauen.«

Als Merdi-Djânbâz dies schmerzliche Wort vernahm, verlor er die Zügel des Selbstbewußtseins und fiel ohnmächtig zu Boden nieder. Doch kam er schnell wieder zu sich und sprach schluchzend zu der lieblichen Lebensfee: »Du Mondangesicht, erhabene Herrin, gibt es kein Mittel, dies herbe Leid abzuwenden? Kann ich nichts tun, damit mein Wohltäter noch nicht zum ewigen Leben hinübergehe? Kann ich nicht statt seiner sterben und mich für ihn opfern?« – Die Lebensfee antwortete: »Wohl gibt es gegen dieses Leiden ein Rezept aus der Weisheit Heilungsanstalt; nur bedarf der, welcher das Elixier bereitet, eines alten bewährten Freundes, der sein eigenes Leben daransetzt. Um des Königs Leben zu retten, wird sich aber niemand dem Untergange weihen wollen; so weit seinen Verpflichtungen nachzukommen, vermag kein Sterblicher!« – »Nicht doch«, rief Merdi-Djânbâz, »du irrst, o Herrin! sage das Mittel, ich bereite es; alles, was ich habe, gebe ich für den König hin!« – »Nun«, antwortete die Fee, »willst du, daß der König fortlebe, so stirb du für ihn nebst deiner Frau und deinen Kindern.« – »Ach«, entgegnete Merdi-Djânbâz, »ich selbst sterbe gern für ihn; aber ist es denn so notwendig, daß auch meine Frau und meine Kinder umkommen? Die sind nämlich unverständig und haben wohl nicht den Mut, sich aufzuopfern.« – »Nein«, sagte die Fee, »ohne den Opfertod aller wird der Zweck nicht erreicht.« – »Aber«, fragte darauf Merdi-Djânbâz, »woran soll ich, wenn ich nun mein Leben hingebe, erkennen, daß der König lange leben wird?« – Die Fee antwortete: »Merdi-Djânbâz, wisse, daß der Tod über den König bedingungsweise verhängt ist; der Erhabene, Allherrliche hat die längere oder kürzere Dauer seines Lebens an den erwähnten Umstand geknüpft, wie Ähnliches sehr häufig stattfindet; gewissermaßen deutet ja auch der berühmte Ausspruch unsers Propheten darauf hin, welcher lautet: ›Die Mildtätigkeit wehrt das Unglück ab und verlängert das Leben.‹ Darum laß von eitlem Gelüst! Bist du in der Tat ein getreuer Diener des Königs, so begib dich mit deinem ganzen Hause des Lebens und der Erdenwelt; dann wird dein Name bis zum Auferstehungstage gepriesen werden.« – Mit diesen Worten verschwand sie.

Merdi-Djânbâz zögerte nun nicht, sondern ging geradenwegs nach seiner Wohnung und erzählte genau seiner Frau und seinen Kindern alles, was sich zugetragen. Seine Familie bestand aber außer seiner Frau aus einem Sohn und einer Tochter; diese alle drei riefen sogleich einstimmig: »Und hätten wir tausend Leben, tausend Köpfe, wir gäben sie gern hin, um nur ein Haar des Königs zu retten! Mag nur der König neues Leben gewinnen! Würden durch unsere Selbstaufopferung seine Tage gemehrt, so wäre das unsere höchste Glückseligkeit; dann würde bis zum Jüngsten Gericht unser Name und unsere Treue in unserm Geschlecht und unserer Sippschaft nicht untergehen! Einmal steht es ja jedem sicher bevor, den bittern Kelch zu trinken – die beste Todesart ist, für seinen Wohltäter zu sterben; ist es nicht das schönste, also rühmlich dahinzugehen, wenn wir einmal sterben müssen?« – So lechzten alle nach dem Todestrunk, ja sie wetteiferten, wer zuerst hingeschlachtet werden solle.

Merdi-Djânbâz entblößte nunmehr seinen stählernen Dolch und beschloß, zunächst seine Frau und Kinder umzubringen und sodann an sich selbst Hand anzulegen. Mit dem Sprößling seiner Hüfte, seinem zärtlich geliebten Sohne, dachte er den Anfang zu machen; er hieß ihn also mitten im Zimmer niedersitzen und wollte eben seinen Kopf vom Rumpfe trennen, als von der Steppe her ein Ruf erscholl: »Halt ein, o Djânbâz, dein guter Wille wird als Tat angenommen – und die Gnade Gottes ist auf dich gekommen! – Heil sei dir – und Lob deiner Treue für und für! – Für deine Gerechtigkeit und deinen Edelmut und deine segenvolle Wahrhaftigkeit hat dir der Allmächtige nicht allein dein und deiner Angehörigen Leben geschenkt, sondern auch deinem König neues Erdendasein, neue Herrschaft und neue Glückseligkeit verliehen!«

Bei diesem Rufe sank Merdi-Djânbâz vor dem Throne des Allgütigen zum Boden nieder und drückte sein Weib und seine Kinder an seine Brust, worauf alle unter Tränen dem Herrn dankten und ihn priesen.

Der König von Khorasan, welcher allen diesen Begebnissen als Augenzeuge beigewohnt hatte, kehrte jetzt, während Merdi-Djânbâz seine Kinder noch umhalste und ihnen die Hände drückte, heimlich in seinen Palast zurück und setzte sich auf seinen Herrschersitz nieder. Merdi-Djânbâz brachte noch mit den Seinigen dem Allerhalter seine Dankgebete dar; dann folgte er dem Könige und legte seine Stirn vor ihm auf die Erde nieder. Der König stellte sich nun, als wisse er von nichts, und fragte den Merdi-Djânbâz, ob er über den seltsamen Laut, den sie vernommen, etwas in Erfahrung gebracht habe? – Merdi-Djânbâz aber überlegte bei sich selbst, daß, wenn er die Geschichte, wie sie sich zugetragen, dem Könige erzählte, man ihm wegen ihrer Unbegreiflichkeit vielleicht nicht glauben und ihn vielmehr für einen Lügner und Heuchler halten würde. ›Besser‹, dachte er daher, ›ist es, ich halte diese Dinge geheim und wende meine Antwort anders.‹ – Dann sprach er: »O König, jenes Geschrei ging von einer schönen jungen Frau aus, die sich mit ihrem Gatten überworfen hatte und aus dem Hause weggelaufen war. Ich bin zu ihr gegangen und habe sie durch Bitten vermocht, zurückzukehren; dann habe ich sie nach Hause geleitet und sie mit ihrem Gatten ausgesöhnt. Ich komme geradenwegs daher, um dir meine Aufwartung zu machen.«

Der König ließ sich nun nichts von den Dingen, welche er mit eigenen Augen gesehen, merken, bis der Tag anbrach. Da aber berief er seinen Diwan, und als die Veziere, die Gottesgelehrten und die Großen des Reichs je nach Rang und Würde zusammengetreten waren, erzählte er vor der ganzen Versammlung die Begebenheit von Anfang bis zu Ende. Da lobten und priesen alle Merdi-Djânbâz' Treue und Anhänglichkeit. Der König aber ernannte ihn zum Zweiten Vezier und beförderte ihn, nachdem er auch da die vorzüglichsten Dienste geleistet, zum Großvezier. In dieser Eigenschaft saß er, Gerechtigkeit übend, auf dem Polster der Macht bis an das Ende seiner Tage.

»Aus dieser Geschichte, o Mâhi-Scheker, sollst du entnehmen, daß dem Menschen für diese und für die zukünftige Welt Treue und Wahrhaftigkeit not tut, so wie dem Merdi-Djânbâz um seiner Treue willen seine Wünsche gewährt wurden. Ich bin nun für dich ein Merdi-Djânbâz und möchte tausendmal mein Leben lassen, um dich mit deinem Geliebten zu vereinigen. So zögere denn nicht und gehe zu ihm; besuche deinen Freund, er harrt ja deiner!«

So sprach der Papagei. Mâhi-Scheker machte sich auf den Weg zu ihrem Geliebten und stolzierte wie der Pfau des Paradieses. Aber da sah sie, daß der Djânbâz des Firmaments mit seinen roten Strahlen im Tagesanbruch schon auftauchte. Sie mußte also ihren Wunsch wiederum auf den folgenden Abend verschieben.

Nun weicht, ihr armen Leute, weicht,
Und sei es euch gesagt,
Es hat der hohe Diwan
Auf morgen sich vertagt!

Mâhi-Scheker legte sich also zur Ruhe und wartete, voll Sehnsucht nach ihrem Geliebten, mit Schmerzen auf den folgenden Abend.

SECHSTER ABEND

Sobald der Tag sich geneigt hatte, machte sich Mâhi-Scheker mit tausend reizenden Tändeleien auf den Weg. Als sie aber an dem Käfig vorüberging, da rief heraus – aus seinem Kerkerhaus – der da im Geiste – mit Phönixschwingen im Äther kreiste –und sprach: »Du Zuckermond der Wonne – du leuchtende Schönheitssonne! – du vom Glück Erkorene – unter hohem Stern Geborene! – warum bist du noch nicht gegangen – wohin dich treibt dein Verlangen? – Wozu länger harren? – Hätten nicht schon eure Leiber, die todesstarren – neu beseelt sein sollen und entzückt – und eure Seelen in trauter Heimlichkeit der Welt entrückt – und ihr je durch den andern in holdem Vereine hochbeglückt? – O teile mir mit – was hemmt deinen Schritt? – Hat dein Freund etwas gegen die Liebe verbrochen – daß du ihm gleiches Maß der Gegenliebe hast abgesprochen? – Oder willst du folgen der Spur – des Mädchens von Nischabur – das von Zweifeln getrieben – auf Probe stellte ihren Lieben? – Freilich ist die Sitte zu loben – seinen Geliebten zu erproben – doch bei dem deinen ist das überflüssig. – Drum sei nicht unschlüssig! – Mit dem Feuer der Trennung brenne ihn ferner nicht – sondern laß dein schönes Angesicht – seine Hütte erleuchten mit der Schönheit Licht!« – Da sprach Mâhi-Scheker: »Du, der Rede Meister, was ist das für eine Geschichte von dem Mädchen von Nischabur? Laß hören, ich möchte Nutzen daraus ziehen!«

Worauf der Papagei zu erzählen anhub:

Es lebte vor alter Zeit in der Stadt Nischabur eine reizende Jungfrau, an Schönheit unerreichlich – nur den Huris des Paradieses vergleichlich – deren Stirn gleich der Sonne von Schönheit glühte – und Strahlen der Anmut aussprühte. – Es war, als wenn sie es wäre, auf deren Reize ein zarter Dichter folgende Verse gemacht hat:

Es glänzt dein Angesicht so rot,
Sag, hast du Wein getrunken?
Mich blendet deiner Wange Glut,
Ein heller Schönheitsfunken!
Da in der Schönheit Hochschul du
Den Liebreiz absolviert hast,
So laß mich sehn, du holdes Kind,
Ob du auch profitiert hast!

Als einst dies zauberische Wesen tändelnd und scherzend lustwandelte, sah es ein Mann, dessen weiches Herz in der ganzen Stadt Nischabur bekannt war – und der leicht von einem schönen Gesicht entbrannt war. – Er stand vor der lieblichen Rose wie vor der Sonne das flimmernde Stäubchen; alsbald aber machte er ihr eine Liebeserklärung, indem er sprach: »Du meiner Seele Ruh und Lust – du einzige Erquickung der wunden Brust – o weil ein wenig, weile – und laß von der Eile! – Kaum erblick ich dich hier – so erglüht das Herze mir – von Liebe zu dir – übe an mir Barmherzigkeit – und warte eine kleine Zeit – auf daß deiner Reize Vollkommenheit – mein Auge verkläre – und meinem Herzen in seiner Traurigkeit etwas Trost gewähre!« – Also flehte er dringend. Da das Mädchen aber sah, wie er sich in Klagen ergoß – brannte und zerfloß – da wurde ihr Herz weich, und er schien ihr des höchsten Liebesglücks wert. Indessen dachte sie bei sich selbst: ›Ich will ihn doch einmal prüfen, ob auch stammt aus des Herzens Grunde – das Wort in seinem Munde. – Ist es also, o vortrefflich!« – Sie wandte sich also zu dem angeblichen Verehrer und sprach: »O du nach Schönheit Ächzender – nach der Liebe klarem Born Lechzender! Was hast du denn von meiner Liebe? Wenn du einmal lieben willst, so solltest du wenigstens ein an Schönheit wirklich ausgezeichnetes Wesen lieben.

Deines Lebens Faden sollst du
An ein zartes Röschen binden,
Das stets neue Reize bietet,
Dessengleichen nicht zu finden!

Nun bleib eine kleine Weile hier stehen; ich habe eine Schwester, die kommt gleich hinter mir gegangen, dieselbe ist wirklich an Anmut und Schönheit unübertrofen. Willst du lieben, so liebe die, denn sie ist deiner Leidenschaft wert und verdient, daß man sich zum Staub ihrer Füße mache.«

Als der Verliebte diese Worte vernommen hatte, da konnte er sich nicht halten und begann bald rückwärts, bald vorwärts sich umzusehen. Das Mädchen bemerkte dies und schloß alsbald, daß seine Liebesversicherungen falsch und ohne Bestand seien und daß er, wie man zu sagen pflegt, sich in jeden Weiberrock – und jeden Haubenstock – verliebe, das heißt jedes schöne Frauenzimmer für sich begehre. Während er nun dastand, ging sie ihres Weges, und der falsche Anbeter blieb, um auf das verheißene Liebchen zu warten. Aber

Weint, ihr Äuglein, nur, denn seht,
Keiner kommt und keiner geht!

Endlich merkte er, daß das Mädchen ihn mit ihren Worten auf die Probe hatte stellen wollen, worauf er sich mit Ach und Weh in sein Kummerstübchen zurückzog.

»Hast du nun, o Mâhi-Scheker«, fuhr der Papagei fort, »auch die Absicht, deinen Liebhaber auf die Probe zu stellen, oder hast du keine Liebe in deiner Brust, daß du deinen Besuch so lange aufschiebst?« – Mâhi-Scheker antwortete: »Du weiser Vogel, du in der Beredsamkeit Hochgelehrter – und in allen Tugenden Bewährter! – Die Liebe in meinem Herzen ist überschwenglich groß, und ich dachte auch nicht daran, meinen Geliebten auf die Probe zu stellen. Aus deiner Geschichte aber habe ich großen Nutzen gezogen und denke, ob es nicht vielleicht gut wäre, daß ich ähnlich verführe?« – »Freilich«, antwortete der Papagei, »eine solche Erprobung ist verständig. Indessen mußt du wissen, daß nicht alle Menschen gleichen Charakter haben. Einige sind in der Liebe zuverlässig, handeln, wie sie reden, und sind dem getreu, für den sie Zuneigung an den Tag legen; bei andern dagegen erscheint die Liebe anfangs wohl beständig, aber sie dauert denn doch nicht bis zu Ende und wird gar durch eine Kleinigkeit in Feindschaft verwandelt, gleichwie die zwölfjährige Freundschaft zwischen dem Goldschmied und dem Tischler sich durch weltliche Gier in Haß und Feindschaft umsetzte.« – »Was ist das für eine seltsame Geschichte?« fragte darauf Mâhi-Scheker; und der Papagei erzählte:

Geschichte vom Goldschmied und dem Tischler

In einer der Städte des Landes Azerbeidjân lebten einst ein Goldschmied und ein Tischler, unter denen innige Freundschaft bestand. Nun begab es sich einmal, daß beider Gewerbe stockte und daß der Wind ihres Gewinstes Ährenschnitt verwehte. Da sie nun in die äußerste Dürftigkeit gerieten, kamen sie überein, sie wollten selbander auswandern; sie trafen also ihre Verabredungen und machten sich auf nach dem Lande Rûm. Nachdem sie die Grenze dieses Reichs überschritten hatten, gelangten sie an einen großen Tempel, bei welchem sie haltmachten. In demselben sahen sie verschiedene Götzenbilder, welche den Ungläubigen

Gegenstände der Verehrung und Anbetung waren. Der Tischler, ein in seinem Gewerbe sehr geschickter Mann, machte sich nun gleich daran, hölzerne Figuren in der Gestalt jener Götzen auszuschnitzen; diese verkauften sie überall, wohin sie kamen, und erwarben sich damit ihr Reisegeld. Um dies Geschäft besser betreiben zu können und sich der Not zu erwehren, nahmen sie, obwohl sie im Herzen den wahren Glauben hegten, die Tracht der Heidenpriester an; ja, sie bemühten sich, es äußerlich den eifrigsten Götzendienern gleichzutun, und da sie mannigfach gelehrte Leute waren, so verstanden sie es, in den Städten, die sie durchzogen, den heidnischen Einwohnern zu predigen und sie zu ermahnen. Sie wurden deshalb überall geehrt und hochgeachtet. Sie übernachteten meistens in den Tempeln, und wenn sie daselbst goldene und silberne Götzen erblickten, so wässerte ihnen der Mund danach, und sie seufzten: »Ach könnten wir doch einen von diesen irgendwie stehlen! Welch herrliche Medizin wäre das gegen unserer Not herbes Leid – gegen unserer Armut Bitterkeit!«

So durchzogen sie das ganze Land, bis sie endlich in die Nähe von Konstantinopel kamen, wo sie sich wieder in einem Tempel niederließen, ganz nach der Weise der Ungläubigen ihr Gebet verrichteten, fasteten und dem Volke Predigten und Vermahnungen hielten. Bald erwarben sie sich bei vornehm und gering vollkommenes Zutrauen; alle Welt erbaute sich an ihrem Gebet und erquickte sich an den frommen Worten, die ihren Lippen entströmten. Sehr viele gesellten sich ihnen auch als Schüler zu und glaubten fest, daß ihre Lehre – die Seelen nähre und mehre – und daß der Hauch ihrer Worte – gleich dem wunderkräftigen Hauche des Messias auftue des Lebens Pforte.

Eines Tages gab der Kaiser von Rûm ein großartiges Fest, zu dem er das ganze Volk und die Priester einlud. Auch an die beiden Reisenden war eine besondere Einladung ergangen, welche sie indessen ablehnten. »Wir dürfen«, sagten sie, »unser Enthaltsamkeitsgelübde nicht durch Teilnahme an einem Bankett unterbrechen. Wir leben der Anbetung und geben uns irdischen Lüsten nicht hin. Wir dienen dem Allmächtigen früh und spät – und beten für des Kaisers Wohl in jedem Gebet.« – Die Priester beurlaubten sich nun mit einem Handkuß und eilten zu dem Gastmahl des Kaisers, so daß die beiden an jenem Tage in dem Tempel allein blieben.

Es befand sich aber in demselben ein großer Götze von probeechtem rotem Golde, auf den die beiden Bilderdiebe längst ihr Auge gerichtet hatten. Sobald nun der Abend

kam und es dunkel wurde, hoben sie den Götzen von seinem Postament herunter, trugen ihn aus dem Tempel hinaus und legten ihn in ein Loch, das sie an einer wohlgeeigneten, menschenleeren Stelle ausgegraben hatten. Alsdann kehrten sie selbst zurück, stellten jedes Ding wieder an seinen Platz und beschäftigten sich ferner mit ihren gottesdienstlichen Übungen.

Nachdem darüber einige Tage verflossen waren, kamen die Tempeldiener und vermißten den bewußten Götzen; sie suchten überall, aber das kostbare Stück war unsichtbar geworden, als hätte der Wind es weggeweht. Unter den Priestern entstand nun Lärm und Unruhe, indem ein jeder auf den andern Argwohn warf; nur von dem Goldschmied und dem Tischler versah sich niemand etwas Bösen, und niemandem kam auch nur der Gedanke, daß sie die Übeltäter sein könnten; – denn bei so vieler Frömmigkeit und

Gottesfurcht schien es unmöglich, daß sie einen Betrug hätten spielen sollen. Und wer hätte sie für Diebe halten mögen? – Indessen erzählten ihnen doch die Priester und die Mönche eines Tages die traurige Begebenheit und klagten ihnen ihr Unglück. Bei dieser Nachricht entblößten die schlauen Männer ihre Häupter, rissen sich Bart und Haare aus, schlugen mit den Händen auf die Knie und weinten so heftig, daß den Tempelwärtern darüber das Herz brach. »Ach«, riefen sie endlich aus, »seit wir hierhergekommen sind, haben wir das vorausgesehen und klar erkannt, daß er euch verlassen werde. Ihr ließet es ja immer an der gebührenden Ehrerbietung fehlen; ohne euch um ihn zu bekümmern, gingt ihr bei Tage und bei Nacht fort und ließt ihn allein. Wir sprachen längst untereinander davon, daß plötzlich der Gegenstand unserer Anbetung über euch zürnen und sich in den Himmel begeben werde, um bei dem Messias über euch zu klagen. Was wir fürchteten, ist nunmehr eingetreten; ihr habt das hehre Idol beleidigt, so daß es nichts mehr mit euch zu tun haben will und zum Himmel aufgestiegen ist. Jetzt droht aber seine Rache, und kein Glück wird hinfort diesem Lande zuteil werden, kein Segen ihm bleiben und kein Gebet hier Erhörung finden! Drum weilen auch wir hier keinen Tag länger, sondern ziehen weiter nach andern Ländern.«

Als die Priester dies hörten, huben sie flehentlich zu bitten an: »Habt Erbarmen, habt Mitleid mit uns! Verlaßt unser Land nicht; wir hoffen, daß um eurer segenvollen Anwesenheit willen unsre Buße angenommen und uns Verzeihung gewährt werde, so daß unser Idol wiederkehre. Wenn auch ihr geht, so ist unsre Lage sehr traurig.« Also flehten sie jammernd und heulend; der Tischler und der Goldschmied aber wiesen sie mit harter Hand zurück und wollten von nichts hören. Nach einigen Tagen sagten sie den Priestern Lebewohl und reisten ab. Als es aber Abend geworden war, kamen sie wieder, nahmen das Gold von der

Stelle, wo sie es vergraben hatten, und gingen dann hin, woher sie gekommen waren. Bald darauf langten sie gesund und reich in Azerbeidjân, ihrer Heimat, an und blieben daselbst.

Das Gold befand sich in den Händen des Goldschmieds, der mit dem Tischler davon ein reichliches und bequemes Leben führte. Eines Tages sprach zu ihm letzterer: »Mein Bruder, da unser ganzer Schatz in deinen Händen ist, so halte nur sorgfältig Rechnung, damit keiner von uns zuviel erhalte.« – Der Goldschmied nahm dies wohl auf, und anfangs geschahen die Ausgaben nach der besten Gerechtigkeit.

Nach einiger Zeit aber versuchte der Satan den Goldschmied; er reizte ihn mit des Goldes Reize – und füllte sein Herz mit Gier und Geize – so daß er bei sich selber sprach: ›Was bin ich doch für ein Narr! Die Geschichte von dem Golde weiß ja außer uns beiden niemand, und der Tischler hat längst genug an dem, was ich ihm schon gegeben. Wie wär's, wenn ich den Rest ableugnete?‹ – Diesen Gedanken beschloß er sofort zur Tat werden zu lassen, und als der Tischler nach alter Gewohnheit wiederkam, um etwas Gold zu holen, antwortete ihm der Goldschmied: »Was für Gold willst du denn? Unser Schatz ist längst erschöpft und ausgegeben; ich habe kein Gold mehr.« – Also leugnete er ab; der Tischler aber, der ein sehr kluger und verständiger Mann war, gab ihm keinerlei Widerrede und ließ sich durchaus nicht merken, daß er etwas übelnehme. Mit gewohnter Freundlichkeit antwortete er: »Gut, mein Bruder, wenn kein Gold mehr da ist, so möge uns nur die Gesundheit bleiben! Sich um Gold und Gut zu betrüben, ist nicht der Mühe wert. Ausgegeben zu werden, ist die Bestimmung des Goldes; das ist geschehen, und nun ist's zu Ende. Gott gebe uns beiden langes Leben, mein Bruder! Nur, um des Himmels willen, betrübe dich nicht!«

Also tröstete er seinen Freund; dabei aber war er fest

überzeugt, daß dieser sich zum Betruge gewandt habe. ›Mit Gewalt‹, sprach er bei sich, ›den Schatz dem Goldschmied zu entreißen, ist völlig unmöglich, dazu will's tausend Listen und lange Zeit.‹ – Zu dem Ende hielt er es für nötig, sein Benehmen nicht zu verändern und äußerlich den Pfad der Freundschaft mit dem Goldschmied nicht zu verlassen. Wo er ihn traf, lächelte er ihm demnach zu und ließ ihn lange Zeit nicht das mindeste merken. So lebten sie miteinander; der Goldschmied aber rechnete es dem Tischler als große Dummheit an, daß er seine Lüge über die Erschöpfung des Schatzes geglaubt hatte und ihm danach so freundlich zulächelte. ›Den habe ich hübsch hinter das Licht geführt‹, meinte er.

Inzwischen grub der Tischler in seinem Hause ein unterirdisches Gemach aus und stellte darin eine von ihm aus Holz geschnitzte Figur auf, welche an Gestalt und Zügen auf das genaueste den Goldschmied darstellte und welcher er auch Gewänder ganz von dem Schnitt derer des Goldschmieds anzog. Dann schaffte er sich ein Paar junger Bären an, welche er der besagten Figur gegenüber in dem unterirdischen Gemache an eine Kette sperrte. Jeden Tag nun, wenn die Essenszeit der Tiere gekommen und sie sehr hungrig waren, legte er der vor ihnen stehenden Figur auf jede Schulter ein Stück Fleisch; die Tiere suchten dann dies, sobald sie es erblickten, zu erreichen, und wenn er sie von der Kette losmachte, so sprangen sie herzu, nahmen je von einer Schulter das Stück und fraßen es. Das war ihre Fütterung, und da sie täglich zweimal ihr Fleisch auf diese Art und Weise erhielten, so gewöhnten sich ihre Augen leicht an die Figur des Goldschmieds. Sogar wenn sie angekettet waren, richteten sie sich häufig gegen die Figur auf, bewegten Kopf und Ohren und machten ihr aus Gier nach Fleisch allerlei spaßhafte Bewegungen und Schmeicheleien vor.

Nachdem der Tischler so die Tiere mit der Figur befreundet hatte, lud er eines Tages nach alter Gewohnheit den Goldschmied zu Tische. Derselbe hatte zwei Söhne, welche er, da zwischen ihm und dem Tischler keine Förmlichkeit bestand, mitbrachte. Man saß nieder und unterhielt sich vortrefflich. Als die Mahlzeit beendigt war, nahm der Goldschmied Abschied, indem er seinem Freunde sagte: »Mein Bruder, ich gehe in meinen Laden; schicke meine Söhne später nach Hause!« – Damit erhob er sich und ging. Kaum war er aber fort, als der Tischler die beiden Bürschchen nahm, sie in ein ebenfalls in seinem Hause befindliches abgelegenes Zimmer brachte und die Tür hinter ihnen verschloß. Zugleich brachte er die Figur aus dem unterirdischen Gemach an einen andern Ort und ließ die jungen Bären aufs äußerste hungrig werden.

Am Abend verließ der Goldschmied seinen Laden und ging nach Hause. Dort erfuhr er, daß seine Söhne fehlten und noch gar nicht gekommen waren. Dies beängstigte ihn dergestalt, daß er in der Dunkelheit der Nacht sogleich nach dem Hause des Tischlers eilte; doch fand er auch dort seine Kinder nicht. Er fragte nun den Tischler, was aus seinen Söhnen geworden sei; der aber antwortete ihm: »Ich weiß davon nichts, mein Bruder. Nach deinem Fortgehen wollten sie nicht länger bleiben und haben sich auf und davon gemacht; seitdem habe ich sie nicht mehr gesehen und kann also nichts darüber sagen.« – Der Goldschmied kehrte nun nach seinem Hause zurück, denn er meinte, sie könnten vielleicht auf einem andern Wege dorthin gelangt sein, während er zu dem Tischler gegangen. Vergebens; er fand sie nicht, sie waren nicht gekommen! – Jetzt ward ihm die Welt zu enge, er konnte die ganze Nacht kein Auge schließen, lief suchend nach allen Himmelsgegenden und ließ die Sache durch Ausrufer bekanntmachen. Es fand sich aber in der ganzen Stadt niemand, der sie gesehen hätte.

Nun zerriß er sich seinen Rockkragen und ging wieder

zu dem Tischler, dem er sagte: »Du sollst mir jetzt unfehlbar meine Kinder wieder schaffen, denn da ich ging, habe ich sie bei dir gelassen.« – Darüber erhob sich ein Zank, und die alte Freundschaft verwandelte sich in einem Augenblick in Feindschaft. Zuletzt kam es dahin, daß der Goldschmied den Tischler vor den Kadi rief und nach dem heiligen Gesetz gegen ihn klagbar wurde. Nachdem er dem Kadi sein Anliegen vorgetragen, fragte dieser den Tischler: »Nun, was sagst du?« – »Ja«, antwortete derselbe, »der Mann hat recht, seine Söhne sind bei mir geblieben; aber nachdem er fortgegangen, haben sich beide in Bären verwandelt. Ich habe sie darauf in meinem Keller angebunden, wo sie noch sind.« – »O Tischler«, entgegnete der Kadi, »sprich kein leeres Zeug; in der Religion Mohammeds (über dem Heil und Segen sei) gibt es keine Verwandlung. Verwandlungen fanden wohl unter den früheren Propheten (über denen gleichfalls Heil sei) statt, seit dem glückseligen Erscheinen unsers Propheten aber, des Ruhmes der Schöpfung (über dem der herrlichste Segen sei), ist dergleichen nicht mehr vorgekommen. So finde denn rasch die Knäblein auf!« – »Allerdings«, antwortete der Tischler, »steht in den Büchern so geschrieben, und die Rechtgläubigen sind auch frei und gesichert vor solcher Verwandlung; aber die geheimnisvolle Weisheit Gottes hat sich an den Söhnen dieses Mannes offenbart. Gott weiß, wegen einer Schlechtigkeit, die mein Gegner begangen, hat dies wohl seine Kinder betreffen müssen.«

Der Kadi sah nun seine Beisitzer an und sprach zu ihnen: »Ihr Rechtgläubigen, es ist sicher, daß in der Religion Mohammeds (über dem Heil sei) Verwandlung nicht stattfindet, aber dieser Tischler spricht doch sehr vernünftig, wir müssen notwendigerweise mit eigenen Augen sehen.«

Alle, die dies hörten, schlossen sich nunmehr dem Kadi an, der sich in zahlreicher Begleitung nach dem Hause des Tischlers begab. Dieser öffnete der Versammlung sein unterirdisches Gemach und ließ sie eintreten. Sobald aber die beiden Bären, welche an die den Goldschmied darstellende Holzfigur gewöhnt worden waren, an deren Stelle den Goldschmied selbst erblickten, stürzten sie auf ihn los und schmeichelten ihm mit allen möglichen Freundlichkeiten und Spielereien. Sie sahen ihn an, bewegten die Ohren und den Hals und machten überhaupt, um ihren Fraß zu bekommen, die wunderlichsten Bewegungen vor ihm. Dann trat der Tischler herzu und löste sie von ihrer Kette; kaum aber fühlten sie sich frei, als sie auf den Goldschmied zusprangen, je auf eine seiner Schultern stiegen und ihm den Hals und die Ohren zu streicheln anfingen.

Als der Kadi und die Leute, die mit ihm gekommen waren, dies sahen, waren sie alle hocherstaunt. »Was ist hierbei zu machen?« riefen sie aus, »und was sollen wir dazu sagen? Gott ist der Lenker aller Dinge! Diese jungen Bären sind wirklich deine Söhne, daran zweifelt niemand unter uns mehr.« Damit gingen sie fort; der Tischler aber überreichte dem Goldschmied die Kette der beiden Tiere, indem er zu ihm sprach: »Hier, mein Bruder, nimm deine Söhne!«

Der Goldschmied erkannte jetzt den Sinn der Geschichte und sah, daß, wenn er auch äußerlich den Prozeß gegen den Tischler gewönne, er doch nichts anderes erreichen würde, als daß ihm anstatt seiner Söhne ein Paar junger Bären von Rechts wegen zugesprochen werden würde. Er zweifelte nicht länger, daß dies eine List sei, zu der seine Habsucht den Tischler veranlaßt habe und die von ihm in der Absicht angestellt sei, um seinen Anteil an dem Golde zu erlangen. Notgedrungenerweise zog er ihn deshalb beiseite und sprach zu ihm: »Mein Bruder, dein Anteil an dem Golde liegt bei mir bereit, nimm außerdem noch, soviel du willst, nur mach mich nicht zum Gespötte der Welt!« – »Mein Bruder«, erwiderte der Tischler,

»deine Kinder sind bei mir ebenfalls bereit; bring mein Gold und hole deine Kinder!« Alsbald brachte nun der Goldschmied das ganze Gold und nahm seine Kinder gesund und wohlbehalten in Empfang und führte sie nach Hause. Nur hatte sich um irdischen Tand – die Freundschaft, die beide verband – zu Haß gewandt – so daß sie in Trug und Lug ihr Ende fand.

»Um nun«, fuhr der Papagei fort, »aus dieser seltsamen Geschichte eine nützliche Lehre zu ziehen, so merke dir, daß es hienieden zweierlei Menschen gibt, und zwar solche, welche stark, und solche, welche schwach in der Freundschaft sind, wie dies nachher bei der Prüfung klar wird. Jedoch glaube ich, daß die Liebe deines Teuern, des vornehmen Jünglings, stark sein muß. Willst du dennoch eine Prüfung anstellen, vortrefflich! Doch ist das ganz überflüssig. So zögere denn nicht, geh und genieße seine Gesellschaft.«

Mâhi-Scheker machte sich nun vergnügt zu ihrem Geliebten auf den Weg; aber da sah sie, daß es schon tagte und daß das Gold des Sonnenballs – so der Goldschmied des Weltenalls – hielt verborgen – beleuchtete den frei gewordenen Morgen. – Traurig erkannte sie nun, daß der Besuch auf die nächste Nacht verbleiben mußte.

Nun weicht, ihr armen Leute, weicht,
Und sei es euch gesagt,
Es hat der hohe Diwan
Auf morgen sich vertagt!

SIEBENTER ABEND

Mâhi-Scheker verhielt sich also jenen Tag abermals geduldig und ruhig. Als aber der Abend war gekommen – und die Welt auf sich genommen – den dunkeln Schleier – trat sie, durchglüht von der Sehnsucht Feuer – nach dem, der ihr teuer – und der Nachtigall gleich – klagereich – unter den Käfig des Papageien. – »Ach«, sprach sie, »was soll noch auf Erden – aus mir werden? – Der Liebesschmerz ist zum Brand in mir entfacht – und mit Seufzen wird Tag und Nacht – von mir hingebracht. – Es ergeht mir ganz nach dem Verse:

Speise, Trank und Schlummer, ach!
Nichts gefällt mir mehr;
Und in meinem Aug der Born
Ward vom Weinen leer.

Ich bitte dich nun, o Papagei, daß du mir deinen guten Rat unverweigerlich mitteilest – und meinen Seelenschmerz heilest. – Kannst du dem Übel nicht wehren – so wird der Trennungsgram mein Leben verheeren – und der Sturm der Sehnsucht mein Dasein zerstören.« – Worauf alsbald der Papagei seinen Mund erschloß – und süße Worte reihend – und Juwelen streuend – sich in folgender Rede ergoß: – »Ein kostbarer Spruch, o Mâhi-Scheker, der uns von dem Propheten überliefert worden ist, besagt, daß seinem Wohltäter treu dienen die höchste Gottesgnade, das wahre Elixier zu Ehre und Herrlichkeit ist. Ich bin nun, dem Höchsten sei's gedankt, mit dem Schmucke der Weisheit geschmückt – und meinen Handlungen ist der Geradheit und Bravheit Siegel auf die Stirn gedrückt. – Auch sollte dein kundiges Herze wissen – daß ich mich beflissen – in deinem Dienste zu jeder Zeit – der Treue und der Wahrhaftigkeit. – Da du nun mir anvertraut hast deine Heimlichkeit – und zahllose Wohltaten auf mich gestreut – so kann ich wohl verlangen – daß du sonder Bangen – nach meinem Rate handelst – und meine Worte in Taten verwandelst. – So mach denn ohne Verzug – deinem Liebsten den Besuch – laß die Gelegenheit nicht verstreichen – denn es heißt, die günstigen Augenblicke rasch entweichen. – Sonst möchte, bevor dir's könnte glücken – deinen harrenden Liebhaber zu entzücken – dein Gatte Sâïd wiederkehren – und deine Wünsche zerstören. – Dann hättest du dich vor deinem Vielgetreuen – zu schämen und zu scheuen – wie der indische Königssohn zu Schmach und Scham – vor dem Weibe des Kriegers kam.«

Als Mâhi-Scheker dies hörte, fragte sie: »Was ist das für eine Geschichte?«, und der Papagei hub an:

Geschichte vom indischen Königssohn und dem Weibe des Kriegers

Die Bücher alter Geschichten – erzählen und berichten – daß einst in einer Stadt in Hindustan – lebte ein Kriegesmann – der ein liebliches Weib besaß, die war so schön – daß selbst des Horizontes Augen ihresgleichen nicht gesehn, und nie ward ihrer Unschuld reines Gewand – berührt von unheiliger Hand. – Von ihrer Locken Schlingen umwunden – war der Krieger wie mit Ketten gebunden – und wie gefangen in Angst und Bangen – hielt ihn das zarte Liebchen – in ihres Kinnes Grübchen. – Er hatte sich von allem losgesagt – was auf der Welt dem Menschen behagt – und seines Weibes Liebesblick – war sein einziges Vergnügen und Glück. – Wo ihm ihr Anblick ward beschieden – war er zufrieden – und trug kein Verlangen – weitere Güter zu erlangen sondern mit Herzen und Scherzen ward Tag und Nacht – lachend und wachend von ihm hingebracht. – Wie aber er die Frau – also genau – liebte den Gatten sie – und widersetzte sich seinem Willen nie – sondern ließ sich genügen an trockenem Brot – kaum genug zu wehren dem Hungertod – und wollte lieber in Not und Armut bleiben – als ihren Gatten zur Arbeit antreiben. – Was zur Hand war im Haus – gaben sie aus – und wie sie täglich tranken und aßen – so verkauften sie, was sie besaßen – ihre Habe groß und klein – und lebten von dem, was dafür kam ein. – Endlich mußte die Frau auch ihre Kleider und ihre Aussteuer verkaufen, bis nichts übrigblieb, und da sie keinerlei Erwerb hatten, so gerieten sie in die äußerste Armut und Dürftigkeit. In dieser Lage sprach eines Tages die Frau, welche ebenso verständig als tugendhaft war, zu ihrem Manne: »Unser Hausrat ist hinfort der Koranspruch: ›Es gibt kein Tier auf der Erde, dem Gott nicht seinen Unterhalt gebe‹; dieser Spruch aber ist ein Schatz, denn allem Lebendigen wird sein tägliches Brot zur Genüge zuteil. Indessen ist diese Welt eine Welt der Ursachen; ohne Ursache ist keine Wirkung, und es geschieht nichts; denn Gott selbst hat die Wirkungen an die sie veranlassenden Tätigkeiten geknüpft. Wir sind beide wohlauf und kräftig; und schickt es sich wohl, daß du hier in einem Winkel dich abhärmst und verkommst, wenn deinesgleichen im Dienste des Königs gute Tage haben? – So wirf denn diese Weichlichkeit ab und laß dich in den Dienst des Landesherrn aufnehmen! Dann dürfen wir hoffen, daß deine Umstände aus ihrer jetzigen Zerfahrenheit wieder zu guter Ordnung gedeihen.«

Als der Krieger diese Worte vernahm, hub er so heftig an zu weinen, daß ihm schwarzes Blut aus den Augen floß, und er sprach: »Wie könnte ich dich verlassen? Und wem sollte ich dich anvertrauen?« – Ihm antwortete die Frau: »Wohl mag es dich brennen – dich von mir zu trennen – aber schlimmer als der Trennung Glut – quält der Dürftigkeit Wut. – Und fällt dir nicht das Sprichwort ein: – ›Bittre Armut ist Höllenpein‹? – Nur im Überfluß – ist man empfänglich für der Liebe Hochgenuß – doch wo des Kummers und Grames Last – die Brust erfaßt – kann man da an seinem Liebchen, dem süßen – Freude haben und es genießen? – Solltest du dich aber um meinetwillen kränken – und etwa denken: ›Kaum bin ich fort – so wird der wohlbehütete Ort – mein Harem, befleckt – und was ich versteckt – vor fremden Augen aufgedeckt – und ich bin entehrt –

solange mein Leben währt‹ – solltest du also denken, da wisse, daß dies törichte und lästerliche Einbildungen sind. ›Der Glückliche ist schon im Mutterleibe glücklich, und der Unglückliche ist schon vor der Geburt unglücklich‹, sagen die Araber, das heißt, Glück und Unglück sind Gaben, die Gott in der anfanglosen Ewigkeit dem Menschen zuerteilt hat; es ist das uralte Verhängnis des Herrn. Wenn – wovor uns Gott bewahren möge – ein Weib Schlechtigkeiten begehen will, so ist sie dazu ebensogut bei Anwesenheit als bei Abwesenheit des Mannes imstande. Bis jetzt ist es doch nicht vorgekommen, daß ich zu solcher Schändlichkeit mich hergegeben hätte, und auch in Zukunft wolle der Allbewahrer mich dagegen in seinen Schutz nehmen. Wenn er mich behütet, so wird man weder in dieser Welt mich treulos schelten, noch werde ich jenseits beschämt dastehen. Außerdem aber weißt du, daß meine Eltern, Großeltern und Ahnen nie dergleichen Sünden begangen haben; so Gott will, hege ich stets gleichen Abscheu davor. Es ist ja eine ausgemachte Sache, daß jeder Mensch in den Wegen derer geht, von denen er abstammt, aus welchem Grunde auch jener erfahrene Mann seine Frau heimschickte.« – Als dies der Krieger hörte, fragte er seine Frau: »Was ist denn das für eine Geschichte?«, worauf die Frau anhub:

Geschichte von dem Kaufmann und der jungen Frau

Wie man erzählt, lebte vorzeiten ein Kaufmann, welcher sich überall bemühte, den Charakter der Frauen zu erforschen, und sich nach ihrem Tun und Treiben erkundigte. Einstmals unternahm er eine Handelsreise, und da geschah es, daß er in einer Stadt, die er besuchte, um seine Begierden zu stillen – und den Wunsch der Verheiratung zu erfüllen – eine Jungfrau zum Weibe nahm, deren Mutter von Art ein liederliches Weibsbild war. Nach der Hochzeit blieb der Kaufmann mit seiner jungen Frau noch einige Zeit in jener Stadt; er liebte sie auf das innigste, und auch sie handelte nie seinen Wünschen zuwider, sondern diente ihm in aller Ehrbarkeit. Nun traf es sich, daß er jene Stadt verlassen und in ein anderes Land reisen mußte; er schaffte also alle Reisebedürfnisse an, lud sie auf Kamele und Maultiere und reiste, sich einer Karawane anschließend, mit seiner Frau ab.

Eines Tages führte der Weg sie an eine Brücke, über welche man das vorderste Kamel der Karawane nicht hinüberzubringen vermochte. Nachdem man sich umsonst deshalb eine Weile bemüht hatte, sprach die Frau des Kaufmanns: »Laßt nur das Kamel, das ich reite, vorangehen!« Man tat also, und wie ihr Kamel voranging, so folgte ihm dasjenige, welches vorher nicht hatte vorwärts wollen, nach und kam hinüber.

Der Kaufmann glaubte die Worte seiner Frau als eine übernatürliche Eingebung betrachten zu müssen und fragte sie: »Wie wußtest du denn, daß das Kamel, welches du reitest, hinübergehen würde?« – »Ich wußte nur«, antwortete sie, »daß das stetige Kamel ein Junges des meinigen ist, und da die Mutter hinüberging, so mußte das Kind doch ohne Zweifel folgen.« – »Aber folgt das Kind denn immer der Mutter?« fragte der Kaufmann. – »Freilich immer!« antwortete die junge Frau.

Der Kaufmann verstand die tiefe Bedeutung dieses Wortes und sprach deshalb zu seiner Frau: »Aus dem, was sich hier mit den Kamelen ereignet hat, schließe ich auf das, was sich mit dir ereignen wird. Wenn jedes lebende Wesen seiner Mutter folgt und denselben Weg geht, so wirst du auch gewiß allmählich auf die Pfade deiner Mutter kommen, liederlich und schlecht werden und mir vor der Welt dadurch einen bösen Namen machen. Hinfort habe ich daher mit dir nichts mehr gemein.

Jetzt bin ich los von allem, was an dir
Mich sonst entzückt hat und beseelt, o Holde!
Nicht klag ich wie die Nachtigall hinfort,
Wo mir dein Rosenantlitz fehlt, o Holde!« –

Er zahlte ihr demnach ihre Morgengabe aus, gab ihr den Scheidebrief und schickte sie zu ihrer Mutter in ihre Heimat zurück.

»Hieraus«, so fuhr die Frau des Kriegers fort, »ist die Lehre zu ziehen, daß jedes Geschöpf in den Wegen seines Ursprungs wandelt, das ist eine alte Regel. Mein Ursprung ist rein, und ich habe mich der Hut des Herrn anbefohlen. Außerdem bin ich ja tugendhaft, und deshalb bedarf ich deines Schutzes nicht, so wie eine gewisse Merhûma sich vor Sünden hütete und dann sowohl vor ihrem Gatten, dem frommen Manne, unschuldig dastand als auch des Höchsten Wohlgefallen sich erwarb.« – »Was ist das für eine Geschichte?« fragte der Krieger, und die Frau erzählte:

Geschichte der Merhûma

Die Bücher wahrer Geschichte – und redeklarer Berichte – teilen mit, daß einmal in dem Lande Turkistan Merdi-Salih, ein frommer Mann, lebte, der eine gehorsame, demütige – gewissenhafte und gutmütige – Frau, namens Merhûma, besaß. Einst beschloß Merdi-Salih, die Pilgerfahrt nach dem Hedjâz anzutreten, den Umgang um die Kaaba zu halten und das Grabesgärtlein des Propheten (über dem Heil sei!) zu besuchen. Vor der Abreise brachte er seine Frau in das Haus seines Bruders und übergab sie seinem Schutze; dann machte er seine Vorbereitungen, sagte seinen Freunden Lebewohl und reiste ab, indem er noch wiederholt die Frau dem Bruder anempfahl.

Lassen wir ihn zunächst bei seiner Pilgerfahrt; sein Bruder, welcher Fessâdj hieß, kam dem Auftrage gemäß täglich zu der Frau Merhûma und sorgte für ihre Lebensbedürfnisse. Als er aber in dieser Weise eines Tages in ihr Zimmer trat und sie von ungefähr erblickte, überraschte ihn ihre außerordentliche Schönheit so sehr, daß er sich in sie verliebte. Der Teufel voll Lug und Trug raunte ihm nun stündlich Böses zu, bis es ihm gelang, ihn irrezuführen und ihm allmählich auch die Schmerzen der Liebe fühlbar zu machen. Kurz, seine Leidenschaft wuchs von Tag zu Tag, so daß er endlich sich nicht mehr halten konnte und die Liebe den Schleier der Scheu und Scham durchriß.

Da er nun eines Tages die Merhûma allein traf, erschloß er ihr sein gequältes Herz – seinen unheilvollen Liebesschmerz – und flehte, sie wolle ihn erhören – und sein Begehren gewähren – und die Glut in ihm ersticken – und ihn, der liebekrank, durch den Heiltrank ihrer Gegenliebe erquicken. – Sowie aber Merhûma die abscheuliche Zumutung ihres Schwagers vernahm, antwortete sie ihm, außer sich vor Erstaunen und Unwillen: »Du schamloser Mensch, fürchtest du Gott nicht? Und hast du keine Scheu vor Mohammed, unserm Herrn, dem Erkorenen – dem Preise der Erdgeborenen – daß du es mochtest wagen, mir solche Greuel vorzuschlagen – und also deinem bösen Gelüste Rechnung zu tragen? – Geh fort und laß den törichten Gedanken fahren, denn daß dir dein Wunsch in Erfüllung gehen sollte, ist durchaus unwahrscheinlich. Nie werde ich gestatten, daß die Sünde zerreiße – mein Gewand, das unschuldweiße – und daß Treulosigkeit vergälle – meiner Reinheit lautere Quelle.«

Also schnitt sie ihm durch ihre Antwort jede Hoffnung ab. Fessâdj kannte Geduld und Rast nicht mehr – das Weib war sein Begehr – und schlimmere Worte als vorher – strömten aus seinem Munde daher. – »Willst du«, sprach er, »dich mir nicht fügen, so bringe ich dich um, oder ich mache dich zum Hohn und Spott der Welt, und nachher wirst du es bereuen.« Diese Worte begleitete er mit furchtbaren Drohungen. Die Frau aber verachtete dies und verbot ihm, ferner zu ihr zu kommen, indem sie sprach: »Was auch geschehen mag, von der Treuepflicht wirst du mich nicht abbringen, und Gott ist's, der mir hilft.« – Dann ging sie in ihr inneres Gemach und blieb daselbst. Fessâdj aber machte, von den Einflüsterungen Satans getrieben, tausendfältige fluchwürdige Entwürfe, ohne sich um die Ehre seines Bruders, der doch das Haupt der Familie war, noch um den Auftrag, das Haus zu behüten und zu beschützen, je zu kümmern.

Nun lebten in jener Stadt vier schlechte, die Religion geringachtende Menschen. Die gewann Fessâdj durch große Versprechungen und führte sie als Zeugen nach dem Gerichtshofe, wo er selbst als Kläger auftrat und die Merhûma verleumderischerweise des Ehebruchs beschuldigte. Auf das Zeugnis der vier Mohammedaner verurteilte der Kadi die unglückliche Frau nach dem heiligen Gesetz zur Steinigung, und diese Sentenz wurde auch sofort ausgeführt; man brachte die Merhûma auf das freie Feld hinaus, steinigte sie, wie das heilige Gesetz vorschreibt, und ließ sie dann liegen. Da sie aber schuldlos war, so errettete der Allherrliche sie vom Tode und ließ Spuren des Lebens in ihrem Körper zurückbleiben.

Nach einiger Zeit, als es Abend wurde, kehrte ihr das Bewußtsein einigermaßen wieder, und da fand sie ihren lieblichen Leib mit Blut bespritzt – einem Rubin gleich, der im Felsen sitzt. – Alsbald wandte sie sich im Gebet zu dem Allwahren – dem aller Bedürfnisse baren – und sprach: »O Gott, der du vermochtest deinen Freund zu erlösen – aus dem Glutofen Nimrods des Bösen – und den Jonas aus des Fisches Bauche – wiederzugeben dem Lebenshauche – o du, dem das Verborgene klar – und das Geheime offenbar – ich bekenne, daß ich eine Übeltäterin – eine Übertreterin bin und Verräterin – und daß ich meine Religionspflichten – oft versäumt habe treu zu verrichten. – Aber du weißt, daß ich nicht einmal an das gedacht – was sie wider mich vorgebracht – daß der Schmutz solcher Schande – nicht haftet an meiner Unschuld Gewande – und daß meines Daseins Spiegel nicht mit dem Roste der Sünde bedeckt – sondern unbefleckt – ist und rein – von klarem Schein. – So rette mich denn, o Gott und Herr – zu Ehren der Schuldlosen, Gewaltiger – aus diesem Gefängnis – aus dieser Steinbedrängnis!«

Da sie so flehte, wurde sie von dem Gnadenhauche des Allerbarmers angeweht; es tauchte von dem Wege her ein Beduine auf, dem das aus dem Steinhaufen her erschallende Seufzen und Klagen zu Ohren kam. Neugierig, was das für ein Laut sein möge, näherte er sich, und siehe da, es war eine Frau, die zwischen den Steinen so kläglich stöhnte, daß sogar Felsen, wieviel mehr Menschen davon hätten zerschmelzen mögen. Er fragte sie, was ihr widerfahren sei, worauf sie ihm ihre Geschichte von Anfang bis zu Ende erzählte. Den Araber rührte ihr Schicksal, und er zog sie aus dem Steinhaufen hervor. Da er sie aber erblickte – ein liebreizendes Wesen – eine Perle auserlesen – derengleichen auf Erden – nicht zwei gefunden werden – da erstarrte er ob ihrer Schöne – und gleich Nachtigallen – ließ er erschallen – vor ihren Rosenwangen Klagetöne – kurz, von Liebe hingerissen, sprach er: »O Weib, was meinst du, soll ich dich nicht heiraten?« – »Welche Religion«, erwiderte sie, »gestattet denn einer Frau, zwei Männer zu haben? Mein Gatte lebt und befindet sich eben auf der Wallfahrt nach Mekka.«

Als der Beduine, der ein gottesfürchtiger Mann war, dies hörte, nahm er die Merhûma als Schwester an. »Wenn es so ist«, sprach er, »so sollst du hinfort vor mir sicher sein; ich betrachte dich als meine Schwester für Zeit und Ewigkeit. Bis dein Ehemann von seiner Pilgerfahrt zurückkehrt, sollst du in meinem Hause wohnen. Nach seiner glücklichen Ankunft aber werde ich dich hinbringen und ihm übergeben.« – Mit diesen Worten führte er sie nach seinem Hause, woselbst er seiner Frau die Begebenheit erzählte und ihr alle mögliche Freundlichkeit gegen die Fremde anempfahl. Auch die Frau hatte Mitleid für die arme Merhûma und behandelte sie wie eine Schwester, so daß sie lange Zeit zufrieden in jenem Hause lebte.

Nun hatte aber der Beduine einen Sklaven, einen gottverlassenen Wicht – scheußlich von Angesicht – der üble Nachrede erdichtete – und damit Unheil anrichtete. Dieser ließ einmal seine Blicke auf die Merhûma fallen und wurde auf der Stelle in sie verliebt. Eines Tages benutzte er eine Gelegenheit, die sich ihm darbot, ihr seine Herzensnot zu eröffnen und sie um Gegenliebe anzugehen; Merhûma aber wies ihn ab. Da fing er an, sie zu bedrohen, indem er sprach: »Wenn du meinen Wünschen kein Gehör schenkst, so werde ich dir nachstellen, ja, ich werde dich umzubringen suchen.« – Merhûma blieb jedoch bei ihrer Weigerung und war weit entfernt, sich dem Burschen geneigt zu zeigen, der, Haß und Grimm im Busen hegend, auf eine Gelegenheit, ihr zu schaden, lauerte.

Der Beduine hatte ein Söhnchen im Säuglingsalter, das er unendlich liebte. Dies unschuldige Wesen schlachtete der Unmensch bei Nacht, befleckte mit dem Blute Merhûmas Kleider und legte ein blutiges Messer unter ihr Kopfkissen. Als es nun Morgen wurde und der Araber sah, was geschehen war, warf er, außer sich vor Schmerz um sein Söhnchen, die unglückliche, unschuldige Merhûma zu Boden und schlug sie heftig. Sie aber erzählte ihm, was zwischen ihr und dem Sklaven vorgefallen, und es gelang ihr, ihn von ihrer Unschuld zu überzeugen. »Deine Worte sind wahr«, sagte er, »und deine Rechtschaffenheit ist mir bekannt. Aber was ist nun zu tun? Meine Frau ist des Kindes Mutter, ich fürchte, daß sie – was Gott verhüte – dir nachstellen und dir ein Leides zufügen wird. Es ist daher besser, du entfernst dich von hier und siedelst dich in einer andern Stadt an.« – Mit diesen Worten reichte er ihr ein Reisegeld von vierhundert Silberdrachmen; sie sagte ihm Lebewohl und machte sich auf den Weg.

Den ganzen Tag ging sie ruhig vorwärts, bis sie am Abend eine Stadt erreichte, außerhalb welcher sie in einem Winkel übernachtete. Nachdem sie ihre Gebete verrichtet und es Morgen geworden war, begab sie sich in die Stadt, in welcher sie auf der Straße einen von Menschen umstandenen Galgen aufgerichtet sah. Sie erkundigte sich nach der Ursache des Zusammenlaufs, worauf man ihr mitteilte, der König jener Stadt habe die Sitte, jeden, der die Kopfsteuer nicht entrichte, zu henken. Ein junger Mensch, den man ihr zeigte, sei in diesem unglücklichen Falle und solle nun gleich hingerichtet werden. »Wieviel Geld ist denn nötig«, fragte darauf Merhûma, »um den Jüngling vom Tode zu befreien?« – »Er schuldet vierhundert Silberdrachmen«, antworteten die Leute. Sofort zog Merhûma ihre ganze Barschaft, die vierhundert Drachmen, hervor und gab sie hin, wodurch sie den Verschuldeten von dem Tode, der ihm ungesetzlicherweise bevorstand, erlöste.

Dem Verderben entronnen, eilte nun der Jüngling auf die Merhûma zu, warf sich ihr zu Füßen und erklärte, wie sehr er bedaure, sie um das Ihrige gebracht zu haben. Da aber bei dieser Gelegenheit sein Blick auf ihre außerordentliche Schönheit fiel, so hub er an, sie so heftig zu lieben, daß er tausendmal sein Leben für sie gelassen haben würde. Bald benahm die Liebe ihm alle Scheu und Scham, und er fiel abermals seiner Wohltäterin zu Füßen und flehte um ihre Gegenliebe. Merhûma wies ihn streng zurück; er aber lief ihr nach und suchte sie bald durch Drohungen, bald durch Vorstellungen für sich günstig zu stimmen. Endlich rief sie ihm zu: »Ist das der Lohn dafür, daß ich dich vom Tode errettet habe? Jetzt denkst du mich zu verführen? Fürchtest du dich nicht vor Gott?« – »Ach«, antwortete er, »hätte man mich doch nur gehenkt, da wäre ich den Qualen dieser Leidenschaft nicht anheimgefallen! Du hast mich aus dem Wasser gezogen, um mich dann in das Feuer zu werfen!«

Also folgte er ihr nach, sie mochte wollen oder nicht, und beide gelangten endlich an das Ufer des Meeres. Sie fanden daselbst ein Schiff, das zur Abreise nach fernen Ländern bereit war. Merhûma wünschte die Fahrt mitzumachen; ihr schändlicher Liebhaber aber, welcher eingesehen hatte, daß er nichts bei ihr durchsetzen werde, und dessen Liebe nunmehr der Habsucht gewichen war, rief hinter ihr her: »Dies Weib ist meine Sklavin, und ich will sie verkaufen.« – Der Schiffsherr, ein Handelsmann, ließ sich auf das Geschäft ein und zahlte für sie zehntausend Goldstücke – es war, als hätte er für Silber Perlen eingetauscht! Sobald dies geschehen, wurden die Segel aufgehißt, und man fuhr ab.

Von des Jünglings Treulosigkeit – und seiner schmachvollen Lüsternheit – war Merhûma nunmehr befreit; – dafür war sie den boshaften Krallen – des unverständigen Handelsmanns verfallen. – Kaum hatte dieser auf ihrer Lieblichkeit zarte Blüte – auf ihrer Mienen Engelgüte – den Blick geworfen, als er von Liebesweh ergriffen wurde. Alle Ruhe wich von ihm, und seine Ungeduld wurde so groß, daß er ihr noch denselben Abend seine Hand antrug. Aber Merhûma wies ihn ab, indem sie weinend antwortete: »Ich habe schon einen Mann, auch bin ich keine Sklavin; mich zu ehelichen, ist dir gesetzlich verboten.« – Durch diese Worte aber ließ er sich nicht abschrecken, sondern sprang auf sie zu und drang heftig in sie. Dadurch in Angst gesetzt, fing sie laut an zu schreien, so daß die Schiffsmannschaft, welche es hörte, herbeieilte, um ihr zu helfen. Sowie aber die Leute der schönen Frau ansichtig wurden, fühlten sie sich auch von Leidenschaft ergriffen, und kurz, es war keiner mehr auf dem Schiffe, der nicht in die Merhûma verliebt gewesen wäre. Alle stürmten nun auf die schwache Frau ein –; diese aber, in der Unmöglichkeit, Gewalt mit Gewalt zu vertreiben, hob zu dem Throne des Allmächtigen, Einen – flehend die Hände auf, die reinen – und sprach: »O Gott, der du in des Todes Meer – den Pharao ersäuftest mit seinem Heer – und der du deinen

Freund Noah zum Ufer geleitetest – und ihm Rettung bereitetest – du weißt, wie mir's hier ergeht – und wie's um mich steht. – Siehe, deine Magd ist zu schwach – abzuwenden dies große Ungemach! – O erlaß mir die Qual – daß ich in Josaphats Tal – erscheine – als Unreine – am Tage des großen Gerichts – beschämten Angesichts.«

Also sprach sie; da offenbarte sich der Zorn des Herrn auf dem Meere; die Wogen gerieten in Bewegung, die ganze Schiffsmannschaft schrie und heulte, und die Oberfläche des Wassers tobte, als wenn die Welt unterginge. Plötzlich schlug ein Blitz nieder und verbrannte außer der Merhûma alle Leute, die sich auf dem Schiff befanden, zu Asche. Dann legte sich der Sturm, und es erhob sich ein sanfter Wind, der das Schiff nach einer Stadt am Ufer hintrieb. Um hier nicht in ein neues Unglück zu geraten, hielt Merhûma es für das beste, ihre weibliche Kleidung abzulegen und sich vom Kopf bis zu den Füßen in Männertracht zu werfen. Sie tat dies und stieg ans Land.

Die Bewohner der Stadt waren höchlich erstaunt, ein Schiff ohne Bemannung ankommen zu sehen, und fragten die Merhûma, was ihr begegnet. Sie verlangte darauf, zu dem Fürsten der Stadt gebracht zu werden, dem sie alles mitteilen wolle. Man tat nach ihren Wünschen und führte sie vor den Fürsten, welchem sie ihre Erlebnisse von Anfang bis zu Ende erzählte. Der Fürst, ein frommer Muselmann, wurde bei der Erzählung von so innigem Mitleid für die arme Frau ergriffen, daß er blutige Tränen weinte. »Aber«, sagte er, nachdem sie ihre Erzählung beendet, »was sollen wir jetzt tun, liebe Frau?« – »Edler Herrscher«, antwortete sie ihm, »das Schiff, das mich hergefahren, ist mit probeechtem Golde schwer beladen und enthält außerdem einen unschätzbaren Wert an Edelsteinen und kostbaren Stoffen. Es ist ein vom Winde getragener Schatz, der sich dir zugewandt hat; geruhe ihn für deine großherrliche Schatzkammer in Empfang zu nehmen. Nur bitte ich dich, du wollest mir an verborgener Stätte ein Kloster bauen lassen, wo ich bis an das Ende meiner Tage dem Dienste des Herrn leben kann.« – Der Fürst genehmigte dies, erbaute ein Kloster, ganz wie Merhûma es sich wünschte, und stattete dasselbe reich aus; auch unterließ er nichts, um die fromme Frau gegen fernere Angriffe zu sichern, und ehrte sie in aller Weise.

Von dem Kloster aus aber verbreitete sich der Ruhm von Merhûmas Frömmigkeit über die Erde, und da es hieß, daß ihre Gebete vor Gott Erhörung fänden, so strömten die Menschen scharenweise von allen Seiten herbei, sich ihre Fürbitte erflehend – und ihren lieblichen Hauch als Hilfe ersehend – ihr Gebet achtend als das köstlichste der Elixiere – und ihre Gnade als ein Zaubermittel, das zur Seligkeit führe. Die Kranken und Elenden, welche zu ihr kamen, fanden auch allerdings bei ihr Heilung und kehrten gesund in ihre Heimat zurück; ja, indem um ihrer Reinheit willen durch ihren heiligen Hauch Wunder geschahen, wie sie sonst nur Jesus, der Hochbegnadete, gewirkt hat, so genasen nach Gottes Ratschluß bei ihr selbst Aussätzige, Blinde und andere gefährlich Kranke.

Während sie also ein gottgeweihtes Leben führte, kehrte Merdi-Salih, ihr Gatte, von welchem sie früher dem Fessâdj übergeben worden war – nachdem er die heilige Wallfahrt, die er unternommen, vollendet und den Grabesgarten des Propheten (über dem Heil sei!) besucht hatte –, in seine Heimat zurück. Kaum war er in seinem Hause abgestiegen, als seine Freunde und Bekannten scharenweise herbeieilten, um ihn zu begrüßen. Nachdem er sie entlassen, rief er seinen Bruder Abdallah Fessâdj zu sich und fragte ihn, wie es der Frau Merhûma gehe. »Ach, mein Bruder«, antwortete Fessâdj, »frage nicht nach dieser Schändlichen! Aus unreinem Gewande hat sie ihren Unglücksfuß hervorgezogen, um deine Ehre in den Staub zu treten und unser reines Haus, das nie von solcher Schmach befleckt war, zu besudeln. Nachdem endlich ihr scheußliches Laster an den Tag gekommen und auf vollgültigen Zeugenbeweis ein richterliches Urteil ergangen war, wurde die Strafe des heiligen Gesetzes an ihr vollzogen und die Frucht ihres Lebens aus dem Garten der Erdenwelt vertilgt.«

Merdi-Salih glaubte den Worten seines Bruders, er war über die Mitteilung sehr betroffen und zugleich tief betrübt, daß seine Frau sich ein solches Vergehen hatte zuschulden kommen lassen. Aber – was war jetzt noch zu tun? »Es ist gekommen, was kommen sollte!« sprach er bei sich selbst und suchte den Schmerz über ihren Verlust durch Geduld zu überwinden.

Aber der da spricht: »Die Rache ist mein!«, der Kenner des Verborgenen, zeigte sich jetzt in seiner Allmacht. Er ließ auf beide Augen des Fessâdj den schwarzen Star fallen, so daß er erblindete. So viele geschickte Ärzte ihn auch behandelten – er fand keine Genesung, und es wurde im Gegenteil sein Übel immer schlimmer. Endlich hörte Merdi-Salih, daß in einer gewissen Stadt am Meeresufer eine Heilige lebe, deren Gebete Erhörung fänden, so daß alle Welt durch ihre Fürbitte Genesung erlange. Damit nun solche heilsame Fürbitte seinem Bruder Fessâdj zuteil werde, reiste er mit ihm nach jenem Orte.

Zufällig trafen sie auf dem Wege den Beduinen, von dem als dem Eigentümer jenes boshaften Sklaven die Rede gewesen ist. Dieser Sklave war nach Gottes Ratschluß in großes Elend geraten, seine Hände und Füße waren erlahmt und seine Glieder mit dem Aussatz behaftet, als wären sie mit Molchenhaut überzogen. Der Beduine entschloß sich nun, ihn auch zu der heiligen Büßerin zu führen und ihn segnen zu lassen. Beide Gesellschaften zogen zusammen weiter.

Ihr Weg führte sie durch die Stadt, in welcher die Merhûma den verschuldeten Jüngling vom Henkerstod errettet hatte. Dieser Niederträchtige war ebenfalls mit einer schweren Krankheit geschlagen worden, welche die Ärzte nicht zu heilen vermochten. Seine Verwandten baten daher, daß er mit zu der frommen Merhûma gehen dürfe, um ihren Segen zu empfangen.

Nachdem die Kranken in der Stadt am Meere angelangt waren, fragten sie alsbald nach dem Bethause der Büßerin, worauf sie nach dem bewußten Kloster gewiesen wurden. Sie fanden die Pforte desselben als eine Stätte der Wunscherfüllung – eine Schwelle der Sehnsuchtstillung – von so vielen Flehenden und Dürftigen umlagert, daß man wegen des Gedränges der Kranken diesen Genesungsort für das Krankenhaus eines mächtigen Sultans hätte halten mögen. Wie es in einem Liede heißt:

> Wer kann den Moment erpassen,
> An des Kleides Saum zu fassen?

An unsere Kranken kam den ersten Tag die Reihe nicht, so daß sie sich auf den folgenden Morgen vertrösten mußten.

Als sie da in der ersten Frühe wiedererschienen, erblickte Merhûma sie hinter einem Vorhange her und erkannte sie alle gleich auf der Stelle. Über die wunderbaren Fügungen Gottes außer sich vor Staunen, warf sie sich nun mit Dankgebeten zur Erde nieder. Alsdann redete sie die Leute an: »Ihr mit mancherlei Krankheiten Behafteten, wisset, daß der Allwahre – der Allheilende, Wunderbare – aus seiner verborgenen Heilkammer meinem, des schwachen Weibes, gesegneten Hauche die Wunderkräfte des Messias verliehen und mir solche Gewalt gegeben, daß nicht bloß euresgleichen, sondern sogar zu des Todes Stufe hingelangten Kranken mein Segen zur Genesung genügt; jedoch will ich nicht hier, sondern in der Gegenwart des Fürsten der Stadt für euch beten, zu welchem wir gleich hingehen wollen.«

Sie sandte darauf dem Fürsten die Nachricht, er möge den Diwan zusammenberufen, was er auch, wohl wissend, daß der segenvolle Besuch der Heiligen ihm Glück bringe, mit der größten Freudigkeit tat. Er versammelte also die Theologen, die Gelehrten und die Ratsherren in dem Diwan, wo alle mit gespannter Aufmerksamkeit der Dinge, die da kommen sollten, harrten.

In den Schleier der Bescheidenheit gehüllt, trat hierauf Merhûma in die Sitzung ein. Sowie sie erschien, erhob sich der Fürst in Person vor ihr und hieß sie auf ein erhöhtes Polster sich niederlassen. Ihr folgten die Kranken, so gut sie konnten, und drängten sich in den Diwan des Fürsten. Merhûma ließ nunmehr den Fessâdj, den Sklaven des Beduinen und den bewußten niederträchtigen Jüngling vortreten und sprach, indem sie aufblickte: »Ihr Muselmannen, hier sind drei Kranke, welche keine Genesung finden konnten und mich deshalb um meine demütige Fürbitte angefleht haben. Durch mein schwaches Gebet wird ihnen, so Gott will, ihr Wunsch gewährt werden; ich werde aber nicht für sie beten, bevor sie bekennen, was für ein Verbrechen sie begangen haben, für das sie mit ihren Leiden zur

Strafe behaftet worden sind. Nur wenn sie gesagt, was sie verbrochen, dann bin ich dazu bereit, und möge Gott meine Bitte wirksam sein lassen!« Da sich nun die drei aus Scham weigerten, ihre Verbrechen einzugestehen, fuhr Merhûma fort: »Wenn ihr nicht redet, so bete ich sicherlich nicht. Freilich verhüllt der Allmächtige aus Gnade die Schande der Menschen und liebt diejenigen, welche anderer Schande geheimhalten. Was ich hier verlange, geschieht aber auch nicht, um eure Vergehen zu offenbaren, sondern um den heiligen Eifer und die Allmacht Gottes darzutun. Ihr sollt daher«, schloß sie, mit dem Fuße stampfend, »sagen, was vorgefallen ist.«

Da die drei Sünder nun nicht mehr umhinkonnten, sich ihrem Willen zu fügen, öffnete zuerst Fessâdj seinen Mund und erzählte, wie sein Bruder Merdi-Salih sich auf die Wallfahrt nach Mekka begeben und seine Frau ihm anvertraut habe, wie er treulose Absichten auf letztere gehegt, wie sie ihm widerstanden und wie er sie unter Vorbringung falscher Zeugen verleumderischerweise des Ehebruchs beschuldigt und ihre Steinigung veranlaßt habe. Dies alles erzählte er des umständlichsten, und der ganze Diwan war dabei ebenso von Bewunderung für die Frömmigkeit jener Frau als von Abscheu vor der Schlechtigkeit des Fassâdj ergriffen.

Der Sklave des Beduinen war der zweite, den die Reihe traf. Auch er bekannte Punkt für Punkt sein Verbrechen und seine Arglist.

Zuletzt kam auch die Reihe an den niederträchtigen Jüngling. Dieser erzählte, daß er gegen eine Frau, welche ihn vom Galgen gerettet, treulos gehandelt und sie nachher für zehntausend Goldstücke verkauft habe.

Alle Anwesenden waren über diese Geschichte höchlich verwundert und verfehlten nicht, sie sich zum abschreckenden Beispiel dienen zu lassen. Merhûma aber erhob sich und sprach zu der Versammlung: »Ihr Muselmannen, nun wisset, daß jene furchtbar verleumdete, von mannigfachem Unrecht betroffene, nachher aber durch Gottes Allmacht aus den Krallen dieser Ruchlosen frei gewordene Merhûma niemand anders ist als ich selbst. Um meiner Unschuld willen hat der Allpreiswürdige mich von ihrer Bosheit in einer Weise erlöst, daß, die es sehen, sich daran ein abschreckendes Beispiel nehmen, und die es erzählen hören, es sich als Vermahnung dienen lassen. Zu diesem Zwecke habe ich von ihnen das Bekenntnis ihrer Verbrechen verlangt, denn es ist der allgewaltige Rächer, welcher sie alle schon in diesem Erdenleben dahin gebracht hat, daß sie zuletzt meiner schwachen Fürbitte bedürftig wurden. Dieser Mann hier ist Merdi-Salih, mein rechtmäßiger Gatte. Zur Genesung der drei Kranken fehlt nur, daß ich ihnen verzeihe. Mögen sie also im innersten Herzen Buße tun und Gottes Barmherzigkeit anflehen! Ihre Schlechtigkeit und ihr Verbrechen gegen mich verzeihe ich.«

So sprach sie. Da senkte sich die Barmherzigkeit Gottes auf die Übeltäter, also daß sie sich auf den richtigen Pfad leiten ließen und von ganzem Herzen und ganzer Seele Buße taten. Gott ließ sie darauf von ihren Leiden gesunden – und heil werden ihre Gebrechen und Wunden – so daß sie wohl und munter in ihre Heimat zurückkehrten. Die Frau Merhûma aber und ihren frommen Gatten behielt der Fürst der Stadt drei Tage lang in seinem Palast zurück, um sie zu bewirten und mit Ehren aller Art zu überhäufen. Alsdann machte er ihnen kostbare Geschenke und entsandte sie froh und zufrieden nach ihrem Vaterlande, wo sie bis an das Ende ihrer Tage in Glück und Ruhe lebten. Diese wunderbare Geschichte aber ist von ihnen als ein Andenken geblieben.

»Hieraus siehst du«, fuhr die Frau des Kriegers fort, »daß, wie die Untugend, so auch die Tugend aus dem Innern des Weibes stammt und daß, wo letztere fehlt, alle Wachsamkeit des Mannes umsonst ist. So mach dich denn an irgendeine nützliche Tätigkeit, auf daß du nicht unter deinesgleichen getadelt werdest! Soll ich dich noch mehr beruhigen, so komm, hier gebe ich dir eine Rose; nimm sie und hüte dich wohl, sie abhanden kommen zu lassen, denn solange du sie frisch siehst, soll sie dir ein Beweis meiner Unschuld und Reinheit sein; siehst du sie aber verwelkt, dann wisse, daß ich – wovor mich Gott bewahre – mich treulos an deiner Ehre vergangen und den Pfad des Lasters betreten habe. So sei denn von heute an meinethalb unbesorgt und suche einen erlauchten Herrn auf, dem du dienest.«

Der Krieger lobte die Worte seiner Frau, stand, ihrem Rate Folge leistend, auf und begab sich zu einem gnadenreichen Königssohne, der in der Nähe lebte. Es gelang ihm, sich daselbst alsbald anwerben zu lassen. Seine Dienste waren dem Königssohne angenehm, so daß er ihn vor allen seinen Kameraden mit Gunstbezeigungen und Wohltaten überhäufte. – Begab er sich morgens in den Empfangssaal des Prinzen, so führte er die ihm von seiner Frau geschenkte Rose immer bei sich. Der Prinz, der dies bemerkte, meinte, er pflücke sich immer frische Rosen aus dem Garten, und fragte nicht weiter danach. Als aber der Frühling vorüber war und die heiße Jahreszeit kam und der Krieger noch immer wie vorher vor dem Prinzen mit einer frischen Rose erschien, da wunderte sich letzterer und fragte ihn eines Tages: »Aus welchem Garten pflückst du diese Rosen? Wahrhaftig, das sollst du mir sagen!« – Indem er so in ihn drang, konnte der Krieger nicht umhin, die Wahrheit einzugestehen; er erzählte demnach seine ganze Geschichte, welche er mit den Worten schloß: »Solange diese Rose saftig und frisch ist, bin ich von meines Weibes Treue überzeugt.«

Bei dieser offenherzigen Mitteilung brach der Königssohn in ein lautes Spottgelächter aus und rief, mit den

Händen auf die Knie sich schlagend: »O Kriegsmann, ich hielt dich für einen vernünftigen Menschen und sehe jetzt, daß du gewaltig dumm bist. Nicht nur hast du das Unglück, eine arglistige Frau zu besitzen, sondern noch dazu hältst du offenbaren Trug für Wahrheit. Schäme dich, du Narr! Deine fromme und tugendhafte Gattin, wie du sie nennst, ist ja eine großartige Hexe, daß sie durch Zauberei solch eine Rose hervorzubringen und dich damit zu täuschen vermocht hat. Durch ihre Zauberkünste sicher gemacht und von ihrer Reinheit überzeugt, sitzest du nun hier in aller Sorglosigkeit, während sie unbeachtet, ganz wie es ihr gefällt, umherstreicht und eine Sünde über die andere begeht.«

Mit zahllosen Worten dieser Art verhöhnte der Prinz den Krieger und zieh ihn großer Dummheit. Es stand aber nicht in des letztern Macht, ihm bittere Antworten zu geben, so daß er unwillig schwieg. – Bald darauf trennte sich die Versammlung; der Königssohn ging in den Harem, und seine Diener begaben sich nach ihrer Wohnung.

Dem Prinzen aber lag noch immer die Rose des Kriegers im Sinne; er wünschte, einerseits die Richtigkeit seiner Worte und andererseits die Hexerei und die Schlechtigkeit des Weibes an den Tag zu bringen, und geriet daher auf viele böse Gedanken. Zuletzt gab er folgendem Plane den Vorzug:

Es befanden sich in seinem Dienste zwei Brüder, Hasîb und Nesîb genannt – als gescheit und listig wohlbekannt – zwar jung an Jahren – aber in allen Dingen wohlerfahren – und wie Greise – so weise. – Diese berief der Prinz zu sich, teilte ihnen seine Gedanken mit und fragte sie, was in der Sache zu tun sei. »Mein Herrscher«, antwortete Hasîb, »ich finde darin gar keine Schwierigkeit. Ich werde hingehen und mich nach der Frau erkundigen; vielleicht gelingt es mir sogar, mich bei ihr in Gunst zu setzen.« – Er erbat sich demnach eine Frist von fünfzehn Tagen und machte sich alsbald verkleidet auf den Weg nach der Stadt des Kriegers.

Daselbst angekommen, stieg er in einer Herberge ab und begab sich noch denselben Tag in ein Kaffeehaus, wo er mit einigen jungen Leuten bekannt wurde. Wie es im Sprichwort heißt: ›Ein Wort führt auf das andere‹, so brachte Hasîb die Rede auf die Schönheiten der Stadt, und die jungen Leute teilten ihm mit, es gebe dort ein altes Weib, welches, die Augenlider mit Kohol geschwärzt und die Hände mit Henna gerötet, in der einen Hand einen Stab und in der andern fünfhundert Rosenkränze tragend, bei Tage und bei Nacht betend und seufzend umhergehe, so daß jemand, der nur auf das Äußere sehe, sie um ihren Segen bitten und ihre Hände küssen möge. Diese Alte habe aber das Glück unzähliger Familien zerstört, indem sie die frommen und tugendsamen Frauen vom rechten Wege abführe und zum Gespötte der Welt mache. Sie ist, schlossen sie,

Baumeisterin Scheddâds in der Betörung Reichen,
Die große Lehrerin Satans, des ränkereichen!

Da sie solchergestalt die verfluchte Alte lobten, als gäbe es ihresgleichen nicht mehr auf der Welt, verließ Hasîb, als hätte er das Heilmittel gegen seine Bekümmernis entdeckt, rasch die Versammlung, suchte die Hexe auf und bat sie unter Versprechung reichlichen Lohnes, sie solle die Frau des Kriegers in ein Liebesverhältnis mit ihm verwickeln. – Die Alte übernahm dies gern; eiligst begab sie sich zu dem Zwecke nach dem Hause des Kriegers und begann mit der tugendhaften und treuen Frau ein Gespräch, in welchem sie bald hier, bald da auf Dinge kam, welche zum Bösen reizen. Die Frau war aber nicht bloß sittsam und fromm, sondern zugleich sehr klug; sie begriff alsbald vollkommen den Zweck der teuflischen Reden, welche die Alte ihr hielt. Dennoch widersprach sie ihr nicht, vielmehr kam sie ihr durch eine listige Antwort gleichsam entgegen, so daß die

Alte, anstatt Widerstandes nur ein beistimmend freundliches Gesicht findend und daher überzeugt, daß sie die junge Frau überredet habe, den eigentlichen Zweck ihres Besuches und ihre Wünsche auseinanderzusetzen anfing. – »Ach!« rief sie aus, »du Rose von der Lieblichkeit Rosenbeet – du Garten, von welchem der Duft der Anmut weht – ist es nicht unerhört in dieser vergänglichen Welt, daß ein reizendes Herzchen wie du gleich einer alten Frau ohne Mann dasitze und in der Einsamkeit nicht einmal einen Freund habe, der ihr die Sorgen verscheuche? – Zumal da an deinen Rosenwangen – Tausende mit Liebe hangen – und in deiner Locken – Hyazinthenglocken – Legionen von Sehnsüchtigen sind gefangen! – So viele ihrer aber auch sind – unter ihnen ist einer, mein Kind – dem keiner seiner Gesellen – an Liebreiz zur Seite zu stellen – gefesselt ohn Erretten – in deiner Liebe Ketten – ein Jüngling so schön – wie ich keinen gegesehn – mein ganzes Leben – und wie es auch nie seinesgleichen gegeben – es strahlt seines Antlitzes Pracht – wie am Himmel der Mond bei Nacht – er ist vom Haupte bis zum Fuß – ein verkörperter Schönheitsgenius – so daß man auf ihn folgende Verse gedichtet hat:

Wenn der kampferweiße Nacken
Und das leuchtende Gesicht
Aus des Kragens schwarzem Zobel
Sich erhoben hat, da spricht
Jeder, dem's das Schicksal gönnte,
Ihn zu sehn: Der Sonne Licht,
Der gewaltige Schmuck der Welt, die
Finsternis der Nacht durchbricht!

Aber«, fuhr sie fort, »nicht allein ist er unvergleichlich schön, er ist auch außerordentlich reich, so daß er selbst das Maß seiner Schätze nicht kennt. Deiner Schönheit Perle zu kaufen, würde er sie aber alle hingeben, da er wie verstört – von Liebesschmerz betört – in der Welt umherirrt. Er hat mich zu dir gesandt und wartet auf Bescheid.«

Auf diese Rede antwortete die tugendhafte Frau: »Ach, mein Mütterchen, deine Worte sind mir aus der Seele gesprochen! Einen lieblichen Jüngling an meine Brust zu drücken ist längst mein innigster Wunsch, aber – wie sollte ich es anfangen? Wem sollte ich mein Geheimnis anvertrauen, wem davon sagen? Bring mir also den jungen Menschen her, den du beschrieben hast; ich möchte ihn sehen, und wenn sein Äußeres mir gefällt, vortrefflich! wo aber nicht, so will ich nichts von ihm wissen, und wenn er soviel Reichtum besäße, um die ganze Welt zu kaufen.« – Schnell eilte darauf die Alte zu Hasîb und brachte ihm die frohe Botschaft, daß mit seiner Geliebten die Verabredungen getroffen seien und daß er sie zuvorkommend und gehorsam finden werde. »Zunächst aber«, fügte sie hinzu, »wünscht sie dich zu sehen.«

Hasîb erhob sich demgemäß und ging nach der Wohnung der tugendhaften Frau, um sich ihr zu zeigen. Sie ließ sich sogleich auf ein Zwiegespräch mit ihm ein, welchem niemand sonst beiwohnte. »Fürwahr«, sagte sie ihm, »du meiner Seele Wonne und Lust – du Freud und Erquikkung meiner Brust – ganz meinen Wünschen gemäß hat der Allmächtige deinen reizenden Körper erschaffen. Deine Liebe ist mir in die Seele gedrungen – sie hat mein Herz bezwungen. Da ich aber noch mit niemandem ein zartes Verhältnis gehabt habe, so müssen wir unsere Geschichte sorgfältig verborgen halten, sie muß ganz unter uns beiden bleiben, und auch die Alte darf um das Geheimnis nicht wissen. Das beste und klügste wäre, du gingest gleich jetzt mit Gott zu ihr und sagtest ihr: die Frau des Kriegers, die man dir als so schön gerühmt, habe dir durchaus mißfallen; man habe sie dir sehr gepriesen, aber du fändest sie häßlich, und morgen gedächtest du nach deiner Heimat zurückzureisen. Damit gib ihr etwas Geld und schicke sie fort.. Am Abend aber nimm deine Sachen und komm hierher!«

Hasîb fand bei dem Vorschlage kein Bedenken; er ging nach seiner Herberge, entließ die Alte und begab sich mit einbrechender Nacht zu der Frau des Kriegers. Diese setzte ihm eine Mahlzeit vor und befahl ihrer Magd, sie solle, wenn er nach beendigter Mahlzeit sich gewaschen und, um sich zu Bett zu legen, seine Kleider auszuziehen anfange, auf einmal an die Tür klopfen, dann plötzlich in das

Zimmer gerannt kommen und ihr zurufen: ihr ältester Bruder sei da, sie möge ihr daher den Schlüssel zur Tür geben. Also instruierte sie die Magd, während Hasîb sich mit Essen beschäftigte. Als er aber eben fertig war und nun sein Oberkleid ablegte, wurde plötzlich an die Haustür geklopft, und die Magd trat eiligst mit den Worten herein: »Dein älterer Bruder ist gekommen!« – Bei dieser Nachricht machte die Frau vor Hasîb ein betrübtes Gesicht; dieser aber fragte bestürzt: »Was soll nun aus mir werden?« – »Ängstige dich ja nicht«, antwortete die Frau, »und sei nicht traurig! Meine Brüder wohnen auf dem Lande und kommen nur selten, in vierzehn Tagen einmal, zu mir; dann bleiben sie auch nur eine Nacht und verlassen mich in der Frühe wieder. Jetzt muß ich dich aber an einem verborgenen Ort verstecken!« – Mit diesen Worten steckte sie ihn in ein Magazin, das sie hatte, und schloß hinter ihm zu.

Hasîb mußte nun jene Nacht in besagtem Magazin halb nackend, ohne Bett, ohne Decke, auf der bloßen Erde schlafen; ihm war, als wenn er in ein Meer von Gram und Sorgen versenkt würde. Die alte Kupplerin meinte, er sei nach seiner Heimat zurückgekehrt, und bekümmerte sich nicht weiter um ihn. Er aber war lebendigen Leibes in das Grab gestiegen und mußte nun, so gut es ging, auf Steinen sich streckend – auf Staub sich reckend – die Nacht hinbringen.

Als es aber Morgen geworden war, trat die tugendhafte Frau an die Tür des Magazins und rief ihm zu: »O du Knecht der Lüste und der Leidenschaft – willst du Erlösung aus deiner Haft – da mußt du mir in Wahrheit entdecken – in welcher Absicht und zu welchen Zwecken – du diese Reise unternommen – und aus welchem Lande du gekommen – du sollst sagen, was dich bewogen – daß du so weit kamst hergezogen. – Denn gleichwie es im Sprichwort heißt: ›Nur Wahrhaftigkeit rettet‹, so wirst du nur durch ein aufrichtiges Geständnis deine Freiheit erlangen. So du dich aber auf den Pfad der Unwahrheit begibst und Lügen redest, so wird es dir nach dem Spruche ergehen: ›Die Lüge ist das Verderben‹; denn beim Allmächtigen! ich werde dich so sehr zum Gespött der Welt und so verrufen machen, daß du nicht bloß im allgemeinen den Menschenkindern, sondern sogar den ärgsten Lustvögeln zum abschreckenden Beispiele dienen sollst.«

Mit tausendfachen Drohungen dieser Art ängstigte sie den armen Hasîb, welcher völlig den Mut verlor. Er sandte laute Seufzer zum Himmel, aber wohl wissend, was Böses er ferner zu gewärtigen habe, und nur in einem wahrhaften Geständnis sein Heil sehend, erzählte er umständlich, wie er im Auftrage des Königssohns gekommen sei.

Die tugendsame Frau hörte die Geschichte an und ergoß sich in heißem Dank gegen den Allmächtigen. Dann sprach sie zu Hasîb: »Sei nicht betrübt oder ungeduldig; wir müssen doch sehen, was bei dieser Angelegenheit herauskommt. So Gott will, gebe ich dir die Freiheit wieder. Aber erst merke:

Hin zum Lustort will ich gehn
Und die schönen Leute sehn,
Sehn, was ich in der Geschicke
Spiegel für ein Bild erblicke!

Darum halt dich ruhig.« – Mit diesen Worten verschloß sie wieder fest die Tür und ließ ihm nur so viel Brot und Wasser reichen, daß er nicht Hungers starb.

Also standen hier die Sachen. Um aber wieder auf den Königssohn zu kommen, so lebte derselbe in der Hoffnung, daß Hasîb seinem Versprechen gemäß in fünfzehn Tagen zurückkommen werde. Diese Zeit verstrich, es wurden zwanzig, ja dreißig Tage, und noch immer ging es nach dem Verse:

Auf der Straße weilt mein Auge,
Aber leider nichts
Kündet mir die Wiederkehr des
Holden Mondgesichts.

Indessen wurde seine Erwartung von Tag zu Tag gespannter, und der Verdruß über die Beschämung raubte ihm alle Ruhe. Endlich berief er den Nesîb zu sich und sprach zu ihm: »Wie steht's denn um unsere Sache? Es ist nun ein ganzer Monat, daß Hasîb, dein Bruder, spurlos verschwunden und auch nicht die geringste Nachricht von ihm eingetroffen ist; der Schmerz um ihn bringt mich um! Ihr habt meinen Befehl nicht ausführen können, aber die Sache soll doch an das Licht gebracht werden; es soll sich zeigen, was daran ist.«

Als Nesîb seinen Herrn in dieser Verlegenheit sah, sprach er: »Sei nicht bekümmert, Herr; die Angelegenheit hat gar keine Schwierigkeit, deshalb beruhige dich. Mit deiner hohen Erlaubnis will ich hingehen und dir nicht allein Nachricht von Hasîb bringen, sondern mir auch die Gunst der Frau des Kriegers erwerben. Dann soll es dir an Aufschluß über ihre Versündigungen nicht fehlen. Binnen fünfzehn Tagen komme ich zurück.« – Damit nahm er von dem Prinzen Urlaub und reiste ohne Wissen des Kriegers ab.

Nach wenigen Tagen langte er in dem Wohnorte des letzteren an. Beim Umhergehen gelangte er an das Kaffeehaus, in welchem Hasîb früher mit den jungen Leuten Freundschaft geschlossen hatte. Dieselben erblickten ihn, und da sie ihn für seinen Bruder hielten, dem er außerordentlich ähnlich sah, so redeten sie ihn als alten Bekannten an. Im Gespräch ergab sich indessen bald, daß sie nicht den Hasîb, sondern dessen Bruder vor sich hatten, und als solchem begegneten sie ihm mit aller Höflichkeit; ja, als sie von ihm erfuhren, daß er ähnliche Wünsche habe wie früher sein Bruder, so verwiesen sie ihn auf dieselbe alte Frau, von der bereits die Rede gewesen ist. Diese suchte Nesîb also auf, erzählte ihr, daß er sich in die Frau des Kriegers verliebt habe, und bat sie unter den schönsten Versprechungen, ihm doch ihre Bekanntschaft zu verschaffen. »Mein Sohn«, antwortete ihm die verfluchte Alte, »schon vor dir hat ein schöner junger Mann ein Verhältnis mit dieser Frau anzuknüpfen gesucht, und ich hatte es auf mich genommen, sie gnädig für ihn zu stimmen. Nachdem aber der Liebhaber die Schöne gesehen, ließ er sie nach wenigen Tagen sitzen und sagte mir: sie sei nicht nach seinem Geschmack. Möchte sie nun doch in deinen Augen immer eine Schirîn sein und meine Mühe nicht verlorengehen.«

Damit begab sich die Alte nach dem Hause des Kriegers, wo sie von der klugen Frau wiedererkannt und auf das zuvorkommendste aufgenommen wurde. Das alte Scheusal öffnete dann den Hexenkessel, seinen Mund, und hub an, ihr Nesîbs Wünsche darzulegen, indem sie sprach: »Da ist wieder ein treuer Liebhaber gekommen, der auf deine Gunst hofft.« – »Ach Mütterchen«, antwortete ihr die junge Frau, »ich möchte mich dir nie widerspenstig zeigen; aber du weißt, daß du mir schon früher einmal einen Jüngling zuführtest, für den ich, als ich kaum auf den Mond seiner Schönheit den Blick geworfen hatte, in Liebe entbrannte. Seit jenem Tage habe ich aber nichts mehr von ihm gesehen. Ein bekanntes Sprichwort sagt: ›Die Jugend ist unbeständig.‹ Darum sei doch so gut und freundlich und verschone mich in Zukunft mit solcher Liebesnot – sie einmal gekostet zu haben, genügt mir.« – »Mein Lämmchen«, entgegnete die Alte, »ich habe mich wegen der Unbeständigkeit jenes Treulosen tief vor dir geschämt; aber ich hoffe, dieser neue Liebhaber wird nicht wie der frühere ausfallen.« – »Nun«, erwiderte die tugendsame Frau, »einmal mag er nur kommen, damit ich ihn sehe!«

Die Alte machte sich nun auf, den Nesîb zu benachrichtigen, welcher sich alsbald nach dem Hause der listigen jungen Frau begab. Nach der Begrüßung sagte letztere zu ihm dasselbe, was sie dem Hasîb gesagt hatte: »Niemand darf unser Geheimnis wissen, darum tue so und so, damit wir zunächst die Alte loswerden.« – Damit schickte sie ihn heim. Er kehrte also nach seiner Herberge zurück, wo er der Alten sagte: man habe ihm die junge Frau über Gebühr gelobt, er finde sie nicht so schön, und sie sei nicht nach seinem Geschmack. Dann gab er ihr etwas Geld und ließ sich nicht mehr bei ihr sehen. Sobald es aber Abend geworden war, nahm er all sein Geld und seine Sachen und kam damit nach dem Hause des Kriegers. Die Frau machte es nun wieder ganz so mit ihm, wie sie es mit Hasîb gemacht hatte. Als er eben seine Mahlzeit beendigt, ließ sie an die Tür klopfen und sperrte unter dem Vorwande, ihr Bruder sei gekommen, den Nesîb in dasselbe Magazin, in welchem sie bereits den Hasîb gefangenhielt. – Nesîb trat ein und erblickte da im Winkel des Kerkers den Hasîb – die

Brüder erkannten sich, umarmten einander und schüttelten, bitterlich weinend, ihren Herzenskummer gegeneinander aus. Also saßen beide gefangen. Der Königssohn aber wartete auf den Nesîb fünfzehn Tage lang und geriet, da keine Spur von einer Nachricht über ihn eintraf, in die äußerste Unruhe, ja er beschloß endlich, selbst hinter ihm herzureisen. Er teilte nun dem Krieger mit, daß er eine Vergnügungsreise nach dessen Vaterstadt machen wolle, worauf jener mit den Worten: »Sei dort willkommen!« antwortete. – Man traf also die Vorkehrungen zur Reise, und beide, der Prinz und der Krieger, machten sich selbander auf den Weg. Letzterer gelangte einen Tag früher nach seinem Hause, um seine Frau von dem bevorstehenden Besuche zu benachrichtigen; nachdem der Königssohn angekommen, ließ er ihn in seinem Hause absteigen und bemühte sich, alles anzuschaffen, was die Gastlichkeit erheischte. Für den Abend richtete die Frau ein herrliches Mahl zu, wert, einem Könige vorgesetzt zu werden, und erzählte mittlerweile ihrem Eheherrn auf das genaueste alles, was ihr zugestoßen war. »Ich habe die beiden noch im Gefängnis«, schloß sie ihre Mitteilung, »aber hüte dich wohl, dir etwas merken zu lassen.«

Während sich nun der Königssohn zur Tafel niedersetzte, ging die tugendhafte Frau an die Tür des Magazins, rief den Hasîb und Nesîb an die Pforte und sprach zu ihnen: »Heute ist ein vornehmer hochverehrter Freund bei mir zu Gaste, und ich bedarf dringend einiger Aufwärter. Wollt ihr nun aus eurer Haft erlöst werden, so kommt, ich lasse euch Weiberkleider anziehen, und ihr seid als Sklavinnen des Dienstes beflissen. Nachher gebe ich euch dann die Freiheit.« – »Von Herzen gern«, antworteten die beiden Brüder. Alsbald legten sie weibliche Kleidung an, nahmen Schüsseln mit Speisen in die Hand und trugen sie in das Gemach, wo sich der Prinz befand. Wie sie aber diesen nebst dem Krieger erblickten, waren sie außer sich vor Beschämung und standen wie versteinert da; der Prinz seinerseits war ebenfalls nicht wenig verwundert, sie in diesem Aufzuge wiederzufinden; er rief sie demnach zu sich und fragte sie, wie es ihnen ergangen. – Hasîb und Nesîb erzählten nun alles, was sich mit ihnen zugetragen, und lobten und priesen dabei ebensosehr die Frömmigkeit als die Feinheit und den Verstand der Frau des Kriegers.

Der Königssohn aber, der nicht an ihre Tugend geglaubt und sie im Gegenteil für eine Sünderin gehalten hatte, schämte sich auf das tiefste vor ihr. Auch suchte er sein Unrecht wieder gutzumachen, indem er sie mit Wohltaten überhäufte und ihr alles, was er an Geld und Kostbarkeiten bei sich trug, zu rechtmäßigem Eigentum verehrte. Den Krieger aber machte er zu einem seiner Hofleute.

»Ich fürchte nun, o Mâhi-Scheker«, so schloß der Papagei, »daß du auch vor deinem Geliebten beschämt dastehen wirst, wie jener Königssohn vor der Frau des Kriegers. Sâïds baldige Rückkehr ist sehr wahrscheinlich, und wenn er einmal wieder da ist, dann gehen diese Wünsche nicht mehr in Erfüllung. Du solltest dich deshalb mit dem Gürtel des Eifers fest umgürten und so bald als möglich zu deinem Geliebten gehen, sonst wirst du's noch bereuen!«

Mâhi-Scheker hatte kaum diese Worte gehört, als sie sich lächelnd aufmachte, um zu ihrem Teuren zu eilen. Aber siehe da! schon nahte des Morgens Pracht – und die Verborgenheit der Nacht – wurde durch die aufgehende Sonne offenbar gemacht – und gleich Hasîbs und Nesîbs Geheimnissen an das Licht gebracht. – Der lieblichen Frau Wunsch blieb also abermals unerreicht und seine Erfüllung auf den folgenden Tag verschoben.

Nun weicht, ihr armen Leute, weicht!
Und sei es euch gesagt,
Es hat der hohe Diwan
Auf morgen sich vertagt!

ACHTER ABEND

Nachdem nun der Rest der Nacht und der folgende Tag verflossen waren, schmückte sich Mâhi-Scheker abermals, um zum Abend bereit zu sein; und kaum war dieser angebrochen, als sie, voll Sehnsucht nach ihrem Geliebten, sich zu dem Papagei begab, um dessen Rat einzuholen. Als sie aber unter den Käfig trat, da fand sie ihn im Meere der Gedanken versunken und so regungslos, daß sie anfangs meinte, er wäre gestorben. Sie näherte sich nun und fragte, woran er denke? »Ach«, antwortete er, »wenn ich nicht denke, wer wird dann denken? Seit du mir dein Geheimnis mitgeteilt und du deinen getreuen Knecht in eine so wichtige Angelegenheit eingeweiht hast – seit jenem Tage habe ich alle Besinnung verloren und denke nur hin und her, welchen Ausgang diese Dinge nehmen werden.« – »Und wie meinst du«, fragte Mâhi-Scheker, »daß es kommen wird?« – »Ich meine und denke«, entgegnete der Papagei, »wenn eure Liebe beiderseitig ist, so ist das ein herrliches Glück; wenn aber die Liebe nicht beiderseitig, sondern nur auf deiner Seite ist, so verdient der Jüngling nicht, daß du dich nach dem Zusammensein mit ihm sehnst. Liebe ohne Gegenliebe ist immer etwas Unvollkommenes, Unerfreuliches – und unfehlbar Ungedeihliches, so wie auch die Liebe zwischen dem arzneikundigen Papagei und dem Könige, da sie nicht beiderseitig, sondern nur von seiten des Königs war, nicht zum Gedeihen führte und die Heilung des Königs nicht vollendet wurde.« – »Was ist das für eine Geschichte?« fragte Mâhi-Scheker, und der Papagei hub zu erzählen an:

Geschichte des Königs und des arzneikundigen Papageien

Im Lande Kamrô lebte ein der Arzneikunde beflissener Papagei, der sein Nest auf einem außerordentlich hohen Baume erbaut hatte und darin einer Familie von fünf bis zehn Jungen teilhaftig geworden war. Es heißt in einem Verse:

Pflegt irgendwo ein Feenangesicht der Ruh,
Da finden bald ein paar Gesellen sich hinzu –

und so hatte sich die Wurzel desselben Baumes ein boshafter Schakal zur Wohnung erkoren, welcher auch einige Junge besaß und sie daselbst erzog. Von Zeit zu Zeit ging der Schakal auf die Jagd, und dann stiegen die Jungen des Papageien vom Baume herunter, um mit den jungen Schakalen zu spielen und sich zu unterhalten. Da aber der alte Papagei dies sah, fand er, als ein sehr verständiger und einsichtsvoller Vogel, diese Besuche im höchsten Grade tadelnswert und verwerflich; er verbot seinen Kindern jede Wiederholung derselben und sprach zu ihnen im Wege der Vermahnung, indem er sie von den verborgenen Gefahren, die in dieser Welt drohen, unterrichtete: »Ihr meiner Augen Licht, geliebte Kinder! Wollt ihr Umgang haben, so haltet euch doch wenigstens an eure Artgenossen, denn der Verkehr mit fremdartigen Tieren ist nicht von heilsamer Vorbedeutung. Sein Ausgang ist Reue und sein Ende Sünde, das ist sicher! Ihr seid vornehmen Geschlechts, der Schakal aber und seine Familie sind niedriger Abkunft, ihr habt sowenig miteinander zu schaffen wie die Fische im Wasser mit denen des Tierkreises. Möge ich hinfort nicht wieder sehen, daß ihr sie besucht und mit ihnen verkehrt!« – Also vermahnte er sie ernsthaft; die jungen Papageien aber hörten auf seine Worte nicht, sondern ließen von ihrer Gewohnheit, die jungen Schakale zu besuchen und mit ihnen zu spielen, nicht ab. – Der alte Schakal hatte seinen Kindern ganz in gleicher Weise den Umgang mit den Papagei verboten, aber mit ebensowenig Erfolg.

Als aber nach Gottes Ratschluß der Papagei seine Kinder einmal wieder mit den jungen Schakalen zusammen sah, wurde er sehr zornig und sagte unter anderm, indem er sie mehr als gewöhnlich schalt: »Wer etwas für seinen Stand Unpassendes unternimmt und mit Artverschiedenen verkehrt, ohne auf den Rat wahrhafter Berater zu hören, den trifft dasselbe Unglück, welches den Affen Zeirek durch den Sohn des Schloßvogts betraf.« – »Was ist das für eine Geschichte?« fragten die Kinder, und der arzneikundige Papagei erzählte:

Geschichte des Affen Zeirek und des Schloßvogtsohns

Wie in alten Büchern überliefert wird, lebte einst ein junger Affe namens Zeirek, der sich als Wohnstätte ein Schloß erkoren hatte. Daselbst befreundete er sich mit dem Sohne des Schloßvogts; beide besuchten einander fast täglich und spielten häufig miteinander Schach, bei welcher Gelegenheit sie sich dann bald zu entzweien und bald wieder zu versöhnen pflegten.

Nun hatte Zeireks Vater einen Freund, der ein äußerst verständiger und gelehrter Affe war; dieser suchte den Zeirek von dem Umgange durch weise Ratschläge abzuhalten, indem er sagte: »Ach Zeirek, wir gehören nicht zu denen, welche mit den Menschen in Genossenschaft treten können. Sucht ein Mensch den Umgang von unsersgleichen, so tut er dies nicht aus Liebe zu uns, sondern um uns zum Narren zu haben und sich über uns zu belustigen; eine zuverlässige Freundschaft hegen die Menschen für uns im Herzen nie. Für den Augenblick mag der Sohn des Schloßvogts wohl mit dir freundlich verfahren und dich vor den

Quälereien der Leute schützen; da aber unter euch keine Art Gemeinschaft besteht, so ist eure Freundschaft nicht essentiell, sondern nur akzidentiell und wird bald in Feindschaft umschlagen. Daß Freundschaft einen solchen Ausgang nimmt, ist gar nichts Seltenes, und wenn dann die Feindschaft da ist, da kannst du dich aus den Krallen seiner Ungerechtigkeit nicht mehr retten. Du solltest also, bevor das Unglück über dich kommt, ihm vorzubeugen bedacht sein. Denn das gegenwärtige Unglück abzuwehren ist schwer. Mit einem Wort, ich rate dir, von dem Umgang mit dem Sohne des Schloßvogts abzustehen.«

Diesen wohlgemeinten Rat nahm sich Zeirek nicht zu Herzen, vielmehr setzte er den Umgang und den Spielverkehr fort. Es heißt ja auch: ›Wo das Unglück kommen soll, da ist das Auge blind.‹

Nach Gottes Ratschluß gab der Schloßvogtsohn einmal ein Gastmahl, zu welchem er alle seine Freunde einlud. Als die jungen Leute sich versammelt hatten und die Unterhaltung sich belebte, wurde ein Schachbrett aufgestellt, und der Schloßvogtsohn machte sich nun mit Zeirek daran, eine Partie nach der andern zu spielen. Es war aber von jeher unter ihnen Sitte gewesen, daß, wenn der Schloßvogtsohn gewann, er den Zeirek in scherzhafter Weise neckte, und daß umgekehrt, wenn Zeirek gewann, er den Schloßvogtsohn zum besten hatte, wie Spielgenossen zu tun pflegen. An jenem Tage gewann nun Zeirek gegen den Schloßvogtsohn und fing dann wie gewöhnlich an, ihn zum besten zu haben. Da er es aber mit seinen Späßen etwas weit trieb, so wurde sein Gegner sehr zornig, und sich schämend, daß im Beisein seiner Freunde ein so gemeines Wesen wie ein Affe ihn zum besten gehabt, ergriff er in der Aufwallung den elfenbeinernen König und schlug damit den armen Zeirek so stark auf den Kopf, daß dieser sich spaltete und vom herabströmenden Blute das Schachbrett rubinrot wurde. Darüber erbittert, gedachte nun auch Zeirek der alten Freundschaft nicht mehr, sondern sprang dem Schloßvogtsohn ins Gesicht und verwundete ihn mit Bissen. Dann aber wartete er nicht, bis man etwa riefe: »Heda, haltet ihn!«, sondern er verließ eilig die Gesellschaft und flüchtete sich auf eine Stelle im Schloß, die ihm Sicherheit bot.

Den Schloßvogtsohn aber schmerzte und brannte seine Wunde von Tag zu Tag mehr; alle Mittel, die man anwandte, waren vergeblich, sie wurde immer ärger, bis endlich ein geschickter Arzt aus Griechenland kam, der, nachdem er den Schaden gesehen, sagte: »Diese Wunde ist unheilbar, wofern man sie nicht mit einem Pflaster von dem Blute desselben Affen, der sie gebissen hat, belegt.«

Der Schloßvogtsohn befahl nun, das Schloß von allen Seiten zu umstellen und den armen Zeirek zu fangen. Nachdem dies geschehen, führte man ihn auf den Richtplatz und enthauptete ihn daselbst; aus seinem Blute aber bereitete der Arzt sein Zaubermittel und legte es dem Schloßvogtsohne auf, welcher nach Gottes Willen dadurch seine Genesung fand. Der unglückliche Zeirek verlor also durch den Umgang mit einem artverschiedenen Wesen sein Leben.

»Ihr seht hieraus«, fuhr der arzneikundige Papagei fort, »daß der Umgang mit Ungleichartigen zum Verderben führt, und deshalb rate ich euch, von dem Verkehr mit diesen jungen Schakalen abzulassen, damit ihr es nicht später bereuet.«

Nach göttlicher Schickung ging in einer Nacht der Schakal aus, um für seine Jungen Nahrung zu holen, und da seine Jagd nicht gleich gesegnet war, so mußte er länger als gewöhnlich ausbleiben. Unterdessen spürte ein anderes reißendes Tier seinen Gang aus und gelangte an die Wurzel des bewußten Baumes, wo es die jungen Schakale erlegte und verzehrte. Als dann später der Schakal kam und seine Jungen umgekommen fand, hub er an, übermäßig zu klagen, und weinte und heulte so laut, daß alle Schakale in seine Wehklagen einstimmten und Berge und Felsen mit Geheul erfüllten. Als endlich der unglückliche Vater die Begebenheit sorgfältiger erwog, faßte er die Überzeugung, daß

die jungen Papageien das Verderben seiner Kinder veranlaßt hätten; »denn«, sagte er, »die Leute kommen hierher, weil sie die Stimme der Papageien hören, und da man sie auf ihrem hohen Baume nicht fangen kann, so hat das Unglück meine armen Kleinen betroffen. An den Papageienkindern Rache zu nehmen ist demnach für mich heilige Pflicht.« – Mit diesem Gedanken wahrte er sorgfältig seinen Groll im Herzen. Aber keine List schlug ihm an, weshalb er traurig und gesenkten Haupts einherging.

Er hatte aber einen Freund, einen Luchs, dem er, als sie einmal zusammentrafen, unter Tränen seinen Gram mitteilte. »Was?« antwortete ihm dieser, »hast du kein Mittel ausfindig machen können, den Papagei ins Verderben zu bringen? Die List der Schakale ist doch so weltberühmt!« – »Ach mein Bruder«, entgegnete der Schakal, »der Verlust meiner Kinder läßt mich weder denken noch einen Beschluß fassen, ich habe keinen Verstand mehr im Kopfe; was soll ich vornehmen? Sei so gut und gib du mir einen Rat, damit ich mich rächen kann, ohne weiter nachdenken zu müssen.« – Der Luchs antwortete ihm: »Mir fällt kein besserer Rat ein, als daß du dich vor einem Jäger sehen lässest und hinkend, als wärst du verwundet, vor ihm entfliehst. Dies bemerkend, wird er dich für ein leicht zu erjagendes Wild halten und dich begierig verfolgen. In der Flucht führst du ihn dann nach der Wohnstätte der Papageien, dort aber suchst du raschen Laufs zu verschwinden. Sobald dann der Jäger die Hoffnung, dich zu erlegen, aufgegeben, wird er sich ohne Zweifel den Fang der jungen Papageien angelegen sein lassen.«

Dem Schakal gefiel dieser Rat, und er tat, wie ihm der Luchs gesagt hatte. Und wirklich, sowie der Jäger auf dem Baume die Papageien erblickte, lag ihm an der Verfolgung des Schakals nichts mehr, sondern er bemühte sich nur, die Vögel einzufangen. Zufällig führte er ein Netz bei sich; dies warf er auf den Baum, und da es vom Verhängnis einmal so bestimmt war, so geriet die ganze Papageienfamilie in seine Gefangenschaft.

Der arzneikundige Alte erkannte bald, was ihn betroffen, und sprach zu seinen Kindern: »Meine Herzblättchen, das Unglück, das ich befürchtete, ist schon über uns gekommen, und zwar einzig aus dem Grunde, weil ihr mit artverschiedenen Wesen Freundschaft gepflogen habt; dafür ist dies nun der Lohn! Aber Gott hat es einmal so verhängt, was können wir dagegen machen? Gott dem Herrn gehören wir ja. – Jetzt freilich«, fügte er hinzu, »deshalb zu jammern und um Gnade zu flehen ist überflüssig. Der Weise bestrebt sich, solchen Übeln zu wehren, bevor sie ihn betreffen; sind sie aber doch eingetreten, dann muß man auf feine Weise herauszukommen suchen. Das klügste ist nunmehr, daß ihr euch alle zu Boden werft und euch stellt, als wäret ihr gestorben; wenn dann der Jäger herankommt und euch tot sieht, dann wirft er euch hinaus. Nur ich will lebendig bleiben, so daß er mich behält, während er sich eurer vermeintlichen Leichname entledigt. Hernach sollt ihr dann aber euch nicht zerstreuen und voneinander trennen, sondern im Fliegen und Gehen hübsch beieinander bleiben. Ich will mich also für euch aufopfern!«

Die jungen Papageien folgten dem Rat und legten sich alle ganz so nieder, als wenn sie gestorben wären, so daß man den geheimnisvollen Spruch: ›Sterbet vor eurem Tode!‹ auf sie hätte anwenden mögen. Gleich darauf kam der Jäger heran; er warf schon aus der Ferne einen Blick auf sein Netz, und siehe da! es war wie ein Garten im Frühlingsprangen – die grünen Vögel alle gefangen. – Im höchsten Grade vergnügt, trat er näher; da er aber nur unbeseelte Leiber fand – wurde seine Freude in Schmerz umgewandt – und fast wäre auch sein Leib, der kräftig wilde – geworden zu einem leblosen Bilde. – »Aber«, fragte er sich endlich, »sollte denn in gar keinem eine Spur des Lebens zurückgeblieben sein?« – Er sah nach und fand außer dem arzneikundigen Alten alle tot, weshalb er sie, nachdem er jenen in die Hand genommen, wegwarf. Kaum war dies geschehen, da sah er, wie die als tot weggeworfenen Vögel alle wieder die Flügel öffneten und aufflogen. »Gott steh uns bei«, rief er bei diesem Anblicke aus, »da bin ich einmal einfältig gewesen! Die klugen Papageien, mit denen ich Geld hätte verdienen können, sind davongeflogen; nur dieser Vogel ist geblieben, offenbar weil er zu dumm ist, um auch eine List ausführen zu können. Was wird der mir nun einbringen, der verächtliche elende Unglücksvogel? Hätte ich aber nicht mehr Aufmerksamkeit auf die Sache wenden und, anstatt nur von ferne zu sehen, diese Papageien sorgfältig untersuchen sollen? So ist es ihnen gelungen, mich zu hintergehen! Nun will ich mich aber wenigstens rächen, indem ich diesen hier umbringe.«

Mit diesen Worten hob er ihn auf und wollte ihn eben auf den Boden schleudern, als der arzneikundige Vogel voll Angst schrie: »Um des Himmels willen, halt ein und vernichte dein Eigentum nicht!« – Da konnte es der Jäger nicht über sich bringen, seinen Vorsatz auszuführen, sondern hielt ihn weiter in der Hand. Der Papagei ratschlagte nun bei sich selbst und sprach in seinem Herzen: ›Es ist ein Mißgeschick, daß ich in Gefangenschaft geraten bin; außer Geduld und Dankbarkeit gegen den Allgütigen hilft mir in dieser Lage nichts. Wenn ich nun aber den Jäger von meinen ausgezeichneten Geistesgaben nichts merken lasse, so hält er mich für wertlos und verkauft mich für wenig Geld an irgendeinen unwissenden Armen, und dann kann ich bis an den Tod in Elend und Dürftigkeit leben. Auch ist es da unmöglich, je aus der Gefangenschaft freizukommen. Es scheint mir daher verständiger, daß ich ihn von meiner Tüchtigkeit in Kenntnis setze, auf daß, wenn er sieht, was ich vermag, er mich nicht billig fortgibt. Wenn mein Preis so hoch ist, daß so leicht nicht jemand ihn zu zahlen vermag, dann kauft mich ohne Zweifel irgendein Großer des Reichs, der Vezier oder gar der König. Ist mir dann mein Gestirn günstig, so daß ich dem Könige wohlgefällig werde, o dann wird die schönste Glückseligkeit mir zuteil, Wohltaten werden auf mich gehäuft, und selbst meine Freilassung darf ich von der Gnade des Königs erwarten. Und werde ich auch nicht frei, so bin ich doch zufrieden; denn es heißt:

Wer in Königs Diensten weilt,
Hat sein Glück schon halb ereilt –

Königen dienen bringt Ehr und Freud – in Zeit und Ewigkeit – ja man sagt, daß einem Könige ins Angesicht zu schauen vor Gott einem Gebete gleich gilt. Die aber mit wahrhaftem Herzen und treuem – sich dem Dienst des Königs weihen – die werden – schon hier auf Erden – glänzen vor ihren Genossen – da drüben aber wird auf sie gegossen – Die Gnade des Allbelohnenden – Erbarmenden, Hochthronenden. – So will ich also meine Vorzüglichkeit und meine Talente dem Jäger zu wissen geben.‹ – Damit seinen Mund erschließend und gleichsam einen Perlenregen von Worten ergießend, hub er an: »O Jäger, durch das von Gott über mich verhängte Geschick bin ich dir zugefallen. Ich bin in jeder Lage mit meinem Schicksal zufrieden, und ich rate dir, dich auch wegen der entflohenen Papageien nicht zu betrüben. Sich um ein verlorenes Glück zu grämen ist Torheit; denn mehr, als das Schicksal ihm zugemessen, gewinnt niemand. Sagt ja doch der Allherrliche, Allmächtige in seinem erhabenen Buche: ›Wir haben unter sie ihren Lebensunterhalt verteilt‹, so wie er auch schon in der anfangslosen Ewigkeit das Schicksal jedes Wesens bestimmt und verhängt hat. Auch waren die entflohenen Vögel unnütze Tiere und müßige – ja völlig überflüssige – welcher Nutzen ließ sich von ihnen erwarten? Was sie allesamt vermögen, das vermag ich allein: ›Vierzig Sperlinge‹, sagt das Sprichwort, ›geben noch keine Pastete.‹ Ich aber bin ein geschickter Arzt, ein Meister der Weltweisheit, und dabei ein treuer Diener. Mit Gottes Gnade bereite ich Heilmittel, wie kein menschlicher Arzt sie bereitet. Deshalb hüte dich wohl, mich für ein geringes zu verkaufen. Nein, sehr teuer verkaufe mich, und laß dir das Geld als Notpfennig dienen, um auch deinerseits von der Krankheit der Armut zu genesen.«

Gar viele weise Reden dieser Art trug der Papagei dem Jäger mit solcher Beredsamkeit vor, daß letzterer staunend zuhörte. Mit unendlicher Freude und Lust brachte er dann den Vogel auf den Markt und ließ ihn durch einen Mäkler mit den Worten ausbieten: »Dieser Papagei behandelt Kranke und macht sie genesen – er ist gelehrt und viel belesen – in der Kunst der Unterhaltung geschickt – ein Dichter, dem nie ein Vers mißglückt.« – Sooft nun jemand sich dem Käfig näherte, jene Worte hörte und den Vogel liebgewann, wurde dessen Preis um so höher, weshalb denn auch mehrere Tage verstrichen, ohne daß jemand den Preis zahlen und ihn kaufen konnte.

Es litt aber der König jener Stadt an einer Krankheit,

welche kein gelehrter Arzt zu heilen vermochte, was ihn sehr betrübte. Kaum hatte derselbe gehört, daß ein Papagei, der sich auf die Arzneiwissenschaft verstehe, ausgeboten werde, als er bei sich selber dachte, daß vielleicht der Allmächtige, der allein die Krankheiten zu heilen vermag, ihm auf diese Weise die Genesung geben wolle; er ließ deshalb nach dem Preise des Vogels fragen und kaufte ihn. Da man ihn nun hergebracht hatte und er seine liebliche Rede vernahm, freute er sich und ließ sogleich einen goldenen, mit Edelsteinen ausgeschmückten Käfig anfertigen, um den Vogel hineinzusetzen; auch ließ er ihm allerlei Speisen bringen und gab sich die größte Mühe, ihm in allem gefällig zu sein.

Der Vogel seinerseits begann den König in seiner Krankheit zu behandeln und ließ ihn allerlei Opiate und Tinkturen zu sich nehmen, die nach seiner Vorschrift bereitet worden waren. Diesen Mitteln wich die Krankheit des Königs, und von Tag zu Tag wurde sein Befinden besser. Da sich ihm nun die Worte des Papageien bewährten, so wuchs sein Wert und sein Ansehen stündlich.

Des Papageien Herz und seine Gedanken waren aber einzig mit seinen Kindern beschäftigt, so daß der kostbare Käfig für ihn nichts als ein Gefängnis war. ›Daß ich‹, sprach er bei sich selbst, ›den König in seiner Krankheit behandle, hat mir allerdings seine Neigung und Liebe erworben. Aber er wird mir deshalb die Freiheit nicht schenken, ja auch meine Kinder zu besuchen, wird er mir nicht gestatten. Er ist wohl mein Wohltäter, auch führt sein Dienst zu hohen Ehren, und seine Fürbitte genügt mir zur Seligkeit. Aber ‚Heimatliebe gehört zu den Glaubensartikeln', sagt das Sprichwort! Die Sehnsucht nach meinem Vaterlande hat sich nun einmal meiner Seele eingeprägt, und wenn ich daher auf gute Art durch eine feine List mich aus der Gefangenschaft im Käfig befreien und in meine Heimat zurückkehren kann, so ist das gewiß verständig.‹

Nachdem er dies alles erwogen, ließ er eine Salbe bereiten, welche die Krankheit des Königs vertreiben sollte. Die geschicktesten Ärzte fertigten dieselbe nach seiner Vorschrift an, und nachdem sie dem Könige überbracht worden war, sprach er: »Diese Salbe, o König, muß unter deine Fußsohlen, die Gott segnen wolle, gerieben werden; sie wird auf alle Adern und Nerven einwirken und dich von deiner Krankheit heilen. Aber ich bitte dich, o König, du wollest mich unwürdigen Knecht durch Verleihung eines Amtes ehren, damit ich auch ferner Haupt und Stirn auf deine gesegnete Schwelle legen und damit meine Familie, meine Nachkommenschaft und Sippschaft bis zum Jüngsten Gericht sich dessen rühmen möge.«

Nachdem er diesen Wunsch ausgesprochen, befahl der König, dem es gar nicht mehr in den Sinn kam, daß der Papagei die Flucht ergreifen würde, den Käfig zu öffnen. Kaum aber war dies geschehen und der weise Vogel sah sich frei, als er seinen Flug aufwärts nahm und sich auf das Dach eines Kioschkes niedersetzte. »O König«, rief er von da seinem Herrn zu, »möge es gefallen dem Erhabenen, Allwahren – meinen edlen Gebieter vor Fehltritten zu bewahren! – Ihm, dem Allherrlichen, sei Lob und Dank heut – daß von deiner Krankheit – jegliche Spur verschwunden – daß du durftest gesunden – und daß von jedem Schaden – dein Körper sich hat entladen. – Deines Brotes hab ich genossen – und mit Wohltaten hast du mich übergossen – vergönne, daß mir's gedeihe – verzeihe, Herr, verzeihe! – Gott sei dein Behüter – mein Gebieter – ich möchte, willst du mir's gewähren – zurück in mein Vaterland kehren!«

Als der König den arzneikundigen Papagei so Abschied nehmen sah, rief er ihm außer sich vor Betrübnis zu: »Hast du denn nicht den Spruch vernommen – ›Eine Wohltat ist nichts, so sie nicht ist vollkommen?‹ – Willst du ändern, was die Überlieferung vorgeschrieben? – Ist nicht dein Dienst mangelhaft geblieben? Für genossene Wohltaten Dankbarkeit zu hegen – und Erkenntlichkeit zu pflegen – allerwegen – ist eine heilige Pflicht. – Du aber gedenkest ihrer nicht – du verlässest mich Elenden, Armen – und unternimmst ohn Erbarmen – was deinem Wohltäter schadet und ihm mißfällt. – Du gehst, und ich bin nur halb hergestellt! – Nun sage mir – wie es zu dir – und deinem Edelsinn soll passen – mich so treulos zu verlassen?« – Ihm antwortete der Papagei: »Mein König, die Krankheit ist von deiner hochedeln Person verscheucht; von heute an werden die Spuren, die man noch sieht, von selbst fortgehen und verschwinden, so daß mein Weilen in deiner großherrlichen Gegenwart hinfort überflüssig ist.« – Der König entgegnete: »Ich glaube, du magst die Gefangenschaft nicht, und deshalb willst du gehen. Wenn es dir aber im Käfig nicht gefällt, so bleib doch wenigstens in der Stadt und such dir in Obst- und Lustgärten nach Belieben einen Wohnort aus.« – »Hast du denn«, antwortete der Papagei, »nie den Spruch gehört, o König:

Besser ist's im Kerker liegen
Unter Anverwandten
Als im Lusthain sich vergnügen
Unter Unbekannten –?«

Als der König dies vernahm, bat er traurig: »So komm doch wenigstens herunter, damit ich Abschied von dir nehme.« – »Mitnichten«, erwiderte der Papagei, »ein solcher Narr, o König, bin ich nicht, der sich durch List in ein Netz locken ließe! O daß der törichte Jäger meinen Wert nicht erkannt hat! Du, o König, hast ihn freilich auch nicht erkannt. Tausend Zauberkräfte und Künste sind unter meinen Fittichen verborgen, auf die Bereitung der Elixiere, auf Alchimie, kurz, auf alle Wissenschaften verstehe ich mich, und besonders gut weiß ich um die Wunder der Natur Bescheid. Ich kenne zum Beispiel ein Kraut, das die besondere Eigenschaft hat, daß, wenn man es zerstampft und seinen Saft auf die Augen streicht, man alle Menschen und Geister sieht, ohne selbst gesehen zu werden. In der Schatzgräberei bin ich ganz besonders geschickt, was an Geld und Kostbarkeiten unter der Erde verborgen ist, steht mir alles klar vor Augen. In einem eisernen Käfig hättest du mich halten sollen; aber du ahntest ja von meinem Werte nichts! – Also mit oder ohne deine Erlaubnis, o König, gehe ich; da ich aber deines Brotes und deiner Wohltaten genossen, so bitte ich dich, laß mir's erlaubt sein und löse mich von meinen Verbindlichkeiten, wie ich dich von den deinigen für die deiner hohen Person gewährte ärztliche Pflege und Bedienung löse.« – Dem König blieb nichts anderes übrig, als des Vogels Bitte zu gewähren und ihn zu entlassen.

Der arzneikundige Papagei hob sich nunmehr zum Fluge auf, und von dem Wunsche beseelt, bald seine Kinder und seine Sippschaft wiederzusehen, eilte er seiner Heimat zu, das Auge entzückt – und das traurige Herz neu beglückt.

»Diese Geschichte nun«, fügte der Papagei hinzu, »habe ich dir, o Mâhi-Scheker, deshalb vorgetragen, damit du erkennest, daß die Liebe, so sie nicht gegenseitig ist, keinen Bestand hat, wie du hier gesehen, daß, da der Papagei den König nicht liebte, diesem seine einseitige Liebe nichts half und sie sich zuletzt trennen mußten. Es ist also unnütz oder doch ungenügend, wenn du allein liebst. Auch dein Geliebter muß gleiche Leidenschaft für dich empfinden. Wenn aber die Liebe gegenseitig ist, dann gewährt sie einen Genuß, wie seinesgleichen nicht für diese Erdenwelt erschaffen worden ist; im Paradiese nur mag sich Ähnliches finden. – Ich glaube aber, daß, so herzlich und treu du auch deinen Teuern liebst, seine Leidenschaft für dich doch noch fünfmal größer sein muß. Heißt es doch:

Nicht glüht von Leidenschaft zuerst
Des Liebenden,
nein des Geliebten Herze;
Sieh, ihren treuen Falter sengt
Erst, wenn sie selbst entzündet ist,
die Kerze.

Und wo ist unter den Weibern hienieden – denen Reiz und Lieblichkeit wurde beschieden – den huldigen, anmutreichen – eine, die dir wäre zu vergleichen? – So zaudre denn länger nicht – sondern bevor mit dem Morgenlicht – der Tag anbricht – eile deinen Freund zu begrüßen – und seine Wünsche erfüllend und deine Sehnsucht stillend, der Liebeslust zu genießen.«

Vergnügt und lächelnd machte sich nun Mâhi-Scheker auf den Weg; aber wie sie zum Zimmer hinaustrat, da sah sie, daß der goldene Papagei des Himmels schon aus des Horizontes Käfig hervorgekommen – und seinen Flug aufwärtsgenommen. – Ihr Wunsch blieb also auch diese Nacht unerfüllt, und sie mußte sich auf die folgende vertrösten.

Nun weicht, ihr armen Leute, weicht!
Und sei es euch gesagt,
Es hat der hohe Diwan
Auf morgen sich vertagt!

NEUNTER ABEND

Mâhi-Scheker geduldete sich am folgenden Tage wieder bis zum Abend. Da aber trat sie unter den Käfig des Papageien und sprach zu ihm: »Du bewährter Gefährte, du Vertrauter meiner Geheimnisse – wozu weitere Säumnisse?

Ach, wem wird's nicht zu Herzen gehn,
Wenn er vernimmt, was Leides ich empfunden?

Gar sorglos wandelt ich, da schlug
Das Schicksal mir unheilbar böse Wunden!

Soll ich denn immer von ihm getrennt bleiben? Jede Stunde erscheint mir wie ein Jahr! – Sein Lockenhaar – seiner Wangen Pracht – ist's, woran ich einzig gedacht – so manchen Tag und so manche Nacht! – So habe denn die Gefälligkeit – und heile mich von diesem Leid – nur sei mit ganzer Seele beflissen – von meinen Geheimnissen – nichts zu offenbaren – und zu verlautbaren.«

Als der beredte Papagei diese Worte vernommen, da füllte er mit Perlen und Edelgestein – seines Mundes Schmuckkästlein – und sprach: »O Mâhi-Scheker, was sollen die Worte, die du sagst, bedeuten? Du sprichst wohl von Liebe, aber deine Taten sind die eines Menschen, dem sie fremd ist. Ist das wohl Liebesgebrauch, daß du so viele Tage hindurch deinen Freund schmerzlich warten lässest? Außerdem fürchte ich, daß, während du unter allerlei Vorwänden zauderst, plötzlich dein Gatte Sâïd eintreffen wird, und seid ihr dann beisammen – und erwachen die alten Flammen – dann hat dein Geliebter des Harrens Plagen – umsonst getragen! – Ja, in der Reue Feuer – wird er dann brennen, dein Getreuer – gleichwie die Liebhaber des aus Holz gemachten Mädchens, als mit der Entscheidung eines unter ihnen entstandenen Streits der Gegenstand ihrer Anbetung wieder in seinen Urstoff zurückkehrte, traurig und beschämt dastanden.« – »Was ist das für eine Geschichte?« fragte Mâhi-Scheker, und der Papagei hub an:

Geschichte der hölzernen Jungfrau und ihrer Liebhaber

Die Bücher der Vergangenheit erzählen und berichten – unter andern wahrhaftigen Geschichten –, daß einmal vier Männer, ein Zimmermann, ein Goldschmied, ein Schneider und ein Mönch, zusammen eine Reise unternahmen. Als sie einige Zeit gereist waren, geschah es nach Gottes Ratschlusse, daß sie einmal in einer unsichern Gegend übernachten mußten. Aus Furcht, daselbst von reißenden Tieren angefallen zu werden, beschlossen sie, während des Schlafs je einen von ihnen nach der Reihe wachen zu lassen. Die Reihe traf zuerst den Zimmermann. Da nun die andern drei sich niederlegten, überwältigte diesen die Müdigkeit so sehr, daß er, um nur den Schlaf zu vertreiben, sein Handwerksgerät hernahm. Er fällte einen schlanken Baum, schnitzte das Holz desselben fein aus und formte eine Mädchengestalt mit Kopf, Händen und Füßen. Nach ihm kam die Reihe an den Goldschmied. Auch dieser wurde nach einiger Zeit schläfrig und sah sich nach einer Beschäftigung um. Da fiel sein Auge auf das hölzerne Mädchen vor ihm, welches der Zimmermann gemacht hatte; er bewunderte die Kunstfertigkeit desselben, und um den Schlaf zu vertreiben, bewies auch er seine Geschicklichkeit, indem er der Figur Ohrringe, Armbänder und andere Frauenschmucksachen verfertigte und sie damit auf das schönste herausputzte. Als aber seine Zeit um war, kam an den Schneider die Reihe. Da dieser sich aus dem Schlafe erhob, erblickte er mit großem Erstaunen die wunderbare Figur und rief sofort aus: »Hier muß ich meine Kunst zeigen!« – Er fertigte also reizende Festgewänder an, wie sie zu der lieblichen Gestalt des Mädchens paßten, und bekleidete sie vom Kopfe bis zu den Füßen. Jemand, der sie so gesehen und nicht gewußt hätte, daß es nur eine Bildsäule sei, würde sie für ein beseeltes Wesen gehalten haben – sie war gleichsam ein Gestalt gewordener Geist.

Als endlich auch des Schneiders Reihe um war, weckte er den Mönch und legte sich selbst nieder. Dieser schlug aus dem Schlafe die Augen auf und erblickte alsbald das wohlgeformte Bildnis. Da ward ihm wie einem, vor dem in nächtlicher Einsamkeit ein Licht auftaucht, und er trat näher. Was sah er da? Eine Gestalt, die selbst Asketen – und Anachoreten – zwingen machte, sie anzubeten – ein Gebilde gar wunderbar – eine Betnische ihr Brauenpaar – für der flehenden Liebhaber Schar – Rubinen ihre Lippen – von denen für Geist und Herz Nahrung zu nippen. – Sofort hob er seine Hände auf zu Dem, der die Seelen schuf – mit dem flehenden Ruf –: »O der du einzig mit Kraft begabt bist und mit Macht – Allherrlicher, der du gebracht – aus des Nichtseins Grabesnacht – des Menschen reines Gebilde – auf des Daseins lichte Gefilde – o der du die Früchte, die süßen – aus dürrem Holze lässest entsprießen – o Gott, in deiner Gnade, der unendlich großen – wollest du mich nicht verstoßen – und beschämen vor meinen Genossen – du wollest dieser geistlosen Form eine Seele verleihen – daß sie sich des Lebens möge erfreuen – und ihre Zunge sich löse zu Danksagungen, ewig neuen!«

So flehte er in tiefer Demut; er war aber ein Mann von reinem Herzen, dessen Gebet vor Gott Gnade fand, weshalb er, der Ewige, denn auch aus seiner unerschöpflichen Barmherzigkeit jener Figur eine Seele bescherte und sie leben ließ. Sofort ward sie ein liebliches Mägdlein, des Lebensstunden – an einen glänzenden Stern gebunden – sie hub an zu wandeln und hin und her zu schwanken – wie die Zypressen, die schlanken – und da sie aussprach ihre Gedanken – waren ihrer Worte jedwede – lieblich wie des Papageien Rede.

Als aber der Morgen kam und durch die Sonne, die Weltenwonne, das Antlitz der Erde erleuchtet ward, da fielen die Augen der vier Reisenden auf das herzenraubende Götterbild, das über Nacht ins Dasein gerufen worden war. Und kaum hatten sie es erblickt – da waren sie alle zum Wahne enzückt – Gefangenen gleich in ihrer Locken Fesseln liegend – der Mücke gleich ihrer Schönheit Kerze umfliegend – und von solcher Leidenschaft krank – gerieten sie untereinander in Streit und Zank. – »Ich«, sagte der

Zimmermann, »bin der Urheber ihres Daseins, und somit geziemt auch das Mädchen mir. Ihr andern habt gar keine Ansprüche!« Dagegen erhob sich der Goldschmied: »Habe ich ihr nicht«, sprach er, »Gold und Edelsteine angelegt? Habe ich nicht Geld und Gut für sie hingegeben, was bekanntlich die Hälfte der Seele ist? Sie gehört deshalb mir, und ich bin ihr Eigentümer.« – »Geld und Gut«, ließ sich der Schneider vernehmen, »habe ich auch für sie ausgegeben! Ja, in vielfältige Prachtgewänder habe ich sie gekleidet und damit ihre Schönheit vollkommen gemacht – und sie zu solcher Lieblichkeit gebracht – daß die Lebensflamme in ihr ward angefacht – dies Werk ist mein – drum mein muß sie sein.« – Da rief der Mönch: »O nein – mein muß sie sein! – meines Gebetes Kraft ward durch sie bewährt – als Vorgeschmack der Huris des Paradieses ward sie mir beschert – mein Recht ist klar – unanfechtbar!«

Kurz, sie fanden keinen anderen Ausweg, als ihre Ansprüche der gesetzlichen Entscheidung anheimzugeben, und schon wollten sie sich zu dem Behufe aufmachen, als vor ihnen ein anderer Reisender erschien, ein Derwisch in härenem Gewande. Sowie sie diesen erblickten, beschlossen sie, ihn zum Richter in ihrer Streitsache zu machen und sich jedem Urteil, das er fällen würde, zu unterwerfen. Sie riefen ihn also herbei und erzählten ihm umständlich das ganze Ereignis. Der Derwisch aber hatte kaum das schöne Mädchen erblickt – als er von Liebe verzückt – gleich der Flöte Klagetönen – zu seufzen anhub und zu stöhnen – dann überlegte er in Eile – wie er seine eigenen Schmerzen heile – und sah die vier Reisenden an – und begann –: »Ihr Muselmannen, welche törichten Worte redet ihr? Habt ihr denn keine Furcht vor dem Allmächtigen, daß ihr eine solche Untat begehen und mir meine rechtmäßige Gattin rauben wollt, und daß einer von euch sie aus Holz geschnitzt, ein anderer über sie gebetet zu haben behauptet? Sagt doch etwas Vernünftiges, nach göttlichem

Gesetz Mögliches! Diese ist meine Frau, und die Sachen, die sie an sich trägt, habe ich ihr machen lassen. Nur war vor einigen Tagen ein unbedeutender Streit unter uns entstanden, und darüber erzürnt, hat sie diese Nacht mein Haus verlassen. Der Wunsch, sie wiederzufinden, trieb mich darauf ebenfalls fort; ich ging ihr nach, und Gott sei Dank! es ist mir gelungen, ich habe sie gefunden. Ihr aber, macht euch doch nicht durch derartige Reden vor den Leuten lächerlich. Ihr habt dazu keinen Anlaß.«

Der Derwisch überbot also noch die andern Reisenden in seinen Rechtsansprüchen, und somit waren es jetzt fünf Männer, von denen ein jeder gegen die andern eine Klage anstellen zu können behauptete. Unter Zanken und Streiten gelangten sie in eine Stadt, woselbst sie sich gleich nach dem Hause des Polizeimeisters begaben, dem sie ihren Fall vortrugen. Dieser aber hatte nicht sobald das Mädchen gesehen, als er noch tausendmal heftiger als jene in sie verliebt wurde und, um sie für sich selbst zu gewinnen, die fünf Kläger anfuhr: »Ihr treulosen Räuber, dies Weib war die Frau meines ältern Bruders. Von Räubern ward dieser umgebracht und seine Frau entführt, aber Gott sei Dank! vergossenes Blut geht nicht verloren, eure eigenen Füße haben euch in die Schlinge geführt!«

Der Polizeimeister wurde also ein noch hitzigerer Kläger als die andern; er lud die Gesellschaft sogleich vor Gericht und begleitete sie selbst zum Kadi. Diesem ehrwürdigen Manne suchte nun ein jeder seine Ansprüche klarzumachen; aber kaum hatte er des Mädchens Gesicht erblickt –

Ein reizendes Mägdlein vor Augen er sah,
Anmutig vom Haupte zur Zeh stand sie da!
Ihr Wuchs jeden Schauenden liebekrank machte,
Verderben ihr stolzer Zypressengang brachte.
Den Erdball mit Not ihre Wimper bedroht,
Ihr gottloses Blinzeln mit Hölle und Tod.

Wo Markttag sie hielt auf der Liebe Basar,
Da bot man als Preis tausend Seelen ihr dar.
Wo die Flut ihrer Reize das Herze bestürmte,
Kein Damm widerstand,
kein Verstand da beschirmte;
Der Ehrbarkeit Burg ward vom Gießbach verheert,
Von Liebe des Anstandes Grundbau zerstört!

Da also der Kadi dies Wesen vor sich sah, faßte ihn das Verlangen, es selber zu besitzen. »Meine Freunde«, redete er deshalb die Gesellschaft an, »der Rechtsstreit, den ihr führen wollt, ist nichtig. Dies hübsche Mädchen ist eine in meinem Hause groß gewordene und von erster Jugend an als eigenes Kind von mir gehaltene Sklavin. Von schlechten Leuten verlockt, hatte sie die Gold- und Schmucksachen und die feinen Gewänder, womit sie angetan ist, genommen und mich verlassen. Dem Höchsten sei es gedankt, daß sie durch eure freundliche Bemühung aufgefunden und mein Wunsch, sie wieder zu besitzen, in Erfüllung gegangen ist. Ich hoffe zu Gott, daß er, der Allwissende, diesen Liebesdienst euch wohl anrechnen und daß er, der Allmächtige, euch dafür lohnen wird.«

Als die Kläger diese Worte hörten, da standen vier von ihnen ab; denn sie wußten, daß der Kadi ein jähes Ungemach – unvorhergesehene Not und Schmach – über sie zu verhängen fähig war, deren Abwendung ihnen nie gelingen würde. Der Mönch aber wandte sich gegen den Kadi und hub an: »Geziemt es dir wohl, hoher Herr, dir, der du auf des Propheten Bet-Teppich zu sitzen behauptest, daß du einen Prozeß rechtgläubiger Männer nicht nach dem heiligen Gesetz entscheidest, sondern selbst Ansprüche auf dies Mägdlein erhebst und unter dem Vorwande, es sei deine Sklavin, es mit Gewalt uns zu entreißen suchst? Welche Religion gestattet solches Unrecht? Und wie willst du dich morgen deshalb vor dem Weltenschöpfer verantworten?« – »Du Bilderdieb«, antwortete der Kadi dem Mönche, »der du dir, um die Leute zu betrügen, durch Hungerleiden hohle Wangen verschafft hast und der du gern die Welt glauben machen möchtest, die Gottesfurcht habe deine Gestalt zum Bogen gekrümmt, merke, ein berühmtes Sprichwort sagt: ›Ein geschickter Lügner muß nicht nur ein gutes Gedächtnis, sondern auch scharfen Verstand und durchdringende Einsicht haben.‹ Was hast du aber an Einsicht und Verstand aufzuweisen? O du Narr, willst du eine wahnsinnige Lüge auftischen, so sage sie doch wenigstens mit einigem Anstande! Kann man wohl aus Holz Menschen machen? – Nun laßt von solchen Forderungen ab und geht, wo nicht – wie ihr wollt! Ich habe ja meine Sklavin wieder.«

Es waren aber in dem Gerichtshofe einige Leute aus der Stadt anwesend, welche den Prozeß mit anhörten. Zu diesen sprach der Mönch: »Was uns widerfahren, gleicht auf ein Haar der Geschichte von dem Vornehmen im Lande Khorasan und dem Derwisch Hawâjî.« – Der Kadi, der dies hörte, fragte ihn: »Was ist das für eine Geschichte?« Und der Mönch hub an:

Geschichte des Derwischs Hawâjî

Ein reicher Mann – von den Großen im Lande Khorasan – lud die Genossen seines Standes – die Großen des Landes – allzumal – zu einem Mahl. Als man nun von mancherlei Speise – nach großer Gastereien Weise – schon hatte genossen – und Lustigkeit sich auf die Versammlung ergossen – ward des Spiels und des Gespräches Pforte erschlossen.

Unter den Eingeladenen befand sich auch der Derwisch Hawâjî. Diesen fragte einer der Vornehmen nach seinen Reiseerlebnissen und nach der Geschichte alter Könige, wie sie sich in den Jahrbüchern der Vorzeit findet. Der

Derwisch aber war ein Fürst der Rede, er erzählte ihnen wunderbare Erlebnisse – und staunenswerte Begebnisse – er wußte jede Redefeinheit tausendfach zu wenden – und jede Wendung zu einem Buche zu vollenden – so daß zum Genuß ward und zum Wohlgefallen – seine Rede den Anwesenden allen – daß sie als geistige Nahrung sie betrachteten – ja als Quelle des ewigen Lebens sie achteten.

Da geschah's einem der Großen – unter den Festgenossen – daß ein widriger Sturm seines Innern Ozean bewegte – und ein Wogengebrause erregte – das ihm grimmte – so daß er sich krümmte – und das zu bezwingen – ihm nicht wollte gelingen. – Kaum aber hatte sich offenbart – was jener so gerne hätte bewahrt – da wollte niemand glauben – daß von den Pfeilern des Thrones einer so Übles sich sollte erlauben – sondern ein jeder dachte – an Hawâjî und lachte – auf ihn jeder Blick sich richtete – so daß die Beschämung ihn vernichtete. – In dieser Lage sprach er: »Ihr edeln Herren, der Urheber des Bösen – bin ich nicht gewesen –wär mir's aber geschehn – wahrlich ich würd es gestehn – und mit diesem Verse Verzeihung erflehn:

Wird von Sturm und Ungewitter
  Dir das Innre heimgesucht –
Kluge fesseln Stürme nicht; drum
  Gönne ihnen rasch die Flucht!

Sie gleichen gemeinen Menschen, die man gewiß nicht aufhalten darf, wenn sie gehen. Sagt doch ein Dichter:

Wenn dich zu verlassen wünscht ein
  Mensch von widrigem Gesicht,
Mach's ihm leicht, o Freund, denn halten
  Darfst du ihn beileibe nicht.

Aber Gott weiß, daß ich dieser Entschuldigung nicht bedarf, da ich den Verstoß nicht begangen habe. Ich schämte mich freilich vor euch, weil ihr mich für den Übeltäter hieltet; aber, Gott sei gepriesen, nicht vor dem Täter schämte ich mich. Ein falscher Verdacht – hat gemacht – daß ihr mich habt verlacht – dem Täter aber ist klar – wer der Tat Urheber war.« – Mit diesen Worten entledigte er sich seiner Beschämung.

»Ebenso, o Kadi«, fuhr der Mönch fort, »glauben die hier Anwesenden, welchen der wirkliche Sachverhalt unbekannt ist, daß du die Wahrheit redest. Wir aber wissen, was geschehen ist. Darum fürchte Gott und entscheide aus Scheu vor dem Propheten den Prozeß nach dem heiligen Gesetze.«

Da nun hierauf der Kadi dem Mönche und der Mönch dem Kadi erwiderte, was ihnen nur für Worte auf die Zunge kamen, so wurde gar bald – aus dem Zwiegespräch ein Zwiespalt –; und da die sieben Männer bis auf Mord und Totschlag verliebt waren, so rüsteten sie sich zum

Kampfe. – Da aber traten die Verständigern unter den Zuschauern zusammen und beschlossen, sie miteinander zu versöhnen; zu diesem Ende sprachen sie zu ihnen: »Ihr Muselmannen, dieser euer Rechtsstreit ist ein unauflösbarer Knoten und keiner Entscheidung fähig, wo nicht der Allherrliche selber in seiner Gnade ihn erledigt. Da aber ein uns überkommener Ausspruch des Propheten besagt:

Könnt ihr nicht aus und ein bei eurem Tun,
So rufet an, die in den Gräbern ruhn –,

so laßt uns allesamt auf den Begräbnisplatz gehen; daselbst sollt ihr beten, und wir wollen alle in das Amen mit einstimmen. So läßt sich hoffen, daß der Allerhalter dies Geheimnis offenbar mache.«

Dieser Vorschlag fand Beifall; die ganze Gesellschaft erhob sich, und man ging auf den Friedhof. Daselbst angelangt, sprach der Mönch, unter Tränen seine Hände emporhaltend, mit der größten Inbrunst ein Gebet, indem er sprach: »Du Gewaltiger, des Macht kein Ziel hat noch Schranken – und du Wissender, der du kennst des Menschen geheimste Gedanken! – Das Gesuch, mit dem wir uns an dich gewandt – ist dir wohlbekannt. – O möchtest du diesen Knoten, den bösen – durch deine unendliche Gnade lösen – so daß durch dich uns werde verkündet – auf welcher Seite das Recht sich findet.« – Als er geendigt igt hatte, rief das ganze Volk: »Amen!«

Da geschah es, daß ein großer Baum, an welchen das schöne Mädchen sich während des Gebets mit dem Rükken angelehnt hatte, plötzlich auseinanderklaffte, das Mädchen in sich aufnahm und sich dann wieder schloß, ganz wie er vorher gewesen war, so daß sich daran der geheimnisvolle Spruch bewahrheitete: ›Ein jedes Ding kehrt zu seinem Ursprunge zurück.‹

Aller Zank und Streit war damit aus; mit dem Auge der Gewißheit erkannte ein jeder, daß die vier Reisegefährten die Wahrheit geredet und daß die drei andern gelogen hatten. Gleichwie die Wahrhaftigkeit jener sonnenklar – so ward auch die Lüge dieser offenbar – so daß sie dastanden verachtet – von Scham umnachtet. – Die aber das Mägdlein hatten geliebt und verehrt – die waren jetzt betrübt und verstört – da sie sahen, daß sie zu ihrem Ursprunge zurückgekehrt.

»Ebenso«, fuhr der Papagei fort, »fürchte ich nun auch, daß dein rechtmäßiger Gatte Sâïd plötzlich wieder erscheinen, daß er sich, wie jenes schöne Mädchen mit dem Baume, also mit dir vereinigen und daß der vornehme Jüngling dann umsonst nach dir geschmachtet haben wird. Du mußt darum keine Zeit mehr verlieren, sondern rasch zu deinem Freunde hineilen, auf daß ein jeder von euch der Liebe Süße – durch den andern genieße.«

Vergnügt machte sich nun Mâhi-Scheker zu ihrem Teuern auf den Weg. Als sie aber heraustrat, da sah sie, wie gleich dem Bewohner einer Zelle – von des Horizontes Klosterschwelle – einsam – der Mönch des Weltendomes hervorkam – und daß, wie das Mägdlein von Holz im Baume – also der Mond verschwand im Raume – und sich hielt verborgen – vor dem siegenden Morgen.

Was du eben noch vermochtest,
Das vermagst du bald nicht mehr;
Die Gelegenheit erfasse,
Wo nicht, bleibt die Hand dir leer.

Der Besuch blieb also auf die folgende Nacht verschoben.

Nun weicht, ihr armen Leute, weicht,
Und sei es euch gesagt,
Es hat der hohe Diwan
Auf morgen sich vertagt!

ZEHNTER ABEND

In tausendfachen Qualen brachte Mâhi-Scheker den folgenden Tag hin, und als es Abend wurde, näherte sie sich in großer Aufregung dem Vogel, welcher fein genug war, sogleich zu bemerken, daß sie verdrießlich sei. Er lenkte daher wieder auf den Weg der List ein und rief aus: »Gott vergönne meiner Herrin, der süßen – allzeit Freud und Lust zu genießen – er lasse ihre Tage in Ehre und Glück verfließen. – In der verflossenen Nacht – hab ich gedacht – ich dürfe des Rates nicht vergessen – und da bin ich gesessen – und habe dir durch lange Geschichten zu schaffen gemacht – bis darüber der Morgen war erwacht. – Jetzt abermals in das Meer der Erzählungen zu tauchen – und damit die schöne Zeit zu verbrauchen – wäre unverzeihlich – denn die Gelegenheit flieht eilig. – Darum rasch, es ist durchaus notwendig, daß du nichts für wichtiger achtest, als diese Nacht deinen Freund zu besuchen. Ja, meine Gebieterin, mit soviel Anstrengung und soviel Eifer habe ich mich bemüht, euch zusammenzuführen, daß ich mich wohl dem Schach Behwâdj zur Seite stellen kann.« – Bei diesen Worten unterbrach ihn Mâhi-Scheker. »Wer ist denn«, fragte sie, »dieser Schach Behwâdj, von dem du redest?« – »Schach Behwâdj«, antwortete der Papagei, »war ein an Macht und Pracht gewaltiger – an Weisheit mannigfaltiger – sein Volk in Frieden lenkender – huldreich und gnädig denkender – König, der allzeit voll Erbarmen – für die Dürftigen und Armen – keinem je seiner Sklaven – ein Vergehen vorhalten wollte, noch ihn strafen. – Sein Mitleid für die Leute, welche an ihn Gesuche richteten, ging so weit, daß von seiner Pforte niemand, ohne seinen Wunsch erreicht zu haben, abzog, und wenn ein Liebhaber vor ihm erschien, der des Gegenstandes seiner Verehrung nicht habhaft werden konnte, so ruhte er nicht, bis er durch reichliche Spenden von Gold und Kleinodien beide vereinigt hatte, ja, zu diesem Ende war ihm sein eigenes Leben nicht zu teuer.« – »Nun«, antwortete Mâhi-Scheker, »Geld für solchen Zweck auszugeben, das geht noch an, aber für andere sein Leben zu opfern, das ist sehr seltsam! Laß doch hören, wie ist diese Geschichte?« – Darauf erzählte der Papagei wie folgt:

Geschichte des Abul-Medjd und des Königs Behwâdj

Die Berichterstatter alter Begebenheiten – und die Erzähler der Geschichten vergangener Zeiten – die die Verkettung des Geschicks – des Unglücks und Glücks – erörtern und deuten – tun uns mit lieblichem Mund – und süßer Rede kund – daß in der Stadt Peilisân vor vielen Jahren – ein ausgezeichneter Forscher des Wahren – ein hochbewährter Gelehrter namens Abul-Medjd lebte, dessen Inneres wie ein Buch mit der Zier der Wissenschaften geschmückt – und dessen Zunge gesegnet worden war und beglückt – durch die Gabe der Wohlredenheit, die den Menschen entzückt. – Dieser verließ einst seine Zelle, um in der Stadt zu lustwandeln. Bei der Gelegenheit gelangte er an den Zaun eines Gartens, in dessen Innerem er seine Blicke umherschweifen ließ. Und siehe, mitten im Gartenland – ein Teich sich befand – an dessen Rand – ein goldener Thronsessel stand – drauf saß eine Jungfrau lieblich und schön – wie die Engel des Himmels anzusehn – ein anmutig reizendes Wesen – vor allen auserlesen – wie nie seinesgleichen dagewesen – wie ein Bogen ihre Brauen – wie der Mond ihr Antlitz anzuschauen – und vor ihr eine Schar hübscher Mägde, die wie glänzende Sterne mit auf der Brust gekreuzten Händen dastanden.

Als Abul-Medjd diese Schönheitssonne und Herzenswonne erblickte, fragte er außer sich vor Erstaunen die Vorübergehenden, wer sie sei. »Das ist die Tochter unsers Königs«, lautete die Antwort, und besinnungslos faßte der arme Gelehrte in demselben Augenblick eine heftige Leidenschaft für die Jungfrau. Immer heftiger entbrannte die Glut seiner Liebe, und wie ein Wahnsinniger irrte er umher. Denn des Mädchens Hand zu erhalten oder sonst sein Liebesweh zu heilen war unmöglich, und er sah ein, daß dieser Schmerz ihn vernichten müsse. Da überlegte er bei sich selber, es sei doch besser, daß er, anstatt an Liebesnot zu sterben, einmal zu dem Könige von Peilisân hingehe, ihm sein Anliegen vortrage und von ihm das Mädchen nach Gottes Gebot zur Ehe begehre. »Ist er mir«, sprach er, »dann gnädig und gewährt sie mir, da hab ich ja, was ich wünsche; gibt er sie aber nicht und erzürnt sich über meinen Antrag, so kann er mir ja doch nichts Schlimmeres tun als mich umbringen. Bevor er mich tötet, sterbe ich vielleicht noch gar von selbst an diesem Liebesschmerz. Nach beiden Seiten droht mir der Tod, darum mag kommen, was will!«

Er schrieb also eine Bittschrift, in welcher er um die Hand der Königstochter anhielt. Als diese aber dem Könige vorgelegt und von ihm gelesen worden war, da geriet er in Zorn und befahl, sogleich den Bittsteller zu töten. Nun hatte er aber einen erfahrenen und verständigen Vezier, derselbe sprach zu ihm: »O König, bei Hinrichtungen darf sich ein Herrscher nicht übereilen; vielleicht ist der Mensch wahnsinnig. Gedulde dich also; ich, dein Knecht, will einmal hingehen, die Sache untersuchen und, nachdem ich dir darüber berichtet, den Bittsteller in guter Weise abfertigen.«

Nach diesen Worten berief der Vezier den Abul-Medjd zu sich und sprach zu ihm: »Was bringst du, o Abul-Medjd, für sinnloses Zeug vor? Bei Gott, die Liebesnot hat dir das Hirn verdorben, du bist wahnwitzig geworden! Weißt du nicht, daß, wenn jemand heiraten will, er unter seinesgleichen und seinen Standesgenossen seine Frau suchen muß, um auf gesetzlichem Boden zu bleiben? Du bist ein armer Tropf, und das Mädchen, um das du anhältst, ist des Königs Tochter – willst du sie haben, da mußt du eine Elefantenlast Goldes vorausbezahlen, dann wollen wir sie dir geben. Kannst du aber diese Bedingung nicht erfüllen und schreibst noch einmal eine derartige alberne Bittschrift, oder du redest mit jemandem von diesen Torheiten, da kennt der König kein Erbarmen, sondern läßt dich unfehlbar mit dem Tode bestrafen.«

Der arme Abul-Medjd besaß nun freilich keine Elefantenlast Goldes, ja er hatte kein Gran dieses edeln Metalls. Was war aber zu tun? Es schien ihm das beste, nicht zu sagen, daß er jene Bedingung nicht zu erfüllen vermöge. »Gebt mir«, redete er den Vezier an, »eine Frist; so Gott will, bringe ich euch eine Elefantenlast Goldes.« – Nachdem er dies Versprechen gegeben, ging er mit Tränen seines Weges.

Der Vezier kehrte nun zu dem Könige zurück und erzählte ihm, wie er den Liebhaber abgefertigt. Das Mittel gefiel dem König, und er ergoß sich in vielfachen Lobeserhebungen darüber.

Was aber den armen Abul-Medjd anbetrifft, so war er krank von Liebesnot – betrübt bis in den Tod – ob der Trennung, mit der man ihn hatte bedroht – so daß der Vers auf ihn paßte:

Sieh doch, wie die Liebe einen
Armen Menschen quälen mag:
Alles tut er, alles läßt er,
Wie sie's ihm befehlen mag.

Ob gut oder schlecht – genug, er war der Liebe Knecht – und was er litt und wie ihm geschah – erzählte er jedem, den er sah – und jedermann – sprach er um Heilmittel an. – Ein Sprichwort sagt: ›Der Ertrinkende klammert sich an einen Strohhalm‹; ebenso gab ihm, dem im Ozean der Verzweiflung Versinkenden, jede Spreu eine Hoffnung, an das Ufer der Wunscherfüllung zu gelangen. Aber niemand konnte gegen seine Krankheit ein Mittel angeben, und so flehte er, nachdem er jeder irdischen Hoffnung entsagt, zu dem Throne des Allwahren und bat ihn um Rettung. Alsbald traf er mit einem seiner Freunde zusammen, dem er seiner Gewohnheit gemäß sein Leid klagte. Dieser hatte Mitgefühl für ihn und sprach: »Klage nicht, armer Verliebter! In des Allmächtigen Heilanstalt sind Arzneien gegen diese Krankheit in Menge vorrätig. Geh nur von hier und begib dich in den Palast des Königs Behwâdj und stelle diesem deine Lage vor. König Behwâdj ist ein an Reichtum und Pracht – an Edelmut und Macht – ausgezeichneter

Fürst; ich hoffe, er wird dir gnädig sein und dir das verlangte Maß Goldes zum Geschenk machen.«

Der arme Abul-Medjd tat nach den Worten seines Freundes und machte sich sofort auf den Weg. Als er in der Hauptstadt des Königs Behwâdj angelangt war, begab er sich auf die Hofburg und trug sein Bittgesuch vor. Wie aber der König seine traurige Lage erfuhr, wurde er von so innigem Mitleid bewegt, daß er Tränen vergoß und ohne Verzug aus seinem Schatze eine Elefantenlast Goldes hervorholen, dieselbe auf einen weißen Elefanten laden und dem Abul-Medjd übergeben ließ. »Geh«, sagte er ihm dabei, ihn entlassend, »der Allmächtige mache dir dein Vorhaben leicht!«

Abul-Medjd brachte nun das Gold insgesamt in seine Vaterstadt und übergab es dem Veziere des Königs von Peilisân, der es selbst in den Schatz seines Herrn ablieferte. Man dachte viel hin und her, wer ihm dasselbe wohl gegeben haben möge, bis man auf den Goldstücken Behwâdjs

Gepräge sah und daran erkannte, daß dieser König in so außerordentlicher Weise seine Gnade und Wohltätigkeit habe walten lassen.

Um nun aber den Abul-Medjd loszuwerden, huben sie an, ihm noch schwierigere Dinge aufzutragen. »Wenn du«, sprach man zu ihm, »den Kopf dessen abschneidest, der dir dies Geld gegeben, und hierher bringst, wenn du diese Heldentat ausführst, wollen wir dir das Mädchen geben.«

Daß ihm auch dies gelingen werde, konnte Abul-Medjd nicht hoffen, weshalb er bitterlich zu weinen anfing; da ihm dies aber nichts half, so begab er sich abermals zu dem König Behwâdj und erzählte ihm umständlich, was ihm begegnet war. »O König«, sagte er, »soviel Gnade, als du mir erwiesen, ist noch nie jemandem von einem Sterblichen zuteil geworden. Jene Schurken aber handeln schlecht an mir; nachdem sie unter dem Versprechen, mir nunmehr meine Geliebte geben zu wollen, mir das Gold abgenommen, haben sie mir etwas Unmögliches, meine Kräfte Übersteigendes aufgebürdet, nämlich den Kopf dessen zu bringen, der mir das Gold gegeben. Ich erzähle dir dies nicht, o tapferer König, um dein gesegnetes Haupt zu verlangen, das verhüte der allmächtige Gott! Ich wünsche nur, daß du wissest, wie ungerechterweise mein Wunsch mir versagt worden ist. Sicher wird dieser Schmerz mich töten; möge nur«, so schloß er betend, »der Erhabene, Allwahre, meinen Herrn und König, solange die Welten dauern, bei Leben und Gesundheit erhalten!«

König Behwâdj vernahm dies unter glühenden Seufzern. »Abul-Medjd«, redete er darauf seinen Schützling an, »sei nicht betrübt; hat sich der König von Peilisân gegen dich unmenschlich benommen, so will ich ihm ein Beispiel von Großmut geben und Haupt und Leben dafür opfern. Großmut beweist man nämlich nicht bloß mit Geld und Gut, sondern der höchste Grad der Großmut ist der, wo der Mensch sein Leben hingibt. Heißt es ja doch im Sprichwort:

Schöneren Edelmut kann es nicht geben,
Als da man opfert sein eigenes Leben.

Mir zu deinem Nutzen den Kopf abschneiden zu lassen, habe ich kein Bedenken; im Gegenteil, ich übergäbe ihn dir gern gleich hier, um so nach besten Kräften dir zur Erreichung deines Wunsches zu verhelfen. Aber besorge, daß sie, wenn du auch meinen Kopf bringst, dir deinen Wunsch doch nicht gewähren werden, und wenn ich tot bin, dann hast du niemanden mehr, der deinen Gram zu lindern sucht; du siehst dich dann vergeblich nach Hilfe um, und sicher wird man nicht verfehlen, dich auf alle Weise zu quälen. Aber komm! ich habe einen andern Plan; ich werde mich verkleiden, und dann wollen wir uns selbander aufmachen und zu dem Könige von Peilisân uns begeben. Wenn dieser bei seinem Versprechen bleibt und dir seine Tochter für meinen Kopf, bevor derselbe abgeschnitten worden ist, zur Frau geben will, so werde ich gern dort mein Leben opfern. Gewährt er abermals deinen Wunsch nicht, so werden wir je nach seinem Benehmen das unsrige abmessen und für deine Not eine Abhilfe suchen.«

Nach diesen Worten verkleidete er sich und machte sich mit Abul-Medjd auf den Weg. In der Hauptstadt des Königs von Peilisân angelangt, begaben sie sich sogleich in den Empfangssaal, um ihm daselbst ihre Bitte vorzutragen, welche Abul-Medjd mit den Worten beschloß: »Siehe, hier ist der König Behwâdj; ich habe ihn hergebracht, so gebt mir denn nun das Mägdlein zur Ehe.«

Sobald aber der König von Peilisân den König Behwâdj erkannte, sprang er von seinem Throne herunter, legte seine Stirn auf Behwâdjs Füße und bat, indem er den Unwissenden spielte, flehentlich um Verzeihung. »Ich habe dir«, sagte er, »viel Mühe gemacht, o Herr, und wenn ich gefehlt, so geruhe es mit dem Gewande der Verzeihung zu bedecken. Ich bin dein Knecht«, fügte er hinzu, »und meine Tochter ist deine Magd, verheirate sie ganz nach deinem hohen Willen.« Mit diesen Worten küßte er ehrfurchtsvoll des Königs Behwâdj Kleider. Letzterer aber ließ den Abul-Medjd in ein Bad gehen und kleidete ihn dann vom Kopfe bis zu den Füßen in bunte Festgewänder; dann ließ er die Elefantenlast Goldes, welche sein Schützling früher hergebracht, der Königstochter als Mitgift geben, fügte noch einen gleichen Betrag hinzu und verheiratete so den Abul-Medjd mit seiner Geliebten. Der König von Peilisân machte dann dem Behwâdj vielfach reiche Geschenke und entließ ihn, nachdem er ihm alle möglichen Ehren erwiesen, nach seinem Lande.

Durch eines so herrlichen Königs Gnade wurde also der arme Abul-Medjd mit seiner Geliebten vereinigt, und als Denkmal einer so merkwürdigen Begebenheit ist diese Geschichte geblieben.

Mit diesen Worten schloß der Papagei. Mâhi-Scheker aber sprach zu ihm: »Deine Geschichte hat mir viel Vergnügen gemacht. Die Menschlichkeit und Gütigkeit – die Gnade und Edelmütigkeit – des Königs Behwâdj hat mich mit Lob und Bewunderung erfüllt; das war in der Tat ein barmherziger, gnädiger und hochherziger König! Übrigens muß ich sagen, daß, sowenig ich gegen seine Freigebigkeit in Beziehung auf Geld und Gut etwas einwende, seine Selbstaufopferung mir nicht richtig aufgefaßt zu sein scheint. Ich denke, wenn ein mächtiger König sich um eines Mädchens willen bittweise zu einem andern König begibt und dabei erklärt, daß er für seinen Zweck sein Leben hinzugeben bereit sei – da ist gar keine Wahrscheinlichkeit vorhanden, daß in einem solchen Falle letzterer den Wunsch nicht gewähren sollte. König Behwâdj war klug genug, dies zu wissen, und in solcher Überzeugung begab er sich zu den Füßen des Königs von Peilisân. Daß er eigens, um sein Leben zu opfern, hingegangen wäre, ist nach der Erzählung nicht als notwendig anzunehmen.« – Worauf ihr zu antworten – der wohlredende Vogel auftat des edelsteinsprühenden Mundes Pforte –: »O Mâhi-Scheker, allerdings kann der Einwand, den du hier machst, einem Menschen in den Sinn kommen; Leuten aber, die auf das genaueste mit dem Charakter des Königs Behwâdj bekannt sind, ist das nie eingefallen. Derselbe war ein Herrscher, der mit Aufopferung von Gut und Blut nicht bloß den Abul-Medjd, nein, tausend Liebeskranke wie er dem Ziele ihrer Wünsche zugeführt haben würde. Dadurch, daß er wirklich seine edle Seele daransetzte, um den alten Königssohn mit der Feentochter zu vereinigen, hat er genügendes Zeugnis für seine unvergleichliche Großmut abgelegt.«

»Was ist das für eine Geschichte?« fragte Mâhi-Scheker; und der Papagei hub an:

Geschichte vom alten Königssohn und der Feentochter

Wie man erzählt, hatte König Behwâdj einen Freund namens Azim, den er sehr hochhielt, einen Mann von angenehmen Manieren und lieblichem Äußern, dessen Unterhaltung ihm so viel Vergnügen machte, daß er ihrer nie überdrüssig geworden sein würde, wenn ihn auch sonst alles in der Welt angeekelt hätte.

Dieser Azim aber war dem Würfelspiel ergeben, und zwar in so hohem Grade, daß er alle Geschenke, die er von dem Könige erhielt, auf das Spiel verwandte. Der König warf ihm diesen Fehler nicht vor; im Gegenteil, er bezahlte seine Schulden und überhäufte ihn mit noch mehr Wohltaten. Darüber freute sich dann Azim; doch blieb sein Zustand derselbe.

Die Veziere suchten ihn nun zu entfernen und redeten zu dem Zwecke dem Könige häufig zu. »O König«, sagten sie unter anderm, »dieser Azim ist ein Verschwender und Vergeuder; der Verschwender aber, heißt es, ist des Teufels Bruder, und daß ein Bruder des Teufels deines königlichen Umgangs gewürdigt werde, ist doch unpassend.« – Auf diese Weise suchten sie den Azim zu züchtigen und ihm die Nähe des Königs zu verwehren. Dieser aber gab ihnen auf derartige Reden keine Antwort und sagte sich von Azim nicht los, er scherzte vielmehr beständig mit ihm und beschenkte ihn.

Der Umstand aber, daß seine Feinde sich so eifrig um seine Entfernung bemüht hatten und der König gegen ihn so gnädig war, beschämte den armen Azim dergestalt, daß er sich eines Tages unvermerkt aufmachte und in der Not mit seinem Weibe die Heimat verließ, um nach fremden Ländern zu ziehen. Nachdem er eine Tagereise zurückgelegt, gelangte er den zweiten Morgen an eine Höhle, in welcher er einige Menschen mit Würfelspiel beschäftigt sah. Da schwollen ihm die Adern der Gier, er kam näher und fing an, in der Hoffnung auf Gewinst an dem Spiele teilzunehmen. Er spielte so lange, bis von seiner Barschaft nichts übrigblieb; dann ließ er sich zehn Goldstücke auf Borg geben, und als er diese nicht zurückzahlen konnte, mußte er seine Frau als Pfand lassen. Von wem sollte er nun aber Geld nehmen, um das Pfand wieder einzulösen? Außer dem Könige gab ihm ja niemand etwas. Was sollte er anfangen? Die Not drängte – endlich sprach er bei sich selbst:

›Wo anders geh ich hin? Beschatten
Mich hier nicht schwankende Zypressen?
Wem anders sollt ich dienen? Kann
Dich, meinen Herrn, ich je vergessen?‹

Damit machte er sich auf, um geradenwegs zu König Behwâdj zurückzukehren. – Wie er aber ging, empfand er bald von der Hitze des Weges einen brennenden Durst, so daß er in der Richtung aller vier Himmelsgegenden nach Wasser umhersuchte. Bis zum Abend war er schon hin und her gelaufen, ohne den Labetrunk zu finden, bis endlich nach Sonnenuntergang sein Auge auf einen Gegenstand an einem Bergabhange fiel, der wie ein Brunnenrand aussah. In der Hoffnung, dort endlich Wasser anzutreffen, eilte er hin, band seine Mütze als Schöpfgeschirr an seinen Kopfbund, der ihm als Seil diente, und ließ sie hinab. Als er sich dann aber hinüberneigte, um zu sehen, ob die Mütze bis zum Wasserspiegel hinabreiche, da erblickte er einen goldenen, mit kostbaren Edelsteinen besetzten Thron, der auf dem Grunde des Brunnens errichtet war, und auf ihm ein Mädchen, deren strahlende Schönheit wie eine Sonne das Innere des Brunnens erhellte, ihr gegenüber aber einen abgelebten Greis, dessen Körper zu einem Phantom zusammengeschrumpft war. Der Alte hatte einen großen Kessel vor sich, in welchem Öl kochte, und richtete seine Blicke bald auf die Glut im Kessel, bald auf das Mädchen.

Dieser Anblick versetzte den Azim in solches Erstaunen, daß er betroffen dastand, ohne sich regen zu können, und, ohne sein Seil wieder aufzuziehen, das schöne Mädchen angaffte. Sie aber sah von ihrem Sitze in die Höhe, wo ihre Augen sich mit denen des Azim begegneten. Sie hielt denselben wegen des Aufzuges, in dem sie ihn erblickte, für einen Bettler, der um Gottes willen ihre Mildtätigkeit anspreche, weshalb sie denn von ihrem Arm ein einzelnes Armband abstreifte und es in die Mütze warf, welche Azim, um Wasser zu schöpfen, herabgelassen hatte. Darüber erstaunte dieser noch mehr, so daß er auch jetzt seine Mütze nicht heraufzog, sondern noch ferner das Mädchen anstarrte. Sie meinte nun, daß ihm das eine Armband wohl zuwenig bedünke und er es deshalb anzunehmen sich weigere; ohne sich zu besinnen, streifte sie demnach das Gegenstück von dem andern Arme ab und legte es gleichfalls in die Mütze. Nun nahm sich Azim zusammen und zog die Mütze in die Höhe.

Als er aber die Armbänder betrachtete, geriet er ganz außer sich; denn selbst in der Schatzkammer des Königs Behwâdj hatte er keine Edelsteine wie diese gesehen. Er steckte sie also zu sich und ging geradenwegs zur Stadt.

Den folgenden Morgen brachte er, da er sich vor dem König Behwâdj schämte, die beiden Armbänder zu einem Goldschmied, um sie zu verkaufen. Kaum hatte aber dieser die daran befindlichen Edelsteine erblickt, als er auf den Azim lossprang und ihn mit den Worten festhielt: »Dies ist gestohlenes Gut, du hast den Schmuck aus dem Schatze des Königs entwendet.« – Von allen Seiten drängten sich nun Leute hinzu, die dem Streit die verschiedenartigsten Anlässe unterlegten, wie man im Sprichwort sagt: ›Der eine schlägt das Hufeisen und den Nagel der andere.‹

Zuletzt ging der Goldschmied zum König Behwâdj und überreichte eine Bittschrift des Inhalts, daß er einen Dieb ergriffen habe. Infolgedessen rief ihn der König zu sich und befahl ihm, seinen Dieb herzubringen. Dies geschah, und Azim erschien vor dem Könige, der ihn sofort erkannte und ausrief: »Den du mir hier als Dieb vorführst, ist unser armer Azim, den ich seit einigen Tagen vermißte.« – Alsdann ließ er ihn vor sich treten und fragte ihn neugierig, wo er gewesen sein möge: »Was hat es denn mit dieser Verleumdung auf sich, der du anheimgefallen bist? Und«, fügte er nach einigen begütigenden Worten hinzu, »wie bist du zu diesen Armbändern gekommen?«

Azim teilte nun von Anfang bis zu Ende mit, was sich mit ihm zugetragen hatte, und erzählte namentlich, was er in dem Brunnen gesehen und wie die Armbänder noch zur Stunde dem im Brunnen auf dem Throne sitzenden Mädchen angehörten. Diese Mitteilung setzte den König Behwâdj in das höchste Erstaunen, und er sprach: »O Azim, ich weiß, daß du keine Lügen redest; wenn ich aber jetzt mit dir käme, würdest du da jenen Ort wiederfinden?« – »O ja, mein König«, antwortete Azim, »ich würde ihn finden.«

Der König wartete nun bis zum Anbruch der Nacht und machte sich dann mit Azim nach der besagten Gegend auf, welche sie auch bald erreichten. Sie eilten sofort zu dem Brunnen, und da König Behwâdj sich über den Rand beugte, da sah er das Mädchen, den Alten und den Kessel mit Öl, alles ganz, wie ihm Azim gesagt hatte. Bei diesem Anblick konnte er sich nicht halten, sondern rief von der Öffnung des Brunnens hinab: »Wer seid ihr?« – Diese Frage begleitete er mit so inständigen Bitten, daß die auf dem Throne sitzende Frau durch sie erweicht wurde und ihm antwortete: »Ich bin die Tochter des Feenkönigs; dieser schwache Greis da vor mir aber ist seit seiner Jugendzeit in mich verliebt, und da bin ich denn seit zweiundsechzig Jahren ihm zu Gefallen mit ihm in diesem Brunnen geblieben. Aus Mitleid und Gottesfurcht kann ich den greisen Liebhaber nicht verlassen und fortgehen, und doch kann ich ihn auch nicht heiraten; denn ich gehöre dem Geschlecht der Feen an, deren Leiber ätherisch-fein und nicht körperlich-grob wie die der Menschen sind. Nun könnte er sich freilich von der Körperlichkeit befreien, wenn er sich zu dem Ende in diesen siedenden Kessel stürzen wollte, und ich rede ihm zu, er solle dies tun, um dann wie lauteres Gold, durch die Glut geläutert, an dem klaren Born meiner Liebe seinen Durst zu löschen. Aber er hat noch nicht den Mut dazu gehabt, und so sind wir auf dem alten Fleck geblieben: er erwirbt sich durch die Läuterung im Kessel meine Hand nicht, und ich kann auch den Ärmsten nicht verlassen und fortgehen. Das ist unsere Geschichte!«

Nachdem sie also gesprochen, hub der Alte an: »In diesen Kessel würde ich mich schon gern stürzen, denn dem Tode gehe ich willig entgegen. Nur besorge ich, daß der Tod mich des Vergnügens berauben wird, das schöne Angesicht meiner Geliebten anzusehen. Das ist meine einzige Furcht.« – »O Greis«, rief darauf König Behwâdj dem Alten zu, »ist die Masse, die dort in dem Kessel kocht, derart, daß sie einen Menschen umbringt, oder nicht? Und wenn nun ein Mensch hineinstiege und die Probe machte, würdest du da nachher Mut fassen?« – »Freilich«, antwortete der Alte, »wenn vorher jemand die Probe bestände, würde auch ich hineingehen.«

Kaum hatte der König diese Antwort vernommen, als er – sein edles Leben solchergestalt für den unglücklichen Liebhaber aufopfernd – sich entkleidete und in den Kessel, diesen Abgrund des Verderbens, hineinsprang. Nach einstündigem Verweilen kam er aber wieder daraus hervor, und da war wirklich das Menschlich-Irdische von ihm verschwunden, er war gleichsam zu prüfsteinbewährtem Golde geworden! – Als die Feenjungfrau ihn also erblickte, stieg sie von ihrem Throne herunter, neigte ihr Haupt und legte ihr Antlitz vor ihm auf den Boden. Dabei rief sie ihm zu: »Das ist ja herrlich, nach einstündiger Bekanntschaft hast du dich schon meiner Hand würdig gemacht!« – »Nicht doch«, antwortete ihr König Behwâdj, »deine Liebe zu gewinnen, war nicht meine Absicht. Was ich getan, geschah nur zu dem Zwecke, diesem schwachen Alten Mut einzuflößen. Du aber sollst meine Tochter sein für diese und die andere Welt.« – Damit befahl er dem Alten, in den Kessel zu steigen. Der Greis kleidete sich nun aus und tat, wie ihm geheißen. Auch er verweilte in dem Kessel eine Stunde lang, worauf er, der Vermählung mit der Feentochter würdig, vollkommen rein und glänzend wieder hervorkam.

Der Alte küßte nun dem Könige Hände und Füße, und letzterer küßte ihn auf die Stirn und hieß ihn sich neben das Mädchen auf den Thron setzen, wo sie ihren silbernen Arm um des treuen Liebhabers Nacken schlang.

Die schöne Maid, mit tausend Tändeleien
Der Liebe küßte sie den Vielgetreuen.

Also gelangte der unglückliche Liebhaber in den Besitz seiner Holden, welche ihm auch ihrerseits ohne Rückhalt Herz und Hand schenkte; beide aber segneten und priesen den, der sie vereinigt hatte.

Glücklich, eine gute Tat getan zu haben, machte König Behwâdj sich dann wieder auf den Weg, und bald war er in seinem Palaste angelangt und hatte auf dem Throne seiner Herrschaft, dem Polster seiner Würde, Platz genommen. Er befahl nun, Azims Frau zurückzuholen, und machte es ihm selbst zur heiligen Pflicht, in Zukunft dem Würfelspiel zu entsagen, worauf sie bis an das Ende ihrer Tage in Freude und Lust ein genußvolles Leben führten.

»Auch diese Geschichte«, fuhr der weise Papagei fort, »ist zum Gedächtnis jenes großmütigen Königs aufbewahrt worden; sie liefert den deutlichen Beweis, daß er, um Liebende ihrer Wünsche teilhaftig werden zu lassen, selbst seines Lebens nicht schonte.« – Mâhi-Scheker gestand nun ein, daß Behwâdj ein Gut und Blut aufopfernder Fürst gewesen sei und daß sie keinen Einwand mehr zu machen habe. Dann sprach der Vogel zu ihr: »O Mâhi-Scheker, siehe, auch ich bin mit der äußersten Anstrengung darauf bedacht, dir zur Erreichung deiner Wünsche behilflich zu sein und dich mit deinem Geliebten zu vereinigen. Wolle

der Höchste uns dies vergönnen, und wolle er es leicht machen! Jetzt zaudere nicht, sondern eile zu deinem Geliebten.«

Tändelnd und lächelnd trat darauf die junge Frau heraus; aber da sah sie, daß von des Horizontes Feenangesicht

– auftauchte das Sonnenlicht – und daß der glänzende Tagesstern – die Erde beschien nah und fern. – Ihr Wunsch blieb also abermals unerreicht, und sie mußte sich bis zur folgenden Nacht gedulden.

ELFTER ABEND

Den nächsten Tag über verhielt sich Mâhi-Scheker geduldig und ruhig und sang folgende Verse, sich gleichsam einbildend, daß ihr Geliebter dieselben an sie richte:

»Wo die Rosen deiner Wangen
Mir nicht mehr vor Augen prangen,
  Find ich auf der Erde Flur,
  Weh! statt Rosen Dornen nur.

Leuchtet mir nicht mehr zur Wonne
Deines Angesichtes Sonne,
  Weh! da wird mein Tag zur Nacht,
  Schwarz wie deiner Locken Pracht.

Du entfliehst und zeigtest nimmer
Mir noch einen Gnadenschimmer?
  Schöne Heidin! – Wehe mir,
  Der um dich gelitten hier.«

Also brachte sie ihre Zeit hin; bisweilen legte sie aber auch ihre Schmucksachen an und machte sich zu dem Besuche bei ihrem Freunde fertig. Als es endlich Abend geworden war, trat sie zu dem Käfig des Papageien und verlangte von ihm die Erlaubnis, zu ihrem Geliebten zu gehen. Der Vogel bemerkte wohl, daß ihre Sehnsucht nach dem schönen Jünglinge den höchsten Grad erreicht hatte, weshalb er es für das beste hielt, zu schweigen und gar keine Antwort zu geben. Sie wiederholte ihre Bitte, der Papagei aber brach sein Schweigen nicht; kurz, sie sah, daß kein Wort aus ihm herauszubringen war. Da sprach sie: »O du Redefeiner – Engelreiner – sprich, ist etwas unter uns vorgekommen – das du übelgenommen? – Oder hat dir Verdruß und Mißbehagen – irgend verursacht mein Betragen?« – Ihr antwortete der Papagei: »Glückselige Gebieterin, wie wäre es möglich, daß ich dir etwas übelnähme, da doch dein ganzes liebliches Selbst vom Haupte bis zur Zehe huldig ist und solche Anmut und Schönheit wie die, mit der du begnadigt worden bist, von dem Allerhabenen sonst keinem Wesen verliehen ward? Ich war eben nur im Nachdenken über deine Angelegenheit vertieft.« – »O Papagei«, antwortete die junge Frau, »wenn du wirklich über meine Angelegenheiten nachgedacht hättest, da würdest du gewiß schon eine Veranstaltung getroffen haben, mich mit meinem Geliebten zu vereinigen.« – »Ach, meine Herrin«, entgegnete der Vogel, »kann man lebendigere Wünsche für dein Wohl haben als ich, der ich nächtelang bis zum Morgen über deine Sache hin und her sinne, so daß der Schlaf meinen Augen versagt ist? Nur hat mir's bis dahin an der Gelegenheit gefehlt, dir meine Aufrichtigkeit zu beweisen; wir sind ja von alters her gewohnt, zu sehen, daß die Treue eines Dieners nicht immer gleich zu Anfang klar wird. So zürnte einst König Kobad seinem aufrichtigen Papagei erst wegen einer Frucht und stand im Begriff, ihn umzubringen, als Gott den Vogel rettete und seine Treue offenbarte. Ebenso wird auch meine Treue dereinst offenbar werden.« – Da fragte Mâhi-Scheker: »Was ist das für eine Geschichte?«, und der Papagei hub an:

Geschichte vom König Kobad und seinem Papagei

Die Erzähler von Erlebnissen – und Begebnissen – und Geschichten – berichten – daß im Lande Syrien einmal ein armer Jägersmann ein Netz ausspannte, um Papageien zu fangen. Einer dieser Vögel geriet hinein und wurde so von dem Jäger gefunden, welcher ihn herausnahm und voll Freude zum Verkauf auf den Basar trug. Daselbst aber machte der Vogel denen, die ihn anzusehen gekommen waren, so viele feine Scherze vor, daß ein jeder ihn liebgewann, weshalb auch der arme Jäger, da er so schöne Eigenschaften an ihm entdeckte, einen sehr hohen Preis für ihn verlangte. Sein Ruf gelangte endlich bis zu den Ohren des Schachs Kobad, des Königs von Damaskus, der sich auf bloßes Hörensagen in ihn verliebte und sogleich ihn zu kaufen befahl. Man zahlte also dem Jäger den verlangten Preis und brachte den Papagei dem Könige, welcher den Käfig neben sich aufhängen und die anmutvollen Reden des Vogels sich zur steten Unterhaltung dienen ließ. Bald fand er an seinem Verstande und seiner Weisheit soviel Wohlgefallen, daß er ihn in betreff der Staatsregierung und namentlich wegen der Welt unbekannter Kronangelegenheiten heimlich zu Rate zog und nach seinen Worten handelte. Hat doch auch Mohammed gesagt:

Wer da spricht, das frage nicht;
Aber merke, was man spricht.

So dachte auch er nicht etwa, sein Papagei sei ja nur ein Tier, das nichts wissen könne, sondern er sah auf die Aufrichtigkeit der Gesinnung und den Scharfsinn der Gedanken und verfuhr dann nach dem empfangenen Rate. Jene Eigenschaften genügten, dem Vogel seine Hochachtung zu erwerben, wie es ja überhaupt bei gerechten Königen ein schöner Gebrauch ist, wenn sie einen ihrer Diener als treu erkannt haben, nicht auf seine hohe oder niedrige Geburt zu sehen, sondern ihn um die Reichsangelegenheiten zu befragen und seine Ratschläge, sofern sie richtig sind, zu genehmigen.

In Schach Kobads Achtung stieg also der Vogel immer höher, und täglich wurden ihm mehr Ehren erwiesen. Also verflossen mehrere Jahre. Als einst der König sich in gewohnter Weise mit ihm unterhielt, erzählte er ihm eine anmutige Geschichte, welche den König so sehr belustigte, daß er ausrief: »O Papagei, hast du gar keinen Wunsch, durch dessen Gewährung ich dir meine Huld beweisen könnte?« – Der Vogel antwortete:

»Allzeit diene, König, deine Schwelle
Hilfsbedürftigen als Ruhestelle,
Auf dir ruhe Gottes Wohlgefallen,
Bis des Weltgerichts Posaunen schallen!

Welchen Wunsch sollte ich hegen? Steh ich doch vor dir als ein niedriger Knecht – als ein verworfener Sklav, elend und schlecht! – Dein Dienst ist's, der mich erhebt und beglückt – deine Unterhaltung ist's, die mein krankes Herz erquickt. – Ich halte mich an den Spruch:

Macht und Herrlichkeit auf Erden
So von mir verstanden werden:
›Besser Sklav an deiner Türe,
Denn daß ich die Welt regiere‹ –

weshalb auch mit hellem Schall – meiner Seele Nachtigall – diese Verse anstimmt ohne Unterbrechen – die meiner Lage entsprechen:

Zum Wächter hat der Sultan mich an seinem Tor bestellt,
Am Tor, wo der Befehle harrt gehorsam alle Welt,
Wär solch ein ehrenvolles Amt dem Ridhwân angetragen,
Fürwahr, den Dienst an diesem Tor hätt er nicht ausgeschlagen.

›Die Heimatliebe aber‹, sagt das Sprichwort, ›gehört zu den Glaubensartikeln‹, und meine Sehnsucht nach den Verwandten in der Heimat ist unendlich groß. Gleichwohl fürchtete ich mich, dir dies, o Herrscher, vorzutragen; denn ich dachte, es möchte dich deinem Sklaven entfremden und deine Gunst erkalten lassen. Da du nun aber mir Unwürdigem soviel Gnade zu erweisen geruhest, so bitte ich dich, du wollest als Zeichen deiner königlichen Gunst mich, deinen Knecht, aus der Haft des Käfigs befreien und mich zu meiner Familie reisen lassen. Habe ich einmal meine Kinder und meine Sippschaft wiedergesehen, dann werde ich nicht lange verziehen, sondern alsbald wiederkehren, um in den Staub deiner Füße mein Angesicht zu legen.«

Schach Kobad hatte Mitleid mit dem Vogel und ließ ihn frei, worauf er seinen Flug nahm und der Heimat zueilte. Daselbst sah er seine Verwandten und Bekannten wieder und erzählte ihnen, wie's ihm ergangen. Alle segneten und priesen den König, den Weltenhort, und erwähnten ihn untereinander mit Lob und Ruhm; auch gaben sie dem Heimgekehrten den Rat, er solle nun auch seinerseits dem Könige eine Wohltat erweisen. Darauf entgegnete der Papagei: »Was könnte ich einem so gewaltigen Könige zuliebe tun, das für seine mir erzeigte Wohltat die rechte Vergeltung wäre?

Vor mutigen Männern will dies nicht geziemen,
Dich deines eignen Mutes zu rühmen.
Hier aber ist des großen Königs Schwelle,
Gar viele Tapfre hüten diese Stelle.

Wie wäre ich nun imstande, ihm Gutes zu tun?« – Seine Verwandten aber antworteten ihm: »Da trotz der allgemeinen Treu- und Lieblosigkeit der Menschen jener König gegen dich so gnädig gewesen ist, so mußt du dich wenigstens auch nach besten Kräften bemühen, deinen Verpflichtungen nachzukommen. Heißt es doch auch im Sprichwort:

Kannst du nicht das Große fassen,
Sollst drum nicht das Kleine lassen.

Bist du also zu nichts anderem fähig, so sollst du dir wenigstens die Mühe geben und nach dem Reiche der Finsternis gehen, dort aber den Lebensquell aufsuchen, von dem den Quell beschattenden Baume eine Frucht brechen und diese deinem Wohltäter überbringen, auf daß er esse und ewiges Leben erlange. Leistest du ihm diesen Dienst, so genügst du einigermaßen deiner Schuldigkeit.«

Der Papagei nahm den Rat an und eilte in raschem Fluge dem Reiche der Finsternis zu. Als er den Baum über dem Lebensquell erreicht hatte, brach er eine Frucht von demselben ab, nahm sie in seinen Schnabel und brachte sie dem Schach, dem er sie als Geschenk überreichte.

Schach Kobad nahm die Gabe an. »Dein Geschenk«, sprach er, »ist mir sehr willkommen; was aber das Genießen der Frucht anbetrifft, so werde ich ganz so verfahren, wie Salomo (über dem Segen sei!) verfuhr. Gleichwie dieser große Prophet vom Lebenswasser nicht getrunken, so werde auch ich von der Lebensfrucht nicht essen.« – »Aber«, fragte ihn hier der Papagei, »woher denn, du mächtiger König, weißt du, daß Salomo nicht vom Lebenswasser getrunken?« – »O Papagei«, antwortete der König, »das ist eine merkwürdige Geschichte; ist es möglich, daß du sie nie gehört hast?« – »Meine Lebtage«, versicherte der Papagei, »habe ich nicht davon gehört. Wie gern vernähme ich sie aus deinem perlensprühenden Munde! Habe doch die Güte und geruhe mir zu erzählen; was ist das für eine Geschichte?« – Worauf Schach Kobad anhub:

In glaubwürdigen Schriften steht aufgezeichnet, daß ein jeder von den großen Propheten (über denen Heil und Segen sei!) einmal auf dieser Erdenwelt zur Wahl zwischen Leben und Tod berufen worden ist, wie ja auch ein heiliger Ausspruch Mohammeds lautet: ›Es gibt keinen Propheten, der nicht einmal zur Wahl berufen worden wäre.‹ Der Wunsch, in der Gnade des Allbarmherzigen endlich aufzugehen, ließ sie aber sämtlich den Tod unbedingt dem Leben vorziehen.

Während nun Salomo die Welt beherrschte, brachte ihm eines Tages Gabriel der Getreue von seiten des Weltenherrschers einen Becher mit Lebenswasser, welchen er mit folgenden Worten überreichte: »O Salomo, der allgnädige König grüßt dich und sendet dir, um dich zu ehren und dir seine Gunst zu beweisen, dies Lebenswasser. Du hast also die Wahl: willst du, so trinke, und du bist des ewigen Lebens teilhaftig; willst du aber nicht, so enthalte dich des Trunkes, dann wirst du, wenn die Zeit kommt, zur Gnade des Allgnädigen eingehen.«

Salomo glaubte sich nun in einer so wichtigen Angelegenheit nicht übereilen zu dürfen, sondern eingedenk des Spruches: ›Sicher geht – wer sich berät‹, versammelte er seine Weisen zu einer Ratsversammlung. Alle aber, die dieser beiwohnten, suchten ihn zu bewegen, das Wasser zu trinken und so zum ewigen Leben zu gelangen. Er beriet sich dann auch mit den Tieren und dem ganzen Geschlecht der Vögel; aber auch da war niemand, der ihn nicht zum Trinken ermutigt hätte, mit einziger Ausnahme des Chârpuscht, das ist das Tier, welches wir Igel nennen. Dieser trat vor und sprach, seine Stirn auf den Boden legend, nachdem er durch Lob- und Segensprüche den Pflichten der Etikette genügt hatte: »O Salomo, freilich sagt man, daß der Widerspruch mit allen aus der Macht des Irrtums stamme; indessen ist mir in aller Demut in betreff der vorliegenden Frage ein Gedanke gekommen, den ich, wenn du gnädig erlaubst, dir vortragen möchte.« – Ihm antwortete Salomo: »O Chârpuscht, dies hier ist eine Ratsversammlung, vornehm und gemein – groß und klein – arm und reich – ist hier alles gleich! – Von Widerspruch ist aber nicht die Rede, denn alles, was man über die Sache sagen kann, ist heilbringend und segenvoll. Drum laß hören.« – »Mein König«, sprach darauf der Igel, »ist das durch die Gnade des Allerbarmenden dir zuteil gewordene Lebenswasser außer dir auch für deine Kinder, deine Verwandten und deine weisen Genossen bestimmt? Oder darfst du, großer Prophet, dich allein seiner bedienen? Wenn das Wasser dir in Gemeinschaft mit deiner Familie und deinem Gefolge verliehen ist, so daß alle mit dir leben bleiben, solange Gott will, dann ist es etwas Vortreffliches, dann trinke und gewinne die Seligkeit des Lebens. Ist es dagegen nur für dich bestimmt, dann halte ich's nicht für klug, davon zu trinken. Denn ich zweifle nicht, wenn du sähest, wie von deinem Hause und deiner Verwandtschaft – deiner Sippschaft und Bekanntschaft – und von deinen Genossen – den edlen, großen – bei diesem Festmahl heut dieses und morgen jenes Lebensbecher vollgegossen – und übergeflossen – und die Frist seines Daseins würde abgeschlossen – so daß sie, einer nach dem andern – in das Reich des Jenseits würden hinüberwandern – da würde dir jede neue Trennung eine herbe Pein – ein Anlaß zu tiefer Betrübnis sein! – Dieser Brand – würde durch langen Lebens Lust nicht abgewandt – und wäre einmal verflogen – dieses Weines Rausch, und verzogen – da würde durch des Genusses Süßigkeit – die leere Nüchternheit – nicht aufgewogen.«

Also beschloß der Igel seine Rede; Salomo aber antwortete ihm: »O Chârpuscht, dieses Lebenswasser zu trinken ward nur mir verstattet, keinem andern. Deine Rede ist wahr – alle deine Worte sind wohlratend, lauter und klar – deiner Einsicht und Klugheit sei Heil! – der Vorzug der Weisheit ward hier dir zuteil. – Wie du geraten, so werde ich tun.« – Also sprach Salomo und trank das Lebenswasser nicht.

»Diese Geschichte«, fuhr Schach Kobad fort, »habe ich dir vorgetragen, um dir zu zeigen, wie ich in Beziehung auf diese Frucht jenen großen Propheten nachahme, indem ich nicht auf unendliche Zeit in dieser schlechten Erdenwelt fortleben will. Je eher, je lieber mein Dasein auf schöne Weise beschließend zu dem unvergänglichen Liebling meiner Seele zu eilen und der Gottnähe teilhaftig zu werden ist mein innigster Wunsch. Meine Ansichten sind ganz dem folgenden Verse gemäß:

Wie lieblich ist's, am Hochgenuß
  Der reinen Liebe sich erquicken!
Wie süß, im Sehnsuchtsschmerz zu flehn;
  Könnt ich doch einmal Ihn erblicken.

O Mörder, zieh den scharfen Stahl,
  Laß nicht von deiner Amtsverrichtung;
Kein Wasser löscht der Liebe Durst,
  Den Durst löscht Tod nur und
    Vernichtung!« –

Der treue Papagei fand, daß Schach Kobad durchaus recht habe. »Mein König«, sprach er, »deine kostbaren Worte bezeugen mir deine Hochherzigkeit. Wäre es aber nicht gut, den Kern dieser Frucht irgendwohin zu pflanzen? Die neue Frucht, die wir da erzielen, würde nicht dieselbe Kraft haben wie diese alte; sie würde, da durch die Veränderung des Standortes das, was auf den Ursprung dieser einwirkte, dort wegfällt, das ewige Leben nicht zu verleihen vermögen. Dagegen würde durch ihren Genuß ein alter abgelebter Mann die Kraft eines Jünglings wiedererlangen.«

In dieser Weise lobte der Papagei die Frucht, und Schach Kobad ließ sich gern bewegen, ihren Kern an einem wohlbehüteten Platze unter Aufsicht eines besonderen Gärtners pflanzen zu lassen. Alsdann verfloß eine geraume Zeit, und aus jenem Kern war ein Baum geworden, der einige Früchte trug. Eines Tages bemerkte der Gärtner, daß eine derselben zur vollkommenen Reife gediehen und abgefallen war; er hob sie sofort auf, legte sie auf eine Schüssel und brachte sie dem Schach Kobad.

Von dem Wunsche beseelt, daß ihr Herr wieder jung und körperlich frisch und kräftig werden möge, bemühten sich nun die in dem Empfangssaale des Königs anwesenden Veziere, ihn zum Genuß der Frucht zu vermögen. Aber gleich andern erleuchteten Herrschern war auch Schach Kobad besonderer höherer Eingebungen und göttlicher Gnadengaben teilhaftig, so daß er antwortete: »Bevor ein Versuch gemacht worden, erlaube ich niemandem, von dieser Frucht zu essen, und werde auch mir selbst den Genuß versagen.« – Alsdann ließ er aus dem Gefängnisse einen bejahrten Verbrecher, der das Leben verwirkt hatte, herholen und befahl, ihm die Frucht zum Essen zu reichen. Kaum war aber dies geschehen, als der Leib des Alten anschwoll und grün wurde, worauf er alsbald verschied, während gelbes Wasser aus seinem Körper herausfloß.

Als der König dies sah, war er außer sich; aber auch die Versammlung war höchlich verwundert, und der arme Papagei hätte vor Staunen und Schrecken fast den Verstand verloren. Schach Kobad aber erwog die Sache bei sich näher. ›Dieser Papagei‹, dachte er, ›hat den Weg der Undankbarkeit eingeschlagen und sich mit arglistigen, heimtückischen Gedanken dem Betruge zugewandt. Um mich umzubringen, hat er uns Gift gegeben und dabei versichert, es sei Lebensbalsam. Dafür muß eine Strafe verhängt werden, auf daß andere Verräter sich daran ein Beispiel nehmen. Indessen ist immer möglich, daß, sosehr die Sache äußerlich als Betrug erscheint, doch dabei etwas anderes verborgen wäre; und wenn dem Papagei kein Verbrechen zur Last fiele, dann möchte ich ihn doch nicht ohne alles Recht als Unschuldigen töten und einen durch nichts gerechtfertigten Mord auf mich laden. Bevor man zu einer Hinrichtung schreitet, ist es Pflicht, immer erst so lange als möglich anzustehen und die Sache hinzuhalten. Eine Hinrichtung zu vollziehen ist immer in unserer Hand; aber es ist ein alter Spruch, daß ein abgeschnittener Kopf nicht auf seine Stelle zurückkehrt und seinem Herrn nicht mehr nützt. Wenn man einmal das ‚Gebäude Gottes' zerstört hat, da muß man darauf verzichten, das Leben zurückzurufen; das ist nicht möglich. Deshalb will ich mich nicht übereilen, sondern auch einmal hören, was der Papagei sagt.‹

An diesen wandte er sich sodann mit der Frage: »O Papagei, was hast du von mir für Leides erfahren, daß du also meinem Dasein ein Ende zu machen beabsichtigtest? Sind die Könige nicht die Seele der Welt? Sind ihre geheiligten Personen nicht der Grund alles Guten unter den Völkern? Dem Könige schaden wollen heißt der ganzen Welt schaden wollen, und dementsprechend ist auch die Größe der Sünde. Wie hast du nun, da dies alles unzweifelhaft richtig ist, zu einem solchen Vergehen dich erfrechen können?«

Der Papagei wagte kaum vom Knie des Nachdenkens die Augen aufzuschlagen; aufs tiefste beschämt, hub er endlich an: »O König, möge der Allerhalter deine glückselige und hochgesegnete Person vor Fehltritten und Unglück bewahren und meine Jahre beifügen deinen Herrscherjahren! – Möchte doch dein Knecht als Opfer für dich fallen! Gott verhüte, daß ich gegen dich hätte Arglist üben und dich zu Schaden bringen wollen. Der Allheilige kennt mein Herz, ich habe jene Frucht von der Quelle des Lebenswassers als köstlichstes Elixier, als Stein der Weisen hergeholt. Dies ist buchstäblich wahr! Nun bin ich aber erstaunt über das, was sich hier begeben, daß das Lebenswasser nicht Leben, sondern den Tod gegeben! Ich flehe aber, o König, du wollest dich mit meiner Hinrichtung nicht übereilen; mein Tod steht ja, sobald du ihn zu beschließen geruhest, in deiner Hand; vielmehr bitte ich, laß uns noch einmal in den Garten gehen, von dem bewußten Baume eine zweite Frucht pflücken und dieselbe einem andern le-

benden Wesen zu essen geben. Vielleicht daß der Beschützer der Wahrheit – mit Sonnenklarheit – hier ein Geheimnis offenbare – er, der Allwahre!«

Schach Kobad und die Großen der Krone – und die da nahestanden dem Throne – fanden insgesamt diese Rede verständig. Die ganze Versammlung begab sich also in den Garten. Als man aber bei dem fraglichen Baume anlangte, da sah man in einem Winkel, mannigfach zusammengerollt, eine ungeheure Schlange liegen, welche an Größe einem Drachen gleichkam und deren Hauches Dunst, wenn sie zum Atmen den Mund auftat, tödliches Gift durch den ganzen Garten ergoß. Schach Kobad wurde alsbald benachrichtigt; er eilte herbei, und nachdem er mit eigenen Augen das Ungetüm gesehen, kehrte in sein Herz allmählich die Ruhe zurück. Er rief nun den Gärtner herbei und fragte ihn, von wo er die Frucht genommen, die er gebracht habe. – »Ich habe sie«, antwortete derselbe, »nicht von dem Baume gebrochen, sondern sie, als ich morgens aufstand, abgefallen auf der Erde gefunden. Da nahm ich sie, legte sie in eine Schüssel und brachte sie dir.« – Diese Worte trugen ebenfalls zur Entfernung des Verdachts bei.

Schnell ließ nun der König einen andern Greis herbringen und gab ihm eine Frucht, die er selbst abgebrochen hatte, zu essen. Kaum war dies geschehen, so stand der Alte als ein lieblicher vierzehnjähriger Knabe da – der Herbst seiner Jahre war in den blühendsten Jugendlenz verwandelt worden. So erkannte man, daß das tödliche Gift durch die Berührung der Schlange der frühern Frucht mitgeteilt worden war. Daß dieselbe aber ihrem eigenen Wesen nach nur Leben geben könne, war allen so klar, daß alle Familienglieder des Königs und sogar seine Untertanen, vornehm und gering, davon zu essen begehrten und also zu neuer Jugendfrische gelangten.

Also wurde die Wahrhaftigkeit des Papageien offenbar, und er wurde der Wohltaten und der Gnade des Schachs teilhaftig.

»Diesem aufrichtigen Vogel nun, o Mâhi-Scheker«, fuhr der weise Papagei fort, »bin auch ich zu vergleichen; auch meine Treue und Wahrhaftigkeit hat sich noch nicht beweisen können, später aber wird sie offenbar werden. Das ist meine Hoffnung, daß der Allmächtige mir eine Gelegenheit geben möge, dich davon zu überzeugen. Ich bitte dich nun, deinen Besuch bei deinem Geliebten keinen ugenblick mehr zu verschieben und ihn, dessen Herz für dich in Leidenschaft glüht, von dem schmerzlichen Harren zu erlösen.«

Diese Worte trösteten die junge Frau vollkommen, und

sie machte sich auf zu ihrem Freunde. Aber da sah sie, daß mit des Morgens Helle – wie des Lebenswassers Quelle – nach dem Dunkel der Nacht – zum Leben die Welt ward gebracht – und zur Wonne – die Sonne – und daß die Welt – und was sie enthält – gleich der Treue des Vogels klar ward und erhellt – und strahlte von lauterem Licht – wie von Freude Schach Kobads Angesicht. – Ihr Wunsch ging also abermals nicht in Erfüllung, und sie mußte sich auf den folgenden Abend vertrösten.

Nun weicht, ihr armen Leute, weicht!
Und sei es euch gesagt,
Es hat der hohe Diwan
Auf morgen sich vertagt!

ZWÖLFTER ABEND

Mâhi-Scheker geduldete sich auch diesen Tag bis zum Abend. Als sich aber die ganze Welt in den schwarzen Schleier des nächtlichen Dunkels gehüllt hatte, trat sie an den Käfig des Papageien und sprach:

»Ach, daß mich um eine Rose
Solchen bittern Grames Dorn gestochen!
Daß ich klagen muß wie Bülbül,
Dem der Liebesschmerz das Herz gebrochen!

Ach, mein Vogel, Barmherzigkeit, Barmherzigkeit! – Weißt du keine Arznei gegen mein Liebesleid? – Kein Mittel, das die Vereinigung mit meinem Freunde mir gewährt – ohne daß die Welt es erfährt? – Sage nun – was soll ich tun?« – »Von seiten der Welt«, antwortete der Papagei, »befürchte nichts! Hast du doch nur mich, deinen Knecht, in dein Geheimnis eingeweiht und sonst niemanden. Deshalb wird auch niemand etwas davon erfahren. Laß darum jetzt die Gelegenheit nicht ungenutzt verstreichen, sondern eile zu deinem Freunde! Ich habe auch nicht die mindeste Lust, dir diese Nacht Märchen zu erzählen; einige ebenso nützliche als kurze Lehren darf ich dir aber nicht vorenthalten. Merke wohl darauf und handle ihnen gemäß, du wirst sie in jeder Lage sehr ersprießlich finden. Vor allen Dingen sollst du dich gar wohl hüten, wenn du mit dem schönn Jünglinge beisammen bist und ihr euch unterhaltet und koset und du dich ihm gnädig erzeigst, von den Geheimnissen, die du im Herzen hegst, etwas zu verlautbaren; kein Düftchen, kein Sonnenstäubchen darfst du davon mitteilen, sonst möchtest du es bereuen, gleichwie der Veziersssohn bereute, sein Geheimnis seiner Frau mitgeteilt zu haben.«

»Was ist das für eine Geschichte?« fragte Mâhi-Scheker, und der Papagei hub an:

Geschichte vom Kaufmann und Vezierssohn

Wie man erzählt, lebte einst in einer Stadt Iraks ein Kaufmann namens Chodja Hussâm. Dieser unternahm einstmals eine Handelsreise nach Indien, machte in den dortigen Landesprodukten bedeutende Einkäufe, zahlte für sämtliche erstandene Waren den Preis und war eben im Begriff abzureisen, als ihm noch ein Einfall kam, den er seinen Reisegefährten mitteilte. »Brüder«, sagte er ihnen, »wir haben allerdings von allen Warengattungen eingekauft; nur möchte ich noch eine hübsche Kleinigkeit haben, wie sie sich im Besitze irgend sonst jemandes und überhaupt in fremden Ländern nicht findet.« – »Freund«, antworteten ihm seine Genossen, »vor kurzem ist ein Philosoph hierhergekommen, ein hochgelehrter – in aller Weisheit bewährter – in vielen Künsten geschickter – durch Schätze von Wissen beglückter – dem das Wunderbarste gelingt – der das Seltsamste vollbringt. – Derselbe versteht durch astronomisches und astrologisches Wissen aus Holz einen Papagei zu verfertigen, der alle möglichen Dinge sagt und ein höchst angenehmer Umgangsfreund ist. Etwas Ähnliches ist nie gesehen worden.«

Alsbald begab sich Chodja Hussâm zu jenem ausgezeichneten Gelehrten und ließ sich für vieles Geld einen Papagei, wie hier soeben beschrieben worden, verfertigen. Das Kunstwerk wurde ihm eingehändigt, und in der Tat, ein besserer Unterhalter war nie gesehen worden. Er nahm es, machte sich mit allen Waren und Vorräten auf den Weg und erreichte bald seine Vaterstadt in Irak.

Nun hatte aber der Vezier von Irak einen Sohn, der sehr verliebter Natur war und überall schönen Frauen nachjagte. Dieser hatte während Chodja Hussâms Abwesenheit mit dessen Frau Bekanntschaft gemacht, und bald war ein Liebesverhältnis unter ihnen entstanden. Natürlich hatte Hussâm hiervon keine Ahnung; der Vezierssohn aber erwies ihm der Frau zu Gefallen fortwährend alle möglichen Höflichkeiten und lud ihn häufig zu sich ein.

Als dies einmal wieder nach gewohnter Weise geschehen war und Chodja Hussâm sich im Hause des jungen Mannes mit allen Vornehmen des Landes bei einer glänzenden Mahlzeit befand, fügte sich's, daß in der Unterhaltung ein jeder über seinen Stand und sein Gewerbe Mitteilungen machte. Bei der Gelegenheit redete jemand den Kaufmann an: »O Chodja Hussâm, du bist doch ein alter Handelsherr und machst häufig Reisen nach Indien, so erzähle uns denn von deinen Erlebnissen – und wunderbaren Begebnissen.« – Hussâm ging darauf ein und berichtete von allerlei Wunderdingen, die er während seiner Handelsreisen gesehen hatte, und endlich kam er auch auf den Papagei zu sprechen. »In den indischen Landen«, sagte er, »verfertigt ein weiser, kenntnisreicher Mann aus Holz Papageien, welche besser als wirkliche Papageien reden und unvergleichliche Gesellschafter abgeben. Ich habe selbst einen solchen gekauft und mitgebracht und unterhalte mich mit ihm auf das angenehmste.« – Also rühmte er den hölzernen Papagei.

Sobald aber die Gesellschaft auseinandergegangen war, sandte der Vezierssohn zu Hussâms Frau und ließ sich von ihr den Papagei samt dem Käfig ausbitten. Alsdann berief er einen tüchtigen Künstler zu sich und trug ihm auf, einen Papagei aus Holz zu verfertigen, der an Gestalt und Farbe ganz jenem künstlichen gleichsehe. Diesen behielt er dann zurück, setzte statt seiner den nachgemachten in den Käfig, sandte denselben so der Kaufmannsfrau zu und unterrichtete sie von dem, was er getan habe. »Mein Zweck dabei«, ließ er ihr sagen, »ist der, dich durch eine List von dem Ehebunde mit Chodja Hussâm zu erlösen und dich dann selbst zu heiraten. Nur hüte dich wohl, dies Geheimnis lautbar werden zu lassen.« – Den künstlichen Papagei setzte er aber in den Käfig und hängte ihn in seinem Hause auf. In der Tat zeigte er eine Beredsamkeit, welche das Lob des Chodja Hussâm noch weit hinter sich zurückließ, so daß der junge Mann ihn nicht genug rühmen und preisen konnte.

Nun war der Vezierssohn selbst mit einer reizenden jungen Frau verheiratet; dieser erzählte er alles, was sich mit dem Papagei zugetragen, und bat sie nachher, niemandem davon zu sagen. Aber

Ist dein Geheimnis schon dreien bekannt,
Da weiß es bald das ganze Land –

dies Sprichwort bewährte sich auch hier.

In jener selben Stadt lebte bei stetem Fasten und Gebet – ein frommer Asket – ein heiliger Anachoret – mit Namen Abul-Ibâd, welcher ganz heimlich mit der Frau des Vezierssohnes in einem vertraulichen Verhältnisse stand. Diese wußte sich nämlich, wenn ihr Mann den Gattinnen der Gläubigen Fallstricke legte, ganz vortrefflich zu entschädigen, indem sie ihn mit gleicher Münze bezahlte; alles, was ihr Mann ihr anvertraut hatte, erzählte sie dem bewußten Liebhaber.

Nachdem nun der Veziersssohn jenen künstlichen Papagei zurückbehalten und die nachgeahmte tote Gestalt in das Haus des Chodja Hussâm geschickt hatte, bereitete er eines Tages wieder ein Mahl, zu welchem er neben den Vornehmen des Orts auch unsern Kaufmann einlud. Bei dieser Gelegenheit gab er der Unterhaltung bald diese, bald jene Wendung, bis er endlich auch des Papageien erwähnte, und Hussâm, der keine Ahnung davon hatte, daß sein Vogel mit einem andern vertauscht wäre, ergoß sich wie früher arglos in dem Lobe desselben. Der Veziersssohn stellte sich da, als könne er dies nicht glauben, und warf dem Hussâm Unwahrheit vor, welcher seinerseits mit einem Eide versicherte, daß er die Wahrheit rede. Dennoch stellte sich der Veziersssohn, als glaube er es nicht, so daß ein heftiger Wortwechsel entstand, dem der Gastgeber dadurch ein Ende machte, daß er dem Kaufmann zurief: »Wenn das Ding, von dem du sprichst, wirklich vorhanden ist, dann soll alles, was ich hab, dein sein, und zwar mit Einschluß meiner Frau, welche sogleich, ihrer Ehehaften ledig, in deinen Besitz übergehen soll. Wenn aber dein Wort sich als unwahr erweist, willst du dann auch deiner Frau den Scheidebrief geben und sie mir überlassen?« – Dies schien dem Kaufmanne annehmbar, und beide verpflichteten sich durch einen Eid auf diese Bedingungen, wobei sie die anwesenden Muselmannen zu Zeugen anriefen.

Bald darauf trennte man sich, und ein jeder ging nach seinem Hause. Als Chodja Hussâm dort angelangt war, hatte er nichts Eiligeres zu tun, als nach seinem Papagei zu sehen, und was erblickte er? Der Vogel öffnete seinen Schnabel nicht, es war nichts als eine leblose Gestalt! Da hub er an laut zu klagen und zu jammern: »Weh mir«, rief er aus, »der indische Künstler hat diesen Vogel mit böser

List und Zauberei gebildet. Jetzt, da seine Frist abgelaufen, ist auch seine Redegabe erschöpft; was soll nun aus mir werden?« – Bei diesen Worten fing er an, bitterlich zu weinen. So fand ihn seine Mutter, welche sich sogleich nach der Ursache seines Kummers erkundigte und, als Hussâm ihr umständlich und genau alles, was ihm begegnet war, erzählt hatte, sich, um jenes Unglück abzuwenden, in ein Meer des Sinnens und Überlegens vertiefte. Eingedenk aber des Spruches:

Nur des Weltenschöpfers Gnade
Leite uns zum guten Pfade,
Und aus Gram und Mißgeschick
Führt zur Freude sie zurück –

rief sie des Allmächtigen Beistand an und sprach zu Hussâm: »Mein Sohn, dies ist eine unheilbare Krankheit, eine Wunde, für die es weder Pflaster noch Verband gibt, wofern nicht Gott, der Allerhabene, aus seiner Gnadenfülle uns eine Wohltat erweist. Nun hab ich gedacht – an des Landes Irak Preis und Pracht – den Scheich – der an allen Tugenden reich – vor dem alles Wissen erschlossen – der von edlem Stamm entsprossen – Abul-Ibâd, den Anachoreten – der mit reinen Gebeten – jegliches Übel heilt – der durch seine Fürbitte Genesung erteilt – an ihn hab ich gedacht, zu dessen erhabener Schwelle – Well auf Welle – der Strom der Flehenden eilt – durch den jedes Begehren gestillt wird unverweilt –; ihm laß uns diese Geschichte erzählen und ihm zugleich den Papagei bringen. Vielleicht gibt der Allgnadenspendende ihm die liebliche Redekunst wieder, die er früher besaß.«

Chodja Hussâm fand diesen Rat gut; er nahm den Papagei und begab sich damit in das Kloster des Abul-Ibâd. Nachdem er diesem sein Anliegen vorgetragen, wandte sich derselbe – durch die Frau des Vezierssohnes längst von allem unterrichtet – zu ihm mit der Frage: »Was für eine Wohltat willst du mir erzeigen, wenn ich dem Vogel die

Sprache wiedergebe, wie er sie früher besaß?« – »Wenn du das vermagst«, antwortete Hussâm, »so schenke ich dir das ganze Vermögen des Vezierssohnes.« – »Nicht also«, entgegnete Abul-Ibâd, »Geld und Gut verlange ich nicht, mein einziger Wunsch ist die Frau des Vezierssohnes. Wenn du nichts dagegen hast, so werde ich sie heiraten, das Vermögen aber mag dein sein.«

Nachdem sie in dieser Weise einig geworden waren, trennten sie sich. Abul-Ibâd sandte dann rasch zu seiner Freundin und bat, indem er sie von dem Vorgefallenen in Kenntnis setzte, um den bewußten Papagei; zugleich sprach er die Hoffnung aus, daß er auf diese Weise das Glück haben werde, sie sein zu nennen. Die Frau zögerte nicht, ihm den wunderbaren Vogel zu schicken, so daß er gleich den folgenden Morgen den Hussâm zu sich rufen und ihm sein Eigentum mit den Worten übergeben konnte: »Nimm hier deinen Papagei zurück, durch mein frommes Gebet hat er die Gabe der Rede wiedererlangt; nun sei aber auch zu deinem Versprechen treu!«

Hussâm nahm den Papagei und ging damit geradeswegs zu dem Vezierssohn, um seine Forderung geltend zu machen, und da die Zeugen die getroffene Verabredung rechtskräftig bestätigten, so wurde nach dem heiligen Ausspruche des Propheteten: ›So sie dreimal scherzen, ist's Ernst, und ihr Ernst ist Ernst‹, die Frau seines Gegners von ihm geschieden und sein ganzes Vermögen dem Hussâm zuerkannt. Großmütig wies er dasselbe zurück, ohne das mindeste anzunehmen; die rechtskräftig geschiedene Frau aber heiratete nach der gesetzlichen Frist von drei Monaten Abul-Ibâd. Der Vezierssohn fiel also selbst in die Grube, die er dem Kaufmann gegraben hatte.

»Diese Geschichte, o Mâhi-Scheker«, fügte der Papagei hinzu, »enthält eine wohl zu beherzigende Lehre. Der Vezierssohn geriet einzig dadurch in solches Unglück, daß er seine Frau zur Mitwisserin seines Geheimnisses gemacht hatte. Hüte dich deshalb, dein Geheimnis zu verraten. Jetzt aber zaudere nicht länger, sondern eile zu deinem Freunde.«

Mit der Anmut einer schwankenden Zypresse machte sich nun Mâhi-Scheker auf den Weg; aber da sah sie, daß schon des Morgens Kerzenflamme, gleich dem Weibe des Veziersohnes, die Geheimnisse der Nacht aufklärte. Ihr Wunsch blieb also wieder unerfüllt, und sie mußte sich auf die folgende Nacht vertrösten.

Nun weicht, ihr armen Leute, weicht!
Und sei es euch gesagt,
Es hat der hohe Diwan
Auf morgen sich vertagt!

DREIZEHNTER ABEND

Als nun auch dieser Tag endete – und die leuchtende Sonne sich zu ihrem Ziele wendete – als die Erde sich in das schwarze Gewand hüllte – und Dunkel die Erde füllte – und bei des Mondes Lampenlicht – der Welt Auge halb sah und halb nicht – da trat Mâhi-Scheker sehnsuchtsvoll zu dem Käfig des Papageien, um ihm ihr Herzeleid zu klagen. Wie sie aber sprach, wurde sie ohnmächtig und sank besinnungslos zu Boden. Als sie nach einiger Zeit wieder zu sich gekommen war, sprach sie: »O Papagei, dieser Trennungsschmerz frißt mir die Seele. Willst du mein Leid nicht heilen, so sag es wenigstens offen heraus, dann werde ich schon selbst für mich sorgen und nicht mehr auf dich hoffen. Ich habe dir meinen Gram mitgeteilt, weil ich von dir Heilung erwartete; du aber kennst keinen Gram, du lebst in völliger Seelenruhe; was mich brennt, das berührt dich gar nicht! Hätte ich dir's lieber gar nicht gesagt!« – Ihr antwortete der Papagei: »O Mâhi-Scheker, warum sprichst du solche törichte Worte? Ist es wohl verständig, in so wichtigen Angelegenheiten, ohne sich Rats zu erholen, zur Tat zu schreiten? Ward doch dem Preise der Erdgeborenen – Mohammed, dem Auserkorenen – ihm, dem die Wissenschaft ganz und gar – ihr Erstes und ihr Letztes, war offenbar – dennoch des Korans klares Wort verliehen – zur Unterweisung des Volkes, dem Gott verziehen! – Hat darum ein Mensch noch soviel Verstand, und er fragt niemanden um Rat, sondern will nur nach eigener Einsicht handeln, da heißt ihn der Weise einen Halbmenschen. Hat doch auch Ali, der Sohn Abu Talibs, der Gottesleu, der Überwinder (möge der Herr sein Angesicht verklären!), gesagt: ›Es ist kein Gedeihen, wo man nicht Rates pflegt.‹ Gewiß

Wer nicht fragt nach gutem Rat,
Findet nicht den geraden Pfad –

das ist klar wie der helle Tag. – Von weisen und gerechten Regenten ist hier freilich nicht die Rede. Wie viele Dinge geschehen nicht, welche der Verstand der Untertanen nicht zu begreifen vermag! ›Die Herrscher aber‹, heißt es, ›sind

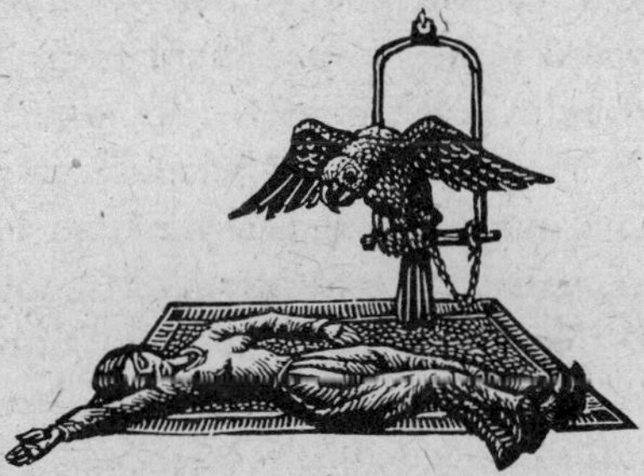

inspiriert‹, das heißt, gerechten und weisen Regenten wird durch verborgene göttliche Eingebungen Hilfe zuteil. Gott verfährt in dieser Beziehung so, daß er solchen Herrschern ein genügendes Maß Verstand verleiht, um für ihre Untertanen zu sorgen und sie in Obacht zu nehmen, weshalb auch die frühern Sultane ruhmvollen Andenkens, wie alle Welt weiß, ohne sich zu beraten so viele vortreffliche Anordnungen getroffen haben. Da sie das Gute wollten und es zum Gegenstande ihres Nachdenkens machten, so verfehlten sie den Weg des Heils nicht. Wo immer sich ihr erhabener Herrschergeist betätigte, da ist dies eine Eingebung des Unsichtbaren, eine Bekundung jener Weisheit, bei der aller Zweifel schwindet. Der gemeine Mann unterliegt freilich solchen Einflüssen nicht; kluge, tätige und gerechte Könige und Herrscher haben eine andere Einsicht und einen anderen Verstand als gewöhnliche Menschen.

Wenn dir nun dein Gatte Sâïd anbefahl, mich um Rat zu befragen, so bezieht sich dies auf das Vorgesagte; wenn er aber nur von der Beratung mit mir, nicht mit andern Personen, sprach, so hat auch dies seine Bedeutung; denn sich bei aller Welt Rats erholen und dem ersten besten sein Herz aufschließen, ist nicht Sache eines vernünftigen Menschen. In unsern Tagen kommt ja auf tausend Menschen kaum ein getreuer und zuverlässiger. Die Eigenschaft, etwas bei sich behalten zu können und zu behüten, ist ebenso selten wie Frömmigkeit und Verläßlichkeit. Letztere Eigenschaft, welche sich immer mit Frömmigkeit und Gewissenhaftigkeit vereinigt findet, ist einzig solchen Menschen eigen, welche Gott fürchten. Denn wo Gott aus reiner Gnade braven und frommen Menschen das Gute in das Herz gepflanzt, da äußert sich diese Gabe durch Wahrhaftigkeit und Rechtschaffenheit, Eigenschaften, welche Sündern ebenso fremd sind, als sie zum Wesen des Frommen gehören. – Ich fürchte nun, o Mâhi-Scheker, selbst als Undankbarer dazustehen, weshalb ich mich nach besten Kräften bemühe, dir zur möglichst leichten Erreichung deiner Wünsche behilflich zu sein; dies ist auch der Grund, weshalb ich dir unablässig die Wahrheit sage.

So habe ich dir also die Vorteile des Ratschlagens auseinandergesetzt; wäre ja doch auch der Vezier Hoschmend, da er das Meer einladen sollte, sicher dem Rachestahl des Königs Behwâdj anheimgefallen, wenn er sich nicht Rats erholt hätte. Da er aber vier verständige und aufrichtige Söhne hatte, welche er um Rat fragte, so entrann er nicht nur dem Tode, sondern er wurde sogar vom Schach Behwâdj mit soviel Wohltaten überhäuft, daß er mächtig und glücklich und all seiner Wünsche teilhaftig wurde.«

»Was ist das für eine Geschichte?« fragte Mâhi-Scheker, und der Papagei erzählte:

Geschichte vom Vezier, der das Meer einladen sollte

Der König Behwâdj, von dessen Freigebigkeit und Großmut ich dir vor einigen Abenden gesprochen, besaß einen Sohn, der war an Anmut und Schönheit ohne Genossen – der Perle gleich, der köstlichen, großen – die des Herrschertums Muschel einzig in sich geschlossen – mit seiner Schönheit Glanze – überstrahlte er die Welt, die ganze – und hoch und erhaben – durch seines Geistes Gaben – glich er dem nächtlichen Himmelslicht – da sein vierzehnter Lebenstag anbricht. – Er war, wie folgende Verse ihn beschreiben:

In der Schönheit Gartenauen,
Der Zypresse gleich zu schauen,
  Die die Winde sanft bewegen –
Vor den stolzen Königsaaren,
Seinen beiden Augen, waren
  Viele Tausende erlegen.
Und sein Lächeln und sein Winken
Und sein Scherzen und sein Blinken
  Regte auf die ganze Welt;
Nicht mehr Königssohn, nein, König
Nenn ich ihn, der untertänig
  Alle Herzen sich erhält.

Nun wollte Schach Behwâdj, daß man diese Knospe aus dem Garten der Wonne – mit einer Rosenwange und Schönheitssonne – einem Mägdlein, schön wie er selber, verheiratete; er rief demnach seinen Vezier Hoschmend zu sich und beauftragte ihn mit der Besorgung der Hochzeitserfordernisse. Der Vezier sandte sogleich in die sämtlichen Provinzen des Reichs Befehle aus und bestellte von allen Seiten gewandte Leute, welche wunderbare Künste und seltsame Spiele verständen. Diese strömten in Scharen herbei, so daß sie die Stadt anfüllten, ein jeder in seiner Art ein Meister und in nie gesehenen Künsten geschickt. Außerdem aber sandten die Statthalter und Großen der zu Schach Behwâdjs Reiche gehörigen Provinzen und die Könige der angrenzenden Länder die mannigfaltigsten Geschenke, welche wie Berge aufgehäuft wurden.

Als nun die Vorkehrungen zur Feier vollendet waren, trat der Vezier Hoschmend vor den König, küßte den Erdboden und überreichte, indem er alles, was an Kostbarkeiten, Geschenken, Künstlern und so weiter eingetroffen war, einzeln aufzählte, eine Liste davon mit den Worten: »Möge nun der König das Weitere befehlen.« Schach Behwâdj warf, nachdem er seinen Vezier angehört hatte, seine Augen auf die Liste und fand, daß für eine so geringe Zeit an Künstlern und kostbaren Gaben außerordentlich viel zusammengebracht worden war. In Anbetracht der großen Schwierigkeit, in so kurzer Frist die Hochzeitserfordernisse anzuschaffen, lobte er daher die Umsicht des Veziers Hoschmend und sprach bei sich selbst: ›Er hat mehr gemacht und angeschafft, als ich nur wollte. Wenn ich ihm nun aber etwas noch Größeres, ja etwas Unmögliches auftrüge, ob er sich dann auch wohl bemühen würde, es durchzusetzen? Und ist es wohl geziemend, daß ich ihn bis zum Äußersten auf die Probe stelle?‹

Nach längerem tiefem Sinnen sprach er sodann: »O Hoschmend, Lob den Diensten, die du mir geleistet; du hast dir damit mein königliches Wohlgefallen verdient! Auch sind ja von allen befreundeten Herrschern Geschenke gekommen! Nun sollst du auch noch das Meer zu unserer Hochzeit einladen; auch das gewaltige Meer soll unsers Brotes und unserer Gunst genießen und mit unsern Wohltaten überschüttet werden. Aber es soll dafür auch nicht ermangeln, uns standesmäßige Gaben darzubringen. Ich gebe dir sieben Tage Zeit, es einzuladen; bringst du es bis dahin hierher, so ist es gut, bringst du es nicht, so ist hinfort kein Dienst von dir meiner königlichen Person mehr genehm, ich lasse dich vielmehr zum Galgenberg hinausführen und hinrichten.«

Also geängstigt und bedroht – durch des Königs hartes Gebot – verlor Hoschmend fast den Verstand – so daß er kein Wort der Erwiderung fand – und wie betroffen da stand. – Dann ging er nach Haus, und seiner Gedanken Meer – wogte hin und her – ob der ihm auferlegten Botschaft an das Meer. In dieser Lage fanden ihn seine vier Söhne, welche ihn alsbald nach der Ursache seiner Traurigkeit befragten. »Meine Teuern«, antwortete der Vezier, »ihr meiner Augen Licht! Der König hat mir geboten, ich soll binnen sieben Tagen das Meer auffordern, mit Geschenken bei seiner Hochzeit zu erscheinen. Nun läßt sich aber doch, wie alle Welt weiß, das Meer nicht einladen; der gewaltige Ozean geht bei niemandem zu Gaste. Bis hierher hat mir Schach Behwâdj nie etwas Unmögliches aufgetragen, und wäre der Befehl von irgend jemand sonst ausgegangen, so würde ich ihn einem verdorbenen Hirn, einem Anfall von Wahnsinn zuschreiben. Bei den Königen paßt diese Voraussetzung nicht, und wenn sie etwas Unbegreifliches verlangen, so zielt dasselbe auf etwas Nützliches und Gutes; sie wollen Huld und Gnade, und sie fördern wunderbare Geheimnisse an das Licht. Auch Schach Behwâdjs Befehl muß eine solche Bedeutung haben; bin ich doch einer seiner ältesten Diener, dessen Treue sonnenklar ist.

Ein Vergehen, auf das Tod oder Absetzung stände, habe ich nicht begangen, und überhaupt bin ich mir nicht der mindesten Schuld bewußt. Indessen könnte der König auch auf die Bahn des Sprichworts: ›Alles Neue ist süß‹ geraten und, den Wert eines alten Dieners verkennend, meiner überdrüssig geworden sein, so daß er in Ermangelung eines andern Vorwandes mir den Auftrag an das Meer erteilt hätte, um mich aus dem Wege zu schaffen. Dagegen wäre dann nichts zu machen! So empfehle ich denn euch, meine Söhne, in den Schutz des Allmächtigen.«

Als die Söhne diese Worte vernahmen, antworteten sie einmütig: »Du unser teuerster Vater, was du da sagst, läßt sich wohl hören. Aber warum sollte denn der König, wenn er einmal deinen Tod beschlossen, einen solchen Vorwand zu suchen nötig finden? Zürnt er dir, so bringt er dich einfach um!« – »Freilich«, antwortete Hoschmend, »hat ein König, wenn er einen seiner Diener töten will, weiter keinen Vorwand nötig; aber Herrscherbrauch und Regierungsregel bringen es einmal so mit sich, es muß immer ein Vorwand da sein, das ist ein altes Herkommen. Meine Lage ist doch ganz dieselbe wie die des Schafes in der Fabel, welches der Löwe umbringen wollte und auch umbrachte, wobei er den Vorwand gebrauchte, daß es seinen Thronsaal staubig gemacht habe.«

»Was ist das für eine Geschichte?« fragten die Söhne, und Hoschmend erzählte:

Fabel vom Löwen und vom Schafe

Die Weisen der Vorzeit berichten – und es ist gezeichnet in den Büchern moralischer Geschichten – daß einmal in dem Hafen einer Insel ein großes Schiff liegengeblieben war, in welchem sich keine menschliche Seele befand. Dasselbe war nämlich vorher von einem Sturme betroffen worden, der es so heftig an das Ufer schleuderte, daß mit einziger Ausnahme eines Schafes alles Lebendige, das sich darin befand, umkam. Das Schaf, welches sich allein gerettet hatte, kam von Zeit zu Zeit aus dem Schiffe hervor, um in der Umgegend zu weiden, stieg dann aber immer wieder ein, um die Nacht an Bord zuzubringen. Nun hatte aber in dem waldigen Teile der Insel ein mächtiger Löwe seinen Wohnsitz aufgeschlagen; demselben gehorchten die reißenden Tiere und das Wild ringsumher. Einst hielt dieser Löwe eine große Jagd und machte, nachdem er und sein Gefolge sich gesättigt hatten, einen Spaziergang zum Vergnügen am Meeresufer. Bei dieser Gelegenheit erblickte er das Schiff, das ihm, da er hineinstieg, außerordentlich gefiel. Noch mit dem Besehen beschäftigt, bemerkte er das Schaf; da aber sein Leib voll und satt war, so schonte er desselben und schenkte ihm nicht nur das Leben, sondern ließ es sogar vor sich kommen, behandelte es mit großer Freundlichkeit und lud es ein, an dem Kreise seiner vornehmsten Hofleute teilzunehmen. Alsdann machte er das Schiff zu seinem Residenzschlosse und berief täglich, wenn das Nachmittagsgebet gesprochen war, seine Untergebenen dorthin, um Diwan zu halten.

Das Schaf ging von dem Tage an ohne alle Umstände bei dem Löwen aus und ein. Eines Tages aber begab es sich, daß der Löwe von früh bis spät mit seinen Leuten umherging, ohne auf Wild zu stoßen; dasselbe wiederholte sich den folgenden Tag; kurz, drei Tage ließ sich kein jagdbares Tier auftreiben. Da nun sowohl dem Könige als auch seinen Weidgenossen die Kräfte schwanden, kamen seine Veziere überein, daß das Schaf sterben müsse. Sie machten dem Könige diesen Vorschlag; er aber antwortete: »O nein, lieber will ich Hungers sterben! Mein Gelöbnis zu brechen und einem unschuldigen Wesen, das ich in meinen Schutz genommen, Leides zuzufügen, das kann ich nie über mich gewinnen!« – Seine Veziere antworteten ihm: »Ei freilich, das Wort des Löwenherrschers ist klar – seine Rede wahr – und seine Weisheit unanfechtbar! Heut aber ist deine erhabene Person hungrig bis zum Umkommen, und was liegt denn daran, wenn für das Heil des Königs einer seiner Diener geopfert wird? Zumal da nach einem Ausspruch der Weisen es besser ist, daß ein einzelner, denn daß die Gesamtheit Schaden leide. Laß also, um die Gesamtheit deiner Diener vom Tode zu erretten, einen sein Leben hingeben; es ist nicht mehr als recht und billig, daß du um des Heils so vieler Seelen willen uns auf dieses Schaf zu Gaste ladest.«

Diese Rede gefiel dem Könige, und er beschloß, das Schaf umzubringen. Während er nun wegen eines Vorwandes in Verlegenheit war und hin und her sann, um einen zu finden, trat das Schaf nach Gottes Ratschluß in das Gemach. Da rief ihm der Löwe zu: »Schamloses Tier, willst du dich denn gar nicht den Regeln der königlichen Etikette fügen, daß du bald kommst, bald gehst – bald sitzest, bald stehst – und meinen Thronsaal mit Staub anfüllst?« – Das arme Schaf, welches nichts Schlimmes ahnte, antwortete: »Du Löwe, unvergleichlicher, unerreichlicher! Habe doch die Güte und enthalte dich solcher sinnlosen Scherze; kann wohl in einem Schiffe, das auf dem Wasser schwimmt, von Staub die Rede sein? Von meinen Bewegungen soll dein Thronsaal staubig werden?« – Als der Löwe dies hörte, schwieg er; der Fuchs aber, der unter den Hofleuten seiner ganz besondern Gunst genoß, trat vor und sprach: »O Schaf, während schon alle deine Bewegungen unvernünftig und schmählich sind, hast du jetzt eine Entschuldigung vorgebracht, welche an und für sich ein Kapitalverbrechen ist und mannigfache Bußfertigungen nach sich ziehen muß. Gibt es etwas Ärgeres, als daß Sklaven – der Könige perlensprühende Rede Lügen strafen? – daß Sklaven sich erfrechen – Königen zu widersprechen? – Du widersprichst und begreifst nicht einmal das Verbrecherische deines Tuns; die Entschuldigung, welche du vorbringst, ist wie diejenige, welche der Stallknecht gegen seinen Herrn vorbrachte, ärger als dein Vergehen.« – Als der Löwe dies hörte, fragte er: »Was ist das für eine Geschichte«, und der Fuchs hub an:

Von der Entschuldigung,
die schlimmer ist als das Vergehen

Wie man erzählt, kehrte einmal ein vornehmer Herr nachts aus einer Gesellschaft nach seinem Hause zurück. Da er nun die Treppe hinaufging, trat der Reitknecht, der im Pferdestalle das Geräusch der Schritte vernahm, heraus und bemerkte im Dunkeln jemanden auf der Treppe. Dieser Reitknecht hatte aber die Ehre, zu der Dame des Hauses in sehr vertraulichen Verhältnissen zu stehen, und in dem Wahne, es sei die junge Frau, lief er nach, um ihr beim Hinaufsteigen behilflich zu sein. Noch hatte er indessen nicht die Mitte der Treppe erreicht, als er aus Ungeduld der vor ihm gehenden Gestalt an den Knöchel griff und ihn zu drücken anfing. Er fand aber diesen Knöchel nicht sanft und freundlich wie sonst, weshalb er einen Irrtum besorgte und nunmehr das Gesicht der Person näher ansah. Was fand er da? Der Knöchel, den er in der Meinung, er gehöre der jungen Frau an, so zärtlich gedrückt hatte, war der seines Herrn! Diese Bemerkung erschreckte ihn nicht wenig, und er hub nun sich zu entschuldigen an, indem er mit Eidschwüren versicherte: »Wahrhaftig, ich wußte nicht, daß Ihr es waret! Ich meinte, es wäre die junge Frau, welche immer kommt und mich oben auf der Treppe mit ihrer Gesellschaft beehrt. Ich glaubte auch jetzt, sie wäre gekommen, darum seid mir gefälligst nicht böse!« – Das war des Reitknechts Entschuldigung.

»Die Entschuldigung, die das Schaf hier vorgebracht hat, ist ganz wie jene, o König, und deshalb muß es seinen verdienten Lohn empfangen.«

Der Löwe benutzte diesen Vorwand und zerriß sofort seinen armen Schützling.

»Seht ihr nun«, fuhr Hoschmend fort, »in einer ganz ähnlichen Lage befinde ich mich selbst, meine Kinder; ich bezweifle nicht, daß jene Geschichte den Grund oder Vorwand für meinen Tod abgeben wird.«

»Aber Vater«, entgegneten die Söhne, »wie Könige strafen, so verzeihen sie auch, und ihre Gnade ist, wie du weißt, größer als ihre Strenge. Sie zürnen nicht immer, und ihr durchlauchtiges Gemüt ist meistens zur Duldung geneigt; ja, es macht ihnen Vergnügen, den Verbrechern ihre Schuld zu verzeihen. Nur muß man sich wohl hüten, ihren Befehlen zu widerstreben – sondern sich ganz darein ergeben – ob vornehm, ob gemein – ob groß und ob klein. Und wenn sie einmal etwas Unmögliches befehlen, wie dies zum Beispiel hier geschehen, so hat man sich nur mit besten Kräften um die Ausführung zu bemühen; gelingt es dann nicht und man bittet um Verzeihung, so ist immer die Hoffnung da, daß um des Sterbens willen die Entschuldigung angenommen werde. Grobe Zurückweisung aber ist nirgends an ihrem Platze. Du solltest dich demnach, ganz wie Schach Behwâdj dir befohlen, zu dem Meere hinbegeben und deine Bestellung machen, zugleich aber demütiglich zu dem Allherrlichen, Allerhabenen flehen, also möchte es vielleicht ihm gefallen, dir aus dieser Not zu helfen.«

Hoschmend ließ sich von seinen Söhnen raten und begab sich an das Meeresufer. Die beiden ersten Tage ging und kam er, ohne daß sich etwas Besonderes ereignet hätte. Als er auch am dritten Tage nach dem Ufer gegangen war, überwältigte ihn daselbst der Schlaf, so daß er sich niederlegte.

In seinem Traume sah er einen Greisen – einen erleuchteten, weisen – vor sich erscheinen, dieser sprach: »O Hoschmend, Gott hat dein Gebet erhört und sich deiner Seufzer und Klagen erbarmt. Schach Behwâdjs Absicht bei seiner Einladung ist freilich nur, Geschenke zu erhalten, indessen ist Gott der Herr darauf eingegangen und hat diese vier Gaben aus seiner Gnadenfülle gespendet: hier ein Schmuckkästlein voll Edelgestein – hier eine Lade mit Kleidern, kostbar und fein – hier ein Roß, das dahin wie der Morgenwind fährt – hier Gold, eine Kiste voll, prüfsteinbewährt – das alles sollst du in meinem Namen dem König Behwâdj überreichen und ihn dabei meiner aufrichtigen Freundschaft versichern. Etwas wie diese vier Gaben, sollst du sagen, sei auf Erden nicht zu finden, doch aber sei es vor Schach Behwâdj wie gar nichts; ich bitte ihn, nach seiner großen Gnade mein Geschenk annehmen zu wollen. Das Meer aber bin ich!«

Nach diesen Worten verschwand er aus den Blicken Hoschmends, welcher alsbald vom Schlafe erwachte, seine Augen aufschlug und die Geschenke neben sich fand. Nachdem er sich nun zu Dem gewendet – der unendliche Gaben spendet – und seine Dankgebete emporgesendet – eilte er geradenwegs zu Schach Behwâdj und erzählte ihm von Anfang bis zu Ende, was sich mit ihm zugetragen. Alsdann legte er die Geschenke vor und teilte, nachdem er die Grüße des Meeres bestellt hatte, dem Könige mit, was er für eine Unterhaltung mit seinen Söhnen gehabt und wie er dies alles der Ratschlagung mit ihnen verdanke. Schach Behwâdj freute sich darüber außerordentlich. »Allerdings«, sprach er, »war meine Absicht nur, dich auf die Probe zu stellen; aber der Allerbarmer, der allmächtige Gott, ist dir gnädig gewesen, er hat zeigen wollen, daß deine Gebete Erhörung finden, und deshalb durch dich dies Wunder geschehen lassen. Ich schenke dir nun eine von diesen vier Gaben; wähle, was dir das Liebste ist, es soll dein sein.« – »Mein König«, erwiderte Hoschmend, »mit deiner gnädigen Erlaubnis will ich auch hierüber mit meinen Söhnen zu Rate gehen.« – »Gut«, entgegnete Schach Behwâdj, »so sollen deine Söhne herkommen.«

Auf den Befehl des Königs erschienen dann die vier Söhne Hoschmends in dem Thronsaal, wo man ihnen die vier Gaben zur Auswahl vorlegte. Nach einigem Nachdenken sagte der Älteste: »Mein Vater, das Gold mußt du nehmen, denn Gold gibt seinem Besitzer einen geehrten Namen. Auch ist nichts leichter, als sich Pferde, Gewänder und Edelsteine zu verschaffen, wenn man Gold hat. Das Pferd ist ein lebendiges Wesen und folglich dem Tode unterworfen, der es später oder früher wegrafft; Kleider werden alt, und Edelsteine gehen verloren, Gold aber ist eine Kostbarkeit, die nicht altert und, auch wenn sie zerbricht, nicht wertlos wird.«

Darauf sagte der zweite Sohn: »Das weiseste ist, o Vater, daß du die Edelsteine nimmst. Als Vezier kann dir ja während der Lebzeit des Königs Gold nie fehlen; von diesen Edelsteinen ist aber ein jeder eine Welt wert, in keinem königlichen Schatze sind ihresgleichen anzutreffen.«

Der dritte Sohn sagte dagegen: »Mir scheint es das klügste, du wählst das Pferd. Das Pferd schafft Ehre vor den Tapfern, die in den Heiligen Krieg ziehen. Wer sich aber zum Heiligen Kriege rüstet, dem wird alles, was er sein Pferd fressen und saufen läßt, als Almosen angerechnet und seines Tieres Bedienung als ein gutes Werk, welches ihm im ewigen Leben herrlich vergolten wird. Das Pferd ist eins der Erfordernisse des Glaubenskampfes und bringt deshalb sehr große Vorteile, wie unzählige Aussprüche des Propheten besagen.«

Endlich ließ sich der vierte Sohn vernehmen: »Mein Vater«, sprach er, »Roß und Waffen sind gut für Kriegsleute; Gold und Edelsteine zu sammeln ist die Sache der Habsüchtigen. Der Weise erfreut sich an der Gegenwart, er denkt nicht den folgenden Tag. Den Genuß von heute läßt er nicht auf morgen, und noch weniger spinnt er auf die ferne Zukunft lange Hoffnungen aus. So bekleide dich denn zum Dank für deinen Dienst gleich heute in Gegenwart deines Wohltäters Schach Behwâdj mit diesem prachtvollen Ehrengewande, um deine Ranggenossen zu überstrahlen und vor ihnen groß zu erscheinen. Denn bei Lebzeiten des Königs hast du noch, Gott sei Dank! sonst nichts nötig.«

Schach Behwâdj hörte auf alles Gute, das die vier jungen Menschen je nach der Verschiedenheit ihrer Gesinnung vorbrachten, und lobte ihre Einsicht und den tiefen Verstand, der sich in ihren Worten kundgegeben. »Diese Burschen«, sprach er, »sind zwar noch Jünglinge an Jahren – aber wie Greise – sind sie weise – klug und erfahren –; sie verdienen durchaus zu Vezieren ernannt zu werden.«

Alsdann verehrte er dem ältesten Bruder die Kiste mit Gold, die Edelsteine dem zweiten, das Roß dem dritten und das Ehrenkleid dem vierten; auch ernannte er einen jeden der viere – zum Thronhimmelveziere – und räumte ihnen Ehrensitze ein – und ließ sie ihrem Vater Hoschmend untergeben sein. – Hoschmend aber, der durch das, was er getan – seines Herrn Wohlgefallen gewann – blieb unbeschränkt – und ungekränkt – in seiner Würde Herrlichkeit – gar lange Zeit – und es ward ihm zuteil – solches Heil – und solches Glück zu erlangen – weil er mit seinen Söhnen war zu Rate gegangen.

»Es unterliegt demnach«, fuhr der Papagei fort, »keinem Zweifel, daß Ratschlagen großen Nutzen bringt; auch habe ich dir, o Mâhi-Scheker, diese Geschichte zu dem Ende erzählt, damit du ja nicht versäumest, da du einmal einen Vertrauten wie mich gewonnen hast, meinen Rat einzuholen. Dieser besteht aber darin, daß du ja die Gelegenheit nicht ungenutzt lassest, sondern dich augenblicklich aufmachest, deinen Freund aufsuchest und ihn von der Qual des Harrens befreiest.«

Anmutig tändelnd verließ nunmehr Mâhi-Scheker das Zimmer, um sich zu ihrem Geliebten zu begeben. Aber schon brach herein – der Tagesschein – und durch die Sonne – die Erdenwonne – ward das Angesicht der Welt – wie Hoschmends Verstand klar erhellt. – Abermals blieb also der jungen Frau Wunsch unerfüllt, und sie mußte sich auf den folgenden Tag vertrösten.

Nun weicht, ihr armen Leute, weicht,
Und sei es euch gesagt,
Es hat der hohe Diwan
Auf morgen sich vertagt!

VIERZEHNTER ABEND

Als Mâhi-Scheker notgedrungen auch diesen Tag sich bis zum Abend in Geduld gefaßt hatte und nun endlich die Sonne unterging und das Weltall schwarz geworden war wie das Geschick der Liebenden, da trat Mâhi-Scheker wieder zu dem weisen Papagei und sprach: »O Vogel, vorige Nacht haben wir etwas zuviel miteinander geplaudert, und da war es dann, ohne daß wir es merkten, Morgen geworden; diese Nacht will ich mich ohne Verzug aufmachen.« – »O Mâhi-Scheker«, antwortete der Papagei, »hättest du dich doch nicht mit soviel Reden aufgehalten;

schon längst mußtest du gehen! Sagt doch das Sprichwort: ›Wie Gewölk verzieht, die Gelegenheit flieht!‹, das heißt, der günstige Augenblick entweicht so rasch, daß man kaum Zeit hat, sich zu besinnen. So gehe denn und befreie deinen sehnsüchtigen Liebhaber von der Qual des Wartens. Wenn du aber bei ihm bist, dann darfst du dich nicht begnügen, bloß zu reden, sondern du mußt auch auf das, was dein Freund dir sagt, wohl merken, es überlegen und dir in das Gedächtnis einprägen. Kannst du dann die Bedeutung der Worte nicht fassen, so komm und trage sie mir vor. Ein Sprichwort sagt: ›Die Zunge ist der Dolmetscher des Herzens‹, das heißt, der Wert und der Adel des Menschen, sein Gutes und sein Böses, sein Lieben und sein Hassen und alle sonstigen Zustände seines Innern werden durch die Rede offenbar. Ich hoffe, daß der Geliebte von einem reizenden Herzensdiebchen wie du ein ausgezeichneter Mensch ist, denn nicht für jedes Dorngestrüppe – glüht deine Rosenlippe.« – »Aber, mein Papagei – du Fundgrube der Wohlrednerei«, fiel darauf Mâhi-Scheker ein, »erkläre mir doch, wie es möglich ist, aus des

Menschen Zunge seinen Wert zu bestimmen?« – »Geistreiche Leute«, entgegnete der Papagei, »wissen aus einem Worte tausendfachen Sinn zu entnehmen, gleichwie der Sultan von Rûm den Prozeß, welchen der Bauer ihm vortrug, nicht zu entscheiden vermochte, bis ihn zuletzt seine Tochter Mihr-i-Schâh durch einen geistreichen Einfall entschied.«

»Was ist das für eine Geschichte?« fragte darauf Mâhi-Scheker, und der Papagei hub an:

Geschichte von der geistreichen Königstochter

Vor alten Zeiten fand einmal ein Landmann beim Umpflügen seines Feldes einen kostbaren Edelstein, dessengleichen nie ein Mensch gesehen hatte. Er zeigte denselben den Juwelenhändlern seiner Vaterstadt, aber keiner von diesen war imstande, den Wert des Steines anzugeben. Nun machten sich einige Freunde des Bauern daran, ihm einen guten Rat zu erteilen. »Wolltest du«, sagten sie ihm, »den Stein hier verkaufen, so würde niemand seinen Preis ganz zu zahlen vermögen. Es steht aber zu erwarten, daß die Sache ruchbar werden wird, und wenn einmal die Welt davon redet und, was leicht kommen kann, irgendein König davon hört, dann wird dir der Stein mit Gewalt entrissen. Und damit möchtest du vielleicht noch zufrieden sein, aber mit dem Steine wird man sich nicht begnügen, sondern man wird mit einer Verleumdung gegen dich auftreten, als ob du einen Diebstahl an dem königlichen Schatze begangen habest, und dann wirst du noch gar mit Strafen belegt. Es ist daher das klügste, du nimmst dein Kleinod und machst eigenhändig damit dem Sultan von Rûm ein Geschenk. Des Herrschers Gnade und Großmut wird dich da glücklicher machen, als du je hofftest.«

Der Landmann ließ sich den Rat gefallen und vernahm

ihn mit dem Ohre der Genehmigung. Auch zögerte er nicht, sich auf den Weg zu machen. Nachdem er einige Tagereisen zurückgelegt hatte, traf er eines Morgens mit drei muntern Wanderern zusammen, mit denen er sich auf eine Unterhaltung einließ. Nach dem Spruche:

Erst sucht einen Freund der Weise,
Dann begibt er sich auf die Reise –

schloß er sich den dreien an, und sie zogen zusammen weiter.

Als sie nun mehrere Tagemärsche gemacht hatten, bemerkten die drei Wanderer den Edelstein bei dem Landmann; sie paßten sofort auf eine Gelegenheit, sich desselben zu bemächtigen, und als eines Tages der Bauer sich sehr ermüdet in dem Nachtquartier sogleich niederlegte und in festen Schlaf verfiel, da stahlen sie das unvergleichliche Kleinod aus seiner Busentasche. Nachdem ihnen dies gelungen, bemühten sie sich nicht etwa fortzulaufen, sondern sie blieben ruhig sitzen, als wenn nichts vorgefallen wäre. – Als der Landmann erwachte, vermißte er alsbald in der Tasche den Edelstein; er war überzeugt, daß kein anderer als seine drei Mitreisenden ihn genommen haben könne; indessen erwog er bei sich folgendes: ›Wenn ich ihnen jetzt davon sage, so erhalte ich nicht allein mein Juwel nicht, sondern wahrscheinlich werden sie mir noch das Leben nehmen. Es ist daher verständiger, ich lasse sie nichts merken, halte mich ferner zu ihnen und setze mit ihnen gemeinschaftlich die Reise nach der Residenz des Sultans von Rûm, der Schwelle der Glückseligkeit, fort.‹

Er spielte demnach den Arglosen, man reiste weiter, und nach einigen Tagen gelangte man in die Hauptstadt des Reiches Rûm. Daselbst aber hatte der Bauer nichts Eiligeres zu tun, als dem Sultan eine Bittschrift zu überreichen, durch welche er ihn von dem Vorfalle in Kenntnis setzte. Der Sultan ließ nun die drei Reisenden vor sich kommen und forderte sie auf, sich zu verantworten. Da sie aber alle drei leugneten, so befahl er, sie festzunehmen. Indessen war er doch nicht ohne Unruhe. ›Soll ich‹, sprach er bei sich, ›auf die bloße Aussage des Landmanns hin diese drei Reisenden mit der Tortur belegen? Es ist ja möglich, daß sie gar keine Ahnung von dem Verbrechen haben, und in diesem Falle würde ich ohne alles Recht Unschuldigen ein Leids zufügen. Wenn ich dagegen die Klage fallenlasse und der Bauer doch die Wahrheit geredet hat, dann habe ich mich hier auf eine Sache eingelassen, ohne dem Beleidigten zu dem ihm gebührenden Rechte zu verhelfen. Wie soll ich das morgen vor dem Allgerechten verantworten?‹ – Diese Gedanken versenkten ihn in tiefe Betrübnis.

Er hatte aber eine an Feinheit und Verständigkeit – an Kühnheit und Entschlossenheit – unvergleichliche, liebliche Tochter, welche den Namen Mihr-i-Schâh-Bânô führte. Diese trat zufälligerweise in das Gemach, und da sie ihren Vater nachdenklich fand, so erkundigte sie sich nach der Ursache. Er erzählte ihr umständlich die Geschichte des Landmanns; kaum aber hatte das Mädchen sie zu Ende gehört, als sie ausrief: »Nun mein Vater, diese Angelegenheit übertrage nur mir, ich will den Prozeß schon durch eine anmutige List, einen geistreichen Einfall entscheiden.« – Der Sultan willigte gern ein, worauf Mihr-i-Schâh sich nach der Wohnung begab und sich die drei Reisenden vorführen ließ.

Nachdem sie diesen einen außerordentlich gnädigen Empfang bereitet hatte, sprach sie zu ihnen: »Es fehlte nicht viel, so hätte euch mein Vater, der Sultan, ohne eure Sache genauer zu prüfen, auf die bloße Aussage des Landmanns hin mit schwerer Tortur belegt. Ich habe aber unter der Hand Erkundigungen eingezogen und in Erfahrung gebracht, daß eurer Ehrlichkeit Gewand mit solchen Verbrechens Schmutz nicht befleckt und eurer Unschuld Spiegel mit dem Rost des Diebstahls nicht überdeckt ist. Als Reisende aber, die die weite Welt durchziehen und von Stadt zu Stadt, von Land zu Land pilgern, seid ihr unfehlbar reich an nützlichen Gewahrungen – und ausgezeichnet an Kenntnissen und Erfahrungen. – So bitt ich euch denn heut – zieht nicht von mir ab eurer Unterhaltung Kleid – sondern besuchet mich zu jeder Zeitt – und teilet mir mit, was an Erlebnissen – und merkwürdigen Begebnissen – und andern Geschichten – ihr habt zu berichten.«

Mit diesen freundlichen Worten gab sie die Diebe frei und erlaubte ihnen, sie von da an ohne Umstände zu besuchen. Auf solche Weise hatte sie mannigfache Unterhaltung mit ihnen, wo dann von allen möglichen Dingen die Rede war. Als sie nun eines Tages auch im Gespräch zusammensaßen, hub Mihr-i-Schâh an: »Dem Höchsten sei Dank und Preis heut – daß mit dem Schmuck der Weisheit – eure Seele geschmückt – und daß auch euer Äußeres ward beglückt – mit dem Glanz der Auszeichnung, der das Auge entzückt – so daß Gelehrsamkeit von eurem Antlitz strahlt – und das Licht der Klugheit sich auf eurer Stirne malt. – Da ihr nun so viel meines Brotes genossen – und ich euch mit Wohltaten übergossen – und die Freundschaft, die wir gehegt – uns gegenseitige Pflichten auferlegt – so bitt ich euch, ihr wollet nicht – mir vorenthalten eurer Weisheit Licht – sondern mir sagen – was ich euch werde fragen – denn Gelehrsamkeit, heißt es, wächst und steigt – wo sie sich vor den Leuten zeigt. – Ich trage mich mit einem Rätsel herum, dessen Lösung ich von euch erwarte. Vorzeiten habe ich nämlich eine Erzählung angehört, in welcher mir etwas unverständlich geblieben ist; auch habe ich niemanden gefunden, der es mir erklärte, und ebensowenig durch eigenes Nachdenken den Schlüssel entdecken können. Ich will es euch vorlegen, vielleicht verhilft die Freundschaft, mit der ihr mich beehrt, mir zu dem gewünschten Aufschluß.«

Die Reisenden baten darauf die Prinzessin, sie möge ihnen die Geschichte mitteilen, und sie hub an:

Man erzählt, daß in der Stadt Damaskus einmal ein Kaufmann lebte, reich an Gut und Geld – und an allen Genüssen der Welt. – Derselbe hatte eine Tochter namens Dilefrûz, eine Jungfrau, die eben ihr zwölftes Jahr vollendet –

Ihre schönen Wangen boten
Der Zuleicha Liebesreiz zu schauen;
Einer Moschusbrücke glichen
Ihre zarten dunkeln Ambrabrauen,
Ihre lieblich süßen Lippen
Waren Hexen, die den Geist betören;
Ihre Augen zwei Megären,
Die von Männerherzblut sich ernähren. –

Kurz, sie war eine Perle für der Könige Juwelenschrein – ein Edelstein – kostbar und fein – und die Mägdlein, die an Reizen reichen – die man mit ihr gedachte zu vergleichen – mußten ihr alle weichen.

Da nun einst die Frühlingszeit heran war gerückt – und mit Blumen von mancherlei Arten – Flur und Garten – war geschmückt – da trug sie mit den Rosenwangen – ein zartes Verlangen – die Rosengebüsche – in erneuter Frische –wiederzusehen – und sich mit einigen Mägdlein – im Garten zu ergehen. – Sie setzte sich in einen beschatteten Raum – unter einen Baum – und wie sie nun rings um sich blickte – und ihr Auge, das hochbeglückte – auf Gebüsch und Pflanzen schaute hin – da sah sie eine Rose blühn – die verächtlich den Nacken zu wenden schien – von dem Stocke, daran sie gesessen – gleich spröden und stolzen Zypressen – eine Rose, die vor allen den Vorrang in Anspruch nahm – und der der Preis der Schönheit und Pracht zukam. – Dilefrûz aber, um sich mit ihr zu schmücken – gebot ihren Dienerinnen, sie zu pflücken. – Um die Wette nun liefen die Dienerinnen – denn jede wollte die Rose gewinnen – um sie der Herrin zu bringen – aber um sie zu erringen – hatten sie Mühe und große Not – sie arbeiteten sich fast zu Tod – und die Dornen, die scharfen, harten – ritzten in ihrer Haut, der zarten – einen blutigen Tulpengarten. – Aber zu hoch war der Ast, an dem die Blume nickte – weshalb auch sie zu brechen nicht glückte. – Wie man nun Dilefrûzen die Rose nicht brachte – ihre Begierde doppelt erwachte – mit Leidenschaft – setzte sie daran ihre ganze Kraft – und sie ging so weit, zu versprechen – wer immer möge die Rose brechen – dessen Wunsch wolle sie gewähren – was er auch möge begehren.

Es vernahm aber Dilefrûzens Worte – der Gärtner an einem versteckten Orte – von dem aus er die Schönen betrachtete – und beobachtete. – Kaum war nun die freudige Verheißung vor ihm erklungen – da kam er eiligst herbeigesprungen – und rief: »Wer die Rose will brechen – der nehme es hin, wenn ihn die Dornen stechen – wer aber scheut der Dornen Wunden – der hat der Liebe Rosenpfade nicht gefunden!

Tadle nicht, wenn ich um ihretwillen
Fremder Wünsche suche zu erfüllen –
Tausend Dornen pflegt der Gärtner ja
Um der einen süßen Rose willen!« –

Dann mit einem Satz – war er auf dem Platz – und schlang sich wie eine Spinne – damit er die Rose gewinne – hinan zu dem Aste – wo er die Blume bald erfaßte – die er dann brach und ohne Verzug – zur Dilefrûz hintrug. – Da diese aber sah sein mutiges Wagen – und sein mannhaftes Betragen – zu dem ihn die Hoffnung getrieben – sie werde, wie er sie liebe, ihn wiederlieben – da wurde sie herzlich ihm zugetan – und sie schickte sich an – seinen Willen – wie sie gelobt hatte, zu erfüllen.

O glaube nicht, daß von der Glut
Der Liebe die Geliebte nicht erglühet!
Die Kerze ist es, die zuerst
Ihr Feuer zeigt und helle Flammen sprühet.

Nicht brennt von Leidenschaft zuerst
Des Liebenden, nein des Geliebten Herze,
Und ihren treuen Falter sengt
Erst, wenn sie selbst entzündet ist, die Kerze.

Dilefrûz sah dem Gärtner ins Gesicht – und sprach: »Nun zaudere nicht – sondern sag her – was ist dein Begehr!« – Der Gärtner aber aus Verlegenheit – heftete sein Auge auf den Boden einige Zeit – dann sprach er: – »Mein Wunsch ist der – daß, wenn du nun Braut wirst, du Schöne, Beste – du an deinem Vermählungsfeste – bevor du ziehst mit deinem Gatten – dich noch einmal zeigst unter dieser Bäume Schatten – und mich besuchest auf diesen Matten.« – Dilefrûz war mit dem Vorschlag zufrieden – und so schlossen sie ihren Vertrag und schieden.

Bald darauf wurde von dem Kaufmann Dilefrûzens Vermählung beschlossen – und da man unter den Vornehmen der Stadt und Großen – gefunden einen ihrer würdigen Genossen – auf den sich das Licht der Schönheit ergossen – edel und reich – der Jungfrau an Lieblichkeit gleich – so wurde eine herrliche Hochzeitsfeier angestellt – und beide, Bräutigam und Braut – wurden miteinander getraut – und vermählt. Nachher ward die Braut geputzt und geschmückt – und in die innern Gemächer geschickt. – Aber nach des Islams Sitte – trat der Bräutigam in des Hochzeitssaales Mitte – und hub an seine Gebete zu sagen – dann ließ er Speisen auftragen – und aß, und nach der Mahlzeit Ende – wusch er die Hände – und es ward ihm ein Schlafpolster ausgebreitet – und er legte sich nieder entkleidet. – Da nun Dilefrûz noch nicht ihren Schmuck abgelegt hatte – so befragte sie um den Grund ihr Gatte – und sie erzählte ihm klar und wahr – was ihr mit dem Gärtner begegnet war – und wie sie ihm gemacht die Zusage – ihn zu besuchen an ihrem Hochzeitstage. – Der Jüngling, reines Herzens und aller Falschheit bar – dem Lug und Trug nie in den Sinn gekommen war – antwortete ihr: »So halte dein Versprechen – du wirst dich doch hüten vor Sünden und Verbrechen! – Aber verziehe nicht – und kehr bald zurück – meiner Augen Licht!«

Da er ihr also die Erlaubnis erteilte – Dilefrûz nicht lange verweilte – sondern zur Tür hinauseilte – und mit all ihrem Schmuck und Edelgestein – ging sie allein – nach dem Gartenhain – und es war da keiner, der sie leitete – oder begleitete.

Wegweiser sind da wahrlich nur die Sterne,
Wo solche Nacht beschattet Näh und Ferne;
Daß nur des Mondes Lampe sich entzünde
Und dran der Irre seine Heimat finde!
Das Mägdlein ging auf Pfaden voll Gefahr,
Und ach, kein Führer ihr zur Seite war!

Dilefrûz, erschreckt durch das Dunkel der Nacht – hatte des Pfades zum Garten nicht acht – und siehe, sie verlor den richtigen Weg – und geriet auf einen falschen Steg. – Plötzlich sprang ein hungriger Wolf vor ihr auf – und eilte heran in raschem Lauf. – Wie sie das Ungetüm sah – glaubte sie ihr Ende sicher und nah – jedoch faßte sie sich auf der Stelle – und hob ihr Antlitz flehend auf zu der Schwelle – des Allgnadenspenders – des Übelabwenders – dann redete sie bittend den Wolf an – indem sie begann: – »O Wolf, ich gab einem Gärtner für diese Nacht das Wort – ich wollte mit ihm zusammentreffen an einem gewissen Ort – so übe denn an mir Barmherzigkeit – und gönne mir eine kurze Zeit – daß ich tue, was ich zugesagt – nachher mach mit mir, wie dir's behagt. – Nur mein Versprechen möcht ich wahren – bevor meine Seele dahin muß fahren!« – Und siehe da – es geschah – daß der Wolf dem Mädchen gnadete – und ihr nicht schadete – sein Herz wurde weich und mild – so daß er entließ sein erjagtes Wild – und zurückkehrte alsbald – in den Wald.

Dilefrûz zog nun weiter ihren Weg entlang – als ein Räuber auf sie lossprang – der rief aus, hocherfreut: – »Das

Glück liegt mir zu Füßen heut – nichts soll mich verhindern – dies Mädchen auszuplündern.« – Als aber die Auserwählte – dem Räuber erzählte – wes Standes, und was ihr begegnet sei – und wie sie ihrem Gelübde so treu – und wie ihr Gatte sich so freundlich gezeigt – und selbst das Herz des Wolfes sich erweicht – und als sie ihm sagte, sie habe versprochen zu erscheinen – mit all ihren Schmucksachen und Edelsteinen – die sie ihm alle wolle verehren – wenn sie zurück würde kehren – da konnte auch der Räuber nicht umhin, ihr Flehen zu erhören. – »Wenn«, sprach er, »ein wildes Tier sich erbitten ließ – daß es seinen Fang in Frieden ziehen hieß – wie könnte ich so grausam sein und so hart – gegen ein Wesen meiner Art?« – Mit diesen Worten ließ er sie ziehen – und mit vielfachen Drangsalen und Mühen – gelang es ihr, den Weg zu dem Garten zu finden – und auch den Gärtner auf seines Eigentums Gründen. – Diesem begann sie nun gleich zu berichten – was für Geschichten – ihr zugestoßen; – er aber sprach, indem seine Tränen flossen: – »O Herrin, Unschuldgeschmückte! – Deine Treue sei tausendfach gepriesen, du Hochbeglückte! – Denn treu und wahr – ist jetzt bei den Menschenkindern rar – du aber hast dich mit Not und Pein – bestrebt, deinem Worte gerecht zu sein. – Übrigens hab ich nur zur Prüfung dir dies auferlegt – böse Absichten hab ich nie gehegt. – Ich bin der Gärtner in diesem Garten – und mein Geschäft ist, seiner Pflanzen zu warten – Lug aber und Trug und alles Schlechte – steht fern deinem Knechte. – Pflückt ich auf fremder Gartenflur – eine einzige Rose nur – da würde mir ein anderer einen Obstbaum vernichten – denn es heißt, wie du richtest, so wird man dich richten! – Jetzt aber leb wohl! Ich habe mich gefreut, dich bei mir zu sehn – du mußt zu deinem Eheherrn gehn – und möge dich und deinen Gatten – ewig Lust und Freude beschatten!«

Damit führte er sie ehrfurchtsvoll zum Garten hinaus –

bis an ihr Haus – von wo ihn ohne Verzug – sein Fuß zurück zu seinen Pflanzen trug. – Dilefrûz aber langte in ihrer Wohnung an – und fand heiter und gesund ihren Mann – und sie lebten fortan – beide voneinander entzückt – durch einander beglückt.

Diese Geschichte aber ist als ein Denkmal von ihnen in der Welt geblieben.

Mit diesen Worten beschloß Mihr-i-Schâh ihre Erzählung. »Die Schwierigkeit«, fuhr sie dann fort, indem sie die drei Wanderer ansah, »die sich bei dieser Erzählung meiner Seele aufdrängt, ist die, welchem der erwähnten Wesen, der viere – der Preis des Edelsinns und der Großmut gebühre.« – Einer der Reisenden antwortete ihr: »Mächtige Gebieterin, ich denke, jener Wolf mag wohl ein altes Tier gewesen sein, dem schon die Zähne ausgefallen waren, ohne Saft und Kraft in seinen Gliedmaßen; denn als Wolf zu leben – und so reiche Beute freizugeben – einem bereiteten Mahl zu entsagen – und des Hungers Pein zu tragen – das ist der Narrheit Krone – der Reue folgt zum Lohne. – Das nennt man Torheit, nicht Edelsinn!«

Darauf sagte der zweite: »Lassen wir den dummen Wolf, der ja ein ganz unvernünftiges Tier ist! Wenn er aber, wie wir annehmen wollen, aus Altersschwäche das Mädchen nicht verzehren konnte, dann gebührt dem Räuber der Preis der Narrheit, der bei dunkler Nacht – einen so kostbaren Fang gemacht – ein Mägdlein ganz allein – bedeckt mit Gold und Edelgestein – dem er dann seine Kleider beließ – und das er unberaubt ziehen hieß. – Das war großer Unverstand – ja Wahnsinn wird solches genannt.«

Darauf sagte der dritte: »Aber abgesehen von diesen beiden, war doch auch der Gärtner ein großer Tor, gegen ein so liebliches, freundliches, mit tausend Reizen zu ihm gekommenes und Genuß verheißendes Wesen so ehrbar zu verfahren! Das war eine grobe Fahrlässigkeit – daß er zu jener Zeit – wo so günstig die Gelegenheit – und sein Liebchen neben ihm stand – wo gleichsam der Pfeil in seiner Hand – und vor ihm sein Fang – zurückwich scheu und bang! – Ich kann mir das nur aus seiner Zaghaftigkeit erklären; denn wo findet sich jetzt Großmut und Edelsinn auf Erden?«

Kurz, alle drei konnten nicht aufhören, den Wolf, den Räuber und den Gärtner zu schmähen und zu verwünschen und dagegen den Ehemann der Gleichgültigkeit und Dummheit zu beschuldigen; Hochherzigkeit aber und Mannhaftigkeit wollten sie bei keinem gelten lassen.

Da Mihr-i-Schâh diese Reden hörte, faßte sie, indem sie von der Zunge der drei Reisenden auf ihrer Herzen Schlechtigkeit schloß, die Überzeugung, daß sie dem Landmann den Edelstein gestohlen haben müßten. Sie meldete dies dem Sultan, ihrem Vater, und riet ihm, sie nunmehr durch Züchtigung zum Geständnis zu nötigen; »denn«, sagte sie, »aus ihren Reden ist offenbar geworden, was sie für Leute sind.« – Der Sultan befolgte ihren Rat, und siehe da, der Edelstein kam wirklich bei ihnen zum Vorschein.

Der Sultan überhäufte nun den Landmann mit Wohltaten jeder Art, so daß der Sack seiner Wünsche über und über voll wurde. Die drei Wanderer aber ließ er ans Kreuz schlagen und sandte sie hinüber in jene Welt – wo jeder seiner Taten Lohn erhält.

Damit schloß der weise Papagei seine Erzählung. Dann aber wandte er sich wieder zu Mâhi-Scheker mit den Worten: »Wer diese Geschichte, hohe Herrin, anhört, der soll daraus die Lehre entnehmen, daß die Worte der Menschen, mit denen man umgeht, auf ihre Taten schließen lassen. Das sollst auch du beherzigen und die Reden deines Geliebten wohl anhören, damit du daraus erkennest, ob er edle Gesinnungen hegt, ob er dich liebt und ob er aufrichtig ist; bloße Freundschaft führt ja zu nichts. Jetzt aber eile so rasch als möglich zu ihm.«

Aber siehe da, der Sonne leuchtender Diamant – schon empor sich wand – aus des großen Wanderers, des Horizontes, Gewand – und gleichwie der drei Diebe Heimlichkeit wurde ans Licht gebracht – so wurde auch das Geheimnis der Nacht – durch den Tagesschein klar und offenbar gemacht. – Mâhi-Schekers Wunsch mußte also wieder auf den folgenden Tag verschoben bleiben.

FÜNFZEHNTER ABEND

Ungeduldig harrte die arme Mâhi-Scheker auch jenen Tag und drehte sich, indem sie jenes Antlitzes Kerze sich vorzustellen suchte, wie eine magische Laterne, bis der Tag sein Ende nahm – und der mit tausend Seufzern ersehnte Abend herankam. Da aber begab sie sich wieder zu dem Papagei, den sie also anredete: »O du, dessen Worte meine Seele ernähren – dessen Reden meinem Herzen Ruhe gewähren! – Gestern abend sagtest du mir, die Zunge eines Menschen sei gleichsam ein Prüfstein, daran man sein Inneres erkennen könne. Ich möchte nun zu meinem Freunde gehen, aber ich fürchte, es wird mir nicht gelingen, mir seine Worte also zunutze zu machen. Ich werde sie nicht verstehen können, denn ich bin im Umgange mit Menschen unerfahren; auch habe ich nie fremder Leute Gesicht gesehen. Habe darum die Güte und sage mir ein anderes, etwas leichteres Prüfungsmittel, durch das ich erfahren kann, was an meinem Geliebten ist.«

Worauf der Papagei zu klugem Rat – seines Mundes Zauberkästlein auftat – indem er sprach: »O Mâhi-Scheker, die Weisen der Vorzeit haben noch ein anderes Mittel angegeben, die Sinnesart eines Freundes zu erproben, wodurch allerdings, was er im Herzen hat, klar wird. Ich will es dir mitteilen, und dann magst du danach handeln. Wenn du bei deinem Geliebten bist, dann laß zu eurer Aufheiterung Musik kommen und vor euch aufspielen. Gerät dann der Jüngling bei den Melodien in freudige Entzückung, so ist er edlen Sinnes und Geschlechts, und du darfst an seiner Hochherzigkeit nicht zweifeln; wenn dagegen die Musik keinen Eindruck auf ihn macht, dann ist er deiner Freundschaft unwürdig. So erkannten die Weisen Ispahans durch Musik, daß ein Prinz, der noch in der Wiege lag, des Thrones und der Krone würdig und vor allen andern Kindern ausgezeichnet war.«

»Was ist das für eine Geschichte?« fragte Mâhi-Scheker, und der Papagei hub an:

Vom königlichen Säugling und der Musik

Die Gelehrten erzählen, daß in alter Zeit in Ispahan ein sehr verständiger König war, welcher schon sein hundertundzwanzigstes Lebensjahr vollendet hatte, als er eines Tages die Reise in die andere Welt antrat. Da er keinen erwachsenen Sohn als Thronerben hinterließ und nur ein Knäbchen, das noch an der Mutter Brust war, ihn überlebte, so traten die Gelehrten und Veziere zu einer Beratung zusammen, ob sie das Kind auf den Thron erheben sollten. »Der Knabe ist«, hieß es, »noch ein Säugling und daher noch nicht in dem Alter, um durch Reden oder Taten zu zeigen, ob er die Herrscherwürde verdient, und es könnte vielleicht eine eitle Mühe und vergebliche Last sein, sich mit dem Kinde so lange ohne Erfolg zu plagen, bis sich seine Fähigkeiten entwickeln. Wir können aber auch keinen Fremden als König einsetzen, denn das Schwert eines Mannes, der nicht von dem reinen Samen des königlichen Hauses ist, bringt kein Heil, und derselbe würde auch das Land und seine Bewohner nicht in Unterwürfigkeit halten können. Das klügste wäre demnach, man stellte das Kind auf die Probe; aber womit soll man es auf die Probe stellen?« – Diese Frage beschloß man den Weltweisen vorzulegen, deren eben vierhundert in jener Gegend zusammengekommen waren.

Die vierhundert Weltweisen sprachen sich nun dahin aus, man solle ein Konzert veranstalten und den Prinzen nebst andern Kindern seines Alters in ihren Wiegen herbringen, um daran teilzunehmen. »Wenn dann«, sagten sie, »bei der Musik der Prinz in Bewegung gerät, dann ist

er des Thrones wert; wenn nicht, dann verdient er nicht, König zu sein, und ihr müßt andere Vorkehrungen treffen.«

Die Veziere und Gelehrten befolgten diesen Rat; sie beriefen eine Versammlung, der sie eine Menge Musikanten beiwohnen ließen. Sowie nun diese in mannigfachen Weisen zu spielen anfingen und die Sänger ihre Töne und Triller hören ließen, da zeigte der Prinz eine so lebhafte Lust und solches Vergnügen, daß er durch seine Bewegungen die Wiege ins Schaukeln brachte, während die andern Kinder wie tote Leiber regungslos und starr liegenblieben. Die Weisen alle erkannten hieraus, daß der Königssohn zum Herrscherglück bestimmt sei, daß Krone und Reich ihm gebühren – daß er wert sei, das Zepter zu führen – und zu regieren. – Sie erhoben ihn drum auf seines Vaters Thron

– als würdigen Sohn – und fanden ihren Zufluchtsort – in seines Herrschertumes Hort.

»In gleicher Weise, o Mâhi-Scheker, sollst nun du auch wenigstens diese Kunstprobe anstellen.« – »Aber«, fragte entgegnend Mâhi-Scheker, »zeigt sich denn der Eindruck, den die Musik macht, so klar und deutlich?« – »O Mâhi-Scheker«, antwortete der Papagei, »die Musik wirkt in einer Weise, die sich in Worten nicht aussprechen läßt; es ist dies eine geheime Kraft, die niemand an das Licht zu ziehen vermag. ›Wer's nicht kostet, kennt es nicht‹, sagt das Sprichwort; ›wer es nicht empfindet, hat keinen Begriff davon.‹ Wenn nämlich in einer Gesellschaft musiziert und gesungen wird, da wird dem einen ein geistiger, dem andern ein leiblicher Genuß zuteil, und jeder hat nach seiner Fähigkeit Nutzen davon. Und wie viele hat schon das Liebessehnen, das sich in der Musik ausspricht, umgebracht, wie dies durch die Geschichte des Scheichs Djuneid bewiesen wird.« – Mâhi-Scheker fragte: »Was ist das für eine Geschichte?«, und der Papagei erzählte:

Geschichte vom Scheich Djuneid

Als Scheich Djuneid, der Bagdader – gnade ihm Gott, der Allbegnader – in einer Gesellschaft einst Musik anhörte – und diese ihm unendlichen Genuß gewährte – da ward er vom Wein der Liebe trunken – und in der Sehnsucht Wahnsinn versunken – vergaß er seiner Würde ganz – und sprang ungeduldig auf zum Tanz. – Aber bei den Festgenossen allen – erregte die Musik gleiches Wohlgefallen – und einer derselben ließ in glühendem Liebesweh ein lautes Ach! erschallen. – Sowie der Scheich diesen Laut vernahm – sofort seine Besinnung wiederkam – und der Rausch war verschwunden – der eben seine Sinne gebunden. – Dann sah er an den Festgenossen – der eben den

Seufzer ausgestoßen – und gebot ihm zu schweigen – dann begann er sein Haupt zu neigen – und es niederzuhalten – unter seines Kleides Falten. – Lange Zeit blieb er also versteckt – als aber nachher der Mantel ward aufgedeckt – da fand man den Käfig seines Daseins zerstört – von dem Feuer der Liebe verzehrt – und seiner Seele Vöglein davongezogen – in heiterer Lust aufwärts geflogen.

»Über dies Kapitel, o Mâhi-Scheker, ist viel zu sagen; wollte man es erschöpfen, da würde man viele Worte gebrauchen: es ist daher das klügste, sich hiermit zu begnügen.« – Die junge Frau aber fragte: »Da du mir, lieber Papagei, schon so viel von der Musik erzählt hast, so habe doch auch die Güte, mir von ihrem ersten Anfange zu sagen; wie ist sie entstanden?« – »Die Musik«, antwortete der Papagei, »ist ein Meer, ein unendliche Wogen bewegendes – unbegrenztes Entzücken erregendes. – Hast du nie die Geschichte von dem Weisen Sâz-Perdâz mit dem Affen gehört, welche sich auf die Musik bezieht?« – »Nein«, erwiderte Mâhi-Scheker, »diese Geschichte habe ich nie gehört, erzähle sie mir doch!« – Worauf der Papagei anhub:

Wie Sâz-Perdâz das Saiteninstrument erfindet

Die Weisen Indiens erzählen, daß Sâz-Perdâz, der Hochgelehrte, eines Tages, da er ein Gebirgsland durchreiste, im Schatten eines Waldes wandelte. Bei dieser Gelegenheit bemerkte er einen Affen, der auf den Bäumen von einem Zweige zum andern hüpfte, bis ein scharfer Ast, auf den er stieß, ihn dergestalt aufschlitzte, daß seine Gedärme herausfielen. Diese, welche zwischen zwei Ästen hängengeblieben waren, wurden bald trocken und straff, und da der Wind sie berührte, begannen sie angenehme Töne erschallen zu lassen. Der weise Sâz-Perdâz nahm sie, als er dies bemerkte, herunter und spannte sie zwischen zwei Hölzern aus, worauf noch lieblichere Töne zum Vorschein kamen. Alsdann überzog er die Hölzer mit einem Felle, fügte einige Drähte hinzu und fing an zu spielen. Andere gaben darauf, je nach ihrer Einsicht, dem Dinge verschiedene Gestalten, und so entstanden die mannigfaltigsten Instrumente; der eigentliche Erfinder aber ist Sâz-Perdâz. – – Was die Melodie der Musik anbetrifft, so hat sie einen andern Ursprung. Es gibt in Indien einen Vogel, Kyknos geheißen, in dessen Schnabel sich eine unzählige Menge von Löchern befinden. Ein jedes dieser Löcher läßt, wenn es intoniert wird, einen eigentümlichen seltsamen Laut hören, weshalb die Weisen Indiens die Melodie und den Tonwechsel daher entnommen haben.

»Willst du, o Mâhi-Scheker, diese Wissenschaft recht verstehen, so darf dir meine Erzählung nicht genügen; du mußt dich selbst bemühen, zu erfahren, was Musik ist.

Jetzt aber verbringe nicht mit vielen Reden deine Zeit, sondern eile zu deinem Freunde und laß die Gelegenheit nicht fahren. Denn wer die Gelegenheit verpaßt, des Leben, heißt es, verstreicht in Unwissenheit. Auch ist es wahrscheinlich, daß nächstens dein Gatte Sâïd wiedererscheint, wo dann dein Wunsch unerfüllt bleibt und du der Reue anheimfällst, gleich dem Kater, da alle Mäuse tot waren.«

»Was ist das für eine Geschichte?« fragte Mâhi-Scheker, und der Papagei erzählte:

An des Inderlandes äußerstem Saum – war ein von Vögeln bewohnter Raum – ein Waldland mit lieblichen Blumenrevieren – belebt von zahllosen wilden Tieren. Ein mächtiger Löwe hatte sich diesen Ort zum Wohnsitz erkoren und alle in der Gegend hausenden reißenden Tiere gezwungen, ihm zu huldigen, so daß sie seine Befehle mit Freudigkeit – ausführten zu jeder Zeit – und unter seiner Herrschaft Schatten – sich sicher fühlten auf Auen und Matten. – Also verstrichen viele Monde und Jahre, und der Lenz der Jugend des Löwen verwandelte sich in den Herbst des Greisenalters, die Zahl der Jahre seine Kräfte brach – sein starker Leib ward elend und schwach – es huben an nicht mehr zu taugen – zum Sehen seine Augen – seine Zähne zum Kauen – und seine Eingeweide zum Verdauen. – Es kam mit ihm so weit, daß ihm, wenn er ein Wild verzehrt hatte und sich zum Schlafen ausstreckte, wie einem dem Genuß des Opiums Ergebenen nach seiner Ekstase, die Lippen niederhingen und der Rachen offenstand, wo dann die Mäuse, die sich in der Nähe befanden, herbeieilten, um die Speisereste, welche zwischen seinen Zähnen geblieben waren, wegzuholen. Das störte aber den Löwen, so daß er nicht ruhig schlafen konnte, sondern jeden Augenblick aufwachte. Der Mäuse waren aber zu viele, als daß man sie hätte fangen konnen, und kaum war der Löwe eingeschlafen, als sie um ihn zusammenliefen, so daß das schreckliche, gewaltige Tier vor ihnen wie ohnmächtig und besiegt dalag.

Eines Tages befand sich der Wolf, welcher den Rang eines Veziers bekleidete und des nähern Umgangs mit dem Herrscher gewürdigt wurde, bei ihm in seinem Privatgemache. Der Löwe erzählte ihm von der Beschwerde, welche er von den Mäusen zu erdulden habe, worauf der Wolf antwortete: »O mächtiger Löwe, was dir hier begegnet, gleicht doch der Geschichte des Kalifen von Bagdad mit dem Gottesgelahrten wie ein Auge dem andern!«

»Was ist das für eine Geschichte?« fragte der Löwe; worauf der Wolf erzählte:

Der Kalif und die Fliegen

Unter den abbasidischen Kalifen war einer gepriesen ob seiner Gewalt und Macht – der sich in aller Welt berühmt gemacht – durch seine Herrlichkeit und Pracht. – In den Empfangssaal dieses Herrschers trat einst ein Gelehrter – ein hochbewährter – vielverehrter – der Stolz und Ruhm – von Bagdads Gelehrtentum – erfahren in unvergänglichem Wissen – und besonders der Gottesgelehrtheit beflissen – Derselbe setzte sich nieder. Es war aber Sommer, und die Fliegen belästigten den Kalifen über die Maßen, so daß er sich endlich an den Gelehrten mit der Frage wandte: »Warum mögen denn doch wohl diese Fliegen erschaffen worden sein? Was mag die göttliche Weisheit mit ihnen bezweckt haben, da sie nicht bloß unnütz, sondern noch gar ekelhaft und unrein sind?«

Der Weisheitentbrannte – der aller Dinge Wesenheit erkannte – antwortete ihm: »O du, auf Erden Gottes Statthalter! – Der allmächtige Weltenwalter – hat nichts Nichtiges erschaffen. Der weise Zweck, zu welchem er die Fliege schuf, ist der, den Gewalthabern ihre Schwäche zu Gemüte zu führen und sie merken zu lassen, daß sie bei aller ihrer Macht doch ein so schwaches Heer zu besiegen nicht vermögen. Dazu sind dem Allmächtigen die Fliegen nötig.«

Den Kalifen freute diese richtige Bemerkung des Gelehrten, die ihn über das Ungemach tröstete.

»Wenn nun«, fuhr der Wolf fort, »auch du, o mächtiger Löwe, von dergleichen gemeinem Volke sehr geplagt wirst, so hast du dies als eine göttliche Bescherung – zur Zucht und Belehrung – zu betrachten. Indessen gibt es für jedes Leiden ein Heilmittel, und so auch für das deinige; nur ist mit Gewalt hier nichts auszurichten, sondern wir müssen zur List unsere Zuflucht nehmen. Denn Gott der Herr hat für jede Wirkung eine Ursache erschaffen, und was der eine vermag, das vermag der andere nicht. Gleichwie den Kehricht im Hause ein Pfauenwedel nicht wegbringt, sondern dazu ein Besen nötig ist, ebenso vermögen wir die lästigen Mäuse nicht wegzuschaffen, wohl aber ein alter Diener der Hofburg, der Kater, welcher seit vielen Jahren beständig hier deiner Befehle gewärtig gewesen ist. Wenn es dir beliebt, so wollen wir ihm die Bewachung deines Thronsaales übertragen.«

Dem Löwen gefiel die Rede des Wolfes; der Kater, er hieß Tschâpik-Dest, welcher tagtäglich in der Hofburg erschien, wurde herbeigerufen und als Wächter angestellt. Tschâpik-Dest erklärte sich zur Übernahme des Amtes bereit; jedoch sprach er zum Löwen: »O König des Wildes, allerdings ist es ein Akt deiner überschwenglichen Gnade, daß du mich, deinen Knecht, mit dem Wächteramt betraut hast; indessen bin ich doch so viele Jahre hindurch täglich

in deiner Hofburg erschienen, und du hast mich noch nie eines freundlichen Blickes gewürdigt. Dies ist«, fügte er hinzu, »um so auffallender, als ich doch nicht allein ein alter Freund deiner erhabenen Person bin, sondern sogar ein verwandtschaftliches Band unter uns besteht.« –

»Wieso dieses?« fragte der Löwe, worauf der Kater antwortete:

»Als Noah, der große Prophet, in die Arche gegangen war, da wurden die Tiere, die sich bei ihm befanden, allesamt durch das Überhandnehmen der Mäuse aufs äußerste geplagt. Sie klagten dem Noah ihre Not, und dieser legte infolge göttlicher Eingebung seine Hand streichelnd auf des Löwen Stirn, worauf sofort aus desselben beiden Nasenlöchern zwei Katzen, meine Vorfahren, zum Vorschein kamen. Diese befreiten die Tiere der Arche von der Plage der Mäuse, so daß alle Welt Ruhe hatte. Ebenso, o König, werde auch ich, dein Knecht, im Schatten deiner Herrlichkeit meines Amtes als Mäusevertilger walten.«

Und in der Tat, wo Tschâpik-Dest sich zeigte, da zerstreuten sich und entflohen die Mäuse. Er aber fing keine und tötete auch keine derselben, sondern begnügte sich, sie dem Löwen fernzuhalten. Dieser hatte also Ruhe, und Tschâpik-Dests Ansehen und Ehre wuchsen von Tag zu Tag. Als es ihm auf diese Weise gelungen war, in dem engeren Kreise der Hofleute einen Platz zu gewinnen, stellte er eines Tages seinen ältesten Sohn dem Könige vor, ließ ihn den Erdboden küssen und sprach: »O Beherrscher des Wildes, dies ist mein ältester Sohn, mein teurer Sprößling. Er kennt vortrefflich die Hofsitten und ist imstande, jeden Dienst zu verrichten. So gestatte denn, daß, wenn mich bisweilen meine Geschäfte abrufen, er an meiner Statt das Wächteramt versehe.«

Der Löwe genehmigte dies, und als eines Tages Tschâpik-Dest aus irgendeinem Grunde fortging, ließ er seinen Sohn mit der Ermahnung, dem Dienste wohl nachzukommen, zurück. Aber der junge Kater hielt sich bei jener Nachtwache nicht auf dem Wege der Schonung, wie sein Vater immer getan; er bedachte den verborgenen weisen Zweck der Milde nicht; vielmehr tötete er jede Maus, die sich nur zeigte, und zerriß ihrer so viele, daß bis zum Morgen alle bis auf die letzte umgekommen waren.

Als nun am fogenden Morgen Tschâpik-Dest wiederkam und sah der Mäuse Leichen – zu Haufen getürmt, bergegleichen – da geriet er außer sich und rief seinem Sohne zu: »Du einfältiger Tor, des herrlichen Amtes, das ich mit den mannigfaltigsten Anstrengungen am Ende meiner Tage zu erlangen gewußt, hast du mich beraubt, meine Würde und mein Ansehen hast du dem verachteten Staube gleichgemacht! Du dummer Narr, nur um sich der Mäuse zu erwehren, ist man dem Katzengeschlechte gut; wozu wären wir auch nütze, und weshalb sollte man uns Wohltaten erweisen, wenn es keine Mäuse gäbe?« – Also tadelte und schalt er ihn heftig.

Wenige Tage darauf sprach der Löwe, welcher bemerkt hatte, daß von den Mäusen keine Spur mehr übrig war, zu dem Wolfe: »Nunmehr wollen wir den Tschâpik-Dest entlassen. Jedes Amt hat seine Ursache in dem Vorhandensein einer Beschäftigung oder Arbeit, ohne solche Ursache jemanden in Dienst zu nehmen, wäre eine ebenso große Torheit, als einem Blinden eine Nadel zu verehren. Des Tschâpik-Dest Amt war das Mäusefangen; da nun aber die Mäuse bis auf die letzte vertilgt sind, so wäre es eine Torheit, den Kater noch zu den königlichen Dienstleuten zu zählen. Dazu kommt, daß die Katzen ein blutdürstiges Geschlecht sind und daß am Auferstehungstage die ihnen wegen ihrer Grausamkeit drohende Strafe mich mit betreffen könnte. Es ist demnach das klügste, den Tschâpik-Dest abzusetzen.«

Gesagt, getan! Der Kater wurde abgesetzt und trat wieder in seinen frühern Zustand trauriger Zurückgezogenheit. Der Torheit seines Sohnes sein Unglück zuschreibend, machte er demselben unablässig Vorwürfe, und doch bereute auch der seine Tat bitter; aber umsonst, denn ›nach Basras Zerstörung‹, sagt das Sprichwort, ›ist die Reue überflüssig‹. Amt und Gewalt waren verschwunden!

Damit beschloß der Papagei seine Erzählung. »O Mâhi-Scheker«, fuhr er dann fort, »diese Geschichte habe ich dir deshalb vorgetragen, damit du einsehest, daß zu spät kommende Reue unnütz ist. Darum nimm die Gelegenheit wahr, solange du sie in der Hand hast, und eile zu deinem Geliebten.«

Aber siehe da, schon war es Morgen geworden; die Erzählungen des Papageien hatten Mâhi-Scheker abermals so lange hingehalten, daß sie auch diese Nacht zu Hause bleiben mußte und sich härmte und grämte wie der abgesetzte Kater.

SECHZEHNTER ABEND

Vom Wein der Liebe trunken – und in der Erinnerung an ihren Holden versunken – wartete die junge Frau unter tausend Nöten den Abend heran. Als aber endlich die Sonne untergegangen war, trat sie aufgebracht zu dem Papagei und sprach: »Du lügenhafter Vogel, du kommst mir jede Nacht mit einer neuen dummen Geschichte und raubst mir so die Nachtruhe; um nichts und wieder nichts bringst du mich dahin, daß ich wie die Hasen schlafe, und vertröstest mich von einem Tage zum andern. Ich suche bei dir ein Heilmittel, aber Gott weiß, daß du dich vielmehr bemühst, die Erreichung meiner Wünsche zu vereiteln. Aber bei dem allmächtigen Weltenhüter – der Schöpfung gnädigem Gebieter! – ich will dich jetzt den Weg senden, den Muscharik gegangen ist; in Stücke will ich dich zerreißen; es soll sein, als wärst du nie geboren!«

Mit solchen Schreckworten bedrohte sie den Papagei, der, von der heftigen Anrede bestürzt, beinahe die Besinnung verlor. Was sollte er anfangen, da er seine Herrin so grimmig erzürnt sah? Sollte er reden? Aber sie hörte nicht! Sollte er nicht reden? Da war sein Tod gewiß. In dieser schlimmen Lage entschloß er sich doch endlich zu ersterm. »Was«, rief er aus, »habe ich dir, o Mâhi-Scheker, zuleide getan, daß du mich umzubringen trachtest? Indem ich arbeite und sinne, wie dein Wunsch verwirklicht werden kann, ist der Schlaf für mein Auge zur verbotenen Ware geworden! Ich wünsche ja nichts anderes, als daß dein Begehren mit Leichtigkeit in Erfüllung gehe und daß weder Freund noch Feind von dem Geheimnis etwas merke. Mein Fehler ist nur der, daß ich von Verstellung und Augendienerei nichts weiß; das ist mein Vergehen, daß ich ohne Falsch dir in aller Aufrichtigkeit sage, was wahr ist. Wenn ich aber die Gelegenheit wahrnehme, dir so viele Geschichten zu erzählen, so habe ich bei einer jeden die Absicht, dir eine gute Lehre einzuprägen, damit du, je wie es die Sache mit sich bringt, den vielfältigsten Nutzen daraus ziehest. Ohne solchen Zweck würde ich gar nicht erzählen!« – »Einfältiger Vogel«, entgegnete Mâhi-Scheker, »was für Nutzen können wohl die Worte eines Narren wie du bringen? Welches Ohr mag sie auffassen? Du weißt ja nichts von der Welt, und es fehlt dir der Blick, daß du die Dinge sähest, wie sie sind.« – Ihr antwortete der Papagei: »Tugendhafte Gebieterin, was quälst du mich mit solchen Worten? Geziemen sie dir wohl, dir, einem mit Vernunft und Erkenntnis begabten Wesen? Siehst du etwa darauf, daß ich meinem Äußern nach nicht zu den vernünftigen Wesen gehöre? Man soll doch einen Redenden nicht um seines Äußern willen geringschätzen, sondern vielmehr auf seine Worte achten. So heißt es ja auch in dem bekannten Spruche:

Wer da spricht, das frage nicht;
Aber merke, was man spricht.

Wie ja die Tochter des Vornehmen im Lande Khorasan dadurch, daß sie dem Rate des Fuchses folgte, der Schande und Schmach entrann. Wahrlich, hätte sie die Worte des Fuchses, als eines unvernünftigen Wesens, verworfen, so wäre sie bis zum Jüngsten Gericht der übeln Nachrede anheimgefallen.«

Als Mâhi-Scheker dies vernahm, zeigte sie wieder ein freundliches Gesicht und sprach begütigend: »Laß doch hören, was ist das für eine Geschichte?«, worauf der weise Papagei anhub:

Geschichte vom Fuchs und der jungen Frau von Khorasan

Ein König von Khorasan hatte einen Vezier, der den Namen Pîri-Memâlik führte. Diesem hatte Gott einen Sohn von so unangenehmem Äußern beschert, daß jeder, der ihn erblickte, sogleich ein Gelübde tat, ihn nie wieder ansehen zu wollen. Gleichwie bei Joseph (über dem Heil sei!) die Schönheit, so war bei ihm die Häßlichkeit zur Vollendung gediehen; er war aber nicht bloß scheußlich anzusehen, sondern außerdem noch dumm und so boshaft, daß selbst Tiere nicht wagten, ihm nahe zu kommen. Da indessen Pîri-Memâlik keinen andern Sohn hatte, so erschien ihm das unsinnige Benehmen des jungen Menschen entzückend lieblich. ›Ein jedes Tier liebt sein Junges, selbst die Schlange‹, sagt das Sprichwort.

Nun beschloß der Vater, ihn zu verheiraten, und gab ihm eine edle Jungfrau, die Tochter eines Vornehmen in der Hauptstadt von Khorasan, zur Ehe. So scheusälig aber der Sohn des Veziers, so ausnehmend lieblich war das junge Mädchen, und wo sie wandelte, die Zypressengestaltige – und gleich dem Papagei weise Worte sprach, mannigfaltige – da brachte sie liebende Herzen ohne Zahl – zu Weh und Qual. – Kurz, sie war in jeder Hinsicht als das Gegenteil ihres Gatten erschaffen worden; aber das unerbittliche Verhängnis – schloß in desselben Käfigs Gefängnis – den Raben und den Papagein – die ungleichartigen Gäste, ein.

Also verflossen mehrere Tage, und das qualvolle Zusammensein mit ihrem Gatten war schon der jungen Frau in innerster Seele zuwider, als sie in einer Nacht, da sie es nicht mehr bei ihm aushalten konnte, sich erhob und an ein Fenster im Hause trat, das auf das freie Feld hinausschaute. Daselbst setzte sie sich nieder und dachte weinend über ihr unglückliches Schicksal nach. Mittlerweile erhob sich vom Felde her ein lieblicher Gesang, der immer näher kam und endlich unter den Fenstern des Hauses selbst erscholl. Die junge Frau steckte den Kopf heraus, und siehe da, es war ein schöner Jüngling, von dem der Gesang ausging, ein an Lieblichkeit ganz ihr selber gleicher, anmutreicher – von Antlitz zarter, weicher – schlank an Gestalt – alle Herzen entzückend durch seiner Reize Gewalt. – Sie wurde sogleich in ihn verliebt und rief ihn unter ihr Fenster, um ihm das Geheimnis ihres Herzens zu offenbaren. Von Schmerz und Unwillen brennend, ergoß sie sich in Klagen über ihren Gemahl, den Vezierssohn, und flehte endlich den Fremdling an, er möge sie aus der Not, von der sie umstrickt sei, erretten.

Der Jüngling stimmte gern ihrem Vorschlage zu, worauf das Mädchen aus ihrem Privatgemache alle ihre Gold- und Schmucksachen und Edelsteine herholte und sich anlegte. Mit ihrem leichten Eigentum, dem Werte nach einer schweren Last, stieg sie sodann zu dem Jünglinge hinunter, und beide machten sich auf den Weg. Als sie schon viele Tagereisen zurückgelegt hatten, führte ihre Straße sie an das Ufer eines großen Flusses. Sie sahen sich daselbst vergeblich nach einer Brücke oder Furt um, um hinüber zu gelangen, weshalb der jugendliche Sänger zu seiner Begleiterin sprach: »Ich verstehe mich gut auf die Schwimmkunst; lege darum deine Kleider und Kostbarkeiten ab, damit ich sie mit meinen eigenen Kleidern hinüberbringe. Nachher komme ich dann wieder, nehme dich auf meinen Rücken und hole dich auch herüber.« Die junge Frau fand den Vorschlag annehmbar; sie legte ihre Gewänder und Kleinodien ab und übergab sie dem Sänger, welcher alsbald damit zum andern Ufer hinüberschwamm.

Daselbst angekommen, überlegte er aber bei sich selbst: ›Soviel Gold und Edelgestein habe ich jetzt in meinen Händen; was aber soll ich mit jener Frau anfangen, die mich ins Ungück bringen wird? Wohin soll ich mit ihr fliehen? Ohne Zweifel wird der Veziersohn sie aufsuchen lassen, und säße ich auf des Ochsen Hörnern, er würde mich ausfindig machen. Es ist daher klüger, ich gehe mit den Kostbarkeiten davon und lasse sie hier zurück; kommen dann die Leute, welche hinter ihr hergeschickt sind, und finden sie, dann wird den Kleinodien mit weniger Eifer nachgeforscht, und ich bin gerettet.‹

Diesem bösen Gedanken gemäß ließ er die Unglückliche nackend an dem jenseitigen Ufer des Flusses zurück und eilte mit ihrer Habe davon. Als die junge Frau dies bemerkte und sich nun fremd und ohne Kleider an dem Ufer des Stromes sah, da brach sie in heftiges Weinen und Klagen aus. Bald darauf aber bemerkte sie einen Fuchs, der, einen Knochen im Munde tragend, zum Wasser kam, um daselbst seine Mahlzeit zu halten. Während er fraß, tauchte im Wasser ein Fisch auf. Diesen dachte der Fuchs zu erlegen, weshalb er mit dem Knochen, den er eben im Munde getragen, nach ihm warf. Er traf ihn aber nicht, und da er auf diese Weise auch seinen Knochen einbüßte, so stand er betroffen da und fing an, seine Augen nach rechts und links zu drehen. Als die junge Frau dies sah, konnte sie sich des Lachens nicht erwehren, und den Fuchs verspottend, rief sie aus: »Das Fuchsgeschlecht gilt doch für klug in der Welt; aber wie dumm ist doch dieser da, der einen sicher erworbenen Genuß gegen einen bloß mutmaßlichen vertauschen wollte und erstern aus der Hand fahrenließ, ohne letztern zu gewinnen! O Tor, hast du nie den Spruch gehört, der von den Vätern auf uns gekommen ist:

Es ziehen vor das Ei von heut
Dem Huhn von morgen kluge Leut –?«

Als der Fuchs diese Worte vernahm, antwortete er: »Edle Herrin, verarge mir eine Frage nicht, die ich dir vorlegen

möchte: Wie kommt es, daß du hier nackend verweilst?« – Und die junge Frau erzählte ihm genau ihr Mißgeschick; worauf der Fuchs nun seinerseits, über sie lachend, sprach: »Beim Allmächtigen, was uns beiden hier zugestoßen, ist doch ganz wie die Geschichte der beiden Leute, die morgens früh aufstanden.«
»Was ist das für eine Geschichte?« fragte die junge Frau, und der Fuchs erzählte:

Geschichte der beiden Nachtwandler

Vor alten Zeiten lebte einmal ein Mann, der um Mitternacht sein Haus zu verlassen und in der Stadt umherzugehen pflegte. In einer Nacht begegnete er einem Bekannten, der, anstatt ihn freundlich zu begrüßen, ihm gleich mit Spott und Hohn entgegentrat, indem er ihn fragte: »Haben sie dich etwa zum Hause hinausgeworfen, daß du also zur

Unzeit bei dunkler Nacht wie ein Wahnsinniger auf den Märkten und Basaren umherläufst?« – Ihm antwortete der andere: »Du dummer Freund, wenn du über etwas spotten willst, so wähle doch etwas, was dich nicht trifft. Du läufst ja so gut wie ich bei Nacht ohne Zweck umher und bist daher mit mir ganz in gleicher Lage. Welche Torheit, daß du nun, deiner selbst vergessend, gegen mich deine Zunge spitzest! Dein Spott ist aber nicht bloß dumm, er ist sogar sündlich. Auf dich paßt ganz der Spruch:

Wer liebt von anderer Gebrechen zu sprechen,
Vergißt darüber die eignen Gebrechen!

Drum laß vom Tadel und denke an dich selbst!«

Also schloß der Fuchs seine Erzählung. »Nun«, fuhr er dann nach einer Weile fort, »du Glückerkorene – unter glänzendem Stern Geborene! – siehst du, dieser Geschichte gleicht ganz, was uns beiden begegnet ist. Dein Gatte, ob gut oder schlecht, wie er immer sein mag, ist dir einmal durch das ewige Schicksal zuerteilt worden; du warst mit ihm, deinem rechtmäßigen Eheherrn, unzufrieden, hieltst ihn deiner für unwürdig und betratest verbotene Pfade; deshalb hat der strafende Eifer des Allmächtigen dies Unglück über dich verhängt! Darum solltest du jetzt, was du getan, aus innerstem Herzen bereuen, unter heiligem Gelöbnis, dich nicht wieder also zu vergehen, Gott um Verzeihung bitten, mit dem Geschick, das von Ewigkeit her dir zuerteilt worden, zufrieden sein und dir vornehmen, von nun an allem fleischlichen Gelüst zu entsagen; dann will ich dir auch sagen, wie du den bösen Folgen dieses Fehltritts entgehst. Wenn du den Rat, den ich dir gebe, befolgst, so wirst du nicht bloß deinen guten Ruf in der Welt retten, sondern auch deinen Gatten bewegen, daß er dich wieder als Ehefrau annimmt.« – »O sprich!« warf das junge Weib flehend ein. – »Da«, fuhr der Fuchs fort, »was geschehen, einmal geschehen ist, so werden ohne

Zweifel dein Gatte und dein Vater dich suchen und überall nach dir forschen. Wenn sie dich nun finden, dann mußt du dich so gut als möglich wahnsinnig stellen, als wenn du besessen wärest. So werden sie dich als Geisteskranke heimführen und, ohne weiter Böses von dir zu denken, dich einer Kur zur Herstellung deiner Geisteskräfte unterwerfen. Dann mußt du deine Besinnung nach und nach wiederfinden und so das, was geschehen ist, geheimhalten. Das ist die einzige Möglichkeit, die sich dir zur Rettung bietet.«

Die junge Frau befolgte den Rat des Fuchses, und es gelang ihr, ihren guten Ruf zu bewahren.

»Hätte sie aber, o Mâhi-Scheker, die Worte des Fuchses verworfen, da würde nichts auf der Welt sie vor übler Nachrede gerettet haben. Denn unendlichen Nutzen gewinnt, wer guten Rates sich bedient.«

Damit brach er seine Erzählung kurz ab. Mâhi-Scheker aber hatte die Stelle in derselben, wo der Fuchs der jungen Frau vorwirft, ihren Gatten verlassen und sich der Sünde zugeneigt zu haben, übermäßig übelgenommen, so daß sie, vor Unwillen glühend, den Papagei ansah und sprach: »Falscher Vogel, deine Worte stimmen nicht mit deinen Taten überein. Deine Worte zeigen klar, daß du die Erfüllung meines Wunsches nicht willst, sondern daß du dich nur stellst, als wolltest du mein Wegweiser zu meinem Freunde sein, und dabei allerlei lügnerische Reden vorbringst. Ich habe hinfort weder dich noch deinen Rat nötig; ja«, rief sie zornig aus, »ich werde dich am Ende in Stücke zerreißen.«

Bei so böser Stimmung konnte sie nun aber den vornehmen Jüngling nicht besuchen; sie begab sich deshalb in ihr Gemach und legte sich zu Bett. Die aufgeregten Gedanken ließen aber bis zum Morgen keinen Schlaf auf ihre Augen kommen, und vom Hin- und Herwälzen wurde sie fast wahnsinnig.

In einem elenden Zustande trat die junge Frau den folgenden Morgen an und sah sich nun in Fieberglut nach Linderung ihrer Leiden um. Da sie aber außer dem Papagei keinen Vertrauten hatte, so mußte sie wider Willen sein Vergehen verzeihen. Sie bereute nunmehr, ihm so hart begegnet zu sein, und als es Abend wurde, ging sie hin, um bei ihm Abbitte zu tun; sie nahm sich bei der Gelegenheit vor, ihn nie wieder auszuschelten.

Der Vogel hatte inzwischen aus Furcht vor seiner Gebieterin beinahe den Verstand verloren, er hielt seinen Tod für sicher und stand da, des Gechickes gewärtig, das, noch hinter dem Schleier des göttlichen Willens verborgen, sich bald offenbaren sollte.

Als nun die Nacht anbrach, trat Mâhi-Scheker reumütig unter den Käfig und grüßte den Vogel, welcher leicht bemerkte, daß ihr Zorn um ein bedeutendes nachgelassen habe. Dies gab ihm etwas Leben wieder, und in demselben Maße, als seine Seele zurückkehrte, fing er auch wieder an, auf List und Täuschung zu sinnen. Bevor Mâhi-Scheker noch etwas sagen konnte, eröffnete er das Gespräch, indem er ihr zurief: »Du tugendsame Herrin, was beleidigst du deinen Knecht – und quälst den, der diente treu und recht – Etwa weil ich der Liebe Pfad – mit dir als Genoß betrat – weil ich es war, auf den du bautest – dem du dein Geheimnis anvertrautest? – Worin hab ich gefehlt – daß du also mich gequält – daß du mit solchen Strafen – behaftetest deinen Sklaven? – Laß mein Vergehn mich wissen – auf daß ich ein andermal es zu meiden sei beflissen!« – Aber gleich einem Schmuckkästlein – strahlend von Perlen und Edelgestein – ward von ihr der anmutreiche Mund erschlossen – dem bittende Worte, Verzeihung suchende, entflossen. »O Papagei«, hub sie an, »deine Treue ist mir wohlbekannt, nur überwältigte mich die Liebe, so daß ich nicht wußte, was ich anfangen sollte. Heißt es ja doch in einem Liede:

Des Diesseits und des Jenseits
Gar bald vergißt,
Wer in der Welt der Liebe
Gefangen ist.

Zuweilen zanke ich mit mir selbst und bin meiner eigenen Person überdrüssig. Ich bitte dich daher, entschuldige meine Grobheit und übe Nachsicht mit meinem Vergehen; enthalte mir deinen treuen Rat nicht vor, sondern bemühe dich ferner nach Kräften, mich mit meinem Geliebten zusammenzubringen. Ich weiß ja, wie du für mich sorgst – es war nur menschliche Schwäche, welche die Zweifel in mir anregte, so daß ich dir nicht recht traute. Wolltest du aber einen Eid darauf ablegen, daß du in dieser Liebesangelegenheit mich treu bedienst, so würde dadurch meine Sicherheit vermehrt, jeder Zweifel verbannt und ein unbegrenztes Vertrauen auf dich mir eingeflößt werden.« – »O Mâhi-Scheker«, antwortete der Papagei, »des Aufrichtigen Rede ist schon an und für sich an jeder Stelle ein Beweis für seine Wahrhaftigkeit. Was bedarf es da des Eides? Verlangst du aber den Eid, damit dein Herz in dieser Hinsicht Ruhe habe, so will ich ihn ablegen: Bei meinem Glauben – an die Wörter Turteltauben und Trauben – und bei der Sonne, die da scheint – und mit den Sternen ihre Strahlen vereint – und bei der Nacht – die den Hahn lebendig macht – daß er für kühne Taten wacht – bei der Liebespein – die in heitre Herzen sich genistet ein – und bei dem Wundervogel Simurg – der da thront auf des Kaukasus höchster Burg – und bei des stummen Gastgebers Rede – und so wahr die Schönen heiraten alle und jede –: es ist mein fester Wille – daß dein Wunsch sich erfülle – und mein heißestes Bestreben, daß jene Nachtigall von süßem Gekose – an deiner Schönheit Rose – sich entzücke – und erquicke. – Und wenn ich nicht von ganzem

Herzen um das Rechte bemüht bin, dann will ich zum Schimpf und zum Gespötte der Welt werden wie der Jüngling, der dem Mansûr nachahmte.«

»Was ist das für eine Geschichte?« fragte Mâhi-Scheker, worauf der Papagei erzählte:

Geschichte des Jünglings, der dem Mansûr nachahmte

In Abessinien lebte ein reicher Kaufmann, namens Mansûr, dem Gott ein Weib hatte beschert – des Schönheit dem Paradiese gleichkam an Wert – das an Tugend und guten Werken, gedeihlichen – übertraf die Heiligen. – Sâliha, die Fromme, war sie benannt – und es entsprach der Name dem Gegenstand – wie ihr Leib geschmückt war mit der Schönheit Adel – so war ihr Wandel ohne Tadel. – Auch lebte in jener Runde – ihrer Schönheit Kunde – in jedem Munde –; doch sie zu sehen, war noch niemandem gelungen – kein fremder Blick war je in ihr wohlverborgenes Gemach gedrungen.

Eines Tages beschloß Mansûr, eine Handelsreise zu unternehmen. Er traf zu dem Ende alle Vorkehrungen, empfahl seine Frau der Obhut des Herrn der Welten und machte sich auf den Weg.

Nun lebte aber in derselben Stadt ein Mann mit Namen Fâri, lasterhaft und schlecht – und aller bösen Gelüste Knecht – verliebt in jedes Frauengesicht – ein heilloser Wicht – den die Sinnlichkeit wie am Zaume führte – und, wie sie nur wollte, regierte – der, wohin er kam – Zucht und Scham – nie mit sich nahm. – Nun geschah's, daß dieser im Wein der Liebe so erfahrene Zecher – berauscht ward von Sâlihas Schönheitsbecher – so daß er durch Sonnenbrand und Wüstensand – durchwallte seines Begehrnisses ödes Land – und barhaupt und barfuß ächzte – und nach ihrer Huld klarem Quelle lechzte. – Er war aber nur durch Hörensagen in sie verliebt geworden, wie ja auch ein bewährter Spruch besagt:

Ohne daß das Aug zuvor
Sich den Gegenstand erkor,
Wirket Liebe oft das Ohr.

Da er kein Mittel ausfindig machen konnte, seiner Angebeteten nahe zu kommen, so wandte er sich an seine Muhme, ein in Lug und Trug ergrautes Weib, die schlimmste Alte ihrer Zeit – zu jeder Schandtat bereit – wie Zâli-Felek bestellt – zur Plage der Welt – ja zu vieler Welten Plage bestellt – und mehr noch die Welt der Seelen – als die Welt der Körper zu quälen. – Als er der Alten seine Wünsche erklärte – sie seine Rede kaum zu Ende hörte – und machte sich sogleich daran – das Geschäft zu leiten auf gute Bahn. – Zu diesem Behufe begab sie sich nach dem Hause des Kaufmanns Mansûr, wo sie von der Sâliha mit Höflichkeit und Ehrerbietung als Fremde empfangen wurde. Als sich darauf ein Zwiegespräch entspann, da löste die Alte ihres Rachens Siegel – des schmutzigen gleich einem Hexentiegel – und streute rechts und links verfängliche Reden aus. Und damit in der Verführung Netze – sie die schöne Gazelle hetze – lief sie tüchtig vor ihr hin und her – und kam dann auf des Fâri Begehr. – »Du holdes Idol«, sprach sie zu ihr, »du hast über meinen Pflegesohn der Liebe großes Weh gebracht – deiner dunkeln Locken Pracht – haben zur schwarzen Nacht – ihm den hellen Tag gemacht.«

Also sprach sie und machte klar – und legte dar – was ihr Begehren war. – Sâliha aber, stolz und spröde – ward bei der Alten verfänglicher Rede – verwirrt und blöde – wie sich aber entfachte zu heller Glut – auf ihres Herzens Herde das Feuer der Wut – da rief sie aus: »Boshafte Häuserzerstörerin, das Gastrecht zu verletzen, gilt als Unrecht bei edeln Menschen, sonst würde ich dich bald in einen

Zustand versetzen, daß nicht allein deine Freunde, nein, sogar deine Feinde mit dir Mitleid haben sollten. Du bist ein verfluchtes, heilloses Geschöpf! Wünschest du mich etwa zum Hohn und Abscheu der Welt zu machen, wie du selber bist? Hältst du mich für eine feile Person, daß du mir den Ehebruch anpreisest? Zeige dich nicht wieder in meinem Hause, oder ich gebe dich dem Gespött der Leute preis!« – So sprach sie und jagte sie fort, wie man von einem Moscheenhofe einen Hund fortjagt.

Die alte Betrügerin kam nun wieder zu Fâri, welchem sie den unangenehmen Auftritt, den sie soeben erlebt hatte, nicht verschweigen konnte. »Mach dir«, fügte sie hinzu, »keine Hoffnung auf ihre Gunst; denn solange ich lebe, habe ich keine so spröde Frau gesehen.« – Fâri verzweifelte nunmehr, daß er ihr Herz werde gewinnen können, und da ihm die Qualen der Liebe immer unerträglicher wurden, so beschloß er, seine Heimat zu verlassen.

»Kannst du nicht mehr verschmerzen
Den Liebesgram im Herzen,
So reis in fremden Ländern,
Und alles wird sich ändern!«

rief er aus und machte sich auf den Weg.

Der Zufall führte ihn zur Klause eines Einsiedlers, vor deren Eingang der Fromme stand – der zurückgezogen seine Hand – vom irdischen Tand – der seines Herzens Fluren bestellt – mit der Saat der Freiheit von den Bedürfnissen der Welt – der durch Waschungen bei Tag und bei Nacht – sein Antlitz geheiligt und glänzend gemacht – des Haupt, anstatt vor den Brauen – schöner Frauen – vor dem Mihrâb war geneigt – das des Gebetes Richtung anzeigt – der auf dem Scheitel trug die Mütze der Abgeschiedenheit – und um die Lenden der Einsamkeit Kleid – der auf der Weltentsagung Throne – sich schmückte mit der Königskrone – der in den Reichen der Dürftigkeit und Not – als unumschränkter Herrscher gebot. – Fâri näherte sich dem frommen Manne, küßte ihm die Hand und trat bei ihm in Dienst.

Ein ganzes Jahr lang blieb er in diesem Verhältnis, so daß den Einsiedler die vielfältigen Dienste des Fremden auf das äußerste beschämten. Eines Tages berief er ihn zu sich, um ihm den Weg des Heils zu offenbaren. »Du treuer Diener«, redete er ihn bei der Gelegenheit an, »du hast es nicht als Schande uund Schmach geachtet, eines armen Mannes, wie ich bin, Knecht zu sein; deine mit Aufrichtigkeit geleisteten Dienste haben mich tief beschämt. Hätte ich Silber und Gold, wie gern möchte ich dich überschwenglich belohnen! – aber ich will dich einen Namen Gottes, einen hochheiligen Namen lehren, den sollst du als Andenken an mich im Gedächtnis bewahren. Wenn du irgendeinen Wunsch hegst und dabei auf diesen Namen vertraust, so erlangst du, was du begehrst. Nur vor unheiliger Anwendung hüte dich wohl; denn wenn du den Eingebungen des Satans folgst und jenes himmlischen Lichtes dich – wovor dich Gott behüte! – zur Sünde bedienst, da wirst du in das Tal der ewigen Finsternis hinausgestoßen werden!«

Damit teilte er ihm den wunderkräftigen Gottesnamen mit und entließ ihn mit Gebeten und Segenssprüchen.

Fâri begab sich damit geradenwegs in seine Vaterstadt, woselbst er sich dadurch, daß er jenen erhabenen Namen anrief, im äußern Ansehen dem Gemahl der Sâliha völlig gleichmachte. Die Ähnlichkeit an Gesicht und Gestalt war so vollkommen, daß niemand, der ihn sah, zweifelte, den Mansûr vor sich zu haben. So begab er sich eines Tages am frühen Morgen nach des letztern Hause und trat hinein. Die Frau Sâliha kam ihm daselbst entgegen, und als sie ihren vermeintlichen Gatten wiedersah, küßte sie ihm die Hände und fragte, wie es ihm ergangen, was aus seinen Waren geworden und so weiter. Fâri antwortete ihr: »In dem und dem Engpasse verlegten uns Straßenräuber den

Weg und setzten sich in Besitz unserer Güter; darüber erhob sich ein Kampf, in welchem alle meine Knechte und sonstigen Reisegefährten umkamen. Ich floh und rettete mich vor ihnen mit Mühe und Not; aber meine Habe ging verloren.« – »Gut, daß du den Kopf davongetragen«, entgegnete Sâliha; »alles andere findet sich ja in der Welt. Um Geld und Gut braucht man sich nicht zu betrüben. Möge der Allmächtige nur dein Leben vor Gefahren behüten, dann findet sich Geld und Gut bald wieder; das Leben dagegen findet man nicht wieder. Gott erhalte uns nur gesund, da wird uns dreifacher Lohn zuteil werden, und bald wird uns mehr zufließen, als wir jetzt verloren haben. Und wenn auch das Betriebskapital mit zugrunde gegangen ist, so haben wir doch gottlob hier Eigentum genug, um ein neues zu beschaffen.«

Also suchte sie ihn zu beruhigen. Sooft sie aber den Fâri ansah, dachte sie bei sich: ›Dieser Mensch sieht wohl ganz so aus wie mein Ehemann, und auch die Worte, die er sagt, sind immerhin mit ihm zusammenzubringen; aber in seinem Benehmen und in seinen Gebärden gleicht er dem Mansûr durchaus nicht. Ich halte es demnach für geraten, ihn eine Zeitlang auf die Probe zu stellen; bis dahin habe ich mich ihm gegenüber sehr vorsichtig zu benehmen.‹

Als er sie nun am Abend in ihr Schlafgemach begleiten wollte, lehnte sie dies entschuldigend ab, indem sie eine weibliche Abhaltung vorschützte. Fünf, ja zehn Tage lang zog sie ihn damit hin; als aber dann der Vorwand nicht mehr ausreichte, fand sie kein anderes Mittel mehr, als sich krank zu stellen und damit ihre Weigerung zu begründen. Sie war auch in der Tat vom steten Weigern elend und fast krank und legte sich deshalb nieder. Fâri verließ ihr Zimmer nie; seine glühende Leidenschaft fesselte ihn an ihr Kopfkissen, wo er sie stets ansah und weinte.

Da kam eines Tages urplötzlich mit Roß und Troß Mansûr herangezogen. Kaum war er abgestiegen, als er in den Harem eilte, wo er seine Frau krank im Bette liegend und ihr zu Häupten einen fremden Mann fand, der ihm selbst ähnlich sah und auf die kranke Frau seine Blicke heftete. Er war anfangs von diesem Anblick betroffen; bald aber schwoll ihm die Ader der Eifersucht, so daß er den Fâri beim Bart und Kragen packte und mit den Worten: »Was, Geselle, hast du in meinem Harem zu schaffen?« ihn zu schlagen anfing. Fâri faßte aber auch seinerseits den Mansûr beim Kragen und fragte: »Wer hat dich in mein Haus gerufen, und was hast du hier zu tun?« – Damit erhob sich unter ihnen ein heftiger Streit, und sie lärmten, als wenn das Jüngste Gericht einträte.

Unterdessen war Sâliha außer sich vor Erstaunen und wußte nicht, was sie machen sollte. Der Lärm lockte aber die Nachbarn aus ihren Häusern hervor, so daß sie von allen Seiten herbeieilten und den Mansûr nebst dem Fâri nach dem Gerichtshofe brachten. Als der Kadi die beiden Gegner ansah, wußte er nicht mehr, was er sagen sollte; denn daß zwei Menschen sich mehr als diese ähnlich sähen, war nicht möglich. Einen solchen Prozeß zu entscheiden, wäre göttliche Eingebung erforderlich gewesen, wie sie bekanntlich keinem Kadi zu unserer Zeit zuteil wird. Da er nun kein Urteil zu fällen vermochte, sprach zu ihm einer seiner Beisitzer, ein sehr verständiger Mann: »Übertrage mir diesen Prozeß, ich will ihn schon erledigen.« – Das fand alle Welt verständig, und die betreffenden Personen erklärten einstimmig, mit dem Urteil, das er, um den Streit zu schlichten, fällen würde, zufrieden sein zu wollen.

Der weise Mann ließ den Mansûr mit dem Fâri vor sich treten und hieß sie aufrecht stehen; alsdann führte er auch die Sâliha zu ihnen, und alle Welt stand erwartungsvoll da, wie er den Streit entscheiden werde. »Ihr Männer«, redete er die beiden Gegner an, »von äußerm Ansehen seid ihr einander vollkommen gleich, und weder in Gestalt noch Gesicht ist irgendein Unterschied unter euch zu bemerken. Nun behauptet ein jeder von euch, mit dieser Frau verheiratet zu sein; ein jeder verlangt, daß sie ihm rechtens zugesprochen werde. Wem sie gebührt, werden wir bald sehen. Niemand vergißt seine Hochzeitsnacht und was sich da zugetragen. Die Frau soll nun etwas beiseite treten, und

dann sollt ihr uns je eure Hochzeitsnacht beschreiben, jedoch so, daß der eine die Worte des andern nicht hört.«

Man entfernte nun den einen der Männer und ließ den andern erzählen, dann hieß man jenen fortgehen und diesen gleichfalls erzählen; beide Aussagen aber schrieb man sorgfältig nieder. Nachdem dies geschehen, holte man die Frau herbei und ließ sie ebenfalls von jener Nacht erzählen, und siehe da, ihre Beschreibung paßte ganz zu der des Mansûr, wie seine Beschreibung zu der ihrigen, weshalb sie denn von Rechts wegen ihm zugesprochen wurde.

Fâris Arglist und Betrug wurde also offenbar; man zwang ihn durch allerlei Martern, die Wahrheit zu bekennen, worauf man ihn zum abschreckenden Beispiel schund und ihn dem Hohne der Welt preisgab. Also erlangte er sein Begehren nicht, sondern büßte vielmehr sein Leben ein.

Also schloß der Papagei seine Erzählung. »Du Tadellose – du blühende Rose«, fuhr er nach einer Weile, die Mâhi-Scheker anblickend, fort, »sollte ich mir in deinem Dienste Fehler zuschulden kommen lassen und anders als nach bester Überzeugung gegen dich handeln, so will ich wie Fâri dem Hohne der Welt preisgegeben werden. Jetzt aber rate ich dir, ohne Verzug zu deinem Freunde, dem vornehmen Jüngling, hinzueilen.«

Aber schon graute der Tag, und die Welt, die ganze – ward erhellt von des Morgens lichtem Glanze. – Mâhi-Schekers Wunsch blieb also abermals unerfüllt und mußte auf den folgenden Abend verschoben bleiben.

Nun weicht, ihr armen Leute, weicht!
Und sei es euch gesagt,
Es hat der hohe Diwan
Auf morgen sich vertagt!

ACHTZEHNTER ABEND

Mâhi-Scheker wartete also abermals, bis der Tag sich neigte. Als aber der Finsternis Schleier – verdeckte der Sonne leuchtendes Feuer – da trat sie wieder zu dem Käfig des Papageien, den sie scherzend fragte: »Schläfst du?« – »Edle Gebieterin«, antwortete der Vogel, »der Schlaf ist für mein Auge zu verbotener Ware geworden; kein Stündlein vergeht, ohne daß ich mich im Gedanken an dich betrübe, wie könnte ich da schlafen? So laß dir denn nun raten und tu, was ich dir sage; mach dich hier rasch los und eile zu deinem Freunde. Dann hoffe ich, daß du durch meine Bemühung deine Wünsche erreichest, gleichwie durch getreuer und lauterer Helfer Bemühung dem Königssohn von Bâbil, was er begehrte, zuteil wurde.« –

»Was ist das für eine Geschichte?« fragte Mâhi-Scheker, und der Papagei hub an:

Wie man erzählt, war einst in der Stadt Bâbil ein König, dem Gott zwei Söhne beschert hatte. Der ältere von diesen hieß Humâjûn-Bacht und der jüngere Ferruch-Bacht. Als in Herrlichkeit und Macht – der König seinen Lauf vollbracht – und durch des Todes Nacht – nach der andern Welt die Reise gemacht – da folgte ihm auf dem Thron als unumschränkter Herrscher Humâjûn-Bacht und erwarb sich durch sein gerechtes Regiment weit und breit einen berühmten Namen.

Der junge König behandelte den Ferruch-Bacht, seinen Bruder, mit der größten Zuvorkommenheit und übergab ihm eine bedeutende Stadt in der Nähe seiner Residenz, so daß sie sich alle Tage gegenseitig durch allerlei Aufmerksamkeiten und Freundlichkeiten verpflichten konnten. Ferruch-Bacht seinerseits achtete seinen älteren Bruder ganz wie einen zweiten Vater, kurz, beide waren von der aufrichtigsten Liebe füreinander beseelt, und sie wandten ihre Kräfte mit solcher Sorgfalt auf den Schutz ihrer Untertanen und die gute Verwaltung des Reichs, daß alle ihre Nachbarn rundumher nur mit brennendem Neide ihre Blicke auf das Land von Bâbil richten konnten. Solange aber beide einig und in Liebe verbunden waren, durfte keiner ihrer Feinde hoffen, ihnen etwas anhaben zu können; auf irgendeine Weise sie miteinander zu veruneinigen war daher der Wunsch vieler.

Endlich gelang es den Feinden, zwischen beiden Brüdern Mißtrauen zu säen, so daß eine Entfremdung unter ihnen eintrat, ja, Humâjûn-Bacht hub, von mancherlei Argwohn gequält, seinen Bruder zu beeinträchtigen und von Tag zu Tag offener anzufeinden an.

Da machte sich Ferruch-Bacht eines Tages auf und verließ seine Stadt, um auszuwandern. In einer Wüste, durch die ihn sein Weg führte, traf er auf einen Derwisch, welcher – ›leer seine Hände – und leer seines Nestes vier Wände‹ – umherirrend nah und fern – im Gefilde des Aufgehens in dem Herrn – vom Wein der Liebe trunken, dem klaren – berauscht vom Becher des Allwahren – den er bis zu den Hefen geleert – durch die Welt hinzog wie verstört – und nirgends verweilte – von einem Ort zum andern eilte:

Ladet uns die Liebe ein zu
  Frohen Festgelages Wonne,
Dann ist Sohra unsre Laute,
  Unsre Pauke ist die Sonne.
Sage, sollen Sonnenstäubchen,
  Die so bald in nichts zerfließen,
Solln sie nicht des Lebens kurzen
  Süßen Augenblick genießen?

Also sang er und begann mit solchem Ungestüm ganz für sich selbst zu tanzen, daß unter den Wesen, die da bewohnen – der Körper- und der Geisterwelt Zone – seine Bewegung Aufstand erregte – und der Erde Tempel und was in ihr lebte – davon erbebte – und sich bewegte.

In dieser Stimmung fand ihn der Königssohn, welcher, nachdem er ihm stumm vor Erstaunen eine Weile zugesehen, an ihn herantrat, ihn begrüßte und sprach: »O Derwisch, Friedfertiger – des ewigen Heils Gewärtiger! – in dieser unendlichen Einöde bist du ganz allein, und du singest und tanzest? ›Niemand geht ein und aus – außer uns in diesem Haus‹ – rufest du aus – und schleuderst deiner Stimme Geschoß – auf zu den Zinnen an des Himmels Schloß! – So sage mir, weshalb du so fröhlich bist; welches Glück ist dir zugestoßen, das dich so selig macht?« – Der Derwisch sah den Ferruch-Bacht an und sprach zu ihm: »O Königssohn, ich habe eben einen Edelstein von so hohem Werte gefunden, daß mancher Herrscher, gewaltig wie Darius und Alexander, sein Leben dafür hätte hingeben mögen. In meines Leibes zerfallenem Gebäude – fand ich ein unschätzbar reiches Geschmeide – ein lächelndes Röslein, das mich entzückt – hab ich aus meines Herzens Rosengarten gepflückt. – Seit dieser Schatz mir ward beschieden – bin ich zufrieden – und frei von der Welt Bedürfnissen – und ihren Zerwürfnissen. – Was dein Herz betrübt, ist mir durch göttliche Eingebung offenbar geworden; aber traure nicht, ein Gestirn von glücklicher Vorbedeutung – sende ich dir zur Begleitung. – Von jetzt ab soll dein Glück sich mehren und steigen – und keiner deiner Tage sich zum Abend neigen – der nicht von des Genusses Fülle glänze – wie ein Festtag im Lenze.«

Der Königssohn küßte darauf des Derwischs Hand, und beide gingen eine Strecke miteinander. Plötzlich tauchte vor ihnen ein rüstiger junger Bursche auf, welcher auf sie zukam, des Königssohns Hand an seinen Mund drückte und dann mit höflicher Verneigung zu ihm sprach: »Nimm mich als Diener an; ich heiße Mubârek-Fâl.« – In der Meinung, daß er wohl schon bei seinem Vater gedient haben möge, genehmigte der Königssohn die Bitte des jungen Mannes und ließ ihn mitkommen.

Indem die drei dann zusammen weitergingen, gelangten sie an das Ufer eines Flusses, woselbst sie sich, um auszuruhen, niedersetzten. Mubârek-Fâl erhob sich bald, um etwas umherzugehen; Ferruch-Bacht aber, der ruhig dasaß und das Wasser ansah, bemerkte darin eine große Schlange mit einem gefangenen Frosch im Rachen, welcher auf das erbärmlichste um Hilfe schrie. Es dauerte den Königssohn des armen Frosches, so daß er sich der Schlange näherte, welche, einen Angriff von ihm fürchtend, ihren Fang fahrenließ. Kaum sah sich der Frosch frei, als er im Wasser untertauchte, die Schlange aber heftete ihre Augen unbeweglich auf den Ferruch-Bacht, als ob sie sagen wollte: »Den Frosch hast du freilich vom Tode gerettet, mich aber hast du meiner Nahrung beraubt und mir dadurch ein offenbares Unrecht zugefügt.« – Der Königssohn sah ein, daß es nicht edel sei, die Schlange hungern zu lassen, weshalb er von seinen eigenen Gliedmaßen so viel Fleisch abschnitt, als zu ihrer Sättigung genügte, und es vor sie hinwarf. Sie nahm es und trug es in ihr Nest, wo sie es halb selbst verzehrte und halb ihrem Weiblein übergab, dem sie zugleich von der Großmut des Königssohns erzählte. Das Schlangenweibchen geriet über diese Mitteilung in das größte Erstaunen. »Solche Großmut«, fragte es, »sollte unter Menschenkindern sich finden? Sie sind doch vielmehr wegen ihrer Niederträchtigkeit berühmt!« – »Jawohl«, erwiderte das Männlein, »meistens sind sie treulos; jedoch gibt es auch sehr Edelmütige unter ihnen, bei denen es noch als die geringste Gnade gilt, ihren eigenen Leib hinzugeben, von Aufopfern einer Welt von Habe und Gut ganz zu schweigen, wie die Geschichte vom Habicht und Moses – über dem, wie über unserm Propheten, Heil sei! – dies beweist.«

»Was ist das für eine Geschichte?« fragte das Weibchen, und die Schlange erzählte:

Moses und der Habicht
Legende

Eines Tages kam eine Taube hastigen Fluges zu Moses, dem großen Propheten, den sie anflehte: »Gnade, o Prophet Gottes! Mich verfolgt ein Wüterich, rette mich vor ihm!« – Moses gewährte dem geängstigten Tiere eine Freistatt, indem er es sogleich unter sein Gewand nahm. Da kam der Habicht hinterdrein geflogen und redete den Propheten an: »O Moses, mich quält des Hungers Wut – nach Nahrung verlang ich samt meiner Brut – da du mir meinen Fraß raubst, begehst du gegen mich ein großes Unrecht.« – »O Habicht«, antwortete Moses, »verlangst du von mir diese Taube oder nur im allgemeinen deine Nahrung? Im erstern Falle muß ich dir sagen, daß dies unschuldige Tier sich in meinen Schutz begeben hat und daß ich unter keiner Bedingung in seinen Tod willigen kann. Im andern Falle aber will ich mich bemühen, dich nicht leer heimkehren zu lassen.«

Als der Habicht geantwortet hatte, daß er nur irgendeine Art von Nahrung verlange, da schnitt Moses von seinen heiligen Gliedern so viel Fleisch ab, als eine Taube wiegt, und war eben im Begriff, es dem Habicht zu überreichen, als dieser zu ihm sprach: »O Prophet Gottes, ich bin Michael, und was du da als Taube zu sehen glaubst, ist Gabriel. Der Grund, weshalb wir in solcher Gestalt zu dir gekommen sind, ist, deine Großmut und deinen Edelsinn zu prüfen und zu offenbaren.« – Mit diesen Worten verschwanden sie.

Damit schloß die männliche Schlange ihre Erzählung. Das Weiblein hub darauf an: »Da dich nun einmal der Zufall mit einem so großmütigen herrlichen Wesen zusammengeführt hat wie jenem edlen Jüngling, der dir eine solche Wohltat erwiesen, so mußt du zu ihm zurückkehren und ihm deine Dienste widmen.«

Nun gehörten aber sowohl die Schlange als auch der Frosch zu dem Geschlecht der Feen, und es war aus irgendeinem Anlaß ein heftiger Streit unter ihnen entstanden, so daß sie einander nach dem Leben trachteten. Da nun aber auch der Frosch von der Großmut und Selbstaufopferung des Königssohns entzückt war, so vereinigten sich beide in dem Wunsche, ihm zu dienen. Nachdem sie menschliche Gestalt angenommen, begaben sie sich zu ihm und baten ihn, er wolle ihnen dies gestatten. Bei dieser Gelegenheit nannten auch beide ihren Namen, und zwar derjenige, welcher früher in Schlangengestalt gewesen war, Châlis und derjenige, welcher in Froschgestalt gewesen war, Muchlis.

Ferruch-Bacht hielt sie ebenfalls für alte Diener seines Vaters und nahm sie mit sich.

So setzten also die vier, Ferruch-Bacht, Mubârek-Fâl, Châlis und Muchlis, ihre Reise gemeinschaftlich fort. Nachdem sie viele Länder durchzogen hatten, gelangten sie endlich nach Kairo, wo sie nach Gottes Ratschlusse eintrafen, als eben der König von Ägypten ein Freudenfest feierte. Zu diesem Zwecke waren die Ägypter sämtlich zusammengekommen und stellten vor ihrem Beherrscher öffentliche Lustbarkeiten an; auch waren da viele Leute, die allerlei Kunststücke zum besten gaben. Ferruch-Bacht stellte sich mit seinen Genossen abseits, um das Fest mit anzusehen; von ungefähr aber bemerkte ihn der König, sah ihn aufmerksam an und nahm alsbald in seinen Mienen und Bewegungen so viel Anstand und Würde und auf seiner Stirn ein so deutliches Gepräge edler Abkunft wahr, daß er ihn vor sich rief und ihn fragte, woher er komme? – Ferruch-Bacht hielt es nicht für gut, alles, was geschehen, der Wahrheit gemäß mitzuteilen, und beschränkte sich deshalb, dem Könige zu antworten: »Wir sind Reisende, die die weite Welt durchziehen; der Zufall hat unsere Schritte hierher gelenkt.«

Der König war aber von den Worten und höflichen Manieren des jungen Mannes so entzückt, daß er für seinen Unterhalt Sorge trug, ihm eine Wohnung anwies und ihn von Zeit zu Zeit zu sich kommen ließ. Je mehr er sich dann mit ihm unterhielt, um so mehr wuchs seine Liebe zu ihm.

Eines Tages saß der Sultan am Ufer des Flusses, als zufälligerweise von seinem Finger der Siegelring in das Wasser fiel. Dieser Ring war ihm außerordentlich teuer, weshalb er seinen Begleitern zurief, man solle schnell Taucher herholen, damit sie das Kleinod wiederbrächten. Dem Befehle gemäß erschienen alsbald siebzig bis achtzig Taucher; dieselben sprangen ins Wasser und suchten hin und her, aber sie konnten den Ring nicht finden. Der König wurde deshalb höchst unmutig, und seine Diener kehrten tief betrübt zurück.

Nachdem Ferruch-Bacht, der zugegen gewesen war, den König verlassen und sich nach seinem Hause begeben hatte, erzählte er seinen Gefährten umständlich, was geschehen war und wie man den Siegelring noch nicht aufgefunden. Da sprach Muchlis zu ihm: »O Ferruch-Bacht, dies Geschäft nehme ich auf mich; ich werde hingehen, und es wird mir nicht fehlen, den Ring hervorzuziehen. Vorher aber sollst du zu dem Sultan gehen und ihm sagen, daß du, so Gott wolle, sein Kleinod auffinden würdest, damit du nachher um so mehr von ihm hochgehalten und verehrt werdest.«

Ferruch-Bacht machte sich demnach auf und begab sich zu dem König, dessen Kummer er durch freundlichen Scherz einigermaßen verscheuchte. Nach einer Weile aber bat er ihn um Erlaubnis, den Ring suchen zu dürfen. »Wenn«, sprach er, den Erdboden küssend, »dein Herrschersegen mit mir ist, so wird dein Knecht gehen und den Ring herausziehen.« Der Sultan erteilte gern seine Einwilligung.

Kaum war Ferruch-Bacht nach Hause zurückgekehrt und hatte den Muchlis benachrichtigt, als derselbe aufstand und sich an die Stelle des Flußufers begab, wo der Ring ins Wasser gefallen war; daselbst tauchte er, nachdem er Froschgestalt angenommen hatte, unter. Es dauerte nicht lange, daß er auf dem Grund des Flusses den Siegelring auffand, ihn hervorholte und ihn zu dem Ferruch-Bacht hintrug. Dieser nahm und überreichte ihn dem Sultan, welcher, außerordentlich erfreut, den Überbringer mit den kostbarsten Geschenken überhäufte, ihn zu einem seiner vertrautesten Hofleute machte und ihn zu den höchsten Ehrenstellen beförderte.

Gib einen Anlaß nur dem hohen Herrn
Zu Gnad und Huld, und er beweist sie gern.

Also verstrich eine längere Zeit. Der König aber hatte eine Tochter, die wegen ihrer außerordentlichen Schönheit berühmt war. Dies junge Mädchen wurde eines Tages bei einem Spaziergange in den königlichen Gärten nach Gottes Ratschluß von einer Schlange gestochen. Man meldete dies sogleich dem Sultan, der vor Schrecken alle Besinnung verlor; jene Tochter war nämlich sein einziges Kind auf Erden, und da er hochbetagt war, konnte er nicht mehr auf andere Leibeserben hoffen. Alle Ägypter trauerten schon im voraus, denn so viele Heilmittel man auch dem Mädchen gab, so brachte ihr doch keins Besserung.

Als Châlis von diesem Unfall hörte, sprach er zu Ferruch-Bacht: »Gehe doch du zu dem Sultan und nimm mich als deinen Gehilfen mit. Wir wollen das Mädchen schon heilen.« – Der Königssohn tat also und begab sich mit Châlis zu dem Sultan, den er mit den Worten anredete: »Wir sind gekommen, o König, um deiner Tochter ein Heilmittel zu geben.« – »Wenn du meine Tochter heilst«, antwortete der König, »so gebe ich sie dir zur Frau und mache dich zu meinem Schwiegersohn.« – Nachdem er dies Versprechen geleistet, führte er sie zu der Kranken in den Harem. Alsbald legte nun Châlis auf die Bißwunde seinen Mund und sog daran so lange, bis das Gift herausgekommen war. Dann rieb er eine Salbe in die Wunde, wodurch wirklich in kurzer Zeit die Heilung erzielt wurde.

Als das Mädchen nun genesen war und zu ihrem Vater kam, da gedachte dieser seines Versprechens; er versammelte seine Veziere und die hohen Emire und gab in aller Zugegenheit seine Tochter dem Ferruch-Bacht nach dem heiligen Gesetz zur Gemahlin. Dabei sprach er: »Ich bin alt und habe keinen Sohn; deshalb ernenne ich hiermit meinen Schwiegersohn zum Thronfolger und setze ihn als König ein.« – »Wir hören und gehorchen«, antworteten die Ägypter, ihre Einwilligung zu erkennen gebend.

Also wurde der Sichelmond von Ferruch-Bachts Glück

zum Vollmond; sein Ausgang war gesegnet, und ein mächtiges Königreich wurde ihm zuteil. Seine Reisegefährten, Mubârek-Fâl, Châlis und Muchlis, kamen nunmehr, um ihm Glück zu wünschen. »Möge dir«, sprachen sie, »Königtum und Herrschaft gesegnet sein!« – Mubârek-Fâl, welcher als ältester Diener mit dem Königssohn ohne viele Umstände verkehrte, fügte hinzu, indem er ihn anblickte: »O Ferruch-Bacht, Gott dem Herrn sei's gedankt! Die Pforte des Glücks hat sich dir aufgetan. Durch die frommen Wünsche des Derwischs ist dir alles zuteil geworden, was du nur begehrtest; auch wird, solange du lebst, das Königtum nicht von dir weichen. Ich bitte dich nun, du wollest den Châlis und Muchlis entlassen und ihnen gestatten, in ihre Heimat zurückzukehren, um ihre Bekannten und Verwandten wieder aufzusuchen; wo immer du sie nachher verlangst, werden sie dir wieder zu Diensten sein.« – Ihm erwiderte der Königssohn: »O Mubârek-Fâl, welche törichte Rede sprichst du? Haben doch die beiden Freunde zur Zeit meines Elends Mühsal und Beschwerde mit mir ertragen, und jetzt sollte ich sie, denen ich sogar das Königtum verdanke, von mir fernhalten? Ist das die Handlungsweise eines edlen Menschen?«

Aus dieser Antwort ersah Mubârek-Fâl, daß der Königssohn durchaus nicht gesonnen sei, seine Leute zu entlassen; überzeugt, daß es kein anderes Mittel gebe, als ihm die reine Wahrheit zu sagen, sprach er daher zu ihm: »Weiser Königssohn, erfahre, daß, als du aus Furcht vor deinem Bruder die Flucht ergriffst, des Herrn Gnade dein Schutz wurde und daß der Greis, welcher in Derwischtracht in der Wüste gegen dich herankam, der Pol war, um den die Welt sich dreht – der mächtige Helfer früh und spät – der Führer der Geister – und Glaubensmeister – der hochweise Mann Djemâl-ed-Dîn aus Hamadan. – Der hat seine Liebe dir geschenkt – und sein Herz an dich gehängt – und da, den Becher füllend bis zum Rand – des Gebetes

Wein Genehmigung fand – so hat er mit der göttlichen Gnade Tau dich genetzt – und dein Herz geletzt – und mich, der ich bin die Kraft – die das Glück dir schafft – hat er zum Begleiter dir gegeben – für dein ganzes Leben. – Hinfort wirst du mich nicht mehr sehen – doch werd ich

nimmermehr von dir gehen. – Jetzt sollen aber auch Châlis und Muchlis sagen, wer sie sind.«

Mit diesen Worten verschwand er aus den Augen des Königssohns. Dieser blickte nunmehr den Châlis und Muchlis an und fragte sie: »Wer seid denn ihr?« – Ihm antwortete Châlis: »Du Augenlicht der Erdbewohner – heilbringender Königssohn, Tugendbelohner – wir gehören zu dem Volk der Feen und zählen uns zu den Dienern deiner Glückseligkeit. Vor einiger Zeit war unter uns ein Streit entstanden, und wir hatten einen solchen Haß gegeneinander gefaßt, daß wir uns gegenseitig nach dem Leben trachteten. Da aber dein Glück uns zulächelte, nahmen wir menschliche Gestalt an und traten in deinen Dienst. Seit jener Zeit haben wir, wie du weißt, unsere Verwandten und Bekannten nicht mehr gesehen. Gib uns darum Urlaub – wir wünschen jetzt zu gehen; sobald du befiehlst, sind wir immer dir zu Gebote.«

Ihre Treue bewundernd, entließ sie auf ihre Bitte der Königssohn, worauf sie vor seinen Augen verschwanden.

Damit schloß der Papagei seine Erzählung; nach einer Weile aber fuhr er fort: »O Mâhi-Scheker, ich bin ebenso treu wie Châlis und Muchlis und bestrebe und bemühe mich ganz wie sie. Aber jetzt zaudere nicht, sondern eile zu deinem Freunde; entschließe dich rasch, die Wonne des Zusammenseins mit ihm zu genießen.« – Damit entließ er sie.

Aber siehe da! als sie das Zimmer verließ, war es schon Morgen geworden, und in die Ohren der Beter weit in der Runde – war schon aus des Türmers Munde – erklungen der Ruf – »Auf zum Dienste des, der die Sonne schuf!« – Ihr Wunsch blieb also abermals unerfüllt, und sie mußte sich auf den folgenden Abend vertrösten.

Nun weicht, ihr armen Leute, weicht!
Und sei es euch gesagt,
Es hat der hohe Diwan
Auf morgen sich vertagt!

NEUNZEHNTER ABEND

Als auch der nächste Tag verflossen und der Abend herangekommen war, trat Mâhi-Scheker wieder zu dem Papagei und sprach: »Verzeihe, mein Vogel, daß ich, von Liebe überwältigt, auch dir den Schlaf raube. Ich weiß nicht, was ich anfangen soll. Dies Liebesverhältnis ist als ein großes Unglück über mich gekommen. Gib mir jetzt ein Mittel gegen meine Leidenschaft.« – »O Mâhi-Scheker«, antwortete der Papagei, »weshalb sagst du, die Liebe sei als großes Unglück über dich gekommen? Auf dem Markte des Daseins wird keine kostbarere Ware als die Liebe feilgeboten! Kennst du nicht das Lied von der Liebe:

Erschaffen ist als schönster Schmuck
Die Kreatur der Liebe;
Im Ozean des Daseins ist
Die Perle nur die Liebe.

Zu der Vollendung Elixier
Die Grundessenz ist Liebe
Und von der Sonn ein goldner Strahl
Im Schönheitslenz ist Liebe.
Den Menschen rief zum Dasein einst,
Zur Lebenswonn, die Liebe,
Und sitzt die Welt am Freudenmahl,
Da scheint als Sonn die Liebe.
Sie ist die Kette, dran der Herr
Das Weltall trägt, die Liebe;
Des Königs wie des Bettlers Herz
Beherrscht, bewegt die Liebe.
O Mensch, merk auf den Willen Des,
Der dir die Liebe sendet,
Der zur Erkenntnis seiner selbst
Dich durch die Liebe wendet.
Das Wesen, das du dir erkorst,
Laß es nicht aus den Augen,
Und laß dies Lied zum Unterricht
In Lieb und Treu dir taugen.

O Mâhi-Scheker, wer hat je durch Liebe Schaden genommen, daß du dies von dir sagen könntest? Kennst du nicht den Vers:

Gottes Huld, die wundersame,
Hat die Liebe uns geschenkt,
Drum des Liebenden Geschicke
Huldvoll der Allmächtige lenkt.

Nur müssen Verliebte ihren liebekundigen Beratern folgsam sein und besonders sich wohl hüten, ihre Liebe unter die Leute kommen zu lassen, im Gegenteil sie möglichst geheimhalten und niemandem davon sagen.«

Die junge Frau antwortete ihm: »Du trauter Gefährte – Unglückbewährter – und mir zum Trost Bescherter – weiß Gott, ich lasse deiner Worte Edelgestein – ein Halsgeschmeide für meine Seele sein – gleich des Messias

Hauch, dem erquickenden – sind deine Reden mir, die entzückenden. – Auch hast du ganz recht, man darf von seiner Leidenschaft nicht plaudern; ein kluger Mensch läßt das Geheimnis seines Herzens nie auf seine Zunge kommen. Ich halte mich an den Vers:

Vom Aufpasser, dem hämischen Wicht,
 Rede mir nicht!
Denn sind wir selbander allein im Haus,
Da schließen die eigenen Augen wir aus,
Und sollte da jemals ein Unglück geschehn,
Kann keiner doch sagen: ›Ich hab es gesehn!‹

Was sollte auch aus uns werden, wenn durch unsere Geschwätzigkeit Fremde von unserm Glück und unserer Liebe erführen? Müßte uns das nicht vertreiben von der Liebe Pfade – und hinausstoßen aus des Liebchens Gnade?« – Ihr entgegnete der Papagei: »Du unvergleichliche Gebieterin, die Frage, die du mir vorlegst, ist sehr verständig; freilich, wem vor der Liebe Leiden bangt, der geht nicht auf der Liebe Pfaden; sagt doch auch das Sprichwort: ›Den furchtsamen Handelsmann – kommt kein Unglück an.‹ Übrigens weißt du, edle Herrin, was die Araber sagen:

Für jedes Übel, das Gott gesandt,
Ist auch ein Heilmittel zur Hand –

das heißt: in der Heilanstalt der göttlichen Weisheit gibt es für jeden Kranken eine Arznei; in der Liebe Rezeptbuch aber gibt es sogar für jeden Toten Genesung! – Sind nun aber Liebesgeheimnisse boshaften Fremden bekannt geworden, dann muß man sich ihrer durch List zu entledigen suchen, wie Zarîfa, die Frau des Sejjâr, welche den Pfau des Königs schlachtete, sich, als ihr Bruder Antar die Sache erfahren und sie als Schuldige angegeben hatte, auf eine feine Weise von der Strafe losmachte, worauf der Angeber umkam.«

Als Mâhi-Scheker dies hörte, fragte sie: »Was ist das für eine Geschichte?«, und der Papagei hub an:

Geschichte der klugen Zarîfa und ihres bösen Bruders

In der Stadt Tûs lebte einst ein Mann mit Namen Sejjâr. Derselbe war außerordentlich reich; jedoch war ihm kein Sohn beschert worden, was ihn so sehr betrübte, daß er alle Welt um Mittel gegen die Kinderlosigkeit anging. Eines Tages trat einer der Weisen Griechenlands, ein geschickter Arzt, in sein Haus und blieb bei ihm zu Gaste. Auch diesem teilte Sejjâr seine Sehnsucht nach Nachkommenschaft mit und flehte ihn dringend um eine Arznei, die ihm dazu verhelfen sollte. Der Weise ließ sich erweichen – er nahm aus seiner Truhe, der an Wundern reichen – ein Opiat sondergleichen – dasselbe gab er dem Sejjâr mit den Worten: »Zerstoße dies mit der Galle von einem Pfau – und gib es zu trinken deiner Frau – bevor sie geht zu Bette – und ich wette – Gott wird dich erhören – und dir Kinder bescheren.« – Den folgenden Tag sagte er Lebewohl und ging seiner Wege.

Nun war aber in der Stadt Tûs nur ein einziger Pfau, welcher dem Könige angehörte. Dieser aber hielt den Vogel sehr hoch, ja er liebte ihn so übermäßig, daß er ihn wie seinen Augapfel behütete. Sejjâr ging nunmehr mit seiner Frau Zarîfa zu Rate, und sie kamen überein, daß man sich auf irgendeine Weise des Pfauen bemächtigen müsse. Gesagt, getan; in einer Nacht begaben sie sich nach dem Garten, in welchem der Pfau gehalten wurde, stiegen hinein, holten in den Schlingen der List den Vogel heraus und brachten ihn zu einer Zeit, wo in der Welt kein Störer sich zeigte, nach ihrer Wohnung. Dort aber schlachteten sie ihn, nahmen die Galle heraus und zerstampften darin das bewußte Opiat, welches darauf die Frau zu sich nahm.

Die Zarîfa hatte aber einen Pflegebruder mit Namen Antar, dem sie – außer sich vor Freude über den Kindersegen, auf den sie hoffte – nicht umhinkonnte, die Geschichte zu erzählen. Als nun den folgenden Morgen dem König gemeldet wurde, daß der Pfau verschwunden sei, befahl er, ihn aufzusuchen, und versprach, er wolle jeden, der den Vogel auffinde oder von seinem Leben oder Tode sichere Auskunft gebe, mit tausend Goldstücken für die gute Botschaft belohnen. Durch Ausrufer wurde dies in der Stadt bekanntgemacht.

Kaum aber hatte Antar von den tausend Goldstücken gehört, als er sich zu dem Könige verfügte und ihm, was er wußte, mitteilte. Der König ergrimmte nun gegen die Frau und befahl, sie hinzurichten; seine Veziere machten ihm aber bemerklich, daß man doch zunächst die Angelegenheit der Wahrheit gemäß untersuchen müsse. »Ohne eine solche Untersuchung«, sagten sie, »die Unglückliche umzubringen würde gegen die Bestimmungen des heiligen Gesetzes sein; denn dem bloßen Worte eines Menschen, der vielleicht irgendeinen eigennützigen Zweck verfolgt, darf man nicht trauen. Man muß die Frau demnach einmal tüchtig ins Verhör nehmen, und wenn es sich ergibt, daß sie wirklich den Vogel entwendet hat, so schreitet man zu ihrer Bestrafung. Ergibt sich aber das Gegenteil, dann hat offenbar der Ankläger nur einen selbstsüchtigen Zweck verfolgt, und er muß seinerseits bestraft werden.«

Dem Könige gefiel der Vorschlag seiner Veziere, so daß er, nachdem sein Zorn etwas nachgelassen, den Antar zu sich berief und ihm sagte: »Hüte dich, Freund, Lügen vorzubringen, sonst werde ich dich anstatt der Angeschuldigten hinrichten.« – »O König«, entgegnete Antar, »aus meiner Schwester eigenem Munde weiß ich, daß sie den Pfau getötet hat. Glaubst du aber meinen Worten nicht, so befiel zwei Männern, mit mir zu kommen; ich werde sie an einem gewissen Orte verbergen und ihnen so Gelegenheit geben, von meiner Schwester selbst das Geständnis zu hören.«

Der König gesellte nunmehr dem Antar zwei zuverlässige Männer bei, welche sich mit ihm in sein Haus begaben und dort je in eine Kiste gesteckt wurden. Die Kisten verschloß er dann, lud sie zwei Lastträgern auf und begab sich damit in das Haus seiner Schwester, zu welcher er sprach: »Ich sehe mich genötigt, eine Reise zu unternehmen, und habe deshalb meine Kostbarkeiten in diese beiden Kisten gepackt. Ich fürchte mich, dieselben während meiner Abwesenheit in meinem eigenen Hause zurückzulassen, und möchte sie deshalb dir zum Aufbewahren übergeben.« – Alsdann fing er von allen möglichen Dingen zu reden an und suchte das Gespräch auf den Pfau zu bringen. »Ach, meine Schwester«, hub er an, »möchte dir doch ein Kind beschert werden! Wie würden wir uns freuen! Aber um des Himmels willen, sag mir doch, wie konntet ihr bei Nacht den Pfau fangen? Erzähle und laß mich noch einmal hören! Es ist auch gar zu wunderbar. Verzeihe mir nur, denn als du früher davon sprachst, war ich sehr zerstreut und habe nicht recht zugehört. Darum, ich bitte dich, gib mir noch einmal die Geschichte zum besten!«

Zarîfa fand sich dazu gleich bereit; sie fing an zu erzählen und berichtete umständlich von Anfang bis zu Ende, wie sie hingegangen sei, den Pfau gegriffen, fortgetragen und geschlachtet habe. Als sie aber ihre Erzählung beendigt, fügte sie hinzu: »Es war schon nahe am Morgen, auf einmal wachte ich auf, und siehe da, alles war ein Traum! Da aber der Pfau ein hübscher bunter Vogel ist, so ist mein Traum hoffentlich eine Vorbedeutung für ein recht schönes Kind, das mir zuteil werden soll. Natürlich ist es ein guter Traum; jeder, der einen Pfau sieht, deutet es ja auf Glück.« – »Aber, liebe Schwester«, entgegnete Antar, »war das denn ein Traum, was du mir früher erzähltest?« –

»Nun, mein Bruder«, antwortete Zarîfa, »weißt du denn nicht, daß ich nicht einmal einen Sperling töten kann? Wie sollte ich dazu kommen, einen Pfau zu töten, zumal den des Königs! Du hast mich in deiner Zerstreutheit ganz mißverstanden und meinen Traum für Wirklichkeit gehalten!«

Antar war nun außer sich, er wagte nicht, zu dem Könige zurückzukehren. Indessen ließ dieser die beiden zuverlässigen Männer holen und gebot ihnen, je besonders zu sagen, was sie erfahren. »O König«, sprachen sie, »was jene Frau gesagt hat, war nur ein Traum; sie hat es auch nur als einen Traum erzählt, und jener Mann hat nur gemeint, daß es im wachen Zustande geschehen sei.«

Diese Aussage überzeugte den König, daß Antar nur aus Eigennutz seine Schwester angegeben habe; er verurteilte ihn demnach zum Tode und ließ ihn auf dem Richtplatze umbringen. Der Zarîfa aber erwies er vielfältige Gnaden und Wohltaten.

Als der redekundige Papagei bis hierher erzählt hatte, schwieg er. Dann fuhr er fort: »O Mâhi-Scheker, siehe, solchen Nutzen kann ein kluger Einfall bringen. Hätte Zarîfa nicht zu dieser List ihre Zuflucht genommen, da hätte man sie umgebracht. So mach dir denn diese Geschichte zunutze und handle geeigneten Orts ihr gemäß. Ein Sprichwort sagt: ›Die Pfade der Liebe führen überall zu Sittenlehren‹; alles, was ich dir hier vorgetragen, sind dem Liebespfade entnommene Sittenlehren. Nur bemerke ich bei dir eine große Lässigkeit, mit der du alles betreibst; ja wärst du entschlossen auf dem Pfade der Liebe vorgeschritten, da würdest du längst deinen Freund umarmt haben. Aber dein Tun zeigt, daß du nicht liebst.

Oder ist bei dir aus der bildlichen irdischen Liebe vielleicht die reine, göttliche entstanden, von der es heißt:

Die Lieb, die unerwidert blieb,
Das ist allein die wahre Lieb.
Sie ist keine Qual, sie ist kein Brand,
Und wär's, da ist der Arzt zur Hand.

Oder:

Birg nur die Lieb im Herzen tief,
Ist sie auch nicht die reine!
Es wird der Traube trüber Saft
Im Faß zum edlen Weine.

Bist du zu einer in Gott Verzückten geworden wie Djemîle, die Tochter des Derwischs, welche aus Schamhaftigkeit drei Männer verschmähte, um sich ganz dem Gottesdienst zu widmen? – Bist du wie sie geworden?«

»Was ist das für eine Geschichte?« fragte Mâhi-Scheker, und der Papagei erzählte:

Geschichte der frommen Djemîle

Im Lande Khorasan lebte vorzeiten ein frommer Derwisch. Derselbe beschloß, die Pilgerfahrt nach Mekka zu unternehmen, und sprach beim Abschiede zu seiner Frau und seinem Sohne: »Gott sei gedankt, meine Tochter ist erwachsen, sie befindet sich im bräutlichen Alter. Sollte darum während meiner Pilgerfahrt irgendein passender Mann sie zur Ehe begehren, da gebt sie ihm; denn ob ich je zurückkehre oder nicht, ist ungewiß.« – Nach diesen Worten sagte er seinen Hausgenossen Lebewohl und machte sich mit den übrigen Pilgern auf den Weg.

Während der Reise traf er mit einem jungen Manne namens Nedjîb zusammen, mit welchem er Kameradschaft schloß. Das anständige Benehmen desselben gefiel ihm ganz außerordentlich, so daß er ihm seine abwesende Tochter antraute, ihn nicht von seiner Seite ließ und die ganze Pilgerfahrt mit ihm zusammen machte.

Lassen wir die beiden dort und sehen uns nach den übrigen Familiengliedern um. Auch der Sohn des Derwischs begab sich in Handelszwecken auf Reisen und lernte in einer andern Stadt einen jungen Mann namens Zarîf kennen, welcher ihm in seinen Manieren so wohlgefiel, daß er, der väterlichen Mahnung eingedenk, ihm seine Schwester ebenfalls in Abwesenheit antraute. – Nun begehrte aber auch von der Frau ein den äußern Umständen nach passender junger Mann aus ihrer Stadt, namens Nazîf, das Mädchen zur Ehe, und sie sagte sie ihm zu, vorausschickend, daß vor der Rückkehr ihres Sohnes oder ihres Mannes die Heirat nicht vollzogen werden solle.

Nachdem der fromme Derwisch die Wallfahrt vollendet, kehrte er nach Khorasan, seiner Heimat, zurück. Zufälligerweise traf an demselben Tage auch sein Sohn von seiner Handelsreise wieder ein, so daß sich nunmehr die drei Verlobten der Tochter in dem Hause zusammenfanden. Der Derwisch sowohl als auch seine Frau und sein Sohn fühlten sich durch diese Sachlage unangenehm überrascht; doch konnte keiner dem andern das mindeste vorwerfen, so daß sie ihr Mißgeschick schweigend ertrugen. Nedjîb aber sprach zu seinen Mitfreiern: »Ich habe vor euch den Vorzug, denn mir hat der Vater das Mädchen angetraut.« – Zarîf dagegen sprach: »O nein, mir kommt es mehr als euch zu, denn mir hat der Bruder es angetraut, der des Vaters Stelle einnahm und noch dazu von ihm besonders ermächtigt war.« – Nazîf endlich sprach: »Mir hat die Mutter es angetraut, sie hat die Ehe gutgeheißen, und sie war von ihrem Manne und ihrem Sohne bevollmächtigt. Mein Recht ist also stärker als das eurige.«

Also stritten die Freier heftig hin und her, und der Derwisch stand ganz betroffen da, ohne zu wissen, wem er seine Tochter geben und wie er den Streit entscheiden solle. Die Geschichte wurde bald in der Stadt ruchbar, so daß man sich in jeder Gesellschaft davon erzählte. Dies konnte der Djemîle nicht verborgen bleiben; sie wurde darüber bis zum Umkommen traurig, ja, Gram und Schmerz zogen ihr eine Krankheit zu, welche sie fünf bis zehn Tage lang an ihr Bett fesselte, worauf sie in einer Nacht den Todeskelch leerte und überzog aus dem Unbestande – nach der Seligkeit Lande. – Ihre Eltern huben laut zu wehklagen an; inzwischen mußten sie sich zu ihrer Bestattung entschließen. Sie trafen demnach die nötigen Vorkehrungen, wuschen und begruben sie.

Unterdessen seufzten und jammerten die drei Liebhaber mehr als alle andern, und als es Abend geworden war, besuchten sie einmütig die Grabstätte. Während sie sich dort befanden, sprach Nedjîb zu seinen Mitfreiern: »Meine Freunde, die Schönheit dieses Mädchens hat mich allerdings zur Liebe hingerissen, gleichwohl ist es mir, da nach dem Willen des Allmächtigen ihr Stündlein eingetreten und sie gestorben, nie geglückt, sie von Angesicht zu sehen. Lieber, als meine Sehnsucht bis zum Auferstehungstage zu vertrösten, möchte ich daher auf sie – wenn auch nur als Tote – einen Blick werfen. Die Ungeduld quält mich, ich kann meine Leidenschaft nicht bis zum Jüngsten Gericht fristen.« – »Mein Bruder«, antworteten Zarîf und Nazîf, »wenn du sie sehen willst, so nimm jetzt die Gelegenheit wahr. Am Auferstehungstage wird sie schwerlich dein eigen werden; denn womit hättest du sie wohl verdient?«

Nedjîb, obwohl von Körper schwach, machte sich also daran, das Grab der Djemîle zu öffnen, und zog den Leichnam heraus, auf den er schmerzlich sehnende Blicke warf. Inzwischen trat Zarîf herzu und heftete ebenfalls seine Augen auf das Mädchen; da er aber ein ausnehmend geschickter Arzt war, so entdeckte er, wie er sie ansah, Spuren von Leben an ihr. Er teilte dies den beiden andern mit. »Meine Freunde«, sprach er, »es scheint mir, als lebe dies Mädchen und als wären nur vom Blutandrang die Gelenke verstopft und dadurch die Lebenskräfte erstarrt. Dagegen hilft ein Aderlaß und Schlagen der Glieder, auf daß, dadurch getroffen, das böse Blut aus den Adern hervorkomme und entfernt werde. Zugleich müssen die heftigen Schläge das Leben in ihren Körper zurückführen, ihre Natur muß wieder erwarmen und die Kälte sie verlassen. Aber wer vermöchte dies zarte Wesen, diesen lieblichen Leib zu schlagen?« – »Daraus mache ich mir nichts«, entgegnete Nazîf, »Schläge bekommen ist keinesfalls schlimmer als tot sein, und da ihr zögert, sollte ich anstehen, die Schläge zu erteilen?« – Damit faßte er einen Knittel und schlug die Djemîle dergestalt, daß ihr zarter Leib erst rot wie eine Rose ward und dann sich zu bewegen anfing. Sofort wurde sie nun an den Stellen, wo solches erforderlich war, zur Ader gelassen, und siehe da! nach Gottes Willen wurde ihr Körper neu beseelt, und frisches Leben ward ihr zuteil.

Aber kaum war dieses Wunder geschehen, als sich auch schon der Streit unter den drei Freiern erneuerte. »Mir kommt sie zu!« rief Nedjîb aus, »denn ich habe ihr Grab geöffnet, sonst hättet ihr andern sie nie zu Gesicht bekommen!« – »Aber«, entgegnete Zarîf, »wenn ich nicht, da ich sie ansah, nach meiner ärztlichen Einsicht ihre Krankheit erkannt und das Vorhandensein von Lebensspuren ent-

deckt hätte, da wäre sie nie wieder lebendig unter euch getreten. Deshalb verdiene ohne Zweifel nur ich ihren Besitz.« – »Doch konntet ihr es nicht über euch bringen«, sagte Nazîf, »sie zu prügeln; ich aber faßte den Knittel und schlug sie. Hätte ich das nicht getan, so wäre sie nie geheilt worden; darum kommt sie mir zu.«

Also zankten sie sich und kamen von Worten allmählich zu Tätlichkeiten. Das Mädchen aber, welches die Kämpfenden nicht zu trennen vermochte, rief aus: »Um Gottes willen, ihr Muselmannen, bin ich doch ohne meine Schuld durch euch in das allgemeine Gerede und gar zu üblem Namen gekommen. Soll mich denn nicht einmal der Tod erlösen? Soll ich wieder mitten in eurem Gezänke sein? Seid doch wenigstens so gut und führt mich zu meinen Eltern; nachher mögt ihr eure Sache ausmachen.«

Die Freier gingen auf die Bitte ein und brachten die Djemîle nach Hause. Der Derwisch sprach ein Dankgebet, als er seine Tochter lebendig wiedersah, ihre Mutter aber und ihr Bruder lobten und priesen den Schöpfer, und alle waren froh und glücklich. Nach einer Weile aber sprach das Mädchen: »Der Allmächtige hat seine unendliche Gnade und Barmherzigkeit an mir bewiesen und mir neues Leben geschenkt. Aus Dankbarkeit geziemt es mir nunmehr, daß ich dem Haderhause der Welt völlig Lebewohl sage und den Rest meines Lebens im Gottesdienst hinbringe.« Dann ließ sie ihr Haupt scheren, legte ein härenes Gewand an und widmete sich in ihres Vaters Kloster ganz der Anbetung und andern religiösen Übungen.

Vergänglichen Lüsten ihr Herze entsagte,
Der Ewigkeit Wonne allein ihr behagte;
Der Selbstsucht Verlockungen hielt sie sich fern,
Zur Heiligen ward sie, zum Engel des Herrn.

Möge Gott sie mit der ewigen Seligkeit begnadigen!

Nach diesen Worten richtete der weise Papagei seine Blicke auf Mâhi-Scheker und sprach: »Beabsichtigst du etwa auch, den vergänglichen Lüsten Lebewohl zu sagen? Das ist an und für sich etwas sehr Schönes, aber jetzt ist nicht die rechte Zeit dazu. Jetzt solltest du vielmehr nicht mehr zögern, sondern so schnell als möglich zu deinem Geliebten gehen und deine Sehnsucht stillen.«

Tändelnd und zierlich trat darauf die junge Frau an das Fenster und öffnete es, um hinauszublicken. Aber siehe da! eine andere Djemîle, die Sonne, war hinter des Horizontes Bettvorhängen zum Vorschein gekommen. Ihr Wunsch mußte also auf die folgende Nacht verbleiben.

Nun weicht, ihr armen Leute, weicht!
  Und sei es euch gesagt,
Es hat der hohe Diwan
  Auf morgen sich vertagt!

ZWANZIGSTER ABEND

Als auch dieser Tag sich zum Abend geneigt hatte, trat Mâhi-Scheker wiederum voll glücklicher Erwartung zu dem Papagei und sprach: »O Vogel, da du nicht verliebt bist, so bringst du deine Tage in Ruhe und Zufriedenheit hin. Wärst du aber verliebt wie ich, dann würdest du den Schmerz in meiner Brust ermessen können; in der Tat, der Liebesgram bringt mich um! Auf dich paßt der Vers:

Laß, alter Warner, die Ermahnung,
Von Liebe hast du keine Ahnung.
Wahnsinnig machte mich die Fee,
Drum, was du sagst, ich nicht versteh!

Ist das deine Teilnahme, daß du von meines Herzens Gram nichts weißt?« – »Hohe Herrin«, antwortete der Papagei, »warum sagst du, dein Knecht wisse nichts von der Liebe? Behüte und bewahre, daß ich davon nichts wissen sollte! Den Vorwurf weise ich zurück; denn ein Esel ist fürwahr – ja schlimmer als ein Esel gar – wessen Herz der Liebe bar. – Hat ja doch Bajazîd Bustâmi (Gott heilige seine Geheimlehre!) diesen Satz während einer Predigt gleichsam als Glaubensanweisung ausgesprochen.«

»Was ist das für eine Geschichte?« fragte Mâhi-Scheker, und der Papagei erzählte:

Geschichte von dem Greise,
der nie verliebt gewesen

Einst hielt der erhabene Glaubensfürst Bajazîd Bustâmi in einer heiligen Moschee eine Predigt und brachte alle Anwesenden, groß und klein, durch seine warnenden Worte in frommes Entzücken. Als man sich eben zu der Rede am heißesten drängte, machte sich ein Opiumgenießer zur Kanzel heran und sprach: »O du den richtigen Pfad Leitender – zur Seligkeit Bereitender – des Rede, geordnet gleich den Plejaden – die Menschheit führt zu der Wahrheit Pfaden – mir ist mein Esel verlorengegangen, und ich bitte dich um die Gunst, du wollest ihn mir wieder auffinden.« – »Habe nur Geduld«, antwortete ihm Bajazîd Bustâmi, »er wird sich schon finden.« – Alsdann in seiner Predigt fortfahrend, rief er der versammelten Gemeinde zu:

»Ihr Muselmannen, ist hier unter euch irgend jemand, der nie verliebt gewesen, der stehe auf!«

Da erhob sich ein Greis, der sprach: »O Scheich, ich, dein Knecht, bin ein Laie geblieben in der Liebe Wissenschaft. Seit ich die Sphäre der Kindheit verlassen, bin ich zu so hohen Jahren gelangt und habe nie eine Leidenschaft für irgendein schönes Wesen empfunden. Von Liebesschmerz weiß ich nichts, ja, ich habe überhaupt keine Vorstellung von dem, was du Liebe nennst. Aber sei doch so gut und unterweise mich darin.«

Bajazîd Bustâmi sprach darauf zu dem, der seinen Esel verloren hatte: »Siehe, Freund, hier ist der Esel, den du suchst. Nimm ihn wieder!«

Durch dies Wort gab der große Lehrer nicht allein dem Opiumgenießer einen bündigen Bescheid, sondern zugleich den versammelten Gläubigen samt und sonders eine vortreffliche Ermahnung.

»Die Moral dieser Geschichte aber, o Mâhi-Scheker, läßt sich in folgendem Verse zusammenfassen:

Hast du am Glück der Liebe kein Teil,
So findest nimmer auf Erden du Heil!

Heißt es ja auch:

Birg nur die Lieb im Herzen tief,
Ist sie auch nicht die reine!
Es wird der Traube trüber Saft
Im Faß zum edlen Weine!

Du meinst, ich hätte von der Liebe keine Ahnung, und ich bin doch keinen Augenblick von dieser Leidenschaft frei. Auch rate ich dir, den Wein der Liebe in deinem Herzen sorgfältig zu bewahren. Und hüte dich wohl, dich in Gegenwart deines Freundes habgierig zu zeigen! Laß dir auf dem Basar der Liebe an der Ware deines Kummers genügen und suche nicht nach Heilmitteln. Wenn du aber mit deinem Geliebten zusammen bist, so verweile nicht lange, sondern bestrebe dich, bald zurückzukehren; heißt es doch im Sprichwort: ›Wer giert, verliert‹, das heißt, das Zuvielwollen führt ins Verderben. Wer zu heftig seinen Zweck verfolgt, der kommt ebenso ins Unglück wie der Kaufmann Sadri, welcher den Löwen besuchte.«

»Was ist das für eine Geschichte?« fragte Mâhi-Scheker, und der Papagei erzählte:

Der Kaufmann und der Löwenkönig

Wie in den Büchern anmutiger Geschichten geschrieben steht, lebte einst in der Gegend von Kedjrewân ein Kaufmann namens Sadri. Demselben erging es nach Gottes Ratschluß schlecht und immer schlechter, so daß er endlich in die äußerste Dürftigkeit geriet. Da gedachte er des Sprichworts: ›Sich regen bringt Segen‹, und beschloß, sich auf Reisen zu begeben.

Er erhob sich also und ging vorwärts, bis ihn sein Weg in einen Wald führte. Nun hatte aber ein Löwe sich im weiten Umkreise zum Herrn jener Gegend gemacht und erlaubte keinem Fremden, dieselbe zu betreten. Unter seinen Vezieren befanden sich der Auerochs und die Antilope, welche sich ständig bemühten, ihren Gebieter auf den Weg der Frömmigkeit zu leiten. Diese waren glücklicherweise eben bei ihm anwesend.

Als Sadri den Löwen erblickte, erschrak er heftig, hub an zu beben und war wie versteinert. Sollte er rückwärts fliehen? Da würde er bald eingeholt werden! Oder sollte er vorwärts gehen? Das hieß absichtlich dem Verderben entgegeneilen. Er wußte also nicht, was er beginnen sollte, und stand da, vor sich hin starrend.

Als aber der Auerochs und die Antilope, beide von Sinnesart gütig und edelmütig, den armen Menschen erblickten, dauerte es sie seiner, und da sie vermuteten, daß der König ihm unter keiner Bedingung das Leben schenken, sondern ihn vielmehr umbringen werde, so nahmen sie zu einer List ihre Zuflucht, um ihn zu erretten. Zu diesem Ende näherten sie sich dem Löwen und lobten ihn übermäßig ins Gesicht. »Möge der Allmächtige«, sprachen sie, »dem Beherrscher des Wildes Leben und Macht bescheren – und beides von Tag zu Tag mehren! – Daß im Schatten deiner Gerechtigkeit – die Tiere des Waldes weit und breit – das friedliche Wild und die reißenden Leuen – sich deiner Gnade erfreuen. – Das haben selbst die Menschen vernommen. – Nun ist hier ein Menschenkind hergekommen – zu deiner erhabenen Schwelle, o König – trat es untertänig – hoffend, du wollest ihm gnädig sein. – Doch flößte deines Hofes Pracht ihm Beschämung ein – es wagt nicht, sich zu nähern ungebeten – doch erlaubst du, so mag es eintreten – auf daß es dich begrüße – und sein Antlitz lege in den Staub deiner Füße!«

Diese Rede schmeichelte dem Löwen, und er zeigte sich

bereit, den Sadri zu empfangen, welcher alsbald von dem Auerochsen und der Antilope in die hohe Gegenwart des Tierbeherrschers geführt wurde. Als er herangetreten war, küßte er betroffen den Erdboden vor dem Löwen und begrüßte ihn mit Segenssprüchen und frommen Wünschen, kurz, er genügte allen Höflichkeitspflichten, wie die königliche Etikette sie vorschreibt.

Nun hatte der Löwe in der Waldschlucht einige Karawanen vernichtet und das Geld und die Edelsteine, welche sie führten, geraubt. Er streute davon auf den Erdboden aus und bedeutete dem Sadri, so viel, als sein Herz begehre, zu nehmen. Mit der Gier eines Berbers, der Geld gefunden, nahm also der arme Kaufmann von den Kostbarkeiten, soviel er nur fassen konnte; alsdann wandte er sich um und kehrte in sein Vaterland zurück.

Daselbst angelangt, verkaufte er so viel, als nötig war, um seine Schulden zu bezahlen, und hob den Rest auf, indem er ihn in einem Winkel seines Hauses vergrub. Da er aber sehr habsüchtig war, so grämte er sich, nicht den ganzen Reichtum an Geld und Edelsteinen, den er bei dem Löwen gesehen, genommen zu haben, und endlich machte er sich auf, um demselben einen zweiten Besuch abzustatten. Der Unglückliche kannte die Tücke des Schicksals nicht; auch bedachte er nicht, daß Habsucht am Ende zu Schaden und Schande führt. Kurz, er begab sich wieder in den bewußten Wald und sah sich bald dem königlichen Löwen gegenüber.

Dieser aber hatte an jenem Tage von seinen Hofleuten den Schakal und den Wolf bei sich, welche, von Natur boshaft und niederträchtig, den Löwen nie zum Guten anleiteten. Diese näherten sich alsbald ihrem Herrn und sprachen, in der Absicht, ihn aufzureizen: »O König, warum lässest du die Gegend ohne Schutz? Wie kannst du übersehen, daß ein Mensch ohne Erlaubnis deinen Herrschersitz betritt und die Regeln der Ehrfurcht verhöhnt? Die Menschen sind eine freche Art, und auf der Erdoberfläche ist ihrer Schlechtigkeit viel. Wahrlich, ihnen ihre Grenzen anzuweisen, sollte dir das wichtigste Geschäft sein.«

Mit diesen Worten brachten sie den Tierkönig in heftigen Grimm, so daß er auf den Sadri lossprang, um ihn zu zerreißen. Als aber dieser sah, daß der Auerochs und die Antilope abwesend waren und daß der Wolf und der Schakal aus Tücke den Löwen gegen ihn zornig gemacht, da erkannte er, daß er zu seinem Verderben hergekommen war. Nach dem Spruche:

Hurtig, Herz, jetzt flieh beiseit,
Denn das Leben gilt es heut –

stieg er in Todesangst auf einen Baum und erreichte glücklich das Gestade der Sicherheit. In äußerster Wut peitschte der Löwe den Baum mit seinem Schweife und gedachte ihn umzureißen, als eben der Auerochs und die Antilope herbeikamen. Der Wolf und der Schakal hatten nun keine Lust mehr, noch länger zu verweilen, und zogen sich zurück, so daß der Löwe mit den Neuangekommenen allein blieb. Diese sahen bald, daß der Mensch durch seine leidige Habsucht sich hatte verleiten lassen wiederzukommen und dadurch den Zorn des Löwenkönigs auf sich geladen; auch zweifelten sie nicht, daß letzterer ihn in Stücke zu reißen beabsichtige.

Dieser Gedanke machte abermals ihr Mitleid rege, so daß sie sich noch einmal um seine Rettung zu bemühen beschlossen. Zu dem Ende traten sie näher, küßten ehrfurchtsvoll den Erdboden zu den Füßen des Löwen und sprachen: »Du Hort der Herrlichkeit und Macht – du, dessen Palastes Pracht – gleich dem Firmamente lacht – Lob sei dem Herrn dargebracht – der seiner Knechte Gebete erhörte – und ihre Bitten gewährte – so daß durch ihre Worte – sich auftat manche Segenspforte! – Kann jemandem Schöneres als dir zuteil werden – daß alle Geschöpfe auf Erden – dich preisen und ehren – und zu Gott flehen, er wolle die Zahl deiner Tage mehren? – daß die Vögel, die die Lüfte bewohnen – und die Engel, die über dem Äther thronen – um deine Gnade und Barmherzigkeit – zu verkünden weit und breit – zu der Bäume höchsten Zweigen – als Kanzeln hinaufsteigen – wo von dem Herrscherlobe, dem süßen – ihre betenden Lippen überfließen?«

Als der Löwe diese beschwichtigenden Worte vernahm, da verlor sich alsbald sein Grimm. »Verlohne es euch Gott!« rief er aus, »es fehlte nicht viel, daß ich den Worten jener da gefolgt wäre und den armen unschuldigen Kaufmann umgebracht hätte. Aber sagt ihm doch, er möge sich nicht fürchten und ferner für mich beten.« – Damit wandte er sich um und kehrte auf seinen königlichen Polstersitz zurück. Die Antilope aber und der Auerochs ließen den Sadri entwischen. Hätten sie sich nicht um seine Rettung bemüht, so wäre er unfehlbar ein Opfer seiner Habsucht geworden.

»Du siehst hier«, fuhr der Papagei fort, »o Mâhi-Scheker, welchen Schaden die Gier bringen kann. In allen Dingen wirkt die Gier Böses. Hüte dich daher wohl, deinem Freunde zuviel zuzumuten, vielmehr laß den Verstand in deinem Kopfe die Oberhand behalten; denn der Wein des Zusammenseins mit dem Geliebten macht den Menschen zum unvernünftigen Tiere. Nimm dich auch in acht, daß du deine Geheimnisse nicht ausplauderst, und sei nicht erst unlustig bei deinem Freunde. Auch darfst du – und das ist eine Hauptregel im Liebesverhältnis – deinen Geliebten nicht mit unnützen und sinnlosen Reden und unfreundlichen Manieren quälen, das heißt, du darfst nichts sagen, als was sich bei solchen Gelegenheiten schickt und was an und für sich deiner Natur gemäß ist. Endlich darfst du ja nicht den Pfad der Verstellung einschlagen, wie die Frau des Asim, Meh-Yzâr, welche, nachdem sie ihren

Mann weidlich betrogen, sich in seiner Gegenwart vor dem Anblick einer Narzisse verschleierte und nach diesem seltsamen Benehmen der übeln Nachrede und dem Hohne der Welt preisgegeben wurde. Darum verstelle dich nicht wie die Meh-Yzâr, damit du nicht zum Spott werdest in dieser Welt wie in jener. Führe dich vielmehr weise auf und merke mit den Ohren des Verstandes auf meinen Rat, du möchtest sonst einmal als ein abschreckendes Beispiel in der Welt dastehen.«

»Was ist denn das für eine Geschichte von der Meh-Yzâr?« fragte Mâhi-Scheker, und der Papagei erzählte:

Geschichte von Gulfischân und der treulosen Veziersfrau

Einer von den Königen von Tabriz hatte einen weisen, bedächtigen – klugen und mächtigen – Vezier, der am Geiste klar – in seinen Reden wahr – den Namen Asim führte – und gleichsam unbeschränkt regierte – so daß, was zu lösen und zu binden im Land – anvertraut war seiner Hand – die jeden Knoten zu lösen verstand.

Einst kamen nach Tabriz Gesandte des Königs von Indien. Der Vezier ließ dieselben in seinem eigenen Palaste wohnen, sorgte angelegentlich für ihren Unterhalt und zeigte sich überhaupt so zuvorkommend gegen sie, daß er sie täglich bei sich zu Gaste lud, bei welcher Gelegenheit er eine Menge wunderbarer und seltsamer Dinge vorbrachte, um sie zu unterhalten.

Nun befand sich unter den Hofleuten des Königs ein gewisser Gulfischân, der eine sehr merkwürdige Eigenschaft besaß; sooft er nämlich lachte, streute er aus seinem Munde Rosen umher, so daß das Zimmer, in welchem er sich aufhielt, nach Gottes Willen in ein Rosenbeet verwandelt wurde. Um dies eigentümliche Kunststück den Gesandten zu zeigen, wurde Gulfischân eines Tages ebenfalls zu Gaste gebeten.

Da sich aber derselbe nach dem Hause des Veziers hinbegab, begegnete er einem durch Häßlichkeit Abscheu erweckenden – durch Mißgestalt erschreckenden – niederträchtigen Wicht – so widrig von Angesicht – daß selbst die Dämonen – die in der Steppe wohnen – wenn sie ihn gesehen – irgendwo stehen oder gehen – um ihn nie wiederzuerblicken – hinaufflohen auf des Kaukasus Rücken! – Dieses Scheusal war so außerordentlich lustig, daß es vor sich selbst hüpfte und tanzte, als wäre die ganze Welt sein eigen geworden. Die Freudensprünge, verbunden mit einem solchen Äußern, setzten den Gulfischân in großes Erstaunen, weshalb er den Menschen nach der Ursache seiner Heiterkeit befragte. Dieser, den Gulfischân durchaus nicht kennend, antwortete: »Aber, mein Bester, warum sollte ich nicht lustig sein und tanzen? Hast du nicht gehört, daß indische Gesandte zu unserm König gekommen sind und daß der Vezier für dieselben alle Tage ein Gastmahl veranstaltet? Auch Gulfischân, einer von den Hofleuten, ist geladen und soll dort mit seinen Kunststücken aufwarten. Er wird einige Tage dort verweilen, und sein Haus wird inzwischen leer bleiben. Ich lebe aber seit langer Zeit mit seiner Frau auf vertraulichem Fuße, und eine solche Gelegenheit wird uns nicht immer geboten. Gottlob, diese Nacht lächelt mir das Glück, und deshalb bin ich so lustig.«

Gulfischân wäre nach dieser Mitteilung gern nach Hause zurückgekehrt; aber von den Leuten des Veziers zur Eile angetrieben und zugleich fürchtend, daß sein Ausbleiben übel vermerkt werden möge, setzte er wider Willen den Weg nach dem Palaste fort. Kaum angelangt, wurde er zu den Gesandten hineingebracht und fand daselbst noch viele andere Künstler, welche ihre Stücke vorführten. Der Vezier wünschte nun, daß er an irgend etwas Gefallen finden und lachen und bei der Gelegenheit die Rosen ausstreuen möge, damit die Gesandten dies Wunder ansähen. Der arme Gulfischân war aber vom Lachen so weit entfernt, daß selbst ein Messer ihm den Mund nicht würde eröffnet haben; auch an den Speisen sich zu erfreuen, hatte er so wenig Lust, daß er nicht einmal ein Tröpfchen Wasser in seine Kehle gleiten ließ. Der Vezier ließ nichts unversucht, um ihn zum Lachen zu bringen, in seinem tiefen Unmute war es ihm unmöglich.

Endlich war das Gastmahl beendigt, und die Gesandten zogen sich zurück. Der Vezier schrieb nunmehr umständlich und genau auf, wie ein jeder der anwesenden Künstler sich benommen, und reichte darüber dem Könige einen Bericht ein, in welchem er auch nicht verschwieg, wie unpassend Gulfischân sich aufgeführt und wie rücksichtslos er seine dringenden Vorstellungen zurückgewiesen habe. Der König wurde deshalb über ihn unwillig. »Der Umstand«, sprach er, »daß Gulfischân den mir schuldigen Dienst gerade zu einer Zeit, wo ich seiner bedurfte, nicht versehen hat, beweist, daß er ein Verräter an meinem Reiche ist. Ein solcher aber darf nicht frei umhergehen; man setze ihn in Haft!« – Auf diesen Befehl ließ der Vezier ihn sogleich festnehmen und in ein Gefängnis bringen, welches sich unten in seinem Hause befand.

War also das Unglück Gulfischâns bisher ein einfaches gewesen, so wurde es nun ein zehnfaches. Tag und Nacht sann er im Gefängnis über seine Lage nach. ›O Gott‹, sprach er bei sich selbst, ›das ist mein schwarzes Geschick! Mein Herr und Wohltäter, dem ich mein häusliches Leid klagen und den ich um Hilfe ansprechen möchte, läßt mich, ohne sich bei mir nach meinem Ergehen zu erkundigen, unschuldigerweise in den Kerker setzen; ja, damit noch nicht zufrieden, läßt er mich vielleicht gar umbringen, ohne mir auch nur zu gestatten, mich zu verantworten! Was wird am Ende aus mir werden?‹

Unter solchen Gedanken trat er an das Fenster seines

Gefängnisses und blickte tränenden Auges hinaus. Da bemerkte er, daß der oberste Elefantenführer Asims, auf einem Elefanten reitend, an sein Fenster kam. Über dem Gefängnisse befand sich nämlich der Harem des Hauses, und Meh-Yzâr, die Gemahlin Asims, lebte in vertraulichem Verhältnis mit dem Elefantenführer. Die schöne Frau ließ sich nun an einem Strick auf den Rücken des Elefanten

hinab und umarmte den Führer des Tieres auf das zärtlichste, worauf beide anfingen, das Schlangenspiel zu spielen.

Als Gulfischân dies sah, mußte er dermaßen lachen, daß sein Kerker sich mit Rosen füllte und gleichsam zu einem blühenden Rosenbeet wurde. In diesem Zustande fanden ihn die Wächter und gerieten in das größte Erstaunen. »Gott sei uns gnädig«, riefen sie aus, »ist dieser Mensch toll? Gestern warf man ihn in das Gefängnis, weil er nicht lachen wollte, und hier an dem Orte des Schreckens ist er vergnügt und lacht!« – Die Sache schien ihnen wichtig genug, um gleich zu dem Vezier zu eilen und denselben davon zu benachrichtigen – er hatte nämlich seinen Leuten befohlen, ihm alles, was Gulfischân sagen und wie er sich betragen würde, zu melden, indem er selber darüber an den König berichten wollte. Sehr verwundert über die Mitteilung der Wächter, zögerte er auch nicht, sich nach der Hofburg zu begeben und dem Könige umständlichen Bericht abzustatten.

Am Abend desselben Tages besuchte Asim seinen Harem. Seine Frau begleitete ihn durch die Gärten, sie besahen die Rosenbeete und ließen sich sodann zu einem köstlichen Mahle nieder. Inzwischen sammelte eine der Sklavinnen von den Blumen des Gartens, als Rosen, Hyazinthen, Veilchen, Tulpen, Narzissen usw., einen Strauß, welchen sie vor Asim hinstellte. Kaum aber hatte Meh-Yzâr die Blumen gesehen, als sie sich von ihnen abwandte und den Schleier vor ihr Gesicht zog. Ihr Gemahl fragte sie: »Warum verschleierst du dich denn? Ist hier jemand Fremdes?« – Ihm antwortete die Frau: »O Vezier – den Gott erleuchte für und für! – mein keusches Angesicht – schön wie der Sonne Licht – will ich nicht vor andern Augen lassen erscheinen – als nur vor den deinen! – Ich verschleierte mich, damit das freche Auge der Narzisse da mich nicht ansehe!« Der gute Vezier schloß aus dieser Antwort, daß er eine Frau von ganz außerordentlicher Ehrbarkeit besitze; er freute sich deshalb sehr, und seine Liebe zu ihr wurde doppelt so stark, als sie schon vorher gewesen war.

Es befand sich aber in der Nähe eine Nachtigall in einem Käfig. Diese hub nach dem Ratschluß Gottes bei der merkwürdigen Geschichte so laut zu lachen an, daß alle Sklavinnen es hörten. Meh-Yzâr erschrak über dies Lachen und geriet in große Verwirrung; der betrogene Gatte aber sagte: »Warum lacht denn dieser Vogel? Das muß ich unfehlbar herausbringen. Will er anzeigen, daß ich nunmehr den Gipfel meines Glückes erreicht habe oder daß mir bald ein Unglück bevorstehe?«

Er ließ darauf alle Gelehrten und Derwische zu sich kommen; aber da war keiner, der ihm Antwort geben konnte. Kurz, das Lachen des Vogels hallte in der ganzen

Stadt wider, alle Welt sprach davon, und es gelangte sogar zu den Ohren des Königs. Dieser wunderte sich darüber und wünschte die Ursache zu erfahren, aber da war niemand, dessen Verstandes Fingerspitzen fein genug gewesen wären, den Knoten zu lösen.

Gar bald drang die Nachricht von dem Ereignis bis in die Gefängnisse, und so hörte auch Gulfischân davon, welcher ausrief: »Möchte man mich doch nur zu dem Könige bringen, ich wollte ihm das Rätsel schon aufklären!« – Diese Worte wurden von der Haftwache sofort dem Vezier gemeldet, welcher selber den König davon in Kenntnis setzte. Letzterer befahl nun, den Gulfischân aus dem Gefängnisse herzuholen und ihm vorzuführen.

Als derselbe vor dem Könige erschien, sprach dieser zu ihm: »O Gulfischân, wie konntest du, der du so lange mein Brot genossen und meiner Wohltaten dich erfreut, der du gleichsam im Meere meiner Gnade versenkt warst, als ich deiner bedurfte, dich weigern, dein Kunststück vorzuzeigen und dadurch meine Herrscherehre zu vermehren! Wie konntest du so eigensinnig und rücksichtslos sein, während du doch gleich darauf im Kerker lachtest, wie nur jemand lachen mag? Erkläre mir, was ist der Grund dieser Sonderbarkeit, und dann sage mir auch, warum die Nachtigall gelacht hat.« – Ihm antwortete Gulfischân: »O König, möge Gott dein Leben und dein Glück – mehren jeglichen Augenblick! – Vom Schmutze der Widerspenstigkeit – ist rein meines Gehorsams Kleid – der Spiegel meiner Treue ist unbefleckt – mit der Halsstarrigkeit Staube nicht bedeckt. – Behüte und aber behüte, daß ich mich eigensinnig weigern sollte, in dem erhabenen Gemache meines Herrn und Wohltäters die Künste zu zeigen, welche mir als schuldige Dienerpflicht obliegen. Aber höre, was mir zugestoßen. Als ich mich nach dem Gastmahle begab, da begegnete mir ein sehr häßlicher Mensch und machte mir eine so entsetzliche Mitteilung, daß ich davon gleichsam erstarrte.

Deshalb war es mir unmöglich, in jener Gesellschaft zu lachen; in der Todeshöhle, dem Gefängnis, dagegen sah ich etwas so Eigentümliches, daß ich in unwiderstehlicher Weise zum Lachen hingerissen wurde. Wenn ich nun sage, worüber ich gelacht, da fürchte ich, daß man mich umbringen wird; und sage ich es nicht, da ist mein Tod gewiß – ich schwebe daher unschlüssig in der Mitte.

Ein wunderbar Ding, und es quält mich gar sehr,
Zu sagen ist's schwer und zu leugnen ist's schwer!«

Also sprach er, sich entschuldigend. Der König aber erwiderte ihm: »O Gulfischân, wenn du die Wahrheit sagst, da soll dir kein Leides geschehen, ich selber will dich da in meinen Schutz nehmen. Sofern du aber nicht die Wahrheit sagst und mir die Geschichte verheimlichst, da wird, bei der Seele meines Großvaters, der Mordstahl meines Zornes dich treffen!«

Gulfischân konnte nunmehr nicht umhin, ein wahrhaftes Geständnis abzulegen; er erzählte also, wie ihm auf dem Wege zu dem Gastmahl jener häßliche Mensch begegnet sei, welcher über seine eigene Frau so unbegreifliche Äußerungen getan, und das Gefühl der Schmach und der Eifersucht es ihm unmöglich gemacht habe zu lachen; wie er dann aber von seinem Gefängnis aus alles, was sich zwischen der Meh-Yzâr und dem Oberelefantentreiber begeben, angesehen und wie dieser Anblick ihn zum Lachen gezwungen. »O König«, fuhr er fort, »von Eifersucht wegen meiner Ehre gequält, war ich so weit davon entfernt zu lachen, daß mir vielmehr sogar der Tod erwünscht gewesen sein würde; als ich aber nachher sah, was sich zwischen der Frau des Veziers und dem Elefantentreiber ereignete, da konnte ich mich nicht halten, ich mußte lachen! Denn wenn sogar eine hocherlauchte Person wie der Vezier ein derartiges Mißgeschick zu leiden hat, da darf ein armer Tropf wie ich, wenn es ihn betrifft, nicht klagen. Besagt doch auch ein Sprichwort:

Zeigt sich der Schaden nicht dem Blick,
Da ist noch Glück im Mißgeschick!

Wenn nun aber, großer König, ein Weib, das sich solche Scheußlichkeiten zuschulden kommen läßt, nachher noch die Heilige spielt und sich, um ihrem Ehemanne zu gefallen, vor dem frechen Auge der Narzisse versteckt, ist es da wohl zu verwundern, wenn die Nachtigall im Käfig laut auflacht?«

Als der König und alle im Diwan Anwesenden diese Aufschlüsse vernommen hatten, sandte ersterer Leute aus, welche sowohl die Frau des Gulfischân mit ihrem schmutzigen Liebhaber, dem widrigen Scheusal, als auch die Frau des Veziers mit dem Oberelefantentreiber herbeibrachten, und ließ sie alle zum abschreckenden Beispiel für andere kreuzigen; dem Gulfischân aber ließ er als Zeichen, daß ihm seine Schuld verziehen, wieder ein Ehrenkleid anlegen und schenkte ihm unermeßliche Reichtümer.

Damit schloß der Papagei seine Erzählung.

»O Mâhi-Scheker«, fuhr er dann fort, »mögest auch du dir diese lehrreiche Geschichte zunutze machen! Mögest du, wenn du so glücklich bist, dich in der Gesellschaft deines Geliebten zu befinden, dich nicht wie die Meh-Yzâr, die Frau Asims, verstellen und nicht Worte sagen, die zu deinen Taten in Widerspruch stehen!

Es fällt mir eben noch eine zweite, ähnliche Geschichte ein, aber die Zeit ist zu knapp geworden, als daß ich sie dir erzählen könnte. Jetzt rate ich dir, nur dahin zu gehen, wohin dein Herz dich treibt, und dich wohl zu unterhalten; so Gott will, erzähle ich dir die zweite Geschichte ein anderes Mal.«

Mâhi-Scheker brach also auf und ging. Aber siehe da, schon lacht aus des Horizontes Kerkertor – ein anderer Gulfischân, die Sonne, hervor – und sie füllt die Luft – ringsum mit Duft – und die Rosenblätter ihrer Strahlen –

die Welt mit bunten Farben bemalen. – Der jungen Frau Wunsch blieb also unerfüllt, und sie mußte sich auf den folgenden Abend vertrösten.

Nun weicht, ihr armen Leute, weicht!
Und sei es euch gesagt,
Es hat der hohe Diwan
Auf morgen sich vertagt!

EINUNDZWANZIGSTER ABEND

Als Mâhi-Scheker den folgenden Tag abermals bis zum Abend gewartet hatte und die düstere Nacht sich mit der Sterne Lampen erhellte, da machte sie sich auf, indem sie mit beredter Zunge dies Lied sang:

In der Nächte Dunkel flieh ich,
Denn ich fürchte jene Sonne,
Keines andern Mitbewußtsein
Duldet meine Liebeswonne!

Damit trat sie unter den Käfig des Papageien, zu welchem sie sprach: »Erzähle mir jetzt, mein Vogel, die lehrreiche Geschichte, die du mir gestern abend versprochen, ich möchte sie hören!« – »O Mâhi-Scheker«, antwortete der Papagei, »die Geschichte, die ich dir erzählen wollte, erfordert lange Zeit, und schon jetzt ist der Augenblick da, wo du zu deinem Geliebten gehen mußt. Es ist eine Geschichte, die man sich wohl zunutze machen möchte, aber sie ist etwas lang; ich fürchte, ich halte dich von deinem Wege ab. Ich will dich nicht festhalten, darum geh jetzt; nachher steht uns ja reichliche Zeit zu Gebote, und ich erzähle sie dir.« – Mâhi-Scheker indessen erwiderte: »Ich bitte dich, erzähle jetzt, ich möchte hören – und mich belehren – was ist es für eine Geschichte?«, worauf der Papagei anhub:

Geschichte von dem Schädel, durch den achtzig Menschen das Leben verloren

Im Lande Jemen lebte vorzeiten ein Kaufmann mit Namen Djewher-Schinâs, der außer einer einzigen Tochter keine Kinder hatte. Als derselbe einmal auf dem freien Felde spazierenging, stieß er unversehens auf einen Menschenkopf. Er nahm denselben in die Hand und betrachtete ihn. Es war eine ausgetrocknete Hirnschale, welcher aber von dem Griffel der Allmacht auf die Stirn die Worte geschrieben waren: ›Da dieser Schädel lebte, sind achtzig Menschen durch ihn umgekommen, und lange Zeit nach seinem Tode werden abermals achtzig Menschen durch ihn das Leben verlieren.‹

Djewher-Schinâs las die Schrift und erstaunte sehr über die seltsame Geschichte. ›Dieser Schädel‹, sprach er bei sich selbst, ›muß einem Helden angehört haben, daß es hier heißt, er habe bei seinen Lebzeiten achtzig Menschen erschlagen. Oder‹, fuhr er nach einigem Nachdenken fort, ›es könnte auch jemand gewesen sein, der als Henker in Diensten irgendeines Herrschers achtzig Leute hingerichtet, oder drittens könnte es auch ein arger Verbrecher gewesen sein, der durch Hinterlist die achtzig umbrachte. Wie ist es nun aber möglich, daß er nach dem Tode noch wieder achtzig Menschen das Leben kosten soll? Ich möchte doch sehen, was für ein Wunder Gott hier offenbaren wird.‹ – Mit diesen Worten hob er den Schädel auf und nahm ihn mit sich nach Hause; dort angekommen, zermalmte er ihn zu Staub, tat ihn so in eine Büchse und verschloß diese sorgfältig in einer Kiste.

Kurze Zeit darauf sah er sich genötigt, eine Handelsreise zu unternehmen; er traf zu dem Ende seine Vorbereitungen und machte sich auf den Weg. Wir wollen aber zunächst in seinem Wohnorte verbleiben. Kaum war er abgereist, als seine Tochter die bewußte Kiste öffnete, um ihres

Vaters hübsche Sachen zu besehen, bei welcher Gelegenheit ihr die Büchse mit dem zermalmten Schädel in die Hände fiel. Sie öffnete den Deckel derselben und blickte hinein; was fand sie aber? Nichts als eine Handvoll Staub! ›Was mag dies denn sein?‹ sprach sie bei sich selbst und nahm aus Neugier etwas in den Mund. Kaum hatte sie aber dies verschluckt, als in ihren Eingeweiden eine Störung vor sich ging; ohne Gatten war sie guter Hoffnung geworden, und als ihre Zeit gekommen war, gebar sie einen Knaben, den sie Ibn-el-Ghaib, den Sohn der Verborgenheit, nannte.

Nach vielen Jahren kam Djewher-Schinâs von seiner Handelsreise zurück, und siehe da, er fand in seinem Hause einen wohlerzogenen, verständigen, ehrbaren, artigen Burschen umhergehen. Er fragte, wer derselbe wäre, worauf seine Frau ihm erzählte, wie ihre Tochter von dem Staub in der besagten Büchse, in der Meinung, es sei etwas anderes, genossen, wie sie davon schwanger geworden sei und diesen Sohn geboren habe. Djewher-Schinâs, der um den Zusammenhang der Sache wußte, erkannte nunmehr sogleich, daß das in der anfangslosen Ewigkeit niedergeschriebene Geschick unabänderlich feststehe und daß das göttliche Verhängnis sich durch diesen Knaben erfüllen solle.

Nach einiger Zeit kamen von der Stadt Semâk her eine große Anzahl von Kaufleuten nach Jemen, welche Edelsteine führten. Djewher-Schinâs begab sich zu ihnen, kaufte ihnen einige kostbare Steine ab und brachte sie nach Hause, wo er sie dem Ibn-el-Ghaib zeigte. Dieser sonderte sogleich zwei derselben aus, indem er sprach: »Mein verehrter Vater, dies hier sind keine Edelsteine, es ist nur eine Art wertlosen Glasflusses.« – Djewher-Schinâs glaubte dem Burschen überall und so auch hier; er nahm die beiden Steine und ging damit wieder zu den Verkäufern, um diese zur Zurücknahme zu bewegen, da es Glasfluß sei. »Woher weißt du das?« fragten die Kaufleute, welche sie ihm gegeben hatten. »Dieser Knabe«, antwortete er, »hat es mir gesagt. Ich schenke demselben das vollkommenste Vertrauen, und kurz, ich nehme die Steine nicht.«

Die Kaufleute, welche selbst nicht wußten, daß sie unter ihren Steinen unechte hatten, machten sich nun gemeinschaftlich daran, sie sorgfältig zu prüfen, und da ergab es sich wirklich, daß die zurückgegebenen nur Glasstückchen waren. Nachdem sie sich hiervon überzeugt hatten, warfen sie sich vor dem Djewher-Schinâs auf die Knie und flehten ihn an, er möge ihnen doch den Knaben überlassen, sie wollten ihm dafür geben, was er begehre. Djewher-Schinâs hatte keine Lust, sich von dem Ibn-el-Ghaib zu trennen, dieser aber bat selbst, reisen zu dürfen. »Überlaß mich«, sprach er, »diesen Kaufleuten, ich möchte sie auf ihren Handelsreisen begleiten und so die weite Welt sehen. Wenn du auch um meinen Ursprung weißt, so kennt ihn doch der große Haufe nicht; man neckt und höhnt mich als ein vaterloses Kind. Laß mich darum ziehen, dadurch entgehe ich dem Hohn und den Neckereien, und auch du brauchst den Spott nicht mehr zu scheuen.«

Djewher-Schinâs ließ sich durch diese Worte bereden, so daß er den Ibn-el-Ghaib den Kaufleuten übergab, indem er sprach: »Hütet den Knaben, als habe Gott ihn euch anvertraut.« – An einem Tage guter Vorbedeutung brach dann die Karawane auf und zog ihrer Heimat Semâk zu, wo sie bald anlangte.

Es war aber in der besagten Stadt ein mächtiger König, der einen klugen und gelehrten Vezier, Kâmbîn mit Namen, besaß. Dieser Kâmbîn hielt sich eine große Anzahl kostbarer, lieblicher Sklavinnen, unter denen eine, sie hieß Kâmdjûi, sich durch Schönheit besonders auszeichnete. Wegen dieser Eigenschaft liebte sie ihr Herr mehr als alle andern, weshalb er sie auch zur Gebieterin der letztern gemacht hatte. Eines Tages nun ging Kâmbîn in seinem Garten spazieren und setzte sich in einen Kioschk am Ufer eines Teiches nieder. Kâmdjûi saß neben ihm, und die übrigen Sklavinnen belustigten sich am Ufer des Teiches, indem sie lebendige Fische fingen, dieselben in ein Becken legten und dann vor den Vezier hinstellten. Als nun Kâmdjûi sah, daß die Fische in dem Becken sich bewegten, da verschleierte sie sich und sah zur Seite. Der Vezier, der dies bemerkte, fragte sie, weshalb sie ihr Gesicht verhülle? – »Mein Herr«, antwortete sie, »wie du siehst, sind diese Fische lebendig, es könnte leicht unter ihnen ein Männchen sein, und wenn dessen Auge mich träfe, dann wäre ich von jemand Fremdem gesehen worden. Auf meiner Schamhaftigkeit Wohnsitz (das ist das Gesicht) soll aber nicht einmal eines männlichen Tieres Blick fallen, geschweige denn der eines Mannes!«

Der Vezier lobte und pries seiner Sklavin Ehrsamkeit und Zucht. Aber in demselben Augenblicke huben die sämtlichen Fische in dem Becken laut zu lachen an, was die Kâmdjûi sehr verwirrte und nachdenklich stimmte. Dieser Umstand flößte dem Vezier Argwohn ein, und er erkundigte sich bei vielen Gelehrten und Weltweisen nach dem geheimnisvollen Grunde jenes Lachens. Aber da war keiner, der ihm Aufklärung geben konnte; nur ward ihm von ihrer einem die Antwort zuteil: »Wenn irgendein Mensch dies weiß, so ist es ein Kaufmannssohn namens Ibn-el-Ghaib; nur der vermöchte Aufschluß darüber zu geben, da er der wilden Tiere und Vögel Sprache versteht.«

Auf diese Empfehlung ließ der Vezier sofort den Ibn-el-Ghaib zu sich kommen und erzählte ihm umständlich, was vorgefallen war. Der Knabe ließ nun das Becken vor sich hinsetzen und sprach, nachdem er die darin befindlichen Fische eine Weile angesehen hatte: »Wenn du erlaubst, o Vezier, so will ich dir die Sache ohne Beisein anderer mitteilen; es ist nämlich eine etwas schmähliche Geschichte.« – Der Vezier hieß darauf alle Anwesenden sich entfernen, und nachdem dies geschehen, sprach Ibn-el-Ghaib: »Die Fische sagen, der Vezier habe vierzig reizende Sklavinnen, und jede dieser vierzig halte in ihrer Wohnung einen schönen Jüngling versteckt, um sich ohne Vorwissen des Emirs mit ihm zu belustigen. Wenn nun, sagen die Fische, Kâmdjûi die Gebieterin aller dieser Mädchen ist, wenn auf Kâmdjûis Rat die andern sich dem Laster ergeben haben, wenn endlich Kâmdjûi gieriger als alle andern hinter der Sünde her ist und dieselbe Kâmdjûi sich dann noch scheut, von Tieren, wie wir sind, angesehen zu werden, ist es da wohl zu verwundern, wenn wir lachen?«

Als der Vezier dies aus Ibn-el-Ghaibs Munde vernahm, eilte er in seinen Harem und durchsuchte die Kammern der Mägde, eine nach der andern. Und in der Tat fand er in den vierzig Kammern je einen jungen Mann versteckt! Ohne zu zögern, ließ er nun die vierzig Mägde mit ihren vierzig Liebhabern, also zusammen achtzig Personen, auf den Richtplatz hinausführen und umbringen. Hätte Kâmdjûi nicht den Pfad der Verstellung betreten, da würde dies Unglück sie nicht betroffen haben.

Mit diesen Worten schloß der Papagei seine Erzählung. Dann aber wandte er sich wieder an Mâhi-Scheker mit den Worten: »Darum so hüte dich wohl, dich in Gegenwart deines Geliebten zu verstellen.« – »Aber«, entgegnete ihm die junge Frau, »warum tadelt man denn die Verstellung so sehr?« – »Weil«, antwortete der Papagei, »Verstellung am Ende zu Treulosigkeit wird und in der Welt nichts so verächtlich und schlecht ist als letztere. Treulosigkeit, das rate ich dir, laß dir ja nie zuschulden kommen, es möchte dir sonst ergehen wie unter den Frauen der Heme-Nâz und unter den Männern dem Muchtâr, welche bis zum Jüngsten Gericht hin als treulos und verräterisch verrufen sind.«

»Was ist das für eine Geschichte?« fragte Mâhi-Scheker, und der Papagei hub an:

Geschichte vom König Djâmasp und seinem Papagei

Wie man erzählt, war einst in Ägypten ein König mit Namen Djâmasp. Derselbe besaß einen verständigen und gelehrten Papagei, Zebân-Aver geheißen, der über jedes Ding zu reden verstand. Schach Djâmasp pflegte sich häufig mit dem Vogel zu unterhalten, und bei einer solchen Gelegenheit kam die Rede einmal auf junge Mädchen. »Nenne mir doch«, sprach Djâmasp, »ein Mädchen, das wirklich an Schönheit unübertroffen dasteht.« – »O König«, antwortete der Papagei, »ich habe viele Länder durchreist und bin in manchen Herrschers und manchen Sultans Harem gekommen; auch habe ich zahllose Schöne gesehen, darunter so auserlesen, daß nie ein Auge sich an mehr Reizen geweidet. Das schönste Mädchen aber, das ich gesehen habe, ist die Tochter des Gouverneurs von Damaskus; auch würde ich, wenn ich mein ganzes Leben dazu verwendete, ihre Reize aufzuzählen, doch nur den tausendsten Teil nennen können.« – Kurz, der Papagei pries das Mädchen mit solcher Überschwenglichkeit, daß Djâmasp nicht umhinkonnte, sich durch Hörensagen in sie zu verlieben.

»O Zebân-Aver«, sprach er, »du hast mich aus meiner Ruhe herausgerissen und ein wunderbares Weh über mich gebracht! Jenes reizende Mädchen muß ich unfehlbar besitzen, und wenn ich sie so bezaubernd finde, wie du sie rühmst, dann werde ich außerordentliche Gnadenbezeigungen auf dich häufen. Finde ich sie dagegen nicht so schön, wie du sie beschrieben, dann weiß ich auch, welche Strafe ich über dich verhänge.« – »Mein König«, antwortete Zebân-Aver, »ich weiß, wie schön sie ist; so Gott will, wird sie nach deinem Sinne sein, ich hege des gar keinen Zweifel. Doch habe ich dir auch einen Wunsch vorzutragen. Jenes Mädchen besitzt ein redendes Papageienweibchen namens Suchan-Perwer, das mit deinem Knechte zusammen erzogen und groß geworden und überall in Freud und Leid meine Genossin und Gramverscheucherin gewesen ist; mit demselben, flehe ich, sollst du mich in einen

Käfig setzen, das wird für mich eine große Glückseligkeit sein.«

Djâmasp stand nicht an, für den Fall, daß des Papageien Worte sich als wahr ausweisen würden, ihm die gnädige Gewährung seines Wunsches zuzusagen; alsdann sandte er auf der Stelle an den Statthalter einen zuverlässigen Boten mit einem strengen Befehl, durch welchen er das Mädchen wohlausgestattet zur Ehe verlangte. Der Befehl gelangte bald nach Damaskus, und der Statthalter hatte nichts Eiligeres zu tun, als seine reizende Tochter mit reicher Aussteuer und vielen Edelsteinen und sonstigen Kostbarkeiten, die er als Geschenk für den König bestimmte, dem Boten zu übergeben und nach Ägypten zu senden.

Kaum aber hatte der König das Mädchen erblickt – als er von Liebe verzückt – gefangen war – in ihrem umschlingenden Lockenhaar – als er wie ein Falter getrieben vom Liebesschmerze – umflatterte ihrer Schönheit leuchtende Kerze. – Allerdings war auch das Mädchen derart, daß ihresgleichen nie auf Erden gelebt hatte; der König fand sie tausendmal vorzüglicher, als der Papagei sie beschrieben, weshalb er auch im Lobe und Preise der Weisheit und Einsicht seines Vogels kaum ein Ende finden konnte. Auch hielt er treulich das dem letztern gemachte Versprechen und setzte am Abend seines Hochzeitstages die Suchan-Perwer, das Papageienweibchen des schönen Mädchens, in den Käfig des Zebân-Aver. Erst nachdem er dieser Pflicht genügt hatte, feierte er seine eigene Hochzeit.

Die beiden Papageien, also in einem Käfig vereinigt, begannen nunmehr als zwei sehnsüchtige Liebende, die sich endlich wiedergefunden, sich mitzuteilen, wieviel Gram und Trennungsschmerz ein jeder seit so vielen Jahren gelitten. Sie redeten darüber hin und her und gerieten in ein langes Gespräch, in welchem über alles verhandelt wurde, was ihnen von dem Augenblick ihrer Trennung an widerfahren war; auch machten sie sich, nach der Liebenden Brauch, gegenseitig wegen Untreue gelinde Vorwürfe. Djâmasp-Schach und das Mädchen von Damaskus hörten dieser Unterhaltung zu.

»O Suchan-Perwer«, sprach Zebân-Aver zu dem Weibchen, »dein Vorwurf trifft mich gar nicht, da Treue und Beständigkeit der Grundzug meines Charakters ist. Von dem Pfade der Treue habe ich mich kein Haarbreit entfernt, und nie habe ich den des Verrats eingeschlagen. Ist ja doch überhaupt unter den Kreaturen das männliche Geschlecht beständig – und das weibliche wetterwendig! – Jedermann kennt diesen Satz, für welchen auch die Treulosigkeit und der Verrat der Heme-Nâz gegen den Behzâd Zeugnis ablegt.«

»Was ist das für eine Geschichte?« fragte Suchan-Perwer, und Zebân-Aver hub an:

Wie man erzählt, lebte einst auf der Küste der Insel Serendîb ein Kaufmann namens Behzâd. Derselbe machte sich einst auf und unternahm eine Handelsreise. Er hatte aber eine schöne Frau, Heme-Nâz geheißen. Diese fand es langweilig, allein zu Hause zu sitzen, weshalb sie, als kaum ihr Gatte abgereist war, die Bekanntschaft eines jungen Mannes machte, in den sie sich verliebte. Sie besuchte denselben jeden Abend in seinem Hause und fand so viel Wohlgefallen an diesem Umgange, daß sie, als Behzâd nach einiger Zeit von seiner Handelsreise zurückkehrte, sich über seine Ankunft gar nicht freute. Eine Zeitlang sah sie sich vergeblich nach einer Gelegenheit um, mit ihrem Liebhaber allein zu sein, und als sie endlich ihre Ungeduld nicht mehr bemeistern konnte, gab sie eines Abends dem Behzâd einen Schlaftrunk ein und eilte, sobald er das Bewußtsein verloren, zu dem jungen Manne.

Nun hatte sich aber nach Gottes Ratschluß an jenem selben Abend ein Dieb, in der Absicht zu stehlen, in Behzâds Haus geschlichen und wartete, in einem Winkel verborgen, auf die Gelegenheit, sein Vorhaben auszuführen. Dieser hatte von seinem Verstecke aus alles, was die Heme-Nâz mit ihrem Manne machte, angesehen, und als erstere jetzt das Haus verließ, gab er den Zweck, der ihn hergeführt hatte, auf und folgte ihr unvermerkt nach, um zu sehen, wohin sie ginge. Da er nun gewahrte, daß sie sich in das Haus eines jungen Mannes begab, hielt er sich beobachtend in der Nähe. Es hatte aber zufälligerweise der Polizeimeister des Orts von dem Liebesverhältnis Kunde erhalten, wie ja auch ein Spruch sagt:

Was du noch so sehr verborgen,
Heute zeigt sich's oder morgen.

Der Polizeimeister also kam heran, ließ das Pärchen überfallen und gab, ohne auf irgendeine Entschuldigung zu hören, sogleich den Befehl, den jungen Mann ans Kreuz zu schlagen, wogegen er die Heme-Nâz laufenließ. Es war nämlich in jenen Ländern Sitte, in ähnlichen Fällen die Frau straflos ausgehen zu lassen, den Mann dagegen, mit welchem sie sich versündigt, zu kreuzigen. Danach wurde also auch hier verfahren, und kaum war die Exekution vollbracht, als der Polizeimeister den Richtplatz verließ und fortging.

Der Jüngling, welcher noch nicht seinen Geist aufgegeben hatte, rief nunmehr die Heme-Nâz zu sich und gab ihr durch Zeichen zu verstehen, daß er sie noch einmal an sein Herz drücken wolle. ›Meine Teure! Meine Geliebte!‹, dies war der Sinn seines Mienenspiels, ›da um deinetwillen dies Unglück über mich gekommen ist und deine Liebe mir eine Leiter zum Galgen gewesen ist – darum –

Mit dem letzten Atemzuge
Den ich eingesogen,
Fleh ich, sei mir Liebekrankem
Einmal noch gewogen!

Meiner Seele ganze Barschaft,
Das ist mein Verlangen,
Möcht ich hauchen auf den Spiegel
Deiner Rosenwangen.

Noch einmal, bevor ich sterbe, möchte ich mein Gesicht an das deinige drücken!‹

Heme-Nâz erhörte die Bitte, sie näherte sich ihrem gekreuzigten Liebhaber und legte ihr Gesicht an das seinige. Ihn aber hatte der Gedanke, daß des verfluchten Weibes Verlockungen ihn zur Sünde vermocht und daß er um ihretwillen sterben müsse, in die heftigste Wut gebracht, so daß er mit der Bitterkeit des Todes ihre Nase in seine Zähne faßte und sie abbiß. – Die Nase blieb in seinem

Munde, und unmittelbar darauf verschied er. Heme-Nâz aber lief, vom Schmerz getrieben, ohne Nase davon und langte bald in ihrem Hause an, wo ihr Mann noch von dem ihm eingegebenen Schlaftrunk betäubt dalag.

Daselbst tat sie abermals den Sack des Luges und des Truges auf. ›Was geschehen ist‹, sprach sie bei sich selbst, ›ist geschehen, und was verloren ist, ist verloren! Welche Antwort soll ich aber morgen dem Behzâd geben? Und was soll ich den andern Leuten sagen, wenn sie mich sehen und sich nach meiner Nase erkundigen? Das klügste wäre, ich bezichtigte meinen Mann der Tat; da er ohne Besinnung gelegen, so wird es ihm selbst möglich scheinen, mich verstümmelt zu haben. So komme ich von den bösen Folgen meines Unglücks los und überzeuge das Volk von meiner Unschuld.‹

Demgemäß näherte sie sich ihrem Manne und strich ihm von dem Blute ihrer Wunde so viel auf Nase, Stirn und Kleider, daß von den roten Flecken das Bett wie ein Tulpenbeet aussah. Als sie damit fertig war, hub sie an zu schreien, Behzâd habe ihr die Nase abgeschnitten. Auf dies Geschrei kamen die Nachbarn herbeigeeilt und warteten vor dem Hause, bis der Tag anbrach, mit welchem dem Behzâd die Besinnung wiederkehrte. Der arme Mann war über das, was sich zugetragen, außer sich; bald erschienen aber die Verwandten der Frau, welche ihn vor den Kadi führten, um ihn zu verklagen. Der Kadi fragte ihn, was er auf die Beschuldigung zu erwidern habe; er aber war so betroffen, daß er keine Antwort über seine Lippen zu bringen vermochte. Es wurde also nach dem heiligen Spruche, in dem es heißt: ›Nase um Nase!‹, das Urteil gefällt, daß dem Behzâd die Nase abgeschnitten werden solle.

Der Dieb aber, der dem ganzen Hergange beigewohnt hatte und demnach den Zusammenhang kannte, war auch mit in den Gerichtssaal eingetreten. Da er nun sah, daß dem Behzâd durch besagten Rechtsspruch ein großes Unglück drohe, da erbarmte er sich im Herzen seiner, es empörte ihn, daß das Vergeltungsrecht gegen einen Unschuldigen geübt werden solle, weshalb er vor den Kadi trat und die Worte des Korans aussprach: »Ich bezeuge nur, was ich weiß!« – Alsdann erzählte er von Anfang bis zu Ende alles, was er mit den Augen der Gewißheit angesehen hatte. Der Kadi antwortete ihm: »Dein Wort allein genügt mir nicht, um danach zu verfahren, denn es gibt keinen vollgültigen Beweis.« – Der Dieb erwiderte: »Wenn die Nase der Frau sich in Behzâds Bette findet, dann ist ihre Aussage wahr; wenn sie dagegen noch jetzt in dem Munde des gekreuzigten Jünglings steckt, dann ist die Wahrheit auf meiner Seite.«

Der Kadi nahm die Bemerkung beifällig auf, so daß er sich, von der Verwandtschaft der Heme-Nâz, welche die Klage vorgebracht hatten, und der ganzen Versammlung gläubiger Muselmannen begleitet, zu dem Hingerichteten verfügte, welcher wirklich die Nase der jungen Frau noch zwischen den Zähnen hielt. Die Entdeckung erfolgte vor aller Welt, und da war niemand, der nicht höchst betroffen sich die seltsame Geschichte zum warnenden Exempel hätte dienen lassen. Die Verwandten der Heme-Nâz zogen sich nunmehr mit Schimpf und Schande zurück, das verbrecherische Weib selbst aber wurde, nach der Bestimmung des heiligen Gesetzes, mit Hohn auf den Marktstraßen und Basaren der Stadt umhergeführt und dann in das Wasser geworfen.

Also wurde Behzâd von der Bosheit seines Weibes befreit, und die Heme-Nâz geriet am Ende selbst in die Schlinge ihrer Arglist.

Nachdem Zebân-Aver damit seine Erzählung beschlossen, sprach er: »Diese Geschichte, o Suchan-Perwer, beweist, daß treue und brave Frauen sich entweder gar nicht oder nur selten in der Welt finden. ›Eins aber‹, sagt das Sprichwort, ›ist wie keins.‹ Die Mehrzahl der Weiber ist falsch.«

Diese Rede verdroß die Suchan-Perwer sehr. »Deine Geschichte« antwortete sie, »ist wohl hübsch, aber daß alle Weiber falsch und alle Männer treu sind, beweist sie nicht. Ich will gern zugeben, daß es in der Welt an arglistigen Weibern nicht fehlt; aber daraus folgt nicht, daß alle arglistig und betrügerisch wären. Es gibt auch Männer von solcher Falschheit und Bosheit, daß der Sprache die Ausdrücke dafür fehlen, wie ja die ganze Welt die Schändlichkeit des bösen Muchtâr gegen die schöne junge Meimûne bezeugt.«

»Was ist das für eine Geschichte?« fragte Zebân-Aver, und Suchan-Perwer erzählte:

Geschichte von der edlen Meimûne und dem bösen Muchtâr

Von alten Geschichten ist auf uns gekommen – und von seltsamen Berichten haben wir vernommen – daß in der Stadt Jezd vor alters ein teuflischen Eingebungen erlegener, boshaft verwegener Kaufmannssohn namens Muchtâr lebte. Um sich seiner zu entledigen, nahmen ihm seine Eltern ein edles anständiges Mädchen in der Stadt Schiras zum Weibe und machten ihn daselbst ansässig.

Muchtâr ließ sich dies eine Zeitlang gefallen; dann aber nahm er seine Frau mit ihren Kleidern und ihrer ganzen Aussteuer zu sich und machte sich mit ihr auf den Weg nach Jezd, der Stadt seiner Eltern. Nachdem sie mehrere Tagereisen zurückgelegt hatten, traf es sich einmal, daß sie an der Heerstraße übernachten mußten, und sie schlugen zu dem Behufe an einem Brunnen ihr Nachtlager auf. Um Mitternacht aber erhob sich Muchtâr, nach der Habe der jungen Frau, ihrer Aussteuer und so weiter lüstern; er zog ihr die Kleider aus, nahm ihr Gepäck und warf die Unglückliche in den Brunnen. Den folgenden Morgen setzte er die Reise allein fort.

Der Meimûne aber gewährte der Allmächtige wegen ihrer Unschuld Rettung; sie stieg mit großer Not aus dem Brunnen heraus und gelangte mit unsäglicher Beschwerde in flüchtiger Eile wieder in ihre Vaterstadt. Daselbst fragten ihre Eltern sie, was ihr begegnet wäre; sie schämte sich aber, die Wahrheit einzugestehen, und antwortete ihnen: »Auf unserer Reise verlegten uns Räuber den Weg, raubten alle unsere Sachen und warfen mich in einen Brunnen. Was da aus meinem Gatten geworden ist, weiß ich nicht. Ich selbst fand ein Mittel, aus dem Brunnen herauszusteigen, und so bin ich hierhergekommen.«

Was nun den bösen Muchtâr anbetrifft, so gelangte er nach der Stadt Jezd, woselbst nicht lange darauf sein Vater und seine Mutter starben. Sie hinterließen ihm ein bedeutendes Vermögen, welches er der Habe seiner Frau beifügte. Sein Reichtum schien ihm nun unerschöpflich; in seinem sündhaften Lebenswandel aber verschwendete er so viel, daß in kurzer Zeit der ganze Schatz wie Staub auseinandergeflogen war.

So geriet er denn in einen Zustand, daß ihm sogar das Brot fehlte, und da er sich schämte, in seiner Vaterstadt zu betteln, so sah er sich genötigt, nach Schiras auszuwandern. Daselbst ließ er sich auf einem mit Votivlampen reich behangenen Begräbnisplatze nieder, zu welchem die Bewohner der Stadt unausgesetzt hinauspilgerten, und sprach die vorübergehenden Gläubigen, Männer und Weiber, um kleine Gaben an.

Nach dem Ratschluß Gottes besuchte eines Tages auch die Meimûne jenen Begräbnisplatz. Und siehe da, an dem Eingange erblickte sie ihren Gatten Muchtâr, welchen sie trotz des jämmerlichen Aufzugs, in dem er sich befand, sogleich erkannte. Sie trug ihm nun sein Verbrechen nicht nach, sondern begrüßte ihn mit Freundlichkeit, ohne ihm irgend Vorwürfe zu machen oder des Vorfalls sonst zu gedenken. ›Tue Gutes dem, der dir Böses tat‹, sagt ein Moralspruch, und nach diesem verfuhr sie. Muchtâr aber empfand seinerseits wegen seiner Missetat Reue, er gelobte Besserung und bat um Verzeihung, welche die Meimûne in ihrer Herzensgüte gewährte. Sie führte ihn sodann in das Haus ihrer Mutter, welche die Tochter zum zweiten Male ausrüstete und sie mit viel Hab und Gut abermals nach der Stadt Jezd reisen ließ. Als nun das Ehepaar auf dieser Reise wieder an den bewußten Brunnen kam und sie dort ihr Nachtlager aufschlugen, da schwollen dem bösen Muchtâr aufs neue die Adern der teuflischen Habsucht; er ermordete also um Mitternacht, als sie im Schlafe bewußtlos dalag, die arme Meimûne und warf sie in den Brunnen, worauf er sich mit ihrer Aussteuer und Habe aufmachte und nach Jezd zog.

Also beschloß Suchan-Perwer ihre Erzählung; Zebân-Aver aber rief aus: »Bei Gott, das heiße ich Schlechtigkeit, ein so liebliches und edelmütiges Wesen umzubringen!« – Suchan-Perwer aber erwiderte ihm: »Du siehst hieraus, daß weder die Männer noch die Weiber sich alle gleich sind, in beiden Geschlechtern werden Gute ebensowohl als Schlechte gefunden. Möge uns der Allgütige gnädig sein und uns bei der Treue erhalten!«

Nachdem sie diese Bemerkungen gemacht hatten, sprachen sie nicht weiter von dem bösen Muchtâr und der edeln Meimûne, sondern unterhielten sich heiter und vergnügt, wie sie es gewohnt waren.

Nach diesen Worten kam der weise Papagei auf seinen früheren Satz zurück. »Ich habe dir«, sprach er, »o Mâhi-Scheker, diese Geschichte so umständlich erzählt, damit du dir daran ein Beispiel nehmest. Hüte dich, gegen deinen

Geliebten eine Verräterei zu begehen, und sieh dich wohl vor, daß man dir nicht den Namen der Ungetreuen beilege. Jetzt aber zaudere nicht länger, sondern eile zu deinem Geliebten, den du von der Qual des Harrens befreien mußt.«

Mâhi-Scheker verabschiedete sich also. Da sie aber eben gehen wollte, sah sie, daß der Sonne Licht die Welt zu erleuchten anfing. Ihr Wunsch blieb daher abermals unerfüllt, und sie mußte sich auf den folgenden Abend gedulden.

Nun weicht, ihr armen Leute, weicht!
Und sei es euch gesagt,
Es hat der hohe Diwan
Auf morgen sich vertagt!

ZWEIUNDZWANZIGSTER ABEND

Sobald es wieder Abend geworden war, trat Mâhi-Scheker unter den Käfig und sprach: »Schon so viele Tage hast du, o Papagei, mein Vorhaben verzögert und hintertrieben, so daß es ungeschehen blieb; hättest du nur den mindesten guten Willen gehabt, da wäre längst mein Wunsch erreicht worden.« – »O Mâhi-Scheker«, antwortete der Papagei, »wenn ein Geschick von Gott solche Verzögerung verhängt, was nützt da Anstrengung und Fürsorge? Gott weiß, welche Mühe ich mir gegeben, deinen Vorteil wahrzunehmen. Aber ein jedes Ding hat seine Zeit, wie ja auch ein Vers sagt:

Der gelangt gewiß zum Ziele,
Der da wandelt mit Bedacht;
Große Eile hat gar viele
In die Falle schon gebracht!

Mit Übereilung kommt nichts zustande, und der Weise handelt nie unbedächtig, da sinnloser Eifer nur zu Reue und Tadelhaftigkeit führt. Gleichwie derjenige, welcher seiner Anstrengung eine verkehrte Richtung gibt, nicht an das Ziel seiner Wünsche gelangt, ebenso findet der Eilfertige das, was er sucht, nicht. Der Ausgang der Eile ist Reue, daran ist nicht zu zweifeln. Mögest du ihr nicht anheimfallen und es dir nicht ergehen wie jenem Seidensticker, der, da er sich an seinem täglichen Verdienst nicht genügen ließ und mehr begehrte, als Frucht seines Strebens nichts als eitel Mühe und Not hatte und endlich sein Tun bereute!«

»Was ist das für eine Geschichte?« fragte Mâhi-Scheker, und der Papagei erzählte:

Geschichte von dem habsüchtigen Sticker

In einer Stadt Iraks lebte einmal ein Sticker, der so geschickt war, daß er ein Haar vierzigfach zu zerspalten verstand, und so fleißig, daß er sein Gewerbe keinen Augenblick aus den Händen ließ. Trotz aller Anstrengung vermochte er aber über sein tägliches Bedürfnis hinaus keinen Heller zu verdienen. Er besaß einen Freund, der war Wollenhechler. Als er diesen einst besuchte und sein Haus mit mannigfaltiger Habe angefüllt, ihn selbst aber in kostbare Gewänder gekleidet erblickte, verwunderte er sich und sprach bei sich selbst: ›Ich werde doch bei Tag und Nacht zu Königen und vornehmen Herren gerufen und arbeite für sie ihrer würdige Gewänder; dieser Hechler dagegen reinigt nur Schaf- und Baumwolle und hat sich damit ein so bedeutendes Vermögen erworben, während ich vor Elend und Not vergehe! Wie ist das zu begreifen!‹

Mit solchen Gedanken kam er nach Hause und setzte sich, in ein Meer von Sorgen versunken, nieder. Seine Frau näherte sich ihm und fragte ihn, was ihm Widerwärtiges begegnet sei, worauf er ihr den Anlaß seines Unmuts mitteilte. »Meine Frau«, fügte er hinzu, »ich habe nunmehr beschlossen, von hier fortzugehen und mich in ein anderes

Land zu begeben. Es ist einmal mein Schicksal, in dieser Stadt nur mit großer Schwierigkeit mein Auskommen zu finden. Ich muß nach einem Orte übersiedeln, wo meine Kunst Anerkennung findet; dort werde ich ein ruhiges Leben führen. Haben doch auch die Weisen gesagt:

Wo der Sichelmond nicht wandert,
Wird kein schöner Vollmond draus;
Unbeachtet ist die Perle,
Die da bleibt im Muschelhaus.«

Die Frau antwortete: »O Sticker, was du dir da ausgedacht, ist nicht wohlgetan – ist ein eitler Wahn – eine falsche Bahn! ›Wir haben unter sie ihren Unterhalt im Leben verteilt‹, sagt der Herr, und durch diesen Ausspruch ist einem jeden sein tägliches Brot zugemessen worden. Aus den verborgenen Schätzen des Allmächtigen kommt uns dasselbe zu, gleichwie aus der Vorratskammer des Koranverses ›Und es ist kein Tier auf Erden, für dessen Unterhalt nicht Gott Sorge trüge‹, den Tieren ihr Lebensbedarf zuteil wird. Niemand, er mag sich noch so sehr abmühen, erwirbt mehr, als was ihm zuerteilt worden ist. Wenn du deinem Schicksal zu entrinnen suchst, so wird es dir folgen und dich überholen; und wenn du durch Anstrengung mehr als das dir bestimmte Maß zu erlangen hoffest und jahrelang dahinter herläufst, du wirst es nie erreichen! Die Geschichte des Königs von Baktrien, welcher, da er sich an dem ihm zugewiesenen Geschick genügen ließ, zu der Wohnung der Glückseligen einging und der der Herrscherwürde entsagte, des Ibrâhîm ibn Edhem (Gott segne seine Geheimlehre!), ist für alle, die sie vernehmen, eine ernste Mahnung und Warnung.«

»Was ist das für eine Geschichte?« fragte der Sticker, worauf die Frau erzählte:

Der König von Baktrien, Ibrâhîm ibn Edhem, der große Mystiker, begab sich einst während seiner Regierungszeit auf die Jagd. Auf freiem Felde setzte er sich zum Essen nieder; während er aber damit beschäftigt war, sah er, daß unversehens eine Biene herankam, ein Stückchen Brot vom Tische nahm und auf und davon flog. Der König fand dies so merkwürdig, daß er ihr nacheilte. Sie flog unter einen Baum, wo sie sich niederließ. Ibrâhîm ibn Edhem kam näher und sah einen auf beiden Augen erblindeten Sperling unter dem Baume sitzen, der, sowie er das Summen der Biene vernahm, seinen Schnabel auftat. Die Biene zerlegte nunmehr das Brot, das sie von ihrer Reise heimgebracht, in drei Stückchen und steckte sie dem blinden Vogel in den Schnabel, worauf sie sich wieder aufmachte und fortflog.

Als Ibrâhîm ibn Edhem dies wunderbare Gotteswerk sah, da entsagte er allen irdischen Haften und wandte sich dem Allwahren zu.

»Sollte nun, o mein Gatte, der allmächtige Spender aller guten Gaben, welcher einem blinden Sperling in der Wüste sein tägliches Brot sendet, dir das deinige vorenthalten? Weshalb bist du auf so üble Gedanken geraten?« – »O Frau«, antwortete der Sticker, »was du da sagst, ist die Lehre von der unbedingten Ergebung in den Willen Gottes, welche freilich ihre schönen Seiten hat. Arbeit und Mühe aber führen zu andern Erfolgen, die du nicht begreifst. Der gefesselte Löwe erjagt kein Wild, und ein Pferd, das nicht rennt, gelangt nicht zum Ziel und gewinnt den Wettpreis nicht. Kurz«, schloß er, »ich muß in ein anderes Land gehen!« – Damit sagte er seiner Frau Lebewohl und machte sich auf die Reise.

Sein Weg führte ihn nach der Stadt Nischabur, woselbst er eine Zeitlang sein Gewerbe betrieb und nach Wunsch

Geld verdiente. ›Wenn ich nunmehr‹, sprach er dabei zu sich selbst, ›vierzig, fünfzig Jahre alt bin, so kehre ich in Frieden nach meiner Vaterstadt zurück, arbeite ferner nicht mehr, sondern genieße in Herrlichkeit, was ich habe.‹ – Damit verließ er Nischabur und trat die Reise nach dem Irak an.

Auf dem Wege traf es sich einmal, daß er an einem gefahrvollen Orte zur Nacht bleiben mußte; er legte sich daselbst nieder und schlief, von Müdigkeit überwältigt, ein.

Nun hatte er einen Traum: es ließen sich zwei schöne Vögel vor ihm aus der Luft auf die Erde nieder, und sie fragten sich gegenseitig, wer sie wären, – sie schienen nämlich einander völlig unbekannt zu sein. Der eine antwortete: »Ich bin der Genius des Fleißes und der Anstrengung dieses Stickers.« – »Ich dagegen«, sprach der andere, »bin der Genius seines Gestirns und Schicksals. In dem Buche seines Verhängnisses steht geschrieben: ›Diesem Menschen soll irdische Habe, die er aufspeichern möchte, nicht zuteil werden.‹ Denn Gott, der Allpreisliche, der Allweise, erbarmt sich seiner Knechte noch freundlicher und mitleidiger als Vater und Mutter, und da sein urewiges Wissen alles umfaßt, was einem jeden nach seiner Sinnesart frommt, so gibt er auch überall seinen Knechten ihr tägliches Brot, wie es zu ihrem Besten dient, und erzeigt ihnen die mannigfaltigsten Wohltaten. Wo ein Erdensohn an Sinnesart rein ist und tüchtig – und seines Herzens Spiegel klar und aufrichtig – der bei seines äußern Glückes Vermehrung – auch zunimmt an Gottesverehrung – dessen Milde und Würdigkeit sich bewährt zu jeder Zeit – dessen Haupt schmückt er mit der Herrscherkrone – den führt er zum Throne – und kleidet ihn in kaiserliche Gewänder – und gibt ihm die Herrschaft weiter Länder. – Wo er dagegen weiß, daß ein Erdensohn im Glück übermütig sein würde und ungehorsam, dem gibt er sein tägliches Brot nur in kleinen Brocken, weil der Pfad der Dürftigkeit für ihn der gedeihlichste ist und er auf ihm vor Empörung bewahrt bleibt. – Wohin nun, o Sticker, meinst du zu gehen mit diesem Gelde? Dem Verhängnis willst du dich widersetzen?« – Alsdann ergriff er, mit den Worten: »Da ist keiner, der Seinen (Gottes) Beschluß rückgängig machen oder Seine Entscheidung umstoßen könnte!«, den Beutel mit dem Gelde und rief, ihn emporhaltend: »Ibn Mirrîch, komm her!« – Sofort erschien ein Mann, der wie ein nach Blut lechzender Henker aussah; eilig lud der Genius des Geschicks demselben das Geld auf, und alle drei verschwanden aus den Augen des Stickers.

Betroffen von dem furchtbaren Traume, erwachte dieser, und siehe, sein Gesehenes – war in Wirklichkeit Geschehenes – sein Geld war verschwunden – und ward nicht mehr gefunden – er suchte ängstlich hin und her – aber sein Schatz war nicht mehr! – Er schämte sich nun, vor seiner Frau und den Nachbarn mit leerer Hand zu erscheinen, und wandte sich, anstatt nach dem Irak zu gehen, nach Nischabur zurück, wo er abermals sein Gewerbe betrieb und in kurzer Zeit noch mehr Geld zusammenbrachte, als er vorher besessen hatte. Damit machte er sich dann wieder nach seiner Heimat im Irak auf. Aber auch auf dieser Reise hatte er, da er eine Nacht in einer Herberge schlief, ganz denselben Traum, den er bei der frühern Reise gehabt hatte;

abermals erschienen ihm die beiden Genien, und der des Glücks sprach zu dem der Anstrengung: »O du Tor, niemand vermag mehr zu gewinnen, als Gott ihm in der anfangslosen Ewigkeit bestimmt und zugemessen hat, darum laß ab von dem eiteln Streben! – Ich habe«, fügte er hinzu, »dir dies schon früher gesagt – warum nun tust du so große Narrheit und Sünde, der Weisheit Gottes zu widerstreben?« – Der Genius der Anstrengung trat dann näher und bat um Verzeihung, indem er sprach: »Nimm mir dies nicht übel, wir haben die Sitte, jeden, der arbeitet und strebt und dabei unser Gewand, um Beistand flehend, anfaßt, unter jeder Bedingung zu dem Ziele seiner Wünsche hingelangen zu lassen, auf daß ihm sein Fleiß nicht verlorengehe. Wenn es dir dann auch beliebt, dann ist der Erfolg sicher; wenn aber dein Wohlwollen fehlt, dann geht auch meine Mühe verloren. Jedes Streben wird durch dich fruchtbar; wer deiner Gunst teilhaftig ist, bedarf keiner Anstrengung; mag er ein noch so großer Verschwender sein, sein Hab und Gut wird darum nicht abnehmen.«

Damit wachte der Sticker auf, und siehe da, sein Geld war abermals spurlos verschwunden. Er erkannte daran, daß, was er als Traum gesehen hatte, Wirklichkeit gewesen war, und rief aus: »Es wäre Sünde, ferner den falschen Weg zu verfolgen! Wie immer das Geschick für mich ausfällt, ich bin damit zufrieden!«

Er setzte also seine Reise fort und gelangte bald nach seiner Vaterstadt, woselbst er seiner Frau alles, was ihm zugestoßen war, erzählte. »Habe ich«, erwiderte diese, »dir nicht alles das verschiedene Male gesagt? Du aber wolltest nicht hören! Was dir da begegnet ist, gleicht aufs Haar der Geschichte des Schakals.«

»Was ist das für eine Geschichte?« fragte der Sticker, und die Frau erzählte:

Es wurde einmal ein Kamel so räudig, daß von Schaben das rote Fleisch zum Vorschein gekommen war. Da kein Mittel anschlagen wollte, so ließ der Eigentümer das kranke Tier in die Wüste laufen. Wie es nun allein in der Einöde einherging, erblickte es ein Schakal, der sich eben an einem Mauseloch in Hinterhalt gelegt hatte. Alsbald ließ derselbe den Gedanken, die Maus zu fangen, fahren und lief vielmehr dem Kamele nach, welches, so dachte er, ihm zur Beute werden müßte. Seine Genossin aber, das Schakalweibchen, warnte ihn und sprach: »Hab acht, daß dir nicht durch deine Habsucht die schon gewonnene Beute wieder durch die Finger schlüpft! Laß dir an dem geringen Gewinne genügen, sonst möchte, während du dem Großen nachjagst, das Kleine entrinnen und dir nichts bleiben als Täuschung und Reue.« – Ihr antwortete der Schakal: »Nur gemeine Leute begnügen sich mit wenigem; mir ist ein hoher Sinn beschert worden, und darum kann ich diesen herrlichen Bissen nicht fahrenlassen, um mich mit der Mäusejagd zu beschäftigen. Warum sollte ich mich um nichts und wieder nichts mit so elendem Wild begnügen?«

Damit eilte er dem Kamele nach und folgte ihm drei bis vier Tage lang. Aber das Kamel fiel nicht, so daß er, der vorher die sichere Beute fahrenließ, in seiner Hoffnung getäuscht, mit leerer Hand und hungrigem Magen zu seinem Weibchen zurückkehrte. »Siehst du nun?« fragte ihn dieses, »mit dem dir bestimmten Mahle warst du nicht zufrieden, dafür hast du nun auch ohne Nutzen soviel Elend und Mühsal ausstehen müssen.«

Der Sticker bereute nunmehr, so habsüchtig gewesen zu sein, und war hinfort mit seinem Geschicke zufrieden.

»Nun aber«, fuhr der Papagei fort, »laß dir, o Mâhi-Scheker, dies zur Warnung dienen und hüte dich, wenn du bei deinem Geliebten bist, wohl vor Habsucht.« – »Ach«, antwortete Mâhi-Scheker,

»Nur wer selber Leid empfunden,
Fühlt den Schmerz von andrer Wunden!

Du aber kennst keinen Schmerz, du lebst ruhig und zufrieden und hast keine Ahnung von den Qualen, die ich ausstehe. Ich klage dir mein Weh, denn ich hoffe, daß du mir vielleicht in deiner Weisheit ein Heilmittel für meine Herzenswunde ausfindig machen werdest. Du aber erzählst mir des langen und breiten Fabeln und seltsame Geschichten; sooft ich nachts zu dir komme, gibt's eine Erzählung, nichts anderes, und damit täuschest du mich. Klage ich dir dann mein Leid, da gibt's eine neue Erzählung – es ergeht mir mit dir ganz so wie dem Beduinen mit dem Kalifen Mamûn.«

»Was ist das für eine Geschichte?« fragte der Papagei, worauf Mâhi-Scheker erzählte:

Geschichte von dem Beduinen und dem Kalifen Mamûn

Eines Tages kam ein Beduine zu dem Kalifen Mamûn und sprach: »Beherrscher der Gläubigen, ich möchte die Wallfahrt unternehmen, aber mir fehlen die Mittel!« – »In diesem Falle«, antwortete der Kalif, »bist du nicht an jene Religionspflicht gebunden; darum quäle dich nicht umsonst.« – »O Fürst der Gläubigen«, entgegnete der Beduine, »ich wollte dir meine Armut klagen, und wenn ich sagte, es fehle mir das Geld zu der mir obliegenden Wallfahrt, so war dies nur ein Scherz. Ich hoffte von dir ein Geschenk zu bekommen, und statt dessen explizierst du mir theologische Streitfragen, indem du von der Verpflichtung zur Wallfahrt redest.«

Diese witzige Antwort entzückte den Kalifen so sehr, daß er den Beduinen mit einer reichen Gabe bedachte.

»Ebenso, o Papagei, rede ich dir von Liebe und frage dich, wie ich mich mit meinem Freunde zusammenfinden soll – und du redest mir von Wölfen und Vögeln und Schakalen und Kamelen; aus Tälern und von Bergen holst du Wasser her, und du erstickst mich mit deinen Erzählungen, um mich an meinem Vorhaben zu hindern. Willst du denn gar nicht, daß ich mit meinem Geliebten zusammenkomme?« – »Um Gottes willen, was sagst du«, antwortete der Papagei, ›die Wahrheit ist bitter‹, lautet ein Spruch der Weisen, und wahrlich, dieser Spruch ist richtig. So sind dir nun meine Ermahnungen, die vielfachen Erzählungen und Beispiele, die ich dir vorführe, unangenehm geworden. Drum will ich auch nichts mehr sagen! So geh denn jetzt ohne Verzug hin zu deinem Geliebten, deiner Schönheit Augensalbe erhelle – seine schmachtenden Blicke schnelle – ja eile, sein harrendes Herz zu beglücken – und durch deiner Gesellschaft Rosenflor zu entzücken! – Soviel ich mich um dich bemüht habe, du hast es nicht erkannt, es war umsonst! Ich hatte nie die Absicht, dich durch meine Geschichten von deinem Geliebten fernzuhalten; du aber bist ein frisch aufblühendes Knöspchen, du weißt noch nichts von der Arglist der Menschen. Ich bin zwar auch noch jung, aber ich habe viel von der Welt gesehen und aus allem meine Lehren gezogen; auch habe ich vieles gehört, was in alten Zeiten sich begeben, und habe mir auch dies zunutze gemacht, so daß ich mich sowohl auf das Kleine als auch auf das Große in der Welt verstehe. Ich sehe wohl aus, als wenn ich von nichts wüßte, und doch weiß ich vieles; was man mit tausend Schätzen und mächtigen Heeren nicht zu beschaffen vermag, das bringe ich zuwege, indem mein scharfer Verstand alle Schwierigkeiten und Knoten löst, alle Hüllen aufdeckt. Ich fürchte nur, daß, wenn du in eine widerwärtige Lage gerätst und kein Mittel ausfindig zu machen weißt, dich daraus zu befreien, du zum Gespötte der Welt werdest, und deshalb habe ich dir so viele Geschichten erzählt. Eine jede derselben enthält eine nützliche Lehre, durch welche man im Falle der Not sich aus großem Unglück erretten kann, gleichwie der Luchs sich durch Schlauheit vor einem so mächtigen Feind wie dem Löwen rettete.«

Nun gereute es die junge Frau, den Papagei mit Vorwürfen gequält zu haben. Sie tat Abbitte und flehte: »Sei doch so gut und erzähle mir diese Geschichte! Ich möchte sie hören.« – Nach tausend Neckereien und Tändeleien hub der Vogel an:

Geschichte vom Luchs und dem Löwen

Vor alten Zeiten hatte einmal ein Löwe sich eine von vielem Wild bewohnte Waldgegend zum Wohnsitz genommen. Demselben diente ein Affe als Haushofmeister. Einst traf es sich, daß der Löwe eine Reise machen mußte, weshalb er den Affen beauftragte, jenen Ort zu behüten und auch das Lager seines Herrn wohl zu bewachen; denn von Zeit zu Zeit huben Fremde es zu betreten an, und als eines Tages der Luchs des Weges kam und sah, daß ein lieblicher Ort – ein entzückendes Plätzchen dort – eine reizende Stelle – der Glückseligkeit Schwelle – da beschloß er, sich daselbst häuslich niederzulassen.

Kaum hatte der Affe dies bemerkt, als er dem Eindringling zurief: »O Luchs, welchen Frevel, welches Verbrechen willst du begehen? Hast du etwa vergessen – mit welchem Maß du wirst gemessen? – Warum dich recken und strekken – daß die Füße hervorragen unter der Decken? – Gott, heißt es, erbarmt sich dessen, der da sein Maß kennt und nicht seine Grenze überschreitet, das heißt, ein jeder hat sich in seinen Schranken zu bewegen und nicht über das, was ihm als Ziel gesetzt ist, hinauszugehen. Diese herrliche Lagerstelle hier gehört dem gegenwärtigen Beherrscher des Wildes, dem großmächtigen Löwen, gegen dessen Macht und Kraft niemand aufkommt. Wie kannst du dich in deiner Dummheit solcher Dinge erfrechen und den Klauen des Löwengrimms trotzen!« – »O Affe«, antwortete der Luchs, »das dümmste Wesen auf Erden bist wohl du, der du so nichtige Reden führst und selbst nicht weißt, was du sagst. Wie hat denn der Löwe diesen Platz erworben? Worauf beruht sein Eigentumsrecht? Es ist dies mein väterliches Erbe von alters her, und möchte der Löwe, ja selbst der Tiger kommen, ich lasse keinen hinein! Für was siehst du mich an? Meinst du, ich fürchte mich vor dem Löwen? Und denkst du, ich sei nur ein Luchs? Nennt man ihn den Löwen, so nennt man mich den Löwenwürger; in meiner Küche wird lauter Löwen- und Tigerfleisch gekocht. Was ist der Hund von einem Löwen, von dem du mir redest? Mag er nur herkommen! Ich werde ihm schon seine Stelle anweisen und ihn andere Leute in ihrer angestammten Habe beeinträchtigen lehren!«

Den Affen überwältigten diese tapferen Worte so, daß er sich umwandte und ging. Das Weibchen des Luchses aber sprach zu ihm: »Daß wir hier bleiben, geht doch nicht an; wir müssen uns vor den Klauen des Löwen hüten, und die Klugheit rät, daß wir uns sobald als möglich zur Reise anschicken.« – »Fürchte nichts«, erwiderte der Luchs, »vielleicht gehört der Platz dem Löwen gar nicht, und wenn dies auch wäre, so ist doch die Möglichkeit da, daß ihm in der Gegend, in die er gereist ist, ein Unfall zustößt. Vielleicht kommt er gar nicht wieder, und wenn er kommt, so können wir uns doch immerhin durch Schlauheit aus seinen Klauen retten. Laß uns daher, was Gott uns heute beschert, als Gewinn achten und froh genießen; für morgen wird der Allbarmherzige schon sorgen.« – »Aber«, entgegnete das Weibchen, »daß der Platz dem Löwen angehört, bezweifle ich nicht im mindesten, und dabei ist es sehr wahrscheinlich, daß ihm kein Unfall zustößt, sondern daß er plötzlich irgendwoher auftaucht und herankommt. Außerdem wird man ihm auch gewiß mitteilen, wie sehr du gegen ihn in seiner Abwesenheit die Zunge gespitzt. Du meinst, du wollest, wenn er käme, eine List spielen; aber nicht immer trifft diese ihr Ziel, ja, oft führt sie ihren Urheber ins Verderben, gleichwie der Wolf, der den Schakal überlisten wollte, dabei das Leben einbüßte.«

»Was ist das für eine Geschichte?« fragte der Luchs, und das Weibchen erzählte:

Der Wolf und der Schakal

Man hat mir erzählt, daß ein Wolf einst die Höhle eines Schakals leer fand und sich hineinbegab, um letzterem bei seiner Rückkehr aufzulauern. Als aber der Schakal herankam, bemerkte er, außer seinen eigenen, fremde Fußstapfen am Eingang der Höhle. Dies machte ihn vorsichtig, so daß er nicht hineinging. ›Bevor ich einen Schritt vorwärts tue, muß ich mich doch umschauen‹, dachte er und rief dann laut zur Tür hinein: »Mein Haus, mein verehrtes – mein Nest, mein treubewährtes – meine Heimat du – meine Seelenruh!« – Als nun von innen keine Antwort erscholl, fuhr der Schakal fort: »O Haus, hat doch zwischen dir und mir allezeit Zwiesprache stattgefunden, so daß du, wenn ich an die Tür kam und rief, antwortetest – und jetzt, wo ich komme und rufe, sagst du nichts? Willst du nun Antwort geben, so ist's gut; wo nicht, so verlasse ich dich und suche mir eine andere Wohnung.«

Als der Wolf im Innern der Höhle dies hörte, sprach er bei sich selbst: ›Weiß Gott, es muß eine Eigentümlichkeit dieses Ortes sein, Antwort zu geben, wenn sein Eigentümer ruft. Wenn ich jetzt schweige, so kehrt vielleicht der Schakal um und geht fort, so daß meine Bemühung vergeblich gewesen ist. Es ist daher das klügste, ich gebe die Antwort.‹ Damit rief er aus: »Zu Befehl!«

Der Schakal erkannte des Wolfes Stimme und wußte sogleich, wie er daran war. Eiligst lief er nun zu einem Schäfer, der in der Nähe weidete, und teilte ihm mit, was sich mit dem Wolfe ereignet. Der Schäfer aber hatte schon längst den Himmel angefleht, daß er ihm eine Gelegenheit zuteil werden lassen möge, an dem Wolfe Rache zu nehmen, welcher ihm oft aus seiner Herde Schafe geraubt hatte. Er begab sich daher schleunigst nach der Höhle und verschloß ihren Eingang mit großen Steinen, so daß der Wolf in jenem Gefängnis elend vor Hunger und Durst umkam. Die Arglist, mit der er den Schakal treffen wollte, traf ihn also selber.

Damit schloß die Luchsin ihre Erzählung. »Aber«, entgegnete ihr Gatte, »was habe ich mit dem Wolfe gemein? Der Wolf, von dem du da redest, war ein dummer Hund! Hätte er Verstand gehabt, da würde er nicht aus dem Innern der Höhle geantwortet haben. Man darf freilich, wenn man sich der List bedienen will, den Klügsten nicht nachstehen. Doch das begreifst du nicht.«

Während der Luchs mit seiner Gefährtin hierüber hin und her sprach, entstand plötzlich ein Lärm, und siehe da, der Löwe war angekommen! Das Wild und die reißenden Tiere kamen nun in Massen hervor, um ihrem Beherrscher entgegenzugehen. Sein Hofmeister aber, der Affe, eilte allen voraus und berichtete, wie der Luchs gekommen und wie frech er sich betragen. Ihm entgegnete der Löwe: »O Affe, du sprichst mir da von einem Mut und Unternehmungsgeist, wie er sich bei Luchsen nicht wohl findet. Vielleicht ist es kein Luchs, sondern irgendein anderes Tier, das mich an Kraft und Mut übertrifft, sonst hätte es solches nicht wagen können. Ich muß mich davor in acht nehmen«, schloß er, seine Schritte zurückhaltend. Der Affe aber sprach: »O Beherrscher des Wildes, gibt es denn auf Erden irgendein Wesen, das kühner, gewaltiger und heldenmütiger wäre als du? Warum tust du denn also? Ich habe den Luchs tausendmal gesehen und weiß auf das sicherste, daß er es ist. Geruhe darum, von dieser Furcht abzulassen; jener Übeltäter muß durchaus bestraft werden.« – »O Affe«, antwortete der Löwe, »ein solches Herz hat der Luchs nicht; denn seine Art hat tausendfach mit den Krallen meiner Gewalt Bekanntschaft gemacht. Es ist vielmehr gar nicht unwahrscheinlich, daß jenes Tier, wenn auch klein von Gestalt, mir dennoch an Kraft überlegen ist – wie es im Koran heißt: ›Über allen Wissenden ist ein Allwissender.‹ Lautet ja doch auch ein bekannter Vers:

Selbst den Löwen schlug mit Schmach er,
Seine starke Tatze brach er –

Auch sagt ein bekanntes Sprichwort:

Besser zur Flucht die Füße regen
Als an das Unheil die Hände legen.

Es scheint mir deshalb geraten, daß ich, anstatt mit ihm zu kämpfen und, wenn ich nicht mit ihm fertig werden kann, meine Ehre einzubüßen, mich ihm lieber gar nicht erst zeige und die Flucht ergreife.«

Unter solchen Gesprächen näherten sich beide dem Lager und standen da, sich nach rechts und links umschauend und zur Flucht bereit. Inzwischen sprach die Luchsin zu ihrem Manne: »O Schwarzohr, das Unglück, vor dem mir bangte, hat uns schon betroffen. Wie willst du uns nun heraushelfen?« – Der Luchs antwortete: »Wenn der Löwe nahe herangekommen ist, dann mach nur unsere Jungen weinen und schreien. Wenn ich dich da frage, warum du die Kleinen weinen lässest, mußt du sagen: ›Unsere Kinder sind gewohnt, Löwenfleisch zu essen; im Schatten der Herrlichkeit des gewaltigen Löwenwürgers fehlt es zwar an

Tigerfleisch in der Küche nicht, aber die Kleinen verlangen Löwenfleisch, weil es so schmackhaft ist.‹ Das sei deine Antwort!«

Als nun der Löwe sich nahe bei dem Lager befand, hub die Luchsin an, ihre Jungen zu kneipen, so daß sie weinten, worauf der Luchs ihr mit lauter Stimme zurief: »Was lässest du die Kinder weinen?« Sie gab ihm sodann die Antwort, welche er sie gelehrt hatte. »Tigerfleisch«, antwortete der Luchs, »steht in der Küche zu Bergen aufgehäuft; aber wenn die Kleinen es verschmähen, weil sie sich einmal an Löwenfleisch gewöhnt haben, so möchte ich doch fragen, was aus demjenigen geworden ist, welches ich kürzlich gebracht habe?« – »Ja«, entgegnete das Weibchen, »Löwenfleisch ist da, aber unsere Kinder sind mit frischem Löwenfleisch aufgezogen; altschlachtenes mögen sie nicht, sie verlangen einen Braten vom frischen.« – »Für den Augenblick«, erwiderte der Luchs, »mögen sie sich mit etwas altschlachtenem begnügen: der Löwe, welcher früher diesen Wald bewohnte, muß in diesen Tagen zurückkommen, denn seit er fortgegangen, ist schon eine geraume Zeit verflossen. Vielleicht kommt er sogar bald, und wenn dies der Fall, so hoffe ich, daß wir heut oder morgen mit Gottes gnädiger Hilfe ein Stück von seinem Fleisch braten können.«

Als der Löwe diese Unterhaltung selbst vernommen hatte, sprach er zu dem Affen: »Hast du's nun gesehen? Habe ich dir's nicht gesagt? Das ist ein mächtiger Feind! Ein Luchs tut solche Dinge nicht; darum ist es das beste, ich verlasse diesen Ort.« – Er sprach's und wollte, ohne zu verweilen – von hinnen eilen; aber der Affe rief ihm zu: »Beherrscher des Wildes, fasse dich und fürchte dich nicht! Jenes Tier ist ein schwaches Geschöpf, ein verächtliches Ding. Du brauchst nicht so zu erschrecken! Willst du die Gnade haben, es einmal anzugreifen, so wirst du bald gewahr werden, was wirklich daran ist.«

Mit vielen Reden dieser Art gelang es ihm, den Löwen umzuwenden und gegen den Luchs zu Felde zu führen, welcher, da er ihn wieder herankommen sah, leicht bemerkte, daß der Affe ihn zur Rückkehr bewogen habe. Er ließ nun abermals seine Jungen zum Weinen bringen und fragte wieder sein Weibchen nach dem Grunde, worauf dieses dieselbe Antwort gab, welche es vorher gegeben hatte: »Sie verlangen Braten von frischem Löwenfleisch.« – »Habe ich dir denn nicht gesagt«, antwortete der Luchs, »du sollst sie jetzt, so gut es geht, befriedigen? Wie ich höre, ist soeben der Löwe, der dies Haus als Eigentum in Anspruch nimmt, angekommen, und der Affe, einer meiner Freunde, hat es übernommen, ihn, sobald er da ist, durch eine List auf seinen eigenen Füßen zu mir zu führen. Das muß jetzt geschehen, und wenn der Allmächtige zu der Veranstaltung meines Freundes, des Affen, das Glück lächeln läßt und der Löwe herkommt, da bringe ich durch einen einzigen Angriff die Sache zu Ende. So gewinnen wir

Nahrung für uns und die Kleinen; auch wollen wir dem Affen für seine Bemühung dankbar sein, ich werde ihn meines nahen Umgangs würdigen und ihn zu einem Hofmann machen.«

Der Löwe traute diesen Worten und rief zornig aus: »Pfui, du nichtswürdiger Affe, mit List wolltest du mich in das Netz des Verderbens stürzen? Doch eher sollst du selbst sterben, als daß du mich umbringst!« – Damit zerriß er ihn in Stücke; dann nahm er seine Kräfte zusammen und entfloh aus jener Gegend, so rasch seine Füße ihn tragen wollten. Der Luchs aber, der durch seine List sich gerettet hatte, brachte den Rest seiner Tage in Freude und Lust an jenem Orte zu.

Damit schloß der weise Papagei seine Erzählung. »O Mâhi-Scheker«, fuhr er dann fort, »wenn ich dir so lange Geschichten erzähle, so bezwecke ich damit, dich für den Fall der Not die Wege der List zu lehren. ›Tapferkeit‹, heißt ja das Sprichwort, ›ist zehnteilig, und neun Teile davon sind List.‹ Wenn du Verstand und Einsicht hast, so bedarfst du keiner weitern Ermahnung. Geh darum rasch nach dem Hause deines Geliebten, ich wünsche dir die beste Unterhaltung!«

Die junge Frau trat nunmehr hinaus; aber siehe da, schon graute der Morgen, und der Sonne Löwe, der glühende – goldsprühende – dem Waldversteck des Horizontes entsprang – und eilte den Gefilden des Horizontes entlang. – Diese Nacht war also abermals für Mâhi-Schekers Wünsche ungünstig ausgefallen, und sie mußte sich auf die folgende vertrösten.

Nun weicht, ihr armen Leute, weicht!
Und sei es euch gesagt,
Es hat der hohe Diwan
Auf morgen sich vertagt!

DREIUNDZWANZIGSTER ABEND

Mâhi-Scheker hatte also wieder die Gelegenheit, zu ihrem Geliebten zu gehen, verpaßt. Sowie es nun wieder Abend ward, eilte sie zu dem Papagei, den sie folgendermaßen anredete: »O Papagei, jetzt hast du mich mit deinen Ratschlägen zur Genüge gequält – und mir Geschichten erzählt – da nun des Tages Glut verglommen – und der Abend herangekommen – und die nächtliche Zeit – die Welt von störender Neugier befreit – willst du mir nun die Erlaubnis erteilen – zu meinem Freunde zu eilen?« – »O Mâhi-Scheker«, antwortete der Papagei, »was treibt dich denn, also um Erlaubnis zu bitten und dein kostbares Leben, deine Jugendzeit, in Sehnen und Wünschen hinzubringen? Sagt doch ein Sprichwort: ›Der Pfeil, den du abgeschossen – die Rede, die dein Mund ergossen – das Leben, das dir verflossen – von diesem allen kehrt keines zurück!‹ Geziemt es sich nun wohl, daß du dein teures Leben also vertändelst? Diesen Augenblick solltest du zu deinem Geliebten gehen! Dabei aber mußt du die Ratschläge, die ich dir seither so umständlich vorgetragen, wohl im Sinne haben. Wenn du nach ihnen handelst, dann brauchst du dich vor nichts zu fürchten. Die Weisen sagen, daß, wenn man sich vor vier Dingen in der Welt in acht nimmt, man vor jedem Schaden bewahrt bleibt, und zwar erstens vor Zorn, zweitens vor Lüge, drittens vor Eilfertigkeit in allen Dingen und viertens vor Nachlässigkeit. Verliebte Leute ertragen wohl alles, außer der Trennung von dem Gegenstande ihrer Verehrung; diese ertragen sie nicht, und darum eilen sie immer, soviel als möglich des Genusses teilhaftig zu werden. Und doch ist Eilfertigkeit verwerflicher als alles andere, denn, wie das Sprichwort sagt: ›Wer mit der Eile Saat den Acker bestellt – dem trägt die Frucht der Reue sein Feld!‹ – Davor muß man sich also wohl hüten. Was sich auch ereignen möge, der Verliebte darf nicht immer eilen – sondern hier und da muß er verweilen – gleichwie die Frau Pelenk-Ferîb sich nicht mit Eile ihrer Not zu entziehen suchte, sondern durch List und Weile sich aus den Krallen des Tigers rettete.«

»Was ist das für eine Geschichte?« fragte Mâhi-Scheker, und der Papagei erzählte:

Geschichte von der Pelenk-Ferîb und dem Tiger

Vor alten Zeiten lebte einmal ein nichtsnutziger Mann, der eine verständige Frau, Pelenk-Ferîb geheißen, besaß. Als ein roher und schlechter Geselle quälte er sie beständig und schlug sie sogar. Da er sie eines Tages wieder stark gemißhandelt, nahm die arme Frau, der dieser Zustand unerträglich geworden war, ihre beiden Kinder und floh bei Nacht aus dem Hause. Ihr Weg führte sie in eine so furchtbare Einöde, daß es dort selbst bösen Geistern graute – und ein Waldteufel ängstlich um sich schaute. – Plötzlich sprang vor ihr ein Tiger auf, den es gelüstete, sie mit ihren Kindern zu verspeisen, und der deshalb seinen Anlauf nahm. Da sprach die Frau bei sich selbst: ›Wenn man ohne Vorwissen seines Mannes fortgeht und man wird da von solch einem Unglück betroffen, da ist es freilich nicht unerklärlich!‹ – Damit gelobte sie aus aufrichtigem Herzen dem Allerheiligsten Umkehr von solchem Vergehen an, bat ihn um Verzeihung und nahm sich vor, von da an die Bosheit ihres Gatten geduldig zu ertragen und ihm in allen Dingen zu Willen zu sein.

Unterdessen war der Tiger schon nahe herangekommen, als ihr Gott den Gedanken eingab, sich durch eine List zu retten. ›Wenn‹, dachte sie, ›mein Anschlag gut ausfällt, vortrefflich! da bin ich geborgen. Mißrät er aber, nun, da habe ich wenigstens nichts versäumt, was mir Rettung gewähren konnte. Wollte ich jetzt in Eile zurückfliehen, da würde der Tiger mir nachlaufen und mich bald fassen. Es ist daher das klügste, ihn zu überlisten; so allein kann ich Rettung hoffen.‹

Mit lauter Stimme rief sie darauf das Tier an: »O Tiger, bleib zurück und eile nicht, ich habe dir etwas mitzuteilen, das sollst du anhören. Nachher tue mit mir, was du willst, denn ich bin in deiner Hand!« – Den Tiger machte diese

Anrede stutzig, er hielt inne und fragte: »Was hast du mir denn zu sagen, sprich!« – »Ich bin«, antwortete die Frau, »aus einem Dorfe hier in der Nähe. Die Bewohner desselben hat sich ein Löwe unterworfen, ein so gewaltiges Tier, daß es in einem Schlage die ganze Welt niederzuschmettern vermöchte. Die Leute fürchteten, er möge das Dorf zerstören, weshalb sie sich versammelten und einmütig beschlossen, sie wollten täglich drei Lose werfen und die Betroffenen zur Nahrung des Löwen in die Küche desselben senden. Heut ist es auf mich und meine beiden Kinder gefallen. Nun hast auch du dich uns genähert, um uns zu verspeisen, und ich möchte dich um alles in der Welt nicht in deiner Hoffnung getäuscht sehen, meine Großmut leidet das nicht. Jedoch darf auch der Löwe nicht ganz seines Fraßes verlustig gehen. Das gerechteste wäre, du verspeisest mich halb und dazu eins meiner Kinder, so daß die andere Hälfte von mir nebst dem andern Kinde für den Löwen verbliebe. Damit wäret ihr beide befriedigt.«

Als der Tiger dies hörte, da wurde ihm vor dem Löwen angst, zugleich aber bewunderte er die Hochherzigkeit der Frau. »O Pelenk-Ferîb«, rief er aus, »solchen Edelmut wie bei dir habe ich noch bei keinem andern Geschöpf gefunden. Um deinen Feind zu nähren, opferst du dein eigenes Leben hin! Sag mir, ist je auf Erden deinesgleichen gewesen?« – »Mit Haupt und Leben«, antwortete die Frau, »muß man Großmut üben; wer bloß Hab und Gut hergibt, der verdient nicht, großmütig genannt zu werden. Leute, die ihrer Feinde sich erbarmen und ihnen Gutes tun, hat es viele Hunderttausende auf Erden gegeben. Es fällt mir soeben eine darauf bezügliche Geschichte ein, die ich dir, wenn du es wünschest, vortragen werde.« – Der Tiger war sehr begierig, die Geschichte zu hören, und bat die Pelenk-Ferîb zu erzählen; diese hub an:

Geschichte von dem Kalifen und dem Giftmischer

Die Bücher alter Geschichten – tuen kund und berichten – wie einst, als von dem Ommajaden – Omar-Ben-Abdel-Azîz, reich an Gnaden – der edle Kalife voll weisen Rates – saß auf dem Thron des Kalifates – ein unheilvoller Missetäter – ein fluchwürdiger Verräter – einer von des Kalifen Knechten – Gift einflößte ihm, dem Gerechten – so daß seines Leibes Pflänzlein von des Giftes Spur – grün ward gleich einer Gartenflur. – Als aber die Sache offenbar – und ruchbar geworden war – ließ der Kalife nachstellen – dem schlimmen Gesellen – und ließ ihn zu sich treten allein – in sein Kämmerlein – und redete ihn an: »Du Vergifter – und Unheilstifter – sprich, bist du selbst des Verbrechens Urheber – oder hattest du einen andern Ratgeber?«

Gezwungen also, daß er die Wahrheit bekannte – der Verbrecher einen der Feinde des Kalifen nannte – und sprach: »Der hat mir große Schätze zugesagt – und so habe ich die Untat gewagt!« – Der Kalife antwortete: »Du ärgster der Toren – jetzt bin ich unrettbar verloren – es ist an Genesung nicht mehr zu denken – sonst würd ich dich reichlich beschenken. – Da aber mein Thronfolger sicher dich würde umbringen – so dir zu fliehen nicht sollte gelingen – so zögere nicht und eile von hinnen – und suche, dieweil ich lebe, zu entrinnen.«

Darauf verehrte er ihm unermeßliche Reichtümer und entließ ihn.

Damit beschloß die Frau ihre Erzählung. Alsdann fuhr sie, den Tiger ansehend, fort: »Ich muß ja einmal sterben, und da ist es mir gleichgültig, ob ich von einem Löwen oder ob ich von einem Tiger gefressen werde. Ja, ich würde sogar vorziehen, nur dir zuteil zu werden; haben wir doch eine so lange freundschaftliche Unterhaltung gepflogen, und wirklich fühle ich eine herzliche Liebe für dich. Ich rate dir auch, nachdem du die Hälfte von mir und eines meiner Kinder verzehrt, hier nicht länger zu verziehen, sondern rasch davonzulaufen. Ich habe nämlich eine Schwester, welche sich auf Zauberei versteht; dieselbe weiß noch nicht, daß ich durch das Los dem Löwen anheimgefallen bin; sollte sie es erfahren, da würde sie kommen und die ganze Gegend in Feuer aufgehen lassen, so daß jeder, der sich in der Nähe befindet, zu Asche verbrennt. Hüte dich also; sie möchte davon hören und dir etwas zuleide tun.«

Der Tiger fürchtete sich nunmehr nicht bloß vor dem Löwen, sondern auch vor der Hexe, und zugleich bewunderte er den Edelsinn der Pelenk-Ferîb. Dies alles und das Mitleid, das er für sie fühlte, bewog ihn, von ihr abzulassen und sich davonzumachen.

Da er nun seines Weges ging, begegnete er einem Fuchse, mit welchem er befreundet war. Derselbe fand ihn ängstlich aussehend und erkundigte sich nach seinem Ergehen. Als ihm nun der Tiger die Geschichte mit der Frau erzählte, schalt ihn der Fuchs aus. »Wahrhaftig«, sprach er, »die Weisen haben recht, wenn sie sagen, daß jeder Tapfere ein Dummkopf ist. Auch dir fehlt es an Mut nicht; aber was soll er dir nützen, da dir Verstand so sehr abgeht? Du Narr! Weißt du nicht, daß die Menschen vom Haupt bis zur Zehe nur aus Trug und List bestehen? Man nennt uns Füchse und meint, wir verständen uns wohl auf die List; aber wir werden von den Menschen weit übertroffen! Wo wir es am wenigsten vermuten, stellen sie Fallen auf, um uns zu fangen, und dann bekleiden sie sich mit unserm Pelze. Und nun sieh, wie jenes Weib dich Gewaltigen zu betrügen gewußt hat! Läßt ein Verständiger wohl eine so fette Beute fahren? Komm und laß von der albernen Furcht; wir wollen selbander dahin zurückkehren, wo du das Weib verließest, vielleicht gelange ich in dem Schatten deiner Gnade zu einem Braten.« – Der Tiger erwiderte: »Wenn nun aber die Frau die Wahrheit gesagt hat und jene Hexe, ihre Schwester, herkommt und uns mit zauberischem Feuer verbrennen will, was dann? Du bist schnell auf den Füßen, du wirst mich daher verlassen und davonlaufen; ich dagegen bin schwerfälligen Leibes und kann nicht rasch laufen; außerdem habe ich der Frau feierlichst Quartier gegeben, und sein Wort hat ein jeder zu halten. Schlagen wir uns also dies aus dem Sinne!« – »O Tiger«, sprach er, »das Weib hat gelogen! Wenn ihre Rede sich als wahr ausweist, so magst du mich zuerst in Stücke reißen, und damit du nicht meinst, ich würde dann rasch weglaufen und mich zu retten suchen, so binde mein Bein an das deinige und laß uns so zusammen gehen.«

Damit war der Tiger einverstanden. Er band ein Bein des Fuchses an eins der seinigen, und so begaben sie sich nach dem Orte, wo sich der Tiger mit der Frau unterhalten hatte. Letztere aber hatte, nachdem der Tiger sie verlassen, bei sich überlegt: ›Wenn ich jetzt eilfertig davonlaufe, dann könnte der Tiger, das, was er getan, bereuend, umkehren und mir folgen; wenn er mich aber einholte, dann wäre ich unrettbar verloren, auch wenn ich ein tausendfaches Leben hätte. Es ist daher klüger, ich übereile mich nicht, sondern bleibe hier, und wenn er wiederkommt, da zünde ich dies Schilfgras hier an, um ihn zu täuschen.‹ – Damit legte sie an das sämtliche Schilf Feuer und flüchtete sich selbst auf einen Baum.

In dem Augenblick sah sie, wie der Tiger, begleitet von dem Fuchse, den er an sein Bein gebunden hatte, zurückkam. Aus den Umständen erkannte sie leicht, daß er von letzterem aufgehetzt worden sei, und sie rief ihm demnach von dem Baume herab zu: »O du törichter Tiger, es tut mir leid um dich, haben wir uns doch so freundschaftlich unterhalten! Warum hast du meinen Rat nicht beachtet und dich in dies Flammenmeer geworfen? Die Schwester, von der ich dir vorhin sprach, ist hergeeilt und hat Feuer an die Welt gelegt; es ist eben die Hexe, welche in der verzauberten Gestalt eines Fuchses mit dir kommt. Sie hat die Gestalt deines Freundes angenommen, um dich durch ihre Künste zu verderben. Darum hüte dich, näher zu kommen, sondern fliehe eiligst und sieh zu, daß du dein Leben errettest!«

Dem Tiger wäre hierbei das Herz vor Angst beinahe zersprungen; sein Leben davonzutragen, war sein einziger Gedanke! Er lief so rasch, daß er einen Tagesweg in einer Stunde zurücklegte und den an sein Bein gebundenen Fuchs schleifte, bis er in Stücke zerrissen umkam.

Die Frau aber eilte nicht, sondern sie nahm, nachdem sie sich durch ihre Schlauheit von dem Tiger befreit hatte, ihre Kinder und kehrte unversehrt und glücklich in ihre Heimatstadt zurück.

Also erzählte der Papagei. Dann fuhr er fort: »O Mâhi-Scheker, da auch du verliebt bist, so hüte dich wohl, dich zu übereilen, denn auf den Pfaden der Liebe ist Eile durchaus überflüssig. Wenn du die Ratschläge, die ich dir seither erteilt, beherzigst und ihnen gemäß handelst, dann wird dir dein Begehren zuteil, ohne daß Sâïd, dein Gemahl, es merkt und ohne daß deine Feinde es erfahren. So magst du in aller Heimlichkeit Freude und Lust genießen, ohne deinen guten Namen zu verlieren.« – »O mein aufrichtiger Freund«, antwortete die junge Frau, »du mein Getreuer auf Leben und Tod – mein Gefährte in Unglück und Not – ich habe mir dich zum Vertrauten erwählt – und alle meine Geheimnisse dir erzählt – was nur mein Herze birgt und versteckt – ich hab es vor dir aufgedeckt. – Auch habe ich die Ratschläge, die du mir erteilt, meinem Gemüte wohl eingeprägt, und so Gott will, werde ich sie, soweit mein Verstand reicht, in Anwendung bringen. Eines Tages aber sagtest du mir, ich sollte meinen Geliebten auf die Probe stellen, um zu erforschen, ob er wirklich von Herkunft und von Seele edel sei. ›Gott gebe‹, riefst du aus, ›daß er edel befunden würde‹, und du rietest mir und führtest dabei mehrere Beispiele an, ich sollte ihn sowohl durch Gespräche als auch durch Musik erproben. Dies scheint mir schwierig; ich fürchte, es wird mir nicht gelingen, mich auf diese Weise über seine Gesinnung und seine sonstigen Eigenschaften zu vergewissern. Gibt es denn kein anderes, leichteres Mittel, das du mir empfehlen könntest?« – »O Mâhi-Scheker«, antwortete der Papagei, »das Gespräch ist ohne Zweifel die leichteste Weise, sich über jemandes Charakter und Denkungsart zu unterrichten. Man kann auch durch allerlei Listen jemanden ausforschen, doch möchtest du dazu wohl nicht imstande sein. Bist du daher glücklich bei deinem Geliebten angelangt, so beginne nur bald ein Gespräch. Ein Sprichwort sagt: ›Ein jedes Gefäß schwitzt von dem aus, was darin ist‹; in ähnlicher Weise offenbart sich auch, was in des Menschen Herzen ist. Er kann sich nicht halten, sondern folgt seinen angeborenen Neigungen und redet wie seine Artgenossen. Verriet doch ebenso auch der Schakal, nachdem er sich mit vielem Geschwätz für einen Pfauen ausgegeben, doch am Ende, dem natürlichen Drange folgend, durch Geheul sein Herkommen.«

»Was ist das für eine Geschichte?« fragte Mâhi-Scheker, und der Papagei erzählte:

Geschichte des Schakals, der sich für einen Pfauen ausgab

Es hatte einmal ein Schakal in der Nähe einer Stadt seinen Wohnsitz genommen. Derselbe pflegte, wenn es Abend geworden war, die Marktstraßen und Basare der Stadt zu durchlaufen und sich Stückchen Brot und Knochen aufzulesen, welche er fraß. Als er damit geraume Zeit sein Leben gefristet hatte, fand er, da er eines Abends wieder auf den

Marktstraßen seine Nahrung suchte, eine Färberei offen. Er trat hinein und lief, nach Fraß forschend, auf und ab, bis er in eine in die Erde gegrabene Färberkufe fiel. Mit unendlicher Mühe und Not gelang es ihm, sich daraus zu erretten; aber alsbald fiel er in eine zweite Kufe, dann in eine dritte, und als er wieder zur Tür hinauskam, war er wohl in fünfzehn verschiedenen Kufen gewesen. Die mannigfaltigen Farben machten ihn zu einem seltsamen Anblick; er war ein Fabelwesen, ein Wundertier geworden.

Die reißenden Tiere und das Wild des Feldes betrachteten ihn nunmehr mit Erstaunen, und da sie nicht wußten, was sie aus ihm machen sollten, so glaubten sie ihn mit großer Ehrfurcht behandeln zu müssen. Der Schakal bemerkte dies bald und antwortete denen, die ihn nach seiner Herkunft befragten: »Man heißt mich einen Pfauen des höchsten Himmels.« – Er mied jede Unterhaltung mit gemeinen und niedrigen Leuten und enthielt sich durchaus aller Gemeinschaft mit den Schakalen, seinen Geschlechtsgenossen. Also suchte er sich wichtig zu machen, und dies gelang ihm so gut, daß die wilden Tiere ihn als ein Wunderwesen zum Fürsten über sich setzten, ihm die Herrschaft über jene Gegend antrugen und sich seinen Geboten und Verboten unbedingt unterwarfen.

Der Schakal machte nun den Löwen, den Tiger, den Leoparden, die Hyäne und andere gewaltige Tiere der Art zu seinen Hofleuten; er gab einem jeden ein besonderes Amt und bestimmte dann auch die andern Tiere, sowohl die fleischfressenden als auch die sich von den Pflanzen ernährenden, je nach ihrem Range zu besonderen Diensten. Auf diese Weise schuf er sich einen glänzenden Hof. Keins von jenen Tieren wußte, wie es mit ihm daran war, und sie gehorchten ihm alle voll Staunens als dem Pfau des höchsten Himmels.

Indessen sannen sie vielfach über das Rätsel seines Ursprungs nach und wünschten auf irgendeine Weise etwas darüber zu erfahren. Besonders die Löwen, welche früher das Herrschergeschlecht gewesen waren und von Vätern und Ahnen her die übrigen Tiere in Unterwürfigkeit gehalten hatten, sprachen unter sich: »Dies Tier von unbekannter Abkunft mag sich immerhin einen Pfau des höchsten

Himmels nennen; sind aber seine Vorfahren Könige gewesen? Wer weiß etwas davon?« – Also begannen sie die Herrscherrechte des Schakals anzugreifen und suchten ein Mittel, die Wahrheit an den Tag zu ziehen.

Darüber verfloß einige Zeit. Als aber eines Abends der Schakal auf seinem Throne Platz genommen hatte und die Stützen des Reichs, die hohen Beamten, in Reihe und Glied vor ihm standen, da fing eine Menge von Schakalen, welche in einem benachbarten Garten eingedrungen waren, in altgewohnter Weise zu heulen an. Sowie nun der König das Wahrzeichen seiner Art vernahm, da schwollen ihm die Adern des Instinkts, er stimmte auf dem Sitze des Herrschertums in das Geheul ein und füllte mit seinem Geschrei die ganze Gegend.

Die wilden Tiere hörten die Stimme des Schakals und bemerkten nunmehr, mit was für einem Hund sie es zu tun hatten. Da die Farben auf dem Pelze des Usurpators nicht ätherisch waren, so war damit das Rätsel gelöst; das Geheimnis kam an den Tag, der Schakal wurde als das, was er war, erkannt. Kaum war aber dies geschehen, als der Löwe auf ihn losstürzte, ihn in Stücke riß und sich selbst auf den ihm von seinen Vorfahren angestammten Thron niederließ.

»Du siehst hieraus«, fuhr der Papagei fort, »daß jedes Wesen an seinem Ursprunge haftet und daß eine jede zufällige Tünche verlorengeht. Es fällt mir eben noch eine zweite Geschichte ein, welche sich auf denselben Gegenstand bezieht. Wenn du wünschest, so erzähle ich sie dir. Du kannst dir daraus eine List merken, die dir nützlich sein dürfte.«

»Was ist das für eine Geschichte?« fragte Mâhi-Scheker, und der Papagei erzählte:

Der Esel in der Löwenhaut

Vor alten Zeiten lebte einmal ein Kaufmann, welcher große Reichtümer besaß. Indessen gingen nach dem Ratschluß des Allmächtigen seine Geschäfte von Tag zu Tag rückwärts, so daß er am Ende nichts mehr in der Welt als einen Esel besaß und selbst um sein Brot betteln mußte. Da er nun sein Tier nicht ernähren konnte, wurde dasselbe so mager und schwach, daß es sich kaum zu bewegen vermochte. Da dauerte es ihn seiner. »Anstatt ihn hungern zu lassen«, sprach er, »will ich ihn doch lieber zum Grasen ins Freie hinausschicken. Das wird ihm guttun.«

Als er sich nun mit dem Tiere aufmachen wollte, fiel ihm ein, daß bei desselben großer Schwäche die wilden Tiere draußen ihm zu Leibe gehen und es umbringen möchten; um zu verhüten, daß ihm etwas zuleide geschehe, holte er ein Löwenfell her, welches er zufälligerweise besaß, bekleidete es damit und ließ es so ins Freie laufen.

Die wilden Tiere alle, welche den Esel in diesem Anzuge erscheinen sahen, hielten ihn für einen Löwen und ergriffen vor ihm die Flucht. Also verstrich einige Zeit, und er wurde gewaltig fett. Eines Tages führte ihn sein Weg an einem Weinberge vorüber, in welchen er eintrat. Die Winzer aber gewahrten ihn und flüchteten schnell auf einen Baum, denn sie zweifelten nicht, daß sie mit einem Löwen zu tun hätten. Der Esel aber hub rechts und links, was er an Kräutern fand, zu fressen an. Inzwischen kamen außerhalb des Weinbergs einige seiner Brüder vorüber und schrien im Gehen zusammen. Kaum aber hörte der mit der Löwenhaut die Stimme seiner Artgenossen, als er sich nicht halten konnte, sondern ebenfalls sein widerwärtiges Geschrei erschallen ließ. Nachdem der Eigentümer des Weinbergs diesen Laut vernommen, wußte er nunmehr, daß er nur einen Esel vor sich habe, den ein listiger Mann verkleidet; er stieg demnach rasch von dem Baume herunter, nahm ihm die Löwenhaut ab und legte ihm statt ihrer unter vielen Schlägen den Tragsattel auf, um ihn alsdann Lasten schleppen zu lassen.

»Die Äußerungen also, o Mâhi-Scheker«, fuhr der Papagei fort, »deuten überall auf die innern Eigenschaften. Willst du nun deines Freundes Charakter erforschen, so zögere nicht länger, sondern eile zu ihm und beurteile sein Herz nach den Reden, die aus seinem Munde kommen.«

Mâhi-Scheker trat nunmehr, um sich aufzumachen, aus dem Zimmer; aber siehe da, schon war es Morgen geworden, und die Erdenwelt – und das Himmelszelt – wurden schon vom Lichte der Sonne erhellt. – Auch diese Nacht blieb also ihr Begehren unerreicht, und sie mußte sich auf die folgende vertrösten.

Nun weicht, ihr armen Leute, weicht!
 Und sei es euch gesagt,
Es hat der hohe Diwan
 Auf morgen sich vertagt!

VIERUNDZWANZIGSTER ABEND

Mit tausend Nöten harrte die junge Frau abermals bis zum Abend und trat dann wieder zu dem Vogel, welchen sie anredete: »O Papagei, deine Worte bezeugen deine Freundschaftlichkeit wohl, aber deine Taten sind nicht mit ihnen im Einklange. Oder ist es etwa deine Absicht, meine Aufmerksamkeit auf andere Gegenstände zu lenken und mich so von meinem Geliebten fernzuhalten? Du sprichst mir immer von dem Wege des Anstandes und der Ehre; aber die Liebe macht ihre Adepten von diesen Fesseln frei, denn Unbekümmertheit ist ihre erste Stufe. Meinst du etwa, ich fürchte mich vor dem Tadel der Welt?

Tadelnd sprichst du, meines Namens
  Ehre hätt ich bloßgestellt;
Freund nennst du dich mir und gabst
  Preis mein Haupt dem Hohn der Welt.

Ich werde darum deine Worte nicht mehr beachten noch dir sagen, wie ich meinen Wunsch zu erreichen denke!«

Nachdem sie dies und manches andere kränkende Wort ausgesprochen hatte, antwortete der Papagei: »Was ist dir, o Mâhi-Scheker? Findest du meine Aufrichtigkeit bitter? Es gibt drei Dinge in der Welt, welche den Menschen verächtlich machen, nämlich Eigensinn, Zorn und Stolz; der erste führt zu Hohn und Spott, der zweite zieht Reue nach sich, und der dritte bringt Feindschaft zuwege. Wenn du mir zürnst, so wirst du es hernach bereuen, denn ich bin dein getreuer Knecht und bemühe mich nach besten Kräften, dich auf leichte Weise mit deinem Geliebten zusammenzuführen, gleichwie sich Mahmûra mit Ajas und Selîma mit Sâlim zusammenfanden.«

»Was ist das für eine Geschichte?« fragte Mâhi-Scheker, und der Papagei hub an:

Wie man erzählt, war einst in Sîstân ein mächtiger König. Derselbe hatte drei Veziere, von denen der erste eine Tochter namens Mahmûra, der zweite dagegen einen Sohn namens Ajas besaß. Die beiden Väter hatten früh die Kinder miteinander verlobt, und Ajas und Mahmûra genossen den Unterricht in derselben Schule. Es sah wohl so aus, als lernten sie dort etwas; aber innerlich beschäftigten sie sich nur mit dem Studium von Leila und Medjnûn, das heißt, sie waren von der heißesten Liebe füreinander entbrannt. Allmählich wuchsen sie heran, Ajas wurde ein Jüngling, und Mahmûra trat in das bräutliche Alter. Die Väter kamen nun zusammen und beschlossen, ihre Kinder, als nunmehr erwachsen, miteinander zu verheiraten, und so wurden die Vorbereitungen zur Hochzeit getroffen.

Während man aber damit beschäftigt war, starb nach dem Ratschluß Gottes die Frau des dritten Veziers. Dieser begab sich nun zu dem Könige, meldete ihm das Ereignis und sprach: »O König, der Tod meiner Frau setzt mich in große Verlegenheit, denn ich habe jetzt niemanden, der mein Hauswesen lenken könnte. Ich bitte dich daher um die Gnade, du wollest dem Großvezier befehlen, daß er mir seine Tochter Mahmûra zur Frau gebe; diese Heirat würde meinen Vermögensumständen wohl wieder aufhelfen.« – Der König fand dies angemessen, weshalb er sofort den Großvezier herrufen ließ und ihm befahl, dem jüngsten Vezier seine Tochter zur Frau zu geben. Der Großvezier wagte weder hierauf mit nein zu antworten noch auch dem Könige vorzustellen, daß das Mädchen schon verlobt sei, sondern er unterwarf sich einfach dem Befehle und bereitete sich vor, an einem Tage von guter Vorbedeutung seine Tochter mit dem Vezier Hochzeit halten zu lassen.

Als Ajas diese traurige Nachricht vernahm, wurde er sterbensbetrübt; er kam der Verzweiflung nahe, und vom

Weinen bei Tag und bei Nacht wurden ihm die Augen trübe. Er hatte aber einen jüngeren Bruder mit Namen Sâlim, welcher die Tochter des jüngsten Veziers, Selîma, so sehr liebte, daß er von Leidenschaft ganz matt und mager geworden war. Die beiden Brüder saßen nun zusammen und klagten einander ihre Leiden. »Mein Bruder«, rief der ältere aus, »mit eigenen Augen anzusehen, wie der Vezier meine Mahmûra zur Frau nimmt, das ist mir unmöglich! Besser freiwillig die Heimat meiden – als gezwungen Herzweh erleiden! – Besser in fremde Länder gehen – als die Braut in anderer Armen sehen! – Mit einem Worte, ich ertrage dies Elend nicht; entweder bringt mich der Schmerz um, oder ich laufe davon! Nur möchte ich mit meinen irdischen Augen noch einmal meine Geliebte ansehen; wenn mir dies zuteil wird, da werde ich nicht klagen. Dann verlasse ich gern das Land und gehe, wohin mich das Schicksal führt.« – »Du hast recht, mein Bruder«, antwortete Sâlîm, »Liebesgram macht den Menschen wahnsinnig, von Geduld ist da nicht die Rede. Weißt du aber auch von meinem Herzeleid? Ich liebe die Selîma, die Tochter des Veziers, welcher deine Mahmûra zu heiraten im Begriff steht, und auch das Mädchen liebt mich; aber wenn du in die Fremde gehst, da lasse ich dich nicht allein, sondern begleite dich unfehlbar, ob ich auch dadurch aus der Nähe meiner Geliebten gerissen werde. Ich lasse das über mich ergehen und sehe es als eine Schickung Gottes an. Es ist aber gut, daß wir uns nicht übereilen, und du solltest dich deshalb soviel als möglich zu fassen suchen. Gott ist reich an Barmherzigkeit, und bis zur Hochzeitsfeier hat's noch Zeit. Die Gelehrten sagen: ›Über Nacht kommt Rat‹, und du kennst den Vers, der von den Vätern uns überliefert worden ist:

> Zu Rosse sitzt die schöne Braut –
> Glück auf, wem sie wird angetraut!

Bedenke auch den arabischen Spruch:

Sei nicht betrübt, du Heimgesuchter, Armer!
Verborgne Gnaden hat der Allerbarmer.

Wir werden bald in einer Art die göttliche Gnade sich offenbaren sehen.«

»Deine Worte«, antwortete Ajas, »sind sehr tröstlich; aber kann etwas, was der König befohlen hat, ungeschehen bleiben? Es gibt keine Arznei gegen diesen meinen Schmerz! Drum möchte ich nur noch einmal Mahmûras Gesicht sehen und erfahren, ob sie mich noch liebt wie sonst; dann nehme ich von ihr Abschied, und wenn ich nachher umkomme, was liegt mir schon daran? Also habe ich beschlossen.« – »Dein Wunsch«, antwortete Sâlim, »ist leicht auszuführen; wie du weißt, besteht hierzulande eine alte Sitte, wonach die Braut, nachdem der Bräutigam sich in den Harem begeben, zu der Grabkapelle des Aschykresân-Dèdè hinausgeführt wird. Man läßt sie dort allein, und sie verrichtet zwei Kniegebete, um dann eine glückliche Ehe und alles, was sie sonst auf dem Herzen hat, vom Himmel zu erflehen. Das gibt dir die schönste Gelegenheit; darum laß uns schon bei Tage hingehen und uns in einem Winkel der Grabkapelle verstecken! Wenn dann Mahmûra kommt, so sagst du ihr, du wollest von ihr Abschied nehmen, und des übrigen müssen wir uns in alles finden, was uns Gott sendet.« – Mit diesem Vorschlage war Ajas einverstanden.

Am Tage vor der Hochzeitsnacht begaben sich also die beiden Brüder nach der bewußten Grabkapelle und hielten sich darin versteckt. Als aber am Abend der Vezier in die Gemächer der Braut getreten war, wurde letztere, der Sitte gemäß, hinausgeführt und nach der Kapelle geleitet.

Es war, als an das Grab sie trat,
Die Paradieses-Süße,
Als ob aufs Haupt des Heiligen sich
Ein Lichtglanz niederließe.

Allein ging sie in die Kapelle, und nachdem sie die beiden Kniebeugungen gebetet, sprach sie mit emporgehobenen Händen: »O du Schöpfer der Welt – du, der das Menschengeschlecht ernährt und erhält – du, der du zum Jakob den Joseph ließest wiederkehren – und der du gern willst erhören – der Flehenden Begehren – der du in des Nimrods Glut – den Abraham hieltest in deiner Hut – und für ihn im Flammenschein – erblühen ließest einen Rosenhain – o du, auf dessen Befehl – der Widder sich stellte zum Opfer für Ismael – der du für den Adam die Eva bereitetest – und zur Suleicha den Joseph leitetest – o du, der liebend die Welt beglückt – und den der herrlichste Name schmückt – befreie mich von der Not – die mir durch die Ehe mit diesem Veziere droht – und laß mich dem Ajas zuteil werden, dem nach mir sich sehnenden, mich beglückenden – durch seine Liebe mich entzückenden. – Wo nicht, so nimm meine Seele – auf daß ich nicht länger mich quäle!« – Also sprach sie und hub bitterlich an zu weinen.

Als Ajas dies von warmer Liebe eingegebene Gebet aus dem Munde seiner teuern Mahmûra in dem Winkel der Grabkapelle vernommen hatte, sprang er hervor und rief aus:

»Sieh des Mals verbotne Frucht
In dem Garten Eden dieser Wangen!
Wahrlich, ich verzeih es Adam,
Daß er nicht gezügelt sein Verlangen!«

Mahmûra aber hatte ihn kaum erblickt, als beide Liebende sich in den Armen lagen und gemeinschaftlich unsäglich demütige und flehentliche Gebete zu dem Allmächtigen hinaufschickten. Dann aber raffte Mahmûra sich auf und sprach: »O Ajas, weinen führt uns zu nichts; laß uns lieber eine Vorkehrung treffen, um diese Sachen auf guten Weg zu leiten.« – »Ach«, erwiderte Ajas, »nur der Tod heilt diesen Schmerz.« – Sâlim aber, der die Unterhaltung mit angehört hatte, trat jetzt näher und sprach: »Wenn ihr nur damit einverstanden wäret, so wüßte ich schon eine Möglichkeit für euch zu fliehen. Wollt ihr wissen, welche? Mahmûra legt ihre Edelsteine, ihre Schmucksachen und Kleider ab und zieht dafür die meinigen an. Ich werde mich dann mit den ihrigen bekleiden, ihre Kostbarkeiten anlegen und mich ganz und gar in bräutlichen Staat versetzen. Wenn dies geschehen, kehre ich mit den Leuten, welche die Mahmûra hergeführt, nach dem Palast des Veziers zurück, lasse mich daselbst in dem Brautgemach nieder und halte den Vezier einige Tage unter allerlei Vorwänden hin, während welcher Zeit ihr die Stadt Ghîlân jenseits der Grenze zu erreichen sucht. Gelingt es mir dann nachher, mich durch irgendeine List aus des Veziers Händen zu befreien, da treffe ich wieder zu euch; werde ich dagegen festgehalten, da stehe Gott mir bei. Wenigstens habe ich euch da zur Erreichung eurer Wünsche verholfen und ein paar Tage lang das Glück genossen, meine geliebte Selîma zu sehen. Soll ich nachher sterben, so schmerzt mich der Tod nicht.«

Mahmûra und Ajas fanden den Rat des Sâlim verständig; erstere entkleidete sich rasch und legte ihre Gewänder dem Sâlim an. Nun war aber Sâlim ein Jüngling von reizender Jugendlichkeit – der Phönix seiner Zeit – an Schönheit und Lieblichkeit – dessen Zuckerlippe schwärzliches Ameisengewimmel noch nicht bedeckte – dessen Wangenspiegel der Schriftzeichen Rost noch nicht befleckte. Mit den Brautkleidern angetan, trat er nun heraus und wurde von dem Geleit der Mahmûra dem Brautgemach im Hause des Veziers zugeführt. Dieser Niederträchtige suchte sich ihm dann zu nähern; er aber wehrte ihm auf so hochfahrende Weise, daß er ungehalten seine Tochter Selîma herrief und derselben den Ungehorsam der Braut klagte. »Nimm sie«, sprach er, indem er ihn ihr übergab, »in dein Zimmer und vermahne sie auf deine Weise tüchtig, daß sie zutunlicher werde.«

Selîma kam ihres Vaters Befehle nach und führte den Sâlim in ihr Zimmer – es war, wie wenn am Himmel Mond und Jupiter in einem Sternbilde zusammentreffen! In dem Gemache hub sie dann, wie ihr Vater gesagt hatte, den Jüngling zu vermahnen an, bis dieser die Geduld verlor und sich ihr zu erkennen gab. Sie sah ihm nun schärfer ins Gesicht und warf sich, wie der Schatten vor der Sonne, ihm zu Füßen, auf welche sie Augen und Stirn drückte. Nachdem sie darauf vielfach den Herrn gepriesen hatte, rief sie aus: »Du Mond im Sternbild der Lieblichkeit, also hat der Weltenherr, der reiche, dich mir beschert? Am Himmel hab ich dich gesucht, und auf Erden hab ich dich gefunden. Du meiner Augen Lust – du Wonne meiner Brust – o Sâlim, sprich, was ist hier geschehen?«

Sâlim erzählte ihr nun die Geschichte des Ajas und der Mahmûra von Anfang bis zu Ende und fügte hinzu, er sei entschlossen, mit den beiden Liebenden zusammen zu entfliehen. »O Sâlim«, antwortete Selîma, »du bist mein einziger Wunsch, mein einziges Streben auf Erden! Da die Huld des Höchsten sich an uns so deutlich offenbart hat, so schließen wir am besten uns beide dem Ajas und der Mahmûra an, und wir fliehen dann zu vieren.«

Damit stand sie auf, raffte alles, was sie selbst und ihr Vater an Gold und Kleinodien besaßen, zusammen und eilte mit ihrem Geliebten nach der Kapelle des Aschykresân-Dèdè, wo sie die beiden andern noch vorfanden. Alle vier machten sich dann auf und gelangten bis zum folgenden Morgen nach einer Stadt, welche dem Könige von Sîstân nicht mehr unterworfen war. Daselbst ließen sie sich nieder, boten die Kostbarkeiten, die sie mitgebracht hatten, feil und beschäftigten sich mit Handel und Wandel. Bald hernach aber heiratete Ajas die Mahmûra und Sâlim die Selîma, und alle verbrachten den Rest ihrer Tage in Lust und Freude.

Damit schloß der weise Papagei seine Erzählung. »O Mâhi-Scheker«, fuhr er dann fort, »siehe, mein einziges Begehren ist, daß du ebenso deiner Wünsche teilhaftig werden mögest. Dergleichen Veranstaltungen gelingen aber nur, wenn beide Liebende verständig sind und wenn ihr Plan ausführbar ist. Wo aber der eine klug, der andere töricht ist, da geht aus solchen Unternehmungen nichts Gedeihliches hervor. Daher sollte man einen Menschen, dem es an Verstand fehlt, einen Einfältigen, nicht einmal zum Freunde, geschweige denn zum Verliebten machen. Denn ein dummer Freund ist wie ein stets drohendes Unglück; sagt doch auch das Sprichwort: ›Ein kluger Feind ist besser als ein dummer Freund.‹ Freilich, o Mâhi-Scheker, ist dein Verstand, der helle – von der Weisheit Lebenswasser eine Quelle – und für der Klugheit Perlen eine Fundstelle – es ist deines Mundes Schatzkästlein – gleich einem Schrein – voll von köstlichem Edelgestein – wenn aber deine Zunge der Weisheit Tau aussprüht und dein Geliebter diesen Lenzregen in seines Herzens Muschel fängt, wie schön, wenn da kostbare Perlen bei ihm zum Vorschein kommen! Wo nicht, da ist es klüger, du ziehst dich gleich von ihm zurück.«

»Mein zärtlicher Ratgeber«, antwortete die Frau, »jetzt erst fange ich an, deinen ganzen Wert zu erkennen, deine Treue wird mir erst jetzt recht klar. Ich bitte dich, zürne nicht über mein Benehmen und nimm nicht übel, was ich, von Liebesschmerz getrieben, dir gesagt habe. Enthalte mir vielmehr auch ferner deine treuen Ratschläge nicht vor und bemühe dich, mich auf leichte Weise mit meinem Freunde zu vereinigen. Wahrhaftig, ob er klug oder dumm, davon weiß ich nichts; sage mir doch, woran soll ich merken, ob er Verstand hat oder nicht.« – »Es gibt viele Mittel und Wege«, erwiderte der Papagei, »den Verstand eines Menschen zu erproben; am leichtesten aber geschieht es in der Weise einer mir bekannten Geschichte, welche ich schon oft in ähnlicher Art mir zunutze gemacht habe.«

»Was ist das für eine Geschichte?« fragte Mâhi-Scheker, und der Papagei erzählte:

Geschichte der schönen Zohra

In der Stadt Kâbul lebte einst ein großer Kaufherr, der eine Tochter namens Zohra besaß. Dieselbe war im Sternbild der Huld und Wonne – die glänzende Sonne – der volle Mond – der an der Schönheit Horizonte thront – an Reiz und Lieblichkeit – ohnegleichen weit und breit.

Oft wurde sie von den Angesehenen des Reichs und den Großen zur Ehe begehrt; ihr Vater aber schlug alle diese Anträge aus; »ich gebe«, sagte er, »meine Tochter nur einem vollkommen verständigen und einsichtsvollen Manne.«

Die Kunde von ihrer Schönheit und der Schwierigkeit, ihre Hand zu gewinnen, verbreitete sich unterdessen über alle Länder ringsumher und gelangte auch zu den drei Jünglingen, Dilnowâz, Rachsch-Sâz und Tîr-Endâz geheißen, welche in einer benachbarten Stadt lebten. Dieselben begaben sich nach Kâbul, traten daselbst mit der Behauptung auf, daß sie an Verstand und Geschick unübertroffen seien, und verlangten die Zohra zur Frau.

Auf die Frage des Kaufmanns, worin denn ihre eigentümliche Geschicklichkeit bestehe, antwortete zunächst Dilnowâz: »Ich habe einen so scharfen Verstand, daß ich alles, was auf dieser Welt geschieht, durchdringe und sogar, was sich in weiter Ferne und in der Tiefe der Gedanken gestaltet, erkenne.« – Rachsch-Sâz sprach darauf: »Ich bin ein geschickter Meister in der Talismanenkunde; ich kann ein Fuhrwerk in Gestalt eines Pferdes verfertigen, mit welchem ein Mann, der es besteigt, den Weg eines Monats an einem Tage zurücklegt.« – Endlich sprach Tîr-Endâz: »Ich bin so ausgezeichnet im Pfeilschießen, daß ich nie fehle.« – Der Kaufmann antwortete ihnen: »Geduldet euch einige Tage, daß ich eine Wahl treffe; wem von euch das Schicksal meine Tochter bestimmt hat, der soll sie haben, denn unter euern Künsten ist keine, die man verwerfen möchte.«

Einige Tage darauf verschwand aber nach dem Ratschluß Gottes das Mädchen bei Nacht aus dem Hause. Der

Vater suchte sie am folgenden Morgen überall, konnte aber keine Spur von ihr entdecken. Als er endlich sah, daß seine Bemühungen umsonst waren, suchte er die neu angekommenen drei jungen Männer auf und sprach zu ihnen: »Ihr Jünglinge, die ihr so unvergleichliche Künste zu verstehen meint, diese Nacht ist meine Tochter Zohra aus dem Hause verschwunden, als wäre sie zu dem Stern Sohra am Himmel aufgestiegen. Nun betätigt einmal eure Geschicklichkeit und macht mir ausfindig, wo sie sich aufhält!«

Die drei Jünglinge vernahmen diese Nachricht und sannen eine Zeitlang vergeblich nach. Endlich sprach Dilnowâz: »Ich will einmal nach ihr ausschauen.« Dann zog er sein Gewand über den Kopf und blieb eine Zeitlang in Nachdenken versunken, worauf er sich wieder aufrichtete und sprach: »Das Mädchen ist von Feen entführt worden.

Dieselben haben es auf die und die Insel gebracht und behüten es an einem wohlbefestigten Orte. Für Menschen ist es unmöglich, dahin zu gelangen.« – »Wenn jemand«, sprach darauf Rachsch-Sâz, »auf das von mir herbeigezauberte Reittier stiege, würde er binnen einer Stunde an Ort und Stelle sein können; aber wer vermöchte wohl, dort angelangt, die Zohra zu befreien und wegzuholen?« – »Gib mir nur das Reittier«, antwortete Tîr-Endâz, »ich bringe das Mädchen schon her.«

Das Zaubertier wurde also dem Tîr-Endâz vorgeführt. Dieser bestieg es, ließ sich nach dem Berge, auf dem sich das Mädchen befand, hintragen, kämpfte einen hartnäckigen Kampf und überwand endlich, nachdem er gewaltig mit seinen Pfeilen geschossen, den Div, den Beherrscher der räuberischen Feen. Alsdann nahm er die Zohra und brachte sie zu ihrem Vater zurück.

Nun aber erhob sich unter den drei Jünglingen ein großer Zwist; ein jeder behauptete, daß das Mädchen ihm zukomme, und so stritten sie hin und her.

»Diese Geschichte«, fuhr der Papagei, die junge Frau ansehend, fort, »erzähle doch dem vornehmen Jünglinge, deinem Freunde, und frage ihn, wem von den dreien das Mädchen gebühre. Dabei wird sich schon zeigen, ob er klug und verständig ist.« – »Aber erst«, entgegnete Mâhi-Scheker, »sage du mir, wem sie zukommt; nur dann kann ich ihn auf die Probe stellen.« – »Wie ich dir«, antwortete der Papagei, »diese Geschichte erzählte, kam mir noch eine andere von ähnlichem Inhalt in den Sinn, die will ich dir auch mitteilen und dir dann für beide zugleich angeben, wie sie zu verstehen sind. Dann weißt du, was du zu tun hast, um deinen Geliebten zu erforschen.«

»Was ist das für eine Geschichte?« fragte Mâhi-Scheker, und der Papagei erzählte:

Wie man erzählt, machte einst ein indischer Königssohn eine weite Reise und erfuhr, da er sich das Land ansah, viel Seltsames und Wunderbares. Eines Tages führte ihn sein Weg an einem Götzentempel vorüber, in den er hineinsah. Zufällig erblickte er darin ein außerordentlich schönes Mädchen, wie es nur einmal und nicht wieder zur Welt kommt. Sofort entbrannte er von der heißesten Liebe und rief aus: »Wenn mir das Glück zuteil wird, dies Mädchen zu gewinnen, da will ich mich selber in diesem Tempel opfern.« – Als einer seiner Diener ihm darauf mitteilte, das Mädchen sei die Tochter des und des Königs, da kehrte er sofort zu seinem Vater zurück, welchem er diese Begegnung erzählte. »Wenn«, so schloß er, »du keine Botschaft an jenen König sendest und um das Mädchen für mich anhältst, da nehme ich mir selbst das Leben.«

Der Vater zögerte nicht, auf die Bitte seines Sohnes einzugehen. Er schrieb daher Briefe an den Vater des Mädchens, durch welche er in höflicher Weise für seinen Sohn um dasselbe anhielt. Diese Briefe übergab er nebst reichen Geschenken dem letzteren, damit er sie selber hinbringe.

Nachdem nun der Königssohn angelangt war, überreichte er dem Vater des Mädchens die kostbaren Geschenke und die Briefschaften; der fremde König nahm dieselben huldvoll an und willigte sofort in die Ehe ein. Seiner Wünsche teilhaftig, verweilte der Königssohn noch eine Zeitlang an jenem Orte und machte sich dann auf, um in sein Vaterland heimzukehren. Der König gab seiner Tochter eine reiche Aussteuer, und so begab sie sich mit Hab und Gut in Begleitung des Königssohns auf die Reise.

Nach einigen Tagen gelangten sie in die Stadt, in welcher der früher erwähnte Tempel sich befand. Als sie an demselben vorüberzogen, gelüstete es den Jüngling, ihn näher anzusehen. Er trat also, begleitet von einem Priester, welcher in besonderer Gunst bei ihm stand und ihm auf allen seinen Reisen folgte, hinein. Wie er sich aber darin umsah, fiel ihm sein früheres Gelübde wieder ein, und er fühlte sich verpflichtet, sein Versprechen einzulösen. Demzufolge trat er vor den Hauptgötzen; vor diesem hatte er nämlich sein Gelübde abgelegt, indem alle Opfergelübde dort nach Landesgebrauch abgelegt wurden. Daselbst sprach er:

»Treu dem Gelübde, das ich tat,
Bring ich dir dar mein Leben hie.
Der Edle stirbt dem Bunde treu
Und gern, er fehlt und strauchelt nie!«

Damit schlug er sein Haupt auf den tödlichen Stahl und trennte es vom Rumpfe ab.

Es war aber nach Gottes Ratschlusse der Priester in diesem Augenblick nicht zugegen; er hatte sich nämlich in einen Winkel begeben, wo er nach der Brahmanen Weise dem Gottesdienst oblag. Als er sein Gebet beendigt, eilte er rasch nach dem großen Götzen, um dort den Königssohn zu treffen, und siehe da, er fand ihn an der Opferstätte, mit Blute befleckt – mit gerötetem Staube überdeckt – von des Geschickes Henkershand zu Boden gestreckt!

Hier lag der Rumpf und dort der Kopf,
Der Turban hier und dort der Schopf.

Als der Brahmane den Königssohn in diesem Zustande sah, da war er nahe daran, den Verstand zu verlieren. Außer sich vor Schmerz, sprach er zu sich selbst: »Wenn ich nun erzähle, wie er sich selbst das Leben genommen, wer wird mir's glauben? Alle Welt wird sagen, mich, den Brahmanen, habe es nach der schönen jungen Frau gelüstet und deshalb habe ich ihn umgebracht; wenn mich also der eine König nicht umbringt, so tut's gewiß der andere. Doch sei dem, wie ihm wolle: nachdem ich den Königssohn, der mich seit meiner Kindheit ernährt und mit Wohltaten überhäuft hat, also ermordet gesehen habe, so geziemt es auch mir hinfort nicht mehr, auf der Erde zu leben. Einmal sterben ist besser als tagtäglich vieltausendmal sterben.« – Mit diesen Worten schwang auch er sein Haupt auf den Stahl, den wohlgespitzten – blutbespritzten – und trennte es von dem Rumpfe.

Inzwischen wurde der jungen Frau, welche draußen wartete, endlich die Zeit lang, weshalb sie sich aufmachte und gleichfalls in den Tempel trat, um sich darin umzusehen. Als sie nun an den großen Götzen kam, fand sie ihren Gemahl und den Brahmanen enthauptet daliegen. Dieser Anblick entsetzte sie, und sie rief in äußerster Bestürzung: »Meinem Unstern, meinem Mißgeschick wird alle Welt dies zuschreiben; es ist daher das beste, auch ich opfere mich.« Also sprach sie und wollte sich eben auf das im Opferhause angebrachte Schwert hinstürzen, als eine Stimme daselbst erscholl, welche sich also vernehmen ließ: »Du junges Weib reinen Wandels, laß ab vom Selbstmorde und nimm den wahren Glauben an; nachher setze die Häupter dieser beiden Opfer wieder an ihre Leiber, so wie sie früher waren, und sprich ein Gebet über ihnen. Der Allmächtige wird ihnen darauf aus der Überfülle seiner Gnade das Leben wiederschenken.«

Kaum hatte die junge Frau diese Stimme gehört, als sie sich zu dem herrlichen Glauben Mohammeds bekehrte; alsdann legte sie die Köpfe mit den Leibern zusammen und sprach ihr Gebet, worauf augenblicklich der Erhabene, Allherrliche beiden das Leben wiederschenkte. Nur hatte die Frau in ihrer übermäßigen Freude einen Irrtum begangen, indem sie den Kopf des Königssohnes auf den Körper des Brahmanen und umgekehrt den Kopf des Brahmanen auf den Körper des Königssohns gesetzt hatte. Als sie nun neu belebt waren, da gehörte bei beiden Kopf und Rumpf nicht zusammen, und es entstand unter den Köpfen und Rümpfen ein heftiger Zwist.

»Nun«, fragte hierauf der Papagei die Mâhi-Scheker, »war

die junge Frau, von der ich dir hier erzählt habe, dem Rumpfe des Königssohns mit dem Kopfe des Brahmanen oder dem Kopfe des erstern mit dem Rumpfe seines Freundes verheiratet? Das laß dir einmal von deinem Geliebten, dem vornehmen Jünglinge, beantworten!« – »O Papagei«, antwortete Mâhi-Scheker, »erkläre mir dies, bevor ich meinen Freund auf die Probe stelle, denn erst dann bin ich dazu imstande.« – »Nun wohl«, entgegnete der Papagei, »das Mädchen in der ersten Geschichte gebührt unter den drei jungen Männern dem Tîr-Endâz. Dilnowâz hatte allerdings ausfindig gemacht, wo sie war, und Rachsch-Sâz hatte das Wundertier verfertigt; aber Tîr-Endâz setzte für ihre Befreiung Haupt und Leben aufs Spiel und trotzte um ihretwillen dem Tode. Aus diesem Grunde gebührt sie unfehlbar ihm. – Die junge Frau in der zweiten Geschichte aber ist dem Teile zuzusprechen, bei dem sich der Kopf des Königssohns befindet. Allerdings umarmt man sich mit dem Rumpfe, in welchem auch aller Genuß stattfindet; aber der Kopf ist das Haupt der Glieder, er birgt das Hirn und ist der Ursprung der Sinnestätigkeit. Der Kopf verhält sich zu dem Leibe ungefähr wie der Reiter zu dem Rosse, er steht über ihm. Diese Erklärungen merke dir, nach ihnen stelle deinen Geliebten auf die Probe; stimmt seine Antwort damit überein, dann ist er verständig; spricht er aber eine andere Ansicht aus, ist er ein Dummkopf. Aber der Morgen muß nahe sein, darum zögere nicht länger, sondern eile zu ihm; heute dürfte dein Wunsch sich erfüllen.«

Aber schon war es Morgen geworden, und schon bestrahlte der Sonne Licht die Welt. Mâhi-Schekers Begehren blieb also abermals unerfüllt, und sie mußte sich wiederum auf den folgenden Abend vertrösten.

Nun weicht, ihr armen Leute, weicht!
Und sei es euch gesagt,
Es hat der hohe Diwan
Auf morgen sich vertagt!

Als aber auch den folgenden Tag des Horizontes Schwarzkünstler der Sonne Zauberstein in seinem Munde verborgen hatte, da trat die junge Frau alsbald wieder unter den Käfig und sprach: »Diesen Augenblick und ohne alle Zögerung muß ich zu meinem Geliebten eilen; darum, o Papagei, gedenke meiner in deinen Gebeten. Wie ich ihn, so liebt er natürlich auch mich; es ist genug, daß ich vom Liebesfeuer verzehrt werde, wenigstens meinen Getreuen will ich nicht in der Glut der Erwartung aufgehen lassen. Aus meiner Liebe, der wahren – Wonneborn, dem klaren – will ich ihn tränken – und in himmlische Lust – an seiner Brust – mich selber versenken. – Ich weiß, wie sehr er mich liebt; aber schon längst hat er nicht mehr nach meinem Ergehen gefragt, geschweige denn eine Zusammenkunft mit mir zu begehren gewagt. Des Liebenden Wunsch zu erfüllen ist reine Menschlichkeit, auch kennst du den Ausspruch der Weisen, der da lautet: ›Zwei Dinge sind's, durch die der Mensch seinen Edelmut beweist, nämlich Wohltun ohne Gegenforderung und Treue ohne Falschheit.‹ Da ich mich nun zu den Edelmütigen zähle, so will ich meinem getreuen Liebenden wohltun, ohne etwas dagegen zu fordern, und ihm Treue ohne Falschheit beweisen.« – Ihr antwortete der Papagei: »An dem, was du da sagst, ist nichts auszusetzen; denn freilich gehört es zu den Eigenschaften des Edeln, seine Versprechungen zu halten. Aber sich übereilen, indem man seinen Zusagen nachkommt, ist doch verwerflich. Denn nach einem Ausspruch weiser Leute haben drei Dinge drei andere zur Folge, und zwar erstens die Zufriedenheit den Überfluß, zweitens das geduldige Ausharren in der Mühsal die Ruhe, und endlich drittens das aus reinem Herzen stammende Begehren die Wunscherfüllung. Darum strebe mit Besonnenheit nach der Zusammenkunft mit deinem Geliebten; also wird dir diese zuteil werden und auch dein Gatte Sâïd dir nicht verlorengehen, wie die Tochter des Königs von Bâbil nicht bloß einen Freund erwarb, sondern außerdem große Reichtümer gewann, so daß sie alles hatte, was ihr fehlte.«

»Was ist das für eine Geschichte?« fragte Mâhi-Scheker, und der weise Papagei hub an:

Geschichte von der Königstochter zu Bâbil und dem Brahmanen Ghalatnuma

Wie man erzählt, lebte vor Jahren ein Brahmane, ein Jüngling von zartem Alter, mit Namen Ghalatnuma, der Sonne Strahlenfinger – die glühenden Weltbezwinger – an Schönheit erreichend – und im Kreise der reizenden Knaben dem Monde gleichend – der bei dunkler Nacht – am Himmel wacht – in glänzender Pracht. – Kurz, sein schönes Angesicht – hatte auf Erden seinesgleichen nicht – und das Ebenmaß seiner Glieder – fand sich bei keinem zweiten wieder – so daß jeden, der ihn erblickte – Liebe zu ihm berückte.

Wie alle Jünglinge, so war auch Ghalatnuma unsteten Charakters, und da ihm die Ruhe nicht behagte, so durchreiste er die weite Welt, besuchte täglich andere Länder und eilte, ohne zu rasten, von Stadt zu Stadt. In dieser Weise gelangte er auch nach der Stadt Bâbil, woselbst ihm Luft und Wasser so wohlbehagte, daß er längere Zeit dort verweilte.

Eines Tages machte er außerhalb der Stadt einen Spaziergang und trat in einen Garten, welchen er sich überall ansah. Nun war aber auch die Tochter des Königs von Bâbil in denselben Garten gekommen, und wie sie ihre Blicke hin und her schweifen ließ, da begegneten sich dieselben mit denen des Jünglings. Kaum war dies geschehen, als sie ihn schon aus tiefstem Herzensgrunde liebte. Auf ihn aber übte die Schönheitssonne des Mädchens die gleiche Wirkung aus, er verlor fast die Besinnung und hätte sogleich in seiner Leidenschaft für sie tausendmal sein Leben lassen mögen; dulden und sich beherrschen kannte er nicht mehr, so daß er laut seufzend und stöhnend den Garten verließ. »Ach«, sprach er,

»Schweres Leid, wahrhaftig, hat mein
Armes Herz betroffen,
Schweres Leid, davon Genesung
Nicht so leicht zu hoffen!

Ach! im Traum nur darf mich ihre
Gegenwart entzücken;
Denn wohl nimmer wird mein Auge
Wieder sie erblicken.«

Er kehrte nun nach der Stadt zurück, wo er sich nach einer Arznei gegen seinen Schmerz umsehen wollte. Es lebte daselbst eine schlaue Betrügerin und Zauberin, die Meisterin aller ihrer Kunstgenossen, von denen Bâbil voll war. Sogar den Hârût und Mârût hätte sie zaubern lehren können. Zu dieser begab sich Ghalatnuma, jedoch vermochte er aus Scham nicht, ihr, was er auf dem Herzen hatte, zu sagen, und er blieb deshalb als Diener bei ihr. Nachdem also einige Monate verflossen waren, redete sie ihn eines Tages an: »Du in den Pfaden der Engel wandelnder – recht handelnder – mondgesichtiger – schöner, tüchtiger – Jüngling! Ohne Zweifel dienst du mir, weil du irgendeinen Wunsch hast, den du erreichen möchtest; so sage denn, was begehrst du? Ich will dir dazu verhelfen, denn deine Dienste haben mich beschämt!«

So huldvoll von der Zauberin angeredet, hub der Jüngling an zu weinen, warf sich zu ihren Füßen und erzählte ihr, daß er sich in die Tochter des Königs verliebt habe.

»Um des Himmels willen«, antwortete sie ihm, »ist das wohl der Mühe wert, daß ein Mensch darum weint? Ich dachte, du würdest eine Goldmine oder Diamantengrube von mir verlangen! Ist denn dabei die mindeste Schwierigkeit? Zwei Liebende zusammenzubringen ist für mich ebensoleicht wie ein Glas Wasser trinken.« – Alsdann zog sie ein mit Talismanen verfertigtes kleines Siegel hervor und steckte es dem Ghalatnuma in den Mund, worauf er sofort die Gestalt eines schönen Mädchens annahm. Die Zauberin verwandelte sich dann selbst in einen Brahmanen und begab sich als solcher, den Ghalatnuma mit sich führend, geradenwegs zum Könige, welchem sie ein Bittgesuch folgenden Inhalts vortrug: »O König, ich hatte einen einzigen Sohn, und dies ist meine Schwiegertochter. Nun hat es Gott über uns verhängt, daß mein Sohn in einer Nacht aus meinem Hause verschwunden ist. Ich habe lange nach ihm gesucht und geforscht, aber keine Spur von ihm auffinden können, und deshalb sehe ich mich jetzt genötigt, meine Erkundigungen draußen fortzusetzen. Die junge Frau hier nun mitzunehmen ist mir unmöglich, sie würde mir wie eine Fessel an den Füßen hängen; und da ich hier keinen Ort kenne, wo ich sie in sicherer Hut lassen könnte, so habe ich sie in deine erhabene Gegenwart geführt und flehe, du wollest sie bis zu meiner Rückkehr als Dienerin in dein Harem aufnehmen.«

Der Konig von Bâbil, der die Zauberin für einen seiner Brahmanen hielt, ging ohne weiteres auf die Bitte ein. Er nahm den Ghalatnuma als junge Frau bei der Hand, führte ihn in das Harem und übergab ihn seiner Tochter mit den Worten: »Ich empfehle dir, sie mit aller Artigkeit zu behandeln.« – Die Brahmanen sind nämlich die Priester der Heiden, und deshalb hielt es der König für durchaus notwendig, der jungen Frau artig zu begegnen.

Ghalatnuma war also nunmehr mit seiner Geliebten, der Königstochter, in einem Zimmer vereinigt. Das junge

Mädchen erkannte ihn freilich nicht, aber den Befehlen ihres Vaters gehorchend, erzeigte sie ihm alle Höflichkeit, und mochte er essen oder trinken, aufstehen oder sitzen, sie trennte sich keinen Augenblick von ihm.

Eines Tages wurde Ghalatnuma unwohl, und man brachte ihn in das Krankenzimmer. Das junge Mädchen besuchte ihn dort, und da sie ihn sehr abgemagert fand, fragte sie ihn: »Meine Verehrteste, weshalb wirst du denn von Tag zu Tag magerer? Wünschest du etwas, so sage mir's doch!« – Ghalatnuma hätte nun gern seinen Zustand vor ihr geheimgehalten und geschwiegen, aber er konnte den flehentlichen Bitten des Mädchens nicht widerstehen. Des Lebens Sitz, des Herzens Grund – sandte ein Ach ihm in den Mund – und kaum erscholl dies Ach – als durch dasselbe tausendfach – seiner Liebe verborgene Gluten erwachten – und sich zu Flammen anfachten. – Er konnte also nicht umhin, die Wahrheit einzugestehen, und begann ihr alles mitzuteilen, was ihm begegnet war. »An dem und dem Tage«, sprach er, »begegnetest du im Garten einem jungen Menschen; würdest du den wohl wiedererkennen, wenn du ihn jetzt sähest?« Da stieg in der Brust des Mädchens ein glühender Seufzer auf, und sie rief aus:

»Ob mein Aug umsonst sich umschaut
Nach den reizend schönen Zügen,
Der Erinnrung Bild wird nimmer
Aus dem Busen mir verfliegen.

Seiner Schönheit Licht, sein Bildnis
Wird mein Aug, mein Herz bewahren,
Und doch sah ich ihn, den Holden,
Nicht seit Monden, nicht seit Jahren!

Allezeit steht meines Geliebten Bildnis mir vor Augen, weder bei Tag noch bei Nacht hat jemals der Gedanke an ihn mich verlassen.«

Als Ghalatnuma dies hörte, nahm er das Siegel aus dem Munde und zeigte sich dem Mädchen in seiner eigentlichen Gestalt. Sie hatte ihn kaum erblickt, als sie ihn erkannte und, vor Freude springend – lachend und singend – in seine Arme stürzte. Alsdann bat sie ihn um Aufklärung über die seltsame Begebenheit, worauf er ihr erzählte, wie er, nachdem er sie in dem Garten gesehen, sofort mit Liebesleid geschlagen worden sei, wie er sich in seiner Not an das Zauberweib gewandt und wie dieses ihm auf eine geschickte Weise zur Erreichung seiner Wünsche verholfen habe. Das Mädchen lobte und pries sowohl die Zauberin als auch die Klugheit Ghalatnumas, und die beiden Liebenden, die aufrichtigen – sehnsüchtigen – Freud und Leid teilenden – nun unbelauscht zusammen weilenden – lebten selbander und hatten sich so viel zu sagen, daß sie gar kein Ende finden konnten.

Darüber verstrich einige Zeit. Wie es aber in dem Liede heißt:

Litt das Schicksal jemals, daß der
Liebe Wonne dauerte?
Hat es je verschont, verziehn,
Wo's auf Unheil lauerte?,

also näherte sich auch ihnen die Zeit, wo in ihre Freude sich Schmerz mischen sollte.

Ein Sturm erhebt sich und durchwühlt
Des Gartens grüne Blätter,
Kein Knöspchen will es lächeln sehn,
Das rauhe wilde Wetter.

Eines Tages ließ des Ghalatnuma Sonnenantlitz die Strahlen seiner Schönheit in das Innere des Palastes fallen und wurde da zufällig von einem erwachsenen Sohne des Königs erblickt. Kaum war dies geschehen, als auch der Vogel seines Herzens ihm schon entflogen war und er im Liebeswahnsinn sich an dem Weine der Leidenschaft für Ghalatnuma berauschte. Diese Liebe wirkte so stark auf ihn ein, daß er in schmerzlichem Sehnen dahinschwand und an Ghalatnumas Locken hing wie Medjnûn an Leila.

Endlich sprach man von dieser Geschichte dem Könige, welcher seinen Sohn vor sich kommen ließ und ihn nach seinem Ergehen befragte. Ohne etwas zu verhehlen, erzählte der Prinz seines Herzens Geheimnis und schloß mit den Worten: »Wenn du mir die Ghalatnuma nicht zur Frau gibst, so bringt die Sehnsucht nach ihr mich unfehlbar ums Leben.« – Der König geriet hierbei in große Verlegenheit. ›Wenn ich‹, sprach er bei sich selbst, ›dies meiner Obhut anvertraute Mädchen meinem Sohne zur Frau gebe, da mißbrauche ich das Vertrauen des Brahmanen; gebe ich es ihm aber nicht, da entreißt ihn mir der Tod. Ihm zu Gefallen will ich es doch einmal befragen.‹

Er ließ also Ghalatnuma von dem Wunsche des Prinzen in Kenntnis setzen; derselbe empfing die Botschaft wie ein drohendes Unglück; er erkannte in ihr den Neid des Schicksals wegen des einige Tage lang genossenen Glücks. »Ich bin des Königs Magd«, antwortete er, »was der König mit mir zu tun gut findet, dem vermag ich mich nicht zu widersetzen. Aber mein Schwiegervater ist, nachdem er mich hier in Obhut gegeben, ausgegangen, um meinen abwesenden Gatten aufzusuchen! Wenn nun mein Gatte lebt? Darf eine Frau wohl zwei Männer haben? Wenn er tot ist, dann von Herzen gern! Ist es doch ein Königssohn!«

Der König billigte die Bedenken Ghalatnumas; aber als der Prinz in seiner übermäßigen Leidenschaft schließlich wahnsinnig wurde, da siegte die väterliche Zärtlichkeit. »Mein Sohn«, sprach er, »ist aus Liebe zu dir wahnsinnig geworden, und ob dein Gatte tot ist oder lebt, ist ungewiß; vielleicht ist er tot, und dem Brahmanen, der dich hierherbrachte, sagen wir, daß wir nach dem Sprichworte: ›Not kennt kein Gebot‹ gehandelt haben; wir erzählen ihm von dem Zustand des Prinzen und suchen sein Mitleid rege zu machen, so daß er sich zufriedengibt. Ob dies aber gelingt oder nicht, meinen Sohn kann ich nicht aufgeben, und also muß sich ein Weg finden lassen.«

Bei so dringender Aufforderung konnte Ghalatnuma nicht umhin, sich einverstanden zu erklären; er erbat sich nur eine Frist von drei Tagen, welche ihm gewährt wurde. Er beeilte sich dann, die Tochter des Königs, seine Geliebte, von der Angelegenheit in Kenntnis zu setzen. Das Mädchen erwiderte: »Da gibt es kein anderes Mittel, als von hier zu entfliehen!« – Gesagt, getan; kaum war es Abend geworden, als beide den Palast verließen und nach dem Hause der Zauberin eilten, welcher sie erzählten, was sich mit ihnen begeben. »O Ghalatnuma«, antwortete sie, »nimm jetzt das Siegel aus deinem Munde und stecke es in den des Mädchens. Durch seine eigentümliche Kraft erscheint nämlich in dieser Weise ein Mann als Frau und umgekehrt. Das Mädchen hat bei Tage das Siegel im Munde zu führen, um überall für einen Mann zu gelten. Nur bei Nacht, wenn ihr euch zusammen unterhaltet, mag sie es herausnehmen.«

Sie taten, wie die Zauberin ihnen vorgeschrieben, und lebten in Lust und Freude. Im königlichen Palaste aber wurden sie am folgenden Morgen vermißt, und der König, dem man dies meldete, stellte überall die sorgfältigsten Nachforschungen an, ohne aber am Ende auch nur die mindeste Spur aufzufinden. »Ach«, rief er da aus, »ich habe das Vertrauen des Brahmanen mißbraucht; ohne Zweifel hat mich dafür dies Unglück betroffen, daß auch meine Tochter verschwunden ist!« – An seinen Bemühungen verzweifelnd, gab er endlich seine Nachforschungen ganz auf.

Einander beglückend und durch einander Glück findend, verbrachten nunmehr die beiden Liebenden eine lange Zeit, bis ihnen ihr Geld ausging. Sie eilten, dies der Zauberin mitzuteilen, welche ihnen antwortete: »Seid deshalb ganz unbekümmert. Sobald das, was ihr noch in Händen habt, draufgegangen, kommt zu mir. Es wäre mir leicht, euch einen ganzen Schatz zu überweisen; aber ich will erst deinen Vater aus der Unruhe ziehen, auf daß er auch Frieden habe.«

Nach diesen Worten versetzte sie den Ghalatnuma wie

sich selbst in Brahmanengestalt und begab sich, das Mädchen zu Hause zurücklassend, mit ihm zum Könige, bei welchem sie als der Alte auftrat, welcher früher seine Schwiegertochter dem königlichen Harem anvertraut hatte. Sie überreichte dann dem Könige eine Bittschrift folgenden Inhalts: »O König, möge der Allmächtige dein Herrscherglück mehren! Gott sei gepriesen, im Schatten deiner Herrlichkeit ist das Suchen nach meinem Sohne erfolgreich gewesen; ich habe ihn gefunden und wohl und munter zurückgebracht! Hier steht er vor dir. So habe denn nun die Gnade und Gewogenheit und gib mir die Schwiegertochter zurück, die ich in deinem Gewahrsam gelassen.«

Den König setzte das Erscheinen des Brahmanen außer Fassung; endlich antwortete er: »Das Mädchen, das du meiner Obhut anvertraut, ist zugleich mit meiner eigenen Tochter heimlich in einer Nacht aus dem Harem des Palastes verschwunden, und ich habe keine Ahnung, wohin sie gegangen sein mögen.« – Bei diesen Worten des Königs zerriß die Zauberin den Kragen ihres Rockes, durchschnitt den Gurt, den sie um die Lenden geschlungen, warf die Mütze von ihrem Kopfe zum Erdboden und hub ein jämmerliches Klaggeschrei an. »Ein König«, rief sie aus, »so meinte ich, sei zuverlässig; deshalb brachte ich die Schwiegertocher hierher und vertraute sie deinem Harem an. Was soll es nun heißen, wenn du sagst, sie sei verloren? Kommt das Mädchen nicht zurück, da nehme ich mir das Leben!« – Aufs äußerste beschämt, gab nun der König der Alten zehntausend Goldstücke, bat sie flehentlich um Verzeihung und söhnte sich also mit ihr aus. Sie aber kehrte in ihre Wohnung zurück und übergab das Geld dem liebenden Paare mit den Worten: »Wenn dies hier ausgegeben sein wird, dann kommt nur wieder zu mir.« – Also lebten Ghalatnuma und die Königstochter in Freude und Lust bis an das Ende ihrer Tage.

»Du siehst«, fuhr der Papagei, zu Mâhi-Scheker gewendet, fort, »wie die Tochter des Königs von Bâbil hier nicht bloß den Gegenstand ihrer Liebe, sondern außerdem noch viel Geld erwarb. So bemühe dich denn auch, nicht allein deinen Geliebten zu gewinnen, sondern zugleich deinen Ehemann Sâïd nicht zu verlieren. Wenn du nach den Lehren handelst, welche in dieser Geschichte enthalten sind, da wirst du in jeder Hinsicht deinen Zweck erreichen; handelst du aber nicht danach, da wirst du übel berüchtigt werden.« – »Von den Lehren, die du mir vorgetragen«, antwortete Mâhi-Scheker, »ist es sehr schwierig, denen, welche sich auf den Wunsch, seinen Geliebten zu besitzen, beziehen, Folge zu leisten. Das beste ist, von solchen Leidenschaften abzulassen und ihnen ganz und gar Lebewohl zu sagen, denn am Ende führen sie doch immer zu Schande und Schmach. Dazu kommt, daß nach einem Ausspruch der Weisen an viererlei Menschen viererlei Eigenschaften höchst verächtlich sind, und zwar erstens an dem Weisen die Lüge, zweitens an dem Reichen der Geiz, drittens an dem Theologen die Leichtfertigkeit und viertens an dem Weibe die Schamlosigkeit. Wenn also der Ausgang dieser meiner Geschichte Schande ist, so will ich lieber vor Liebesweh umkommen als etwas tun, wodurch ich mir einen bösen Namen erwerbe.« – »Aber, Mâhi-Scheker«, erwiderte der Papagei, »was sind das für sinnlose Worte, die du da sagst? Frömmigkeit und Selbstbeherrschung sind zwar an und für sich löbliche Dinge, aber bei dir ist die Leidenschaft zur höchsten Spitze gediehen, und eben jetzt würdest du, wenn dein Geliebter der König von Zâbil wäre, für ihn dein Leben lassen, wie die Mahrûsa, jenes Königs Geliebte, getan.«

»Was ist das für eine Geschichte?« fragte Mâhi-Scheker, und der Papagei erzählte:

Geschichte von dem Könige von Zâbil und der schönen Mahrûsa

In der Stadt Zâbil lebte einst ein Kaufmann, welcher eine noch unerwachsene Sklavin besaß. Er hatte dieselbe von Kindheit auf erzogen wie sein eigenes Kind, sie Lesen und Schreiben gelehrt und ihr eine vollendete Bildung gegeben. Als das junge Mädchen – es hieß Mahrûsa – in das dreizehnte oder vierzehnte Lebensjahr eintrat, da wurde es so außerordentlich schön, daß ihresgleichen nie auf Erden gesehen worden war, weshalb auch viele Vornehme und Große die seltene Perle zu kaufen wünschten. Aber einen Preis, der ihre Schönheit aufgewogen hätte, vermochte niemand zu zahlen, und so konnte keiner sie erstehen.

Es lebte aber damals eine alte Frau, gegen welche man die Schönheit der Sklavin so sehr lobte, daß sie sich auf Hörensagen in sie verliebte und den Gedanken an sie keinen Augenblick aus dem Sinn verlor. Diese Alte nun sprach von ihr zu dem Könige, welcher infolgedessen seine vier Veziere zusammenberief und ihnen die Angelegenheit vorlegte. »Ich beabsichtige«, sprach er, »das Mädchen zu kaufen; jedoch wünsche ich, daß ihr vier euch vorher gemeinschaftlich nach dem Hause ihres Herrn begebt und sie euch anseht. Findet ihr sie dann so, wie man sie mir beschrieben, dann zahlt dem Kaufmann den Preis und bringt sie her; ich werde euch da königlich belohnen.«

Dem Befehle gemäß machten sich die Veziere auf und begaben sich nach dem Hause des Kaufmanns. Nachdem sie diesem mitgeteilt, weshalb sie gekommen, holte er die Mahrûsa heraus und ließ sie sich vor den Vezieren entschleiern. Als aber letztere auf die reizenden Züge ihre Blicke fallen ließen, da war nicht einer unter ihnen, den nicht die Schönheit des Mädchens überwältigt und der nicht vor ihr die Zügel des Selbstbewußtseins verloren hätte. Da sie indessen ihrem Wesen nach verständige und weise Männer waren, so berieten sie miteinander, was zu tun sei. »Wenn«, sprachen sie, »unser König dies herrliche Mädchen erst mit eigenen Augen sieht, dann wird seines Verstandes Schiff zerschellen an der Liebe Klippen – wie an Schirîn Ferhâd wird er hangen an ihren süßen Lippen – denn das Königtum dieser Wangen zu lassen – und sich mit Staatsgeschäften zu befassen – will zu der menschlichen Schwäche nicht passen. Unsers Königs Vorteil wahrzunehmen und zugleich für die Untertanen Sorge zu tragen ist unsere Pflicht; es ist darum das klügste, wir reden übel von dem Mädchen und geben es für ebenso häßlich aus, als es schön ist, damit der König nicht ferner daran denkt, es zu kaufen. Denn wenn es in seinen Besitz käme, da würde er sich hinfort nicht mehr um die Staatsgeschäfte bekümmern, und Reich und Herrschaft würden in die trostloseste Lage geraten.«

Nachdem sie diesen Entschluß gefaßt hatten, kehrten sie zu dem Könige zurück, vor welchem sie allerlei an dem Mädchen aussetzten und es sehr häßlich nannten. »O König«, sprachen sie, »die niedrigste Dienerin in deinem Harem ist gewiß viel schöner als die Sklavin jenes Kaufmanns; schon daß sie in dem Hause des letztern erzogen worden, ist ein Grund, daß sie den Schönen deines Serails nicht beigesellt werden kann. Deine erhabene königliche Gesinnungsart würde sie gar nicht begreifen. Uns würde es als eine große Selbsterniedrigung und Gemeinheit erscheinen, wenn du, da doch dein Harem so wohlbestellt ist, nach einem Mädchen außerhalb desselben verlangtest und gar eine Häßliche kauftest! Die vornehme Eigenschaft eines Menschen ist, daß er hochstrebend sei; sagt doch auch ein bekannter Spruch: ›Hohes Streben gehört zur Religion.‹ So wurde auch der König von Chatâi durch seine erhabene Gesinnung aller seiner Wünsche teilhaftig.«

»Was ist das für eine Geschichte?« fragte der König, und die vier Veziere antworteten:

Geschichte des Königs von Chatâi

In den Diwan eines Königs von Chatâi trat vor alten Zeiten einmal ein Mann, um, wie er sagte, dem Könige ein Geschenk zu überreichen. Dasselbe bestand aus einem Gefäße von Holz der Art, welche man Napf nennt. Dafür verlangte er eine Gegengabe vom Könige, und dieser versagte sie nicht, soviel er auch verlangte.

Als aber am Abend desselben Tages der König sich schlafen gelegt hatte, sah er im Traume ein schönes Weib, welches auf ihn zukam und zu ihm sprach: »Ich bin die Fee deiner Erdenhabe. Jetzt aber komme ich zu dir, um von dir

Abschied zu nehmen, denn du verkennst meinen Wert und verschleuderst mich an Unwürdige. Wie konntest du tausend Goldstücke für einen Napf geben, dessen Wert einen oder zwei Para beträgt! Es ist doch kein schönes, in der Welt noch nie gesehenes Kunstwerk, kein Meisterstück, welches einer großen Gegengabe wert gewesen wäre! Ich habe also hinfort nichts mehr mit dir zu schaffen und gehe nun zu einem andern.« – Der König nun hielt an seiner Hochherzigkeit fest und sprach, ohne sich im mindesten durch die Anrede beirren zu lassen: »So geh fort, wohin du Lust hast!« – In der Tat wurden seine Einnahmen von da an tagtäglich geringer.

Bald darauf hatte er abermals einen Traum. Er sah nämlich einen Mann, welcher herankam, ihn begrüßte und zu ihm sprach: »Ich bin der Genius deiner Körperkraft. Du verkennst deine Lage und noch mehr meinen Wert; darum verlasse ich dich jetzt und gehe.« – »So tue dies«, antwortete der König, ihn entlassend. – Wieder nach einigen Tagen hatte der König einen dritten Traum, in welchem er einen Jüngling von engelmilden freundlichen Gesichtszügen auf sich zukommen sah. Derselbe grüßte ihn und sprach: »Ich bin der Genius deiner Hochherzigkeit, auch ich verlange meine Entlassung.« Wie aber der König dies hörte, faßte er das Gewand des Jünglings und rief flehend: »Gnade, verlaß mich nicht!«

Der Jüngling wandte sich darauf um und sprach: »O König, da du mich wert hältst, so will auch ich nicht von dir weichen, und solange ich bei dir bin, darfst du keinen Verlust dich bekümmern lassen. Hab und Gut findest du schon wieder, und auch deinem Körper wird die Gesundheit nicht fehlen; weiter aber bedarfst du nichts.«

Damit erwachte der König und fühlte sich nicht bloß genesen, sondern außerdem mehrten sich von Tag zu Tag die Einkünfte seines Schatzes.

Nach dieser Erzählung fuhren die Veziere fort: »O König, hohes Streben, sagt man, leiht dem Menschen Flügel, und wahrlich, wer mit solchen Flügeln sich aufschwingt, der kommt von der Stelle!«

Viele derartige Gründe trugen sie dem Könige vor, und dieser ließ sich endlich bereden, die Erwerbung der Mahrûsa aufzugeben. Als der Kaufmann dies erfuhr und seine Hoffnung, daß der König das Mädchen kaufen würde, geschwunden war, da schenkte er ihr die Freiheit und vermählte sie mit dem Stadthauptmann, welcher sie nach der Hochzeit in sein unterhalb des königlichen Schlosses gelegenes Haus führte.

Nun überlegte Mahrûsa bei sich selbst, warum doch wohl der König trotz ihrer so großen Schönheit und Lieblichkeit sie nicht genommen habe. »Das weiß Gott«, sprach sie, »wahrscheinlich hat man ihn belogen und mich häßlich genannt. Ich will mich ihm doch einmal zeigen, damit meine Verleumder beschämt werden und ihr Betrug sich offenbare.« – Als demnach eines Tages der König vor dem Fenster saß, ließ Mahrûsa, die Unbefangene spielend, vor dem erleuchteten Herrscherauge ihre Schönheit erglänzen. Durch diesen Anblick wurde der König so betroffen, daß er die Besinnung verlor. Kaum war er wieder zu sich gekommen, als er Erkundigungen anstellte, und er erfuhr nun, daß er die Sklavin des bewußten Kaufmanns gesehen habe, welche von demselben freigelassen und mit dem Stadthauptmann verheiratet worden sei. »Gott sei bei uns«, rief er aus, »warum mußte ich auch auf fremder Leute Urteil hin ein so reizendes Wesen fahrenlassen, ohne es selber anzusehen!« – Schmerz und Betrübnis überwältigten ihn so sehr, daß er zur Bestürzung seiner Hofleute krank wurde.

Die vier Veziere aber, welche die wohlwollende Absicht gehabt hatten, den König vor den Qualen der Liebe zu bewahren, kamen nunmehr herbei und erkannten, daß er in dem Register der Liebeskranken dennoch verzeichnet war.

Rettungslose Leidenschaft verstört ihn,
Und er ward zur Fabel aller Welt,
Und sie brennt ihn, zehrt ihn und zerstört ihn,
Und in fremde Hand sein Erbe fällt!

Kurz, sie sahen, daß seine Leidenschaft ihn niedergeschmettert und daß nur die Vereinigung mit der Geliebten ihn retten könne. »O König«, redeten sie ihn deshalb an, »was wir dir früher über das Mädchen gesagt haben, war keine Lüge, sondern in Wahrheit erschien Mahrûsa uns damals häßlich. Aber so ist's mit der Liebe! Dir erscheint sie so reizend, weil du in sie verliebt bist. Unsere Absicht war, dir Gutes zu tun; denn wir besorgten, daß durch deine Leidenschaft das Reich in Unordnung geraten könne. Außerdem wußten wir nicht, daß du so sehr gefesselt werden würdest. Da nun aber einmal eine so heftige Leidenschaft dich ergriffen hat, so wollen wir alle gern für dich mit Gut und Blut einstehen. Erlaubst du, so zwingen wir den Stadthauptmann, der jungen Frau den Scheidebrief zu geben, und weigert er sich dessen, so lassen wir ihm den Kopf abschlagen und legen ihn dir ehrerbietigst zu Füßen.« – Der König aber antwortete: »Gott verhüte, daß ich, um meiner Lust zu frönen, eine so unverzeihliche Tat begehen und anderer Ehre kränken sollte! Da würde ich ja das Gewand meiner Unschuld mit Kot besudeln!«

Also sprach er und ertrug geduldig die Leidenschaft, indem er den Schmerz als dem Heil seiner Seele dienlich erkannte. Um seines Ausharrens willen bewährte sich dann auch an ihm der Spruch: ›Das Bildliche ist die Brücke des Wahren‹, seine bildliche irdische Liebe wurde in die echte göttliche verwandelt und er selbst durch diese reine Liebe zur Gnade des Allherrlichen aufgenommen. ›Wer liebt‹, heißt es in einem Spruche, ›und es geheimhält und daran stirbt, der stirbt als Märtyrer.‹

Als aber Mahrûsa den Tod des Königs vernahm, sprach sie bei sich selbst: »Nachdem ein so gewaltiger Mann um meiner Liebe willen der Erde Lebewohl gesagt hat, da soll sie auch mir hinfort versagt sein!« – Damit begab sie sich nach dem Grabe, dem wohlerleuchteten, um sich hinzuopfern mit eigenen Händen – und um zu spenden – ihr Leben, das süße – im Staube seiner Füße.

Also erzählte der Papagei. Dann fuhr er fort: »O Mâhi-Scheker, auch du möchtest es wohl so machen; aber das ist nicht möglich. Mahrûsa lebte unter ganz andern Verhältnissen als du. Wenn du klug bist, so eilst du unverzüglich zu deinem Geliebten!«

Froh, die Zustimmung des Papageien erlangt zu haben, verließ die junge Frau das Gemach. Aber da sah sie, daß der Sonnenkönig auf dem Throne des Horizontes das Haupt erhob, und ihr war, als bräche der Tag des Jüngsten Gerichts an. Ihr Wunsch blieb also abermals unerfüllt, und sie mußte sich auf den folgenden Abend vertrösten.

Nun weicht, ihr armen Leute, weicht!
Und sei es euch gesagt,
Es hat der hohe Diwan
Auf morgen sich vertagt!

SECHSUNDZWANZIGSTER ABEND

Als auch der folgende Tag langsam wie das Leben eines Feindes hingeschwunden und es nun Abend geworden war, da trat Mâhi-Scheker wieder unter den Käfig und sprach: »Du weiser Papagei, erlaubst du mir nunmehr, zu meinem Geliebten zu gehen, oder nicht? Ich kann mich nicht länger gedulden, und doch haben solche Besorgnisse mich erfaßt, daß mir aller Mut vergangen ist.« – »Du Licht meiner Augen«, antwortete der Papagei, »woher kommt denn deine Besorgnis? Erkläre es mir! Etwa von deinem Geliebten? Aber da ist kein Grund zum Argwohn, denn noch habt ihr euch nicht zusammengefunden, und er weiß ebensowenig etwas Näheres von dir als du von ihm. Jetzt aber sollt ihr einander kennenlernen.« – »Wegen meines Geliebten«, antwortete Mâhi-Scheker, »habe ich keinen Argwohn; was mich beunruhigt, ist einzig mein Gatte Sâïd. Ich fürchte, er wird bald zurückkommen, und sollte er dann von dieser Geschichte hören, da müßte ich aus Scham und Schande vor ihm vergehen. Ja, sollte er, wovor mich Gott bewahre! mich ganz verschmähen und sich von mir scheiden, da würde ich ja zum Gespötte der Leute.« – »Was du da sagst«, antwortete der Papagei, »paßt doch zu deinem Verstande durchaus nicht. Kann jemand, der irgend Vernunft im Kopfe hat, sich wohl so törichten Gedanken hingeben? Und darf jemand Besorgnisse hegen, wenn er einen Berater, wie ich bin, gewonnen, einen an Weisheit und Verstand so gewaltigen – an List und Schlauheit so mannigfaltigen? – So erlustige dich nur tapfer und lebe kühn darauflos! Bei Gott, ich werde den Chodja Sâïd so anführen, daß selbst sein abgeschiedener Geist es nicht merken und daß, selbst wenn man's ihm sagte, er es nicht glauben würde. Gleichwie die Schehr-Arâm den Kaufmann anführte und belog, ebenso würde ich es mit ihm machen!«

»Was ist das für eine Geschichte?« fragte Mâhi-Scheker, und der Papagei hub an:

Geschichte von der schlauen Schehr-Arâm

Wie man erzählt, lebte einst in der Stadt Nischabur ein Kaufmann, der außerordentlich dumm, dabei aber so reich war, daß er das Maß seiner Schätze selber nicht kannte. Seine Frau – sie hieß Schehr-Arâm – fing einst ein Liebesverhältnis mit einem jungen Manne an und trieb es so weit, daß sie zur Fabel der ganzen Stadt wurde. So kam es, daß auch der Kaufmann davon hörte, welcher darauf bei sich selbst sprach: ›Ich will doch der Sache einmal nachforschen, und wenn ich das Gerücht wahr finde, so gebe ich meiner Frau den Scheidebrief.‹

Zu dem Zwecke versteckte er sich eines Tages unter dem Kioschk der Frau in einem Winkel, während sie wirklich mit dem jungen Manne in Unterhaltung war. Sie erblickte aber noch zur rechten Zeit ihren Eheherrn und schlug dann schnell den Pfad der List ein, indem sie heimlich ihrem Liebhaber einen Wink gab und zu ihm sprach: »Mein Mann steht unter dem Kioschk, darum werde ich dir jetzt schlau berechnete Worte sagen; die höre an und dann gehe!« – Alsdann sprach sie, gleichsam den jungen Mann anredend, mit lauter Stimme die Worte: »Du sollst mein Bruder für die andere Welt sein! Aber hüte dich, mich mit irdischen Gelüsten anzusehen, gleichwie ich dich auch nicht also ansehe. Habe ich dich doch wegen einer so wichtigen Angelegenheit kommen lassen! Zwar bist du kein Familienmitglied, und deshalb hätte ich dich nicht an diesen Ort, welchen nur mein Gemahl betreten darf, bringen sollen – dem äußern Scheine nach ist es für dich eine verbotene Stelle; aber das Schicksal hat es einmal so gewollt! Du fragst mich, was es denn gäbe? So höre! Ich hatte mich, da mein Mann zur Besorgung seiner Geschäfte fortgegangen war, außer mir vor Traurigkeit wegen der Trennung, bei Nacht niedergelegt, und da erschien mir im Traume ein lichtvoller Greis im weißen Barte, der mich mit den Worten ansprach: ›Deines Gatten des Kaufmanns Leben ist aus, seine Todesstunde ist herangekommen, das ihm zugeteilte Maß hienieden ist erschöpft, der Becher seines Daseins ist bis zum Rande gefüllt.‹ Bei diesen Worten fiel ich in Ohnmacht, und ich weiß nicht, was mit mir geschah. Der Alte aber nahm rasch meinen Kopf auf seine Knie und drückte mir die Stirn, worauf mir die Besinnung wiederkam. ›Meine Tochter‹, sprach er dann zu mir, ›du wünschest, daß dein Gemahl lebe; gut, ich will dir sagen, wie du sein Leben verlängern kannst; doch nur, wenn du mir gelobst, ihn auszuführen, sage ich dir meinen Rat.‹ Mit heiligen Eidschwüren antwortete ich ihm: ›O sage, laß mich's wissen, wie kann ich das Leben meines Gemahls retten?‹ Worauf er mir erwiderte: ›Da hast du dir einen fremden Mann außerhalb deines Hauses zu verschaffen, denselben sollst du an der Stelle sitzen lassen, wo dein Mann zu sitzen pflegt, und mit ihm ein Gespräch führen; dabei sollst du ihn mit reinen Blicken ansehen und dich vor irdischer Lüsternheit wohl hüten. Tust du also, da wird dein Gemahl lange leben.‹ Um nun zu tun, wie ich geschworen, und um meines Gatten Leben zu verlängern, habe ich dich hierhergerufen und dir den Platz meines Gatten eingeräumt. Ich bedaure, dich damit in Ungelegenheit gesetzt zu haben, bitte dich aber, mich nicht mit lüsternen Augen anzusehen, gleichwie auch ich dich nicht also anblicke. Tu mir dies zuliebe um der vielen freundlichen Worte willen, die wir miteinander gewechselt. Jetzt aber stehe auf und kehre heim. Glück auf den Weg!«

Der Jüngling erklärte sich mit allem einverstanden. »Ja«, sagte er, »in dieser und in der anderen Welt sollst du mir immer nur wie eine Schwester sein; es sei ferne von mir, dich jemals mit lüsternen Blicken anzusehen!« Mit diesen Worten stand er auf und ging.

Schehr-Arâm begab sich darauf auf den Söller des Kioschks und legte sich schlafen. Kaum war dies geschehen, als ihr Mann aus seinem Winkel hervorkroch, zu ihr eilte und sich an ihren Busen schmiegte. Sie stellte sich nun, als erwache sie, und rief aus: »Ei, mein Geliebter, wann bist du denn gekommen?« – »Meine getreue Gattin«, antwortete er, »möge Gott mir das Erdendasein versagen, wenn du nicht mehr hienieden weilst! Du bist das Grundkapital meines Lebens! Feinde hatten mir zu verstehen gegeben, du wärst eine nichtswürdige Person, und es fehlte nicht viel, so hätte ich, ohne die Sache zu untersuchen, den bösen Einflüsterungen der Leute geglaubt und dich jedem Hohne preisgegeben. Aber Gott sei Dank, meine Zweifel sind geschwunden, deine Unschuld ist mir erwiesen. Meine Liebe zu dir ist damit noch tausendmal inniger geworden. Nachdem ich nämlich vorgegeben, ich habe ein Handelsgeschäft abzumachen, verbarg ich mich, um dich zu belauschen, unter dem Kioschk, und da ich dich mit dem jungen Manne verkehren sah, faßte ich allerdings Argwohn. Dann aber hörte ich dich deinen Traum erzählen und erkannte nunmehr, welche innige Liebe du für mich hast. Der schöne Jüngling soll mir nun auch für Zeit und Ewigkeit ein Bruder sein und ohne alle Umstände bei uns aus und ein gehen. Und auf fremder Leute Geschwätz will ich hinfort nicht mehr achten, denn sie kennen den Zusammenhang nicht und reden in ihrem Argwohn allerlei schlechtes Zeug. Ich aber weiß jetzt, was daran ist, es ist mir sonnenklar geworden. Doch will ich den Leuten nichts übelnehmen, da sie dich nur aus Irrtum verleumdet haben. Möchte nur der junge Mann uns nicht vergessen!«

Schehr-Arâm ließ darauf den letztern rufen, und sie sahen und unterhielten sich von da an ohne alle Hindernisse.

Damit schloß der Papagei seine Erzählung. Mâhi-Scheker aber sprach zu ihm: »Was du da sagst, ist freilich schön und richtig, vielen bösen Unfällen kann man durch Schlauheit ausweichen. Aber deine Geschichte paßt nicht zu meinen Verhältnissen. Jener Kaufmann war sehr einfältig, und deshalb konnte die listige Frau ihn täuschen. Sâïd aber, mein Mann, ist ausgezeichnet an Einsicht und Verstand. Ihn zu täuschen, möchte sehr schwer sein, und mein Liebesverhältnis ist keine Sache, die geheim bleiben könnte. Es ergeht mir, wie es in dem Liede heißt:

Bloß geworden auf die Haut
Bin ich durch dein leidiges Lieben,
Mich darin zu bergen, ist mir
Nicht einmal ein Hemd geblieben.

Soviel ich meine Liebe verstecke, irgendwoher verrät sie sich immer, das ist sicher. Und sollte, was Gott verhüte, Sâïd davon Kenntnis bekommen, da ist's schwer, ihm etwas aufzubinden. Meine Leidenschaft wird aber täglich heftiger; wäre mir die Geduld nicht völlig ausgegangen, da würde ich mich meiner Wünsche lieber entschlagen.«

Als der Papagei diese Worte vernahm, rief er aus: »Du holde Herrin, was sagst du? – Was meinst du? Was klagst du? – Wozu dies Wanken – und diese unsinnigen Gedanken? – Bin ich's nicht, der dich beschützt? – Der mit Rat und Tat treu dich unterstützt? Weshalb bist du denn betrübt? Handelst du nach meinem Rate, so werden nicht einmal die Leute hier im Hause, geschweige denn dein Gatte, etwas von deinen heimlichen Taten bemerken. Du sagtest vorhin, daß deiner Meinung nach es wohl unmöglich wäre, den Sâïd ebenso zu täuschen, wie die Schehr-Arâm in meiner Geschichte den einfältigen Kaufmann täuschte; denn, behauptest du, dein Mann sei nicht so dumm, sich anführen zu lassen. Aber bei Gott, wenn ich ihn zu betrügen Lust habe, da binde ich ihm etwas auf, daß er sich verwundern soll. Laß also dies Geschwätz; ein Verliebter muß Herz haben, denn ›ein furchtsamer Handelsmann‹, sagt das Sprichwort, ›macht keinen Gewinn‹; ebensowenig darf jemand, der das Gerede der Leute scheut, das Tal der Liebe betreten. Geh also, sei unbesorgt, eile rasch zu deinem Geliebten. Denn wie der Mann nicht ohne die Frau, so kann auch der Liebende nicht ohne die Geliebte sein; und scheut sich auch das Weib vor der Berührung mit dem Manne, es muß sich ihm doch nähern. Ebenso kann aber der Liebende nicht umhin, zu dem Geliebten Neigung zu empfinden, sosehr er sich auch vor ihm scheut, gleichwie die Prinzessin von Griechenland, sosehr sie die Ehe verabscheute, sich doch am Ende zur Heirat bereitfinden ließ.«

»Was ist das für eine Geschichte?« fragte Mâhi-Scheker, und der weise Papagei erzählte:

Geschichte von der schönen Prinzessin von Griechenland

Wie man sagt, lebte einst im Lande China ein mächtiger Kaiser, welcher den Namen Faghfûr führte. Derselbe hatte einen weisen und gelehrten Vezier, welcher ohne alle Anmeldung zu jeder Zeit in das Gemach des Kaisers eintreten durfte. Als er eines Tages von diesem Rechte Gebrauch machte, traf sich's, daß Faghfûr auf seinem Polster eingeschlafen war. Das Geräusch des Eintretenden erweckte ihn, und erzürnt ergriff er ein Schwert, mit welchem er auf den Vezier losstürzte. Wie er aber eben ihn umzubringen im Begriff stand, sprangen die anwesenden Hofleute hinzu, fielen zu des Kaisers Füßen und erretteten mit genauer Not den Vezier.

Nach einiger Zeit legte sich der Zorn des Kaisers, und nun befragte man ihn nach der Ursache. »Ich sah«, antwortete er, »im Traume ein reizendes Mädchen von solcher Schönheit, daß ich – doch was rede ich von mir? – daß der kreisende Horizont selber nie ihresgleichen gesehen hat. Während ich der Wonne dieses Anblicks genoß, trat der Vezier herein und weckte mich auf. Aber das Bild steht mir noch vor Augen, und die Erinnerung lebt in meinem Herzen.«

Nun war aber jener Vezier ein Aristoteles an Verstande – der weiseste Mann im chinesischen Lande – viel Listen ersinnend – viel Herzen gewinnend – er vermochte aus jeglicher Not zu erretten – und zu sprengen alle Ketten. – Zugleich war er ein so geschickter Meister in der Malerei, daß Mani und Behzâd seine Schüler hätten sein mögen und daß, wenn er lebende Wesen malte, sie wirklich lebten.

Der besagte Vezier wünschte nun seinem liebekranken Kaiser beizustehen und bat ihn zu dem Ende, seinen Traum ihm noch einmal zu beschreiben. Letzterer gewährte die Bitte, und nach seinen Angaben zeichnete und malte der Vezier auf das genaueste den Palast, wie ihn der Kaiser gesehen, nebst dem Mädchen in allen Reizen seiner Gestalt und seiner Züge. Alsdann erbaute er vor den Toren der Stadt an einer Stelle, wo die Karawanen anzuhalten pflegten, eine bequeme Herberge und ließ alle, die dort vorsprachen, fragen, ob sie das Mädchen und den Ort, den das Bild vorstellte, erkennten.

Eines Tages erschien ein Pilger der weiten Welt in jener Herberge, welcher, nachdem er das Bild angesehen und eine Weile nachgedacht hatte, in großes Erstaunen geriet. Der Vezier befragte ihn um die Ursache seines Staunens, worauf der Reisende ihm entgegnete: »Ich wundere mich darüber, daß dies Bild demjenigen der Tochter des Kaisers von Griechenland so ähnlich ist.« – Den Vezier erfreute diese Mitteilung, und er erkundigte sich nun weiter nach dem Mädchen, worauf der Pilger ihm erzählte: »Die Prinzessin von Griechenland, deren Bild dies hier ist, ist außerordentlich schön; aber sie hat einen entschiedenen Widerwillen gegen die Ehe, und zwar beruht dieser Widerwillen auf folgender Ursache: Da sie eines Tages im Garten saß, bemerkte sie ein Pfauenpaar, welches im Gebüsch Junge ausgebrütet hatte. Durch einen Zufall geriet nun jenes Gebüsch in Brand, und siehe da, kaum hatte der Pfauhahn die Flammen erblickt, als er sein Weibchen mit den Jungen verließ und entfloh, während das Weibchen aus zärtlicher Besorgnis für seine Jungen diese nicht verließ, sondern mit ihnen zusammen zu Asche verbrannte. Die Treulosigkeit des Männchens und die aufopfernde Liebe des Weibchens, welche sich bei dieser Gelegenheit zeigte, überzeugten sie nun, daß Unzuverlässigkeit eine wesentliche und angeborene Eigenschaft des männlichen Geschlechts sei und daß alle Treulosigkeit in der Welt von diesem Geschlecht ausgehe. Keines Mannes darf darum in ihrer Gegenwart Erwähnung geschehen, und daß sie sich jemals verheiraten sollte, daran ist gar nicht zu denken.«

Der Vezier war sehr glücklich über diese Nachrichten, welche er sofort dem Kaiser Faghfûr mitteilte. »Wie aber«, mit diesem Versprechen schloß er, »der Kaiser auf einmal in sie verliebt geworden ist, so will auch ich sie in den Kaiser verliebt machen.«

Alsdann bat er um die Erlaubnis, eine Reise nach Griechenland anzutreten, welche ihm gewährt wurde. Zu dem Ende legte er seine Kleider ab und machte sich in gewöhnlicher Wandertracht in Begleitung des vorerwähnten Pilgers auf den Weg. Allmählich erreichten sie denn auch Griechenland und langten bald darauf in der Hauptstadt des Landes, Konstantinopel, an.

Daselbst führte der Pilger den Vezier umher und zeigte ihm auch die kaiserlichen Hofgärten. Der Vezier zog hier das von ihm gemalte Bild aus dem Busen hervor, und siehe, er hatte ganz und gar den paradiesischen Raum vor sich, den Faghfûr in der Welt der Träume erblickt hatte. Dies bestätigte ihn in dem Glauben, daß das Mädchen, in welches sein Kaiser sich verliebt hatte, die Prinzessin von Griechenland sei; und beide Reisegefährten überlegten nunmehr, wie man ihr nahe kommen könne.

Zu diesem Ende fing der Vezier, nachdem er in einer Karawanserei eine Wohnung genommen, Bilder zu malen an. Seine Kunstwerke waren aber von so haarspaltender Feinheit, daß er bald allgemein berühmt wurde und daß man von dem kürzlich aus China angekommenen geschickten Maler auch dem Kaiser und seiner Tochter preisend erzählte. Da nun die Prinzessin den Kunstgenuß liebte, so bat sie den Kaiser, den Maler herkommen und ihren Palast ausmalen lassen zu dürfen. Der Kaiser gestattete dies und ließ durch den Pilger den Vezier in den Palast führen, wo ihm die nötigen Aufträge erteilt wurden.

Der Vezier gab sich nun große Mühe, seine Kunst zu bewähren; auch gelang es ihm, den reizenden Ort mit so herrlichen Bildern auszuschmücken, daß jeder, der sie sah, vor Staunen außer sich war. Als er aber die ganze Arbeit vollendet hatte, da malte er noch an die Tür des Kabinetts der Prinzessin, wo sie bei Tage zu sitzen und des Nachts zu schlafen pflegte, ein Gemälde von seltener Vollkommenheit, und zwar in der Mitte einen wunderbar großartigen Garten, wo lachende Rosen die Beete schmückten – wo klagende Nachtigallen entzückten – wo reife Früchte erquickten – wo gewaltige Bäume – schatteten auf weite Räume. – In dieses Gartens Mitte aber stellte er einen zierlichen Kioschk dar, und in demselben, auf dem Thronsitz im Glanze der Herrlichkeit, die schönen Züge des Kaisers Faghfûr. Außerhalb der Tür malte er dann eine rasige Flur mit einem lieblichen Garten, bei welchem man sich die Gärten der Seligen, unter welchen die Bäche fließen, denken konnte. Das Wasser aber malte er klar wie den Paradiesesbrunnen Selsebil; endlich malte er noch eine mit den Jungen im Wasser ertrunkene männliche Antilope und ein gegenüber auf der Flur grasendes Antilopenweibchen.

Nachdem dies alles vollendet und das Zimmer mit Polstern und Teppichen versehen worden war, führte man die Prinzessin hinein. Diese geriet beim Anblick der Bilder in solches Erstaunen, daß sie sprachlos davor stehenblieb. Bald aber rief sie den Vezier her und bat ihn, ihr zu erklären, was das für ein Garten sei und was für ein Thronsitz, und wen die Figur darauf vorstelle, und welche Bewandtnis es mit den Antilopen habe und so weiter. Der Vezier glaubte, diese gute Gelegenheit sich zunutze machen zu müssen. »Dieser Garten«, sprach er, »ist der Hofgarten des Kaisers Faghfûr von China, die auf dem Throne sitzende

Figur aber mit den schönen, engelgleichen Zügen ist er selbst. Er ist aber so einsam dargestellt worden, weil er wegen eines seltsamen Begebnisses, das ihm in jenem Garten zugestoßen, das weibliche Geschlecht im höchsten Grade verabscheut.« – »Und was ist dies?« fragte die Prinzessin. – »Eines Tages«, antwortete der Vezier, »saß er nach seiner Gewohnheit in diesem Kioschk und genoß der Aussicht in die Umgegend, als ein Antilopenpaar mit den Jungen herankam, um aus dem Bache zu trinken. Während sie nun an dem Bache standen, schwoll dieser plötzlich durch ein Sturzwasser an und ergriff die Jungen, sie mit sich fortreißend. Als das Männchen dies sah, warf es sich aus Liebe zu ihnen in das Wasser, um sie zu erretten. Dort aber ereilte es das Schicksal, es ertrank mit seinen Jungen. Das Weibchen dagegen bekümmerte sich um diese gar nicht, sondern wandte sich, lediglich auf seine eigene Rettung bedacht, ab und floh. Da also Kaiser Faghfûr bei ihm eine solche Lieblosigkeit wahrnahm, da schloß er, daß das weibliche Geschlecht im allgemeinen unzuverlässig und treulos sei, weshalb er den Frauen alle Zuneigung entzog und dem Umgange mit ihnen entsagte.«

Bei dieser Erzählung des Veziers geriet die Prinzessin in tiefes Nachdenken, indem sie bei sich selber sprach: ›Weiß Gott, ich dachte, Treulosigkeit fände sich nur beim männlichen Geschlechte, also gibt es deren auch beim weiblichen!‹ – »Dieser Kaiser Faghfûr«, sprach sie dann zu dem Vezier, »paßt für mich; ich möchte glauben, daß der Allmächtige mich um seinetwillen bis hierher im ledigen Stande erhalten hat. Einen solchen würdevollen Mann wünschte ich mir; ich bezweifle nicht, daß auch ich ihm als Gattin willkommen sein werde.«

Damit begab sie sich zu ihrem Vater und bat ihn, er möge sie mit dem Faghfûr vermählen. Dem Kaiser war aber nichts lieber, als seine Tochter zu verheiraten, und er wartete nur auf ihre Einwilligung. Er schrieb also einen

Brief an den Faghfûr, welchen er durch einen Botschafter nach China sandte.

Der Vezier legte nun wieder seine Pilgerkleidung an und kehrte mit dem griechischen Gesandten in seine Heimat zurück. Daselbst angekommen, unterrichtete er den Faghfûr sofort von dem Zusammenhang der Geschichte, so daß, als der griechische Botschafter vor ihn geführt wurde, er schon wußte, um was es sich handelte. Er stellte sich nun, als wäre er dem Vorschlage einigermaßen abgeneigt; da aber jenes Ehebündnis sein innigster Wunsch war, so kam er bald darauf zurück, indem er sprach: »Ich hatte solchen Wünschen völlig entsagt; um indessen den Kaiser von Griechenland zu verpflichten, nehme ich sein Anerbieten an.« – In diesem Sinne verfaßte er denn ein Antwortschreiben, welches er nach Griechenland zurücksandte; den Vezier aber schätzte er wegen des geleisteten treuen Dienstes noch mehr als vorher schon, und er überhäufte ihn mit Wohltaten und Ehrenämtern.

Nach einiger Zeit sandte der griechische Kaiser die Prinzessin mit reicher Aussteuer nach China. Sie traf bald daselbst ein, und Kaiser Faghfûr erlangte, was er ersehnt hatte.

Also erzählte der weise Papagei. »O Mâhi-Scheker«, fuhr er dann fort, »die Moral von dieser Geschichte ist, daß, wie die Weiber nicht unverheiratet bleiben können, so auch liebende Herzen keine Ruhe finden, ohne zu dem geliebten Wesen hinzugelangen. Du stellst dich nun, als wollest du einer Liebe, die keinen Sinn habe, entsagen; aber das wird dir nicht gelingen. Das beste wäre, du eiltest noch heute zu deinem Geliebten.« – »O Papagei«, antwortete Mâhi-Scheker, »was du da sagst, ist wohl richtig, aber doch wird nicht jeder Liebende seiner Geliebten teilhaftig. Die Geschichtsbücher enthalten unzählige Beispiele von Liebenden, welchen es nicht gelang, sich ihren

Geliebten zu nähern, und welche endlich selber die Hoffnung aufgaben. Kannst du etwas dagegen sagen?« – »Allerdings«, antwortete der Papagei, »gibt es viele unglückliche Liebende in der Welt, welche ihrem Geliebten entsagen müssen. Indessen bei richtiger Zeit und Gelegenheit kommt alles schon ins Geleise; nur was zur Unzeit geschieht, das mißrät. Wer zu ungelegener Zeit etwas unternimmt, dem ergeht es wie dem Esel, der zur Unzeit schrie und so ins Verderben geriet.«

»Was ist das für eine Geschichte?« fragte Mâhi-Scheker, und der Papagei erzählte:

Vom Esel, der zur Unzeit schrie

Vor alten Zeiten hatte einmal ein Esel mit einem wilden Ochsen Freundschaft geschlossen, so daß sie beständig zusammen weideten. Einst kamen sie an einen Garten, bei

welchem sie bis zum Abend warteten, um nach eingetretener Finsternis hineinzubrechen und drinnen Gras und abgefallenes Obst zu fressen. Die Gärtner hatten keine Ahnung davon, so daß sie ihre Leiber recht voll fressen konnten. Den Esel aber überwand da sein Eselinstinkt, so daß er zu schreien anfangen wollte, als ihm der Ochs zurief: »Um des Himmels willen, mein Bruder, geduldе dich und schreie nicht; wir haben ja hier kein Wächteramt zu versehen, sondern sind im Gegenteil zum Stehlen gekommen. Wenn du schreist, da werden die Gärtner unser gewahr und treiben uns mit Prügeln zum Garten hinaus. Jedes Ding hat seine Zeit, darum bitte ich dich, das Schreien ist jetzt sehr ungelegen.« – »O du Narr«, antwortete der Esel, »auf Erden ist nichts anmutiger und ergreifender als Musik und Gesang; aber du bist kein poetisches naturbegabtes Tier wie ich. Du bist ein unvernünftiges wildes Vieh, und deshalb verstehst du von der Musik nichts. Aber jetzt höre und laß dir's wohl gefallen.« – »O Esel«, antwortete der Ochs, »du toller – und unheilvoller – nicht einmal Worte sind mir angenehm in einem so unpassenden Augenblicke, und noch viel weniger Gesang! Wie sollte mir da dein abscheuliches Geschrei gefallen? Du bist ein Sänger, dessen Schweigen entzücket, als wenn's Musik wäre; talentvolle Leute laufen davon, wenn sie dich hören. Heißt es ja doch auch im Koran: ›Der abscheulichste Laut ist das Geschrei des Esels‹, wie um meine Ansicht zu bestätigen und zu beweisen. Wenn du an diesem gefahrvollen Orte singst, da ergeht's uns wie dem armen Holzhauer, der zur Unzeit tanzte.«

»Was ist das für eine Geschichte?« fragte der Esel, und der Ochs erzählte:

Vom Holzhauer, der zur Unzeit tanzte

In Kurdefân begab sich einmal ein Holzhauer ins Gebirge, um Holz zu fällen. An einer höchst anmutigen Stelle im Walde fand er zehn Männer, welche zusammen um einen großen irdenen Krug saßen und aus demselben Speise und

Trank, soviel sie nur begehrten, herausnahmen; sie aßen und unterhielten sich vortrefflich.

Da der Holzhauer dies sah, kam er heran und mischte sich in das Gespräch. Seine Unterhaltung gefiel den Leuten über die Maßen, so daß einer von ihnen zu ihm sprach: »Wenn du irgendeinen Wunsch hast, so fordere nur, wir wollen es dir geben.« – Die Gesellschaft bestand nämlich aus Theologen vom Feengeschlechte. – Der Holzhauer verlangte nun den Krug, worauf sie ihm antworteten: »Den Krug kannst du haben, nur ist es sehr schwer, ihn in Obacht zu nehmen. Es wäre doch schade, wenn er zerbräche, denn es gibt keinen Ersatz dafür. Mit dem Krug aber würde zugleich alles verlorengehen, was aus ihm herauskommt. Darum begehre den Krug nicht und wähle lieber etwas anderes, dir Nützlicheres.«

Der einfältige Holzhauer wies diesen wohlgemeinten Rat von sich. »Den Krug und nur den Krug«, rief er aus, »verlange ich; ich will ihn aber auch nach besten Kräften behüten und so hochhalten wie meinen eigenen Kopf.« – Die Theologen des Feengeschlechts übergaben ihm also den Krug, und er erwarb sich durch die Wunderkräfte desselben in kurzer Zeit unermeßliche Reichtümer. Einstmals aber lud er seine Freunde zu einem Gastmahl in seinem Hause ein, und bei dieser Gelegenheit zeigte er der Versammlung den Krug, den Talismane in sich wahrenden – geheime Weisheit offenbarenden. – Natürlich war da niemand, der nicht das Gefäß mit großem Staunen betrachtet hätte; der Holzhauer aber nahm es in seiner übermäßigen Freude auf den Kopf und rief aus: »Du meines Wohlstandes Grundkapital – du meines Lebens leuchtender Strahl!« – Damit übermannte ihn die Heiterkeit so sehr, daß er zu tanzen anfing. Mitten im Tanzen aber glitt sein Fuß aus, und er stürzte auf das Gesicht, bei welcher Gelegenheit auch der Krug von seinem Kopfe herabfiel und in tausend Stücke zersprang. In demselben Augenblick verschwand sein ganzer Reichtum, und er wurde wieder ein armer Mann, wie er vorher gewesen war. Was er an Hab und Gut bis zu jenem Tage zusammengebracht hatte, war verloren!

Also erzählte der Ochs. »Du einfältiger Esel«, fügte er dann hinzu, »diese Strafe wurde dem Holzhauer zuteil, weil er zur Unzeit tanzte; es unterliegt aber keinem Zweifel, daß ein ähnliches Unglück uns heimsuchen wird, wenn du eine Eselei begehst und zur Unzeit schreist.«

Trotz der Warnung des Ochsen aber beging sein Gefährte die besagte Eselei und hub an, seine widrige Stimme erschallen zu lassen. Kaum hatten die Gärtner dieselbe vernommen, als sie einander zuriefen: »Es ist ein Esel in den Garten gebrochen!« – Sie eilten herbei und fanden den Esel und außerdem noch den Ochsen. Letztern nun betrachteten sie, wie man zu sagen pflegt, als ein Opfer für ihr Kloster (als eine in den Mund geflogene Taube), sie schlachteten ihn sofort und brieten sein Fleisch in Pfannen und an Spießen. Den Esel dagegen banden sie, nachdem sie ihn eingefangen, im Stalle an, legten ihm den Lastsattel auf den Rücken und ließen ihn bis an seinen Tod Steine schleppen und sonstige Arbeiten verrichten.

Damit schloß der Papagei seine Erzählung. »O Mâhi-Scheker«, fuhr er dann fort, »auch du wolltest zur ungelegenen Zeit deinem Geliebten entsagen; wagst du nun noch, irgend etwas zur Unzeit zu tun? Du hast nun gesehen, wie es dem ergeht, der also handelt, daß er nämlich in Not und Verderben gerät. Da nun jetzt nicht die Zeit ist, wo du der Liebe entsagen könntest, so mußt du zu deinem Geliebten eilen und dich mit ihm belustigen. Eine passendere Zeit gibt es nicht; darum zögere nicht, gehe hin!«

Fröhlich trat nun die junge Frau aus dem Zimmer und

wollte sich eben aufmachen, als sie sah, daß der Tag anbrach und die Sonne sich über die Erde erhob.

Nun weicht, ihr armen Leute, weicht!
Und sei es euch gesagt,
Es hat der hohe Diwan
Auf morgen sich vertagt!

SIEBENUNDZWANZIGSTER ABEND

Als es nun wieder Abend geworden war, sprach Mâhi-Scheker bei sich selbst: ›Gestern hat mir der Papagei die Erlaubnis erteilt, das genügt mir‹, und damit wollte sie sich geradenwegs zu ihrem Geliebten begeben, ohne sich um den Papagei zu bekümmern. Als aber dieser sah, daß sie, ohne bei ihm vorzusprechen, fortging, dachte er bei sich: ›O weh, alle meine Mühe ist nunmehr verloren!‹ Der Unmut nahm ihm fast den Verstand, und wie in Todesangst rief er: »O Mâhi-Scheker, komm her! Ich habe dir einen Rat zu erteilen, der dir für dein irdisches und dein ewiges Wohl dienlich sein wird. Mit dem Rat der Papageien hat es ja eine eigentümliche Bewandtnis; er bringt den mannigfaltigsten Vorteil, gleichwie der Kaufmannssohn Obeida dadurch, daß er dem Rate eines Papageien folgte, viel gepriesen und berühmt wurde.«

Bei dieser Anrede konnte die junge Frau nicht umhin, sich dem Käfig zu nähern und zu fragen, was das für eine Geschichte sei.

Die Perle zieht den Taucher so sehr,
Er stürzt sich häuptlings ins wogende Meer!

Der Papagei hub also zu erzählen an:

In der Stadt Termedz lebte einst ein Kaufmann, welcher einen Sohn namens Obeida besaß. Getreu dem Gebote: ›Verheiratet euch und erzielet Nachkommenschaft!‹, gab er dem jungen Manne ein schönes Mädchen zur Ehe. Der aber verliebte sich dermaßen in seine Frau, daß er sie nie auch nur einen Augenblick verlassen wollte. Die Eltern machten ihm deshalb, seine Stirn und Augen küssend, liebreiche Vorstellungen, aber fruchtlos.

Nun hatte der Kaufmann einen Geschäftsgenossen, welchem er alle seine Geheimnisse anvertraute. Diesem erzählte er eines Tages, was ihm mit seinem Sohne begegne; er fragte ihn nach einem Mittel gegen dies Übermaß der Leidenschaft und bat ihn auch seinerseits, den jungen Menschen zu vermahnen. Der Geschäftsgenosse antwortete: »Aber ist es denn denkbar, daß er sich an meinen Rat kehren sollte, da er den von Vater und Mutter verschmäht? Indessen«, fügte er hinzu, »besitze ich ein Papageienpaar – deren Stimme lieblich und wunderbar – deren Worte die Seele nähren – und sich als heilsam bewähren – an allen, die sie hören. Diese Vögel will ich herschicken, vielleicht begibt sich der junge Mann bei ihren Ermahnungen seiner Leidenschaft.«

Nach diesen Worten ging er nach Hause und erklärte den Papageien, wie Obeida, von Liebe erfaßt, sich seinen eigenen Eltern abgewandt habe und Tag und Nacht lediglich in Unterhaltungen mit seiner Frau hinbringe. »Ich will euch nun hinschicken«, sprach er, »und möchte er sich eure Vermahnungen zu Herzen nehmen, um sich aus diesem Abgrunde zu erretten.«

Damit sandte er die beiden Vögel dem Obeida, welcher eine außerordentliche Freude darüber empfand und sie in sein Schlafzimmer brachte. Als es nun Abend geworden war, erhob das Männchen seine Stimme und rief: »Warum, o Obeida, unterhältst du dich nicht mit uns, da wir doch als Gäste in dein Haus gekommen sind? Sind doch unsere Worte Seelenspeise – und ewiges Leben unsere Rede, die weise! – Du solltest die Gelegenheit benutzen, aus unserer Unterhaltung gute Lehren zu ziehen!«

Diese Ansprache nötigte den Obeida, sich dem Käfig zu nähern und sich auf eine Unterhaltung einzulassen. »Du sagtest«, redete er den Papagei an, »du wärest reich an gutem Rat. So sage denn, was hast du mir zu raten, ich möchte es hören und mir zunutze machen.« – »Wenn man jemandem rät«, erwiderte der Papagei, »da muß man sich nach seinem Bedürfnis richten, um seinen Worten den rechten Wohlgeschmack zu verleihen. Heißt es doch:

> Jeder Ort hat seinen Sprecher,
> Jeder Wald hat seinen Schächer.

Soll zum Beispiel einem Gelehrten ein Rat gegeben werden, so muß dies aus Büchern geschehen; bei Kaufleuten dagegen nimmt man auf Waren und Stoffe Bezug, kurz, man knüpft stets an das Gewerbe oder die Beschäftigung des zu Beratenden an. Darum hast du mir zunächst zu sagen, was dein Stand und Gewerbe ist, damit ich demgemäß aus meines Mundes Schatzkästlein des Rates Perlen aussprühe.« – »Mein Gewerbe«, antwortete Obeida, »ist von Vater und Großvater her Handel und Wandel.« – Da stellte sich der Vogel sehr verwundert und sprach: »Bei Gott, du bist mir ein schöner Kaufmann! Wir haben den heutigen Tag bis zum Abend hier in deiner Gegenwart verbracht und, soviel wir auf deine Manieren und Bewegungen geachtet, an dir keine Spur vom Kaufmannsstande entdecken können.«

Durch diese Worte genötigt, gestand Obeida nach einigem Schweigen zuletzt die Wahrheit ein und erzählte dem Papagei umständlich, wie er von Liebe zu seiner Frau hingerissen sei. Der Vogel hörte ihn ruhig zu Ende, dann sprach er: »Deine Geliebte, o Obeida, ist allerdings deine rechtmäßige Frau; aber sich den Freuden der Liebe so hinzugeben, ist doch nicht verständig. Das Weibervolk ist meistens unzuverlässig, und sich um einer unzuverlässigen Person willen seinem Gewerbe zu entziehen ist töricht. Die Treulosigkeit des weiblichen Geschlechts beweist zur Genüge die Geschichte des Blinden.«

»Was ist das für eine Geschichte?« fragte Obeida, und der Papagei erzählte:

Geschichte des Blinden und der treulosen Frau

Vor alten Zeiten wurde einmal von einer Sklavin im Harem eines indischen Königs ein Mädchen geboren, welches nach Gottes Ratschluß drei Brüste besaß, und zwar zwei auf der regelmäßigen Stelle und die dritte in der Mitte. Die Sterndeuter stellten sofort des Kindes Horoskop und fanden aus, daß dasselbe im höchsten Grade arglistig und betrügerisch sein werde. Sie benachrichtigten demnach den König, seine Tochter werde wohl schön werden, aber ihre Treulosigkeit werde ihr in der ganzen Welt einen bösen Namen machen.

Als das Mädchen herangewachsen war, gab ihr der König eine Aussteuer und Geld und Edelsteine von unendlichem Werte; zugleich aber machte er bekannt, daß, wer sie mit allen ihren Schätzen zum Weibe nähme, nicht in dem Königreiche verbleiben dürfe, sondern sich außer Landes zu begeben habe – um, so dachte er, zu verhüten, daß in seinem Reiche ihre Schlechtigkeit zum Ausbruch komme. – Nun war aber der früher von den Sterndeutern erteilte Ausspruch aller Welt bekannt geworden, weshalb sich kein Mann geneigt zeigte, um die Hand des Mädchens anzuhalten.

Indessen lebte dort ein Blinder, welcher, von Not und Elend zum Äußersten getrieben, bei sich überlegte: ›Mag mich soviel Unglück treffen, als da will, ich gehe mit dem Mädchen ins Ausland, da werde ich doch diese Armut los!« – Gesagt, getan; er hielt um die Prinzessin an; der König gab sie ihm mit ihrer ganzen reichen Aussteuer, und er zog dann in ein anderes Land.

Darüber verfloß einige Zeit, und die junge Frau verschmähte hartnäckig die Liebe des blinden Mannes; dagegen machte sie mit einem schönen Jüngling an ihrem Aufenthaltsorte Bekanntschaft, welchen sie täglich zu sich ins Haus kommen ließ. Sie machte sich dabei die Blindheit ihres Gatten zunutze und verspottete ihn mit ihrem Liebhaber wegen seines Gebrechens. Lange Zeit lebten sie also ihrer Lust und begnügten sich, den armen Blinden zu verlachen. Endlich aber beschlossen sie, ihn von der Erdoberfläche zu vertilgen. Zu dem Ende fingen sie im Garten eine schwarze Natter, zerstückelten sie, warfen sie in einen Tiegel und setzten sie aufs Feuer. Dann sprach die Frau zu dem Blinden: »Ich habe eine Fischsuppe für dich bereitet, sie kocht hier im Tiegel auf dem Herde. Komm nun und halte das Feuer darunter im Gange, daß es nicht ausgehe.« – Der Blinde nahm also seinen Stab zur Hand, begab sich zu dem Tiegel und bemühte sich, das Feuer im Gange zu erhalten, während das Weib und der Liebhaber über seine Einfalt zusammen lachten und ihn höhnten.

Endlich hob aber der Blinde, um zu erfahren, ob das Gericht gar sei, den Deckel auf und rührte mit dem Ende seines Stabes den Inhalt des Tiegels um. Dadurch stieg der Dunst der Schlange in sein Gesicht, und kaum war dies geschehen, als nach dem Willen des Herrn seine Augen sich auftaten! Als er sich nun aber umblickte und die Schlange sah, die im Tiegel sott – und der Frau und des fremden Mannes Spott – da geriet er in solchen Eifer, daß er die Frau prügelte und fest geknebelt dem Polizeivogt übersandte.

Alsdann nahm er alles, was sich an Hab und Gut im

Hause vorfand, und kehrte damit in sein Vaterland zurück. Das Wort Frau aber ließ er nicht wieder über seine Lippen kommen wegen der Schamlosigkeit, welche er an jenem Scheusal erlebt hatte.

Nachdem der Papagei diese Geschichte erzählt hatte, hub das Weibchen an: »Allerdings gibt es viele treulose Frauen; wenn aber auch die meisten an dieser Untugend leiden, so folgt doch darum nicht, daß alle schlecht sind. Gibt es Treulose, so ist doch auch die Zahl der Aufrichtigen unendlich. Daß du aber aus übermäßiger Liebe zu der deinigen dich weder bei Tag noch bei Nacht von ihr trennen willst, das deutet auf nichts Gutes. Du solltest dich nie deinen Eltern entfremden und auf alle Weise bedacht sein, dir ihren Beifall zu erwerben. Nach der Eltern Wohlgefallen zu streben ist der Kinder heiligste Pflicht; wo letztere ihre Eltern erzürnen, da erhört Gott ihre Gebete nicht, wie unter den mannigfaltigen hierauf bezüglichen Geschichten die des Sâlih dies deutlich beweist.«

»Was ist das für eine Geschichte?« fragte Obeida, und das Papageienweibchen erzählte:

Geschichte des Sâlih

Vor alten Zeiten lebte einmal in der Stadt Balch ein Asket, welcher einen Sohn mit Namen Sâlih (der Fromme) besaß. Die Sinnesart dieses war durchaus seinem Namen gemäß; er war ein frommer Jüngling, der sich dem Gottesdienste keinen Augenblick entzog. Nun ging der alte Asket zum Jenseits hinüber und ließ den Sâlih als Waise zurück. Während dieser eines Tages seine Betübungen hielt, überlegte er bei sich folgendes: ›Ich lebe freilich in stetem Gebet, aber wenn geschrieben steht: ‚Die Erkenntnis ohne die Werke ist wie ein Baum ohne Frucht‘, so werden mir auch meine Werke ohne Erkenntnis keinen Vorteil bringen. Ich muß mir daher einen gelehrten Meister zu verschaffen suchen, der mir die Erkenntnis beibringt.‹

Nachdem er diesen Entschluß gefaßt hatte, ging er, seiner Mutter Erlaubnis einzuholen; sie aber verweigerte diese. ›Meine Absicht‹, sprach er nunmehr bei sich selbst, ›ist doch eine gute, wie wär's da, wenn ich mich ohne die Einwilligung meiner Mutter aufmachte?‹ – Gesagt, getan; ohne Vorwissen seiner Mutter verließ er eines Tages Balch und machte sich auf den Weg nach einer Stadt, in welcher es viele Theologen gab.

Auf der Reise kam er einst an einen Baum, bei welchem er anhielt, um etwas im Schatten zu rasten. Plötzlich kam ein Vogel auf den Baum geflogen und beschmutzte, indem er einem Bedürfnis genügte, seine Kleider. Das verdroß den Sâlih, und er warf einen zornigen Blick auf den Vogel, welcher sofort tot vom Baume herabfiel. Sein Zorn legte sich, und er brach auf, um weiterzuziehen, bis er, als schon der Abend nahe war, zu einer Herberge gelangte. Er trat an eine Tür und begehrte als Gast aufgenommen zu werden. Da kam ihm eine Frau entgegen, welche zu ihm sprach: »Wohl, du magst hier übernachten und deine Mahlzeit genießen; nur gedulde dich ein wenig, ich werde einen Fisch kochen und dir bringen.«

Nun war aber Sâlih außerordentlich hungrig, und da die Frau übermäßig lange zauderte, so geriet er in einen sehr elenden Zustand. Endlich war der Fisch gekocht, und die Frau brachte ihn her, bei welcher Gelegenheit Sâlih ihr, weil sie so spät gekommen war, einen zornigen Blick zuwarf. Da ereiferte sich aber auch die Frau und sprach: »O Sâlih, meinst du etwa, du wollest mich umbringen, wie du durch deinen Zorn jenen Vogel auf dem Baume umgebracht hast? Meinst du, dein Blick habe auf Menschen ebensolchen Einfluß wie auf Vögel? Und gesetzt, er hätte diese Kraft, meinst du da, dies wäre ein heilsamer Einfluß?

Aufzubauen solltest du trachten, umreißen ist keine gute Eigenschaft!«

Als Sâlih die Frau so wundersame Worte reden hörte, fiel er ihr zu Füßen, bat sie um Verzeihung und befragte sie, wie sie zu einem solchen Grade der Erkenntnis gelangt sei. – »Dadurch«, antwortete sie, »daß ich nach meiner Mutter Wohlgefallen getrachtet habe, bin ich zu dieser Erkenntnis gelangt. ›Das Paradies ist unter den Schritten der Mütter‹, hat der Prophet gesagt; nach diesem Spruche habe ich gehandelt; was meiner Mutter wohlgefiel, habe ich immer in Obacht genommen und mich keinen Schritt davon entfernt. Darum hat der Allmächtige mich so hoch steigen lassen. Hättest auch du das Wohlgefallen deiner Mutter im Auge gehabt, da würde es dir nicht nötig erschienen sein, um der Erkenntnis willen eine Reise zu unternehmen. Und das wäre dir heilsamer gewesen.«

Sâlih hörte diese Rede, die von Gott eingegebene, an und kehrte, ohne nur einen Bissen zu genießen, unverzüglich nach Balch zurück, woselbst er sich dem Dienste seiner Mutter widmete. Durch ihre segenvolle Fürbitte wurde er dann auch von Erkenntnis und Gelehrsamkeit erfüllt. Es wurde ihm höhere Offenbarung verliehen, er wurde weit und breit berühmt, und von allen Seiten strömten Leute herbei, um seines Segens teilhaftig zu werden.

Also erzählte das Weibchen, und die Geschichte hatte eine gute Einwirkung auf Obeidas Liebe zu seinen Eltern. »Von jetzt an«, sprach er, »will ich mich um ihr Wohlgefallen bemühen; nur wird mir's schwer, meine Frau zu verlassen.« – Der männliche Papagei ersah hieraus, daß Obeida so weit gekommen, guten Rat annehmen zu können, weshalb er sich wieder zu ihm wandte und ihn anredete: »O Obeida, ich sage dir ja nicht, daß du deine Frau verlassen sollst; aber so lieblich das weibliche Geschlecht ist, so findet sich doch Treue nur selten darin. Der gute Rat, den der Widder dem Kaiser von Indien erteilte, ist eine heilsame Warnung – vor jeglicher Umgarnung.«

»Was ist das für eine Geschichte?« fragte Obeida, und der Papagei erzählte:

Der Rat des Widders

In den Geschichtsbüchern steht geschrieben, daß ein indischer Kaiser eines Tages auszog, um sich auf der Jagd zu vergnügen. Während er hin und her suchte, führten ihn seine Schritte in eine Einöde. Er erblickte eine weibliche Schlange, welche mit einer männlichen Schlange von anderer Gattung spielte und aus Brunst sie umschlang und zärtlich umarmte. Der Kaiser geriet darüber in solchen Zorn, daß er seinen scharfen Säbel nahm und auf die Schlange losging. Diese floh, jedoch traf sie der Hieb noch, so daß sie ein Stückchen ihres Schwanzes einbüßte. In dieser Weise schlüpfte sie in ihr Loch und rettete sich.

Nach einiger Zeit kam das Männchen herbei und fragte, da es sie verwundet sah, was ihr zugestoßen. Sie antwortete: »Der Kaiser jener Stadt sah mich, als er in seinen Revieren jagte, lang ausgestreckt in bunter Farbenpracht daliegen und verliebte sich in mich. Die Leidenschaft regte aber sein Herz dergestalt auf, daß er, glühend und Gegenliebe von mir begehrend, das Kleid meiner Ehre zu beflecken dachte. Da ich ihm nun widerstand, ergrimmte er und versetzte mich in diesen Zustand.«

Darüber verdroß sich die männliche Schlange, und sie schlich sich in das Schlafgemach des Kaisers, woselbst sie sich zwischen den Rosen und wohlriechenden Kräutern, welche in einem Gefäß neben dem Bette standen, verbarg. Sie gedachte nämlich, nachdem der Kaiser schlafen gegangen war, hervorzukommen und ihn mit ihrem giftigen Biß zu töten.

Nach dem Ratschluß Gottes geschah es aber, daß, bevor der Kaiser eingeschlafen war, seine Frau an das Bett trat und sich niederzulegen begehrte. Der Kaiser verwehrte ihr dies und jagte sie fort. Sie aber warf sich ihm zu Füßen und fragte weinend nach der Ursache dieser Entfremdung, worauf er ihr sagte: »Da ich heut in dem Jagdrevier umherging, sah ich ein Schlangenweibchen, das sich vor übermäßiger Brunst krümmte und ein Männchen von anderer Gattung zu umarmen begehrte. Bei diesem Anblick schwoll mir die Ader des Zorns, und ich suchte es umzubringen. Aber es entschlüpfte, und ich schlug ihm nur mit dem Säbel ein Stück vom Schwanze ab. Töten konnte ich es nicht. Da ich nun also auf das deutlichste gesehen habe, daß das weibliche Geschlecht lüstern und fleischlich gesinnt ist, so habe ich fest beschlossen, mit Weibern hinfort nichts mehr zu tun zu haben.«

Als die Frau dies hörte, zog sie sich betrübt zurück. Die Schlange vernahm aber ebenfalls die Worte des Kaisers und erkannte daraus seine Unschuld; sie glitt deshalb von der Blumenvase herab, bat um Verzeihung, legte ihren Kopf schmeichlerisch auf die Erde und gelobte, nachdem sie sich als das Männchen jener Verruchten zu erkennen gegeben, jetzt, da ihr die Wahrheit bekannt geworden, sie umzubringen. Alsdann fragte sie den Kaiser, ob er irgendeinen Wunsch habe; er möge ihn ihr mitteilen, indem sie ihn erfüllen wolle. Der Kaiser antwortete sogleich: »Es ist mein innigster Wunsch, die Sprache der Tiere zu erlernen. Willst du mich dieselbe lehren, so geschieht mir damit ein großer Gefallen.« – »O Kaiser«, antwortete sie, »was du begehrst, ist möglich; aber versprich mir, daß du dich wohl hüten willst, irgendeinem Weibe davon zu sagen! Es gibt eine leichte Regel, nach welcher du aller Tiere Sprache verstehen wirst, die will ich dir beibringen. Wo du aber einer Frau davon sagst, da wirst du unfehlbar augenblicklich sterben.«

Nach dieser strengen Verwarnung unterrichtete sie ihn in den Regeln der Tiersprache und nahm dann, ihren Kopf niederbeugend, Abschied. Wirklich fing der Kaiser aller Tiere Sprache zu verstehen an.

Gegen Morgen verlor die Frau des Kaisers die Geduld und kam wieder an sein Bett, woselbst sie ihm Rosenwasser und Sandelöl auf die Füße goß, um sich dann damit ihr Gesicht zu reiben. Es befanden sich aber in dem Zimmer in einem Käfig zwei Turteltauben; das Weibchen derselben sprach: »Ach, hätte ich doch etwas Sandelöl und Rosenwasser, um es auf deine Füße zu gießen und dann mein Gesicht darauf zu drücken!« – Da der Kaiser dies hörte, fing er an zu lachen. Die Frau meinte nun, er lache, um sie zu verhöhnen, weshalb sie zornig unter Eidschwüren ausrief: »Ich will jetzt wissen, weshalb du gelacht hast. Sagst du mir's, so ist es gut; sagst du mir's aber nicht und behältst es für dich, da bringe ich mich selber um! Vorher hast du mich aus dem Schlafzimmer gewiesen, und jetzt verspottest du mich noch; warum dies? Was ist dies für ein unbegreifliches Betragen!« – Also sprach sie weinend und gedachte an sich selber Hand anzulegen.

Da nun der Kaiser sah, daß sie aus Einfältigkeit sich wirklich ohne allen Grund umbringen wollte, geriet er in Verlegenheit und sprach zu ihr flehend: »Über dich habe ich gar nicht gelacht, ich kam soeben hinter etwas dir Verborgenes und lachte aus Verwunderung darüber. Sage ich dir aber, was es war, so ist mein Tod gewiß; darum laß ab, in mich zu dringen, sonst wirst du die Ursache meines Todes.« – Da nun das Weib ihm dennoch heftig zusetzte, antwortete er ihr, da er nicht mehr ausweichen konnte, endlich: »An einem menschenleeren Orte will ich dir's sagen, denn nachdem ich es gesagt, muß ich sterben.« – Er befahl also, daß alle Welt den Haremsgarten verlassen solle, woselbst er ihr die Mitteilung zu machen beschloß. Die Frau verhielt sich infolgedessen ruhig.

Nachdem der Tag angebrochen und niemand mehr in dem Garten war, trat der Kaiser mit seiner Frau hinein. Unversehens gelangten sie an einen Brunnen, neben welchem nach Gottes Ratschluß zwei Schafe weideten. Das weibliche Schaf trat an den Rand des Brunnens, und da es innerhalb desselben frisches grünes Gras erblickte, sprach es zu dem Widder: »Wenn du mir das Gras da nicht aus dem Brunnen herausholst und mir zu fressen gibst, so werfe ich mich selber hinein.« – Der Widder warf nun einen Blick auf das Gras und sah, daß es unmöglich sei, es herauszuholen. »Wenn ich«, sprach er, »dir deinen Wunsch erfüllen wollte, da würde ich mein Leben einbüßen, und es wäre doch töricht, mich aus Besorgnis, daß du dich umbringen möchtest, selber umzubringen. Ich bin doch nicht wie der Kaiser, daß ich mich um eines Weibes willen in den Tod begeben sollte! Wie dir's gefällt! Willst du, so bringe dich um, oder willst du, so bleib leben, das ist mir völlig gleichgültig. Hier bist du, und hier ist der Brunnen! Willst du sterben, so kann's nicht schneller als jetzt gleich geschehen!«

Da der Kaiser die kluge Rede des Widders vernahm, ließ er sich dieselbe in Seele und Herz als guten Rat dienen und trat von seinem Versprechen zurück. Alles Bitten und Flehen der Frau half nun nichts mehr, und da er sein Geheimnis für sich behielt, so erhielt er sich fest auf dem Polstersitze der Herrschaft.

Also erzählte der Papagei: »O Obeida«, fuhr er dann, zu dem jungen Kaufmann gewandt, fort, »ich sage dir nicht, du sollest deiner Frau entsagen; ich meine nur, du sollst nicht immer bei ihr sein, nicht die Gesellschaft deiner Eltern völlig meiden.«

Diese Ratschläge machten wirklich auf den Obeida einen guten Eindruck, so daß er sich bei Tage mit Handel beschäftigte und seine Eltern besuchte und nur die Nacht der Unterhaltung mit seiner Frau widmete.

Nachdem er also seine Erzählung beendigt, sprach der weise Papagei zur Mâhi-Scheker: »Auch du wirst, wenn du etwas gegen diese Ratschläge tust, sicher der Reue anheimfallen. Fange es demnach so an, daß du sowohl deinem Geliebten möglichst nützest, andererseits dich aber auch nicht Schlägen von deinem Ehemann aussetzest. Jetzt aber zögere nicht mehr, sondern eile zu deinem Freunde!«

Die junge Frau machte sich also auf zu gehen. Wie sie aber heraustrat, da sah sie, daß es Morgen geworden war. Die gewünschte Zusammenkunft war also wieder mißglückt, und sie mußte sich auf den folgenden Abend vertrösten.

ACHTUNDZWANZIGSTER ABEND

Als der folgende Abend herangekommen war, trat Mâhi-Scheker wieder zu dem Käfig, um sich bei dem weisen Vogel zu beurlauben. »O Papagei«, sprach sie, »gestern rietest du mir, ich solle, wenn ich auch meinem Geliebten den Vorzug schenke, doch auch gegen meinen Ehemann Rücksicht haben und durch kluges Benehmen es dahin bringen, daß ich im Besitze beider verbleibe. Dieser deiner Ansicht stimme ich nicht bei. Ich bin ja nicht die einzige Liebende in der Welt; im Gegenteil, es gibt unzählige andere, denen

Gegenliebe und Genuß zuteil geworden ist. Warum sollte ich nun, wie die andern, meinen Ehemann nicht fahrenlassen?«

»O Mâhi-Scheker«, antwortete der Papagei, »meinst du, du wollest auf den Pfaden der Liebe andern nachahmen? Beim Allmächtigen, da ergeht es dir wie dem Barbier, der dem Kaufmann nachahmte!«

»Was ist das für eine Geschichte?« fragte Mâhi-Scheker, und der Papagei erzählte:

Geschichte von dem Barbier, der dem Kaufmann nachahmte

In Erzerum lebte vorzeiten ein Kaufmann, der das Maß seiner Schätze selber nicht kannte. Da derselbe eines Tages so vor sich hin sann, stieg bei ihm der Gedanke auf, daß es doch mit den Reichtümern, die er erworben, und mit den Freuden der Welt nichts sei. »Mein Leben«, sprach er, »ist zu seinem Ende gediehen; ich will daher für die Ewigkeit meine Vorkehrungen treffen und mit der Vergangenheit meine Rechnung abschließen. Was ich an Hab und Gut erworben, will ich um Gottes willen den Armen als Almosen geben, um also der ewigen Seligkeit in den Paradiesesgärten teilhaftig zu werden.«

Gesagt, getan. Er verteilte sein ganzes Vermögen als Almosen. In der Nacht aber, nachdem dies geschehen, sah er im Traume einen Greisen – einen hochweisen – welcher zu ihm sprach: »Ich bin der Genius der Kraft deines Glücks. Da du dein ganzes Vermögen um Gottes willen an die Armen gegeben hast, so ist der Allmächtige dir gnädig gewesen. ›Wer wohltut‹, so lautet ein heiliger Spruch, ›dem wird zehnfacher Lohn zuteil‹, und deshalb hat auch der Herr dir in der andern Welt eine hohe Stelle angewiesen. Aber auch hienieden will er dir gnädig und freundlich sein, und deshalb hat er mich dir untertan gemacht. Davon dich zu unterrichten, bin ich hergekommen. Morgen werde ich als Brahmane vor dir erscheinen; alsdann nimm unverzüglich einen Stock und schlage mich damit auf den Kopf. Ich werde dann zusammenbrechen und mich auf den Boden als lebloser Leichnam ausstrekken. Wenn dies geschehen, da mußt du mich aufheben und an einem geeigneten Orte bewahren. Denn wenn du später Geld bedarfst, da brauchst du nur von meinem Körper ein Stück abzuschneiden, welches sich sofort in Gold verwandeln wird. Davon magst du dann, was du brauchst, ausgeben. Aber dies Geheimnis darfst du bei niemandem lautbar werden lassen!« – Mit diesen Worten verschwand er vor seinen Blicken.

Den folgenden Tag trat der Kaufmann in eine Barbierstube, um sich den Bart scheren zu lassen, und siehe da, das Wesen, welches er im Traume gesehen, kam in Brahmanentracht zu ihm herein. Schnell sprang er nun auf und gab ihm mit dem Stocke so starke Schläge auf den Kopf, daß er niederstürzte. Der arme Barbier, der dies ansah, war außer sich vor Staunen; der Kaufmann aber schnitt von der Leiche ein Stückchen ab, welches er dem Barbier gab und welches sich in des letztern Hand in reines probeechtes Gold verwandelte. Er nahm das aus Fleisch entstandene Metall und freute sich darüber; der Kaufmann aber steckte den Rest des Leichnams in einen Sack, nahm diesen auf den Rücken und ging fort, nachdem er den Barbier um alles in der Welt angefleht, die Sache nicht auszuplaudern.

Nun war aber der Barbier ein höchst einfältiger Mensch. Da ihm das Geheimnis des Kaufmanns unbekannt war, so bildete er sich ein, jeder Brahmane, den man totschlage, werde zu reinem Golde. Eines Tages bereitete er ein kostbares Gastmahl, zu welchem er alle seine Freunde und Bekannten einlud. Unter den Gästen befand sich auch ein in der Gottesgelehrtheit ausgezeichneter Brahmane, ein Bewohner jener Stadt; dieser trat eben mit allem Pomp in die Haustür, als der Barbier einen dicken Stab ergriff und den Unglücklichen dergestalt auf den Kopf schlug, daß er betäubt niederfiel. Die sämtlichen Gäste waren darüber außer sich. »Was ist das«, riefen sie aus, »daß du einen Mann, dessen Hand wir küssen und um dessen Segen wir bitten, so ohne sein Verschulden beleidigst?« – Damit ergriffen sie ihn und führten ihn vor den Richter, welcher ihn befragte, warum er diesen Frevel begangen habe. Der Barbier erzählte darauf, was er von dem Kaufmann gesehen, worauf man sofort den letztern herbeirief, um ihn zu fragen, was vorgefallen sei.

Der Kaufmann fürchtete nun, daß sein Geheimnis an den Tag kommen möge, weshalb er rasch den Pfad der List einschlug und sprach: »O Kadi, kann ein Mann, der nur ein Fünkchen Verstand im Kopfe hat, solchem Gerede Glauben schenken? Wird denn ein menschlicher Körper zu Gold, wenn man ihn prügelt? Du machst dich vor den Leuten lächerlich, indem du so tolle Reden als wahr hinnimmst! Soviel ich weiß, ist dieser Barbier ein geschickter Meister in seiner Kunst – aber, Gott weiß, in seinem Hirn mag eine Verwirrung eingetreten sein, denn dies sind offenbare Anzeichen des Wahnsinns! Man sollte ihn in ein Irrenhaus bringen und ihn mit Arzneien und Klistieren behandeln; da würde ihm hoffentlich bald die Besinnung wiederkehren, und er könnte nach der Genesung sein Gewerbe wieder betreiben.«

Die Häupter der Stadt, welche in der Versammlung anwesend waren, fanden diesen Vorschlag verständig; nach dem Rate des Kaufmanns und dem Befehl des Kadis wurde also der Barbier in ein Irrenhaus gebracht, woselbst er bis Gott weiß wie lange verblieb und mit unendlich viel Schlägen und Heiltränken regaliert wurde.

Nach dieser Erzählung fuhr der Papagei fort: »O Mâhi-Scheker, diese Geschichte habe ich dir als warnendes Beispiel vorgetragen, um dir zu zeigen, welches Unglück denjenigen betrifft, der andern Leuten nachahmt. Dadurch, daß man tut, was andere tun, bringt man hienieden seine Angelegenheiten nicht zum Ziele. Und gar im Tal der Liebe andern nachahmen – das ist eine Todsünde!«

Diese Worte machten einen tiefen Eindruck auf Mâhi-Scheker, so daß sie lange Zeit in Nachdenken versunken dastand. Dann sprach sie: »O Papagei, diese Nacht habe ich einen seltsamen Traum gehabt, den sollst du mir deuten.« – »Laß hören!« erwiderte der Papagei. »In der Welt der Träume«, erzählte die junge Frau, »reichte man mir aus der Welt der Verborgenheit einen Apfel und eine Flasche mit Rosenwasser, dessen süßer Geruch in meine Nase duftete. In dem Augenblick aber wachte ich auf. Nun sage mir, ist das etwas Gutes?« – »Ja«, antwortete der Vogel, »der Traum ist gut. Der Apfel bedeutet deinen Gatten Sâïd – des Apfels Wohlgeruch ist die geistige und sein Fleisch die irdische Speise, welche dir durch deinen Gemahl zuteil wird. Die Flasche mit Rosenwasser dagegen ist die Liebe des vornehmen Jünglings, welche den Gaumen deiner Leidenschaft umduftet. Diese Deutung aber will soviel sagen, als daß du – die Wahrheit wird sich bald zeigen –, gleichwie der König von China außer seiner Gemahlin noch die Tochter des Beherrschers von Medinet-el-Ukr heimführte, binnen kurzem sowohl deinen Gatten Sâïd wiedersehen als auch zum Genusse deines Geliebten gelangen sollst.«

»Was ist das für eine Geschichte?« fragte Mâhi-Scheker, und der Papagei erzählte:

Ein König in den chinesischen Reichen stieß eines Tages beim Jagen auf ein wunderbares und seltsames Tier. Nachdem er dasselbe erlegt hatte, rief er seinen Begleitern zu: »Gibt es denn wohl in der Welt ein Mädchen, das so lieblich und anmutig wäre wie dieses Tier? Möchte mir doch einmal ein so reizendes Geschöpf zuteil werden!«

Da hub einer der anwesenden Hofleute an, die reizenden Jungfrauen, die sinnentrückenden – herzbeglückenden – eines gewissen Landes zu preisen und zu rühmen. Es befand sich aber im Gefolge des Königs auch ein Vezier, ein unübertroffener Gelehrter in jeglichem Wissen, vorzüglich aber in der Weltweisheit und andern fremdartigen Disziplinen ein vollendeter Meister. Derselbe erhob sein Haupt und sprach: »O König, die Frage, ob auf dem Erdboden sich eine Schöne nach deinen Wünschen finde, gleicht der Beschäftigung mit der Auffindung des Vogels Anka oder des Steins der Weisen, das heißt, es ist ein Streben, dessen Ergebnis die Reue sein wird. Denn da Hitze und Kälte auf die Erdenbewohner einwirkt, so muß sich auch an den Körpern hier eine gewisse Starrheit und dort eine gewisse Dürre zeigen, das leidet keinen Zweifel! Indessen befindet sich in dem und dem Lande, dem vor der Welt Augen verhüllten – wonneerfüllten – ein Städtchen – das ist ein Brunnquell schöner Mädchen. – Durch die Kraft des Wissens hab ich es entdeckt, man nennt es Medinet-el-Ukr. Wollte man jener Stadt Herzensdiebchen – und reizende Liebchen – beschreiben, da würde jeder Abschnitt tausend Kapitel und jedes Kapitel ein ganzes Buch ausmachen. Anmut und Lieblichkeit sind eine Eigentümlichkeit jenes Orts. Die Tochter des Königs aber übertrifft noch die andern alle an Schönheit.«

Der weise Vezier erging sich nunmehr so sehr im Lobe der Königstochter von Medinet-el-Ukr, daß sein Herr sich durch Hörensagen in sie verliebte. Seine Leidenschaft wuchs von Tag zu Tag, bis er nach längerer Zeit zu dem Vezier sprach: »Diesen Schmerz verdanke ich dir; darum verlange ich auch von dir die Arznei.« – »Warum auch nicht«, antwortete der Vezier, »wenn mein König befiehlt, so bemühe ich mich, die Arznei zu beschaffen. Nur bin ich alt und hinfällig; hätte ich Kraft, da würde ich, wie sich's gebührt, meinem Könige als Wegweiser nach jenem Lande dienen; denn mit Gottes Hilfe würde es uns wohl nicht fehlen, das schöne Mädchen zu gewinnen, wenn wir nur in jenem Lande wären. Leider bin ich nicht imstande zu reisen, außer bis an die Landesgrenze, denn so weit geht es über das Meer. Weiter kann ich nicht kommen. Ich muß mich also begnügen, dort zu bleiben und dir die Richtung anzugeben. Meine Gebete werden dich dann ferner begleiten, und so Gott will, werden deine Wünsche erfüllt werden.«

Von dieser frohen Botschaft war der König sehr erbaut; er übergab sogleich die Regierung einem zuverlässigen Vezier und machte sich in Pilgertracht auf die Reise. Der weise Alte begleitete ihn. Am Meeresufer bestiegen sie ein Schiff und fuhren damit viele Tage und Nächte, bis sie an einer reizenden Küste anlandeten. Von dort gelangten sie an eine Stadt, welche der Vezier als die Grenze des Gebiets von Medinet-el-Ukr bezeichnete. »Diese Grenze zu überschreiten«, sprach er, »vermag dein Knecht nicht; ich verbleibe also hier, du aber mache dich mit Glück auf den Weg! Am vierten Morgen deiner Reise wirst du am Rande einer Gartenlandschaft auf einen quellenreichen Platz gelangen, wo du wunderbare Dinge erleben wirst. Gott wolle dir deine Wünsche gewähren und dir den Gegenstand deiner Sehnsucht bescheren! Wenn du mit Gottes Hilfe zurückkommst, so wirst du mich hier finden!«

Der König stieg nunmehr zu Pferde und trat die Reise an. Am vierten Tage gelangte er in der Tat auf den Quellenplatz am Rande der Gartenlandschaft. Er trank dort von dem Wasser und ruhte mit seinen Begleitern etwas aus, als unversehens zwei Männer herankamen, welche sich ebenfalls an der Quelle niedersetzten und daselbst in einen Wortwechsel gerieten. Der König näherte sich ihnen und fragte sie nach der Ursache, worauf sie ihm erwiderten: »Wir streiten uns erstlich um einen Beutel, aus welchem man so oft und so viel Geld, als man will und gebraucht, herausnehmen kann, ohne daß sich der Inhalt um das geringste vermindert; zweitens um einen hölzernen Napf, aus welchem man alle Speisen und Getränke nehmen kann, die man nur begehrt; drittens um ein Paar Sandalen, welche jeden, der sie anlegt, in einem Augenblick an jeden Ort hintragen, wohin er sich wünscht, und endlich viertens um ein Schwert, welches die Eigentümlichkeit hat, daß, wenn man es nach Sonnenaufgang in einer Einöde auszieht, sich sofort daselbst eine große Stadt mit allerlei Basaren und Kaufläden bildet, daß aber, sobald man es sich um die Hüften schnallt, das Ganze wieder aus den Augen verschwindet. Diese Gegenstände sind je mit besondern Talismanen gearbeitet, es sind Schattenbilder der Einbildung von der Art der Magie, deren Wirkung aber auf alle Zeiten festbleibt. Da hast du den Grund unseres Zwistes; wir wollten die vier Gegenstände unter uns verteilen, und da wir damit nicht zustande kamen, sahen wir uns nach einem Schiedsrichter um, der die Teilung vornehmen sollte. Gott sei gelobt, daß wir dich getroffen haben; wie du immer entscheidest, so sind wir's zufrieden.«

Damit legten sie die besagten Gegenstände vor dem Könige nieder, welcher sich zu dem Schiedsrichteramte bereit finden ließ und ihnen antwortete: »So geht jetzt und bringt mir zwei Bälle mit einem Schlegel; ich werde beide wegschleudern, und wer sie mir zuerst wiederbringt, dem gebe ich die Gegenstände, denn ihm gebühren sie.«

Die entzweiten Brüder liefen also eiligst, um den Schlegel und die Bälle herzuholen. Kaum aber waren sie fort, als der König von China bei sich selber sprach: ›Eine bessere Gelegenheit als diese, meinen Wunsch zu erreichen, gibt es durchaus nicht.‹ – Dann legte er das Schwert an, steckte den Beutel in die Busentasche, nahm den Napf in die Hand, band die Sandalen unter seine Füße und faßte also die Absicht, beim Schlosse des Königs von Medinet-el-Ukr zu sein. Kaum hatte er seine Gedanken dahin gerichtet, als er sich auch schon an Ort und Stelle befand.

Er blickte nun ringsumher und forschte nach einem Mittel, in das Innere zu gelangen, als plötzlich seine Augen auf jemand Bekanntes trafen. ›Wer mag das sein?‹ sprach er bei sich selbst; wie er aber genauer hinblickte, erkannte er den Sohn des zweiten Veziers, welchem er die Sorge um sein Reich anvertraut hatte. Dieser Jüngling war nämlich zugegen gewesen, als der weise Alte dem Könige jenes Mädchen so sehr anpries; auch er hatte sich bei jenen Mitteilungen in die unbekannte Schöne verliebt, und als geschicktem Zauberer war es ihm durch die Kraft der Magie gelungen, bis vor den Palast zu dringen. Aber auf die Fürbitte des weisen Alten hatte der Allmächtige der schönen Prinzessin Liebe zu dem Könige von China eingeflößt, so daß sie bestimmt erklärte, sich mit keinem andern als ihm verheiraten zu wollen. »Ich habe ihn«, flehte sie ihren Vater an, »im Traume gesehen und verlange nur ihn.«

Der König rief nun den Vezierssohn heran und fragte ihn, wie und zu welchem Zwecke er nach Medinet-el-Ukr gelangt sei, worauf ihm jener offenherzig erzählte, wie er vom Hörensagen durch die Mitteilungen des greisen Veziers in das Mädchen verliebt geworden, wie er sich durch Zauberkraft hierher versetzt habe, wie aber die Jungfrau den König von China im Traume gesehen, sich in ihn verliebt und ihn zu heiraten verlangt habe. Der König vernahm dies mit Freuden und dankte dem Allmächtigen.

Es hatten aber die Bewohner von Medinet-el-Ukr schon von den herrlichen Eigenschaften des Königs von China gehört, und die Weisen des Landes hatten ihrem Beherrscher genau die Zeit angegeben, wo derselbe erscheinen werde, so daß man seiner wartete. Während er nun mit dem Vezierssohne sprach, benachrichtigte man den Vater der Schönen, welcher den Ankömmling mit den mannigfaltigsten Ehrenbezeigungen empfing, ihn auf seinem eigenen Sitze Platz nehmen ließ und überhaupt alles tat, was die Höflichkeit gegen einen so vornehmen Gast verlangte. Alsdann teilten sie sich gegenseitig ihre Wünsche mit, worauf der Beherrscher von Medinet-el-Ukr seine Tochter mit einer Aussteuer von unermeßlichem Reichtum und vielen Edelsteinen und so weiter dem Könige von China zum Weibe gab. Alsdann bat letzterer um Erlaubnis, in seine Heimat zurückkehren zu dürfen. Er erhielt dieselbe, und zugleich wurde ihm die junge Frau übergeben. Er sagte dann Lebewohl und faßte, nachdem er die Sandalen unter seine Füße gebunden und seine Geliebte Brust an Brust so fest an sich gedrückt hatte, als wären sie ein einziges Wesen, die Absicht, wieder an den Rand der früher erwähnten Quelle zu gelangen, und siehe da, windschnell sahen sie sich auf der Stelle.

Indessen hatten die Gebete des weisen Alten bewirkt, daß der Zauber des Vezierssohns an Kraft verlor, so daß er keine sehr großen Dinge mehr vollbringen konnte. Um nun nicht ganz allein in die Heimat zurückkehren zu müssen, verwandelte er sich in eine Mücke und setzte sich also auf den König, eine List, welche ihm nicht allein den Genuß verschaffte, die Schönheit der jungen Frau bewundern zu können, sondern durch welche er zugleich auf leichte Weise an die Quelle gelangte. Der König, welcher hiervon nichts ahnte, ließ sich am Rande nieder, um auszuruhen.

Daselbst aber traten die beiden Brüder, die Eigentümer der vier wunderbaren Gegenstände, in derselben Weise wie früher abermals vor ihn. »Verzeiht«, redete der König sie an, »was ich getan, und glaubt, daß mich nicht Habsucht dazu bewogen, sondern nur die Hoffnung, eine wichtige Angelegenheit zum Ziele zu führen.« – »O König«, antworteten die Jünglinge, »wir wissen, wer du bist, wir selber sind dir untertan und haben uns um jenes Geschäft bemüht. Daß wir, nachdem wir dir die vier Gegenstände übergeben, fortgingen, geschah nur, weil wir dich durch unser Anerbieten nicht zu lästigem Danke verpflichten wollten. Gott sei Dank, du hast deinen Wunsch erreicht; doch sollst du auch die vier Gegenstände behalten, wir machen sie dir zum Geschenk. Möge der Allmächtige dir alles leicht machen, was du unternimmst! Gedenke unser in deinen Gebeten, wir wollen dich auch die Kunst lehren, in jeden beliebigen Körper überzugehen.«

Zu diesem Ende nannten sie ihm einen wunderkräftigen Gottesnamen, welchen aber der Veziersssohn auch anhörte; denn derselbe war ohne Vorwissen des Königs gegenwärtig. Die jungen Männer sagten nun Lebewohl und schieden; der König aber setzte seine Reise fort und gelangte am vierten Morgen wieder an den Ort, wo er den weisen Vezier verlassen hatte. Dieser dankte Gott wegen der glücklichen Rückkehr seines Herrn, und sie machten sich zusammen auf den Weg. Bald befanden sie sich an der Meeresküste, bestiegen ein Schiff, welches sie dort vorfanden, und erreichten nach vielen Tagen endlich ihre chinesische Heimat. Daselbst wurde die junge Frau in den Harem geführt, und der König saß auf dem Polster der Herrschaft in Lust und Herrlichkeit, während der Veziersssohn ihn stets in Mückengestalt beobachtete.

Als eines Tages der König sich auf der Jagd befand, sprang eine Antilope vor ihm auf. Er verfolgte sie im hastigen Lauf und entfernte sich dadurch weit von seinem Gefolge. Endlich holte er sie ein, durchbohrte sie und stieg dann vom Pferde, um ihr die Kehle abzuschneiden. Nach dem Ratschlusse Gottes fiel es ihm aber ein, doch einmal zu sehen, ob der Gottesname, welchen er an der bewußten

Quelle gelernt hatte, wirklich so wunderkräftig sei, und um eine Probe zu machen, verließ er seinen Körper und begab sich in den der Antilope. Kaum sah aber der Veziersssohn, welcher ihn als Mücke fortwährend umschwärmte, seinen Körper leer, als er sich selber hineinbegab und, sich auf das Roß des Herrschers schwingend, zu dem Gefolge enteilte, welches er bald erreichte. Also kehrte er nach dem Palast zurück, woselbst die Haremswache, ihn für den König haltend, ihn ehrfurchtsvoll in die inneren Gemächer führte.

Die Neuvermählte aber hatte ihn nicht sobald erblickt, als sie auch schon in seinen Bewegungen und Manieren etwas Fremdartiges wahrnahm, so daß sie bei sich selber sprach: ›Dies kann der König nicht sein; es muß hier jemand einen Betrug gespielt haben, dessen Ursprung sicher der am Quellenrande uns mitgeteilte wunderbare Gottesname ist.‹ – Sie hielt es demnach für das beste, sich krank zu stellen. Da nun der betrügerische Veziersssohn hier seinen Wunsch nicht erreichte, sprach er bei sich selbst: ›Solange es geht, muß ich mir die Gelegenheit zunutze machen; darum will ich mich nach den andern umsehen!‹ – Damit begab er sich in das Zimmer der ältern Gemahlin des Königs, welche ihm mit Ehrerbietung entgegenkam. Nach einer kurzen Unterhaltung stiegen aber auch bei ihr Zweifel auf, weshalb sie, einen Betrug fürchtend, jede Annäherung vermied und sich ebenfalls für krank ausgab. Kurz, jener Niederträchtige versicherte umsonst mit Bitten und Flehen die beiden Frauen je in ihrem Schlafgemach seiner Liebe, er erreichte nichts bei ihnen.

Darüber verfloß längere Zeit, während welcher der König in dem Körper der Antilope umherlief, bis er eines Tages auf den Leichnam eines verstorbenen Papageien stieß. Da sprach er bei sich selbst: ›Anstatt in der Antilope zu bleiben und über Berge und Steppen zu rennen, will ich doch lieber in den Körper des Papageien übergehen; vielleicht löst sich dadurch der Knoten meines Unglücks.‹

Gesagt, getan; er begab sich in den Körper des Vogels, öffnete seine Schwingen und flog geradenwegs auf sein Schloß zu, wo er sich vor dem Fenster des Zimmers seiner zweiten Gemahlin niedersetzte. Er fand sie, die Engelgleiche – Anmutreiche – krank im Bett; neben ihrem Pfühle aber sah er den arglistigen Vezierssohn sitzen, welcher sie um Liebe anflehte. Bei diesem Anblicke stieg ihm ein tiefer Seufzer auf, indessen bezwang er seine Gefühle. Als aber der Vezierssohn, für jenen Tag am Ende seine Hoffnungen aufgebend, sich erhob und fortging und niemand außer der jungen Frau in dem Zimmer verblieb, da schlug er mit den Flügeln an das Fenster, rief seine Gemahlin zu sich und erzählte ihr umständlich alles, was sich ereignet. »Aber«, fragte sie, nachdem sie den Zusammenhang erfahren, »was ist bei der Sache zu machen?« – »Tu, was du willst«, antwortete der König, »nur suche meinen Körper von der abscheulichen Seele jenes Vezierssohns frei zu machen!« – Nachdem er ihr darauf hierüber einige Mitteilungen gemacht hatte, versteckte er sich in einem Winkel des Gartens und wartete ruhig auf den günstigen Zeitpunkt. »Denn«, sprach er, »mit Gottes Hilfe wird sich schon eine Gelegenheit finden.«

Als nun den folgenden Tag der Vezierssohn wie gewöhnlich an den Pfühl der jungen Frau trat und ihr seine Bitten wiederholte, sprach sie: »Meine Zurückhaltung gegen dich hat ihren Grund in einem Verdachte, der mir aufgestoßen ist und welcher mich so sehr bekümmert, daß ich davon krank geworden bin. Es können sich doch, meine ich, auf dieser Erde immerhin zwei Menschen sehr ähnlich sehen; nun ist vielleicht dem Könige ein Unglück zugestoßen, und die Großen des Reichs haben dich wegen deiner großen Ähnlichkeit mit ihm genommen, damit die Feinde nichts gewahr werden, und dich zum Könige gemacht. Diesem Zweifel bin ich nun einmal anheimgefallen, und ich werde ihn nicht los, wenn du mich nicht eine gewisse Probe anstellen lässest.« – »Tugendsame Herrin«, antwortete der Veziersssohn, »was für tolle Reden führst du im Munde? Verträgt sich denn wohl solcher Betrug, solche Arglist mit der Herrscherwürde? Wie kann man solche sinnlose Einfälle haben? Wenn du aber sonst deine Zweifel nicht loswerden kannst, so sage nur, wie du mich auf die Probe stellen willst, und dann mache deinen Versuch.« – »Auf der Reise des Königs nach Medinet-el-Ukr«, erwiderte die junge Frau, »wurde ihm von zwei jungen Leuten an einer Quelle ein Gottesname gelehrt, durch dessen Wunderkraft er in jeden Körper nach Wunsch eintreten konnte. Wenn du dies vermagst, da ist mein Zweifel gehoben.« – »Nichts ist leichter als das«, antwortete der Vezierssohn und befahl, einen hinkenden Esel herzubringen, welchen er schlachtete und in dessen Körper er dann hineinging. Diese gute Gelegenheit benutzte aber rasch der König, welcher den Papa-

geienkörper verließ und von seinem eigenen Leibe wieder Besitz nahm.

Der betrügerische Vezierssohn wurde nun auf alle Weise geplagt; er mußte schwere Lasten und Steine schleppen und starb endlich an wundem Rücken. Der König dagegen saß fest auf dem Throne der Herrschaft, er regierte sein Volk und genoß der Liebe seiner ersten Gattin und der schönen Königstochter von Medinet-el-Ukr.

Also erzählte der weise Papagei. »O Mâhi-Scheker«, fuhr er dann fort, »ich habe dir diese Geschichte vorgetragen, auf daß du eine nützliche Lehre daraus ziehen mögest.

Den Leuten erzählt man nur darum Geschichten,
Daß nach der Moral nachher sie sich richten.

Um deiner Unschuld und um des Traumes willen, den du gehabt hast, sollst du nun auch neben deinem Ehemanne noch deinen Geliebten besitzen. Sâïd, dein Gemahl, bleibt dir immer; trachte nur, daß der vornehme Jüngling dir nicht entgehe, und genieße dein Leben mit ihm.«

Mâhi-Scheker machte sich nunmehr auf zu gehen. Wie sie aber heraustrat, sah sie, daß es Morgen geworden war und daß demnach ihr Wunsch abermals auf den folgenden Tag verbleiben mußte.

Nun weicht, ihr armen Leute, weicht!
Und sei es euch gesagt,
Es hat der hohe Diwan
Auf morgen sich vertagt!

NEUNUNDZWANZIGSTER ABEND

Kaum war am folgenden Tag die Sonne untergegangen, als Mâhi-Scheker wieder zu dem Vogel trat, um die Erlaubnis zu dem bewußten Gange einzuholen. »O Papagei«, redete sie ihn an, »aus der Erzählung der letzten Nacht entnehme ich die Lehre, daß jemand, dem ein einzelnes nicht genügt, durch hohes Streben, gleich dem König von China, alle seine Wünsche erreichen kann. Wollte ich mich nun mit Sâïd allein begnügen, so wäre das niedrige Gesinnung, und wollte ich allein den vornehmen Jüngling besitzen, so wäre das die ärgste Torheit. Ich gedenke, mich daher nicht mit einem zu begnügen, sondern werde mich bemühen, beide zu gewinnen. Wenn ich jetzt zu meinem Geliebten hinginge und, wie es wahrscheinlich ist, Sâïd bald ankommt und die Sache erfährt, dann verlöre ich erstern wieder. Es ist deshalb durchaus vorteilhaft für mich, mich jetzt zu gedulden und meinen Besuch bis nach der Ankunft meines Gatten zu verschieben, um dann der Liebe beider zu genießen.«

»O Mâhi-Scheker«, antwortete der Papagei, »was du hier begehrst und zu erreichen hoffest, das nennt man nicht hohes Streben, der richtige Ausdruck dafür ist Habgier. Ein vorhandenes Glück soll man sich nicht aus den Händen entschlüpfen lassen, sondern es sich vielmehr zunutze machen. ›Bares Geld‹, sagt das Sprichwort, ›ist besser als Kredit‹, und so ist es auch für dich vorteilhafter, den Genuß des heutigen Tages nicht auf morgen zu verschieben, sondern vielmehr die Gelegenheit zu erfassen. Genieße darum jetzt den Umgang mit deinem Freunde, der mit Sâïd bleibt dir ja. Denn der Mensch, welcher das gegenwärtige Glück nicht zu schätzen weiß und immer mehr verlangt, der fällt ohne Zweifel am Ende der Reue anheim, gleich den vier Reisegefährten, welche nach immer mehr verlangten und am Ende nichts erhielten.«

»Was ist das für eine Geschichte?« fragte Mâhi-Scheker, und der Papagei erzählte:

Geschichte von den vier habsüchtigen Reisegefährten

Vor alten Zeiten lebten in der Stadt Balch vier Freunde, welche weder in Glück und Freude – noch in Not und Leide – sich je voneinander trennten. Aber der Stern ihres Glücks wollte nun einmal, anstatt aufzusteigen, nur niedersinken, und sie gerieten in eine unerträgliche Armut, weshalb sie einmütig auszuwandern beschlossen. Sie verließen also Balch und kamen nach Dâghestân, woselbst damals ein vollendeter Weiser, ein unübertroffener Meister in den

Wissenschaften des Wunderbaren, lebte. Sie machten demselben ihre Aufwartung und blieben bei ihm zu Gaste; dann erzählten sie ihm von ihren Umständen und klagten ihm ihre Armut und ihr Elend. Der Alte erbarmte sich ihrer und zog, nachdem er eine Weile nachgesonnen, vier Siegel aus seiner Busentasche hervor, welche er ihnen mit den Worten übergab: »Ein jeder von euch hefte eins dieser Siegel auf seinen Turban, und wo dann eins derselben zu Boden fällt, da hat sein Besitzer nachzugraben. Dort nämlich findet sich sein Glückslos. Es ist euch gestattet, mit Einwilligung des Eigentümers, dessen Glückslos zu zweien oder mehr gemeinschaftlich zu besitzen; wollt ihr dagegen ein jeder sein besonderes Los haben, da braucht ihr nur an den bezeichneten Stellen zu graben.« – Damit überreichte er ihnen die Siegel und entließ sie.

Wie nun die vier ihres Weges zogen, da fiel nach dem Willen des Allmächtigen das Siegel des einen zur Erde. Sofort bearbeiteten sie die Stelle mit dem Spaten und fanden eine Kupfergrube. Der Eigentümer redete nun seinen Genossen zu, wenn es ihnen beliebte, dort zu bleiben und Mitbesitzer der Grube zu werden. Sie waren aber damit nicht zufrieden, sondern bedeuteten ihm, daß sie ihre eigenen Lose suchen wollten. Indem sie ihn also bei seinem Eigentum zurückließen, zogen sie weiter, worauf bald das Siegel eines zweiten zur Erde fiel. Auch diese Stelle gruben sie auf und fanden eine Silbergrube. Wie der erste, so nötigte auch der zweite seine Genossen, mit ihm in Gemeinschaft zu treten. Diese waren abermals nicht damit zufrieden und zogen, ihn zurücklassend, weiter. Nach einer Weile fiel auch das dritte Siegel zur Erde, und sie gruben wieder die Stelle auf. Es zeigte sich hier eine Goldmine, deren Eigentümer dem allein noch bei ihm befindlichen vierten Genossen denselben Vorschlag machte wie die früheren, ohne indessen von ihm erhört zu werden. »Alle meine Gefährten«, antwortete er, »haben jetzt ihr Los, und es hat sich als etwas Erkleckliches ausgewiesen. Nur mein Siegel ist noch nicht zur Erde gefallen. Deshalb will ich weitergehen, bis dies geschieht. Ich hoffe, daß mir eine Diamantengrube zufallen wird.«

Damit zog er weiter, bis nach einigen Tagen auch sein Siegel zur Erde fiel. Sofort grub er die Stelle auf, und siehe, das Verhängnis hatte ihm eine Eisengrube bestimmt! Als er dies bemerkte, ward ihm die Welt zu enge, und er verlor fast die Besinnung. Er bereute nunmehr, nicht der Einladung des Eigentümers der Goldgrube gefolgt zu sein, und verließ endlich seine Eisengrube, um denselben aufzusuchen. Er fand aber keine Spur von ihm. Traurig kehrte er nun zurück, um den weisen Scheich um Beistand zu bitten; wie er ihn aber nach dem Eigentümer der Goldmine befragte, antwortete der Alte: »Der ist gestern nach dem Jenseits hinübergegangen!« – Da also diese Hoffnung fehlgeschlagen war, beschloß er, sich mit seinem eigenen Glückslose, der Eisengrube, zu begnügen; er suchte und forschte auf das sorgfältigste nach ihr, konnte aber von ihr keine Spur mehr finden, so daß er in jeder Hinsicht beschämt und in seinen Hoffnungen getäuscht dastand.

Also erzählte der Papagei. »O Mâhi-Scheker«, fuhr er dann fort, »auch du wirst, wenn du zuviel verlangst, das, was du in der Hand hast, verlieren; darum laß diesen törichten Gedanken. Benutze die Gelegenheit, heute mit deinem Freunde zusammenzukommen, und genieße das Leben!«

Bei diesen Worten des Vogels stieg aus der Brust der jungen Frau ein kalter Seufzer auf, und sie sprach: »O weiser Papagei, was du sagst, ist wohl richtig, aber eine Zusammenkunft mit dem vornehmen Jüngling ist schwierig, wo nicht unmöglich; darum habe ich so albernes Zeug geschwatzt.« – »Wenn«, erwiderte der Papagei, »seine Liebe zu dir ebenso groß ist wie die deinige zu ihm, da hat's keine

Not. Da werdet ihr euch unfehlbar zusammenfinden, gleichwie nach unendlich vielen Hindernissen der Jüngling von Bagdad sich endlich mit dem Mädchen aus China vereinigte und sie miteinander glücklich wurden.«

»Was ist das für eine Geschichte?« fragte Mâhi-Scheker, und der Papagei erzählte:

Geschichte des Jünglings von Bagdad

In der Stadt Bagdad lebte einst ein Jüngling, welcher Handelsgeschäfte betrieb und ein unermeßliches Vermögen besaß. Zufälligerweise verliebte sich derselbe in eine chinesische Sklavin, so daß er sie zu kaufen beschloß, was ihm durch Zahlen einer unglaublichen Summe Geldes gelang. Was er besaß, gab er dem Mädchen zuliebe hin, so daß es ihm endlich an dem Notwendigsten fehlte.

Da sprach eines Tages die Sklavin zu ihm: »O Jüngling, zur Zeit deines Wohllebens hast du dein Vermögen durchgebracht, so daß es uns jetzt am Brote fehlt. Am Feuer der Armut zu glühen ist aber ein schwieriges Ding, und unser Zusammensein gewährt unter solchen Verhältnissen keinen Genuß, der Liebe Lust hat nur bei frohem Herzen statt. Wenn du daher die Trennung von mir ertragen kannst, so verkaufe mich und laß dir meinen Erlös als Betriebskapital dienen. ›Dahin fließt das Wasser, wo schon Wasser floß‹, sagt das Sprichwort. Was mich anbetrifft«, fügte sie hinzu, »so will ich den Trennungsschmerz aushalten, so schwer es mir werden mag. Kann ich ihn nicht mehr ertragen, da bringe ich mich selber um, so daß ich die Not der Welt los werde. Dir wird wenigstens dadurch aufgeholfen.«

Von der Not gedrängt, erklärte der Jüngling sich mit diesem Vorschlage einverstanden, und gleich den folgenden Tag führte er das Mädchen auf den Sklavenmarkt, um es dort zu verkaufen. Ein Haschemit, der in Handelsgeschäften von Basra nach Bagdad gekommen war, fand Wohlgefallen an ihr und kaufte sie für zweitausend Goldstücke. Der Jüngling nahm das Geld und ging heim, aber er war wie ein Körper ohne Seele und hörte weder bei Tag noch bei Nacht auf zu seufzen.

Da es aber wieder Abend ward und nun sein Haus des Schönheitslichtes jener Kerze, der entzückenden, entbehrte, da fühlte er sich so unglücklich, daß er das Mädchen zurückzufordern beschloß. Es war ihm unmöglich, sich bis zum Morgen zu gedulden, weshalb er um Mitternacht seine Wohnung verließ und überall umherlief, um den haschemitischen Kaufmann ausfindig zu machen. Von vielem Suchen ermüdet, setzte er sich endlich in einer Ruine nieder, um auszuruhen; dort aber lauerte ein frecher Dieb, welcher, da der Jüngling schlief, die Gelegenheit benutzte, ihm sein Geld aus der Busentasche zu stehlen, und damit enteilte.

Da nun der Jüngling erwachte und sein Geld vermißte, da ward sein Gram noch größer – auf dem Berge seines Kummers lastete nun ein zweiter. Den Verkauf rückgängig zu machen war ihm jetzt nicht mehr möglich, so daß er wie wahnsinnig in der Einöde umherrannte.

Der haschemitische Kaufmann hatte inzwischen das Mädchen genommen und war zu Handelszwecken nach einem andern Lande gereist. Harte und zornige Worte, welche sich die Schöne gegen ihn erlaubte, verwandelten indessen bald die Seelenruhe des armen Mannes in Bekümmernis. Daß er irgendeine Gunstbezeugung von ihr hätte erlangen können, davon war gar nicht die Rede, ja es wurde ihm nicht einmal verstattet, ihr einen Augenblick vergnügten Herzens ins Gesicht zu sehen. Da er aber in sie verliebt war, so ließ er sie machen, was sie wollte, und dachte dabei: ›Sie wird ihren früheren Herrn schon nach einigen Tagen vergessen!‹ – Also zogen sie, bald zu Wasser, bald zu Lande, in der Welt umher; die

Glut des Mädchens aber wurde, anstatt abzunehmen, täglich noch größer, so daß der Haschemit ihr endlich mit heiligen Eiden zu versichern nicht umhinkonnte, wenn er ihren früheren Herrn wiederfinde, die zweitausend Goldstücke fahrenzulassen und sie umsonst zurückzugeben. »Denn«, sprach er, »ich dachte, da ich dich kaufte, du würdest mir mit Gesang und Gespräch die Langeweile vertreiben; im Gegenteil aber raubst du mir durch dein Seufzen alle Ruhe bei Tage und bei Nacht!« – Kurz, das Mädchen hörte nicht auf, sich nach dem unglücklichen Jüngling zurückzusehnen.

Was diesen anbetrifft, so verließ er wie wahnsinnig Bagdad und zog durch Gebirge und Steppen, um seine Geliebte aufzusuchen, bis er endlich an das Meeresufer gelangte. Daselbst fand er ein mit Kaufmannsgütern befrachtetes Schiff, welches er bestieg. Nach Gottes Ratschluß befanden sich auch der Haschemit und die chinesische Sklavin an Bord desselben, natürlich aber hatten sie von der Nähe des Jünglings ebensowenig eine Ahnung wie er von der ihrigen. Nach mehrtägiger Fahrt rief der Haschemit eines Abends seine Sklavin zu sich, gab ihr eine Laute in die Hand und bat sie, eine Strophe zu singen. Weinend nahm sie die Laute und sang mit solcher Leidenschaft, daß alle auf dem Schiff Anwesenden zuhörten und aus Mitleid in Tränen ausbrachen. Nachdem sie ausgesungen, legte sie ihr Instrument nieder und hub wieder zu stöhnen und zu seufzen an.

Kaum aber hatte der Jüngling von Bagdad ihre Stimme gehört, als er erkannte, daß sein Glücksstern ihm zur Freude gelacht – und ihn zusammengebracht – mit der, welcher Heil – vom Jupiter ward zuteil – mit der Zohra, der wonnespendenden – alles zur Freude wendenden. – Gleichwohl hielt er sich geduldig und verriet sein Geheimnis nicht. Als es aber Morgen ward und die Schiffsleute anlandeten, um Nahrungsmittel und Wasser einzunehmen, da benutzte er den günstigen Augenblick, wo das Schiff von Menschen verlassen war, er nahm die Laute des Mädchens, stimmte sie ungesehen zu einer besonderen Tonart, welche außer ihm nur dem Mädchen bekannt war und welche er es spielen gelehrt hatte.

Als es nun wieder Abend ward, rief der Haschemit seine Sklavin zu sich und bat sie wieder, die Laute zu spielen. Sie nahm ihr Instrument zur Hand; kaum aber hatte sie es mit

dem Klöpfel berührt, als sie merkte, was mit ihm vor sich gegangen war. Sie legte es nun sofort zur Erde nieder und schwur, ihr alter Herr, der Kaufmann von Bagdad, müsse mit in dem Schiffe sein. »Das wäre vortrefflich«, antwortete der Haschemit, »wenn er hier ist, da vereinige ich euch dann miteinander und verdiene mir dadurch den Lohn der zukünftigen Welt und das Glück der gegenwärtigen.«

Man durchsuchte nun also das Schiff, und nachdem sich der junge Mann aufgefunden, rief der Haschemit ihn zu sich, begrüßte ihn höflichst und sprach zu ihm: »Ich habe deine Sklavin nie angerührt, und da mir jetzt offenbar geworden ist, daß du sie und sie dich auf das innigste liebt, so schenke ich dir den für sie gezahlten Preis und bitte dich nur, in deinen Gebeten meiner zu gedenken.«

Die ganze Schiffsgesellschaft zeigte sich über die Liebe zwischen dem Jüngling und der Sklavin erstaunt, allgemein aber pries man die Hochsinnigkeit und Mildherzigkeit des

Haschemiten. Dieser fragte darauf den Jüngling nach seinen Umständen, worauf er ihm seine Schicksale erzählte, wie er früher in Wohlleben seine Tage hingebracht und ein reicher Kaufmann in Bagdad gewesen, wie er aber dem Mädchen zuliebe sein ganzes Vermögen ausgegeben und endlich sich in der Lage gesehen habe, um ein Stückchen Brot betteln zu müssen, wie er dann ihm, dem Haschemiten, das Mädchen verkauft, und wie ein Dieb ihm in der Nacht, da er in der Ruine schlief, sein Geld aus der Busentasche gestohlen habe.

Bei dieser Erzählung flossen dem Haschemiten blutige Tränen aus den Augen. »Von nun an«, sprach er, »sollst du nicht mehr trauern; ich habe keine Kinder, und mein Vermögen genügt für mich und für euch.« – Damit ergriff er die Hand der Sklavin und führte sie dem Jüngling zu.

Die beiden Liebenden waren nun glücklich, je an des andern Schönheit die Augen weiden zu können, und segneten den großmütigen Haschemiten. Nachdem ihnen so einige frohe Tage verflossen waren, näherte sich das Schiff wieder der Küste, um Proviant einzunehmen, bei welcher Gelegenheit jedermann ans Land stieg, um seine Geschäfte zu besorgen. Unter den Ausgestiegenen befand sich auch der Jüngling aus Bagdad; derselbe hielt sich aber zu lange auf, und da er wieder an das Ufer kam, war das Schiff schon fort. Es hatte sich nämlich ein günstiger Wind erhoben, welchen die Schiffer benutzten, so daß sie mit vollen Segeln davonfuhren. Der Jüngling war außer sich und hub in seiner Verzweiflung zu schreien an, aber umsonst.

Der Haschemit nun gelangte mit der Sklavin nach Basra. Daselbst sprach er zu ihr: »Ich hatte dir versprochen, dich deinem früheren Herrn zurückzugeben, und wollte euch beiden dann mein ganzes Vermögen schenken. Da nun aber der Herr es so gefügt hat, daß der Jüngling verschwunden ist, so sage mir, was du jetzt für das beste hältst; denn nach deinen Wünschen will ich verfahren.« –

»Nun«, antwortete das Mädchen, »da bitte ich dich, mir ein Kloster zu bauen, darin auf den Namen des Jünglings von Bagdad ein Grab auszugraben und darüber einen Sarg zu stellen, an welchem ich meine Andacht verrichten kann. Wenn dann mein Stündlein kommt, so magst du mich dort begraben.« – Der Haschemit gewährte die Bitte des Mädchens und stellte alles her, wie sie gesagt hatte.

Inzwischen hatte der Jüngling nach drei Tagen vergeblichen Harrens am Meeresufer sich an die Mannschaft eines andern Schiffes gewandt, welches am vierten Morgen dort anlegte, um Wasser einzunehmen, hatte dasselbe bestiegen und war nach längerer Zeit nicht ohne Beschwerde nach Basra gelangt. Daselbst erkundigte er sich nach dem Hause des Haschemiten und machte es mit großer Mühe ausfindig. Kaum aber hatte derselbe ihn gesehen, als er ihm um den Hals fiel und die größte Freude bezeigte. Der Jüngling erkundigte sich darauf nach dem chinesischen Mädchen, worauf der Haschemit ihm mitteilte, was geschehen, und ihn durch einen Diener nach dem Kloster hinführen ließ.

Als nun die beiden Liebenden sich also wiederfanden, fielen sie einander um den Hals, herzten und drückten einander und weinten so heftig, daß alle Anwesenden sich erstaunt fragten, ob denn auf Erden solche Liebe möglich sei. Der Haschemit aber hielt sein Versprechen, er gab ihnen das Kloster als besondere Wohnung und verbürgte sich, für ihren Unterhalt Sorge zu tragen. Also lebten sie, sich gegenseitig beglückend, bis an das Ende ihrer Tage.

Damit schloß der weise Papagei seine Erzählung. »O Mâhi-Scheker«, fuhr er dann fort, »wenn eure Liebe auch eine gegenseitige ist, da hat's keine Not, da wird euer Wunsch sicher endlich in Erfüllung gehen. Nun aber eile unverzüglich hin zu deinem Freunde! Der einzige Rat, den ich dir noch mitgebe, ist der, während eures Zusammenseins ja recht anständig zu sein. Nur dies macht den Umgang mit Frauen angenehm; der Unterhaltung mit einer feingebildeten Frau von guten Manieren wird man niemals überdrüssig. Ein bekanntes Sprichwort sagt: ›Wer eine schöne und brave Frau hat, der wird lange leben; wer aber eine Frau hat, welche ihn schmäht und ein saures Gesicht macht, dessen Leben wird kurz sein.‹« – »Aber«, sagte Mâhi-Scheker, »was sind das für Reden? Kann man wohl von Verlängern oder Verkürzen des Lebens sprechen? Und hat eine Frau irgend etwas damit zu schaffen?« – »Das menschliche Leben«, antwortete der Papagei, »läßt sich wohl nicht verlängern oder verkürzen, das ist klar. Wenn man daher von seiner größeren oder geringeren Dauer spricht, so denkt man dabei an die Ruhe und das Wohlsein, das darin stattfindet. Zum Beispiel wird jemand, der eine engelschöne, in allen ihren Eigenschaften liebenswürdige Frau zu Hause hat, notwendigerweise immer frisch und munter aussehen; ein Mann dagegen, bei dem (wovor uns Gott gnädig bewahre!) das Gegenteil stattfindet, wird jedes Genusses im Leben entbehren, er wird ein Dasein ohne Freude führen, wie die Geschichte von dem Landmanne dies hinlänglich beweist.«

»Was ist das für eine Geschichte?« fragte Mâhi-Scheker, und der Papagei erzählte:

Geschichte von dem weisen Landmanne

Als eines Tages ein Landmann sein Feld umpflügte, kam unversehens ein eiserner Ring zum Vorschein. Er grub denselben rings aus und fand, daß er an dem Deckel eines Gewölbes befestigt war. Mit unsäglicher Mühe hob er den letztern auf, stieg in das Gewölbe hinunter, welches er bis obenhin mit gelbem Weizen, jedoch von einer besonderen Gattung, angefüllt fand, indem ein jedes Korn die Größe eines Dattelkerns hatte. Den Landmann setzte dies in solches Erstaunen, daß er nicht wußte, was er davon denken sollte. Nach einer Weile aber machte er sich auf und ging in die Stadt, um dem Statthalter die Begebenheit zu melden. Dieser wunderte sich ebenfalls und fand die Sache merkwürdig genug, um darüber dem Könige schriftlichen Bericht abzustatten, welchem er eine Probe des Weizens beilegte. Kaum war dieselbe bei dem Könige angelangt, als er die Großen seines Reichs zu sich berief und sie ihnen vorlegte. Da nun alle dabei in großes Staunen gerieten, sprach er: »Ich möchte doch wissen, was zur Zeit, da dieser Weizen wuchs, für Menschen gelebt haben; es muß dabei ein Geheimnis sein! Gibt es denn niemanden, der darum Bescheid weiß und bei dem wir uns erkundigen könnten?« – Ein verständiger und gelehrter Hofmann, welcher gegenwärtig war, antwortete: »O König, in einer der Städte deines Reichs lebt ein welterfahrener alter Landmann, der wohl am besten dieses Rätsel lösen möchte.« – Alle Anwesenden stimmten dem Vorschlage bei, und der König übergab einem Tschausch einige Körner des Weizens und sandte ihn zu dem bewußten Landmann, um ihm jene Frage vorzulegen.

Eiligst machte sich der Tschausch auf den Weg. Es begegnete ihm aber ein Bekannter, welcher ihm zurief: »Glück auf den Weg, Tschausch Aga, wohin geht's?« – Der Tschausch erzählte ihm nun den Zweck seiner Reise, worauf sein Freund erwiderte: »Gottlob, dies ist eine wunderbare Fügung, daß ich dir begegnet bin. Jener Landmann ist ein Mann von außerordentlicher Einsicht; habe darum die Güte, nachdem er dir die Frage des Königs gelöst, ihm noch eine zweite von mir vorzulegen; du wirst damit mich sehr verpflichten.« – »Auf Haupt und Auge, gern!« entgegnete der Tschausch, »und wie lautet deine Frage?« – »Erstlich«, antwortete der Freund, »möchte ich wissen, weshalb Haar und Bart eines alternden Menschen weiß werden und nicht etwa eine andere Farbe annehmen, und zweitens, warum ein Mann durch das Weißwerden von Haar und Bart sich verschönert, eine Frau aber häßlicher wird. Was mag der verborgene Grund davon sein? Das sind die Fragen, deren Lösung ich wünsche.«

Darauf trennten sich die beiden Freunde, und der Tschausch setzte seine Reise fort, bis er die Stadt erreichte, in welcher der vorerwähnte Landmann lebte. Er machte ihn bald ausfindig und sah nunmehr einen hinschwindenden Greis vor sich, des Körper geknickt – und von der Last der Jahre erdrückt – des Wuchs zum Bogen gebückt – dem der Brauen Haar – verschleierte das Augenpaar. – Er legte ihm seine Fragen vor, teilte ihm mit, daß ihn der König sende, und erkundigte sich namentlich nach dem Weizen. »Mein Sohn«, antwortete der Alte, »ich weiß von diesem Weizen nichts. In dem Orte, den man da gegenübersieht, aber lebt ein älterer Bruder von mir, der ist viele Jahre vor mir geboren und reicht vielleicht bis in jene Zeit zurück. Den suche auf und lege ihm deine Fragen vor.« – Damit entließ er den Tschausch.

Dieser begab sich nach dem bezeichneten Orte und machte den zweiten Alten bald ausfindig. Es war ein Mann mit noch dunkelm Barte, welcher viel mehr Lebendigkeit in seinem Äußern zeigte als der erste. Der Tschausch verwunderte sich darüber und befragte ihn wegen des Weizens. Der Alte aber konnte ihm keinen Aufschluß darüber geben. »Ich weiß davon nichts«, antwortete er; »solange ich lebe, ist dergleichen nicht vorgekommen. In dem Orte dort gegenüber aber lebt ein älterer Bruder von mir, den frage. Er dürfte davon wissen, da er viele Jahre älter ist als ich.«

Der Tschausch ging also nach dem dritten Orte, wo er den ältesten der drei Brüder aufsuchte. Es war ein Mann von noch viel lebendigerem Aussehen als der Vorhergehende, in schwarzem Bart und frischer Jugendlichkeit. »Das weiß Gott«, sprach der Tschausch bei sich selbst, »die beiden Alten nannten diesen ihren ältern Bruder, und wunderbar! er ist jugendlicher und frischer als beide!« – Hocherstaunt befragte er ihn wegen des Weizens und erzählte ihm dabei, wie der König ihn eigens deshalb ausgesandt habe. Der Alte antwortete: »Es ist jetzt hundert Jahre her, daß ein Völkchen lebte, welchem dieser Weizen als Wundergabe eines gnädigen Schicksals verliehen wurde. Es war ein höchst frommes und gottesfürchtiges Geschlecht, und aus diesem Grunde wurde es mit solchen Wohltaten überschüttet – aus diesem Grunde gewährte

ihm der Allherrliche so außerordentliche Gnadengaben. Die Geschichte von dem Käufer und Verkäufer zeigt, wieweit bei jenem Volke die Frömmigkeit und Gerechtigkeit ging.«

»Was ist das für eine Geschichte?« fragte der Tschausch, und der weise Mann erzählte:

Von dem Käufer und Verkäufer

Zu jener Zeit verkaufte einmal ein Mann an einen andern sein Haus. Der Käufer nahm dasselbe in Besitz; wie er aber hier und da schadhafte Stellen ausbesserte, fand er nach dem Ratschlusse Gottes eine große Kufe aus der Zeit der Chosroen, welche bis an den Hals mit Goldstücken angefüllt war. Alsbald suchte er nun den frühern Eigentümer auf und sprach zu ihm: »Komm her, Freund, es hat sich ergeben, daß das Haus, welches du mir verkauft hast, voller Gold ist. Nimm dasselbe in Empfang, es ist dein Eigentum.« – »Mein Lieber«, antwortete der Verkäufer, »ich habe dir das Haus, wie es war, mit Gold, Steinen und Erde verkauft. Den Schatz habe ich nicht hineingesteckt, und deshalb kümmere ich mich auch nicht darum. Er ist dein!«

Der Käufer aber beruhigte sich dabei nicht, sondern bestand darauf, daß er Eigentum des Verkäufers sei, so daß sie lange Zeit hin und her stritten. Da sie sich nun nicht einigen konnten, begaben sie sich endlich zu dem Könige, welchem sie ihre Sache vortrugen. Der König, welcher sah, daß keine der beiden Parteien das Gold nehmen, und welcher es sich ebensowenig selber aneignen wollte, fragte sie: »Habt ihr Kinder?« – »Ich habe einen Sohn«, antwortete der Verkäufer. »Und ich eine Tochter«, fügte der Käufer hinzu. »So sollst du«, befahl der König, »deine Tochter dem Sohne deines Gegners nach dem Willen Gottes zum Weibe geben. Er aber soll sie nehmen, und von dem Schatze soll die eine Hälfte zur Aussteuer der Tochter dienen, die andere aber auf die Unkosten der Hochzeit verwandt werden. In dieser Weise bekommt ihr das Geld beide nicht, und der Streit ist erledigt.« – Mit diesem Ausspruche waren sie zufrieden, und demgemäß wurde verfahren.

»Wegen ihrer großen Gerechtigkeit also«, schloß der Alte, »gewährte ihnen der Allmächtige einen so herrlichen Lebensunterhalt.«

Nachdem also der Tschausch die gewünschte Auskunft erhalten, wollte er zu dem Könige zurückkehren. Da fielen ihm aber die Fragen seines Freundes ein, der ihm auf der Reise begegnet war. Er trug dieselben, wie wir sie früher angegeben, dem weisen Manne vor, welcher darauf antwortete: »Du fragst mich zunächst, warum im Alter das Haar

und der Bart keine andere Farbe annehmen als nur die weiße? Darauf habe ich dir zu sagen: Erst ist das Haar vollkommen schwarz oder blond und so weiter. Nachdem es aber zur Vollkommenheit gediehen und seine Farbe sich völlig ausgebildet, dann muß – wie überall auf die Vollendung der Verfall notwendig folgt – ein Rückschlag zur Abnahme eintreten. Daß es aber bei dieser Abnahme keine andere Farbe annimmt als nur die weiße, hat folgenden Grund: Wie die blonde oder schwarze Farbe das Zeichen der Jugend ist, ebenso ist wegen der Helle der Gedanken die weiße Farbe das Zeichen des Alters, und deshalb gehen die andern Farben in diese über. – Du fragst mich zweitens, warum das Gesicht des Mannes mit den vorrückenden Jahren sich verschönere und lichtvoller werde, während bei dem Weibe das Gegenteil stattfinde. Das hat folgenden Grund: Gott schuf unsern Urvater Adam aus Erde, unsere Urmutter Eva aber aus der linken Seite des Mannes. Diesem Ursprunge gemäß wird das männliche Geschlecht im Alter schöner, denn auch die Erde wird um so besser, je länger sie liegt. Das Fleisch dagegen verdirbt, wenn es liegt, und deshalb wird das aus Fleisch erschaffene Weib im Alter häßlich. Da hast du die Erklärung.« – »O du weiser Mann«, rief darauf der Tschausch aus, »dein Mund ist die Quelle der Weisheit, alle diese Schwierigkeiten hast du gelöst. Nur ist noch eine Frage übrig, die mich selber beschäftigt; ich bitte dich, meine Unbescheidenheit nicht übelzunehmen und mir auch sie zu beantworten.«
»So sage sie mir«, entgegnete der erleuchtete Alte, worauf der Tschausch sprach: »Deinen jüngsten Bruder habe ich im höchsten Grade altersschwach gefunden, den mittlern als einen graubärtigen, rüstigen Alten, während du, der bejahrteste unter euch dreien, frisch und jugendlich vor mir stehst. Ich bitte dich, mir zu erklären, wie dies zusammenhängt.« – Ihm antwortete der weise Mann: »Der jüngste Bruder hat mit seinem Feldbau keine guten Geschäfte ge-

macht und ist einigermaßen der Dürftigkeit anheimgefallen; außerdem aber hat er in seinem Harem eine ebenso häßliche als lästerhafte Frau, so daß sich ein zwiefaches Unglück bei ihm zusammengefunden hat. Er ist also schon hienieden bei lebendigem Leibe ein Bewohner der Hölle geworden. Dadurch ist er in einen solchen Zustand geraten und hat das Äußere eines altersschwachen Greises bekommen. Daß ferner unser mittlerer Bruder im Vergleich zu mir alt erscheint, im Vergleich aber zu dem jüngsten frisch, das hat folgenden Grund: Sein Landbau ist sehr einträglich, jedoch hat auch er eine häßliche und lästerhafte Frau. Es lastet also nur ein Unglück auf ihm, weshalb er jugendlicher ist als unser jüngster Bruder. Was endlich mich selbst anbetrifft, so ist, Gott sei Dank! nicht bloß mein Landbau gesegnet, sondern außerdem habe ich noch in meinem Harem eine ebenso schöne als liebenswürdige Frau – darum ist lebendig und frisch mein Geblüt – und heiter und lustig mein Gemüt. – Denn wem ein an Schönheit engelgleiches – im Wandel tugendreiches – Weib ist beschieden – der genießt schon hienieden – paradiesischen Frieden. – Sein Leben ist ein Vorgeschmack der ewigen Seligkeit. Deshalb sagt man auch, das Haus ist des Menschen Himmel oder seine Hölle.«

Nachdem der Alte in dieser Weise auch die letzte Frage gelöst hatte, entließ er den Tschausch mit Segenswünschen. Derselbe kehrte dann zu dem Könige zurück und stattete über alles, was er gesehen und vernommen, Bericht ab. Alle Anwesenden aber ließen sich die Aussprüche des Landmanns zur guten Lehre dienen.

Also schloß der Papagei. Dann fuhr er fort: »O Mâhi-Scheker, diese Geschichten beweisen, daß Gutmütigkeit eine sehr löbliche Eigenschaft für eine Frau ist. Bemühe du dich darum, gutmütig zu sein, auf daß du deinem Geliebten keinen Verdruß machest. Jetzt aber ergreife die Gelegenheit, noch diese Nacht eile zu ihm; hoffentlich wirst du deines Wunsches teilhaftig werden.«

Glücklich also, die Erlaubnis erhalten zu haben, trat Mâhi-Scheker aus der Tür; aber siehe da – es war Morgen geworden! – Mit unendlicher Betrübnis kehrte sie nun zurück, und der Besuch bei ihrem Freunde blieb auf den folgenden Abend verschoben.

Nun weicht, ihr armen Leute, weicht!
Und sei es euch gesagt,
Es hat der hohe Diwan
Auf morgen sich vertagt!

DREISSIGSTER ABEND

Mühsam geduldete sich die junge Frau den folgenden Tag bis zum Abend und beeilte sich dann, früher als gewöhnlich unter den Käfig zu treten, um ja recht bald ihren Besuch machen zu können. Der weise Papagei erkannte hieraus leicht, daß die Leidenschaft bei ihr die Oberhand gewonnen habe, und um dagegenzuwirken, hielt er es für das beste, sich zu stellen, als schliefe er. Mâhi-Scheker hub nun an, ihn zu schelten, und sprach: »Du abgeschmackter Vogel, von Liebe weißt du nichts, und deshalb schläfst du ruhig; dennoch aber willst du mein Vertrauter sein und behauptest, meine Wünsche zu fördern. Aber was hilft's? Deine Taten stimmen nicht zu deinen Worten, in Wohlsein bringst du deine Tage hin, während auf meine Augen weder Schlaf noch Ruhe kommt und keine Erquickung meinem Herzen zuteil wird. Ist das unsere Vertraulichkeit? Und ist das deine Freundschaft, daß du dich um mich nicht kümmerst?«

Der Papagei tat nun, wie aus tiefem Schlafe erwachend, die Augen auf und sprach: »O Mâhi-Scheker, was sagst du mir da? Ich habe von Liebe keine Ahnung? Laß uns doch einmal sehen, ob du in dieser Hinsicht vor mir den Vorzug verdienst. Daß du von Liebesweh ergriffen wurdest, ist nur wenige Tage her; warum bist du denn so ungeduldig? Sieh mich armen Fremdling an; seit der Weltenschöpfer in diesen nichtigen Leib den Lebensodem blies, habe ich keinen Atemzug ohne Liebe getan. Jetzt aber empfinde ich deinen Liebesschmerz als den meiner Wohltäterin so sehr, daß mein eigenes Leid dadurch in den Hintergrund gedrängt wird. Sorgen um dich sind's, die mich plagen – die mein Herz zernagen – deines Grames Glut ist's, die mich durchglüht – die sich durch mein Leben zieht! – Und du meinst, ich schlief und ruhte? So beleidigst du mich? Du kennst die Wahrheit nicht, und darum feindest du mich an, sonst würdest du nicht so handeln. Dieser mein Schlaf ist kein Schlaf, er ist ein mühseliger Zustand, während welchem es mir wunderbar ergeht; denn während mein weltschauendes Auge für die Sinnenwelt geschlossen ist, öffnet sich das geistige Auge für die höhere Welt; ich sehe die mannigfaltigsten Geschichten vor mir sich ereignen, und die Geheimnisse der unergründlichen Weisheit werden mir klar. Von diesen Geheimnissen läßt sich das eine mitteilen, das andere aber nicht. Was ich noch soeben in der Welt der Vorstellungen wahrnahm, ist, daß die Ankunft Sâïds bald bevorsteht; Gott weiß das am besten! Du hast nun deinen Geliebten schon so lange warten lassen, daß ich besorge, dein Gemahl wird wirklich eintreffen, und du wirst dich vor deinem Freunde zu schämen haben, wie die Frau des Einsiedlers sich vor ihrem Manne schämte.«

»Was ist das für eine Geschichte?« fragte Mâhi-Scheker, und der Papagei erzählte:

Zur Zeit der Kinder Israel lebte einmal in großer Dürftigkeit ein frommer Einsiedler. Derselbe ging, um sich seinen Unterhalt zu verschaffen, von Zeit zu Zeit aus und erbettelte sich um Gottes willen ein paar Pfennige, von denen er dann bis zum folgenden Morgen zehrte. Eines Tages, da er wie gewöhnlich von Tür zu Tür in der Stadt umherging, trat ein Mann auf ihn zu, welcher ihn mit den Worten anredete: »Was ist dir lieber, ein rechtlich erworbenes Goldstück oder zehn unrechtlich erworbene?« – »Unrechtlich erworbenes Gut«, antwortete der Fromme, »nehme ich nicht an, und wären es tausend Goldstücke, dagegen genügt mir ein rechtlich erworbenes.« – Der Unbekannte legte ihm nun ein Goldstück in die Hand, welches er mit den Worten »Gottes Segen« in Empfang nahm.

Wie er dann weiter in der Stadt umherging, traf er einen Menschen, welcher einen wunderbar schönen Vogel trug. Kaum hatte er denselben erblickt, als er sich dermaßen in ihn verliebte, daß er sich erkundigte, was das Tier kosten solle und von welcher Art es sei. Der Eigentümer forderte für den Vogel ein Goldstück, die Art aber nannte er Heftreng (sieben Farben). Ohne sich weiter zu besinnen, nahm nun der Einsiedler sein Goldstück hervor und kaufte den Vogel, mit welchem er geradenwegs nach Hause eilte.

Daselbst kam ihm seine Frau, welche bei ihm Speise zu finden hoffte, entgegen; aber da war von Brot keine Spur, ihr Mann hatte nichts als den Vogel mitgebracht. Nun war aber die Frau außerordentlich hungrig, weshalb es sie nicht wenig verdroß, ihren Mann ohne Brot mit leeren Taschen heimgekehrt zu sehen. Sie spitzte demnach die Zunge zu boshafter Rede und sprach: »Ist es nicht genug, daß schon eins da ist, das leben will? Und du bringst jetzt noch den zweiten, der nach Brot schreit – ein unschuldiges gefangenes Tier, dem du jetzt seinen Unterhalt schuldest?« – Also schmälte sie; da sie aber eine Frau von seltener Schönheit und Lieblichkeit war, so ertrug der Einsiedler alles, was sie ihm Leides zufügte, mit Geduld. Endlich steckten sie den Vogel Heftreng in einen Käfig und hängten ihn an der Wand auf.

Als es Abend geworden war, hub der Vogel in dem Käfig sein Gefieder abzustreifen an; der Einsiedler trat herzu und sah, daß bei der Gelegenheit unter seinem Flügel her ein Edelstein herabgefallen war, welchen er zu sich nahm und auf den Basar zum Verkauf brachte. Und siehe da, man zahlte ihm dafür volle hundert Goldstücke.

Für dies Geld schaffte er nun alles an, was er in seinem Hause bedurfte, und den Vogel Heftreng hielt er hinfort nicht mehr im Käfig eingeschlossen, sondern er ließ die Pforte geöffnet, so daß der Vogel draußen umherfliegen konnte. Wenn er dann abends zurückkehrte, so verfehlte er nicht, einen Smaragd zu bringen, welchen sein Herr dann für ein Goldstück verkaufte. In kurzer Zeit brachte letzterer in dieser Weise ein so großes Vermögen zusammen, daß er es selbst nicht mehr berechnen konnte.

So segenvoll war aber das Eintreten des Vogels in das Haus, daß in derselben Nacht die Frau des Einsiedlers guter Hoffnung wurde und, als ihre Zeit gekommen war, einen Knaben gebar, welchen er Ferîd nannte und für welchen er, nach allen Seiten hin glücklich, eine besondere Wärterin annahm.

Da er nun aber ein reicher Mann geworden war, so beschloß er, zur Sühne für alle Mängel in der Ausübung seiner Religionspflichten, die Wallfahrt nach Mekka zu unternehmen. Vor der Abreise rief er seine Frau zu sich und sprach zu ihr: »Meine tugendsame Gattin, dieser Vogel Heftreng ist die Ursache des gesegneten Zustandes unserer Glücksgüter, und wie du weißt, ist mir nur durch ihn die Wallfahrt möglich geworden. Darum pflege ihn wohl und laß es ihm an nichts fehlen; denn er ist, wie unser Kind, ein

Quell der Freude in der Betrübnis, er ist die süße Frucht am Baume unsers Glücks. Warte ihn also wohl und laß es ihm an nichts mangeln!« – Alsdann empfahl er sein ganzes Haus der Obhut des Höchsten und reiste ab.

Was nun zunächst die Frau anbetrifft, so fand diese es bald langweilig, zu Haus zu sitzen, und eines Tages ging sie aus, um sich auf dem Basar umzusehen. Daselbst aber verliebte sie sich in einen jungen Geldwechsler, den sie erblickte und dessen Schönheit ihr alle Ruhe raubte. Den einzigen Trost fand sie nun darin, täglich vor dem Laden vorüberzugehen und das Gesicht des jungen Menschen anzusehen. Wenn ihr dann die Vermahnungen ihres frommen Gemahls einfielen, dann rezitierte sie folgenden Vers:

Selbst Asketen, wenn sie sähen
  Dieser Augen Schönheitsadel,
Würden meine Liebe ahnen,
  Würden meiden Schmach und Tadel.

Auf einem ihrer Spaziergänge aber lud sie, da sie die Glut ihrer Liebe nur durch das Wasser des Zusammenseins löschen zu können meinte, den jungen Menschen nach ihrem Hause ein, und da sie eine sehr schöne Frau war, so wurde ihrer Aufforderung auf das bereitwilligste Folge geleistet. In der Tat hatte der Wechsler sich auch in sie verliebt, und die Leidenschaft wurde nunmehr von beiden Seiten so stark, daß er täglich in dem Hause des Einsiedlers aus und ein ging, als wäre es sein eigenes. Als er sich einst mit der schönen Frau unterhielt, kam die Rede auch auf den Vogel, und sie erzählte, wie sie durch ihn zum Wohlstande gelangt sei. Nun hatte aber der Wechsler einen Freund, der ein sehr weiser Mann war; diesem erzählte er von dem Vogel und erhielt von ihm die Antwort, derselbe gewähre allerdings schon lebendig große Vorteile, wer aber seinen Kopf esse, der werde König oder doch Vezier werden.

Der Wechsler nahm sich nun infolge dieser Mitteilung

vor, den Kopf des Heftreng zu essen. Als er sich demnach wie gewöhnlich wieder bei seiner Geliebten eingefunden hatte, sprach er: »Brate mir doch den Vogel, ich habe Appetit auf ihn.« – »Du meiner Seele Quintessenz – meines Daseins Freudenlenz –«, antwortete die Frau, »diesem Vogel verdanken wir freilich unser Erdenglück; da aber du ihn verlangst, so will ich ihn dir mit Gottes Hilfe aufs beste zubereiten. Würde ich doch für dich mein Leben hingeben, wieviel mehr den Vogel! Du sollst ihn schon gut finden!« – Mit diesem Versprechen entließ sie den Wechsler.

Am folgenden Morgen machte sich die Frau früh auf, schlachtete den Vogel, steckte ihn an einen Spieß und fing an, den Braten zu wenden. Nun war aber der kleine Ferîd mit dem Tiere außerordentlich vertraulich gewesen und blieb keinen Augenblick ruhig, wo er es nicht sah. Daß es geschlachtet wurde, hatte ihn daher sehr betrübt gemacht, und er weinte so heftig, daß alles, was die Mutter und die Wärterin vorbrachten, um ihn zu trösten, ohne Wirkung blieb. Endlich sprach die letztere: »Meine Gebieterin, gib doch einen Bissen von dem Fleische des Vogels; es ist ja ein Kind, damit wird das Schreien schon aufhören!« – Nun konnte aber die Frau nicht über sich gewinnen, dem Jungen ein Stück von dem Fleische zu geben, »denn«, sagte sie, »da bleibt für meinen Geliebten zuwenig!« – Die Wärterin aber bat flehentlichst: »Wenn's denn kein Stück Fleisch ist, da mag's nur der Kopf sein; den gib nur her, vielleicht beruhigt er sich damit und hört auf zu weinen. Den Kopf des Vogels ißt man ja nicht.«

Halb widerwillig riß darauf die Frau den Kopf ab und gab ihn dem Kleinen, welcher ihn sogleich verzehrte, worauf Gott es so fügte, daß sein Weinen aufhörte.

Unterdessen trat der Wechsler ein. Die Frau ging ihm entgegen, bat ihn höflichst, sich niederzusetzen, und sprach: »Du Grundkapital meines Lebens, dir zuliebe habe ich den Vogel, der selber ein unerschöpfliches Kapital war, geschlachtet und gebraten.« – Indem sie so ihrer Zärtlichkeit Worte verlieh, richtete sie den Eßtisch zu, schmückte das Zimmer aus, tat dann den Vogel Heftreng auf eine Schüssel und setzte ihn ihrem Gaste vor. Dieser aber suchte, bevor er von dem Fleische zu essen anfing, zunächst nach dem Kopfe, und da er denselben nicht fand, so fragte er die Frau danach. »Aber«, antwortete diese, »ißt man denn auch von gebratenen Vögeln die Köpfe? Außer dem Rumpfe ist doch nichts nötig! Als ich ihn briet, weinte mein kleiner Junge, und die Wärterin bat mich, ihm ein Stückchen zu geben, damit er still würde. Da ich es nun nicht über mich gewinnen konnte, ihm von dem Fleische zu geben, welches du essen solltest, so riß ich den Kopf ab und gab ihn der Wärterin; die aber gab ihn dem Kinde zu essen, um es zum Schweigen zu bringen.«

Der Wechsler vernahm diese Mitteilung mit Erstaunen und war wie versteinert. Dann schleuderte er die Schüssel mit dem Vogel zur Erde und verließ zornig das Haus. Aber auch nachher gelang es ihm nicht, sich zu beruhigen, und er ging geradenwegs zu seinem Freunde, dem weisen Manne, welchem er umständlich das Begebnis erzählte. »Nun gut«, antwortete derselbe, »sei nur nicht betrübt! Wenn du bei der Frau etwas giltst, dann ist noch Hilfe möglich. Wenn nämlich jemand den Kopf des Menschen ißt, der den Kopf des Heftreng gegessen, da wird ihm die Königswürde zuteil; also steht es geschrieben!« – Infolge dieser Worte tat der Wechsler der Frau zu wissen, er habe nur den Kopf des Vogels begehrt, den sie ihrem Sohne zu essen gegeben. Wenn sie nun dafür den Kopf des Kindes abschneiden und ihm zubereiten wolle, da werde er sie wieder besuchen, wo nicht, da werde sie ihn zeit ihres Lebens nicht mehr sehen. – Ihrer fleischlichen Begehrlichkeit unterliegend, nahm sich nun die Verruchte, um nicht von ihrem Geliebten verlassen zu werden, wirklich vor, ihr Kind umzubringen. »Auf Kopf und Seele, gern!« antwortete sie, »zu welcher Zeit es dir gefällt, will ich deinen Wunsch erfüllen.«

Der Wechsler war nun sehr froh, die Frau aber spähte nach einer Gelegenheit, ihre Untat auszuführen. Indessen entging dies der Wärterin Ferîds nicht; überzeugt, daß ihre

Gebieterin ein Verbrechen vorhabe, nahm sie eines Abends das Kind in die Arme, verließ mit ihm das Haus und lief die ganze Nacht durch, bis sie am folgenden Morgen in eine benachbarte Stadt gelangte; den folgenden Tag begab sie sich von da in eine zweite Stadt, und so in eine dritte und so weiter, bis sie in dreißig Tagen die Residenz des Königs erreichte, woselbst sie ein Haus, wie es ihren Bedürfnissen entsprach, mietete und sich die Erziehung des Knaben angelegen sein ließ.

Aber kehren wir zu der Frau zurück. Diese stand am Morgen früh auf und vermißte bald die Wärterin mit Ferîd. Sie suchte hin und her, konnte sie aber nicht ausfindig machen. »Ach«, rief sie, vom Feuer der Unruhe gefoltert, aus, »was soll ich jetzt meinem Geliebten sagen? Vielleicht wird er mich verlassen!« – Und so geschah es auch; da der Wechsler erfuhr, was sich begeben, ging er fort und kam nie wieder, die zerstörte Hoffnung brachte ihm einen tödlichen Schlag bei, und er starb an Sehnsucht nach dem Vogelkopfe.

Nach längerer Zeit kehrte der Einsiedler wohlbehalten von seiner Wallfahrt zurück. In seinem Hause aber suchte er vergebens nach dem Vogel, dem Kinde und der Wärterin und beschwor seine Frau, ihm zu sagen, was aus ihnen geworden. »Ach, mein Gebieter«, entgegnete sie, indem sie ihn weinend anblickte, »möge Gott mir dich erhalten! – die sind sämtlich in das Jenseits hinübergegangen! Der Schmerz um sie hat mich dergestalt ergriffen, daß die Rose meines Angesichts zu Bernstein geworden ist!«

Unterdessen wuchs Ferîd heran, fand Wohlgefallen an der Reitkunst und fing an, auf die Jagd zu gehen. Eines Tages, da er zu diesem Zweck ausritt, führte ihn sein Weg unter einem Kioschk des königlichen Harems her. Nun hatte aber der König eine reizende Tochter, welche eben, um sich die Zeit zu vertreiben, zum Fenster hinaussah. Bei der Gelegenheit fiel ihr Auge auf Ferîd, und kaum war dies geschehen, als sie schon dermaßen in ihn verliebt war, daß sie tausendmal ihr Leben für ihn hätte lassen mögen. Dem Ferîd, welcher zufälligerweise nach dem Fenster hinaufsah und dort das Mädchen erblickte, erging es nicht anders, und beide hatten von dem Augenblick an den einen Gedanken, wie sie ihren Liebesschmerz lindern könnten. Unter dem Vorwande der Jagd ging Ferîd täglich an dem Kioschk vorüber, um das Mädchen am Fenster zu sehen, während dieses seufzend von oben herunterblickte und Ferîds Weg beobachtete.

So verstrich ihnen eine geraume Zeit mit Ach und Weh. Als aber Ferîd eines Tages wieder auf die Jagd ausging, da konnte das Mädchen sich nicht mehr halten, sondern rief ihn zu sich und sprach: »O Jüngling, mein Vater ist alt, und da ich sein einziges Kind bin, so verweigert er mir nichts, was ich von ihm fordere. Ich möchte ihn nun bitten, mich dir nach dem Willen Gottes zum Weibe zu geben; aber er hat früher einmal vor allen Vezieren und Großen des Reiches meine Hand an eine gewisse Arbeit geknüpft und gesagt, daß nur, wer dieselbe vollbringt, mit mir vermählt werden soll. Jene Arbeit aber ist nicht auszuführen; Gott behüte mich, sie dir aufzuerlegen! Nicht einmal nennen will ich sie dir, denn schon viele haben ihr Leben bei dem Versuche eingebüßt.« – »O Gebieterin«, antwortete Ferîd, »nenne mir die Arbeit; worin besteht sie? Das sollst du mir unfehlbar sagen!« – Das Mädchen weigerte sich hartnäckig; er aber beschwor es und brachte es dadurch zum Geständnis. »Auf der und der Steppe«, sprach sie, »ist der Weideplatz für meines Vaters Pferde. Es hat sich aber seit einiger Zeit ein giftiger Drache dort eingefunden, welcher schon mehrere Pferde getötet. Seit derselbe dort seinen Wohnsitz genommen, ist der Weg wie abgeschnitten, niemand vermag da vorüberzureisen. Darum hat mein Vater gelobt, mich dem, der es fertigbrächte, den Drachen zu töten, zum Weibe zu geben.« – »Mächtige Herrin«, erwiderte Ferîd, »weißt du nicht, was Gott in seinem uralten Worte gesagt hat: ›Wo ihr Stündlein kommt, da können sie es nicht verzögern um einen Augenblick noch es beschleunigen.‹ Solange des Daseins Becher nicht bis zum Rande voll ist, trinkt niemand des Todes Kelch; eines jeden harrt sein bestimmtes Stündlein. Ich werde mich jenem Drachen entgegenwerfen. Gelingt es mir mit Gottes gnädiger Hilfe, ihn umzubringen, da werde ich meines Wunsches teilhaftig; wird dagegen seine Kralle mich zerreißen, da gedenke meiner in deinem Gebet! Wenn ich deiner Liebe sollte entsagen müssen, wäre ja doch mein Tod gewiß, und weil ich in jedem Falle am Ende sterben muß, ist mir das Wie gleichgültig.«

Nachdem er also seinen Entschluß, den Drachen anzugreifen, ausgesprochen, trennten sich beide Liebenden unter heißen Tränen. Ferîd ging nach seiner Wohnung, nahm von seiner Wärterin für den Fall, daß sie ihn nicht wiedersehen sollte, zärtlich Abschied und begab sich den folgenden Morgen in den Diwan des Königs, welchen er um Erlaubnis bat, den Kampf mit dem Drachen bestehen zu dürfen.

Wie nun aber der König den Ferîd ansah, da fügte es Gott, daß er eine Neigung zu ihm faßte; denn der Jüngling war von Antlitz so edel und offen – an Ebenmaß des Leibes so unübertroffen – wie er an geistiger Vollendung wunderbar und sanftmütig gleich einem Engel war. – Er sprach demnach zu seinem Vezier: »O Lala, ich habe einmal die Hand meiner Tochter an die Erlegung des Drachen geknüpft; sonst würde ich sie wahrhaftig ohne weiteres diesem Jünglinge geben. Da hilft aber nichts, ein König muß seinem Worte getreu bleiben. Geh aber hin und rate dem jungen Menschen, von seinem Vorhaben abzulassen, er möchte sonst umkommen wie die andern und uns einen Stachel im Herzen zurücklassen. Was der Schleier des Verhängnisses birgt, ist uns unbekannt, vielleicht kommt der Drache ganz von selbst um. Darum soll er uns den Gefallen tun, sich jenes Wunsches zu begeben.«

Der Vezier ermangelte nicht, wie ihm der König befohlen, dem Ferîd sein Unternehmen abzuraten. Er aber wollte von nichts hören und antwortete, daß er unfehlbar gehen werde. Er brach also auf, und es kamen die Großen der Krone – die Nächsten dem Throne – mit ihm bis zu der bewußten Steppe, welche sie ihm zeigten, ohne sie mit betreten zu wollen. Ferîd empfahl sich dem Allmächtigen, entblößte sein schneidendes Schwert und trat vor, um dem Drachen den Tod zu geben. Er fand das giftige Tier, wie einen Feuerklumpen, schlafend daliegen, weshalb er mit einem Male auf dasselbe lossprang und ihm mit Gottes Beistande einen solchen Hieb beibrachte, daß er es in zwei Stücke zertrennte. Das Untier konnte sich nun nicht mehr bewegen und fand, im Blute gebadet, seinen Tod. Ferîd aber sprang rasch auf, trennte den Kopf von dem Rumpfe und brachte ihn dem Könige. Die Großen des Reichs waren, als sie dies sahen, höchlich erstaunt. Es hatten aber die Weisen des Landes einen Ausspruch getan, daß menschliche Kraft nicht imstande sei, jenen Drachen umzubringen, außer etwa, daß jemand den Kopf des Vogels Heftreng gegessen; man befragte deshalb den Ferîd, und dieser erzählte, was er von seiner Wärterin gehört hatte. Die Gelehrten und Veziere fanden nun an ihm noch mehr Wohlgefallen, und dem Könige machte die Rettung des jungen Mannes noch größere Freude als der Tod des Drachen, weshalb er mit königlicher Pracht eine Hochzeit zurichtete und ihm seine Tochter zur Frau gab. Da er aber sehr alt war, so ernannte er ihn zu seinem Thronfolger und setzte ihn dann als unabhängigen König auf seinen Thron.

Ferîd sandte nun in seine Heimatstadt, um seine Eltern sowie auch, um ihn hinrichten zu lassen, den Wechsler herzubringen. Nun war aber der Wechsler längst tot; der Einsiedler dagegen und seine Frau fragten sich ängstlich, was denn der König wohl von ihnen wolle; jedoch erschienen sie in der Hofburg, und nachdem sie den Pflichten der Etikette genügt, sahen sie auf und erkannten in dem Könige ihren Sohn Ferîd. Dieser ließ nun das Vergangene vergangen sein; er machte seinen Vater zum Großvezier, setzte die Wärterin über alle Mägde im Harem und erzählte dann, nachdem er die Dienerschaft hatte hinausgehen heißen, in Gegenwart seiner Mutter seinem Vater alles, was sich mit ihnen beiden und mit ihm selbst seit seiner Kindheit begeben.

Die Einsiedlersfrau stand nun tief beschämt da; jedoch versicherte sie, daß sie sich mit dem jungen Menschen nicht weiter vergangen habe und daß sie nur von Ansehen ineinander verliebt gewesen seien, von welcher Sünde sie aber auch Umkehr gelobte und Gottes Verzeihung erflehte. Ferîd erhob sich nun, küßte seiner beiden Eltern Hände und bat sie um ihren Segen. Alsdann lebten sie alle in Herrlichkeit bis an ihr Ende.

Also erzählte der Papagei; dann wandte er sich wieder an die junge Frau und sprach: »Ich rate dir demnach, den Besuch bei deinem Geliebten nicht zu verschieben; denn Sâïd könnte ganz plötzlich eintreffen, und seine Anwesenheit würde den Jüngling des Glückes, dich bei sich zu sehen, berauben, gleichwie die Einsiedlersfrau ihres Geliebten beraubt wurde, und dann hättest du die Schande davon. Die Gelegenheit ist günstig, darum eile unverzüglich zu deinem Freunde – die Zeit drängt!«

Damit brach er ab. Mâhi-Scheker aber verstand aus seinen Mienen und Worten, daß er ihr die gewünschte Erlaubnis erteilt habe. In sehnsüchtiger Hast trat sie zu der Tür und wollte sie eben öffnen, als nach Gottes Fügung von außen daran gepocht wurde. Sie machte nun auf und sah ihren Gatten vor sich, welcher eben angekommen war. Der unerwartete Anblick machte sie so verwirrt, daß sie kein Wort hervorbringen konnte, bis ihr der Gedanke kam, ihm zu sagen: »Der weise Papagei benachrichtigte mich von deiner Ankunft, deshalb habe ich meine Schmucksachen angelegt und bin so zur Tür gekommen.« – Sâïd aber, der ein feiner und bedächtiger Mann war und sich nie übereilte, begab sich in das obere Gemach und trat geradenwegs unter den Käfig des Papageien, welchen er fragte, was geschehen sei. »Mein Wohltäter«, antwortete der Vogel, »Eigenlob ist wohl nichts Schönes, aber die Verhältnisse zwingen mich, dir zu sagen, daß ich dir mit ganzem Herzen und ganzer Seele so treu gedient habe, wie noch nie, solange des Horizontes Rad sich dreht, jemand einem andern gedient hat. Deine Ehre habe ich gerettet, und dein Vermögen habe ich vor veruntreuenden Händen bewahrt. Man findet alles in der Welt, aber solche Treue und Aufrichtigkeit wie die meinige gibt es sonst nicht. Eine Belohnung verlange ich nicht, habe ich doch, was ich getan, lediglich Gott zu Gefallen getan; und da du mein Wohltäter bist, so konnte ich nicht umhin, deinen Vorteil eifrig wahrzunehmen. Willst du aber aus freier Gnade mir etwas Gutes tun, da gewähre, was dir gefällt; ich bin mit allem zufrieden. Wolltest du mich zum Beispiel aus diesem Gefängnisse erlösen und mich freilassen, so daß ich mit meinen Anverwandten und Standesgenossen in den Obstgärten lustwandeln könnte, da würde ich zum Aufspringen froh und glücklich sein und mich zum Dienste immer wieder bei dir einfinden. Das wäre also meine Bitte!«

Bei diesen Worten des Papageien wurde Sâïd äußerst unruhig, so daß er flehentlich ausrief: »Um Gottes willen, mein Vogel, sage, was hat sich denn begeben?« – Worauf der Papagei, der redefertige – zu kunstvollem Wort allzeit gewärtige – auftat seinen Mund, der Beredsamkeit Quelle – wundersamer Gedanken Türschwelle – um dem Chodja Sâïd alles, was sich von dem Tage seiner Abreise bis zu jenem Augenblicke begeben, umständlich zu erzählen. Er teilte ihm mit, wie er durch weise Überlegung großes Unrecht abgewandt und wie er durch wunderbare Geschichten und seltsame Märchen seine Ehre gewahrt, und mit heiligen Eiden versicherte er, daß Mâhi-Scheker nichts getan, was gegen das Gesetz streite, ja daß sie den vornehmen Jüngling nicht einmal von Angesicht gesehen habe. »Aus übermäßiger Liebe und Sehnsucht nach dir«, fügte er hinzu, »ist sie in ihrer Beschränktheit auf eine so alberne Leidenschaft verfallen, welcher ich mit feiner List entgegengearbeitet.«

Diese Worte befestigten und kräftigten aufs neue die Liebe zwischen den beiden Ehegatten. Sâïd aber hielt sein Versprechen; sobald es Morgen geworden war, gab er dem Vogel die Freiheit, nach Wunsch in den Gärten umherzufliegen und mit Freunden und Bekannten zusammen zu sein.

Alsdann ließ er seine Frau Umkehr von dem Vergehen, das sie nicht begangen, geloben und den Herrn um Verzeihung bitten, worauf sie wieder in vollkommener Liebe ein ruhiges Leben führten. Der Papagei aber besuchte von Zeit zu Zeit seinen Wohltäter, und alle verbrachten ihr Leben in Lust und Herrlichkeit, indem keiner ihrer Wünsche unerfüllt blieb.

Diese Geschichten aber, die weise Lehre enthaltenden – verständigen Rat entfaltenden – sind Gaben – daran strebsame Geister sich mögen erlaben – da ist keine – noch so kleine – die nicht gewaltigen Nutzen beut – gleich kostbaren Perlen sind sie aufgereiht – auf den Faden, den die Erzählung leiht.

Ende

Auskünfte

GEORG ROSENS VORREDE ZUR ERSTEN AUSGABE DES TUTI-NAMEH

›Tuti-Nameh‹, das ›Papageienbuch‹, so genannt von dem weisen Vogel, welcher darin dieselbe Rolle spielt wie die Schehrezâd in den Erzählungen aus den Tausendundein Nächten, ist eins jener berühmten Sammelwerke von Geschichten, welche, im tiefen Osten und in dunkler Vorzeit entstanden, sich durch ihre eigentümliche Anmut bald ganz, bald bruchstückweise den Weg nicht bloß zu den Nationen Vorderasiens, sondern sogar nach dem fernen Europa gebahnt haben. Daß wir indischer Phantasie die Mehrzahl dieser Dichtungen verdanken, steht nach den neuen Untersuchungen unbezweifelbar fest; aber die Namen der einzelnen Verfasser sowie auch die der wahrscheinlich viel spätern Zusammensteller sind längst der Vergessenheit anheimgefallen. Auch den Urheber des ›Papageienbuchs‹ kennen wir nicht und vermögen ebensowenig seine Zeit und seinen Wohnort zu bestimmen; daß er aber ein Inder gewesen, das würden die in allen Nachbildungen des ursprünglichen Werks enthaltenen Hinweisungen auf indische Örtlichkeiten, die indischen Eigennamen und Anspielungen auf indische Sitten beweisen, auch wenn der verarbeitete Stoff nicht überall ausdrücklich als indischen Büchern entlehnt bezeichnet würde. Außerdem lebt das Werk noch jetzt unter dem Namen ›Cuka Saptatî‹ (›Der siebenzig Geschichten des Papageien‹) in seinem Heimatlande als beliebtes Volksbuch fort, und wenn sich auch nicht annehmen läßt, daß die zerstörende Macht der Jahrhunderte an ihm spurlos vorübergegangen, so würde dennoch die noch fehlende Veröffentlichung desselben, als vielleicht den dürftigen Nachrichten über die Urgestalt des darin enthaltenen Stoffes ein neues Moment beifügend, von Wichtigkeit sein. Für uns hat die Geschichte des

Werks zunächst nur in ihrer Beziehung zu der hiermit dem Publikum dargebotenen türkischen Bearbeitung des Tuti-Nameh Interesse, und es dürfte in dieser Hinsicht folgendes genügen:

Schon frühzeitig wurde der indischen Urschrift ein persisches Werk nachgebildet, von welchem wir nur wissen, daß es schon im Anfange des vierzehnten Jahrhunderts roh, weitschweifig und durchaus veraltet erschien. Ein Zeitgenosse des Hafis und des Sadi, Zijâi-ed-dîn-Nachschebi, faßte den Stoff auf und bildete ihn zu einem Kunstwerke aus, welches den Stempel der Blütezeit der persischen Literatur an sich trägt und sich ebenbürtig den berühmten schöngeistigen Schöpfungen jener Epoche anreiht. Auf dies ausgezeichnete Werk und seinen Verfasser zuerst aufmerksam gemacht zu haben ist ein Verdienst Johann Gottfried Ludwig Kosegartens, welcher auch eine geschmackvolle Auswahl von Fragmenten mitteilte und die umfassendste Zusammenstellung zu der Geschichte des Buches machte. Ein ferneres Bruchstück, das heißt die in der achten Nacht gegebene Erzählung ›Von dem Königssohne und den sieben Vezieren‹, hat Professor Hermann Brockhaus bearbeitet und dabei den höchst interessanten Nachweis geliefert, daß uns darin die älteste bekannte Redaktion des Erzählungsstoffes vorliege, welcher als die ›Geschichte der sieben weisen Meister‹ schon so früh in Europa aufgetaucht ist.

Aus dem Tuti-Nameh des Nachschebi, welches eine geraume Zeit unter den Meisterwerken der persischen schönen Literatur seinen Rang behauptet haben mag, sind wieder zwei bekannte Umarbeitungen geflossen, nämlich außer der hier in Übersetzung vorliegenden türkischen eine andere persische, welche beide je in ihren Kreisen das Original in Vergessenheit gebracht zu haben scheinen. Die persische – die jüngere von beiden – ist von einem gewissen Muhammed Kâdiri wahrscheinlich erst im siebzehnten

Jahrhundert verfaßt und im Jahre 1801 zu Kalkutta mit einer englischen Übersetzung von Gladwin, später von Iken in deutscher Übersetzung veröffentlicht worden. Kâdiri schrieb für eine Zeit, welcher das Verständnis für die höhere Diktion des Nachschebi verlorengegangen war, und er begnügte sich, eine der poetischen Einkleidung und Detaillierung beraubte Aufzählung der Fakten hinzustellen, welche ohne alle ethische Bedeutung nur zur Unterhaltung dienen konnte.

Eine ungleich bedeutendere Erscheinung ist das türkische Werk, welches, sowohl was die Entstehungszeit als auch was die Form anbetrifft, dem großen Vorbilde viel näher stehend, dennoch als selbständiges und eigentümliches Produkt eines dichterischen Geistes zu betrachten ist. Der Name des Verfassers ist unbekannt geblieben, und auch seine Zeit zu bestimmen würde schwierig sein, wenn wir nicht wüßten, daß dieses Buch von einem Osmanen für den Sultan Bajazîd – offenbar den zweiten dieses Namens – aus dem Persischen in das Türkische übertragen worden ist. Derselbe Sultan ist also auch in der Vorrede des türkischen Autors gemeint, die wegen ihres fremdartigen Inhalts dem Texte der deutschen Übersetzung nicht einverleibt worden ist. Da sie einiges Interesse bietet, so teile ich sie hier mit:

›Daß die frommen Weisen und hochgebildeten Gelehrten aus dem Studium der Geschichtswerke der Vorzeit und der Erwägung der darin mitgeteilten Tatsachen und Begebnisse in jeder Hinsicht vielen Nutzen gesogen haben, ist den Einsichtigen nicht unbekannt. Indessen ist es schwierig, alle Geschichtsbücher, welche auf dieser wechselvollen Welt zu Glanz und Ruhm gediehen sind, zu behalten und gegenwärtig zu haben, weshalb verständige Leute aus den Äußerungen vieler Gelehrten die Ansicht schöpften, daß der im Wege der Abkürzung gleichsam als Essenz dargestellte Sinn jener Werke klugen Menschen bedeutenden

Vorteil gewähren müsse. Nun hat der Beherrscher der Welt, die hundertblätterige Rose im Garten des Kaisertums über alle Erdenbewohner, der den Thron der Sultane auszeichnende und das Polster im osmanischen Herrscherzelt schmückende [Monarch] mir niedrigem Knechte befohlen, dies Buch in gebundenen [das heißt gedrängten] Worten und abgewogenen Phrasen niederzuschreiben. Allerdings ist die Ausführung solchen Befehls von dem Maße meines Vermögens hundert Tagereisen entfernt, aber da ich durch den Segen des großherrlichen Wohlwollens vor so vielen seiner Sklaven ausgezeichnet worden bin und meinem Eifer und meiner Pflichttreue dies Werk anbefohlen ward, so habe ich mich mit besten Kräften der Abfassung unterzogen. Soviel ich nun auch darin gefehlt, möge sein einer unschönen Braut gleichender Ausdruck in den Augen des Herrschers lieblich und süß erscheinen, so daß er von Zeit zu Zeit durch einen Blick der Gnade ihn erquicke, möge er die in Unbedachtsamkeit von seinem Sklaven gemachten Fehler mit dem Saum des Erbarmens verdecken und mit dem Schmucke eines Lobes das Gewand der Vollendung des Buches zu schmücken geruhen!‹

Es folgt aus den obigen Mitteilungen, daß die türkische Bearbeitung des Tuti-Nameh kaum hundert Jahre später als Nachschebi, das heißt in eine Zeit fiel, welche dem Geschmacke an den Erzeugnissen der höhern Redekunst noch keineswegs entfremdet war, daß sie ferner auf Befehl eines sich für Literatur interessierenden Monarchen an einem Hofe geschrieben wurde, welcher damals mehr als jeder andere die iranisch-turanische Bildung vertrat. Von vornherein ließ sich unter diesen Umständen etwas Tüchtiges erwarten, und es ist nicht zu verkennen, daß der Verfasser seiner Aufgabe gewachsen war. An Reichtum, Schönheit und Eigentümlichkeit der Bilder erreicht er zwar seinen Vorgänger nicht, auch haben seine Verse nichts mit den tiefsinnigen Selbstapostrophen des letztern gemein, aber durch häufige Anführung von Koranstellen, Sprichwörtern und Sentenzen hält er den ethisch-didaktischen Charakter des Originals fest, und er übertrifft dasselbe an Leichtigkeit des Stils und Durchsichtigkeit der Darstellung. Die freie Behandlung zeigt sich auch in der Zurückführung der zweiundfünfzig Abende des Nachschebi auf dreißig, den Monatstagen entsprechend; wie Kâdiri, so gibt auch der türkische Umarbeiter nur eine Auswahl des gebotenen Materials, indem er namentlich Geschichten anstößigen Inhalts aufzunehmen vermied. Wieviel er aber jenen an Reichhaltigkeit übertrifft, das ist bei einer Einsicht in die beiderseitigen Register leicht zu erkennen.

Der sich neben demjenigen der Unterhaltung zu erkennen gebende didaktische Zweck spricht sich zunächst direkt in den allen Lesern zur Beherzigung bestimmten, meist in prägnante arabische Sprüche gekleideten Regeln der Lebensweisheit und zweitens in der ganzen Tendenz des Werkes aus, durch welche der Verfasser offenbar eine Einwirkung auf die osmanischen Sultane beabsichtigte. Diese Bearbeitung des ›Papageienbuches‹ ist nämlich zugleich eine Art Regentenspiegel und hat als solcher lange Zeit bei der Erziehung der türkischen Prinzen ihre Rolle gespielt. Könige sollen sich nicht mit Hinrichtungen übereilen, sie sollen sich immer der Milde und Hochherzigkeit befleißigen, dennoch aber Verbrechen, unter anderm auch Angeberei, streng bestrafen; sie sollen sich an Freigebigkeit von niemandem übertreffen lassen, besonders aber treue Diener reichlich belohnen; dies und ähnliches ist die Moral, welche das Buch dem Zögling aus der osmanischen Dynastie darbot. Auch die im Vergleich zu sonstigen Büchern ähnlichen Inhalts glimpfliche Beurteilung der Frauen ist dem zivilisierenden Bestreben des türkischen Autors zuzuschreiben. Ihm zuliebe nahm er einzelne Erzählungen nicht auf und änderte andere zum Vorteil der darin handelnden Frauen um – läßt er ja doch die Mâhi-Scheker, weil sie ihren Vorsatz nicht ausgeführt, mit dem Leben davonkommen, während bei Nachschebi die Chodjeste für ihren bösen Willen mit dem Tode bestraft wird.

In sonstige Eigentümlichkeiten des Buchs wird sich der Leser, auch ohne besonders darauf aufmerksam gemacht zu werden, leicht hineinfinden. Die völlig sorglose Behandlung geographischer Namen und Begriffe und der Widerspruch, welcher sich häufig zwischen ihnen und den mit ihnen in Verbindung gebrachten Fakten herausstellt – man lese die echt indische Geschichte des Merdi-Djânbâz, welche unser Autor in Khorasan und sein Vorbild in Taberistan spielen läßt –, findet sich schon bei Nachschebi. Ein hier und da vorkommendes Zurschautragen islamitischer Rechtgläubigkeit und das Herbeiziehen türkischer geistlicher Wunder, wo früher die indische Lehre von der durch körperliche Buße erlangten übernatürlichen Kraft den Deus ex machina bildete, scheint unserm Autor allein anzugehören.

Was nun schließlich die hier von mir der Öffentlichkeit übergebene Übersetzung anbetrifft, zu deren Anfertigung mir nur der in der gedruckten Ausgabe (Konstantinopel, 1256 der Flucht*) gegebene Text zu Gebote stand, so habe ich mich bemüht, darin das Original in einer Weise nachzuahmen, daß auch dem Nichtorientalisten der Genuß eines hochberühmten Erzeugnisses der türkischen Literatur nach Form und Inhalt ermöglicht werde.

* islamische Zeitrechnung. Sie zählt nach Mondjahren und beginnt mit Mohammeds Flucht von Mekka nach Medina im Jahre 622 u. Z.

Nachträge zu Georg Rosens Vorrede zur ersten Ausgabe des Tuti-Nameh

395 *die noch fehlende Veröffentlichung desselben:*
Der Sanskrittext der beiden ältesten erhaltenen Fassungen des indischen ›Papageienbuchs‹ (Śukasaptati) wurde 1893/94 und 1898/99 von Richard Schmidt kritisch herausgegeben und ins Deutsche übersetzt. Beide Fassungen – eine kürzere und eine längere (aus dem 13. Jh. bzw. etwas vorher) – stellen Bearbeitungen einer gemeinsamen Vorlage dar, welche sicher auch nicht als das Original zu betrachten ist. In einer neuen Ausgabe und Übersetzung von W. Morgenroth (1968 bzw. 3. Aufl. 1975) sind beide Fassungen vereinigt worden. Zahlreiche Übersetzungen, Bearbeitungen und Nachahmungen des Papageienbuchs existieren auch in neuindischen Sprachen.

396 *ein persisches Werk:*
Die Existenz eines solchen Werkes wird von Żiyā'u'd-dīn Naḫšabī in der Einleitung zu seinem Ṭūṭī-nāme erwähnt (vgl. Anhang). Als dessen Quelle ist nicht nur die Śukasaptati zu betrachten, sondern es wurden auch andere altindische Sammlungen benutzt wie das Pañcatantra, die Vetālapañcaviṃśatikā (Fünfundzwanzig Erzählungen eines Leichendämons) und die Siṃhāsana-dvātriṃśikā (Zweiunddreißig Löwenthrongeschichten). Nach M. Hatami (Untersuchungen zum persischen Papageienbuch des Naḫšabī, Freiburg 1977) soll dieses erste persische Werk identisch sein mit einem Ṭūṭī-nāme von 'Īmād ibn Muḥammad aṯ-Ṯaġarī, welches um die Wende vom 13. zum 14. Jh. in Indien entstand.

Ẓijâi-ed-dîn Nachschebi:
Das im Jahre 730 der Hidschra (1329/30 u. Z.) verfaßte Ṭūṭī-nāme von Żiyā'u'd-dīn Naḫšabī (Nachschabi) ist das künstlerisch und inhaltlich bedeutendste der orientalischen ›Papageienbücher‹. (Wie im Falle der indischen gibt es auch zahlreiche persische Bearbeitungen und Nachahmungen.) Dennoch ist es bis heute nicht vollständig herausgegeben und übersetzt worden. In der Annahme, daß die im 17. Jh. ebenfalls in Indien entstandene Kurzfassung des Muḥammad Qādirī (Kadiri) dem europäischen Geschmack mehr zusage, wurde jene zur Grundlage vieler Übersetzungen und freier Bearbeitungen in europäischen Sprachen.

Die erste deutsche Version der Fassung von Qādirī veröffentlichte 1822 Carl Jakob Ludwig Iken (1789 bis 1841) unter der irreführenden Bezeichnung ›Eine Sammlung persischer Mährchen von Nechschebi‹. Nur als Anhang zu diesem Buch erschienen Einleitung und Schluß sowie drei Geschichten (7., 11., 48. Nacht) des Werkes von Naḫšabī in einer wortgetreuen Übersetzung von Johann Gottfried Ludwig Kosegarten (1792–1860), Orientalist und einer der Berater Goethes in orientalischen Fragen. Den persischen Text und eine freie Übersetzung der Erzählungen der 8. Nacht lieferte der Indologe Hermann Brockhaus (Die sieben weisen Meister von Nachschebi. Leipzig 1845).

Einzelstudien zu Naḫšabī entstanden auf der Grundlage nichtpublizierter Handschriften. Die gründliche Arbeit von Wilhelm Pertsch ›Über Nachschabî's Papageienbuch‹ (Zeitschrift der Deutschen Morgenländischen Gesellschaft, Bd. 21, 1867) vermittelt den Inhalt des Werkes anhand der Darstellung von Abweichungen, die sich zur Kurzfassung des Qādirī und zu der von G. Rosen übersetzten türkischen

Version ergeben. Als Beitrag zur vergleichenden Märchenforschung sind die ›Untersuchungen zum persischen Papageienbuch des Naḫšabī‹ (Freiburg 1977) von M. Hatami angelegt, worin die Motivreihe jedes Märchens – und somit der Gang der Handlung in groben Zügen – geboten wird.

die älteste bekannte Redaktion des Erzählungsstoffes ... ›der sieben weisen Meister‹:
Diese Feststellung von Hermann Brockhaus ist nicht richtig. Fünf Geschichten aus der im ganzen Orient verbreiteten Erzählsammlung Sindbād-nāme (Buch von Sindbad oder Buch von den sieben Wesiren) arbeitete Naḫšabī zwar in sein Ṭūṭī-nāme ein, es existierten aber schon lange vorher eine mittelpersische, eine arabische und neupersische Fassung. In Europa verbreiteten sich die Stoffe des Sindbād-nāme seit dem 12. Jh. (oft unter dem Titel ›Geschichte der sieben weisen Meister‹).

In der vorliegenden türkischen Version des Ṭūṭī-nāme (wie auch in dem des S̱aġarī, vgl. 2. Anm.) sind diese fünf Geschichten nicht enthalten.

398 *Es folgt aus den obigen Mitteilungen:*
Die Frage nach Verfasser und Entstehungszeit des türkischen Ṭūṭī-nāme ist bis jetzt nicht eindeutig zu klären. Georg Rosen stützt sich (Vorrede der Erstausgabe) auf das berühmte bibliographische Werk von Ḥāǧǧī Ḫalīfa (Haddschi Chalifa) aus dem 17. Jh., in dem ein auf Wunsch des Sultans Bāyazīd übersetztes Ṭūṭī-nāme erwähnt wird. Mit den Aussagen, daß es sich um Bāyazīd II. handle und demzufolge die türkische Übersetzung ›kaum hundert Jahre später als Nachschebi‹ angefertigt sei, widerspricht sich Rosen aber selbst, denn Bāyazīd II. regierte von

1481 bis 1512 (Bāyazīd I. dagegen von 1389 bis 1402). Zu diesen Fragen muß die philologische Arbeit unter Zuhilfenahme mehrerer Handschriften erst noch geleistet werden; zu beachten ist dabei, daß das Ṭūṭī-nāme wohl zu verschiedenen Zeiten ins Türkische übersetzt worden ist.

Als Verfasser jenes Ṭūṭī-nāme, das der von G. Rosen benutzten Druckausgabe (Konstantinopel 1256, das ist 1840) zugrunde lag, wird im allgemeinen der osmanische Philologe Sarï ʿAbdullāh (gestorben 1660/61) angenommen. Dieser Verfassername ist in einer bibliographischen Notiz zu dem 1838 erschienenen Druck von Būlāq (Kairo) genannt.

Was die persische Vorlage dieser türkischen Übersetzung betrifft, so muß Naḫšabī's Werk nicht unbedingt die einzige gewesen sein. M. Hatami meint, daß der türkische Bearbeiter auch das persische Ṭūṭī-nāme von S̱aġarī (vgl. 2. Anm.) gekannt haben muß, da Übereinstimmungen hinsichtlich der Rahmenerzählung, der Reihenfolge und Bezeichnung vieler Geschichten festzustellen seien.

Einige kurze Geschichten hat der türkische Bearbeiter auch eingefügt: Von dem Taugenichts und den achtzig Frommen (zu Beginn der Rahmenerzählung), Legende von Abraham (4. Abend), Geschichte des Mädchens von Nischabur (6. Abend), Geschichte von dem Kaufmann und der jungen Frau (7. Abend), Geschichte des Derwischs Hawâjî (9. Abend – stammt aus dem ›Gulistān‹ des Persers Saʿdī), Fabel vom Löwen und vom Schafe (13. Abend), Von der Entschuldigung, die schlimmer ist als das Vergehen (13. Abend), Geschichte von dem Greise, der nie verliebt gewesen (20. Abend) und Geschichte von dem Beduinen und dem Kalifen Mamûn (22. Abend).

BIOGRAPHISCHES ZU GEORG ROSEN

Georg Rosen (geb. 24. 9. 1820 und gest. 29. 10. 1891 in Detmold), Stiefbruder des bedeutenden Orientalisten Friedrich Rosen (1805–1836), studierte seit 1839 in Berlin und Leipzig orientalische Sprachen und unternahm 1843/44 im Auftrag der preußischen Akademie der Wissenschaften eine Forschungsreise in den Kaukasus. Von 1844 bis 1852 war er Dolmetscher bei der preußischen Gesandtschaft in Istanbul (Konstantinopel), von 1852 bis 1867 preußischer Konsul in Jerusalem, bis 1875 deutscher Generalkonsul in Belgrad. Bis zu seinem Tode lebte er in Detmold.

Neben Übersetzungen, sprach- und literaturwissenschaftlichen Arbeiten zu orientalischen, kaukasischen und slawischen Sprachen verfaßte er auch historische Werke, wie z. B. eine Geschichte der Türkei im 19. Jahrhundert. Mit der künstlerisch und wissenschaftlich gleichermaßen wertvollen Übertragung des türkischen ›Ṭūṭī-nāme‹ ins Deutsche (1858) wurde sein Name auch breiteren Leserkreisen bekannt.

ÜBER DAS INDISCHE, PERSISCHE UND TÜRKISCHE ›PAPAGEIENBUCH‹ (ŚUKASAPTATI UND ṬŪṬĪ-NĀME)

Das ›Papageienbuch‹ (Schukasaptati) gehört zu den berühmtesten Erzählbüchern der Inder. Es steht würdig neben dem ›Pantschatantra‹, der ›Großen Erzählung‹ (Brihatkatha) und den ›Fünfundzwanzig Erzählungen des Dämons‹ (Wetalapantschawinschati). Weil es so beliebt war, wurden die siebzig Geschichten immer wieder neu erzählt und dabei im Laufe der Jahrhunderte mehrfach abgewandelt: Man änderte, kürzte und ergänzte. Es gibt heute eine ganze Reihe von ›Papageienbüchern‹, in verschiedenen

Sprachen und mit teilweise unterschiedlichem Inhalt. Das Original jedoch ist verlorengegangen ...

Während das ›Pantschatantra‹ wahrscheinlich aus dem 4. oder 5. Jahrhundert stammt und bereits im 6. Jahrhundert ins Mittelpersische und Syrische übersetzt wurde, während die ›Große Erzählung‹ schon im 6. Jahrhundert existierte und die ›Fünfundzwanzig Erzählungen des Dämons‹ etwa genauso alt oder nur wenig jünger sind, sprechen inhaltliche Gründe dafür, daß das ›Papageienbuch‹ erst gegen Ende des ersten Jahrtausends geschaffen wurde: In keinem der älteren indischen Erzählwerke spielt nämlich die Liebe eine so große Rolle wie im ›Papageienbuch‹, sie trat erst später als ein Hauptthema hervor ...

Alle siebzig Geschichten des ›Papageienbuchs‹ haben ein gemeinsames Motiv: Die Hauptgestalt weiß sich mit List aus einer schwierigen Situation zu befreien, in die sie, meist durch eigene Schuld, geraten ist. Ohne Zweifel handeln die meisten Helden dabei gegen die Gesetze der Moral. Die Rahmenerzählung stellt jedoch den Bericht ihrer Unmoral in den Dienst einer guten Sache. Die Predigerkrähe, die versucht hatte, die schöne Prabhawati durch Vorhaltungen vom Besuch ihres Liebhabers abzubringen, entging nur mit Mühe dem Tode. Der Papagei aber ist klüger: Er billigt scheinbar das unmoralische Verhalten der jungen Frau und gibt sich besorgt um ihr Wohl. So gelingt es ihm, siebzig Nächte lang den geplanten Ehebruch zu verhindern, bis der Gemahl zurückkehrt. Sehr geschickt treibt der Papagei die Erzählungen jeweils bis zu dem Punkt vor, an dem die Hauptgestalt vor einer schwierigen Situation steht. Erst am Morgen teilt er der Zuhörerin die Antwort auf seine Frage nach dem rettenden Ausweg mit. Nun ist es für Prabhawati zu spät, den Geliebten zu besuchen, und sie muß auf den nächsten Abend warten, an dem der Vogel dann wieder nach seinem bewährten Rezept verfährt und sie am Ausgehen hindert. Gerade Geschichten, die von Untreue und Ehebruch handeln, mußten Prabhawati fesseln.

Das ›Papageienbuch‹ ist ein Spiegel der Lebensklugheit aus dem alten Indien, kein simples Lehrbuch der Moral. Die Sympathie des Erzählers gilt deutlich nur dann dem Guten, wenn er auch der Klügere ist. Wer dumm ist, hat nichts anderes verdient, als betrogen zu werden. Im Leben kommt es darauf an, sich zu behaupten. Hierin stimmt das Werk mit den Lehrbüchern der Politik und Lebensführung überein, die in der damaligen Zeit für die Könige und Prinzen geschrieben wurden. Das ›Pantschatantra‹ und der Kunstroman ›Die Abenteuer der zehn Prinzen‹ zum Beispiel sind geschaffen worden, um den Königssöhnen in unterhaltender Form solche Kenntnisse zu vermitteln. Den Königen war es durchaus erlaubt, gegen Recht und Moral zu verstoßen, wo es ihr eigenes oder des Reiches Wohl verlangte. Unser Buch wendet sich vor allem an die anderen Stände: Was den Königen recht ist, sollte ihnen billig sein …

Gewiß hat das ›Papageienbuch‹ nicht die Absicht, bewußte Gesellschaftskritik von der Position eines Standes zu üben. Das sehen wir schon daran, daß kein Stand ungeschoren bleibt. Sicher ist es auch keine Schmähschrift gegen die liebestollen Frauen, denn es geht in den Geschichten in erster Linie um den Nachweis der Klugheit, und hierin sind die meisten Frauen ihren Männern überlegen.

Wolfgang Morgenroth, 1975

Wir finden eine ganze Reihe von Geschichten aus der Śukasaptati im Pañcatantram, Hitōpadēsa und Kathāsaritsāgara; und wenn das zu interessanten Vergleichen schon Stoff genug gibt, so wächst derselbe riesengroß an, sobald wir die persischen, arabischen und türkischen Märchensammlungen in den Kreis unserer Betrachtungen ziehen und endlich noch die europäischen Geschichtenbücher nach Parallelen mit der Śukasaptati durchforschen. Da gibt es denn manches überraschende Ergebnis, wie denn z. B. die Fabel von Molières Médecin malgré lui als auf die Śukasaptati zurückgehend nachgewiesen ist: vgl. Zeitschrift für französische Sprache und Literatur XX, I ...

Überhaupt ist ... so viel neues Material geliefert worden, daß eine eingehende Untersuchung über die Verbreitung der einzelnen Geschichten der Śukasaptati sehr lohnend sein muß. Eine reiche Fundgrube von Parallelen zu diesen sind vor allem Sōmadēva und Boccaccio, einer von dem andern so weit entfernt und doch so oft miteinander in Übereinstimmung und voller Anklänge an das Papageienbuch, die nicht selten über ganze Erzählungen sich erstrecken.

Richard Schmidt, 1913

Nakhshabī, Shaikh Ḍiya' al-Dīn (gest. 751 = 1350), bekannter persischer Schriftsteller ... Über seinen Lebensgang wissen wir sehr wenig. Der Nisba nach stammt er wahrscheinlich aus Nakhshab [heute: Karschi in der Usbekischen SSR – H. S.], wanderte aber nach Indien aus, wo er ... nach einem langen beschaulichen Leben in Badā'ūn starb, woselbst auch sein Grabmal sich befindet. Nakhshabī war ein fruchtbarer Schriftsteller, der seine Kenntnis der indischen Sprachen zu Übersetzungen indischer Werke ins Persische verwertete. Sein bekanntestes Werk ist das in Indien und Mittelasien stark verbreitet gewesene ›Papageienbuch‹ (Ṭūṭī-nāma), dessen Grundlage die in Sanskrit verfaßte Çukasaptatī bildet ... In der Vorrede zu diesem Buch teilt uns Nakhshabī mit, daß einer seiner Gönner ihm eine alte persische Übersetzung dieses Werkes zeigte und ihn veranlaßte, es aufs neue zu bearbeiten, da die Sprache der alten Übersetzung viel zu schlicht und kunstlos war. Nakhshabī machte sich an die Arbeit und brachte sein Werk auf 52 Kapitel (Nächte betitelt), wobei er einige Erzählungen, die ihm nicht genügend interessant schienen, durch bessere ersetzte.

Das im Jahre 730 (1330) beendete Werk ist in der gewöhnlichen Form einer Rahmenerzählung mit Einlagenovellen verfaßt und zeichnet sich durch eine überaus glänzende Sprache und kühne Metaphern und Gleichnisse aus ... Die übrigen Werke von Nakhshabī konnten es niemals zu einer ähnlichen Verbreitung wie das Ṭūṭī-nāma bringen, sind aber dennoch fast sämtlich auf uns gekommen. Bekannt sind: Gulrīz (Rosenstreu), ein Roman, der die Liebe von Ma'ṣūm-shāh und Nūshāba behandelt ...; Djuz'iyāt u-Kullīyāt (Einzelteile und Ganzes) auch Čil Nāmūs genannt ..., eine Allegorie, welche die einzelnen Teile des menschlichen Körpers beschreibt und ihn als die edelste Schöpfung Gottes und als einen Beweis seiner Größe betrachtet; Ladhdhat al-Nisā', eine persische Bearbeitung der Koka-Śāstra, eines indischen Werkes über verschiedene Temperamente und geschlechtlichen Umgang; Silḳ al-Sulūk, eine Zusammenstellung von Aussprüchen berühmter Mystiker ..., und Naṣā'iḥ u-Mawā'iẓ, eine kürzere Abhandlung ṣūfischen Inhalts ... Nur dem Namen nach bekannt ist eine Abhandlung 'Ashara Mubashshara ... Sämtliche Prosawerke Nakhshabis sind mit eingestreuten Ḳiṭ'as ausgeschmückt, die ihn auch als einen gewandten Dichter zeigen.

E. Berthels, 1936

Einst nun, in einer angenehmen Stunde, zu herzerquickender Zeit, erzählte der Verfasser aus dem Jugendalter ... Da sprach ein Weiser zu diesem Geringen: Es giebt ein Buch, welches zwey und funfzig Erzählungen enthält, die ein Weiser aus einer Mundart in die andere übertrug, und aus der Indischen Sprache in die Persische Zunge übersetzte. Aber er hat das Roß der Rede in das Gefilde der Ausführlichkeit rennen lassen, und dem Vortrage die alleräußerste

Weitläuftigkeit gegeben; um die Regeln einer gefälligen Anordnung, und die Gesetze einer anmuthigen Darstellung hat er sich ganz und gar nicht bekümmert ... Wenn du nun jenes Original, dessen Urschriften indische Bücher sind, in einer kürzeren Übertragung, einer wohlverketteten Entwickelung, guten Anordnung und schönen Darstellung schriebest, so würdest du dir bey dem Leser und dem Hörer desselben unendlichen Dank verdienen.

Naḫšabi, 1330

Ueber den Werth dieser Mährchen- und Fabelsammlungen ausführlich zu urtheilen, ist hier zwar nicht der Ort; daß ihnen jedoch, um nur dieses anzudeuten, in gewisser Hinsicht ein gleicher Rang mit den bekannten Erzählungen der Tausend und eine Nacht zukomme, ja daß sie vielleicht noch über dieselben zu stellen wären, so fern beide eine Vergleichung zulassen, möchte wol nicht zu läugnen seyn. Die Erzählungen sind anspruchsloser und nicht so lang gedehnt, wie die der Tausend und eine Nacht, sondern sie haben das gefällige Ebenmaß, die gehörige symmetrische Form, um die Erwartung zwar zu spannen, aber nicht die Geduld zu überspannen ...

Das Toutinameh ist von so höchst zarter Färbung, es hat so edle, feine Züge, das Bild der Chodscheste ist so kindlich naiv und grazienhaft gezeichnet, daß wir häufig an Sakontala, Nala, Medschnun und Leila, und ähnliche zarte Dichtungen des Orient erinnert werden ...

Man wird vielleicht zu Anfang, aber nicht zu Ende dieses Fabelromans ... zu der natürlichen Frage geführt werden, ob hier der Roman oder ob Fabel und Mährchen der Zweck des Dichters war, und man wird sich ohne Zweifel mehr für das Letztere entscheiden; allein die Frage, ob ein eigentlich didaktischer Zweck darin vorherrsche, um nach gewöhnlicher Weise durch eine Fabel eine nützliche Lehre zu geben, muß, wie es scheint, doch verneint werden; vorherrschend ist er wenigstens nicht, er wird nur beiläufig mitgenommen, und nicht die Poesie ihm, sondern er der Poesie dienstbar gemacht, wo er sich bequem darbietet, wird er nicht zurückgewiesen ...

Daß dieses Werk didaktisch seyn sollte, dazu ist es zu geistreich, dazu ist der Verfasser zu sehr Dichter; daß die Sammlung absichtlich zu einem solchen Zweck veranstaltet seyn sollte, läßt sich noch weniger denken. Auf jeden Fall würden alsdann mehrere Stellen weggeblieben seyn, die gerade im Gegentheil sich mit den bei uns herrschenden Ansichten von Moralität nicht vertragen, und dem beabsichtigten Zweck ganz entgegen gewesen seyn würden; denn ähnliche Ansichten sind auch in einem großen Theil des Orients vorherrschend, und werden mit noch größerer Strenge beobachtet ...

Noch ein anderer Grund, warum diese Mährchensammlung ungeachtet mancher darin enthaltenen lehrreichen Sentenzen doch wol nicht ursprünglich den Zweck der Belehrung, sondern nur der Unterhaltung gehabt habe, und darum auch nicht den Werken der didaktischen Dichtungsart beizuzählen ist, sondern den gemischten, ist der, daß einige dieser Erzählungen mehr auf Traditionen und Volkssagen zu beruhen scheinen, als auf Erfindung und Lehrzwecken des Verfassers, indem nämlich historische Personen in ihnen erwähnt werden ... Die wenigen Erzählungen, worin Thiere vorkommen ... sind eigentlich nur zum Schein Fabeln, das Wunderbare und Phantastische ist durchaus das Vorherrschende; der lehrhafte Ton ist ihnen nur beigegeben, er ist den dichterischen Zwecken völlig untergeordnet, nur hie und da eingemischt. Aber der heißhungrige Romanleser könnte dagegen einwendend sich vielleicht darüber beklagen, in der Erwartung eines eigentlichen Romans, wie ihn der Eingang verspricht, sich getäuscht zu sehen, und deshalb mit dem Verfasser rechten, indem er nicht recht weiß, worauf er es eigentlich angelegt hatte? Man könnte ihm antworten, auf alles und auf nichts sei es angelegt. Zwecklosigkeit ist vor allem die Natur des Mährchens, das die Phantasie schaukelnd nur passive Ruhe mit sich führt, und die menschlichen Verhältnisse nur streifend berührt. Der Dichter hat ihn auf eine geistreiche Weise zum besten, statt des Romans erhält er Mährchen, statt der tändelnden Mährchen eingestreute Lebensregeln, Erinnerungen, ermahnende Sittensprüche aus der Erfahrungswelt, beständig wechselnd mit gaukelnden Bildern.

Carl Jakob Ludwig Iken, 1822

Über den Unterschied, welcher zwischen dem älteren Tutinameh des Nechschebi und dem jüngeren des Kaderi statt findet, bemerke ich folgendes. Der *Umfang* des älteren ist bedeutend größer als der des jüngeren. Es enthält, zufolge der Eintheilung, zwei und funfzig Erzählungen, oder Nächte, in denen der Papagei erzählt, anstatt daß das jüngere fünf und dreißig Erzählungen hat. Allein eigentlich enthalten die zwei und funfzig Nächte noch viel mehr Erzählungen, da in einer Nacht oft mehrere vorgetragen werden, besonders dadurch, daß in der Haupterzählung wiederum andere für sich bestehende vorkommen … Der Umfang des älteren wird ferner dadurch größer, daß alle Erzählungen in demselben beträchtlich länger sind, als in dem jüngeren; es wird ausführlicher erzählt, wodurch dic Anschaulichkeit, und die Motivirung der Umstände meistens gewinnt; außerdem werden kleine Verse, Sprüche, Anekdoten eingewebt. Der *Inhalt* des älteren Buches weicht von dem des jüngeren insoweit ab, daß der das Ganze zusammenhaltende Faden oder die Geschichte Meimuns und Chodschestes, so wie auch ein großer Theil der einzelnen Erzählungen in beiden Büchern im Wesentlichen dieselben, die übrigen Erzählungen aber ganz voneinander verschieden sind. Dieser Unterschied wird natürlich dadurch vermehrt, daß das ältere Buch eine viel größere Anzahl von Erzählungen enthält. Hin und wieder finden sich kleine Stellen, welche in beiden Büchern wörtlich übereinstimmen. Die Geschichten des älteren haben im Allgemeinen eine mehr moralische Tendenz als die des jüngeren. Der *Styl* beider Werke weicht beträchtlich voneinander ab. Das ältere ist in der kunstreicheren, dichterischen Prosa der Perser geschrieben, die sich auszeichnet durch die gleichmäßig gebauten und gereimten Parallelsätze, welche die Hauptgedanken immer doppelt, mit verschiedenen Wendungen ausdrücken, durch den häufigen Gebrauch seltener, vorzüglich arabischer Worte, durch die mannichfaltigeren Bilder und fortwährenden Vergleichungen abstrakter Gegenstände mit sinnlichen, und umgekehrt auch sinnlicher mit abstrakten. Denn die Perser sagen nicht nur: ›das Gemüth dieses Edlen war erhaben wie jenes Gebirge‹, sondern auch: ›dieses Gebirge war erhaben wie das Gemüth des Edlen.‹ Es werden ferner in dem älteren Tutinameh oft Stellen aus dem Koran, und arabische Verse und Sprüche in arabischer Sprache angeführt, welches in dem jüngeren nie geschieht, aber auch der geschmückteren Prosa eigen ist. Es sind in dem älteren durchweg kleine vierzeilige Verse oder Kitas eingewebt, in denen Nechschebi sich immer selbst anredet; sie enthalten gewöhnlich Betrachtungen, Empfindungen und moralische Lehren in Bezug auf das eben erzählte. Es werden kleine Anekdoten eingeschaltet, die mit der eigentlichen Erzählung nicht in unmittelbarer Verbindung stehen …

Der Eingang der einzelnen Nächte, welcher in dem jüngeren Tutinameh durch die einfachen, fast unverändert wiederkehrenden Worte: ›Als die Sonne untergegangen, und der Mond erschienen war‹, gebildet wird, ist in dem älteren, nach dem allgemeinen mehr bilderreichen Style desselben, durch immer neue bildliche Wendungen ausgedrückt, in denen Sonne und Mond mit theils belebten, theils unbelebten Wesen verglichen werden, und die oft kunstreiche Anspielungen auf Mythen, Sagen und Geschichte der Moslemen enthalten. Diese bildlichen Wendungen beziehen sich zugleich auf den Inhalt der in der Nacht vorgetragenen Erzählung. So heißt es z. B. im Eingange der fünften Nacht: ›Als der goldgefiederte Sittig der Sonne in den Käfig des Westens schlüpfte, und der silberne Falke des Mondes aus dem Gitter des Ostens hervorflog‹, und es wird dann die Geschichte von dem der Arzneikunst kundigen Papageien erzählt. Im Eingange der vierten Nacht heißt es: ›Als die gelbe Jasminblüthe der Sonne in das Rosenwasser des Westens sank, und die hundertblättrige Rose des Mondes an dem Aste des Rosenstockes des Ostens sich aufschloß‹, worauf die Geschichte von dem immer frischen Blumenstrauße vorgetragen wird … Die Situation, in welcher bei dem Anfange der einzelnen Nächte Chodscheste und Meimuns Papagei sich zu einander befinden, die Richtung, welche Chodschestes Leidenschaft und des Papageien Rathschläge nehmen, wechseln in dem älteren Buche mehr ab …

Dieses ältere Tutinameh im Allgemeinen scheint mir eines der anziehendsten Werke dieser Art in der Persischen Literatur zu seyn. Der Styl hält, wie es auch der Verfasser in der Einleitung sagt, eine glückliche Mitte zwischen einem ganz einfachen, ungeschmückten Vortrage, und dem außerordentlich künstlichen, und mit Schmucke überladenen eines Wassaf, und anderer Prosaisten, welche nach ihren Begriffen die Persische Prosa auf den höchsten Gipfel des Glanzes geführt haben. Dem Inhalte des Tutinameh fehlt es weder an Neuheit der Erfindung, noch an Geist und Witz. Einige Erzählungen sind blos mährchenhaft und abentheuerlich; andere enthalten gar nichts wunderbares, sondern Ereignisse aus dem wirklichen Leben, mit großer Lebendigkeit und feiner Empfindung dargestellt …

Johann Gottfried Ludwig Kosegarten, 1822

›Touti Nameh‹ von Iken zog mich unerwartet wieder nach dem Orient. Meine Bewunderung jener Märchen, besonders nach der älteren Redaktion, wovon Kosegarten in dem Anhange uns Beispiele gab, erhöhte sich, oder vielmehr sie frischte sich an: Lebendige Gegenwart des Unerforschlichen und Unglaublichen ist es, was uns hier so gewaltsam erfreulich anzieht. Wie leicht wären solche unschätzbare naive Dinge durch mystische Symbolik für Gefühl und Einbildungskraft zu zerstören.

Johann Wolfgang Goethe, 1820

Johann Wolfgang Goethe: An J. G. L. Kosegarten, Eger, 2. August 1822:

Ew. Wohlgeboren angenehme Sendung ist mir zur rechten Zeit geworden, und da ich die neuere Behandlung des Papageien-Buchs schon kannte, so erfreuten mich desto mehr die Teile des älteren. Sollte man nicht in der Folge auch dieses Ganze durch Ihre Bemühungen erhalten können? Sie würden sich dadurch ein großes Verdienst erwerben: denn fürwahr, das ältere ist um ein paar Jahrhunderte besser.

Herr Iken und Ew. Wohlgeboren haben alles getan, was zur Aufklärung und Einleitung nötig war; doch ist dieser Brunnen der Weisheit unerschöpflich, und ich würde gern ein paar Krüglein nach meiner Art gefüllt haben, wenn ich in dem gegenwärtigen, zerstreuten, von außen täglich neu aufgeregten Zustand dergleichen unternehmen dürfte, wozu gewissenhafte Sammlung erfordert wird.

›Touti-Nameh‹, übersetzt von Professor Iken,
mit Anmerkungen und Zugaben von Professor Kosegarten

Es wird mit Recht ›Das Papageienbuch‹ genannt, denn der Papagei spielt die Hauptperson, und zwar folgendermaßen: Eine schöne junge Frau, in Abwesenheit ihres Gemahls, verliebt sich in einen von ohngefähr erblickten Fremden; durch eine Zwischenperson wird ausgemacht, es sei weniger gefährlich, ihn zu besuchen, als ihn zu sich einzuladen. Nun putzt sie sich auf das schönste, will aber doch den Schritt nicht ganz auf ihre Gefahr tun und fragt bei einbrechender Nacht den dämonisch-weisen Hauspapageien um Rat, welcher die List erdenkt, durch interessante, aber weitläufig ausgesponnene Erzählungen die Liebeskranke bis zum Morgen hinzuhalten. Dies wiederholt sich alle Nacht, und man erkennt hieran die Favoritform der Orientalen, wodurch sie ihre grenzenlosen Märchen in eine Art von Zusammenhang zu bringen suchten.

Wir unterscheiden nunmehr gleich ein älteres ›Touti-Nameh‹, von einem Dichter *Sijai eddîn Nechschebi*, im Jahr Christi 1329 vollendet, der darin ältere Erzählungen indischen Ursprungs bearbeitet hatte; hievon gibt uns Professor Kosegarten im Anhange genugsame Kenntnis.

Die neuere Behandlung durch *Muhamed Kaderi*, das von Herrn Iken übersetzte Werk, fällt wahrscheinlich in den Anfang dcs siebzehnten Jahrhunderts.

Höchst interessant ist es daher, dasjenige, was uns aus dem alten mitgeteilt wird, mit dem neuen zu vergleichen; jenes hat große Fülle, echt orientalisch-poetische Vorstellungsarten, die Erzählung ist ausführlich bis zur Weitläufigkeit, die unerläßliche Wiederholung durchgängig abwechselnd und vermannigfaltigt, wir finden die echten Eigenschaften einer wohl durchdachten originellen Behandlung.

Die neuere zeigt dagegen, daß die östlichen Völker in

zweihundert Jahren viel prosaischer geworden und sich schon mit einem bloßen Auszug, mit dem nackten Stoff, dem märchenhaften, von allem Schmuck entblößten Gerippe begnügen mochten. Indessen ist es wohl denkbar, daß diese Behandlungsweise dem Westländer fürs erste mehr zusage als die ältere mit allen großen Vorzügen.

Daher wissen wir Herrn Iken vielen Dank, daß er dieses Werk vorläufig in die deutsche Literatur eingeführt, Interesse dafür erregt und unsern jüngern talentvollen Schriftstellern Gelegenheit gegeben, sich an manchen bisher unbekannten Geschichten nach eigener Weise hervorzutun und einiges ganz Vortreffliche auf deutschen Grund und Boden zu verpflanzen, welches denn zunächst den Almanachen und Taschenbüchern frischen Sukkurs zuführen könnte.

Nun aber enthalten wir uns zum Schluß kaum einer motiviertern Belobung des ältern ›Touti-Nameh‹ und bemerken, daß eben die Fülle, Weitläufigkeit, Umständlichkeit zu der Anlage des Ganzen höchst notwendig sei: denn wer eine leidenschaftlich Entzündete bei Einbruch der Nacht von dem Weg zu ihrem Liebhaber abhalten will, der muß nicht allein wohlersonnene, bedeutende, gehaltreiche Märchen bereit halten, sondern er muß auch in der Ausführung so reich, exuberant, reizend und anregend sein, daß die Einbildungskraft, vor solcher Kraft staunend, nicht wüßte, wohin sie sich wenden, wie sie alles fassen solle. Wie uns ja eine schöne Person, herrlich geschmückt, noch schöner vorkommt und wir, zwischen Gestalt und Hülle schwankend, hin und her gezogen werden.

Und so gibt das alte Werk, obgleich nur in Prosa geschrieben, vielleicht mehr als ein anderes den vollen Begriff des orientalischen Reichtums. Mit jeder Zeile wird man über die ganze Welt geführt, durch Gleichnisse und Tropen, durch An- und Überhäufung verwandter Gegenstände. Das Meer, das zum Geburtstag eines Königssohns geladen, mit allen seinen Schätzen und Herrlichkeiten anlangt, überfüllt die beweglichste Einbildungskraft.

Wie zierlich vermannigfaltigt der Autor jedesmal den Anfang einer Erzählung, wo er, um zu sagen, daß es Nacht geworden sei, die lieblichsten Gleichnisse vorzutragen weiß; wir durchlaufen immer von neuem den ganzen Himmelsbogen, um hier die untergehende Sonne, dort den aufsteigenden Mond in frischer Gestalt zu begrüßen.

Möge dieses Buch als genußreiche Vorbereitung bald in jedermanns Händen sein und Herr Professor Kosegarten uns baldmöglichst die gedachte ältere Bearbeitung ganz übersetzt geben, wornach uns die drei mitgeteilten Märchen und Erzählungen große Begierde eingeflößt haben.

Johann Wolfgang Goethe, 1823

Die südwestlichen Türken, die sich auf dem Gebiete des oströmischen Reiches niedergelassen haben, dessen Namen sie für ihr Land (bilād-i Rūm) beibehielten, haben auf dessen Boden nach einer Periode kleinerer Staatenbildungen, vor allem des rumseldschukischen Staates, ursprünglich eines Teilgebietes des grossen Seldschukenreiches in Iran, unter der Dynastie Osman ein Weltreich (devlet-i ʻOsmānīye) errichtet. Ihre Literatur stand als die eines der muslimischen Kulturgemeinschaft angehörenden Volkes von Anfang an unter dem bestimmenden Einfluss der Literaturen der älteren muslimischen Völker, der Araber und Perser. Das äussere Zeichen der Kulturgemeinschaft mit diesen war die Einkleidung der türkischen Sprache in das Gewand der arabischen Schrift; ihre Folge war die bisweilen bis zu völliger Überfremdung gesteigerte Aufnahme arabischer und persischer Wörter, Ausdrücke und Konstruktionen in die türkische Sprache. Der Einfluß der arabischen und persischen Literatur auf die türkische, und speziell die rumtürkische Literatur, machte sich jedoch nicht in allen ihren Erzeugnissen in gleicher Intensität bemerkbar; vielmehr vermochten sich von Anfang an überall auch volkstümlich türkische Elemente in der Literatur Geltung zu verschaffen, und das verschiedene Mischungsverhältnis von Elementen der islamischen Hochkultur und des türkischen Volkstums, zu denen mit der Zeit in immer stärkerem Ausmasse als dritte Komponente Elemente der abendländischen Kultur hinzutraten, bestimmte den Charakter der Erzeugnisse der türkischen Literatur in den verschiedenen Phasen ihrer Entwicklung. So kann man von Anfang an neben der Kunstliteratur, die in steigendem Maße in Form und Inhalt von den großen Vorbildern der klassischen persischen und arabischen Literatur abhängig war und sich an einen kleinen Kreis von Kennern, literarischen Feinschmeckern, wandte, eine mehr volkstümliche, sich an einen weiteren Kreis wendende Literatur bemerken, die nur oberflächlich von arabischen und persischen Vorbildern berührt erscheint und einen eigenen türkischen Stil zeigt …

Die Verwendung der türkischen Sprache für Prosawerke erhielt ihren Anstoß an den Höfen der kleineren türkischen Fürstentümer, in Karaman (Südanatolien) und in Westanatolien, zu Anfang des 14. Jh. Die Veranlassung dazu war einmal die, daß an diesen kleineren Höfen nicht genügend persische gebildete Sekretäre, Munschis, vorhanden waren, die die Schriftstücke einwandfrei in persischer Sprache stilisieren konnten; zum andern mag aber auch der Umstand dazu beigetragen haben, daß sich allmählich in den Städten eine türkische Bürgerschaft entwickelt hatte, die wohl ein Bedürfnis nach Lektüre hatte, aber nicht gebildet genug war, persische oder arabische Bücher zu lesen. So finden wir denn auch als älteste Erzeugnisse einer Prosaliteratur in rumtürkischer Sprache Werke der Unterhaltungsliteratur. Dabei handelte es sich fast ausschließlich um Übersetzungen persischer oder arabischer Werke, so der arabischen Novellensammlung ›Freude nach

Not‹ …; ferner des aus Indien stammenden Fürstenspiegels ›Kalila ve Dimna‹, der lehrhafte Anekdoten in die Geschichte zweier Schakale kleidet, das Urbild unseres ›Reineke Fuchs‹, … aus dem Persischen übersetzt, u. a. mehr …

Ein eigentümlicher Zweig der Literatur aller islamischen Völker ist die Kunstprosa; deren Charakteristikum ist das altorientalische poetische Kunstmittel des Parallelismus der Glieder, verbunden mit dem Prosareim (sağ‘). Begründet im Koran ist diese Kunstform auf arabischem Gebiet in den Kanzleien der Abbasidenkalifen, vielleicht von persischen Kanzlisten, ausgebildet und auch bald auf die persische Sprache übertragen worden und hat auf persischem Gebiete eine eifrige Pflege gefunden. Schon in der arabischen Kunstprosa war es üblich geworden, zwischendurch Einzelverse oder auch kleinere Gedichte einzustreuen; in der persischen wurde dies in noch stärkerem Maße üblich. Werke der persischen Kunstprosa sind es denn auch gewesen, die zu Beginn der eigentlichen hochosmanischen Literatur [um die Wende vom 15. zum 16. Jh. – H. S.] die Anregung zur Ausbildung einer türkischen Kunstprosa gegeben haben.

Franz Taeschner, 1963

[Es] stellt sich im Hinblick auf die historische Untersuchung der verschiedenen Gattungen des türkischen Märchens die grundlegende Frage, wieweit die klassischen Sammlungen der orientalischen Märchenliteratur mit dem türkischen Märchen in Verbindung stehen … Sammlungen, wie *Die Geschichten aus Tausendundeiner Nacht*, *Farağ ba‘da aš-Šidda* (Freude nach Leid), *Ṭūṭī-nāme* (Papageienbuch), *Die Erzählungen von den vierzig Wesiren* gehören zu den viel gelesenen und weit verbreiteten und wurden zu verschiedenen Zeiten ins Türkische übersetzt …

Wir wissen, daß die Märchensammlungen des Orients

nicht von einem einzigen Verfasser oder Kompilator stammen, daß sie nicht zu einem bestimmten Zeitpunkt abgefaßt wurden und dann schon endgültige, klare Formen annahmen und ohne jegliche Veränderungen auf uns kamen. Sie wurden vielmehr immer wieder durch neue Zusätze bereichert und erweitert, und zwar nicht nur, wenn sie von einer Sprache in eine andere übertragen wurden, sondern auch innerhalb derselben Sprache, und schließlich, wenn sie aus einer Epoche oder aus einer Umgebung in eine andere übernommen wurden. Dem Geschmack der Zeit nicht entsprechende Teile wurden herausgelöst und andere eingesetzt. Auch bei den türkischen Übersetzungen (richtiger: Adaptionen) kann man annehmen, daß ihnen Märchen aus der türkischen mündlichen Überlieferung beigemischt wurden. Die in diese Richtung gehende Untersuchung von Sammlungen wie *Tausendundeiner Nacht, Papageienbuch* und *Freude nach Leid*, die schon in sehr früher Zeit ins Türkische adaptiert worden sind, wird für die Geschichte des türkischen Märchens wichtige Ergebnisse zeitigen.

Pertev Naili Boratav, 1970

Schon im 15. Jahrhundert wahrscheinlich – mit Sicherheit läßt sich die Zeit nicht bestimmen – wurde von einem unbekannten Verfasser eine türkische ebenfalls verkürzte und wenigstens bezüglich der Form stark umgewandelte Bearbeitung von Nachschebis Werk in 30 Abenden abgefaßt. Von dieser liegt uns in dem oben rubricirten Werk eine deutsche Uebersetzung vor. Von dem als gründlichen Kenner des Türkischen bekannten Uebersetzer dürfen wir unbedenklich voraussetzen, daß sie treu ist; wie lesbar und geschmackvoll sie sei, bezeugt sie durch sich selbst.

Einen besonderen künstlerischen Werth, wodurch sie die große Sorgfalt, mit welcher der Hr. Uebersetzer sich ihrer angenommen hat, vergälte, hat die türkische Bearbeitung zwar nicht, allein dies Schicksal theilt sie mit den meisten orientalischen Conceptionen, welche – nach Abzug der jüdischen – mit wenig Ausnahmen einem an den großen und kräftigen Mustern des Occidents erzognen gesunden europäischen Geschmack gegenüber keinen allgemein menschlichen, sondern nur einen relativen Werth beanspruchen können. Von diesem Gesichtspunkt aus hat es übrigens ein gewisses Interesse zu sehen, daß der türkische Bearbeiter in seiner Umarbeitung sich nicht so ungeschickt erwiesen hat, wie man nach der gewöhnlich verbreiteten Ansicht über die geistige Richtung dieses Volks vielleicht vorausgesetzt haben würde.

Theodor Benfey, 1858

Die herablassende Meinung des berühmten Indologen Theodor Benfey (1809–1881) erklärt sich aus dem damaligen Stand der orientalistischen Forschung, welche die Abhängigkeit türkischer Kultur von der arabischen und persischen über Gebühr hervorhob und die eigenständige Bedeutung der türkischen Literatur geringachtete. Vom heutigen Standpunkt aus ist der Charakteristik des türkischen Werkes, wie sie Georg Rosen in seiner Vorrede gibt, durchaus zuzustimmen.

In engem Zusammenhang damit muß auch Rosens ausgezeichnete, dem Original bedingungslos verpflichtete Übersetzungsleistung gewürdigt werden, die ganz wesentlich dazu beigetragen hat, das orientalische ›Papageienbuch‹ dem europäischen Leser zu erschließen. Eine Reihe von Neubearbeitungen und Nacherzählungen entstand auf der Grundlage dieser Übersetzung. Wenn auch die Verfasser solcher zum Teil sehr freier Bearbeitungen glaubten, sich von der ›überreichen Fülle‹, dem ›belastenden Rankwerk‹ der Rosenschen Übertragung entfernen zu müssen, welche sie als ›schwer genießbar, umständlich, ermüdend‹ empfanden, entspricht jene doch viel mehr dem angestrebten Ideal einer Übersetzung, wie es Goethe in den ›Noten und Abhandlungen zum west-östlichen Divan‹ (1819) formulierte:

Da nun aber auch der Deutsche durch Übersetzungen aller Art gegen den Orient immer weiter vorrückt, so finden wir uns veranlaßt, etwas zwar Bekanntes, doch nie genug zu Wiederholendes an dieser Stelle beizubringen.

Es gibt dreierlei Arten Übersetzung. Die erste macht uns in unserm eigenen Sinne mit dem Auslande bekannt; eine schlicht prosaische ist hiezu die beste ...

Eine zweite Epoche folgt hierauf, wo man sich in die Zustände des Auslandes zwar zu versetzen, aber eigentlich nur fremden Sinn sich anzueignen und mit eignem Sinne wieder darzustellen bemüht ist. Solche Zeit möchte ich im reinsten Wortverstand die *parodistische* nennen ...

Weil man aber weder im Vollkommenen noch Unvollkommenen lange verharren kann, sondern eine Umwandlung nach der andern immerhin erfolgen muß, so erlebten wir den dritten Zeitraum, welcher der höchste und letzte zu nennen ist, derjenige nämlich, wo man die Übersetzung dem Original identisch machen möchte, so daß eins nicht anstatt des andern, sondern an der Stelle des andern gelten solle. Diese Art erlitt anfangs den größten Widerstand; denn der Übersetzer, der sich fest an sein Original anschließt, gibt mehr oder weniger die Originalität seiner Nation auf, und so entsteht ein Drittes, wozu der Geschmack der Menge sich erst heranbilden muß ...

Warum wir aber die dritte Epoche auch zugleich die letzte genannt, erklären wir noch mit wenigem. Eine Übersetzung, die sich mit dem Original zu identifizieren strebt, nähert sich zuletzt der Interlinear-Version und erleichtert höchlich das Verständnis des Originals; hiedurch werden wir an den Grundtext hinangeführt, ja – getrieben, und so ist denn zuletzt der ganze Zirkel abgeschlossen, in welchem sich die Annäherung des Fremden und Einheimischen, des Bekannten und Unbekannten bewegt.

29. Erzählung

Wie Trailokjasundari ihrem heimlich zurückgekehrten Mann glaubhaft macht, daß sie den Liebhaber zu seinem Wohlergehen herbeigerufen hat

... In der Stadt Singhalapura lebte ein Waischja* namens Bahubuddhi. Seine Gemahlin hieß Trailokjasundari. Ihr Herz sehnte sich immerfort nach anderen Männern.

Die Leute wußten von ihrem Treiben, und sie erzählten es auch dem Bahubuddhi, der aber ihren Worten nicht glaubte. Um sich jedoch Gewißheit zu verschaffen, sagte er eines Tages, er wolle verreisen, und entfernte sich. Als es dann Abend wurde, betrat er das Haus durch die Hintertür und kroch unter das Bett.

Trailokjasundari holte ihren Liebhaber ins Haus, nahm mit ihm zusammen das Abendbrot ein und wollte sich bei Nacht gerade dem Genuß seiner Liebe hingeben, als sie mit ihrem Fuß den Gemahl berührte. Sie wußte sofort, daß ihr Gemahl heimlich nach Hause zurückgekehrt war, um sie zu beobachten. ›Er ist zurückgekommen und hat sich bestimmt unter dem Bett versteckt‹, dachte sie ...

Als sie durch die bloße Berührung mit dem Fuß bemerkte, daß ihr Gemahl unter dem Bett lag, um sie auf frischer Tat zu ertappen, blickte sie ihren Liebhaber, der zu einer langen Liebesnacht herbeigekommen war, mit einem Seitenblick an. Sie deutete ihm damit an, daß ihr Gemahl anwesend sei, und sprach mit vorgetäuschter Ablehnung: »Halt, halt, du Dummkopf! Hattest du etwa vor, mich wie ein liederliches Frauenzimmer zu genießen? Wenn du mich fragst, warum ich dich dann habe kommen lassen, will ich es dir sagen. Um das Leben meines Gemahls zu verlängern,

* Waischja: im Hinduismus Angehöriger des dritten Standes, zu dem vor allem die Kaufleute zählten.

pries und ehrte ich beständig unsere Hausgottheit Tripurasundari. Eines Tages erschien sie mir im Traum und sprach: ›Gib acht, Trailokjasundari! Noch heute wird ein Nashorn deinen Gemahl töten.‹ Da war ich sehr niedergeschlagen, denn der Geliebte ist mein einziger Gott. Immer wieder betete ich zu unserer Hausgottheit Tripurasundari und bereitete ihr dadurch große Freude. Deshalb gab sie mir folgenden Rat:

›Höre, Trailokjasundari! Obgleich dein Gemahl in der Blüte seiner Jahre steht, muß er heute durch ein Nashorn sterben. Wenn du sein Leben verlängern willst, dann lade dir an diesem Tage einen anderen Mann ein. Umarme ihn auf dem Lager in heftiger Liebe und voller Lust wie eine starke Liane im Liebesfest. Sobald er sich aber anschickt, dich ganz zu nehmen, wende dich von ihm ab! Durch diese Berührung mit dem Körper eines anderen erhältst du heute das Leben deines Gemahls. Wenn aber der andere dir Gewalt antut, obgleich du keine andere Gottheit als deinen Gemahl kennst und das alles nur tust, um dessen Leben zu verlängern, dann kommt er um die Hälfte seines Lebens.‹

Nach diesen Worten habe ich zum Wohle meines Gemahls gehandelt. Deshalb darfst du mich nicht mit Gewalt nehmen, denn ich bin unbescholten und mache mir selbst Vorwürfe. Wenn du mich gewaltsam mißbrauchst, dann kommst du um die Hälfte deines Lebens. Man sagt doch:

Ein Mann, der mit Gewalt genießt
ein Weib, ob unrein oder rein,
der Tor, der nicht sich selber kennt,
verliert sein Leben ganz gewiß.

Darum entferne dich von hier, wie du gekommen bist, damit dein Leben und das meines Gemahls, meines einzigen Gottes, noch lange währt. Das ist mein Anliegen. Wenn du mich jetzt noch einmal berührst, werde ich in lautes Geschrei ausbrechen.«

Der Waischja, der doch wahrlich viel Verstand besaß, hörte die Worte seiner Geliebten. Er kroch unter dem Bett hervor, blickte seine Frau verzückt an und sprach: »Um mein Leben zu verlängern, hast du Unbescholtene eine solche Tat vollbracht. Jetzt bist du unserer Hausgottheit ebenbürtig.«

Mit solchen Worten rühmte er sie. Um sie zu ehren, berührte er mit der Stirn ihre Füße und tanzte in überschwenglicher Freude umher.

So kam Trailokjasundari ohne Strafe davon, weil sie ihr schändliches Treiben zu verbergen wußte ...

(Vergleiche mit dieser Erzählung die türkische Version, 26. Abend: Geschichte von der schlauen Schehr-Arâm.)

QUELLEN

Benfey, Theodor: Anzeige ›Leipzig, F. A. Brockhaus 1858. Tuti-Nameh. Das Papagaienbuch. Eine Sammlung orientalischer Erzählungen. Nach der türkischen Bearbeitung zum ersten male übersetzt von Georg Rosen. Erster Theil. XVII 276. Zweiter Theil VII u. 310 S. in kl. Octav‹. In: Göttingische gelehrte Anzeigen. Der erste Band auf das Jahr 1858.

Berthels, E.: Nakhshabī, Shaikh Diyā 'al-Dīn. In: Enzyklopädie des Islam. Band III. Leiden–Leipzig 1936.

Goethe. Berliner Ausgabe: Berlin und Weimar 1964ff. Band 16 u. 18.

Goethe. West-östlicher Divan. Gesamtausgabe. Besorgt von Hans-J. Weitz. Leipzig 1972.

Das Papageienbuch (Schukasaptati). Herausgegeben und aus dem Sanskrit übertragen von Wolfgang Morgenroth. Berlin (3. Aufl.) 1975.

Śukasaptati. Das indische Papageienbuch. Aus d. Sanskrit übersetzt v. Richard Schmidt. München 1913.

Taeschner, Franz: Die osmanische Literatur. In: Handbuch der Orientalistik. Erste Abteilung, V. Band, 1. Abschnitt (Turkologie). Leiden/Köln 1963.

Touti Nameh. Eine Sammlung Persischer Mährchen von Nechschebi. Deutsche Übersetzung von Carl Jakob Ludwig Iken, Doktor der Philosophie. Mit einem Anhange von demselben, und von J. G. L. Kosegarten, Professor der orientalischen Literatur zu Jena. Stuttgart 1822.

Türkische Volksmärchen. Herausgegeben von Pertev Naili Boratav. Berlin 1970.

INHALT

Auskünfte